FOLIO SCIENCE-FICTION

Roger Zelazny
Robert Sheckley

Le concours
du Millénaire

Apportez-moi la tête du prince Charmant
À Faust, Faust et demi
Le démon de la farce

*Traduit de l'américain
par France-Marie Watkins,
Philippe Safavi et Agnès Girard*

*Traductions révisées
par Roland C. Wagner*

Gallimard

Titres originaux :

BRING ME THE HEAD OF PRINCE CHARMING
IF AT FAUST YOU DON'T SUCCEED
A FARCE TO BE RECKONED WITH

© *The Amber Corporation and Robert Sheckley, 1991, 1993, 1995.*
© *Larry Elmore pour les dessins intérieurs
de* Apportez-moi la tête du prince Charmant.
© *Éditions J'ai Lu, 1993, pour la traduction française
de* Apportez-moi la tête du prince Charmant.
© *Éditions Gallimard, 2007, pour la traduction française
de* À Faust, Faust et demi *et* Le démon de la farce.
© *Éditions Gallimard, 2007, pour la présente édition.*

Consacré dès son premier roman, *Toi l'immortel*, par le prix Hugo 1965, Roger Zelazny (1937-1995) a constamment puisé dans les grands mythes de l'humanité pour explorer les thèmes de l'immortalité et de l'accession au statut divin. Son fameux *Cycle des Princes d'Ambre*, superbe récit d'univers parallèles en dix volumes, a rencontré un immense succès public.

Robert Sheckley (1928-2005) a écrit quelques romans et de nombreuses nouvelles, souvent humoristiques. Certaines abordent néanmoins de front les problèmes de société. La plus connue est sans doute « Le prix du danger », grâce à son adaptation cinématographique par Yves Boisset, avec Gérard Lanvin.

APPORTEZ-MOI LA TÊTE
DU PRINCE CHARMANT

*Traduit de l'américain
par France-Marie Watkins*

*Traduction révisée
par Roland C. Wagner*

MATINES

1

Ces salopards recommençaient à tirer au flanc ! Juste quand Azzie venait de s'installer confortablement. Il avait trouvé un endroit exactement à la bonne distance entre le trou ardent qui s'ouvrait au milieu de la Fosse et les parois de fer couvertes de givre qui l'entouraient.

Les murs étaient maintenus à une température voisine du zéro absolu par la climatisation personnelle du diable. La Fosse centrale était assez chaude pour dépouiller les atomes de leurs électrons, avec des projections occasionnelles capables de fondre un proton.

Ce n'était pas qu'on eût besoin de tant de froid ou de chaleur. C'était plus qu'il n'en fallait ; de l'excès de zèle, en fait. Les humains, même morts et jetés dans la Fosse, avaient une marge d'endurance très étroite (sur une échelle cosmique). Dès que l'on sortait de la zone de confort, d'un côté ou de l'autre, ils perdaient vite la faculté de distinguer le mauvais du pire. À quoi bon soumettre les pauvres bougres à un million de degrés Celsius si cela ne leur faisait pas plus d'effet que cinq cents malheureux degrés ? Les extrêmes ne tourmentaient que les démons et les autres créatures surnaturelles qui surveillaient les damnés. Les êtres surnaturels ont un champ de perception infiniment plus étendu que les humains ; le plus souvent pour leur désagrément, quoique parfois pour leur plaisir le plus exquis. Mais il n'était pas convenable de parler de plaisir dans la Fosse.

Il y a bien entendu plus d'une Fosse en Enfer. Des millions et des millions de gens sont morts. Et il en meurt de nouveaux chaque jour. Ils passent pour la plupart au moins un certain temps dans la Fosse. À l'évidence, il doit y avoir des installations pour loger tout ce monde.

La Fosse où servait Azzie avait pour nom Inconfort Nord 405. C'était l'une des plus anciennes, inaugurée aux temps babyloniens, quand les gens savaient vraiment pécher. Ses murs portaient toujours d'antiques bas-reliefs rouillés représentant des lions ailés, et elle figurait au Registre infernal des Monuments historiques. Mais Azzie se contrefichait de servir dans une Fosse célèbre. Tout ce qu'il voulait, c'était en sortir.

Comme toutes ses semblables, Inconfort Nord 405 était constituée d'un cercle de murs en fer entourant une gigantesque bouche d'égout, au centre de laquelle un feu à la chaleur excessive jaillissait du trou. Celui-ci crachait des braises ardentes et de la lave en fusion. Son éclat ne faiblissait jamais. Seuls des démons chevronnés comme Azzie étaient autorisés à porter des lunettes noires.

Les tourments des damnés étaient accompagnés et amplifiés par un genre de musique. Les valets diablotins avaient déblayé un demi-cercle au milieu des débris denses, enchevêtrés, moisis et pourris. L'orchestre s'y était installé sur des caisses orange. Il était composé de musiciens médiocres morts en scène. Ici, en Enfer, on les obligeait à jouer les œuvres des compositeurs les plus exécrables que le monde eût jamais connus. Si l'on avait oublié les noms de ces derniers sur la Terre, ils étaient célèbres en Enfer, où l'on exécutait leurs compositions en permanence, et où elles étaient même diffusées sur les ondes par le réseau Kazum.

Les diablotins tournaient et retournaient sans répit les damnés sur leurs grils. Comme les goules, ils avaient une prédilection pour les gens bien putréfiés servis dans une marinade à base de vinaigre, d'ail, d'anchois et de saucisson véreux.

Ce qui avait troublé le repos d'Azzie, c'était que, juste devant lui, les morts étaient empilés sur une hauteur de huit à dix pieds à peine. Abandonnant sa confortable planque, il descendit, parmi les coquilles d'œufs en décomposition, les boyaux gluants et les têtes de poulet, jusqu'au niveau du sol où il pouvait aisément piétiner les corps.

« Quand je dis de les entasser en hauteur, lança-t-il aux diablotins, je veut dire nettement plus haut que ça !

— Oui, mais ils dégringolent quand on en met plus, protesta le diablotin en chef.

— Alors, trouvez du matériel de consolidation pour les caler ! Je veux des piles d'au moins vingt corps de hauteur !

— Difficile, monsieur. »

Azzie le regarda fixement. Un diablotin osait lui répondre ? « Tu le fais ou tu vas les rejoindre.

— À vos ordres, monsieur ! Les cales arrivent tout de suite, monsieur ! » Le diablotin partit au trot, aboyant des injonctions à son équipe.

La journée avait commencé normalement, comme n'importe quelle journée dans une Fosse. Mais la situation allait bientôt changer de façon aussi spectaculaire qu'inattendue. Ainsi en va-t-il du changement ! On est comme à l'accoutumée en train de vaquer à ses affaires, la tête basse, avec une mine de chien battu, fatigué de sa routine habituelle, certain qu'elle va durer éternellement. Pourquoi les choses changeraient-elles, alors qu'il n'y a aucune modification en vue, pas de lettre, pas de télégramme, pas même un coup de téléphone annonçant un grand événement ? Alors, on désespère, sans jamais se rendre compte que son messager est déjà en route et que les espoirs se réalisent parfois, même en Enfer. En fait, certains diraient qu'ils se réalisent particulièrement en Enfer, puisque l'espoir est souvent considéré comme l'un des tourments diaboliques. Mais il peut s'agir d'une exagération de ces hommes d'Église qui gribouillent sur de tels sujets.

Azzie vit que les diablotins commençaient à travailler de manière satisfaisante. Il ne lui restait plus que deux cents heures à passer à son poste (les journées sont longues en Enfer) jusqu'à ce qu'il puisse prendre ses trois heures de sommeil avant d'y retourner. Il était sur le point de regagner l'endroit — relativement — confortable qu'il venait juste de quitter lorsqu'un messager arriva au pas de course.

« C'est vous le démon responsable de cette Fosse ? »

C'était un Fetterast aux ailes violettes, un des anciens de la bande de Bagdad qui servaient à présent surtout de coursiers, parce que les Puissances maléfiques du Conseil supérieur aimaient leurs turbans bariolés.

« Je m'appelle Azzie Elbub. Et, oui, je suis en effet responsable de cette Fosse secondaire.

— Alors, c'est vous que je cherche. » Le Fetterast remit à Azzie un document écrit sur de l'amiante en lettres de feu. Azzie enfila ses gants avant d'y toucher. Seule la Haute Cour de justice infernale employait de tels documents.

Il lut : « Que tous les démons sachent par la présente qu'une injustice a été commise ; à savoir, un humain a été conduit dans la Fosse avant son heure. Les Forces de lumière ont déjà protesté pour sa défense : si on le laissait vivre le temps qui lui est alloué, il aurait encore le loisir de se repentir. La probabilité d'un tel événement est de deux mille contre un ; toutefois, le risque existe malgré tout, ne serait-ce que mathématiquement. Nous vous prions et vous ordonnons par conséquent d'extraire cet humain de la Fosse, de l'essuyer, de le rendre à sa femme et à sa famille sur la Terre et de rester avec lui jusqu'à ce qu'il se soit assez réadapté pour vivre sa propre vie ; sinon, nous serions responsables de son entretien. Ensuite, vous serez rendu à vos devoirs démoniaques normaux sur la Terre. Nous vous prions d'agréer, cher démon, l'expression de nos plus diaboliques sentiments. Asmodée, Directeur de la Section nord des Enfers.

» P.-S. L'homme répond au nom de Thomas Scrivener. »

Azzie fut à ce point transporté de joie qu'il sauta au cou du Fetterast, lequel battit précipitamment en retraite en remettant son turban d'aplomb.

« Doucement, mon gars !

— C'est juste l'excitation. Je vais enfin sortir d'ici ! Je retourne sur la Terre !

— Un endroit décevant, dit le Fetterast. Mais il en faut pour tous les goûts. »

Azzie se dépêcha de dénicher Thomas Scrivener.

Il le localisa enfin dans la rangée 1002WW. Les Fosses de l'Enfer sont disposées comme des amphithéâtres. On peut retrouver chaque emplacement. Il existe un plan global. Dans la pratique, toutefois, à cause des diablotins négligents qui entassent les gens à la va-comme-je-te-pousse, les piles s'écroulent les unes sur les autres et l'on ne connaît que de manière approximative l'emplacement des gens dans les Fosses.

« Y a-t-il ici un certain Thomas Scrivener ? » s'enquit Azzie.

Les pécheurs amoncelés du site 1002WW interrompirent leur discussion pour le regarder, du moins ceux dont la tête était tournée dans la bonne direction. Au lieu de se repentir de leurs péchés, ils considéraient leur temps dans la Fosse comme une réunion mondaine, une occasion de faire connaissance entre voisins, d'échanger des opinions, de rigoler un peu. Ainsi les morts continuent-ils de se faire des illusions, tout comme de leur vivant.

« Scrivener, Scrivener... », marmonna un vieux vers le milieu. Il tourna non sans difficulté la tête vers son aisselle. « Sûr qu'il est ici ! Eh, les gars, l'un de vous sait où est Scrivener ? »

La question fut transmise du haut en bas de la pile. Des hommes abandonnèrent leurs bavardages sportifs (on pratique beaucoup le sport en Enfer, mais l'équipe locale perd toujours, sauf si vous avez parié contre elle). « Scrivener, Scrivener... c'est pas un grand maigre un peu timbré avec une coquetterie dans l'œil ?

— Je ne sais pas de quoi il a l'air, répondit Azzie. Je pensais qu'il répondrait en entendant appeler son nom. »

Le monticule vacilla ; ceux qui le composaient marmonnèrent, toussotèrent et discutèrent de l'affaire entre eux comme le font tous les humains, morts ou vivants. Si Azzie n'avait pas été doué d'une ouïe démoniaque d'une finesse surnaturelle, il n'aurait pas perçu le vague couinement en provenance du bas de la pile.

« Hé, vous ! C'est moi, Scrivener ! On me demande ? »

Azzie donna l'ordre à ses diablotins de l'extraire du tas de cadavres, mais avec ménagement, sans arracher un seul de ses membres. Il était bien entendu possible de les remplacer, mais la procédure, douloureuse, pouvait laisser des séquelles psychologiques. Azzie savait qu'il était censé ramener cet homme intact sur Terre afin qu'il ne crée pas d'ennuis aux Puissances des ténèbres pour l'avoir fauché prématurément.

Scrivener ne tarda pas à s'extirper de l'amas de corps en s'époussetant. C'était un petit homme jovial aux cheveux clairsemés.

« Me voilà ! s'exclama-t-il. Vous vous êtes aperçu de votre erreur, hein ? Je leur ai dit que je n'étais pas mort quand ils m'ont amené ici ! Votre Grande Faucheuse est dure de la feuille, pas vrai ? Elle ne fait que montrer ses dents en riant sardoniquement d'un air idiot. Me cueillir comme ça sans crier gare... J'ai bien envie de me plaindre à un responsable !

— Non, non, écoutez-moi, répliqua vivement Azzie. Vous avez déjà de la chance qu'on se soit rendu compte de l'erreur, vous savez. Si vous engagez des poursuites, vous serez mis en attente jusqu'à ce qu'on juge votre affaire — ce qui peut prendre un siècle ou deux. Vous savez à quoi ressemblent nos "cuves de rétention" ? »

Scrivener secoua la tête, les yeux ronds.

« Elles sont si affreuses, dit Azzie, qu'elles transgressent les lois infernales elles-mêmes. »

Scrivener parut impressionné. « Oui, j'ai probablement de la chance de m'en sortir. Merci du tuyau. Vous êtes avocat ?

— Je n'ai pas fait ce genre d'études, mais nous autres, dans les profondeurs infernales, nous avons tous un petit avocat qui sommeille en nous. Allez, rentrons chez vous !

— J'ai comme l'impression que quelques problèmes m'attendent à la maison, dit Scrivener d'une voix hésitante.

— C'est la vie, mon vieux, poursuivit Azzie. Des problèmes ! Soyez heureux d'avoir des problèmes pour vous faire du mouron. Quand vous reviendrez ici pour de bon, vous n'aurez plus le moindre souci. Tout ce qui vous arrive ne fait que continuer éternellement, pendant les siècles des siècles.

— Je ne reviendrai pas », dit Scrivener.

Azzie faillit lui demander s'il voulait parier là-dessus, mais il estima que la question ne serait pas appropriée en de telles circonstances.

« Nous allons devoir effacer cette petite aventure de votre mémoire, reprit-il. Vous comprenez bien que nous ne pouvons pas laisser les types comme vous retourner sur Terre et raconter tout un tas d'histoires.

— Ça me va tout à fait. Il n'y a rien ici dont je désire me souvenir, de toute manière. Quoique, tout à l'heure, au Purgatoire, j'ai rencontré ce succube blond...

— Gardez ça pour vous », grogna Azzie, puis il prit Scrivener par le bras et l'entraîna jusqu'à la grille de fer dans le mur qui conduisait à d'autres secteurs de l'Enfer, puis, en fin de compte, partout ailleurs et vice versa.

2

Azzie et Scrivener franchirent la porte de fer dans le mur en fer et gravirent la route en spirale qui traversait les banlieues extérieures du Purgatoire, une région composée d'immenses gouffres quadrillés et de hauteurs vertigineuses exactement comme dans les dessins de Füssli. L'homme et le démon marchaient d'un bon pas, et le chemin était facile, car les routes de l'Enfer sont aisées, mais également ennuyeuses, l'Enfer étant par définition le fait de ne pas s'amuser.

« C'est encore loin ? demanda Scrivener au bout d'un moment.

— Je ne sais pas trop, avoua Azzie. Je suis nouveau dans ce secteur. En réalité, je ne devrais même pas y être.

— Tout comme moi. Ce n'est pas parce que je sombre de temps en temps dans un coma profond que c'est une raison pour que votre copine la faucheuse me ramasse sans effectuer les examens voulus. J'appelle ça du travail négligé... Pourquoi ne devriez-vous pas être ici ?

— J'étais appelé à de plus hautes tâches. J'ai fait d'excellentes études à l'université de Thaumaturgie. J'en suis sorti parmi les trois premiers de ma promotion. »

Azzie négligea de révéler à Scrivener que toute sa classe, à part trois étudiants, avait été balayée lorsqu'une brutale infestation de Bien avait soufflé du sud, un temps métaphysique monstrueux qui avait tué tout le monde, sauf Azzie et deux autres types possédant apparemment une immunité naturelle contre le bon temps. Ensuite, il y avait eu la partie de poker.

« Alors, pourquoi êtes-vous ici ? demanda Scrivener.

— Je travaille pour payer une dette de jeu. Je n'ai pas pu la régler ; je dois donc purger ma peine... » Azzie hésita. « J'aime jouer.

— Moi aussi ! » dit son compagnon avec ce qui semblait un air de regret dans la voix.

Ils marchèrent un moment en silence, puis Scrivener s'enquit : « Que va-t-il m'arriver, à présent ?

— Nous allons vous faire réintégrer votre corps.

— Est-ce que je me porterai bien ? Certaines personnes se réveillent des morts et sont tout bizarres, à ce qu'il paraît.

— Je serai là pour veiller sur vous. Je resterai jusqu'à ce que je sois certain que tout va bien.

— Voilà qui fait plaisir à entendre. » Scrivener marcha un moment sans un mot, puis il dit : « Mais, bien entendu, quand je me réveillerai, je ne saurai pas que vous êtes là, n'est-ce pas ?

— Bien sûr que non.

— Alors, je ne serai pas rassuré. »

Azzie s'écria avec irritation : « Quand on est vivant, rien ne peut vous rassurer. Soit dit en passant. C'est uniquement une fois mort qu'on peut l'apprécier. »

Ils continuèrent à marcher. Un peu plus loin, Scrivener dit : « Vous savez, je suis incapable de me rappeler quoi que ce soit de ma vie terrestre.

— Ne vous en faites pas, tout ça vous reviendra.

— Cela dit, je crois que j'étais marié.

— Très bien.

— Mais je n'en suis pas sûr.

— Ça vous reviendra dès que vous aurez réintégré votre corps.

— Et si ça ne me revient pas ? Si je reste amnésique ?

— Tout ira bien, promit Azzie.
— Vous me le jurez sur votre honneur de démon ?
— Assurément », mentit Azzie avec la plus grande aisance. Il avait suivi un cours spécial de parjure et s'était révélé très doué.

« Vous ne me mentiriez pas, hein ?
— Hé, ayez confiance », dit Azzie, employant le mantra majeur qui rend dociles jusqu'aux individus les plus soupçonneux et belliqueux.

« Vous devez bien comprendre que ça me rend plutôt nerveux. De renaître, je veux dire.
— Il n'y a pas de quoi avoir honte. Nous y sommes. »
« Merci, Satan ! » ajouta Azzie *in petto*.

Ça le rendait toujours anxieux de parler longtemps avec les humains. Ces gens-là tournaient tellement *autour* du pot ! À l'Université satanique, les Pères démoniaques proposaient bien un cours sur la Tergiversation humaine, mais il était facultatif et Azzie ne s'était pas soucié de le prendre. À l'époque, la Dialectique perfide lui avait paru plus intéressante.

Il aperçut loin devant eux les familières rayures écarlate et chartreuse de l'ambulance de la Fosse nord. Elle s'immobilisa finalement à quelques pas d'eux et un démon médecin en descendit. C'était un individu aux yeux de basilic avec un groin de cochon, très différent d'Azzie avec son museau de renard et ses cheveux roux, ses oreilles pointues et ses yeux d'un bleu saisissant ; ceux qui avaient du goût pour les démons le trouvaient fort beau.

« C'est le type en question ?
— C'est lui, répondit Azzie.
— Avant que vous fassiez quoi que ce soit, dit Scrivener, je voudrais simplement savoir... »

Le démon au groin de cochon leva la main et toucha un point sur le front de Scrivener. Celui-ci se tut aussitôt et son regard devint vitreux.

« Qu'est-ce que tu lui as fait ? demanda Azzie.

— Il est seulement débranché. À présent, il est temps de l'expédier. »

Azzie espéra que Scrivener n'en souffrirait pas ; il n'est jamais bon qu'un démon vous bricole la tête.

« Comment sais-tu où l'envoyer ? » interrogea-t-il.

Le démon médecin déboutonna la chemise de Scrivener et montra à Azzie le nom et l'adresse tatoués à l'encre violette sur le torse.

« C'est la marque d'identification du démon, expliqua-t-il.

— Tu vas lui enlever ça avant de le renvoyer ?

— Ne t'inquiète pas, il ne peut pas le voir. C'est là pour nous uniquement. Tu dois l'accompagner ?

— J'irai là-bas par mes propres moyens. Fais-moi juste revoir cette adresse ? C'est bon, je l'ai.

» À plus tard, Tom », dit-il à l'homme aux yeux vides.

3

Thomas Scrivener fut donc renvoyé chez lui. Par bonheur, le démon au groin de cochon avait réussi à le ramener avant que son corps n'eût subi de dégâts irréparables. Le médecin qui l'avait acheté était sur le point de pratiquer une incision au cou pour décrire à ses étudiants le système artériel. Il n'avait pas eu le temps de commencer lorsque Scrivener ouvrit les yeux.

« Bonjour, docteur Moreau », dit-il, puis il s'évanouit.

Moreau le déclara vivant et exigea de sa veuve qu'elle le rembourse.

Elle paya à contrecœur. Son mariage n'avait pas été précisément une réussite.

Azzie était arrivé sur Terre par ses propres moyens ; il n'avait pas envie d'accompagner Scrivener dans le Véhicule des Morts-Vivants dont l'odeur de pourriture constituait une épreuve pour les créatures surnaturelles elles-mêmes. Il arriva juste après la résurrection. Nul ne pouvait le voir car il portait l'amulette d'invisibilité.

Invisible, sauf pour les personnes douées de double vue, Azzie suivit le cortège qui ramena Scrivener dans son foyer. Les braves gens du village, rustres comme ils étaient, criaient au miracle. Mais Milaud, la femme de Scrivener, n'arrêtait pas de marmonner : « Je savais bien qu'il simulait, le scélérat ! »

À l'abri grâce à son invisibilité, Azzie fit le tour de la maison de Scrivener où il vivrait jusqu'à ce que celui-ci soit sorti de sa période de réclamation. Probablement l'affaire de quelques jours. C'était une maison assez spacieuse, avec plusieurs pièces à chaque étage et une cave agréable aux murs suintants.

Azzie élut domicile au sous-sol — un endroit idéal pour un démon. Il avait apporté de la lecture, plusieurs rouleaux, et un sac de têtes de chat en putréfaction en guise de casse-croûte. Mais à peine s'était-il installé que les interruptions commencèrent.

Il y eut tout d'abord la femme de Scrivener, une grande jeune femme aux épais cheveux bruns avec de larges épaules et un massif postérieur, qui descendit chercher des provisions. Puis ce fut le fils aîné, Hans, un rustre aux allures de mauviette ressemblant à son père, qui passa chiper en douce le pot de miel. Et ensuite, il y eut Lotte, la bonne, venue prendre quelques pommes de terre de la récolte de l'année précédente.

L'un dans l'autre, Azzie ne se reposa guère. Le lendemain matin, il passa voir Scrivener. Le ressuscité lui parut en voie de guérison. Assis dans son lit, il buvait de la tisane, se disputait avec sa femme et grondait leurs enfants. Plus qu'un jour, estima Azzie, et il serait rétabli. Le moment viendrait alors de s'occuper de sujets plus intéressants.

Les deux chiens de la maison savaient bien entendu que le démon était là, et ils filaient la queue basse sur son passage ; il fallait s'y attendre. Mais ce qui se produisit ensuite n'était pas du tout prévu au programme.

Ce soir-là, Azzie s'endormit dans le recoin le plus moisi de la cave, où il s'était aménagé un plaisant petit nid nauséabond parmi des navets pourris. Mais il se réveilla en sursaut quand il perçut de la lumière. Il s'agissait de la lueur d'une chandelle. Quelqu'un était debout près de lui, en train de le regarder. Une enfant. C'était insupportable ! Azzie essaya de se lever d'un bond et retomba sur le dos. On lui avait attaché les chevilles avec un bout de corde !

Il se redressa par pur réflexe. Une enfant ! Une fillette blonde de sept ou huit ans au visage bouffi. D'une manière ou d'une autre, elle devait être capable de le voir. En fait, elle l'avait piégé.

Azzie s'enfla jusqu'à sa taille maximale, estimant qu'il valait mieux impressionner cette gamine tout de suite. Il tenta de se pencher sur elle de son air le plus menaçant, mais la ficelle bizarrement lumineuse dont elle avait attaché l'extrémité à une solive le tira en arrière et il retomba. La petite fille éclata de rire et Azzie frémit ; rien ne met les nerfs d'un démon autant à vif que les rires d'enfants innocents.

« Salut, petite fille, dit-il. Tu peux me voir ?
— Oui, bien sûr ! Tu as l'air d'un vieux renard méchant. »

Azzie consulta le minuscule cadran de son amulette d'invisibilité. Il constata, comme il le craignait, que la réserve d'énergie était presque tombée à zéro. Ces crétins des Fournitures ! Mais, bien entendu, il aurait dû la vérifier lui-même.

Il se trouvait apparemment dans une situation délicate. Néanmoins, il savait pouvoir s'en tirer par le don de la parole.

« Tu veux dire un *gentil* vieux renard, hein, bout d'asticot ? susurra Azzie, usant d'un terme affectueux que les parents démons emploient couramment pour leurs enfants. Quel plaisir de te voir ! Détache cette ficelle, je t'en prie, et je te donnerai un plein sac de bonbons.

— Je ne t'aime pas, riposta l'enfant. Tu es méchant. Je vais te laisser attaché et appeler le curé. »

Elle le regarda fixement d'un air accusateur. Il comprit qu'il allait avoir besoin de ruser pour se tirer du pétrin.

« Dis-moi, petite fille, où as-tu trouvé cette corde ?
— Dans un des débarras de l'église. Elle était sur une table avec tout un tas de morceaux d'os. »

Des reliques de saints ! Cela signifiait que la corde était un piège à esprit ! Les meilleurs étaient constitués de la cordelette ayant ceinturé la robe d'un saint. Il allait avoir du mal à s'en sortir cette fois.

« Écoute, petite fille, je suis ici uniquement pour veiller sur ton papa. Il a été malade, tu sais, il est mort et il est revenu à la vie, et tout ça. Maintenant, sois gentille et détache la ficelle, comme une bonne petite fille bien sage.

— Non, répliqua-t-elle sur ce ton catégorique qu'adoptent les petites filles, et quelques grandes aussi.

— Nom d'un démon ! » grommela Azzie. Il se débattit, sans parvenir à ôter le pied du piège à esprit, lequel possédait la fâcheuse propriété de se resserrer chaque fois qu'il essayait de le desserrer. « Allons, voyons, petite fille ! C'est bien joli de s'amuser, mais il est temps de me libérer, à présent.

— Ne m'appelle pas "petite fille" ! Mon nom, c'est Brigitte, et je sais tout sur toi et les gens de ton espèce. Le curé nous l'a dit. Tu es un esprit maléfique, c'est ça ?

— Pas du tout ! protesta Azzie. Je suis en réalité un esprit *bénéfique*, ou *du* moins neutre. On m'a envoyé ici pour m'assurer du bon rétablissement de ton père. Je dois prendre soin de lui, et ensuite je m'en irai aider d'autres personnes.

— Ah bon ? » fit Brigitte. Elle réfléchit un instant. « N'empêche que tu as bien la tête d'un démon.

— Il ne faut pas se fier aux apparences, tu sais. Libère-moi ! Je dois veiller sur ton père.

— Qu'est-ce que tu me donneras ?

— Des jouets. Plus que tu n'en as jamais vu.

— Très bien. J'ai aussi besoin d'une robe neuve.

— Je te donnerai toute une garde-robe. Détache-moi, à présent. »

Brigitte s'approcha et s'attaqua au nœud de ses petits doigts aux ongles noirs. Mais elle s'interrompit aussitôt.

« Si je te relâche, est-ce que tu reviendras jouer avec moi chaque fois que je t'appellerai ?

— Non, il ne faut pas exagérer. J'ai d'autres chats à fouetter. Je ne peux pas être aux ordres et à la disposition d'une petite villageoise mal débarbouillée.

— Dans ce cas, accorde-moi trois souhaits lorsque je les demanderai. »

Azzie hésita. Accorder des souhaits pouvait vous attirer des ennuis. Les promesses d'un démon à cet égard ne sont pas faciles à tenir, mais elles doivent être honorées. Tandis qu'on était souvent entraîné dans bien des difficultés, lorsqu'on accordait des souhaits aux êtres humains ; ils avaient des idées tellement extravagantes !

« Je t'accorderai un souhait, dit-il. Et à condition qu'il soit raisonnable.

— Marché conclu. Mais pas trop raisonnable, d'accord ?

— D'accord ! Détache-moi ! »

Brigitte obéit. Azzie se frotta la cheville, puis il fouilla dans sa bourse, trouva une recharge pour son amulette d'invisibilité, la mit en place et disparut aussitôt.

« N'oublie pas, tu as promis ! » cria Brigitte.

Azzie savait qu'il ne pourrait pas oublier, même s'il le voulait. Chaque promesse faite à un être humain par une créature surnaturelle est enregistrée par le bureau de l'Équilibre, que dirige Ananké. Si un démon tente d'oublier une promesse, les Puissances de la Nécessité ont vite fait de la lui rappeler, et douloureusement.

Scrivener se portait à merveille. Il mangeait un bol de céréales tout en donnant des ordres à ses domestiques et à sa femme. Azzie se retira. Il était temps pour lui de passer à autre chose.

4

C'était un plaisir pour Azzie d'être libre et de pouvoir à nouveau parcourir la campagne verdoyante. Il avait vraiment détesté son séjour dans la Fosse, tant pour sa routine simplette que pour tout le reste — on finissait par se lasser énormément de la tâche quotidienne consistant à rôtir des pécheurs. Démon dynamique, entreprenant et tourné vers l'avenir, Azzie était un agent du Mal et, en dépit d'une certaine allure de frivolité, il prenait au sérieux ses devoirs infernaux.

Son premier soin, en quittant le village, fut de s'orienter. Cette région lui était inconnue. Sa dernière visite sur Terre remontait à l'époque de la Rome impériale, où il avait même assisté à l'un des fameux festins de Caligula. À présent, tandis qu'il survolait ce pays qui s'appelait jadis la Gaule, il était protégé de toute mésaventure par son amulette d'invisibilité. Elle conférait également à son porteur un certain degré d'impalpabilité, et Azzie eut l'occasion de s'en féliciter quand il traversa tout un vol de cygnes trompetant. Il voyait du haut des Cieux les bois qui s'étendaient au-dessous de lui dans toutes les directions. Le village n'occupait qu'une minuscule clairière dans cette immense forêt qui recouvrait la plus grande partie de l'Europe, du rivage des Scythes à l'Espagne. Azzie découvrit une piste boueuse qui la traversait et la suivit du haut des airs, à une altitude d'environ cinq cents pieds. Le sentier, qui paraissait interminable, débouchait finalement sur une route romaine correctement pavée. Il y accompagna un groupe de cavaliers jusqu'à une ville assez importante. Il apprit plus tard qu'elle portait le nom de Troyes, et appartenait au royaume des Francs. Ces grands barbares aux épées de fer s'étaient emparés de toute la Gaule et plus encore depuis le déclin de la puissance romaine.

Azzie survola lentement la cité à basse altitude, remarquant les nombreuses petites maisons et, parmi elles, les palais des seigneurs et du haut clergé. Une foire se tenait aux abords de la ville. Il passa au-dessus de ses tentes et de ses fanions, attiré par son animation joyeuse. Il décida d'y faire un tour.

Il atterrit et endossa un de ses déguisements habituels, celui d'un brave homme assez corpulent au front dégarni et aux yeux pétillants. La toge que comportait cette tenue lui parut déplacée ; il acheta au premier fripier venu un manteau de bure qui le fit plus ou moins ressembler à tout un chacun.

Encore vaguement désorienté, il se promena en regardant autour de lui. Il y avait plusieurs constructions permanentes et un grand pré jonché de tentes. On y vendait de tout, des armes, des habits, de la nourriture, du bétail, des outils, des épices.

« Holà ! Vous, messire ! »

Azzie se retourna. Oui, la vieille peau lui faisait signe. Assise devant une petite tente noire aux flancs peints de symboles cabalistiques dorés, elle avait la peau sombre et paraissait arabe ou gitane.

« Vous m'avez appelé ?

— Pour sûr, messire, dit-elle avec un vilain accent guttural d'Afrique du Nord. Venez à l'intérieur. »

Un humain se serait montré plus prudent, car on ne sait jamais ce qui peut vous arriver dans une tente noire couverte de symboles cabalistiques. Mais, pour Azzie, celle-ci était la première chose familière qu'il voyait depuis longtemps. Des tribus entières de démons nomades vivant dans des tentes noires errent dans les régions désertiques des Limbes, et Azzie, bien que canaanite du côté de son père, était apparenté à certains de ces démons bédouins.

L'intérieur était entièrement tapissé de tentures richement illustrées. Il y avait des lampes à huile en étain joliment gravé suspendues aux parois et des coussins brodés un peu partout. Au fond se trouvait un autel bas avec une table pour les offrandes. À côté se dressait, imposante, la haute statue de style grec d'un beau jeune homme à la chevelure couronnée de lauriers. Azzie le reconnut aussitôt.

« Alors, Hermès est là.

— Je suis sa prêtresse, dit la vieille peau.

— J'avais l'impression que nous étions dans un pays chrétien, où le culte des anciens dieux est strictement interdit ?

— Vous dites vrai, reconnut-elle. Les anciens dieux sont morts, mais pas tout à fait car ils sont revenus à la vie sous une nouvelle forme. Hermès, par exemple, s'est changé en Hermès Trismégiste, saint patron des alchimistes. Son culte, sans être approuvé, n'est pas interdit non plus.

— Je suis fort aise de l'apprendre. Mais pourquoi m'avez-vous fait venir ?

— Êtes-vous un démon, messire ?

— Oui. Comment l'avez-vous deviné ?

— Il y a dans votre maintien un je-ne-sais-quoi de seigneurial et de sinistre, un air de maléfice sombre et implacable qui vous désigne comme un être à part dans une foule, si nombreuse soit-elle. »

Azzie savait les gitans capables de perceptions subtiles qu'ils formulaient ensuite pour flatter leurs clients. Néanmoins, il fouilla dans sa bourse, y trouva un denier d'or et le donna à la vieille.

« Prends donc ça pour ta langue rusée. Alors, qu'attends-tu de moi ?

— Mon maître veut vous toucher deux mots.

— Eh bien, d'accord ! » Ça faisait un moment qu'il n'avait pas bavardé avec l'un des anciens dieux. « Où est-il ? »

La vieille ratatinée s'agenouilla devant l'autel et commença à marmonner une incantation. En un instant, la statue s'anima, s'étira, descendit de son socle et vint s'asseoir près d'Azzie.

« Va nous chercher à boire », dit Hermès à la vieille. Dès qu'elle fut partie, il reprit : « Alors, Azzie ? Ça fait un bon bout de temps

— En effet. Heureux de te revoir, Hermès. Je n'étais pas sur Terre lorsque le christianisme a vaincu le paganisme — j'avais d'autres engagements, tu sais ce que c'est — mais je tiens à te présenter mes condoléances.

— Merci, mais nous n'avons rien perdu en vérité. Nous avons tous du travail, tous les dieux. Nous marchons avec le temps, nous occupons parfois des postes élevés dans les deux camps, dans celui des saints comme dans celui des démons. C'est excellent pour mettre les choses en perspective. Il y a beaucoup à dire en faveur de ces périodes de transition.

— Je suis ravi de l'apprendre. C'est tellement triste d'imaginer un dieu au chômage.

— Ne t'inquiète jamais à notre sujet, Azzie. Je t'ai fait appeler par ma servante Aïssa parce qu'elle m'a dit que tu avais l'air égaré. J'ai pensé que je pourrais t'aider.

— C'est très gentil de ta part, Hermès. Peut-être pourrais-tu juste me mettre au courant de ce qui s'est passé depuis l'époque de Caligula ?

— Eh bien, en bref, l'Empire romain a succombé aux invasions barbares. Aujourd'hui, les barbares sont partout. Ils s'appellent Francs, Saxons ou Wisigoths et ils ont fondé un empire qu'ils ont baptisé le Saint Empire romain germanique.

— Saint ? s'étonna Azzie.

— C'est le nom qu'ils lui donnent. J'ignore pourquoi.

— Mais comment le véritable Empire romain s'est-il écroulé ?

— Tu trouveras ça dans n'importe quel bouquin d'Histoire. Mais, crois-moi sur parole : il s'est bel et bien écroulé, et sa chute a marqué la fin de l'Antiquité. La période actuelle s'appelle le Moyen Âge, ou plutôt s'appellera ainsi quand elle aura pris fin. Tu viens de rater de peu l'Âge sombre. Je t'assure qu'on s'est bien amusé pendant ces années-là ! Mais l'époque contemporaine n'est pas mal non plus.

— En quelle année sommes-nous ?

— L'An Mil.

— Le Millenium !

— Oui.

— Alors le temps du concours est presque venu ?

— Tout à fait, Azzie. C'est le moment où les Puissances de la lumière et celles des ténèbres organisent leur grande compétition pour déterminer l'essence de la destinée humaine au cours du prochain millénaire, et si celui-ci sera dominé par le Bien ou par le Mal. Que vas-tu faire pour cette occasion ?

— Moi ? s'étonna Azzie. Que puis-je faire ?

— Participer au concours. »

Azzie secoua la tête. « Le représentant du Mal est choisi par les Hautes Puissances maléfiques du Grand Conseil. Le favoritisme y est roi. Elles désignent un de leurs amis pour candidat. Je n'aurais pas l'ombre d'une chance.

— C'était comme ça autrefois, mais j'ai entendu dire que l'Enfer se réforme. On y est soumis à de dures pressions des Puissances de la lumière. Le népotisme, excellent en soi, ne suffit plus à imposer sa suprématie. Aujourd'hui, si j'ai bien compris, le choix du participant doit être effectué au mérite.

— Au mérite ! Voilà une idée nouvelle ! Mais je ne vois toujours pas ce que je peux faire.

— Ne sois pas défaitiste comme tant de jeunes démons,

dit sévèrement Hermès. Ils sont si nombreux à être paresseux, à se contenter de traîner, de se droguer, de se raconter des histoires, et de suivre la voie la plus facile sur le chemin de l'éternité. Tu n'es pas ainsi, Azzie. Tu es intelligent, astucieux, tu as des principes et de l'initiative. Propose quelque chose. Tu pourrais vraiment avoir une chance.

— Mais je ne sais pas quoi faire, dit Azzie. Et, même si je le savais, je n'ai pas d'argent pour passer à l'exécution.

— Tu as payé la vieille femme.

— C'était de l'or des fées. Il disparaîtra dans un jour ou deux. Si je veux m'inscrire pour le concours, je devrai payer en argent de bon aloi.

— Je sais où en trouver.

— Où ça? Et combien de dragons me faudra-t-il trucider pour m'en emparer?

— Pas le moindre. Tu as seulement à être le meilleur joueur à la fête célébrant l'anniversaire de l'invention du poker.

— Un poker! Ma passion! Où doit avoir lieu la partie?

— D'ici trois jours, dans un cimetière de Rome. Mais il faudra que tu joues mieux que la dernière fois. Sinon, tu retourneras dans la Fosse pour quelques siècles de plus. Ce dont tu as besoin, en fait, c'est ce que les flambeurs de l'avenir appelleront un avantage.

— Un avantage? Qu'est-ce que c'est que ça?

— N'importe quel objet qui t'aide à gagner.

— Il y a des observateurs à ces parties pour empêcher de tricher.

— Tout à fait. Néanmoins, aucune loi, céleste ou infernale, n'interdit l'usage d'un porte-bonheur.

— Mais ils sont si rares! Si seulement j'en avais un!

— Je peux te dire où en trouver un. Je te préviens cependant que tu devras te donner du mal pour l'obtenir.

— Dis toujours, Hermès!

— Au cours de mes errances nocturnes dans la ville de Troyes et ses environs, j'ai remarqué un endroit à l'orée des bois, vers l'ouest, où poussent de petites fleurs orangées. Les gens d'ici ne connaissent pas cette plante, mais c'est du spéculum, qui ne prend racine qu'en présence de félixite.

— Il y a de la félixite dans le coin ? s'exclama Azzie, fort étonné.

— Tu dois le découvrir par toi-même, dit Hermès. Mais les indications sont valables. »

5

Azzie remercia Hermès et s'en alla. Il traversa un champ en contrebas jusqu'à l'orée de la forêt qui entourait la ville. Il trouva la fleur rare qui croissait discrètement à ras de terre. Il la huma (le parfum du spéculum est délicieux), puis s'agenouilla pour coller son oreille au sol. Son ouïe d'une acuité surnaturelle transmit à ses sens la présence de quelque chose sous le sol, qui se déplaçait et cognait, se déplaçait et cognait. Il s'agissait bien sûr du bruit caractéristique fait par un nain en train de creuser un tunnel avec sa pelle et sa pioche. Les nains ont bien conscience que le son les trahit, mais qu'y peuvent-ils ? Ils ont besoin de creuser pour se sentir en vie.

Azzie tapa du pied et s'enfonça dans le sol. C'est un talent commun à la plupart des démons arabes et européens. Vivre sous la terre est aussi naturel pour eux que de vivre à sa surface l'est pour les êtres humains. Les démons perçoivent la terre comme quelque chose qui ressemble à de l'eau ; ils peuvent y nager, mais ils préfèrent de loin marcher dans un tunnel.

Il faisait frais dans le sous-sol. L'absence de lumière n'empêchait pas Azzie de voir très nettement tout autour de lui, à la manière d'un film infrarouge un peu flou. C'est plutôt agréable d'être sous terre. Il y a des taupes et des musaraignes près de la surface, et d'autres créatures rampant dans les différentes strates du sol.

Azzie finit par déboucher dans une vaste grotte souterraine. Des roches phosphorescentes diffusaient une vague luminosité, et il voyait à l'autre bout de la caverne un nain solitaire de l'ethnie d'Europe du Nord, vêtu d'un costume de moleskine vert et rouge bien coupé, chaussé de minuscules bottes en cuir de gecko et coiffé d'une casquette en peau de souris.

« Mes salutations ! dit Azzie, grandissant autant que le lui permettait le plafond bas de la grotte, afin de dominer le nain d'une manière suffisamment impressionnante.

— Salut, démon, répondit celui-ci sans manifester la moindre satisfaction. Alors, on se promène ?

— On pourrait dire ça. Et toi ?

— Je ne fais que passer. Je suis en route vers une réunion à Antibes.

— Sans blague ? fit Azzie.

— Ma parole.

— Alors, pourquoi étais-tu là en train de creuser ?

— Moi ? Creuser ? Pas vraiment.

— Dans ce cas, que fais-tu cette pioche à la main ? »

Le gnome baissa les yeux et parut tout surpris de voir l'outil en question. « J'étais juste en train de mettre un peu d'ordre. » Il essaya de ratisser quelques cailloux, avec un résultat plutôt médiocre.

« Tu mets un peu d'ordre dans la terre ? Tu me prends pour quoi, pour un demeuré ? Et qui es-tu, d'abord ?

— Je suis Rognir, de la Gnomerie rolfeuse d'Uppsala. Ça te paraît peut-être absurde de mettre de l'ordre dans la terre, mais ça vient tout naturellement aux nains ; nous aimons que rien ne change.

— Franchement, grogna Azzie, ce que tu dis n'a aucun sens pour moi.

— C'est parce que je suis nerveux, expliqua Rognir. En général, je parle très raisonnablement.

— Alors, fais un effort maintenant. Détends-toi, je ne te veux aucun mal. »

Le nain acquiesça, mais il ne semblait guère convaincu. Il y a dans le royaume des esprits de nombreuses rivalités ignorées des êtres humains car ne se trouvait pas toujours un Homère ou un Virgile dans le coin lorsqu'il se passait quelque chose. Ces temps-ci, les nains et les démons étaient plutôt à couteaux tirés à cause de querelles territoriales. Les démons ont toujours revendiqué la souveraineté du sous-sol, malgré leur lointaine origine d'anges déchus de la lumière. Ils adorent les chemins souterrains, les grottes et les cavernes, les fondrières et les cratères, les gorges profondes qui présentent d'étranges et merveilleux panoramas à leur imagination poétique mais carrément lugubre. Les nains revendiquent également la totalité du monde souterrain car ils se considèrent comme les enfants de la Terre, nés spontanément du chaos flamboyant et des convulsions des plus profondes entrailles terrestres. Ils se font des idées, bien sûr ; la véritable origine des nains est intéressante, mais nous n'avons pas le temps de l'évoquer ici. Ce qui importe, c'est le pouvoir de l'imagination, le fait de s'emparer d'une idée et de s'y cramponner obstinément. Ainsi en va-t-il des nains et de leur insistance à errer à leur gré par les chemins souterrains, sans opposition ni contrainte.

Mais les démons ne pensent pas de cette manière. Ils préfèrent les territoires. Ils apprécient de marcher seuls et de voir toutes les autres créatures s'écarter de leur passage. Les nains, eux, se déplacent en bandes, barbe blonde au vent, la pelle et la pioche toujours prêtes ; ils marchent en cadence en chantant (car ce sont de grands chanteurs), et il leur arrive de traverser une réunion de démons. Ceux-ci ne cessent en effet d'organiser des congrès, des rencontres, des conventions à propos de ceci ou de cela, même si ceux qui détiennent réellement le pouvoir ne prêtent que rarement attention à leurs discussions. Quoi qu'il en soit, les démons détestent qu'on les contrarie, et les nains ont une inquiétante propension à toujours choisir le pire moment et le pire endroit pour creuser et déranger un démon plongé dans de profondes réflexions, immobile sur un bloc de basalte, les mains sur les oreilles, comme nous les voyons dans les portraits de famille taillés dans la pierre au sommet des tours de Notre-Dame. Les démons estiment que les nains les envanissent. On a déclaré des guerres pour moins que ça.

« Je crois que nos tribus sont actuellement en paix, dit Azzie. En tout état de cause, je viens simplement chercher quelque chose qui ne peut même pas t'intéresser puisque ce n'est pas une pierre précieuse.

— Que cherches-tu exactement ?

— De la félixite. »

En ce temps-là, les sorts et les talismans avaient encore une grande puissance dans le monde. Il en traînait beaucoup partout, même si les nains les cachaient dans des recoins secrets pour les mettre à l'abri des dragons, sans grand succès puisque ces derniers savaient que partout où il y a des nains, il y a de l'or. Les nains travaillaient dur pour extraire de la félixite porte-bonheur des profondeurs de la terre. On ne trouvait cette pierre qu'en faible quantité, dans des couches de basalte neptunien, de la sorte la plus ancienne et la plus dure.

La pierre de bon augure, la félixite, était d'un usage fréquent à l'époque où tout était plus heureux, meilleur, plus séduisant, plus loyal, en un mot pendant l'Âge d'or qui a pris fin juste avant que les authentiques êtres humains n'entrent en scène. Certains disent que ses veines ont été déposées par les anciens dieux qui régnaient en ces temps lointains, avant que les choses aient un nom. Même alors, la félixite était le minerai le plus rare du monde. Une minuscule quantité pouvait transmettre au porteur sa joie inhérente et son karma plein d'entrain, prédisposant ainsi toutes ses entreprises à une issue favorable. Voilà pourquoi des hommes tuaient pour s'en procurer.

Une chose est certaine. Si l'on désire un porte-bonheur, on doit en voler un (ce qui est difficile car le talisman se protège lui-même pour son possesseur et a donc tendance à se montrer plus qu'un tantinet résistant aux voleurs), ou alors dénicher un filon de félixite dans les entrailles du sol et en façonner un à son goût. On pourrait croire que la félixite naturelle a aujourd'hui disparu, puisque les nains en cherchent (entre autres choses) sous terre depuis aussi longtemps que l'humanité se trouve à sa surface, mais on aurait tort. La félixite est si puissante que la terre elle-même en est bénie et continue à en produire de temps à autre dans l'extase, quoique toujours en petites quantités.

« De la félixite ! » Rognir eut un petit rire qui sonnait faux. « Qu'est-ce qui te fait croire qu'il y en a par ici ?

— Une petite souris me l'a dit », répliqua Azzie. Cette fine allusion à l'ancien emploi d'Hermès, qui avait été le dieu Souris avant d'être aboli avec tous les autres habitants de l'Olympe, échappa totalement à Rognir.

« Il n'y a pas de félixite ici, dit celui-ci. Les filons sont épuisés depuis longtemps.

— Ça n'explique guère ce que tu fais ici.

— Moi ? Je prenais juste un raccourci. Il se trouve que ce passage est sur la grande rocade souterraine qui relie Bagdad à Londres.

— Puisque c'est comme ça, ça ne t'ennuie pas si je jette un coup d'œil ?

— Qu'est-ce que tu veux que ça me fasse ? La terre est à tout le monde.

— Très juste », dit Azzie, et il se mit à fouiner un peu partout. Son museau de renard au flair aiguisé ne tarda pas à détecter un soupçon d'une vague odeur qui aurait pu autrefois, il n'y avait pas si longtemps, être associée avec autre chose, elle-même associée, peut-être seulement de manière fugitive, avec la félixite. (Les démons ont un sens olfactif extrêmement développé, pour rendre leur service dans la Fosse d'autant plus pénible.)

Reniflant donc tel un renard, Azzie suivit l'odeur fugace à travers la caverne, tout droit jusqu'au sac en peau de lémurien posé aux pieds de Rognir.

« Ça ne te dérange pas que je regarde ce qu'il y a là-dedans ? » demanda Azzie.

Ça dérangeait énormément Rognir, mais, comme les nains ne sont pas de force contre les démons en combat singulier, il jugea préférable de ne pas l'exprimer.

« Je t'en prie », marmonna-t-il.

Azzie vida le sac. Il écarta du pied les rubis que Rognir avait réunis en Birmanie, négligea les émeraudes de Colombie, repoussa les diamants d'Afrique du Sud et leurs sinistres connotations encore à venir, et ramassa un petit morceau de pierre rose en forme de cylindre.

« Voilà qui m'a tout l'air d'être de la félixite, dit-il. Ça t'ennuierait que je te l'emprunte un moment ? »

Rognir haussa les épaules avec résignation puisqu'il n'avait pas le choix.

« N'oublie pas de la rapporter.

— Ne t'inquiète pas. » Azzie tourna les talons pour s'en aller. Puis il regarda de plus près les pierres précieuses éparpillées sous ses pieds. « Dis-moi, Rognir, tu m'as l'air d'un brave nain. Que dirais-tu de conclure un marché avec moi ?

— À quoi penses-tu ?

— Eh bien, j'ai une certaine entreprise en cours. Je ne peux pas trop en parler pour l'instant, mais c'est en rapport avec la célébration imminente du Millenium. J'ai besoin de la félixite et de tes pierreries parce qu'un démon ne peut rien faire sans argent ! Si j'obtiens le soutien que j'espère des Hautes Puissances du Mal, je pourrai te rembourser dix fois.

— Mais j'avais l'intention d'emporter tout ça chez moi et de l'ajouter à ma pile », protesta Rognir. Il s'accroupit et se mit à ramasser ses pierres précieuses.

« Elle doit déjà être joliment haute, hein ?

— Oh, il n'y a pas de quoi avoir honte ! s'exclama Rognir

avec la satisfaction d'un nain dont la pile pourrait rivaliser avec les meilleures.

— Alors, pourquoi ne me laisserais-tu pas ces pierres ? Puisque ton tas chez toi est déjà bien gros ?

— Ça ne veut pas dire qu'il ne peut pas grossir encore.

— Bien sûr. Mais, si tu les ajoutes maintenant à ta pile, ton argent ne travaillera pas pour toi. Si tu l'investis avec moi, il te rapportera.

— De l'argent qui travaille pour moi ? Quelle idée étrange ! Je ne savais pas que l'argent était censé travailler.

— C'est une idée de l'avenir et elle est tout à fait raisonnable. Pourquoi l'argent ne travaillerait-il pas ? Tout le monde travaille.

— En effet. Mais qu'est-ce qui m'assure que tu tiendras ta promesse ? Tout ce que j'aurai, c'est ta parole que ta parole est valable si j'accepte cette offre, alors que, si je la refuse, j'aurai toujours toutes mes pierres précieuses.

— Je peux rendre cette offre irrésistible, insista Azzie. Au lieu de suivre la procédure bancaire habituelle, je vais te payer ton bénéfice d'avance.

— Mon bénéfice ? Mais je n'ai même pas encore investi avec toi.

— Je m'en rends bien compte. Par conséquent, pour te motiver, je vais te donner les intérêts que tu gagneras en un an si tu investis avec moi.

— Et que dois-je faire ?

— Tu n'as qu'à ouvrir les mains.

— Bon, très bien, dit Rognir qui, comme la plupart des nains, était incapable de résister à l'appât du gain.

— Voilà », dit Azzie. Il lui donna deux des plus petits diamants, un rubis présentant un léger défaut et trois émeraudes parfaites.

Rognir les accepta et les considéra d'un air indécis.

« Ne sont-elles pas à moi ?

— Bien sûr. C'est ton bénéfice.

— Mais elles étaient à moi dès le début !

— Je sais. Seulement, tu me les as prêtées.
— J'ai fait ça ? Je ne m'en souviens pas.
— Tu te souviens quand même d'avoir accepté le bénéfice quand je te l'ai offert ?
— Bien sûr ! Qui refuse un bénéfice ?
— Et tu as eu tout à fait raison. Mais ton bénéfice était basé sur le prêt des pierres pour que j'en tire un bénéfice pour toi. À présent, tu en as récupéré plusieurs. Mais je te les dois toujours, ainsi que les autres. Elles représentent le capital. Dans un an, tu récupéreras tout. Et tu as déjà touché les intérêts.
— Je ne suis pas sûr de saisir tout à fait, dit Rognir d'un air perplexe.
— Fais-moi confiance. Tu as réalisé un sage investissement. C'était un plaisir de faire affaire avec toi.
— Attends un instant ! »
Azzie rafla le reste des pierres, sans oublier le morceau de félixite, et disparut dans le monde de la surface. Les démons, cela va sans dire, sont capables de disparaître, ce qui leur donne un remarquable sens du théâtre.

6

Il y avait belle lurette qu'Azzie n'était pas allé à Rome. La Ville éternelle a toujours été la cité préférée des démons, qui avaient depuis longtemps l'habitude de s'y rendre, parfois seuls, le plus souvent avec femmes et enfants, en groupes de plusieurs centaines de personnes accompagnés par des guides qui leur expliquaient ce qui s'était passé en tel ou tel endroit. Les curiosités ne manquaient pas. Les cimetières, par-dessus tout, occupaient une place de choix sur la liste des attractions. La lecture des inscriptions sur les pierres tombales procurait un grand amusement à ces démons touristes, et les cimetières étaient de délicieux endroits mélancoliques propices à la réflexion, avec leurs grands cyprès noirs et leurs monuments antiques couverts de mousse. De surcroît, Rome était en ce temps-là un endroit excitant ; il y avait toujours l'élection de tel pape, l'excommunication de tel autre, ainsi que l'occasion de faire aller les choses de mal en pis.

L'époque était particulièrement intéressante car il s'agissait du Millenium, de l'An Mil. Othon III régnait sur le Saint Empire romain germanique, et il y avait de nombreux conflits entre ses partisans allemands et les Italiens qui soutenaient les candidats locaux. Les nobles romains prenaient régulièrement les armes contre l'empereur. Attaques et défaites se succédaient sans répit. Il n'était pas sûr pour un être humain de se promener dans les rues après la tombée de la nuit, et il y avait du danger même en plein jour. Des bandes de mercenaires sans foi ni loi rôdaient dans les rues, et malheur à l'homme ou à la jeune fille qui tombait entre leurs mains.

Azzie arriva par la voie des airs au crépuscule, alors que le soleil couchant illuminait les dômes et les coupoles de Rome et que les ombres du soir recouvraient déjà les toits de terre cuite. Il survola les venelles tortueuses, piquant pour admirer le Forum et le Colisée. Puis il reprit de l'altitude et se dirigea vers le Palatin. Là se trouvait un cimetière très particulier, le Narbozzi, où les démons organisaient depuis des temps immémoriaux leur grande partie de poker annuelle. Avec de la chance, elle aurait encore lieu au même endroit cette année.

Le cimetière Narbozzi, qui s'étendait sur des centaines d'hectares le long de la limite septentrionale ondulante du mont Palatin, était couvert de sarcophages de marbre, de croix de pierre et de caveaux de famille. Azzie se promena dans les allées envahies d'herbes folles qui devenaient plus nettes pour lui à mesure que le soleil se couchait car les démons y voient mieux la nuit, qui est leur milieu familier. Le cimetière était immense et Azzie craignait de ne pas réussir à trouver la partie de poker. Il avait avec lui son amulette porte-bonheur, la félixite de Rognir, bien emballée dans un morceau de parchemin portant le sceau du roi Salomon. Et sa bourse contenait les pierres précieuses du nain, sa mise pour la partie à venir.

Il pressa le pas, et bientôt le crépuscule eut cédé la place à la nuit totale. Une lune cornue apparut au-dessus de sa tête, et Sirius du Grand Chien se mit à briller rouge dans les Cieux, un excellent présage de mauvais augure. On entendait les stridulations des criquets et le coassement des grenouilles dans les marais des alentours. Azzie commençait à se demander s'il ne s'était pas trompé de cimetière — Rome détenait à l'époque le record du nombre de nécropoles d'un grand intérêt pour les amateurs d'antiquités. Cela aurait pris trop longtemps pour toutes les visiter, d'autant qu'il n'en avait même pas la liste complète.

Il commençait à maudire son manque de prévoyance — il aurait dû prendre contact avec la Commission des Conventions surnaturelles — lorsqu'il entendit un rassurant son inhumain. Il marcha dans la direction de ce qui se révéla bientôt être un rire. Il provenait de la partie orientale du Narbozzi, connue dans l'Antiquité sous le nom du « Coin maudit ». En se rapprochant, Azzie perçut des jurons et des blasphèmes, puis il reconnut le rire tonitruant de Newzejoth, un grand seigneur parmi les démons à la voix inoubliable. Il prit aussitôt son vol vers sa source.

Les démons s'étaient installés dans un petit creux entre l'imposant sarcophage de marbre de Romulus et la tombe plus récente de Pompée. Ils se trouvaient dans un boqueteau entouré par une ceinture de chênes verts. Bien qu'ils ne fussent là que depuis quelques heures, ils avaient déjà semé le chaos et répandu les immondices caractérisant toute réunion de démons. On avait apporté d'énormes barriques d'ichor pour les rafraîchissements. Il y avait des feux çà et là, et des familiers des cuisines y faisaient griller sur des charbons ardents des parties de corps humains de différentes origines.

Azzie ne tarda pas à être accueilli par les autres démons. « Viande blanche ou viande noire ? » lui demanda un succube en le servant. Mais Azzie n'avait pas le temps de manger, aussi délicieux que puissent paraître ces jeunes humains, ainsi cuits à la broche et dorés à point.

« Où est la partie ? demanda-t-il.

— Là-bas », répondit le succube. C'était un démon indien, Azzie le devina à l'anneau dans son nez et à ses pieds tournés devant derrière. Elle lui souriait d'un air engageant. Elle était en effet superbe, mais il n'avait pas non plus le temps ni l'appétit de badiner car la fièvre du jeu bouillonnait dans ses veines. Il se hâta vers la haie de chênes verts.

Les joueurs étaient assis en cercle, éclairés par des boules de feu et des chandelles composées de substances cireuses malodorantes. Ils étaient entourés par un autre cercle de démons rassemblés pour regarder et commenter l'action. Un gros coup était en train au moment où Azzie arriva. Il y avait dans le pot des pièces d'or, quelques dinars d'argent et un torse humain qui valait gros car du sang coulait encore des moignons des bras et des jambes. La dernière mise effectuée, ce fut un petit démon au ventre rond et aux membres maigres, avec un long nez (un Lapon, à en juger par son chandail brodé d'un renne), qui gagna et rafla le tout.

« Nouveau joueur ! » annonça quelqu'un, et tous s'écartèrent pour faire de la place à Azzie.

Il s'assit, disposa ses pierres précieuses devant lui et reçut ses cartes. Au début, il se montra prudent. Ça faisait un bon moment qu'il n'avait pas joué au poker. Cette fois, et en dépit de sa félixité, il était bien décidé à miser uniquement lorsqu'il aurait de bonnes cartes, à se coucher en cas de doute, à faire tout ce que les joueurs de poker, qu'il s'agisse d'humains ou de démons, se promettent de faire. Il changea quelques-unes de ses pierres contre des morceaux de corps et commença à jouer. La partie se poursuivit à la lueur verdâtre des chandelles, ponctuée par des rires ou des jurons quand la fortune souriait à l'un ou à l'autre.

Des démons jouant au poker sont de joyeux compagnons tant que les choses roulent bien pour eux. Ils se lancent dans une partie avec un vif enthousiasme, misent des têtes humaines entières et relancent à qui mieux mieux avec des membres. Le tout accompagné du genre de plaisanteries que les démons trouvent désopilantes mais que d'autres créatures jugeraient de mauvais goût. « Des panards au sang ? » proposa un démon serveur en passant à la ronde un plateau de fins morceaux humains.

Azzie oublia vite sa prudence. Il se mit à flamber, à effectuer des mises de plus en plus élevées. Il pensait au banquet du Millénaire des mauvaises actions, et à quel point il aurait aimé y participer. Si seulement il pouvait gagner ! Il avait fort envie de représenter le Mal au grand concours millénaire entre la lumière et les ténèbres.

Mais, malheureusement, sa pile de morceaux humains ne cessait de baisser. Il savait qu'il misait d'une manière stupide, démoniaque, insensée, mais c'était plus fort que lui. Pris par le rythme de la partie, il remarquait à peine que les démons les plus puissants semblaient rafler les plus gros pots. Qu'est-ce qui n'allait pas, avec sa félixite ? Pourquoi n'avait-il jamais un jeu d'enfer ?

Il finit par lui venir l'idée que tous les joueurs avaient une amulette porte-bonheur et que, plus un démon était important, plus il avait les moyens de s'en payer une puissante. Il était évident que les sortilèges des autres joueurs devaient neutraliser le sien. Il était une nouvelle fois en train de se faire lessiver ! C'était inconcevable et fort injuste.

La nuit passa vite ; Azzie remarqua bientôt que le ciel s'éclaircissait à l'orient. L'aube n'allait pas tarder, et la partie devrait prendre fin, à moins que quelqu'un n'ait les clés d'un tombeau privé. À ce moment, Azzie avait quasiment perdu son capital de départ.

La rage et le dépit submergèrent sa tête de renard. Le jeu qu'il avait entre les mains ne valait pas tripette — une paire de deux et trois cartes moyennes. Il allait les rejeter et se coucher lorsqu'il lui vint un pressentiment. Non, pas un pressentiment, plutôt une sensation. Une espèce de chaleur qui montait du voisinage de sa bourse. Était-ce son talisman qui cherchait à lui dire quelque chose ? Oui, sûrement. Et il lui apparut que, si la félixite voulait réellement l'aider, elle attendrait une seule bonne main et ferait tout pour qu'il gagne ce coup-là.

Il en était tant persuadé qu'il continua de miser sans réfléchir avec son mauvais jeu, relançant encore et encore.

On lui donna ses cartes définitives. Il ne les regarda même pas, mais continua à miser.

La minute de vérité venue, il étala ses cartes, vit sa paire de deux et constata qu'on lui en avait distribué deux autres. Il allait bêtement annoncer deux paires quand il comprit soudain que deux et deux font quatre et qu'il avait un carré. Aucun des participants n'avait un jeu aussi fort. Le pot, le plus gros de la soirée, fut ratissé vers lui.

Outre la pile de pièces d'or, de pierres précieuses et de divers morceaux de corps, Azzie y trouva une belle poignée d'épée dont la lame était cassée, autour de laquelle était nouée une faveur de dame en soie rouge. Il y avait aussi une paire de jambes humaines en excellent état, à peine grignotées, et pas mal de choses moins intéressantes : des osselets, des rotules, quelques tendons et ligaments, qu'il échangea contre de l'or.

Azzie, en véritable démon, aurait bien continué à jouer tant qu'il lui restait un sou ou un bout de corps humain à risquer. Mais le soleil venait d'apparaître à l'horizon et il était temps pour tout le monde de quitter le cimetière. Azzie fourra ses gains dans un solide sac de toile qu'il avait apporté à cet effet. Le début d'une idée commençait à germer sous son crâne. Elle était encore vague, mais il tenait là quelque chose...

LAUDES

FRIKE

1

Après avoir quitté la partie de poker, Azzie s'envola vers le nord. Il avait l'intention d'assister à la grande convention de démons faisant partie des cérémonies d'ouverture du concours du Millénaire qui se tenait à Aix-la-Chapelle, l'ancienne capitale de Charlemagne. Mais il fut retardé par un violent vent debout, car le fait d'être invisible et quelque peu ténu ne réduit pas totalement la pression de l'air. Le soir venu, il n'avait pas dépassé Ravenne. Il décida de renoncer à la convention et chercha hors de la ville un cimetière engageant pour s'y reposer.

L'endroit était agréable, avec une profusion de grands arbres vénérables, chênes et saules, une jolie association, et naturellement des cyprès, les majestueux arbres funèbres des contrées méditerranéennes. Il y avait des tombeaux et des mausolées plaisamment vétustes. On distinguait au loin la silhouette de pierre grise des remparts à demi effondrés de Ravenne.

Azzie s'installa confortablement près d'une antique stèle érodée par les intempéries. Ce dont il avait besoin, à présent, c'était d'un feu douillet. Dans un caveau de famille voisin, il trouva plusieurs cadavres extrêmement desséchés, qui lui servirent à alimenter les flammes avec quelques chats morts empoisonnés par un quelconque empêcheur de miauler en rond.

À mesure que la nuit avançait, Azzie commença à sentir la faim. Il avait effectué un excellent repas la nuit précédente à la partie de poker, et les démons peuvent attendre longtemps entre deux repas, mais sa journée de vol contre le vent avait aiguisé son appétit. Il vida son sac pour voir ce qui lui restait de comestible.

Ah, il y avait deux têtes de chacals confites enveloppées dans un pan de suaire moisi qu'il avait prises à la fête. Ces morceaux de choix le laissèrent toutefois sur sa faim. Se remettant à farfouiller, il découvrit la paire de jambes qu'il avait gagnées.

Elles étaient très appétissantes ; seulement, il n'avait pas vraiment l'intention de les manger. Il se rappelait qu'une vague idée lui était venue quand il les avait vues pour la première fois, mais il l'avait à présent oubliée. On pouvait sûrement en faire autre chose que de les manger ; alors, il les appuya bien droites contre la stèle. Elles lui inspirèrent un irrésistible désir de soliloquer. À cette époque, les démons trouvaient tout naturel de voyager des centaines de lieues à la recherche d'un bon objet pour soliloquer. C'était une pratique particulièrement agréable dans les hautes terres italiennes désolées, au milieu des bourrasques et des lointains glapissements des chacals.

« Ô jambes, dit Azzie, je gage que vous couriez lestement aux ordres et aux souhaits de votre dame, et que vous faisiez de belles révérences également, car vous êtes musclées et bien tournées, de ces jambes que les dames considèrent d'un œil favorable. Ô jambes, je vous imagine maintenant écartées dans un éclat d'antique hilarité ou serrées dans l'ultime transport de l'amour. Lorsque vous étiez jeunes, ô jambes, vous avez escaladé plus d'un chêne majestueux, vous avez couru le long de ruisseaux et à travers les champs verts et accueillants de votre pays natal. J'ose dire que vous sautiez par-dessus les haies dans vos courses insouciantes. Nul chemin n'était trop long pour vous et vous n'étiez jamais fatiguées...

— Tu crois ça, toi ? » fit une voix en hauteur derrière Azzie. Il se retourna et découvrit Hermès Trismégiste enveloppé dans une cape. Il n'était pas tellement surpris que le mage l'eût suivi. Hermès et les autres dieux antiques semblaient obéir à une destinée différente de celle des démons et des spectres, une destinée que n'affectaient pas les questions de Bien et de Mal.

« Ça me fait plaisir de te revoir, Hermès, lui dit-il. J'étais juste en train de philosopher au sujet de cette paire de jambes.

— Je ne vais pas t'en empêcher. »

Hermès planait dans les airs, cinq pieds environ au-dessus de la tête d'Azzie. Il se laissa flotter jusqu'au sol avec grâce et se pencha pour examiner les jambes.

« À ton avis, à quel genre d'homme appartenaient-elles ? » demanda-t-il.

Azzie les examina à nouveau. « À un joyeux drille, évidemment : regarde, elles sont encore recouvertes de ce tissu bariolé aux vives couleurs qu'affectionnent les dandys imbus de leur personne.

— Tu crois qu'il s'agissait d'un dandy ?

— Très certainement : vois donc comme les mollets sont délicatement tournés. Et observe la forme parfaite et la longueur des muscles des cuisses. Tu noteras aussi le petit pied à la haute voûte d'aristocrate, les orteils bien formés et les ongles taillés avec soin. Il n'y a pas beaucoup de callosités au talon ni sur les côtés. Leur possesseur n'avait pas besoin de gagner sa vie, du moins certainement pas avec ses pieds ! Comment crois-tu qu'il a rencontré son destin ?

— Je l'ignore, répondit Hermès. Mais nous pouvons facilement le savoir.

— As-tu donc un tour de ta façon ? Quelque magie ou incantation inconnue du commun des démons ?

— Ce n'est pas pour rien que je suis le saint patron des alchimistes, qui m'invoquent lorsqu'ils concoctent leurs mixtures. Ils cherchent à transformer le vil métal en or pur, mais je peux transformer la chair morte en souvenir vivant.

— Voilà un tour qui a l'air fort utile, dit Azzie. Peux-tu me le montrer ?

— Avec plaisir. Voyons un peu comment ces jambes ont passé leur dernière journée. »

Comme il est d'usage dans les incantations, il y eut une bouffée de fumée suivie d'un bruit analogue à celui d'un gong en bronze. Sous le regard d'Azzie, la fumée se dissipa et il vit...

Un jeune prince partait défendre le château de son père. C'était un beau garçon admirablement équipé pour le commerce des armes. Il chevauchait à la tête de ses hommes, et ils formaient un vaillant spectacle, avec leurs oriflammes écarlate et or claquant dans la brise d'été. Puis ils virent devant eux un autre corps d'armée. Le prince arrêta sa monture et appela son sénéchal.

« Les voici ! dit-il. Nous les tenons, à présent — entre un rocher et un bloc de glace, comme on dit en Laponie. »

Ce fut là tout ce que vit Azzie. Puis la vision se dissipa.

« Peux-tu lire ce qui lui est arrivé ? » demanda-t-il.

Hermès soupira, ferma les yeux et redressa la tête.

« Ah... je me suis branché sur la bataille, un bel engagement d'hommes armés, certes ! Regarde-les se battre avec fougue, écoute le chant des épées bien trempées ! Oui, le combat est furieux, tous sont habiles et courageux. Mais, qu'est-ce que... Un des hommes a quitté le cercle. Il bat déjà en retraite alors qu'il n'est même pas blessé. C'est l'ancien propriétaire de ces jambes.

— Poltron ! s'écria Azzie qui avait l'impression d'assister au combat.

— Oh, mais il ne s'en tirera pas indemne. Un homme le suit, les yeux rougis par une fureur sanguinaire, un imposant géant, un berserker, un de ceux que les Francs combattent depuis des siècles et qu'ils appellent les fous du Nord !

— Je n'aime guère les démons nordiques, moi non plus, avoua Azzie.

— Le berserker rattrape ce couard de prince. Son épée lance un éclair, il frappe de côté avec un étonnant mélange d'adresse et de fureur.

— Il n'est pas facile de donner un tel coup, commenta Azzie.

— Il a été bien porté — le prince poltron est fendu en deux. Sa partie supérieure roule dans la poussière. Mais ses jambes de pleutre continuent de courir, elles courent maintenant pour fuir la mort. Soulagées du poids du reste du corps, elles n'ont aucun mal à courir, mais elles ne tarderont pas à manquer d'énergie. Quelle quantité en faut-il à une paire de jambes pour avancer alors qu'elles n'ont rien d'autre à porter qu'elles-mêmes ? Les démons poursuivent ces jambes qui courent parce qu'elles ont déjà franchi les limites du normal, elles courent déjà dans le domaine illimité des possibilités surnaturelles. Et, à présent, elles titubent enfin, font encore quelques pas chancelants, se retournent, vacillent, puis s'effondrent sans vie sur le sol.

— En un mot, nous avons ici les jambes d'un lâche.

— Un lâche, assurément. Mais un divin poltron tentant de fuir la mort jusque dans la mort même, tant il avait peur que ce qui lui était arrivé en réalité ne lui arrive. »

2

Après qu'Hermès l'eut quitté pour aller présider une réunion de mages dans ce qui serait un jour Zurich, Azzie s'assit et s'abîma dans de sombres pensées. Il tâta les jambes d'un air morose. Elles étaient bien trop précieuses pour les gaspiller en les transformant en un vulgaire casse-croûte. C'était ce qu'Hermès avait insinué, avec son habituelle manière tortueuse.

Que devait-il en faire ? Il songea à nouveau à ce grand événement, le concours du Millénaire. Il avait besoin d'une idée, d'un concept... Il considéra les jambes, les changea de position, les disposa de telle et telle manière. Il devait y avoir quelque chose...

Il se redressa soudain. Oui, les jambes ! *Eurêka !* Il avait une idée pour le concours ! Une idée merveilleuse, qui ferait sa renommée dans les cercles maléfiques, il en avait la certitude. Elle lui était venue dans un soudain élan d'inspiration démoniaque. Il n'avait pas de temps à perdre, il devait se dépêcher de la faire enregistrer, de s'assurer de la coopération des Puissances du Mal. Quel jour était-on ? Il effectua un rapide calcul, puis gémit. C'était le dernier jour pour s'inscrire. Il devait sans tarder se rendre au Conseil supérieur des démons !

Prenant une profonde inspiration, il quitta la Terre pour se propulser dans la région des Limbes où se réunissait le conseil. En général on ne s'en rend pas compte, mais les démons ont autant de mal que les mortels à joindre les personnages haut placés. Si l'on n'occupe pas soi-même un poste clé dans la hiérarchie, si l'on n'est pas apparenté à quelqu'un d'important, si l'on n'est pas un athlète doué, mieux vaut prendre son mal en patience ; il faut passer par la voie hiérarchique, ce qui peut demander du temps.

Or Azzie n'avait pas le temps. Le conseil désignerait un gagnant le lendemain matin, et les jeux seraient faits.

« Je dois voir la Commission des Jeux », dit-il au démon qui gardait le portail du Ministère. Dans ce vaste ensemble de bâtiments — certains baroques et ornementaux avec des dômes en forme de bulbe, d'autres modernes, sévères et tout en lignes droites — se réglaient toutes les affaires des démons, diablotins et autres êtres maléfiques. De nombreux démons y travaillaient : les incessants travaux de codification du comportement des créatures surnaturelles exigeaient une grande quantité de paperasse. Ce gouvernement démoniaque était plus important encore que n'importe lequel de ses équivalents terrestres et il employait presque tous les démons de l'Enfer pour une tâche ou pour une autre. Il n'avait pourtant jamais été approuvé par une Puissance supérieure. Le seul pouvoir reconnu au-dessus du Bien et du Mal était la chose étrange et nébuleuse appelée Ananké — la Nécessité. On ne savait pas trop si la chaîne de commandement s'arrêtait là ou s'il existait d'autres échelons au-dessus. Les démons théoriciens n'étaient jamais allés plus loin qu'Ananké. Ils avaient du mal à communiquer avec lui parce qu'il était si énigmatique, si difficile à saisir, si désincarné et si secret qu'il était impossible d'avoir la moindre certitude à son sujet, sinon qu'il semblait bel et bien exister. C'était le juge des concours entre le Bien et le Mal qui avaient lieu tous les mille ans. Il prenait ses décisions d'une manière mystérieuse ; il était une loi par lui-même, mais une loi qui se laissait à peine entrevoir et ne perdait jamais de temps en explications.

Mais pourquoi les démons auraient-ils dû être gouvernés ? Il s'agissait en théorie de créatures autonomes obéissant à leurs impulsions, c'est-à-dire faire le Mal. Mais il semblait y avoir chez les créatures intelligentes, naturelles ou surnaturelles, une perversité innée qui les poussait à agir contre leur nature, contre ce qu'il y avait de meilleur pour elles, contre toutes les choses auxquelles elles auraient dû croire. Par conséquent, les démons avaient besoin d'un gouvernement, d'un bureau de Conformité, et cela les réjouissait infiniment parce que leurs plus grands théoriciens disaient que la mise en vigueur des normes maléfiques était pire, sur un plan maléfique, que l'accomplissement du Mal lui-même. Nul n'était tout à fait certain de ce que cela voulait dire, mais cela semblait relativement raisonnable.

Azzie se comporta d'une manière non conformiste en passant en coup de vent devant les gardes qui, pris de court, en restèrent pantois : c'était là un comportement aussi peu démoniaque que possible. Les démons lèchent en général les bottes de leurs supérieurs. Mais ils hésitèrent à se lancer à sa poursuite pour l'arrêter, car ce jeune démon à face de renard leur avait paru plus qu'un peu fou et, si c'était le cas, il pouvait être sous le coup d'une inspiration divine — c'est-à-dire inspiré par Satan lui-même, dans le service invisible de qui toutes les Puissances du Mal devaient s'incliner en guise d'acte de foi.

Azzie courait dans les couloirs du Ministère, tout à fait conscient de la raison pour laquelle les gardes n'avaient pas cherché à l'intercepter. C'était bien joli, mais il savait parfaitement qu'il n'était pas inspiré, et aussi que le Conseil supérieur ne serait pas ravi par son intrusion. Il lui apparut qu'il avait commis une très grave erreur et qu'il avait trop présumé de lui-même. Mais il chassa cette pensée de son esprit, de plus en plus ferme dans sa détermination. Maintenant qu'il avait commencé, il devait continuer.

Apportez-moi la tête du prince Charmant

Il gravit quatre à quatre un impressionnant escalier en fer à cheval, manqua de renverser une urne pleine d'herbes printanières fraîchement triées et suivit le corridor en prenant à gauche chaque fois que le choix se présentait ; il passa à toute allure devant de nombreux démons subalternes aux bras chargés de dossiers, avant d'arriver à une haute porte de bronze. Il sut que cela devait être sa destination. Il poussa le battant et entra.

Il déboula au beau milieu d'une réunion des Puissances du Mal. Une réunion qui n'avait rien de joyeux. On lisait le mécontentement sur les visages bestiaux des principaux démons — bouches aux coins tournés vers le bas, yeux rouges et gonflés.

« Qu'est-ce que c'est ? » s'écria Bélial en se dressant sur ses pieds de bouc pour mieux scruter Azzie qui s'inclinait très bas.

Azzie, la gorge nouée, était tout juste capable de balbutier et de regarder dans le vide.

« N'est-ce pas évident ? fit Azazel, voûtant ses puissantes épaules et agitant ses vastes ailes noires. C'est un démon du commun qui a le toupet de venir nous déranger. Je ne sais vraiment pas ce que les jeunes ont de nos jours. De mon temps, il en allait autrement. Les jeunes démons étaient respectueux, soucieux de plaire à leurs aînés. À présent ils traînent en bande, j'ai entendu qu'on les appelait les gangs des égouts, et ils se fichent bien de qui ils incommodent avec leur comportement bruyant. Comme si cela ne suffisait pas, ils ont même choisi un des leurs pour qu'il s'introduise dans notre *inner sanctorum* afin de nous défier. »

Bélial, vieux rival d'Azazel, frappa sur la table avec son sabot et dit d'une voix hachée : « Notre très honoré confrère a un talent admirable pour métamorphoser l'intrusion d'un seul démon en une guerre de gangs des égouts. Je ne vois là aucune bande, rien qu'un jeune démon à l'air plutôt stupide.

Je ferai également observer que, dans ce cas, *sanctum* est plus correct que *sanctorum,* ce que mon estimable confrère saurait s'il avait jamais maîtrisé le latin, notre langue maternelle chérie. »

Les yeux d'Azazel brasillèrent, de petites bouffées de fumée bleue montèrent de ses naseaux, l'acide corrosif qui se mit à ruisseler de son nez rongea la table en bois de fer. « Je ne supporterai pas d'être raillé par un esprit qui n'est même pas né démon mais qui a été fabriqué et sur qui l'on ne peut compter pour comprendre la véritable nature du Mal, en raison de son ascendance ambiguë ! »

D'autres membres du conseil réclamèrent la parole à grands cris, car les démons adorent se disputer pour savoir qui comprend vraiment le Mal, qui est le plus méchant et, par extension, qui ne l'est pas assez. Cela permit toutefois à Azzie de se ressaisir. Il prit conscience que l'attention des Seigneurs démons ne tarderait pas à se reporter sur lui. Il devait donc se hâter de parler pour se défendre.

« Nobles seigneurs, dit-il, je suis désolé d'être la raison de cette dispute. Je n'aurais pas fait irruption de la sorte si je n'avais une déclaration urgente à effectuer.

— Oui, dit Bélial. *Pourquoi* es-tu venu ? Et je constate que tu n'as pas apporté de présents, comme c'est la coutume. Qu'as-tu donc à dire pour ta défense ?

— Je viens les mains vides, c'est vrai. Mais c'est en raison de ma hâte, et je vous prie de m'en excuser. Mais j'apporte quelque chose de plus important. »

Il marqua une pause. C'était son sens démoniaque du théâtre qui le faisait s'interrompre à ce point, au lieu de continuer sur sa lancée.

Les Seigneurs démons avaient eux quelques connaissances en matière d'art dramatique. Ils fixèrent Azzie dans un silence accusateur. Au terme de ce qui parut une éternité, Belphégor, qui ne demandait qu'à ajourner cette séance pour aller faire un petit somme, grommela : « Bon, sois maudit. Qu'apportes-tu de plus important que des présents ? »

Azzie répondit d'une voix basse et rauque : « Je vous apporte, nobles seigneurs, ce qu'il y a de plus précieux au monde : une idée. »

3

Les paroles d'Azzie rappelèrent aux Seigneurs démons le souci qui les taraudait à ce moment : ils avaient cruellement besoin d'une idée pour les prochaines festivités de la lumière contre les ténèbres. Il leur fallait présenter au concours du Bien contre le Mal un drame dont le dénouement démontrerait, pour ainsi dire homéliquement, la supériorité du second sur le premier, leur donnant ainsi le droit de régner sur le destin des hommes pendant le prochain millénaire.

« Quelle est cette idée ? » s'enquit Bélial.

Azzie s'inclina bien bas et entreprit de leur narrer l'histoire du prince Charmant.

Les contes de fées ont un grand poids et une forte résonance pour les démons comme pour les humains. Tous les Seigneurs démons connaissaient l'histoire en question, où un jeune homme va sauver une princesse victime d'un sortilège qui l'a plongée dans un profond sommeil. Aidé par son cœur pur et son âme loyale, il affronte les nombreux dangers entourant la princesse, sort vainqueur de tous ces combats, traverse la muraille de ronces et d'épines entourant le château de la belle, escalade la montagne de verre tout en haut de laquelle se dresse celui-ci, et embrasse finalement la princesse. Alors celle-ci se réveille, et ils se marient, vivent heureux à jamais et ont beaucoup d'enfants.

Azzie se proposait de mettre en scène cette délicieuse histoire, mais avec des personnages de son cru.

« Messeigneurs, accordez-moi une bourse où je pourrai puiser librement pour mes fournitures et je créerai un prince et une princesse qui joueront l'histoire du prince Charmant et de la Belle au bois dormant, mais transformeront ce récit insipide et le mettront sens dessus dessous. Avec mon couple, le dénouement sera tout autre. La conclusion du conte, à laquelle ils parviendront en usant de leur libre arbitre, prouvera définitivement, pour la grande joie de nos amis et le plus vif dépit de nos ennemis, que, lorsqu'on lui donne carte blanche, le Mal sort inévitablement vainqueur des conflits de l'esprit humain.

— L'idée n'est pas mauvaise, reconnut Azazel. Mais qu'est-ce qui te fait penser que tes acteurs, avec leur libre arbitre, agiront comme tu le souhaites ?

— On peut s'en assurer en choisissant avec soin les parties de leur corps, répondit Azzie, ainsi qu'en leur donnant une éducation appropriée une fois qu'on les a sélectionnées et animées sous la forme d'une personne.

— Choisir avec soin ? demanda Phlegethon. Qu'entends-tu par là ?

— Voici le tout premier échantillon, autour duquel j'ai l'intention de créer mon prince Charmant. »

Azzie tira de son sac de toile les jambes qu'il avait gagnées au poker. Les Seigneurs démons se penchèrent pour les examiner. Sous le poids combiné de leurs regards, un nuage de mémoire corporelle se forma, et tous purent voir par eux-mêmes l'histoire de cette paire de jambes et de quelle manière leur possesseur les avait perdues.

« Des jambes diaboliquement poltronnes, en vérité, dit Bélial.

— Tout à fait, monseigneur, répondit Azzie. Un prince possédant de pareilles jambes ne supporterait jamais d'affronter une épreuve difficile. À elles seules, ses jambes le feraient presque certainement battre en retraite vers un endroit plus sûr !

— Est-ce là le dénouement recherché pour ton projet ? demanda Bélial.

— Non, pas du tout, monseigneur. Je réclame à votre indulgence de ne pas m'obliger à révéler trop tôt la conclusion de ma fable, car une bonne partie du plaisir de la création dépend de la liberté de suivre son intuition créatrice sans connaître trop à l'avance ce qu'il en résultera. »

Le plan d'Azzie posait sans doute des problèmes, mais le moment était venu pour les Seigneurs démons assemblés de décider ce qu'ils allaient proposer pour le concours, et ils n'avaient rien de mieux. Ils hochèrent la tête à l'unisson.

« Je crois que nous tenons là quelque chose, dit Bélial. Qu'en pensez-vous, mes estimés confrères ? »

Les autres grommelèrent, reniflèrent, soufflèrent, mais ils finirent par donner leur accord.

« Vas-y, dit Bélial à Azzie, et fais ce que tu as promis. Tu seras notre représentant, notre élu. Va et suscite en notre nom l'horreur et le Mal.

— Merci, murmura Azzie, sincèrement ému. Mais j'aurai besoin d'argent. Des bouts de corps humain comme ceux-ci ne sont pas donnés. Et il y a la question des autres articles qu'il me faut — deux châteaux, un pour chaque protagoniste, et pour moi un manoir à partir duquel je pourrai opérer. Sans compter les gages d'un serviteur et diverses autres bricoles. »

Les seigneurs lui fournirent une carte de crédit noire portant son nom gravé en lettres de feu, au-dessus d'un pentacle inversé. On pouvait l'insérer dans n'importe quel endroit sinistre et ténébreux. « Elle te donne droit à un crédit instantané et illimité au service des Fournitures, expliqua Bélial. Tu pourras faire appel à eux n'importe quand et n'importe où, à condition de trouver un endroit assez ignoble pour y glisser la carte. Le monde étant ce qu'il est, ça ne devrait pas être trop difficile. Elle est également valable pour le contrôle des phénomènes météorologiques.

— Mais tu dois fournir toi-même ton héros et ton héroïne, lui dit Azazel. Et la mise en scène se fera naturellement sous ton entière responsabilité.

— J'accepte, dit Azzie. Je n'aurais pas voulu qu'il en soit autrement. »

4

Si quelqu'un avait regardé d'une haute fenêtre de la vieille maison étroite au toit pointu qui surplombait la place du village de Hagenbeck, il aurait vu arriver un homme par le coche public de Troyes. Il était grand et séduisant, ni jeune ni vieux. Ses traits n'étaient pas déplaisants malgré un air sévère révélant un personnage d'une certaine importance. Il portait des vêtements de bon tissu anglais et ses souliers avaient de jolies boucles de cuivre. Il descendit à Hagenbeck, entra tout droit dans l'auberge et demanda des chambres. Quand le patron, Herr Gluck, s'inquiéta des moyens du nouvel arrivant, Azzie (car c'était lui) exhiba une lourde bourse contenant d'innombrables doublons espagnols en or.

« Parfait, parfait, dit l'aubergiste en s'inclinant avec obséquiosité. Notre meilleur appartement est libre. En général, il est occupé, mais tout le monde est parti à la foire de Champagne.

— Dans ce cas, je le prends », répliqua Azzie.

L'endroit était très agréable, la chambre principale ayant une fenêtre à meneaux. Il y avait même un cabinet de toilette attenant où se laver, quoique les démons n'aient que faire de ce genre de choses.

Azzie commença par s'étendre sur le grand lit à l'édredon de plume et aux oreillers rebondis. Il lui semblait que sa carrière avait enfin démarré. Il était stupéfait par la rapidité de son ascension, de son rôle subalterne dans l'Inconfort Nord 405 à celui de créateur d'un spectacle original pour les cérémonies du Millénaire. Confortablement allongé, il réfléchit un moment à sa bonne fortune, puis se releva, impatient de mettre ses projets à exécution.

Pour commencer, il avait besoin d'un serviteur. Il décida de consulter l'aubergiste à ce sujet.

« Bien sûr, qu'il vous faut un serviteur, messire ! s'exclama le tenancier obèse. Cela m'a stupéfié de voir un seigneur aussi raffiné que vous sans un bagage considérable, et sans même un valet. Puisque vous avez de l'argent, il ne devrait pas être difficile d'y remédier.

— J'ai besoin d'un serviteur d'un genre particulier, précisa Azzie. Il risque d'être appelé à accomplir des tâches de nature fort insolite.

— Puis-je me permettre de demander ce que Votre Excellence entend par là ? »

Azzie posa sur l'aubergiste un regard pénétrant. L'homme était gras et avait l'air plutôt suffisant, mais il y avait chez lui quelque chose de sinistre. Les mauvaises actions ne lui étaient sûrement pas étrangères. Voilà quelqu'un qui ne reculerait devant rien, et allez savoir quelle joie perverse lui procurerait l'occasion de commettre un méfait quelconque !

« Tavernier, lui dit Azzie, les tâches que j'exigerai ne seront peut-être pas toujours conformes à la loi du roi.

— Oui, messire, murmura l'aubergiste.

— J'ai préparé une petite liste des qualités que je souhaite trouver chez un serviteur. J'aimerais qu'on l'affiche ici, quelque part... »

Azzie tendit une feuille de parchemin à l'aubergiste. Ce dernier la prit, la rapprocha et l'éloigna de ses yeux en quête d'une distance de lecture convenable.

Elle disait : « *Cherche serviteur n'ayant pas froid aux yeux, habitué au sang et à la mort, honnête et fiable, prêt à tout.* »

L'aubergiste lut et relut le texte, puis il observa : « On peut trouver un tel serviteur, sinon dans le village de Hagenbeck, du moins à Augsbourg qui n'est pas loin. Mais je me ferai un plaisir d'afficher l'annonce sur le mur de notre salle, à côté des cours du fourrage et de l'avoine, et nous verrons bien ce qui en résultera.

— Allez-y, dit Azzie. Et faites-moi monter un flacon de votre meilleur vin, au cas où je me lasserais d'attendre. »

L'aubergiste disparut après force courbettes. Quelques minutes plus tard, il envoya la servante, une pauvre fille aux traits difformes et à la démarche claudicante, apporter à Azzie non seulement le pichet de vin, mais aussi quelques gâteaux sortant du four. Il la récompensa d'un sol d'argent pour lequel elle exprima une reconnaissance pathétique, puis il s'installa à son aise et dégusta son festin. Les démons n'ont pas vraiment besoin de se nourrir, bien sûr, mais, lorsqu'ils prennent forme humaine, ils adoptent également les désirs humains. Azzie dîna donc de fort bel appétit, puis il réclama une copieuse portion d'un pâté de merle dont la succulente odeur montait vers lui des cuisines bien approvisionnées de l'auberge.

Le premier postulant ne tarder pas à frapper à sa porte. C'était un grand jeune homme maigre comme un clou, avec une épaisse crinière de cheveux blond pâle flottant autour de sa tête comme un genre de halo. Ses habits étaient présentables, quoique considérablement rapiécés. Il avait un bon maintien et il s'inclina très bas lorsque Azzie lui ouvrit.

« Messire, dit l'inconnu, j'ai lu votre offre d'emploi en bas, et je m'empresse de venir me présenter. Augustus Hye, poète de mon état.

— Vraiment ? Ce serait un emploi quelque peu inhabituel pour un poète.

— Point du tout, messire, assura Hye. Les poètes doivent forcément traiter les émotions humaines les plus extrêmes. Le sang et la tripe me conviendraient à merveille puisqu'ils me fourniraient de bons sujets pour mes poèmes, où je traite de la vanité de l'existence et de la fatalité de la mort. »

Ce qu'il entendait ne satisfaisait pas totalement Azzie. Ce poète ne semblait pas vraiment faire l'affaire. Il décida néanmoins de le prendre à l'essai.

« Connais-tu les cimetières locaux ? lui demanda-t-il.

— Naturellement, messire. Les cimetières sont des lieux de prédilection pour les poètes qui s'y livrent à la contemplation pour tourner leur pensée vers les actions grandioses et douloureuses.

— Alors file cette nuit dans l'un de ces cimetières après le coucher de la lune et rapporte-moi un crâne humain bien patiné, avec ou sans cheveux, peu importe. Et si tu peux aussi trouver quelques doigts de dame, ça ne gâtera rien.

— Des doigts de dame ? Messire fait sans doute allusion à la fleur que l'on appelle digitale ?

— Pas du tout. Je fais allusion à de vrais doigts de vraies dames. »

Hye parut mal à l'aise. « De telles choses ne sont pas faciles à trouver.

— Je sais. Si c'était facile, j'irais en chercher moi-même. Va, maintenant, et vois ce que tu peux faire. »

Hye s'en alla, pas très gaiement. Ses espoirs s'évanouissaient déjà. Comme tous les poètes, il avait plus l'habitude de parler de sang et de tripe que d'y mettre les mains. Il se décida malgré tout à tenter d'accomplir la mission requise parce que ce seigneur Azzie, comme il s'appelait, était manifestement un homme riche sur la générosité de qui l'on pouvait compter.

Le candidat suivant était une vieille femme, grande et maigre, toute de noir vêtue. Elle avait de petits yeux et un long nez ; ses lèvres étaient minces et pâles.

« Je sais que c'est un homme que vous demandez, dit-elle après s'être inclinée bien bas, mais j'espérais que vous n'étiez peut-être pas catégorique. Je pourrais être une servante parfaite pour vous, messire Azzie, et vous auriez en prime droit à mes faveurs. »

Azzie frissonna. Cette vieille peau se faisait vraiment des idées si elle s'imaginait qu'un quelconque seigneur, même un démon déguisé en seigneur, exigerait d'elle autre chose que de lui retirer ses bottes après une journée à cheval ! Néanmoins, il préféra se montrer équitable.

Il lui répéta les instructions qu'il avait données au poète Hye. La vieille dame, qui s'appelait Agathe, parut elle aussi prise au dépourvu. Elle était de ces gens qui se fient aux apparences, et la sienne lui avait depuis longtemps valu à Hagenbeck la réputation d'une sorcière ne reculant devant aucun maléfice. Elle avait donc pensé que cette offre d'emploi lui convenait parfaitement, puisqu'elle avait déjà le physique d'une personne qui ne reculerait devant aucune mauvaise action et qui se délectait de sang et de tripe. Mais, en dépit de sa mine, elle était aussi de ces gens à qui décapiter un poulet pose un problème. Elle répondit toutefois qu'elle ferait de son mieux pour obéir et promit de revenir à minuit avec les dépouilles en question.

Il n'y eut pas d'autre postulant ce jour-là. Azzie n'était pas très satisfait. Les gens de cette région ne semblaient pas avoir beaucoup de goût pour ce genre de travail. Mais on ne savait jamais. Et il avait absolument besoin d'un serviteur.

5

Azzie se rendit dans l'après-midi à la ville voisine d'Augsbourg où il passa le reste de la journée à se promener en regardant ses vieilles églises. Les démons s'intéressent beaucoup aux églises qui, bien qu'elles soient entre les mains des Puissances du Bien, peuvent plus souvent qu'à leur tour être retournées pour servir le Mal. En début de soirée, il retourna à l'auberge du Pendu à Hagenbeck, où le patron lui apprit qu'aucun autre candidat ne s'était présenté pour la place.

Tirant de sa poche sa carte de crédit noire, Azzie l'examina avec attention. C'était un objet magnifique et il éprouvait le désir de l'utiliser pour se procurer un peu de distraction, une troupe de danseuses, par exemple. Mais il décida de n'en rien faire. Chaque chose en son temps. Il lui fallait un domestique humain compétent. Ensuite, le travail comme le plaisir pourraient commencer.

Dans la soirée, il décida de descendre dîner à la taverne, avec les commerçants. Il avait une table réservée, séparée des convives par un rideau. Mais il le laissa entrouvert afin de pouvoir observer leurs singeries.

Les gens mangeaient, buvaient et faisaient ribote. Azzie se demanda comment ils pouvaient avoir le cœur si léger. Ignoraient-ils donc que le Millenium approchait ? Ailleurs en Europe, les hommes étaient au courant et ils prenaient toutes les précautions possibles. Il y avait des danses macabres sur les landes désolées, et toute sorte de signes et de présages. Nombreux étaient les individus persuadés que la fin du monde était proche. Certains se réfugiaient dans la prière. D'autres, s'estimant d'ores et déjà damnés, s'adonnaient à des orgies. On avait aperçu l'Ange de la Mort dans une douzaine d'endroits à travers tout le continent, observant le terrain et procédant à un recensement préliminaire de tous ceux qui seraient emportés. Dans les églises et les cathédrales, des anathèmes étaient psalmodiés contre la licence et la promiscuité. Mais tout cela demeurait pour ainsi dire sans effet. Les esprits des gens avaient été réveillés et effrayés par la venue de l'année sinistre où l'on disait que les morts allaient se dresser dans les rues, que l'on verrait un peu partout la silhouette de l'Antéchrist et que toutes choses se réuniraient pour l'Apocalypse, l'ultime grande bataille entre les forces du Bien et du Mal.

Azzie n'avait que faire de ces superstitions vulgaires. Il savait que l'espèce humaine était loin d'être hors jeu. Il continuerait à y avoir des concours comme celui-ci pendant de nombreux millénaires, tout comme il y en avait eu depuis des milliers d'années, mais la mémoire de l'humanité n'en conserverait qu'un souvenu confus.

Azzie finit par se lasser de tout ce bruit et remonta dans sa chambre. Il restait une demi-heure avant minuit. Il ne pensait pas que Hye ou Agathe reviendrait. Ils ne paraissaient pas d'une étoffe assez solide. Mais il décida de leur faire la courtoisie de rester debout pour les accueillir.

Les minutes s'égrenèrent et un grand silence recouvrit le village. C'était l'heure préférée d'Azzie, juste avant minuit, lorsque le monde change de couleur, que les sombres saints du soir ne sont même plus un souvenir et que la grâce salvatrice de l'aube est encore loin. C'était dans ces heures-là, entre minuit et l'aurore, que le Mal se sentait le plus en paix avec lui-même, le plus enclin à effectuer des expériences; c'était là où il avait le plus besoin d'étrangeté et de péché, d'inspirer les perversions qu'il fallait sans cesse renouveler, et dont l'accomplissement était une source de joie pour l'âme d'un démon.

Minuit vint, puis passa, et nul ne frappa à la porte. Azzie commençait à s'ennuyer et l'imposant lit à baldaquin avec son gros édredon duveteux avait l'air d'un grand confort. Il s'agissait d'une tentation, et, puisque les démons ne sont pas censés résister à la tentation, il y céda, s'étendit sur le lit et ferma les yeux. Il sombra dans un profond sommeil, et dans ce sommeil il eut un rêve. Trois jeunes filles vêtues de blanc s'y dirigeaient vers lui porteuses d'objets sacrés. Elles lui firent signe en disant : « Viens, Azzie, viens batifoler avec nous ! » Et, en les regardant, il avait très envie de se joindre à elles car elles lui souriaient et lui adressaient des clins d'œil aguichants. Mais elles avaient aussi quelque chose qui lui déplaisait, qui révélait à son œil expert qu'elles ne se souciaient pas vraiment du Mal, qu'elles se contentaient de jouer la comédie pour l'amener dans leurs griffes. Néanmoins, elles l'attiraient contre son gré, bien qu'il se répétât des lignes du Credo du Mal : le Bien peut prendre une forme plaisante et un démon doit faire attention de ne pas se laisser séduire par ce qui a seulement l'air mauvais. Le Credo ne lui fut d'aucune aide. Elles tendaient les mains vers lui...

Il ne devait jamais savoir ce qu'elles lui voulaient car il fut réveillé par un petit coup frappé à sa porte. Il s'assit et rassembla ses esprits. Comme c'était ridicule de craindre d'être séduit par le Bien ! C'était pourtant une peur classique chez les démons, et il en avait souvent des cauchemars.

On frappa à nouveau doucement.

Azzie vérifia son aspect dans le miroir piqué. Il lissa ses sourcils, rabattit en arrière ses cheveux roux et émit un ricanement à titre d'expérience. Oui, il était décidément terrifiant cette nuit, prêt à affronter le candidat qui franchirait la porte, quel qu'il fût.

« Entrez ! » dit-il.

Quand la porte s'ouvrit il fut plus qu'un peu surpris en découvrant son visiteur.

Bossu et de petite taille, il lui était inconnu. Il s'était enveloppé dans une ample mante noire dont il avait relevé le capuchon. Sa longue figure osseuse était d'une pâleur de mort, sépulcrale. Tandis qu'il s'avançait, Azzie remarqua qu'il s'aidait d'une canne.

« Et qui es-tu pour venir me solliciter à cette heure ? demanda-t-il.

— Mon nom est Frike, répondit le bossu boiteux. Je suis venu répondre à votre annonce. Vous demandez un domestique, semble-t-il, quelqu'un qui serait prêt à tout. Je suis celui qu'il vous faut

— Tu n'as pas peur de te recommander toi-même, mais il y a deux autres postulants avant toi. Je leur ai confié une tâche simple et j'attends qu'ils reviennent.

— Ah oui, dit Frike. Le poète et la vieille peau. Il se trouve que je les ai rencontrés. Ils étaient aux grilles du cimetière, essayant de réunir assez de courage pour exécuter les tâches que vous leur aviez confiées.

— Ils n'auraient pas dû tant tarder, grommela Azzie. L'heure fixée pour leur retour est déjà passée.

— Hélas, maître, il leur est arrivé de malheureux accidents. Alors, je suis venu à leur place.

— Quels accidents ?

— Messire, susurra Frike, j'ai apporté ce que vous réclamiez. »

Le bossu fouilla sous sa grande cape et en tira une sacoche en cuir. Il en sortit deux paquets enveloppés de toile de jute. Il défit le premier, exhibant huit doigts et un pouce très proprement coupés, peut-être à l'aide d'un rasoir.

« Regardez, dit-il. Les doigts de la dame !

— Ils me paraissent quelque peu faisandés, dit Azzie en en prenant un pour le grignoter.

— Je ne pouvais pas trouver mieux avec un délai si court.

— Pourquoi le jeu n'est-il pas complet ? Il manque un pouce !

— Vous ne l'avez peut-être pas remarqué, seigneur, car ce serait vous abaisser de noter un détail aussi insignifiant. Mais je me permets de vous signaler, messire, qu'Agathe, qui aspirait à devenir votre servante, avait un pouce en moins. Je ne sais pas comment elle l'avait perdu et je crains qu'il ne soit désormais trop tard pour que je le découvre.

— C'est sans importance. Mais j'ai également demandé une tête.

— Ah oui. La quête assignée au poète. On aurait pu croire que sa tâche serait facile, messire, notre cimetière local regorgeant d'échantillons de ce genre. Mais il a longtemps traîné dans le coin, puis il a fini par entrer, donnant un coup de pelle ici, se ravisant pour aller la planter là, jusqu'à ce que ça me rende malade d'attendre qu'il vienne à bout de sa mission. Alors, messire, j'ai pris la liberté de vous procurer l'objet souhaité en éliminant mon concurrent, faisant d'une pierre deux coups. »

Sur ces mots, Frike rouvrit la sacoche et produisit la tête de Hye, le poète.

« Pas très proprement coupée, à ce que je vois », marmonna Azzie. Mais c'était uniquement pour la forme, car il était très satisfait du travail et de l'esprit d'initiative de ce bossu désirant entrer à son service.

« Je regrette de ne pas avoir eu le temps d'attendre le coup parfait, s'excusa Frike. Mais, étant donné qu'il était bien connu dans la région comme mauvais poète, j'ose dire qu'il a manqué lui-même pas mal de bons coups.

— Tu as fort bien fait, Frike. Tu vas entrer immédiatement à mon service. Je crois que tu es un parangon parmi les mortels. Et, puisque tu as si parfaitement réussi cette fois, je suis certain que tu n'éprouveras pas de difficultés à me procurer ce dont j'ai besoin, une fois que je t'aurai expliqué de quoi il s'agit et reconnu le terrain.

— J'espère vous servir bien, maître. »

Azzie alla ouvrir sa malle et prit quatre thalers d'or dans une petite bourse en daim. Il les donna à Frike qui se confondit en remerciements.

« À présent, lui dit Azzie, nous devons nous mettre au travail. Minuit est passé, l'heure où le Mal rôde. Es-tu prêt à tout ce qui pourrait arriver, Frike ?

— Je suis prêt.

— Et qu'attends-tu en guise de récompense ?

— Uniquement de continuer à vous servir, seigneur, après la mort comme avant. »

Azzie comprit alors que Frike savait qui, ou plutôt ce qu'il était. Il était enchanté d'avoir trouvé un serviteur aussi intelligent. Il lui donna l'ordre de faire ses bagages. Ils allaient se mettre au travail sur-le-champ.

6

Azzie avait avant tout besoin d'une base d'où opérer. L'auberge du Pendu avait beaucoup de caractéristiques admirables, mais l'espace y était trop limité et les autres clients risquaient de se montrer curieux. L'odeur posait également problème, se rappela Azzie tandis que Frike et lui rassemblaient leurs échantillons. Il connaissait plusieurs puissants sortilèges qui permettaient de conserver une relative fraîcheur à la viande humaine, mais nulle magie ne pourrait chasser l'odeur de mort et de putréfaction qui flotterait au-dessus de son travail. Même embaucher des hommes pour rapporter de la glace des Alpes ne suffirait pas, car assurer une livraison constante représenterait une entreprise monumentale. Et les Puissances des ténèbres avaient opposé leur veto à cet aspect de son projet, disant qu'il ne justifiait pas la dépense et attirerait trop l'attention sur lui et sur ce qu'il était en train de faire.

Le problème consistait dès lors à trouver un local pour y installer ses appartements privés et son laboratoire d'alchimie. Il lui fallait rester près du cœur de l'Europe car c'était là que se déroulait l'action. Il s'installa en fin de compte près de Zurich dans les Alpes bavaroises, à Augsbourg. C'était une jolie bourgade, située sur une route commerçante. Ce qui signifiait qu'il pourrait acheter aux marchands de passage les épices et les simples dont il avait besoin pour ses travaux.

Augsbourg représentait également un bon choix car c'était un centre de sorcellerie renommé. Puisque tout le monde y suspectait tout le monde de sorcellerie, Azzie ne serait donc pas en butte à des soupçons indus.

Il eut une entrevue avec le bourgmestre et conclut avec lui la location à long terme du château des Artes, à la limite nord de la ville. Cette noble et ancienne demeure aux hautes tourelles pointues, bâtie sur les ruines d'une villa romaine où un prêteur avait vécu aux temps antiques de l'Empire, lui convenait à la perfection. Comme les caves étaient immenses, il n'aurait aucun mal à conserver sa collection croissante de parties de corps humains. Et c'était assez près de Zurich et de Bâle pour lui assurer une bonne réserve de matériau supplémentaire, grâce aux deux grandes facultés de médecine de ces villes.

Mais on était en été et ses meilleurs sorts de conservation eux-mêmes avaient leurs limites. En fin de compte, il dut recourir à un remède additionnel. On savait depuis longtemps que les matières organiques plongées dans un tonneau d'ichor se conservaient pendant très longtemps. L'ichor était d'ailleurs la panacée, la solution universelle, bon à boire et capable de miracles quand on l'employait à d'autres fins.

Se procurer de l'ichor en quantité suffisante posait toutefois un problème. Les démons employés aux Fournitures cherchaient à tout garder pour eux jusqu'à la dernière goutte. Ce fut seulement après avoir prié Hermès Trismégiste d'intercéder pour lui qu'Azzie en reçut une provision convenant à ses besoins. Et, même alors, il dut conseiller à Frike de ne pas toucher à la précieuse réserve, sous peine de torture, voire de mort.

Les seins, les hanches, les rotules et les coudes étaient faciles à trouver. Les côtes et les épaules abondaient. Mais Azzie voulait connaître les antécédents de chaque bout de viande qu'il achetait, et les vendeurs les ignoraient le plus souvent. Morceau par morceau, tandis que les jours chauds s'écoulaient, que les verts se faisaient plus profonds et que les fleurs d'été s'épanouissaient, il se retrouva à la tête d'une impressionnante pile de bouts de cadavre. Mais c'étaient là les parties les moins importantes. La tête, le visage et les mains étaient cruciaux et des plus difficiles à dénicher.

D'autres jours passèrent, les orages d'été grondaient et fulguraient, et Azzie avait l'impression de ne pas se rapprocher de son but. Il assembla un prototype d'être humain qui tituba et chancela en bredouillant du charabia, jusqu'à ce qu'il renvoie ce pauvre idiot dans la cuve de refonte. Le cerveau de la créature avait dû se détériorer avant de pouvoir être préservé. Azzie commençait à se demander s'il n'avait pas eu les yeux plus grands que le ventre.

Mais les jours lumineux de l'été faisaient paraître plus lointaine l'échéance de la fin de l'année, et il recruta des ouvriers pour restaurer le *château*[1]. Il engagea aussi des fermiers dans les villages voisins pour cultiver des plantes à croissance rapide. Il découvrit que ces occupations constituaient une manière singulièrement plaisante de passer le temps, pendant que la chasse aux têtes se poursuivait.

L'emplacement du château des Artes rendait pratiques les voyages en Italie, au sud, en France, à l'ouest et vers la Bohême et la Hongrie, à l'est. Tandis qu'il occupait son temps avec ses tâches de maître de maison, il envoyait son serviteur dans toutes les directions sur un grand cheval gris, avec deux mules de bât. Mais, si Frike rapportait de nombreux articles curieux et utiles, il semblait que c'était partout la morte-saison pour les têtes. Les têtes...

Azzie raconta à Estel Castelbracht, le bourgmestre, qu'il se livrait à diverses recherches pour trouver des remèdes contre la peste, l'épilepsie et la fièvre quarte, maux qui sévissaient dans ces régions depuis l'époque romaine. Il expliqua qu'il était nécessaire de procéder à ces recherches sur de la chair humaine, selon des méthodes enseignées par les plus

---

1. En français dans le texte. *(N.d.T.)*

grands alchimistes de ce temps. Estel Castelbracht, puis la population le crurent sur parole car il avait l'air d'un bon vivant qui ne répugnait pas à soigner les malades locaux, fort souvent avec de bons résultats.

Pendant ce temps, Azzie réfléchissait également aux accessoires nécessaires pour son jeu du prince Charmant. Il envoyait des listes aux Fournitures, mais recevait sans cesse des réponses décevantes dans un jargon de fonctionnaires, « si nous l'avons en réserve », « rupture de stock, attendons livraison prochaine ». Le plus agaçant fut leur réaction quand il réclama deux châteaux, un pour le prince Charmant, l'autre pour la princesse Scarlet. Les responsables des Fournitures, s'adressant à lui par l'intermédiaire d'un hibou-oracle, lui dirent qu'ils étaient pour l'instant tout à fait à court de châteaux. Azzie discuta avec eux, expliquant que c'était une priorité et qu'il avait l'imprimatur du Haut Conseil démoniaque... Peine perdue. « Mais oui, tout est prioritaire, ces temps-ci, et nous faisons notre possible », lui répondit-on.

Il décida d'aller en personne aux Fournitures pour voir ce qu'ils avaient en magasin et faire mettre de côté ce dont il aurait besoin une fois son prince et sa princesse assemblés. Oui, il était grand temps de se rendre dans les Limbes, cette région mal définie où sont façonnés les événements surnaturels qui influent sur la destinée incohérente de l'humanité.

En gardant l'œil ouvert pour la tête adéquate...

7

Azzie partit avec un sentiment de regret. Il savait bien qu'il ne devait pas se permettre de devenir sentimental au sujet d'une terre qu'il n'occuperait que peu de temps et où il vivait uniquement dans un objectif précis. Quand même, tout ce travail dans la demeure et aux champs... Jamais il ne s'était autant investi dans un lieu quelconque, le regardant se transformer selon ses propres désirs. Il commençait à se sentir un peu... casanier.

En outre, le voyage dans les Limbes n'était pas sans danger. Il y avait toujours des difficultés pour passer d'un domaine à un autre. Les lois d'un royaume, celles de la Terre elle-même, ne sont pas faites pour qu'on les comprenne totalement — moins encore, donc, lorsqu'il s'agit des lois bizarres gouvernant les déplacements entre les royaumes.

Par bonheur, rien n'alla de travers cette fois. Azzie effectua les préparatifs nécessaires, prononça les mots grecs et l'interjection en hébreu. Une grande flamme monta du feu et il se retrouva subitement quelque part sur une plaine tout en longueur encadrée de montagnes noires et lugubres. Le ciel blanc était brûlant, et l'on y voyait passer des tourbillons verts évoquant des djinns volant en formation.

Aller quelque part dans les Limbes était une vraie corvée, puisque leur étendue était illimitée. Par chance, certains de leurs endroits les plus importants étaient assez proches les uns des autres, et ils exerçaient une sorte d'attraction qui faisait venir à eux les visiteurs. Là se trouvait le service des Rocs, dont Azzie pouvait profiter. Les gigantesques oiseaux avaient depuis longtemps disparu de la surface de la Terre, en raison de difficultés pour survivre après le pléistocène. Mais, avec leur large dos, ils convenaient admirablement pour jouer le rôle de taxis en ces contrées.

Les Fournitures se présentaient sous la forme d'une immense succession d'entrepôts au beau milieu de la plaine. Le service avait voulu beaucoup de place. Il y en avait ici bien assez pour emmagasiner tous les salons de la Terre avec suffisamment d'espace laissé libre pour les cuisines et les écuries. En réalité, les Fournitures n'avaient jamais cherché à remplir tous leurs entrepôts. L'imagination humaine, qui à un moment ou à un autre peut tout chercher, était la seule limite au nombre d'objets qu'ils pouvaient contenir. Le nombre de choses que l'on pouvait employer dans les tentatives perpétuelles des Puissances invisibles pour éclairer ou pervertir l'humanité était illimité et représentait tout ce qui existe sous le soleil. On ne pouvait jamais prédire quand un démon aurait besoin d'une lance de Thrace de l'an 55 ou de tout autre objet aussi mystérieux. Les démons employés aux Fournitures réalisaient presque tout ce qu'on leur demandait, et il y avait parmi eux quelques-uns des décorateurs de théâtre les plus imaginatifs que le monde eût jamais connus.

Le complexe d'entrepôts était bâti sur les rives du Styx, ce fleuve prodigieux traversant la Terre, les Cieux et les Enfers, où Charon, l'antique passeur, menait siècle après siècle sa barque d'un monde à l'autre sur les eaux noires. Les Puissances surnaturelles qu'il servait parfois considéraient la Terre comme le plus grand jeu jamais inventé, et elles ne désiraient pas être coupées d'un seul de ses aspects, quelle que fût la distance à laquelle il se trouvait dans le passé et l'avenir.

Azzie descendit de son oiseau-roc. Planant çà et là quand la marche devenait pénible, il progressa rapidement le long des rues interminables bordées d'entrepôts. Tous arboraient le même panneau : ENTRÉE INTERDITE AU PERSONNEL NON AUTORISÉ. Des Salos, les esprits neutres des Limbes, montaient la garde, armés de disséminateurs d'énergie. Ces armes semblables à des lances pourvues d'une mire et d'une détente projetaient des rayons de particules (même si certains parlaient d'ondes) fissibles capables de perturber la personnalité des plus grands démons eux-mêmes, « fouettant leur cerveau comme du tapioca », selon l'expression à la mode cette année-là. Azzie passa à distance. Depuis quelque temps, les Limbes étaient devenus un endroit dangereux, à cause des gardiens plutôt que de ceux qu'ils gardaient.

Il arriva enfin à un bâtiment dont la porte sans surveillance était surmontée du panneau RENSEIGNEMENTS. C'était une indication étonnamment laconique pour un endroit aussi vague et conceptuel, mais Azzie ne perdit pas de temps à s'en préoccuper.

Il trouva à l'intérieur une vingtaine de démons appartenant à toutes les espèces et à tous les échelons qui attendaient leur tour pour porter plainte auprès d'un jeune employé coiffé d'une casquette de golf écossaise au défi de tous les règlements vestimentaires temporels (les démons avaient le droit de voyager dans le passé et l'avenir, mais ils n'étaient pas censés en rapporter des souvenirs).

Azzie exhiba sa carte de crédit noire et passa devant tout le monde. « Il s'agit d'une priorité absolue, déclara-t-il à l'employé. Je suis habilité par le Haut Conseil.

— Sans blague ? » rétorqua ironiquement le jeune démon.

Azzie lui montra sa carte noire.

« Il dit vrai ? demanda le guichetier à la carte.

— CROIS-LE ! flamboya-t-elle.

— D'accord, dit le démon. Que puis-je pour vous, monsieur le Gros Bonnet ? »

Son attitude ne plaisait pas du tout à Azzie, mais il estima le moment mal choisi pour faire un esclandre.

« Il me faut avant tout deux châteaux. C'est beaucoup demander, je le sais, mais j'en ai vraiment besoin.

— Deux châteaux, hein ? » Le jeune démon le regarda sans aménité. « Et je suppose que tout votre projet échouera si vous ne les obtenez pas ?

— Précisément.

— Alors, résignez-vous à l'échec, mon pote, parce que nous n'avons qu'un seul château, et ce n'est même pas un vrai : juste une enceinte avec un vrai mur et d'authentiques barbacanes. Le reste est une construction mentale qui tient uniquement grâce à d'antiques sortilèges.

— C'est ridicule, protesta Azzie. Je croyais que les Fournitures avaient un nombre illimité de châteaux.

— C'était vrai il y a fort longtemps. On a récemment changé le règlement. La marge de possibilités est devenue plus étroite. C'est embêtant pour tout le monde, mais ça rend les choses plus intéressantes. C'est du moins la théorie de la direction.

— Je n'ai jamais entendu parler de ça ! Sais-tu seulement de quoi tu parles ?

— Si je le savais, répliqua l'employé, serais-je dans ce poste subalterne en train d'expliquer à des types comme vous qu'ils ne peuvent avoir qu'un seul château ?

— D'accord, dit Azzie, je vais prendre celui que vous avez. »

L'employé griffonna quelque chose sur une feuille de parchemin. « Il faudra que vous le preniez en l'état, prévint-il. Nous n'avons pas le temps d'y effectuer d'autres réparations.

— Qu'est-ce qui ne va pas ?

— Je vous ai parlé des sortilèges qui le font tenir debout. Il n'y en a pas assez, alors une partie du château disparaît de temps en temps.

— Laquelle ?

— Ça dépend du temps qu'il fait. Comme le château tient grâce à de la magie de climat sec, les longues périodes de pluie sont catastrophiques.

— N'y a-t-il pas un plan montrant quelles parties disparaissent, et quand ?

— Bien sûr qu'il y en a un, mais il n'est pas à jour. Ce serait une folie de s'y fier.

— Je le veux quand même », dit Azzie. Il avait beaucoup de respect pour les gribouillis sur parchemin.

« Où voulez-vous que je livre le château ? s'enquit l'employé.

— Attends, ça ne va pas coller ! J'ai vraiment besoin de deux châteaux. J'ai deux créatures différentes. Le garçon doit aller de son château à celui de la fille qu'il aime, ou qu'il croit aimer. J'ai vraiment besoin de deux châteaux.

— Que diriez-vous d'un château et une très grande maison ?

— Non, ça ne serait pas du tout dans l'esprit du jeu !

— Débrouillez-vous avec un seul, suggéra l'employé. Vous n'avez qu'à modifier un peu les plans, faire des changements de décor. C'est assez facile de transformer l'apparence d'un château. Surtout quand des bouts ne cessent de disparaître.

— J'imagine que je n'ai pas le choix. Ou alors, je pourrais utiliser mon château pour l'un des deux seulement. Quand peut-on l'expédier ?

— Eh bien, pour vous, je m'en occupe tout de suite », répliqua le jeune démon sur un ton indiquant qu'Azzie ne verrait pas son château avant qu'il ne gèle en Enfer. Le sarcasme n'échappa pas à Azzie qui brandit la carte de crédit noire. Elle fulgura : «FAIS CE QU'IL DEMANDE ET CESSE D'ERGOTER !»

« Ça va, je plaisantais, dit l'employé. Où voulez-vous que nous livrions le château ?

— Connais-tu une région de la Terre appelée la Transylvanie ?

— Ne vous en faites pas, je la trouverai.

— Hum, à tout hasard, tu ne saurais pas où je pourrais trouver une belle tête ? Humaine ? Masculine ? »

Pour toute réponse, le jeune démon se contenta de rire.

Et ce fut ainsi qu'Azzie quitta les Fournitures et retourna sur Terre, où près d'une semaine s'était écoulée. En arrivant au château des Artes, il découvrit avec irritation que Frike restait introuvable. Il ressortit, sauta sur son cheval et partit le chercher à Augsbourg.

Faisant irruption dans le bureau d'Estel Castelbracht, il demanda de but en blanc s'il avait vu son serviteur. L'affaire ne lui semblait pas exiger une grande subtilité.

« Certes, je l'ai croisé en ville, répondit le bourgmestre. Il descendait la rue au pas de course et s'est engouffré dans la maison du docteur Albertus. Je l'ai entendu marmonner quelque chose à propos d'une tête.

— Merci », dit Azzie en lui glissant de l'argent comme il avait tendance à le faire avec toute personne occupant un poste officiel quand il pouvait se le permettre.

8

La maison du médecin se dressait au bout de la petite ruelle menant aux remparts de la ville. Une vieille bâtisse solitaire, haute et étroite, avec un rez-de-chaussée en pierre de taille et des étages à colombage. Azzie monta les marches et actionna le lourd marteau de bronze.

« Qui frappe ? demanda une voix à l'intérieur.

— Quelqu'un en quête de savoir », répondit Azzie.

La porte s'ouvrit. Sur le seuil se tenait un vieillard aux cheveux blancs vêtu d'une élégante tunique romaine, bien que ce vêtement fût passé de mode depuis des siècles. Il était grand, voûté, et se déplaçait en s'aidant d'une longue canne.

« Vous êtes le seigneur Azzie, n'est-ce pas ? dit le vieux gentleman.

— En effet. On m'a dit que, Frike, mon serviteur, pourrait se trouver ici.

— Ah oui, bien sûr, Frike. Voulez-vous entrer, messire ? Au fait, je suis maître Albertus. »

Il précéda Azzie dans un intérieur obscur. Ils traversèrent un salon, une cuisine et un cellier en désordre, puis le vieil homme le fit entrer dans le petit salon de réception riant qui se trouvait tout au fond.

Frike se tenait près de la cheminée, à l'autre bout de la

pièce. Un sourire s'épanouit sur son visage quand il vit Azzie.

« Frike ! s'écria celui-ci. Je croyais que tu m'avais abandonné.

— Oh que non, maître ! Loin de moi pareille pensée. Ce qui s'est passé, c'est que je suis descendu en votre absence à la taverne du village, en quête d'un brin de compagnie et pour lamper de cet excellent vin rouge qui donne toute sa valeur à cette région. C'est là que j'ai rencontré ce gentilhomme, Messer Albertus, qui n'est autre que mon vieux maître du temps où j'étais apprenti à Salerne.

— Oui, dit ce dernier, les yeux pétillants. Je connais assez bien ce coquin de Frike, seigneur Azzie. J'ai été très heureux d'apprendre qu'il avait eu la chance d'entrer à votre service. Je l'ai amené chez moi pour l'aider de mon mieux dans cette affaire où il vous assiste.

— De quel genre d'aide parlez-vous, au juste ?

— Eh bien, monseigneur, j'ai cru comprendre que vous recherchiez quelques parties de corps humain de premier choix. Or il se trouve que j'ai dans mon laboratoire un article de toute première qualité.

— Êtes-vous médecin ? » s'enquit Azzie.

Albertus secoua sa tête aux mèches blanches. « Je suis alchimiste, monseigneur, et l'on utilise souvent des parties du corps humain dans ma profession. Si vous voulez bien me suivre... »

Azzie emboîta le pas au vieillard, Frike sur ses talons. Ils longèrent un couloir jusqu'à une porte munie de barreaux. Albertus l'ouvrit à l'aide d'une grosse clé qu'il portait autour du cou, et ils descendirent tous trois un escalier de pierre en colimaçon qui débouchait dans un laboratoire d'alchimiste fort bien aménagé. Albertus y alluma une antique lampe à huile. Sa lumière révéla des tables chargées d'alambics et de cornues et, sur un mur, une carte des emplacements des chakras venue d'Inde. Sur les rayonnages tapissant la totalité d'un autre mur, il y avait des pièces et des morceaux momifiés de corps humain.

« Voilà un endroit tout à fait charmant, commenta Azzie. Mes compliments, docteur ! Seulement, ces échantillons sont très vieux. Peut-être ont-ils une valeur comme antiquités, mais ils sont sans intérêt pour moi.

— Vous ne voyez là que des surplus, répondit Albertus. Venez donc par ici regarder ce que j'ai. »

Il s'approcha d'une petite cuve posée sur une table d'où il tira une tête humaine tranchée à la base du cou. La figure était celle d'un jeune homme d'une pâleur de mort quoique fort beau, en dépit de l'absence d'yeux dans les orbites ensanglantées.

« Comment a-t-il rencontré son destin ? demanda Azzie. Et qu'est-il arrivé à ses yeux ?

— Il a eu le malheur de les perdre, messire.

— Avant ou après sa mort ?

— Avant, mais seulement quelques instants avant.

— Racontez-moi ça.

— Avec plaisir. Ce garçon s'appelait Philippe et il habitait un village non loin d'ici. Il était en effet d'une grande beauté, bien plus beau qu'un jeune homme ne devrait l'être. Tout lui était facile, et plus il en avait, plus il en voulait, et plus il se sentait insatisfait. Un jour, il aperçut Miranda, la fille d'un riche bourgeois des environs. Elle avait quinze ans à l'époque et elle était belle comme l'aube sur la montagne. Délicate et pure, elle comptait vivre sa vie dans la plus grande chasteté et n'aspirait qu'à faire le Bien.

» Après l'avoir vue, Philippe devint aussitôt fou d'amour pour elle. Malgré sa réputation de pleutre, il se mit en tête de la séduire. Un jour, il escalada le mur entourant la maison du père de la jeune fille, s'introduisit dans la baraterie et parla à Miranda. Elle avait été élevée dans l'isolement et n'avait jamais vu d'homme comme celui-là. Tout le monde était vieux dans la maison de son père, hormis ses trois frères, mais ils étaient toujours partis guerroyer dans un pays ou un autre.

» Philippe enjôla la belle avec des paroles joliment sucrées et des récits passionnants de ses propres épreuves. Miranda avait le cœur tendre ; elle fut bouleversée d'apprendre qu'il était de santé fragile et n'avait plus que peu de temps à vivre. Il ignorait que ce qu'il pensait être un mensonge allait bientôt être transformé en prophétie ! Il feignit de s'évanouir et elle lui permit de l'entourer de ses bras pour s'appuyer. Ils se touchèrent. Et voilà comment une chose en amène une autre…

» C'est toujours la même histoire, hélas. Bref, il la séduisit et elle s'enfuit avec lui car il avait juré de toujours prendre soin d'elle. Mais, quand ils arrivèrent dans la première grande ville — Civalle, en Provence —, Philippe l'abandonna et suivit son propre chemin.

» Restée seule, Miranda connut une période de désespoir, jusqu'à ce qu'elle devienne le modèle du peintre Chodlos. Devenue sa maîtresse, elle vécut avec lui pendant quelques mois, et ils semblaient assez heureux. Chodlos était une espèce de grand ours, mais il n'était pas très fort en dépit de sa taille. Un joyeux drille un peu trop porté sur la bouteille. Miranda lui servit de modèle pour sa célèbre Marie Madeleine. Il aurait réellement pu devenir un très grand peintre. Mais il mourut avant la fin de l'année, la tête fracassée lors d'une rixe dans une taverne.

» Miranda eut le cœur brisé car elle aimait sincèrement l'artiste. Les créanciers de Chodlos s'emparèrent des meubles et des tableaux, puis ils chassèrent Miranda de l'appartement. Elle n'avait pas d'argent, nulle part où aller. Finalement, pour ne pas mourir de faim, elle alla travailler dans une maison close. Mais la malchance n'en avait pas fini avec elle. Une nuit, un fou vint au bordel. Nul ne sait ce qui se passa entre Miranda et lui, mais, avant que quiconque puisse intervenir, il lui arracha les yeux et lui trancha la gorge.

»En apprenant la nouvelle, ses frères, Ansel, Chor et Hald, se ruèrent en ville pour venger leur sœur. Le fou était déjà mort, mis en pièces par la populace. Les frères trouvèrent Philippe en train de boire dans une taverne en compagnie d'une nouvelle maîtresse. Ils le renversèrent sur la table et lui dirent qu'il allait mourir de la même manière que Miranda. Puis ils lui arrachèrent les yeux et lui tranchèrent la gorge. Telle est la triste histoire de la tête que vous voyez là.

— Une très belle tête, en vérité, reconnut Azzie en la soulevant pour regarder au fond des orbites ruinées. Ce qu'il me faut maintenant, c'est une tête féminine assortie. Celle de Miranda. Elle a été tuée par un fou, hein ? Dites-moi, maître Albertus, savez-vous ce qu'est devenu son corps ? Et plus particulièrement sa tête ?

— Hélas, je l'ignore.

— Vous m'avez été d'une grande aide, dit Azzie. Pour cette tête, votre prix sera le mien. »

PRIME

1

« Regardez ça, maître. »

C'était la quatrième tête que Frike rapportait cette semaine. Il s'agissait cette fois de celle d'une dame brune en assez bon état, à condition notamment de réparer son nez mangé par les vers.

« Non, Frike, elle ne fera pas l'affaire. » Azzie soupira et tourna le dos.

« Mais pourquoi, messire ? Elle est parfaite !

— Il n'y en a qu'une qui puisse être jugée parfaite !

— Laquelle, messire ?

— Voyons, Frike, la parfaite accompagnatrice de notre prince Charmant ne peut être que Miranda, la jeune fille séduite par Philippe.

— Mais nous ne savons pas où elle est !

— Pas encore. » Azzie se leva et arpenta nerveusement la pièce pendant un moment. « Mais nous la trouverons !

— Depuis le temps, la tête doit être toute moisie.

— On ne sait jamais. Si par un heureux hasard son visage n'a pas été complètement détérioré, elle sera ma princesse Scarlet dans la petite comédie que je prépare.

— Mais nous n'avons aucune idée de l'endroit où elle pourrait être, messire !

— Nous commencerons à Civalle, où elle est morte. Elle est probablement enterrée là-bas.

— C'est une perte de temps, maître. Il ne vous en reste pas beaucoup avant le concours et nous avons encore du pain sur la planche !

— Charge les chevaux, Frike. Je suis un artiste en ces matières. Il me faut la tête de Miranda pour ma princesse.

— Elle a une histoire croustillante, maître, mais pourquoi cette donzelle-là en particulier ?

— Tu ne comprends donc pas, Frike ? Cela rendra mon plan plus élégant. Nous réunirons ces amants après la mort. Leurs souvenirs conscients auront disparu, naturellement, mais il en restera quelque chose. Une étincelle qui fournira un beau dénouement à mon histoire du prince Charmant et de la princesse Scarlet. Nous devons retrouver son corps, en espérant qu'elle a gardé un visage en bon état. »

Frike chargea les chevaux, et ils partirent pour Civalle, dans le sud de la Provence. Le mois de juin finissait, il était facile et agréable de voyager. Frike avait espéré qu'Azzie les transporterait par des moyens surnaturels, mais celui-ci avait déclaré que la distance était trop courte pour se donner la peine de préparer un enchantement de voyage et de le mettre en œuvre.

Ils arrivèrent à Civalle, agréable bourgade méridionale proche de Nice. D'après la description d'Albertus, il leur fut facile de trouver le bordel où Miranda avait été tuée. Azzie interrogea la maquerelle qui lui dit que les frères de la jeune femme avaient emporté ses restes nul ne savait où. Azzie la récompensa généreusement pour cette information et lui demanda s'il subsistait un vêtement de Miranda. La tenancière dénicha une vieille chemise et la lui vendit deux sols d'or.

Il ne pouvait avoir la certitude que la chemise était authentique, pour l'instant.

En quittant la maison close, Frike demanda : « Et maintenant, maître ?

— Tu le verras en temps voulu. »

Ils sortirent de la ville et s'engagèrent dans la forêt. Au bout d'un long moment, ils campèrent et dînèrent d'une tourte de viande froide et de poireaux bouillis. Ensuite, sur les ordres d'Azzie, Frike alluma un grand feu. Lorsqu'il monta haut, Azzie tira de sa trousse magique une petite fiole de liquide foncé. Il en versa une unique goutte sur le feu, et les flammes bondirent plus haut encore. Frike eut un mouvement de recul.

« Fais attention, ordonna Azzie, car cela est instructif. Tu as entendu parler des fabuleux chiens de chasse des anciens dieux. Nous avons beaucoup mieux de nos jours. »

Quand les flammes retombèrent, trois grands oiseaux volèrent dans la clairière et se posèrent à côté d'Azzie. C'étaient des corbeaux aux petits yeux sinistres.

« J'espère que vous allez tous bien, leur dit Azzie.

— Nous allons bien, seigneur démon, répondit l'un d'eux.

— Je vous présente mon serviteur, Frike. Frike, voici les Morrigan. Ce sont des oiseaux surnaturels irlandais, et ils s'appellent Babd, Macha et Nemain.

— Enchanté de faire votre connaissance, dit Frike, gardant ses distances car les volatiles le considéraient d'un air plutôt féroce.

— Que pouvons-nous faire pour Votre Seigneurie ? » s'enquit Macha.

Azzie produisit la chemise de Miranda. « Trouvez-moi cette femme, dit-il. La dernière à avoir porté ça. Au fait, elle est morte. »

Babd renifla le tissu. « Ce n'était pas la peine de nous le dire.

— J'oubliais l'étendue de vos pouvoirs. Allez, oiseaux sans pareil ! Trouvez-moi cette femme. »

Les corbeaux envolés, Azzie dit à Frike : « Installons-nous confortablement. Ça risque de prendre un certain temps, mais ils la trouveront.

— Je n'en ai jamais douté », répondit Frike.

Azzie et lui mangèrent encore un peu de tourte à la viande et de poireaux, en parlant de la pluie et du beau temps et de la nature possible de la présentation céleste au concours du Millénaire. Le jour avança. Le ciel bleu de Provence était au-dessus d'eux un dôme immense irradiant la chaleur et la lumière du soleil. Ils dînèrent encore de poireaux.

Au bout d'un long moment, l'un des corbeaux revint, se présentant comme Nemain. Il décrivit deux cercles avant de se poser sur le poing tendu d'Azzie.

« Qu'avez-vous trouvé ? » demanda celui-ci.

Nemain pencha la tête de côté et répondit d'une petite voix : « Je crois que nous avons celle que tu veux.

— Où est-elle ? »

Les deux autres corbeaux arrivèrent. L'un se percha sur la tête d'Azzie, et l'autre sur l'épaule de Frike.

Macha, l'aîné, déclara : « Oui, c'est indiscutablement la femme que tu veux. Son odeur est caractéristique.

— Je suppose qu'elle est vraiment morte ?

— Bien sûr, qu'elle est morte. C'est ainsi que tu la voulais, n'est-ce pas ? Sinon, tu aurais toujours pu la tuer. »

Azzie ne prit pas la peine d'expliquer qu'il y avait des lois interdisant ce genre d'activité. « Où puis-je la trouver ?

— À deux lieues d'ici, par ce chemin, il y a une petite ville. Elle est dans la deuxième maison sur la gauche.

— Grand merci, oiseaux de mauvais augure ! »

Macha s'inclina et prit son vol. Les deux autres l'imitèrent, et tous trois disparurent.

Azzie et Frike se remirent en selle et suivirent la route vers le sud. Cette antique voie romaine, qui traversait tout le sud de l'Europe vers la grande ville fortifiée de Carcassonne, était en meilleur état que la plupart des routes qu'ils avaient prises. Ils dépassèrent Carcassonne en silence, et arrivèrent au bout d'un moment à un village de bonne taille. Azzie envoya Frike en éclaireur repérer une auberge où loger pendant qu'il s'occupait de la tête de Miranda.

Il aperçut la maison indiquée par les corbeaux. C'était la plus vaste de la ruelle ; elle était sombre et fort peu engageante avec ses fenêtres étroites et son toit de chaume en mauvais état.

Il frappa à la porte. Pas de réponse. Il essaya de l'ouvrir ; elle n'était pas verrouillée. Il entra dans la pièce principale.

Il faisait sombre à l'intérieur, avec juste un peu de lumière tombant des fissures du plafond. Il régnait une forte odeur de vin.

Son sens du danger fonctionna un instant trop tard. Il tomba par un trou à travers le plancher pour atterrir lourdement dans la pièce au-dessous. Lorsqu'il voulut se relever, il découvrit qu'il se trouvait dans une bouteille.

2

C'était une bouteille de verre à large goulot d'un modèle plutôt rare à cette époque, assez grande pour contenir un démon de taille moyenne comme Azzie. La chute avait un instant étourdi celui-ci, et il entendit du bruit au-dessus de sa tête, mais il ne put l'identifier avant d'avoir levé les yeux. Il découvrit alors que l'on avait clos le récipient avec un bouchon de bois. Il se ressaisit assez rapidement, mais... Que faisait-il à l'intérieur d'une bouteille ?

Il vit à travers les parois verdâtres qu'il se trouvait dans une salle éclairée par de nombreuses chandelles. Trois hommes à l'allure de rustres étaient assis autour d'une petite table en train de discuter.

Azzie tapota sur le verre pour attirer leur attention.

Ils se retournèrent. L'un d'eux, le plus laid, s'approcha et lui parla. Comme la bouteille était bouchée, aucun son ne parvint à Azzie, qui le signala en montrant son oreille tout en secouant la tête.

Lorsque le rustre comprit, il en informa ses compagnons. Ils reprirent leur discussion, de plus en plus passionnée. Finalement, ils parvinrent à une décision. Le plus laid grimpa à une échelle posée contre la bouteille et desserra légèrement le bouchon de bois.

« Tu peux entendre, maintenant, dit-il, mais si tu cherches

à faire le malin, nous enfoncerons le bouchon à fond et nous partirons en te laissant là pour les siècles des siècles. »

Azzie ne bougea pas. Il estimait avoir de bonnes chances de faire sauter le bouchon avant qu'ils aient le temps de l'enfoncer solidement, mais il voulait savoir ce qu'ils avaient à lui dire.

« Tu es venu pour la sorcière, hein ? demanda l'homme.

— Ce serait plus facile si je savais vos noms, répliqua Azzie.

— Voici Ansel, Chor — et moi je m'appelle Hald. Nous sommes frères et Miranda, la sorcière morte, est notre sœur.

— Vraiment ? Où est-elle ?

— Tout près. Nous l'avons conservée dans de la glace.

— Achetée à grands frais, lui rappela Ansel. Nous devons récupérer le prix de la glace. Et ce n'est que le commencement.

— Holà, pas si vite, dit Azzie. Qu'est-ce qui vous fait penser que votre sœur, dont vous prétendez qu'il s'agit d'une sorcière, vaut un prix quelconque ?

— Le docteur nous l'a dit.

— Quel docteur ?

— Le vieux docteur Parvenu. C'est aussi l'alchimiste du coin. Quand nous avons rapporté le corps de Miranda après son meurtre par ce fou, notre première pensée a été de le consulter, car il est expert en ces matières. Ça se passait après avoir expédié Philippe *ad patres*, bien sûr.

— Oui, je suis au courant pour le séducteur, dit Azzie. Qu'est-ce que ce docteur Parvenu vous a dit de faire du cadavre de votre sœur assassinée ?

— Il nous a conseillé sur toute l'affaire — et nous a recommandé de conserver sa tête.

— Pourquoi ?

— Il affirmait qu'une beauté comme la sienne ne pouvait manquer de tenter un démon ! »

Azzie ne vit pas la nécessité de mettre le trio au courant de ce qu'il avait l'intention de faire avec la tête de Miranda.

Il se sentait tout à fait à l'aise. Les démons apprennent de bonne heure le truc de la bouteille, et ces types-là ne lui paraissaient pas trop futés...

« Ce fou qui a tué Miranda... Qui était-ce ?

— Nous savons seulement qu'il s'appelait Armand. Nous ne l'avons jamais vu parce qu'il était déjà mort quand nous sommes arrivés au bordel. Quand les gens ont appris ce qu'il avait fait à Miranda, ça les a tant révoltés qu'ils l'ont battu à mort avant de mettre son corps en pièces.

— Et, maintenant, vous voulez vendre la tête de votre propre sœur ?

— Bien sûr ! C'était une catin ! Quelle différence, ce que nous faisons de sa tête ?

— Je pense que je pourrais vous en donner quelques pièces d'or. À moins que ses traits ne soient très abîmés.

— Pas le moins du monde ! assura Ansel. Elle est aussi belle que de son vivant. Plus belle, peut-être, quand on aime le genre languide.

— Je n'achète pas chat en poche.

— Tu vas la voir. Mais sans sortir de la bouteille, bien sûr.

— Bien sûr, dit Azzie. Apportez-la. »

Ansel ordonna à ses frères d'aller chercher la tête de Miranda. Chor et Hald se précipitèrent au fond de la cave. Ils ne tardèrent pas à en revenir porteurs d'un objet. Avant de le présenter, Ansel l'essuya avec sa chemise pour en ôter les cristaux de glace.

Azzie constata qu'elle était tout à fait ravissante, même dans la mort. Ses longues lèvres tristes étaient légèrement entrouvertes, ses cheveux blond cendré collés sur son front. Une goutte d'eau brillait sur sa joue...

Il comprit tout de suite que son instinct ne l'avait pas trompé ; c'était bien elle qu'il lui fallait.

« Alors ? Qu'est-ce que tu en penses ? demanda Ansel.

— Elle fera l'affaire, répondit Azzie. À présent, laissez-moi sortir d'ici et nous discuterons du prix.

— Si tu nous accordais d'abord trois souhaits ? hasarda Ansel.

— Non.

— Comme ça, tout net ? Non ?

— C'est ça.

— Pas de contre-proposition ?

— Pas tant que vous me garderez dans la bouteille.

— Mais si nous te laissons sortir nous n'aurons plus aucun moyen de te menacer.

— En effet. »

Ansel et ses frères tinrent conseil à voix basse. Enfin, Ansel revint. « Ils m'ont dit de te prévenir que nous connaissons une incantation qui peut te rendre la vie très pénible.

— Vraiment ?

— Oui. Vraiment.

— Alors, incantez, incantez ! »

Les trois frères se mirent à psalmodier. « Excusez-moi, les gars, les interrompit Azzie, mais vous n'êtes pas très au point pour les paroles. C'est fan*tago* et non fan*drago*. Une subtilité, je vous l'accorde, mais c'est ainsi. La prononciation est très importante dans les incantations magiques.

— Oh, sois bon prince ! insista Ansel. Accorde-nous un ou deux souhaits. Qu'est-ce que ça te coûte ?

— Je sais bien que vous vous figurez que les démons ont toute sorte de pouvoirs particuliers, mais ça ne veut pas dire qu'ils doivent les employer.

— Et si nous ne te libérons pas ? Qu'est-ce que tu dirais de passer des années dans une bouteille ? »

Azzie sourit. « Ne vous êtes-vous jamais demandé ce qui se produit lorsque le démon et ceux qui l'ont capturé ne parviennent pas à se mettre d'accord sur la rançon ? Les vieilles histoires n'en disent rien, n'est-ce pas ? Alors soyez raisonnables. Vous vous imaginez que je n'ai pas d'amis ? Tôt ou tard, ils s'apercevront de ma disparition et se lanceront à ma recherche. Quand il découvriront que je suis votre prisonnier... Eh bien, réfléchissez cinq minutes à ce qu'ils seront capables de vous faire. »

Ansel n'apprécia guère le résultat de ses cogitations. « Mais pourquoi nous feraient-ils du mal ? Selon les règles de la magie, nous avons le droit de prendre des démons au piège. Nous t'avons attrapé à la loyale. »

Azzie s'esclaffa, produisant un son horrible qu'il avait répété en vue d'une occasion comme celle-ci.

« Pauvres plocs, que savez-vous des règles de la magie ou même des lois régissant les créatures surnaturelles ? Vous feriez mieux de vous limiter aux affaires humaines. Quand on s'aventure dans le domaine des esprits, on ne sait jamais ce qui risque d'arriver. »

Ansel tremblait à présent, et ses deux frères avaient tout l'air sur le point de déguerpir. « Accepte mes excuses, grand démon, bredouilla-t-il, je ne voulais pas me mêler de tes affaires. Mais le docteur Parvenu nous avait dit que ce serait tout simple. Que veux-tu que nous fassions ?

— Débouchez la bouteille. »

Ils ôtèrent le bouchon. Azzie sortit. Il régla sa taille de manière à avoir deux bonnes têtes de plus qu'Ansel, le plus grand des trois frères.

« Maintenant, mes enfants, dit-il, voici la première chose à apprendre : quand on a affaire aux créatures surnaturelles — en dépit du folklore qui prétend le contraire — elles vous battent à tous les coups. Ergo, n'essayez pas de ruser ni de tricher avec elles. Voyez comment vous avez débouché cette bouteille, alors que j'étais impuissant et sans défense ? »

Les trois frères échangèrent des regards.

« Tu veux dire que nous t'avions réellement à notre merci ? demanda Ansel au bout d'un moment.

— Sans aucun doute.

— Et que tu étais un prisonnier sans défense ?

— Exactement.

— On peut dire que tu nous as bien eus », marmonna un des deux autres en secouant lentement la tête.

Il y eut un nouvel échange de regards.

Enfin, Ansel s'éclaircit la gorge. «Tu sais, avec la taille que tu as maintenant, grand démon, je ne vois pas comment tu aurais pu tenir dans cette bouteille. J'ose dire que tout ton art ne pourrait t'y mettre si tu le voulais.

— Mais tu aimerais me voir essayer, c'est ça?

— Pas du tout, protesta Ansel. Nous sommes entièrement à tes ordres. Ça me plairait simplement que tu nous montres que tu en es capable à nouveau.

— Si je le fais, dit Azzie, est-ce que vous serez francs et honnêtes avec moi et ne remettrez pas le bouchon?

— Bien sûr, seigneur, je te le promets.

— Le jurerais-tu?

— Sur mon âme immortelle!

— Et tes frères?

— Nous le jurons aussi, dirent-ils.

— D'accord, alors... Regardez bien ça.» Azzie entra dans la bouteille en se tortillant. Dès qu'il y eut pénétré en totalité, les frères remirent le bouchon.

Azzie les regarda. «Assez plaisanté! Débouchez cette bouteille.»

Les frères gloussèrent; Ansel leur fit un signe. Chor et Hald déplacèrent une dalle du sol, révélant un puits aux parois de pierre. On entendait le clapotis de l'eau, tout au fond.

«Note bien, démon, dit Ansel. Nous te poussons dans le puits — toi, la bouteille et le reste —, nous le recouvrons et nous peignons dessus une tête de mort et deux tibias pour que les gens pensent qu'il est empoisonné. Il n'y a guère de chances que tes copains te retrouvent là-dedans.

— Vous n'avez pas tenu parole, reprocha Azzie.

— Et alors? Tu n'y peux rien, pas vrai?

— Tout ce que je peux faire, c'est vous raconter une histoire.

— Allez, viens, fichons le camp d'ici», firent Chor et

Hald. Mais Ansel dit : « Non, écoutons-le jusqu'au bout. Ensuite, nous pourrons rire et nous en aller.

— Ça fait plusieurs milliers d'années qu'on emploie des bouteilles pour retenir les démons, commença Azzie. Le premier homme qui en a fabriqué une — un Chinois, soit dit en passant — l'a réalisée afin de prendre l'un de nous au piège. Les Assyriens et les Hittites de l'Antiquité gardaient leurs démons dans des pots en terre cuite. Certaines tribus d'Afrique conservent les leurs dans des paniers de vannerie tressée très serré. Nous sommes au courant de tout ça, et de la manière dont les coutumes pour nous prendre au piège varient d'une partie du monde à une autre. En Europe, les démons portent en permanence ceci. »

Il leva la main. À son doigt — ou plutôt à sa griffe — brillait un gros diamant étincelant.

« Et voici ce que nous en faisons », expliqua Azzie.

Il effectua un grand geste du bras, la pointe du diamant entra en contact avec le verre glauque. Azzie décrivit un large cercle, puis donna une poussée. Le disque qu'il avait découpé tomba vers l'extérieur. Il sortit.

Ansel s'écria, le visage pétrifié par la terreur : « C'était juste pour rire, chef ! Pas vrai, les gars ?

— Pour sûr ! affirmèrent Chor et Hald, un sourire fendant leur trogne d'une oreille à l'autre, tandis que des gouttes de sueur coulaient sur leurs sourcils rudimentaires.

— Alors, vous allez apprécier ça », dit Azzie.

Il agita les doigts et marmonna dans sa barbe. Il y eut un éclair de lumière et une bouffée de fumée. Quand elle se dissipa, le trio découvrit un tout petit démon à grosses lunettes d'écaille assis non loin de là en train d'écrire avec une plume d'oie sur du parchemin.

« Silène, dit Azzie. Mets ces trois-là sur mon compte et emmène-les. Ils se sont damnés eux-mêmes. »

Silène acquiesça, fit un geste de la main, et les trois frères disparurent. Il s'évapora à son tour un instant plus tard.

Apportez-moi la tête du prince Charmant 109

Comme Azzie devait par la suite en faire la remarque à Frike, jamais il ne lui avait été aussi facile d'aider des âmes à se damner; c'était tout juste s'il avait dû donner un coup de pouce.

3

« Ah, maître, comme c'est bon de rentrer chez soi ! s'exclama Frike en rabattant les verrous de la porte principale du manoir voisin d'Augsbourg.

— C'est en effet agréable, reconnut Azzie. Brr. » Il se frotta les griffes. « Mais il fait frisquet, ici ! Tu allumeras un feu dès que tu auras rangé les bouts de cadavre. »

En dépit, ou peut-être à cause de leur longue association avec les flammes de l'Enfer, les démons apprécient les grands foyers ronflants.

« Oui, maître. Où dois-je les mettre ?

— Dans le laboratoire de la cave, évidemment. »

Frike se dépêcha de décharger leur chariot. Il contenait un certain nombre de parties de corps humains, soigneusement enveloppées dans des linges imprégnés d'ichor ; si les calculs d'Azzie étaient justes, il y en avait assez pour confectionner deux corps, l'un masculin et l'autre féminin, destinés à incarner le prince Charmant et la princesse Scarlet.

Maître et serviteur se mirent dès le lendemain à la tâche. Frike se révéla fort habile dans le maniement d'une aiguille et de fil. Il assembla Charmant aussi proprement qu'un tailleur confectionne un costume sur mesure. Il y avait naturellement des coutures et des points, mais Azzie lui dit de ne pas s'en inquiéter. Une fois les corps ranimés, ces stigmates de leur renaissance disparaîtraient.

Les soirées à la maison étaient plaisantes. Azzie s'installait dans un coin du laboratoire avec son exemplaire des *Secrets du roi Salomon*, qu'il avait toujours eu l'intention de lire sans jamais en trouver le temps. C'était à présent bien agréable d'être dans cette pièce où flottaient de délicieuses odeurs d'huile de fusel, de kérosène, de soufre, d'ammoniaque et, imprégnant tout, les parfums riches et complexes de la chair écorchée et putréfiée ; d'être assis là, ce livre ouvert sur les genoux, levant les yeux de temps à autre pour surveiller le vieux Frike penché sur son travail, une fine aiguille d'acier entre les doigts, son ombre monstrueusement projetée sur le mur par la lanterne posée sur le sol.

L'aiguille avait été forgée pour lui par les Ruud, les plus petits et les plus rusés des nains d'Europe centrale. Le fil, en soie de Taprobane de la plus belle qualité, était si léger et transparent que l'on eût dit que les lèvres de la plaie béante séparant un bras d'une épaule adhéraient l'une à l'autre grâce à quelque magnétisme physique, ou par magie. Mais la seule magie à l'œuvre était en l'occurrence celle de la minuscule aiguille de Frike, qui ne perçait que des trous microscopiques et assemblait, fragment par fragment, un homme entier à partir de la pile de morceaux de cadavre divers posés à sa gauche sur un lit de glace.

Frike était un travailleur consciencieux, mais mieux valait le surveiller. Il lui arriva plus d'une fois de coudre un pied à la place d'un bras — à cause de sa myopie ou de quelque sens de l'humour pervers. Mais, quand il assembla le buste de la princesse avec la tête de Charmant, Azzie estima qu'il avait dépassé les bornes. « Arrête de faire n'importe quoi, cria-t-il, ou je te colle dans une Fosse où tu pourras fondre du gravier dans la roche pendant quelques siècles, histoire de t'apprendre à être sérieux !

— Pardon, maître », murmura Frike, et il travailla dès lors avec justesse et précision.

Et c'est ainsi que les corps prirent forme. Mis à part la question des yeux, qui restait toujours à résoudre, les mains désassorties de la princesse représentaient le seul vrai problème. Ce n'était pas si important qu'elles soient de taille différente. Mais l'une était jaune et l'autre blanche — un détail rédhibitoire. Azzie écarta la jaune et effectua une brève expédition au centre médical de Schnachtsbourg. Là, dans un magasin consacré aux souvenirs nécrophiles, il eut la chance de trouver une main de pickpocket pour sa princesse Scarlet.

Peu après son retour, il reçut un message des Fournitures l'informant que son château était prêt à être livré à l'adresse qu'il avait indiquée en Transylvanie. Azzie partit immédiatement et survola les Alpes jusqu'à la plaine de Hongrie. Le paysage s'étendait sous ses ailes, luxuriant, verdoyant et semé d'arbres. Il trouva l'endroit précis qu'il avait choisi, reconnaissable au bouquet de hauts arbres violets en fleurs, les seuls au monde de leur espèce, qui ont cessé d'exister bien avant que la science moderne ne puisse déclarer qu'il s'agissait d'anomalies. Un démon des Fournitures nommé Mérioneth l'attendait déjà. Maigre, laid, le nez chaussé d'un pince-nez, il portait un rouleau de parchemin fixé à l'aide de clous en cuivre sur une planche bien poncée, l'ancêtre du bloc-notes.

« Vous êtes Azzie Elbub ? s'enquit-il.

— Évidemment. Sinon, qu'est-ce que je ferais ici ?

— Vous pourriez avoir vos raisons. Vous avez des papiers ? »

Azzie lui montra sa carte de crédit noire portant son nom gravé.

« Il n'y a pas de portrait, remarqua Mérioneth, mais je veux bien l'accepter. Bon, alors, je vous le mets où ? »

Azzie regarda autour de lui. Le site qu'il avait choisi était joliment vallonné. Il l'examina d'un œil critique.

« Je veux que le château se dresse ici même, dit-il.

— Là-bas, sur ce terrain plat ?

— C'est ça. Mais tu dois d'abord y poser une montagne de verre.

— Plaît-il ?
— Je veux une montagne de verre. Le château enchanté doit être érigé à son sommet.
— Tu veux que ton château soit au sommet d'une montagne de verre ?
— Bien entendu. C'est là que se dressent les châteaux enchantés.
— D'habitude, peut-être même souvent, mais pas toujours. Je peux citer plusieurs contes traditionnels...
— Ce château se dressera au sommet d'une montagne de verre », dit Azzie.

Mérioneth ôta son pince-nez, l'essuya sur sa fourrure grise et le remit. Il ouvrit les fermoirs faits de dents jaunies de sa serviette en cuir humain bien tanné. Admiratif, Azzie décida de s'en procurer une semblable quand il aurait le temps. Mérioneth farfouilla parmi les papiers et choisit une feuille qu'il lut en pinçant les lèvres.

« Voici l'original de ta commande, dit-il. Il n'y est pas fait mention d'une montagne de verre. »

Azzie s'approcha pour lire le bon de commande. « Il est précisé que vous fournissez le paysage standard.
— Le paysage standard ne comprend pas de montagne de verre. Pourquoi ne pas nous en faire simplement déplacer une vraie ?
— Elle doit être en verre, insista Azzie. À ma connaissance, il n'existe pas de montagne de verre réelle.
— Dans ce cas, pourquoi ne pas prendre un volcan éteint à la place ? Avec beaucoup d'obsidienne ?
— Ça n'ira pas. Les montagnes de verre font partie du folklore depuis que les gens ont commencé à raconter des contes. Il doit bien y en avoir une quelque part aux Fournitures ! »

Mérioneth pinça les lèvres et prit un air dubitatif. « Peut-être bien que oui, peut-être bien que non. La question n'est pas là. La question, c'est qu'elle ne figure pas sur le bon de commande.

— On ne peut pas l'y rajouter maintenant ?
— Non, il est trop tard.
— On ne pourrait pas trouver un arrangement ?
— Que veux-tu dire ?
— Je paierai le supplément de ma poche. Je peux le mettre sur la carte ? »

Mérioneth haussa à nouveau les épaules.

« Ce n'est pas la question. Le bon de commande a déjà été rempli et signé. »

Azzie examina le feuillet et y posa l'index. « Tu pourrais l'écrire là, au-dessus de la signature. "Une montagne de verre et une forêt enchantée."

— Si mon supérieur le découvre...

— Et je saurai te récompenser grassement ! » Azzie tira d'une poche sous son manteau la petite bourse de chamois où il conservait les pierres précieuses investies par Rognir. Il en prit une poignée et la montra à Mérioneth.

« Oui ? fit celui-ci.

— C'est à toi si tu rajoutes une montagne de verre. »

Mérioneth contempla les pierres. « Je risque de gros ennuis... »

Azzie ajouta quelques gemmes supplémentaires.

« Après tout, pourquoi pas ? » fit Mérioneth en s'emparant des pierres. Il se pencha sur le bon de commande et griffonna quelques mots, puis releva la tête. « Mais une forêt enchantée — c'est une autre paire de manches.

— Les forêts enchantées sont des articles tout ce qu'il y a de plus courant ! protesta Azzie. Pas comme les montagnes de verre. On en trouve à tous les coins de rue.

— Sauf quand on est pressé, marmonna Mérioneth, le regard rivé sur le sac en peau de chamois. Et je suppose que tu voudras une route à travers la forêt, par-dessus le marché ?

— Rien d'extraordinaire. Un sentier boueux fera très bien l'affaire...

— Et un arpenteur, aussi, hein ? Pour ça, il me faudra le prix d'un arpenteur et des services d'un arpenteur...

— Je sais, ce n'est pas sur le bon de commande original. » Azzie choisit quatre autres pierres et les donna à Mérioneth. « Ça ira comme ça ?

— Ça ira pour la forêt et le travail de paysagiste. Mais tu veux aussi qu'elle soit enchantée, n'est-ce pas ?

— C'est ce que je t'ai dit. À quoi me servirait-elle si elle ne l'était pas ?

— Inutile de te montrer susceptible avec *moi* ! Cette forêt n'est rien pour moi. Je cherche simplement à comprendre la commande. À quel genre d'enchantement pensais-tu ?

— Les trucs habituels. Des arbres flamboyants animés feront tout à fait l'affaire. Il n'en manque jamais en stock.

— Es-tu horticulteur pour le savoir ? demanda Mérioneth sur un ton caustique. En réalité, il y a très peu de flamboyants disponibles à cette époque de l'année. Et je suppose que tu voudras aussi qu'ils aient des épines magiques ?

— Bien sûr.

— Les épines magiques ne sont pas standard. »

Plusieurs pierres précieuses de plus changèrent de main.

« Bon, voyons un peu... Que doivent faire au juste ces épines magiques ?

— La routine, répondit Azzie. Quand passe un voyageur dont le cœur n'est pas pur, ou qui n'a pas le contre-sort magique, elles l'empalent.

— Je l'aurais parié ! Empaler est en supplément !

— En supplément ? Qu'est-ce que tu me chantes ?

— J'ai autre chose à faire que de traîner à bavarder avec toi », riposta Mérioneth, et il déploya ses ailes.

Azzie lui remit encore quelques pierres. La bourse en peau de chamois était vide. Il avait épuisé le trésor de Rognir en un temps étonnamment court.

« Je suppose que nous sommes désormais d'accord sur l'essentiel, dit Mérioneth. Il y a quelques raffinements additionnels qui me viennent à l'idée, des trucs qui pourraient te plaire, mais ils te seraient comptés en sus.

— Au diable les raffinements ! Fais simplement ce dont nous sommes convenus. Et en vitesse, s'il te plaît. J'ai à m'occuper d'autres affaires. »

Mérioneth appela une équipe de travail, et les démons commencèrent à construire la forêt. Une fois mis en train, ils travaillaient rapidement, en professionnels consciencieux. Certains parmi les plus jeunes n'avaient manifestement pas l'habitude des travaux manuels. Mais les contremaîtres les surveillaient de près et les choses progressaient de manière satisfaisante.

La forêt en place et les enchantements installés mais pas encore activés, le chef d'équipe confia le soin à un subordonné de disposer arbustes et fleurs sauvages pour aller superviser la construction du château. Dans les Limbes, d'autres équipes jetaient avec entrain les matériaux, et les démons qui se trouvaient dessous esquivaient les blocs, les attrapaient comme ils pouvaient et les assemblaient. Pièce à pièce, une gigantesque structure aux tours crénelées et aux tourelles pointues finit par se dresser dans les airs. Elle était inexacte sur le plan historique quoique tout à fait conforme aux illustrations de contes de fées. À ce stade, il y eut encore quelques petites anicroches. Le moment de creuser les douves venu, les démons se rendirent compte qu'ils manquaient de matériel de terrassement. Une équipe de dragons fut convoquée et soudoyée avec un sacrifice de jeunes femmes. Après avoir dîné, les dragons creusèrent un superbe fossé, large de vingt pieds et profond de trente. Bien entendu, les douves étaient à sec, et nul ne semblait savoir qui devait s'occuper de l'adduction d'eau. Azzie finit par résoudre le problème en commandant aux Fournitures un sortilège climatique qui suscita une pluie brève mais très abondante. Ce qui, additionné à l'eau des ruisseaux, fit parfaitement l'affaire. On ajouta un couple de cygnes pour donner un soupçon de classe.

Le château ne tarda pas à se dresser, immense et imposant, accumulation de tours de pierre au milieu de formes en dôme. Des étendards claquaient au vent au sommet des plus hautes d'entre elles. L'édifice était naturellement vide de tout mobilier, et plein de courants d'air, parce que nul ne pense jamais à colmater les fissures et les brèches dans les châteaux enchantés. Azzie commanda des meubles aux Fournitures. Il fallait également de l'éclairage. Azzie choisit des luminaires magiques — on n'y voit pas grand-chose avec des lampes à huile.

Enfin, tout fut prêt. Azzie prit quelques dizaines de toises de recul et admira le château. Celui-ci aurait fait la joie de Louis II de Bavière, le roi fou. Il convenait à merveille.

Azzie rentra au manoir pour mettre la dernière main à ses personnages principaux. Leurs corps avaient désormais fière allure dans leurs cuves, maintenant que leurs coutures s'étaient effacées. L'ichor et les enchantements avaient rempli leur office à la perfection. Mais il leur manquait encore l'intelligence, puisqu'elle ne doit venir qu'en dernier, et ils faisaient des choses bizarres lorsqu'une partie ou une autre du corps s'animait. Azzie se remit au travail pour les stabiliser et, enfin, il se déclara satisfait de ses créations.

Frike fit alors remarquer que les deux créatures étaient encore aveugles.

« Tu as raison, répondit Azzie. Je gardais ça pour la fin. »

Il s'assit et se rappela alors Ylith. Oui, il avait gardé ça pour la fin.

4

Azzie avait un faible pour les sorcières. Il les considérait comme un genre de réserve permanente de rendez-vous où un démon pouvait toujours trouver une compagne pour le samedi soir. À l'époque, les sabbats de sorcières étaient la forme primitive des discothèques.

« Frike ! Apporte-moi de la craie ! Des chandelles ! »

Frike courut à l'office où l'on rangeait les fournitures magiques. Là, dans un coffre solide, il trouva les objets réclamés par Azzie. Les chandelles étaient épaisses comme le poignet d'un homme et presque aussi hautes que lui. Il en prit cinq sous le bras, une pour chaque sommet du pentagramme. Elles étaient dures comme de la chair pétrifiée et légèrement grasses au toucher. Frike les apporta avec la craie dans la grande pièce du devant. Azzie repoussa la table à tréteaux contre le mur. Il avait ôté son manteau et son pourpoint. De longs muscles ondulaient sous sa chemise tandis qu'il tirait une armure en trop dans un coin.

« Je ne sais pas pourquoi je garde tout ce bric-à-brac, grommela-t-il. Donne-moi la craie. Je veux tracer le symbole moi-même. »

Il se pencha et, à l'aide du gros morceau de craie, il dessina de la main droite la figure à cinq côtés. Une lueur du feu qui rougeoyait dans l'âtre la teinta de rouge, accentuant ses traits de renard. Frike s'attendait presque à voir les jambes de son maître se transformer en pattes rousses et velues. Malgré sa surexcitation, Azzie conserva cependant son apparence. Il y avait travaillé longtemps, car les démons expérimentés se donnent beaucoup de mal pour faire correspondre leur forme humaine à leur idéal personnel.

Frike le regarda tracer les puissants caractères hébraïques, puis allumer les chandelles.

« Ylith ! entonna Azzie, croisant ses mains griffues et effectuant une génuflexion d'une façon qui blessa l'œil de Frike. Viens à moi, Ylith ! »

Frike distingua une ébauche de mouvement au centre du pentagramme. De la fumée colorée se mit à monter en volutes des chandelles. Ces volutes dansèrent, se fondirent, firent jaillir des étincelles et prirent une forme solide. « Ylith ! » s'écria-t-il. Seulement, ce n'était pas elle. La créature au milieu du pentagramme était bel et bien une femme, mais la ressemblance s'arrêtait là. Elle était petite et corpulente, avec des cheveux orangés et un nez crochu. Elle croisa les bras et jeta à Azzie un regard noir.

« Qu'est-ce que tu veux ? demanda-t-elle sévèrement. J'allais juste partir pour mon sabbat quand tu m'as invoquée. Si je n'avais pas été prise par surprise, j'aurais annulé ton sort, qui était d'ailleurs mal jeté.

— Tu n'es pas Ylith, n'est-ce pas ? s'étonna Azzie.

— Je suis Mylith, répliqua la sorcière.

— D'Athènes ?

— De Copenhague !

— Je suis absolument navré. J'essayais d'invoquer Ylith d'Athènes. Le Central des Esprits a dû s'emmêler les pinceaux. »

Mylith renifla avec mépris, effaça l'un des caractères hébraïques d'Azzie et en gribouilla un autre.

« Tu t'es trompé d'indicatif. Maintenant, si c'est tout ce que tu veux...

— Je me ferai un plaisir de te réinvoquer jusque chez toi.

— Je m'en charge. Va savoir où ton sort m'expédierait ! » Elle fit un geste des deux mains et disparut.

« Voilà qui était plutôt embarrassant, remarqua Azzie.

— Je trouve étonnant que vous puissiez évoquer et faire apparaître quelque chose ! s'exclama Frike. Mon dernier maître, le démon Throdeus, était tout à fait incapable de la moindre invocation le samedi.

— Tiens donc ? Et pourquoi ça ?

— Avant de devenir démon, il était rabbin orthodoxe. »

À nouveau, Azzie prononça les incantations. À nouveau, des fumées multicolores montèrent des cierges et se rassemblèrent au centre du pentagramme. Mais, cette fois, lorsqu'elles s'unirent, au lieu d'une vilaine petite sorcière aux cheveux orangés, ce fut une grande et belle brune en courte chemise de nuit de soie légère qui apparut.

« Ylith ! s'écria Azzie.

— Qui m'appelle ? demanda la sorcière en se frottant les yeux. Azzie ? C'est bien toi ? Mon chéri, tu aurais dû d'abord envoyer un messager ! Je dormais.

— C'est un vêtement de nuit, ça ? demanda Azzie, car, à travers la chemise diaphane couleur de pêche, il voyait ses seins rebondis joliment dessinés, et, en la contournant, avait une vision de ses fesses roses.

— C'est la dernière mode à Byzance, dit Ylith. Je ne crois pas qu'elle prendra en Europe. Du moins, pas avant longtemps. » Elle sortit du pentagramme. « Ça me fait très plaisir de te revoir, Azzie, mais il faut vraiment que je m'habille.

— Je t'ai déjà vue plus dévêtue.

— Je sais, mais il y a un temps pour tout. Et ton idiot de serviteur me regarde avec des yeux ronds. Il me faut une garde-robe, Azzie !

— Tu vas l'avoir. Frike !

— Oui, maître ?

— Entre dans le pentagramme.
— Maître, je ne pense vraiment pas...
— On ne te demande pas de penser. Obéis ! »

Frike boitilla en marmonnant jusqu'au centre de la figure géométrique.

« Je t'expédie à Athènes. Prends toutes les toilettes de dame que tu pourras. Je te ramène d'ici quelques minutes.

— Il y a une robe bleu saphir à col de fourrure dans l'antichambre, dit Ylith. Celle aux manches trois-quarts. Surtout, ne l'oublie pas ! Et tu trouveras dans la petite penderie près de la cuisine...

— Ylith ! coupa Azzie. Nous pourrons aller en chercher d'autres plus tard, si besoin est. Là, tout de suite, je suis plutôt pressé. »

Levant les mains, il récita un sort. Frike disparut au milieu d'un grognement.

« Eh bien, dit Ylith, nous voilà seuls. Azzie, pourquoi ne m'as-tu pas appelée plus tôt ? Ça fait des siècles !

— J'étais dans la Fosse. J'ai perdu la notion du temps », expliqua-t-il.

Il escorta Ylith jusqu'au grand sofa devant la cheminée, lui apporta du vin et un plateau de petits gâteaux dont il savait qu'elle les aimait. Ils s'assirent sur le divan et Azzie eut recours à un enchantement musical mineur pour lui faire écouter quelques airs à la mode. Il la regarda au plus profond des yeux.

« Ylith, j'ai un problème.
— Raconte-moi ça. »

Azzie s'exécuta, oubliant Frike pendant plusieurs heures tant il était absorbé par ses explications. Le jour se levait quand il finit par invoquer son serviteur, et celui-ci apparut en bâillant, drapé dans des toilettes féminines.

5

Azzie emmena Ylith au laboratoire où Charmant et Scarlet, désormais entièrement assemblés, attendaient côte à côte sur des dalles de marbre, voilés par une nappe de lin car Azzie avait souvent remarqué que les gens sont plus à leur avantage légèrement vêtus que pas du tout.

« Tu ne trouves pas qu'ils font un joli couple ? » dit-il.

Ylith soupira. Son long visage expressif était beau un instant, sinistre la seconde suivante. Azzie tenta d'adapter sa perception de manière à la voir toujours belle, mais c'était difficile ; les sorcières ont des traits bizarrement changeants. Azzie éprouvait depuis longtemps des sentiments ambivalents à l'égard d'Ylith. Parfois il croyait l'aimer ; parfois il la haïssait. Parfois il cherchait à résoudre le problème en l'attaquant de front ; parfois il préférait ne plus y penser et s'occuper de questions plus simples, par exemple la meilleure manière de répandre le Mal et d'aggraver le Mal général. Parfois — souvent — il ne savait que faire. Il aimait Ylith, mais il ne l'appréciait pas toujours. Néanmoins, c'était aussi sa meilleure amie, et c'était elle qu'il appelait à la rescousse quand il avait un souci.

« Ils sont mignons tout plein, reconnut Ylith, à part l'absence d'yeux. Mais tu le sais.

— C'est pour ça que je te les montre. Je t'ai expliqué que j'allais les présenter au concours du Millénaire. Ils vont jouer le conte du *Prince Charmant,* en improvisant totalement, sans que je les y pousse, rien qu'en employant le fameux libre arbitre que possèdent, paraît-il, toutes les créatures intelligentes. Et ils vont aboutir à la mauvaise conclusion et se condamner à jamais. J'ai donc besoin d'yeux pour eux, mais pas n'importe lesquels. Il me faut des yeux particuliers. Des yeux ensorcelés. J'en ai besoin pour donner à l'histoire cette saveur particulière, ce goût spécial, ce parfum de conte de fées — si tu vois ce que je veux dire.

— Je comprends parfaitement, mon chéri, dit Ylith. Et tu veux que je t'aide ? Ah, Azzie, quel enfant tu fais ! Qu'est-ce qui t'incite à croire que je trouverai des yeux pour toi ? »

Azzie n'avait pas pensé à ça. Il se gratta le crâne — écailleux, c'était ce que la Fosse vous faisait chaque fois — et réfléchit. Il dit : « Eh bien, je pensais que tu le ferais parce que c'est la chose à faire. Je veux dire, tu désires autant que moi la victoire du Mal, n'est-ce pas ? Dis-toi bien que, si le Bien l'emporte et règne sur le destin des hommes pendant les mille ans à venir, tu vas te retrouver au chômage.

— Tu tiens peut-être un argument. Mais il n'est pas tout à fait convaincant. Pourquoi devrais-je t'aider ? J'ai une vie privée, d'autres affaires en train. Je m'occupe de travail administratif pour notre sabbat et j'ai donné quelques cours... »

Azzie prit une grande inspiration mentale, comme il le faisait toujours avant de se lancer dans un mensonge vraiment énorme. Son génie et toutes ses facultés étaient en alerte, afin de l'aider à entrer dans le rôle qu'il savait devoir jouer.

« C'est très simple, Ylith... Je t'aime.

— Allons donc ! dit-elle, sarcastique, mais sans mettre un terme à la conversation. Elle est bonne, celle-là ! Raconte un peu !

— Je t'ai toujours aimée.

— Ah oui ? Qui l'eût cru !
— Je peux t'expliquer pourquoi je ne t'ai jamais appelée.
— Je l'aurais parié ! dit Ylith en attendant.
— Il y a deux raisons à cela, déclara Azzie à tout hasard au cas où une seule ne suffirait pas.
— Oui ? Je suis tout ouïe.
— Je t'ai déjà dit que j'étais dans la Fosse.
— Et tu ne pouvais même pas envoyer une carte postale ? Je la connais, l'excuse de la Fosse !
— Ylith, tu dois simplement me croire ! Il y a des choses dont un homme ne peut pas parler. Mais, crois-moi sur parole, il s'est passé un tas d'événements. Je pourrais tout t'expliquer si nous en avions le temps, mais l'essentiel, c'est que je t'aime ; le sortilège s'est enfin dissipé et nous pouvons à nouveau être ensemble, comme nous l'avons toujours voulu, toi et moi, en secret, même si je prétendais le contraire.
— Quel sortilège ?
— J'ai mentionné un sortilège ?
— Tu as dit : "Le sortilège s'est enfin dissipé."
— J'ai dit ça, moi ? Tu en es sûre ?
— Évidemment que j'en suis sûre !
— Eh bien, je n'aurais pas dû. Une des conditions pour que cesse l'enchantement, c'était que je n'en parle jamais. J'espère que nous ne l'avons pas à nouveau déclenché.
— Quel sortilège ?
— Je ne sais pas de quoi tu parles. »

Ylith se redressa de toute sa hauteur et regarda Azzie d'un air furieux. C'était vraiment le plus impossible des démons ! On s'attend à les voir mentir, bien sûr, mais il arrive même aux pires d'entre eux de dire la vérité de temps à autre. Il est presque impossible de ne pas le faire, par accident. Sauf pour Azzie. Mais ce n'était pas parce qu'il avait le cœur d'un menteur. Non, c'était parce qu'il essayait tant d'être vraiment mauvais. Elle n'y pouvait rien, sinon avoir pitié de lui. Elle était toujours attirée par lui. Et puis, Athènes n'avait pas grand-chose d'amusant en cette saison.

« Promets-moi de ne jamais plus me quitter ! dit-elle.

— C'est promis. » Réalisant qu'il avait capitulé trop facilement, Azzie ajouta : « En tout cas, pas dans des conditions normales.

— Qu'est-ce que tu appelles des "conditions normales" ?

— Des conditions qui ne sont pas anormales.

— Comme quoi ?

— Comment le saurais-je ?

— Ah, Azzie !

— Tu dois me prendre comme je suis, Ylith. C'est vraiment un plaisir de te revoir. As-tu une idée au sujet de ces yeux ?

— Oui, en fait, j'ai effectivement une ou deux idées.

— Sois mignonne et file me les chercher. Je vais être à court d'ichor et je n'ose pas ressusciter ces créatures avant d'avoir des yeux pour eux. Ça pourrait influer sur leur développement.

— Elles devront patienter, dit Ylith. Deux paires d'yeux spéciaux, ça ne se trouve pas sous le sabot d'un cheval.

— Nous t'attendrons tous, ma reine ! » dit Azzie.

Elle éclata de rire, mais il voyait bien que ces compliments ne lui déplaisaient pas. Il agita la main, Ylith tournoya, se transforma en colonne de fumée violette en rotation, puis disparut complètement.

6

Ylith s'était satisfait pendant bien des années de traîner à Athènes, de mener la grande vie, appréciant les réceptions et le bon temps, collectionnant les amants et redécorant sa maison. Avec le temps, les sorcières deviennent paresseuses et elles ont tendance à se reposer sur leurs lauriers. Les péchés qu'elles cherchent à faire commettre aux simples mortels reviennent plus tard les hanter. Elles perdent peu à peu leur savoir, oubliant ce qu'elles ont étudié dans les grandes écoles de sorcellerie. Avant qu'Azzie ne l'évoque, cela faisait longtemps qu'Ylith végétait.

Elle s'étonnait à présent d'avoir accepté de trouver des yeux pour le jeune couple. Était-ce vraiment ce qu'elle voulait faire ? Aimait-elle Azzie à ce point ? Ou était-ce plutôt histoire de trouver un devoir à accomplir, de servir quelque chose de plus grand qu'elle-même ? En tout état de cause, elle avait besoin de conseils pour la seconde paire d'yeux.

Et, quand il s'agissait de conseils, les plus sages étaient ceux de Skander.

Les dragons vivent très vieux, et les dragons malins non seulement vivent très vieux mais ils changent de nom de temps à autre, pour que les gens ne se rendent pas compte combien ils vivent longtemps et ne les jalousent pas. Il n'y a **rien** qu'un héros n'aime autant que d'occire un dragon hors d'âge. Les années d'une de ces créatures sont comme les bois d'un cerf.

Skander et d'autres parmi ses semblables avaient pris conscience du nombre croissant de héros partant à la chasse aux dragons, et ils avaient redoublé de prudence. Fini, le bon vieux temps où ils allaient et venaient à leur guise, gardant leur trésor et s'emparant de tous ceux qui venaient à eux. Ils se montraient fort habiles à ce jeu, même si les histoires ne chantaient que les victoires des héros. Les dragons étaient souvent victorieux, mais il n'y avait que peu de dragons et une réserve sans fin de héros. Il en surgissait sans cesse de nouveaux, jusqu'à ce que les dragons voient clair dans leur jeu.

Ils tinrent alors une grande conférence, au cours de laquelle nombre de points de vue furent exposés. Les dragons chinois étaient les plus nombreux, à l'époque, mais si jaloux de leur sagesse et si déterminés à ne la partager avec aucun de leurs congénères qu'ils répondirent tous, quand on leur demanda leur avis, par des aphorismes fumeux du genre : « Il est exaltant de fréquenter le grand homme », ou bien : « Tu franchiras l'eau », ou encore : « L'homme supérieur est pareil au sable ». Et les philosophes du Céleste Empire, qui avaient du goût pour l'obscurité, réunissaient ces maximes dans des livres qu'ils vendaient fort cher aux Occidentaux en quête de sagesse.

La décision finale adoptée lors de la conférence fut de s'incliner devant la nécessité, de renoncer à certaines des tactiques les plus agressives qui avaient donné mauvaise réputation aux dragons, et de conserver un profil bas. Les dragons votèrent à l'unanimité l'abandon des immémoriales traditions, l'Amas et la Garde, au profit des nouvelles disciplines d'Adaptation et d'Esquive. Plus question de rester planqués pour garder des trésors, annoncèrent-ils. Fondons-nous dans le paysage, vivons au fond des lacs. Car beaucoup de dragons avaient la faculté de vivre sous l'eau — on les appelait des dragons à ouïes, et ils se nourrissaient de requins, de baleines tueuses et de mahimahi. Les dragons terrestres durent recourir à une autre stratégie. Ils apprirent à se dissimuler sous forme de petites montagnes, de collines et même de bosquets d'arbres. Ils renoncèrent à leurs habitudes de férocité, se contentant à l'occasion d'un chasseur égaré sur leur territoire. De temps à autre, un dragon en revenait aux anciennes pratiques, finissait par être traqué et tué. Son nom passait à la postérité et figurait au Panthéon des Héros Dragons, et l'on conseillait aux autres de ne pas agir comme lui.

Skander était vieux, même pour un dragon. Il était par conséquent extraordinairement rusé et se tenait à l'écart des ennuis. Il vivait en Asie centrale, quelque part du côté de Samarcande, mais il avait vu du pays avant la fondation de la ville. On pouvait chercher pendant des siècles et ne jamais dénicher Skander s'il ne voulait pas qu'on le trouve. En revanche, si vous le trouviez, il se montrait souvent utile; car il possédait une inépuisable réserve de savoir populaire. Il était cependant assez capricieux, et enclin aux sautes d'humeur.

Ylith le savait, mais elle devait tenter sa chance. Elle s'équipa d'une botte de balais à réaction, du modèle qu'on peut employer pour voler. C'était la plus grande réussite des sorcières. Ils fonctionnaient à l'aide de sorts que la Sororité des Sorcières préparait dans son quartier général de Byzance. La puissance des sortilèges allait par cycles; certaines années étaient meilleures que d'autres. Les enchantements étaient tributaires des forces naturelles, mais on ne comprenait pas clairement celles-ci, et il arrivait qu'un sort soit rappelé pour une révision.

Le point de départ logique semblait à Ylith être l'endroit ou elle avait vu Skander pour la dernière fois : au rocher du Dragon. Les dragons sont assez astucieux pour savoir que l'on n'ira jamais chercher un des leurs dans un coin portant précisément un tel nom.

De nombreux héros avaient traversé cette région à cheval, la plupart simplement armés du léger sabre à lame

Apportez-moi la tête du prince Charmant 129

courbe local, qui n'aurait d'ailleurs servi à rien contre un dragon. Non que Skander se souciât d'essayer d'affronter des poids plumes. Sa carapace constituée d'écailles qui se chevauchaient était capable de résister à une avalanche, et il ne craignait pas les épées, à moins qu'elles ne soient renforcées par des sorts très puissants. Mais les humains étaient sournois ; ils faisaient semblant de viser l'épaule, et paf ! vous receviez une flèche dans l'œil. Sans qu'on sache trop pourquoi, les dragons, en dépit de leur extrême intelligence et de leur expérience séculaire, avaient une fâcheuse tendance à recevoir des flèches dans les yeux. Ils n'avaient jamais tout à fait compris le truc employé par les hommes qui faisaient mine de tirer dans une direction et lançaient en réalité leur trait dans une autre. Ce n'était pas conforme à la pratique en usage chez les dragons, et ça allait à l'encontre de l'idée qu'ils se faisaient de l'éthique du guerrier.

Pour une raison ou pour une autre, Ylith avait déjà rencontré Skander au rocher du Dragon, où elle rendait visite à des cousins qui avaient récemment quitté la Scythie pour s'installer dans le coin. À l'époque, Skander profitait des avantages d'un rare sortilège métamorphique qui avait croisé son chemin. Les dragons sont toujours à la recherche de ce genre d'enchantements car, étant intelligents, ils aspirent à fréquenter la société humaine. Bien que les humains l'ignorent, des dragons, sous des formes modifiées, ont été présents dans toutes les cours du monde, où ils adorent discuter avec les philosophes. Le plus souvent, pourtant, ils finissent par en avoir assez des années de solitude, d'autant plus solitaires qu'ils se méfient de leurs congénères du sexe opposé. C'est pour cette raison, et non par manque d'occasions ou d'appétit sexuel, que les dragons s'accouplent rarement, et qu'il est encore plus rare qu'ils aient des petits.

Parmi ceux qui en ont, nulle règle précise n'indique quel parent doit élever les enfants. Il n'y a même pas de consensus à propos de celui qui les porte. Les dragons se sont débarrassés voici des éons de l'essentiel de ces trucs instinctifs.

Désormais créatures de raison, ils se sont battus entre eux à cause de ces sujets. On raconte qu'une grande partie de leur race a été éliminée lors du règlement de ces querelles.

Les héros s'en donnèrent à cœur joie au milieu de toute cette confusion. Les dragons n'en revenaient pas que les preux chevaliers — ces gros types en costume de métal — puissent les tuer, puisque les humains étaient si manifestement privés d'intelligence et n'avaient à leur actif que leurs stupides rites de cour. Mais ils gagnaient parce qu'ils concentraient leurs efforts pour tuer, alors que les dragons ne concentraient leurs efforts pour rien du tout.

Ylith vola jusqu'à la région de Samarcande et se renseigna à Yar Digi, le village le plus proche du rocher du Dragon. C'était une petite bourgade misérable où l'on ne trouvait que des boutiques de souvenirs le long de son unique rue. Elles regorgeaient d'objets liés aux dragons et de brochures les concernant, mais il n'y avait pas de clients. Quand Ylith l'interrogea à ce sujet, un libraire nommé Ahmed lui expliqua : « C'est parce que l'heure de la grande vogue des dragons, depuis si longtemps attendue, n'a pas encore sonné. D'autres endroits attirent les touristes. En Bretagne, par exemple, où aucun dragon n'a bougé depuis des siècles, on organise la visite guidée des endroits qu'ils fréquentaient jadis, et l'on vend cent fois plus de souvenirs qu'ici. Où est le dragon ? Quelque part en haut du chemin, dans sa caverne du rocher du Dragon. Mais nul n'est capable de le trouver s'il ne veut pas de visiteurs. Et ça, on ne peut pas le deviner. C'est un original. »

Ylith partit dans la direction indiquée et, après avoir payé son droit d'entrée, elle fut autorisée à s'engager sur le sentier. À l'issue de force tournants et lacets, elle dépassa une petite buvette, puis le rocher du Dragon lui-même. Mais elle eut beau regarder de tous côtés, elle ne distingua rien ressemblant à une caverne.

Ce fut seulement quand elle entendit glousser qu'elle s'arrêta.

« Skander ? » appela-t-elle.

Le son s'éleva à nouveau.

« C'est moi, Ylith ! »

Elle discerna soudain une ombre entre deux rochers qui pouvait bien être plus qu'une ombre. En se dirigeant vers elle, elle vit qu'elle se prolongeait en des ténèbres plus profondes encore. Elle entra.

Elle n'aurait su dire à quel moment elle passa dans l'obscurité totale. Mais, au bout d'un certain temps, l'écho de ses pas lui apprit qu'elle se trouvait à l'intérieur d'un lieu entièrement clos.

« Skander ? »

Toujours pas de réponse; elle prit toutefois conscience d'une faible lueur devant elle, à main droite. Au débouché d'un coude, elle parvint dans une salle où la pierre elle-même semblait lumineuse — au-dessus d'elle et des deux côtés. Avec cette visibilité, elle pressa le pas. Le passage possédait plusieurs embranchements; elle continua chaque fois tout droit en direction de la luminosité la plus intense.

Elle atteignit enfin une salle où l'énorme créature couverte d'écailles qu'elle cherchait était étendue, la regardant fixement. Sans ses yeux, elle n'aurait peut-être pas vu le dragon tant il était immobile. Elle s'arrêta sur le seuil, vaguement mal à l'aise.

« Skander ? C'est moi, Ylith. »

Il pencha la tête et plissa légèrement les paupières.

« Oui, en effet. C'est toi, hein ? observa-t-il. Ça fait combien de temps ?

— Longtemps. Qu'est-ce que tu deviens ?

— Je rêvais de la Renaissance.

— Qu'est-ce que la Renaissance ?

— Désolé, je mélange un peu les siècles. La Renaissance vient plus tard. C'est le problème quand on est prescient. On a du mal à distinguer l'avenir du présent.

— Skander, j'ai besoin d'aide.

— C'est bien ce que je pensais. Sinon, qu'est-ce qui

t'aurait amenée dans mon coin perdu ? Que veux-tu au juste, ma chère ? Les vieilles flammes sont toujours aussi brûlantes. Tu veux que j'incinère quelqu'un pour toi ?

— J'ai besoin d'yeux, dit Ylith, et elle lui expliqua le projet d'Azzie avec le prince Charmant et la princesse Scarlet.

— Des yeux », murmura Skander, et sa carapace, normalement d'un brun rougeâtre, prit une blancheur terreuse. Elle venait soudain de lui rappeler une prophétie.

« Pourquoi restes-tu dans cet endroit ? demanda-t-elle.

— La recherche de la gloire, tu vois. Les gens du cru vont me faire de la publicité. J'ai promis de faire connaître leur village. Ce n'est pas encore la célébrité, mais ça arrivera fatalement.

— Où puis-je trouver une paire d'yeux de vraiment bonne qualité ? interrogea Ylith.

— Des yeux, gronda Skander. Mais il y en a partout. Pourquoi t'es-tu donné la peine de venir m'en demander ?

— Tu sais où se trouvent les plus beaux. Tous les dragons le savent.

— Oui, bien sûr. Mais j'aimerais mieux ne pas parler d'yeux, si cela ne te fait rien.

— Tu ne veux pas parler d'yeux ?

— Simple superstition, j'imagine. Désolé.

— Ça t'ennuie de te confier ?

— D'accord, dit-il. Voici fort longtemps, en Chine, j'ai vu que l'artiste de la cour peignait les yeux en dernier chaque fois qu'il représentait un dragon. Quand je lui ai demandé pourquoi, il m'a expliqué que cela donnait au tableau une sorte de vie particulière et qu'il ne serait pas bon de convoquer cette vie avant que tout le reste ne soit en place. Un sage lui avait dit que les yeux de ceux de ma race sont le point focal de l'esprit. Ils recèlent la vie, ils sont les dernières choses à disparaître. J'ai alors recherché ce sage — un vieux moine taoïste — et il m'a assuré que c'était vrai. Il m'a aussi prédit qu'une sorcière parlant d'yeux en ma présence représenterait une inversion totale du Yin et du Yang.

— Qu'est-ce que ça veut dire ?
— Rosebud...», répondit Skander.
Et il ferma les yeux.

Ylith attendit, mais il ne poursuivit pas. Au bout d'un moment, elle s'éclaircit la gorge.

«Euh... Skander ? Et ensuite ?»

Il ne répondit pas.

«Skander ? Tu dors ?»

Silence.

Finalement, elle s'approcha et mit la main devant les naseaux. Elle ne pouvait sentir aucun souffle. Elle s'enhardit et glissa les doigts sous les écailles de la poitrine. Pas le moindre battement de cœur.

«Bon sang! s'exclama-t-elle. Et maintenant ?»

Mais elle le pressentait déjà.

Quand elle eut fini, elle caressa le mufle du dragon mort, une chose qu'elle avait toujours rêvé de faire. Pauvre vieux dragon ! pensa-t-elle. Si vieux et si sage, et pourtant réduit à ça, à une carcasse de chair qui se refroidit dans une caverne de montagne !

Le soir allait bientôt tomber et ce n'était pas le moment idéal pour traîner dans un pays étranger. Les démons locaux étaient capables de méfaits remarquables si l'envie les en prenait. Il n'y avait en ce temps-là aucune sympathie entre les démons européens et asiatiques, et les guerres qui les ont opposés attendent encore leur chroniqueur.

Elle enveloppa les yeux dans un petit mouchoir de soie et le plaça dans une cassette en bois de rose qu'elle gardait toujours sous la main pour transporter les objets délicats et précieux. Puis elle tourna les talons et quitta la caverne.

Ylith s'arrêta un instant sur le seuil, alors que la lumière du soleil couchant se réverbérait sur les pics couverts de glace des plus hautes montagnes, puis elle enfourcha son balai à réaction et s'élança dans le ciel en direction de l'ouest tandis que le pays du dragon rapetissait sous elle.

7

Il faisait encore jour quand Ylith arriva à Augsbourg car elle avait réussi à aller plus vite que le soleil grâce à un vent arrière favorable. Elle atterrit à côté de la porte principale du manoir d'Azzie et frappa avec le gros heurtoir de bronze en criant : « Azzie ! Je suis de retour ! Je les ai ! »

Un silence de mort lui répondit. Bien que l'on fût en été, le fond de l'air était frais. Ylith se sentait légèrement mal à l'aise. Son instinct de sorcière l'avertissait que quelque chose clochait. Elle toucha l'amulette protectrice en ambre qu'elle portait au cou, puis frappa de nouveau.

Enfin, on ouvrit la porte. Frike apparut, sa maigre figure tordue en une expression de chagrin.

« Frike ! Que se passe-t-il ?

— Hélas, maîtresse ! Les choses ont bien mal tourné !

— Où est Azzie ?

— C'est bien là le pire, madame. Il n'est pas ici.

— Pas ici ? Mais où donc peut-il être ?

— Je ne sais pas, avoua Frike, mais ce n'est pas ma faute !

— Raconte-moi ce qui s'est passé.

— Il y a quelques heures, le maître a préparé une solution pour laver les cheveux emmêlés et dégoûtants de la princesse Scarlet. Il avait fini, et je séchais les cheveux de la dame. Je m'en souviens car le soleil était au zénith quand je suis sorti ramasser du bois pour le feu...

— Continue. Qu'est-il arrivé ?

— Je suis rentré avec le bois et maître Azzie sifflotait un air joyeux en coupant les ongles du prince Charmant — il est très méticuleux pour les détails, vous savez ? Tout à coup, le voilà qui cesse de fredonner et qui regarde de tous les côtés. Je l'ai imité, même si je n'avais entendu aucun bruit. Maître Azzie a regardé tout autour de lui, et, quand ses yeux sont revenus se poser sur moi, j'aurais juré que ce n'était pas le même démon. Un peu de feu avait disparu de sa chevelure et sa figure était devenue toute pâle. Je lui ai demandé : "Vous avez entendu quelque chose, maître ?" et il m'a répondu : "Oui, une plainte qui n'augure rien de bon. Va vite me chercher mon Grand Manuel de Sorts." Et, après avoir dit ces mots, il est tombé à genoux. Je me suis hâté de lui obéir. Il n'avait même plus la force d'ouvrir le livre lui-même — c'est ce gros volume avec de lourdes ferrures de cuivre que vous voyez sur le sol près de votre pied. Il me dit : "Frike, aide-moi à tourner les pages. Je suis victime d'un sort astucieux qui m'affaiblit et m'ôte mes capacités de démon." Je l'ai aidé de mon mieux, et il disait : "Plus vite, Frike, plus vite, avant que le cœur me manque tout à fait !" Et alors j'ai tourné les pages plus vite, tout seul, parce que la main du maître était retombée. Il avait du mal à garder les yeux ouverts et ils avaient perdu leur éclat. Et puis, il m'a dit : "Là, arrête-toi là ! Maintenant laisse-moi voir..." Et c'est tout.

— Tout ? Comment ça, c'est tout ?

— Tout ce qu'il a dit, madame.

— Oui, j'entends bien. Mais que s'est-il passé ?

— Il a disparu, madame.

— Disparu ?

— Sous mes yeux mêmes, il s'est entièrement évaporé. Mon sang n'a fait qu'un tour, j'étais désemparé. Il n'avait laissé aucune instruction. J'ai commencé par piquer une crise de nerfs, puis j'ai décidé qu'il valait mieux me contenter d'attendre votre retour.

— Décris-moi la manière dont il a disparu.

— La manière !

— Oui. S'est-il volatilisé en fumée, a-t-il rapetissé avant de s'évaporer ? Ou bien était-ce une disparition éclair, avec peut-être un coup de tonnerre ? Ou encore a-t-il diminué pour devenir aussi minuscule qu'un point ?

— Je ne sais pas, maîtresse. J'ai fermé les yeux.

— Tu as fermé les yeux ! Tu n'es qu'un imbécile, Frike !

— Oui, madame, mais j'ai jeté un petit coup d'œil.

— Et que t'a montré ton petit coup d'œil ?

— J'ai vu que le maître devenait tout mince et glissait sur le côté.

— Quel côté ?

— Le droit, maîtresse.

— A-t-il glissé doucement, ou avec un genre de mouvement vertical saccadé ?

— Avec un mouvement.

— C'est très important, Frike. A-t-il à un moment ou à un autre changé de couleur avant de disparaître complètement ?

— Vous avez mis le doigt dessus, dame Ylith ! Il a effectivement changé de couleur, juste avant de s'évanouir dans le néant !

— De quelle couleur est-il devenu ?

— Bleu, madame.

— C'est bien ce que je pensais, dit Ylith. Maintenant, jetons un coup d'œil à son manuel de prestidigitation. »

Frike souleva le lourd volume et le posa sur un lutrin où elle pourrait le lire plus facilement. Il était encore ouvert à la page qu'Azzie avait parcourue juste avant de disparaître. Ylith se pencha et traduisit rapidement les runes.

« Qu'est-ce que ça dit ? s'enquit Frike.

— C'est un Désenvoûtement global, le sort que les démons emploient lorsque quelque chose ou quelqu'un cherche à les invoquer. On appelle cela la grande dissimulation.

— Et il s'y est pris trop tard ?
— À l'évidence.
— Invoqué ! Mais le maître est lui-même un invocateur !
— Oui, et non des moindres. Mais qui invoque, Frike, est sujet à l'invocation. C'est une des grandes lois du Domaine de l'Invisible.
— J'ai entendu dire ça. Mais qui a pu invoquer mon maître pour le faire disparaître comme ça ?
— Il y a de nombreuses possibilités. Néanmoins, étant donné l'enchaînement des événements, il est plus probable que ce mauvais tour lui a été joué par un mortel — peut-être une sorcière, un alchimiste ou quelque autre démon, qui a une emprise quelconque sur Azzie et a donc été capable de l'appeler et le faire disparaître sans son consentement.
— Mais quand le reverrons-nous ?
— Je n'en ai aucune idée, avoua Ylith. Tout dépend de l'auteur de l'invocation, du sort employé et de la nature de l'obligation contractée par Azzie.
— Mais il sera bientôt de retour ? »

Ylith haussa les épaules. « Il peut revenir dans un instant ou rester parti pendant des jours, des mois, des années, voire jusqu'à la fin des temps. Il est difficile de démêler la vérité *a posteriori* dans ces affaires.

— Moi, je sacrifierais volontiers mon postérieur, si ça pouvait nous le ramener ! » s'exclama Frike. Il se tordait les mains, en proie au chagrin et à l'incertitude. Puis une autre pensée traversa les régions ténébreuses de son esprit et il cria à nouveau : « Oh non !

— Qu'y a-t-il ?
— Les corps !
— Eh bien ?
— Ils risquent de se décomposer, madame ! Car nous avons utilisé ce matin même notre tout dernier morceau de glace et nous avions presque épuisé l'ichor. Je l'ai rap-

pelé au maître dès qu'il s'est levé, et il m'a dit : "Ne crains rien, Frike, j'appellerai les Fournitures et j'en ferai venir dès que j'aurai fait ma sieste."

— Sa sieste ? Mais tu me dis qu'il venait de se lever !

— Il aime bien faire un petit somme peu après le réveil.

— Maintenant que tu m'en parles, je m'en souviens très bien. »

Ylith alla dans le coin du laboratoire où les corps dormaient côte à côte dans leurs caisses ouvertes en forme de cercueil en attendant leur résurrection. La glace des hautes Alpes avait fondu. Il ne restait au fond de chaque boîte qu'une minuscule flaque d'ichor.

« Ton maître a été très négligent, dit-elle.

— Il ne s'attendait pas à être invoqué, maîtresse ! protesta Frike.

— Non, j'imagine. Bon, commençons par le commencement. Nous devons réfrigérer ces corps, Frike.

— Plaît-il, maîtresse ?

— Nous devons trouver un moyen d'abaisser leur température.

— Pouvez-vous faire venir de la glace, maîtresse ?

— Pas moi. Les invocations des sorcières ne conviennent pas à ce genre de choses. Faire venir des objets, c'est un travail de démon. Mais notre démon nous a été enlevé. C'est une situation très délicate... » Elle se dirigea vers le sofa et s'assit. « Arrête de pleurnicher, Frike, et laisse-moi réfléchir. »

Elle retourna près des caisses, se pencha et tâta les corps. Ils étaient toujours nettement froids, mais Ylith se rendit compte qu'ils étaient plus chauds qu'ils ne l'auraient dû. Encore une heure ou deux, et les précieux spécimens d'Azzie ne seraient plus que de la viande pourrie, grouillant probablement d'asticots. Alors, peu importerait qu'il revienne ou non. Le concours serait fini.

« Je vais entreprendre quelque chose, pour ces deux corps, Frike, dit-elle. Je vais parler à quelques personnes.

Tu ferais mieux de ne pas me regarder partir. C'est de la magie féminine qui n'est pas pour les yeux d'un homme.

— Je serai dans l'étude si vous avez besoin de moi », répondit-il en s'esquivant. Ylith se concentra sur son travail.

8

Elle choisit un manche à balai qui venait d'être rechargé et, après s'être assurée que ses amulettes protectrices étaient bien en place, elle s'envola par la fenêtre du manoir et monta droit à la verticale vers le bleu céleste de la haute atmosphère. Tout en volant, elle ne cessait de se répéter à voix basse un enchantement de protection car ce qu'elle s'apprêtait à faire ne lui plaisait guère. En tout état de cause, pour conserver ces corps bien froids, sa première pensée avait été de demander de l'aide aux harpies.

Démons femelles initiés par les Puissances des ténèbres après l'effondrement de la mythologie classique, les harpies entretenaient des rapports amicaux avec les sorcières. Non seulement elles faisaient le Mal, mais leur présence elle-même était inquiétante. Leur haleine était fétide et elles se conduisaient de manière répugnante à table. C'était pourtant vers elles qu'Ylith avait décidé de se tourner car, aussi immondes qu'elles fussent, elles avaient l'esprit vif. Elle aurait pu s'adresser à bien d'autres divinités démoniaques, mais on ne pouvait compter que sur les harpies et leurs sœurs les sirènes pour comprendre aussitôt ce qu'on désirait, et avoir assez d'honneur pour tenir leurs promesses.

Volant à vive allure, Ylith ne tarda pas à franchir la fissure qui sépare les royaumes humains de ceux de l'inhumain et du surnaturel.

Apportez-moi la tête du prince Charmant

Elle se retrouva immédiatement dans un vaste pays de nuages, tout en montagnes et en collines neigeuses. Il y avait aussi des rivières et de petits temples le long de leurs berges, tous faits de nuages. Ylith poursuivit son vol et, piquant pour survoler cette contrée à basse altitude, elle vit les monstres et les chimères et, dans sa petite vallée privée, Béhémoth qui grogna et tendit une grande serre vers elle. Elle n'eut aucun mal à esquiver la bête et atteignit une région où les nuages étaient bleus et où tout était taché de bleu et d'or en dessous, comme les marges d'un rêve à demi oublié. En descendant, elle distingua, d'abord minuscules puis plus précises, des silhouettes d'une grande beauté sur des rives d'un fleuve au cours paresseux, et, non loin de là, une cascade où elles pouvaient folâtrer et faire des glissades.

Ylith infléchit son vol vers le bas et atteignit l'une des régions où cohabitent les sirènes et les harpies. Elle ralentit et s'arrêta sur la rive gauche de la rivière. Il s'agissait du Styx, ce grand cours d'eau qui traverse le temps, du passé le plus reculé à l'avenir le plus lointain. Il était bordé d'arbres n'appartenant à aucune variété connue car ils attendaient encore de faire leur apparition. Sous leur feuillage, des jeunes filles se prélassaient sur les berges herbeuses. Il y en avait huit, des sirènes et plusieurs harpies. Les sirènes étaient connues pour attirer les hommes vers leur perte, en particulier les marins, avec leurs chants mélodieux. Les harpies étaient la forme la plus évoluée des sirènes : superbes avec leurs longs cheveux d'or et leurs seins fermes joliment dessinés, mais leur comportement à table aurait fait rougir une hyène. Elles avaient pour mission de tourmenter les âmes damnées ordinaires en leur ôtant la nourriture de la bouche et en les éclaboussant des pieds à la tête d'excréments ardents.

Bien qu'Ylith fît bonne figure, elle était plus qu'un peu effrayée car ces démons antiques s'adonnaient à d'étranges perversions et à des pensées tout aussi étranges, et leur humeur était toujours changeante.

Malgré tout, elle s'adressa courageusement à elles : « Mes sœurs, je vous apporte les salutations du monde des humains. »

L'une des sirènes se redressa. Elle était grande, blond cendré, avec une bouche exquise en bouton de rose. On avait peine à croire que c'était là Poldarge, la plus redoutable des déesses féminines chtoniennes.

« Qu'est-ce qu'on en a à foutre du monde des humains ? dit-elle. Les berges de ce fleuve magnifique sont notre foyer. Ici, nous nous distrayons mutuellement en chantant nos splendides exploits passés. Et, de temps en temps, un homme tombe entre nos mains après s'être évadé de la barque de Charon. Alors, les divinités des eaux nous le remettent et nous nous amusons avec lui jusqu'à ce qu'il perde la raison. Ensuite, nous le mangeons, chacune d'entre nous arrachant sa part de chair.

— J'ai pensé qu'un peu de nouveauté vous plairait, du moment que c'est pour la bonne cause, dit Ylith. Car, si magnifiques que soient ces rives, il doit vous arriver d'avoir la nostalgie du monde des humains où l'on peut entreprendre de belles actions.

— Qu'avons-nous à faire des actions humaines ? grommela Poldarge. Mais continue, ma sœur, nous t'écoutons. Dis-nous ce que tu veux. »

Ylith leur parla alors du grand concours du Millénaire et d'Azzie, et leur raconta comment ce dernier comptait s'y présenter contre les Puissances du Bien en employant deux créatures humaines, ressuscitées et mises en scène dans un conte de fées à l'envers. Sirènes et harpies applaudirent. La simple idée que les mille prochaines années soient vouées au Mal les faisait sauter de joie.

« Je suis heureuse que vous appréciiez, reprit Ylith, mais il y a un problème. Azzie a disparu, invoqué par je ne sais qui.

— Voyons, ma sœur, dit Poldarge, tu sais que nous n'y pouvons rien. Il nous est interdit d'intervenir dans les affaires des hommes et des démons, sauf dans certaines conditions qui ne sont pas réunies ici.

— Je ne vous demande pas de trouver Azzie. Je m'en chargerai moi-même. Mais il me faudra du temps. Et, dans l'intervalle, ses acteurs, ceux qui joueront le prince Charmant et la princesse Scarlet, gisent inanimés dans leur cercueil. Comme la glace a fondu, que l'ichor est presque épuisé et qu'Azzie n'est pas là pour en commander, ils courent le risque de se décomposer à la chaleur du printemps terrestre, rendant par là même le grand projet d'Azzie impossible à réaliser.

— C'est triste, aucun doute, dit Poldarge. Mais pourquoi nous raconter ça ? Nous n'avons pas de glace, ici.

— Bien sûr que non ! Mais vous êtes des créatures aériennes, habituées à vous emparer des créatures sans défense sur Terre pour les emporter vers leur damnation.

— C'est vrai. Mais quel rapport avec ton prince et ta princesse ?

— J'ai pensé que vous pourriez nous donner un coup de main pour préserver leurs corps. C'est du froid qu'il nous faut, le froid des plus hautes couches de l'atmosphère. »

Les harpies tinrent conseil à voix basse. Puis Poldarge déclara : « Très bien, ma sœur. Nous allons nous occuper de ces corps pour toi. Où dis-tu qu'ils se trouvent ?

— Dans le manoir du démon, à Augsbourg. Pour s'y rendre...

— Ne t'inquiète pas. Les harpies peuvent trouver n'importe quel endroit sur la Terre. Avec moi, mes sœurs ! »

Poldarge déploya ses ailes sombres et fila comme un trait dans la haute atmosphère. Deux harpies la suivirent.

Ylith les regarda s'éloigner. Les harpies avaient la réputation de s'ennuyer rapidement. Rien ne lui assurait qu'elles n'allaient pas renoncer à leur mission et revenir au fleuve et à leur éternelle partie de mah-jong. Mais elles avaient aussi une tradition d'honneur entre pairs. Ylith espéra qu'elles la considéraient comme un membre de ce cercle très fermé.

Elle s'envola à son tour. Elle avait une idée de l'endroit où Azzie pouvait se trouver.

9

Nul ne pensa à prévenir Frike que les harpies allaient récupérer les corps. Il fut informé du nouvel arrangement lorsque deux de ces créatures firent irruption par la fenêtre. Il était assis sur un petit banc dans le laboratoire d'Azzie, écoutant le goutte-à-goutte de la glace qui fondait, dans l'attente du retour d'Ylith. Il y eut soudain un grand battement d'ailes et une odeur nauséabonde.

Pour voler plus vite, les harpies avaient rétracté leurs jambes; leurs immenses ailes membraneuses ne supportaient donc qu'un tronc aux seins généreux saillants et une tête de femme. Elles croassaient d'une voix rauque et se soulageaient partout.

Frike poussa un petit cri et plongea sous la table. Les harpies voletèrent autour de la pièce, bourdonnant et piaillant. Elles se ruèrent sur les cercueils dès qu'elles les aperçurent. «Pas touche! Ne vous approchez pas, misérables!» cria Frike. Il les poursuivit en brandissant de longues pinces à feu. Les harpies se retournèrent contre lui et l'attaquèrent, le repoussant hors de la salle avec les pointes d'acier des baleines de leurs ailes et leurs ongles verts. Il courut chercher un arc et des flèches, mais, avant qu'il ne les ait trouvés, elles avaient soulevé le prince et la princesse et prenaient déjà leur essor dans le battement de leurs ailes puissantes. Frike mit enfin la main sur les armes et revint précipitamment. Mais les harpies étaient parties, haut dans le ciel, et disparaissaient par la brèche entre le réel et l'irréel. Frike brandit le poing, puis se rassit. Il espérait qu'Azzie ne lui demanderait pas trop d'explications. Il n'avait qu'une très vague idée de ce qui venait de se passer.

Au fait, où était le maître ?

10

Azzie travaillait dans son laboratoire quand il avait senti la saccade psychique familière annonçant que l'on est en train de vous invoquer — une sorte de tiraillement partant du creux de l'estomac. Pas désagréable, mais toujours un signal malvenu de la suite des opérations. Ce serait très bien d'être invoqué lorsqu'on est assis sans rien de particulier à faire. Mais les gens ont tendance à vous appeler quand vous êtes profondément plongé dans une tâche délicate.

« Damnation ! » s'exclama-t-il. Tout allait être retardé, et il n'y avait aucun moyen de dire pendant combien de temps le château resterait sans surveillance, ses enchantements obsolètes s'épuisant. Et ses jeunes gens, le prince et la princesse, devaient être animés le plus tôt possible, avant qu'ils ne puissent se détériorer.

Et voilà qu'il volait dans les airs, incapable de réciter à temps sa formule de dissimulation pour empêcher ce qui était en train de se passer. Mais peut-être cela n'aurait-il servi à rien. Ces sorts généraux échouaient souvent dans des situations spécifiques.

Azzie perdit connaissance pendant la transition. Quand il revint à lui, il avait mal à la tête. Il voulut se mettre debout mais il semblait être sur quelque surface glissante. Il retombait chaque fois qu'il se levait. Il ressentait également de légères nausées.

Il était couché à l'intérieur d'un pentagramme. On ne saurait être plus invoqué !

Ce n'était pas la première fois que cela lui arrivait, bien entendu. Tout démon souhaitant mener une existence active parmi les hommes doit s'habituer à être appelé à de nombreuses reprises car l'humanité joue des tours aux démons, exactement comme ces derniers en jouent aux gens. Il n'y a jamais eu d'époque où les hommes et les femmes n'invoquaient pas les démons. Il existe pléthore de contes à ce sujet, narrant les victoires et les échecs des humains qui s'engagent dans cette voie. Ce que ces histoires ne disent pas, c'est qu'il est possible de prendre des dispositions plus raisonnables, puisqu'on peut acheter les âmes elles-mêmes. C'est un accord très ancien : le démon fournit divers services en échange d'une âme. Les rois sont de bons dispensateurs de faveurs, et beaucoup parmi eux ont des démons pour serviteurs. Mais ce n'est pas une situation à sens unique. Beaucoup de démons ont des rois pour serviteurs.

« Tu vois, papa, je t'avais bien dit qu'il viendrait ! »

C'était la voix de Brigitte. Une voix triomphante. Et elle était là debout en face de lui, une petite fille crasseuse qui utilisait la promesse qu'elle lui avait extorquée pour l'invoquer maintenant.

« On dirait bien que tu as réussi, très bien », dit une voix masculine lourde et gutturale. Il s'agissait de son père, Thomas Scrivener. Il paraissait avoir repris ses esprits. Mais il avait naturellement perdu tout souvenir de la Fosse et de sa rencontre avec Azzie. Celui-ci en fut soulagé. Les humains deviennent dangereux quand ils en savent trop.

« Ah, c'est toi ! dit Azzie, se rappelant la petite fille qui l'avait attrapé avec un piège à esprit alors qu'il veillait sur son père. Qu'est-ce que tu veux ?

— Ma promesse ! » répondit aussitôt Brigitte.

Oui, c'était vrai : Azzie lui en devait une. Il aurait bien aimé l'oublier. Mais le monde de la magie enregistre les promesses entre humains et créatures surnaturelles comme des faits réels d'une portée matérielle. Azzie ne pouvait absolument pas le négliger.

« Bien, dit-il, ouvre l'un des côtés du pentagramme, que j'en sorte, et nous en parlerons. »

Brigitte se pencha en avant pour effacer un trait, mais son père la retint et la tira en arrière. « Ne le laisse pas sortir ! Tu perdrais tout pouvoir sur lui ! »

Azzie haussa les épaules. Ça valait le coup d'essayer. « Maître Scrivener, dit-il, conseillez à votre petite fille d'être raisonnable. Nous réglerons ça rapidement et je m'en irai.

— Ne l'écoute pas ! s'exclama Scrivener. Les démons sont riches. Tu peux lui demander tout ce que tu veux. Absolument n'importe quoi !

— Laissez-moi vous expliquer, dit Azzie. C'est la superstition populaire, mais je vous assure qu'elle est sans fondement. Les démons peuvent seulement exaucer les souhaits au mieux de leurs pouvoirs personnels. Par exemple, seul un démon très haut placé pourrait vous accorder de grandes richesses. Moi, je ne suis qu'un pauvre démon ouvrier travaillant grâce à une subvention du gouvernement.

— Je veux une nouvelle poupée », dit Brigitte à son père. Azzie se tendit et se pencha vers la petite fille. Cela ne constituait pas réellement un souhait, puisqu'elle ne s'adressait pas à lui. Mais, si elle le lui répétait...

« Une poupée, Brigitte ? fit-il. Je vais te donner la plus belle poupée du monde. Tu as entendu parler de la Reine du Nord, n'est-ce pas ? Elle a une petite maison de poupée particulière où de minuscules personnages font tout le travail et où de toutes petites souris apprivoisées vont et viennent en tous sens. Et il y a encore beaucoup d'autres choses, je ne me rappelle plus quoi. Dois-je aller la chercher pour toi ?

— Attends ! cria le père, tirant toujours Brigitte en arrière. Il cherche à nous duper ! Ce démon a des merveilles à portée de la main. Il peut te rendre riche, faire de toi une princesse...

— Non, rien de tout ça, protesta Azzie.

— Demande-lui quelque chose de grand! dit Scrivener. Ou, mieux encore, donne-moi ton souhait et je demanderai de quoi faire notre fortune à tous les deux, et je t'achèterai ensuite toutes les maisons de poupée que tu voudras.

— Est-ce que je devrai toujours faire la vaisselle après les repas?

— Non, nous engagerons une servante.

— Et est-ce qu'il faudra que je traie les vaches, que je donne à manger aux poules et que je me charge de toutes les corvées domestiques?

— Bien sûr que non!

— Ne le crois pas, Brigitte! prévint Azzie. Je vais te dire ce qui serait encore mieux. Demande-moi simplement de t'apporter quelque chose de joli, et je te surprendrai. Qu'est-ce que tu dis de ça, hein?

— Ne l'écoute pas! répéta Scrivener. Tu dois au moins souhaiter posséder un très vaste domaine.

— Ne l'écoute pas, dit à son tour Azzie. Il t'a toujours tyrannisée, n'est-ce pas? Mais je me rappelle un temps où il était rudement heureux d'avoir mon aide.

— Qu'est-ce que vous racontez? marmonna Scrivener. Je ne vous ai jamais vu de ma vie.

— C'est ce que vous croyez. Brigitte, de quelle couleur veux-tu ta maison de poupée?

— Où nous sommes-nous rencontrés? demanda Scrivener.

— Ce que je veux vraiment, dit Brigitte, c'est...

— Attends! glapit son père. Si tu demandes quelque chose d'insignifiant, je te tannerai le cul, jeune fille!

— Je veux que tu arrêtes de me crier dessus! dit Brigitte.

— Je peux faire ça pour toi», déclara promptement Azzie, et il fit un geste.

Thomas Scrivener ouvrit la bouche, mais aucun mot n'en sortit. Il accomplit des efforts, sa langue s'agita, ses joues se gonflèrent et se creusèrent, mais il ne put articuler le moindre son.

« Qu'as-tu fait ? demanda Brigitte.

— J'ai exaucé ton souhait. Il ne criera plus après toi. Ni après personne.

— Ce n'est pas juste ! gémit-elle. Je parlais à mon papa, je ne m'adressais pas à toi. Tu me dois toujours un souhait !

— Vas-y, Brigitte. Fais-en un, alors. Il faut que je m'en aille d'ici. »

Le père essaya de parler. Il avait la figure violacée, ses yeux exorbités ressortaient comme des œufs durs. C'était un satané spectacle, et Brigitte se mit à rire, mais elle cessa brusquement. Quelque chose était apparu dans les airs.

Ça se solidifiait.

Et Ylith fut là, surgissant de nulle part, tout échevelée ; un panache de fumée sortait du bout de son balai.

« Azzie ! s'écria-t-elle. Heureusement que tu m'as parlé de cette histoire de souhait — et que je m'en suis souvenue ! Tu as un problème ?

— Ça m'a l'air évident ! J'essaie d'obtenir que cette gosse fasse un vœu pour que je puisse l'exaucer et partir d'ici ! Mais son père et elle ne cessent de se disputer pour savoir que demander. »

Thomas Scrivener adressa des gestes suppliants à Ylith.

« Que lui as-tu fait, à celui-là ? demanda-t-elle.

— Eh bien, Brigitte a dit qu'elle voulait qu'il arrête de lui crier dessus, alors je lui ai coupé le sifflet pour toujours.

— Oh, Azzie, cesse de jouer ! Petite fille, qu'est-ce que tu veux être quand tu seras grande ? »

Brigitte réfléchit. « Quand j'étais petite, je voulais être une princesse.

— Je ne sais pas si Azzie peut prendre ça en charge.

— Mais ce n'est plus ce que je veux. Maintenant, je veux être une sorcière.

— Pourquoi ?

— Parce que vous en êtes une. Je veux être comme vous pour chevaucher un manche à balai et lancer des sorts aux gens. »

Ylith sourit. « Que penses-tu de ça, Azzie ?

— Une sorcière de plus, quelle importance ? Alors c'est ça, petite ? Tu veux être une sorcière ?

— Oui ! »

Azzie se tourna vers Ylith. « Qu'en penses-tu, toi ?

— Eh bien, je prends effectivement des apprenties de temps à autre. Brigitte est encore un peu jeune, mais, dans quelques années...

— Oh oui ! Je vous en prie ! dit la fillette.

— D'accord, dit Ylith.

— Parfait, fit Azzie. Tu as ton souhait, petite. Maintenant, laisse-moi sortir d'ici.

— Rends d'abord sa voix à mon papa ! »

Azzie obéit ; Thomas Scrivener voulut donner une bonne gifle à sa fille sur le côté de la tête. Mais son bras fut arrêté par une force invisible.

« Qu'est-ce que vous avez fait ? demanda Brigitte à Ylith.

— C'est de la magie toute simple, tu sais. » Ylith se tourna vers Scrivener et dit : « Quant à vous, soyez gentil avec votre petite fille. D'ici quelques années, elle sera capable de vous transformer en vol-au-vent. Et il vous faudra aussi compter avec moi ! »

TIERCE

1

Une fois Azzie libéré de sa prison par Brigitte, Ylith attacha solidement deux balais à l'aide d'une corde de paille et, portant le démon en croupe, elle les ramena à Augsbourg. Cela n'avait rien de désagréable de sentir autour d'elle les bras de ce jeune démon viril. Un délicieux frisson la parcourut quand les griffes qui se cramponnaient à ses épaules lui frôlèrent accidentellement un sein. Quel délice de voler bien plus haut que les nuages en compagnie de l'être aimé ! Pendant un moment, toute pensée de péché ou de pécheur fut oubliée, toute question de Bien et de Mal mise de côté alors qu'Ylith gambadait dans la haute atmosphère parmi des nuages teintés de mauve dont les formes fantastiques se faisaient et se défaisaient sous ses yeux. Azzie appréciait lui aussi le spectacle, mais il la pressait de rentrer. Il fallait reprendre le jeune couple aux harpies.

De retour au manoir, Ylith en profita pour se laver les cheveux et les épingler solidement. Elle était désormais prête à repartir en voyage.

Elle s'envola vers les hauteurs célestes sur un manche à balai rechargé, volant seule à présent, fonçant et évoluant avec une maîtrise parfaite. La terre s'éloigna ; Ylith se retrouva bientôt dans les royaumes des Cieux étincelants. Elle chercha et chercha, sans découvrir la moindre trace des harpies. Elle fit le tour du monde, par sa bordure extérieure, toujours sans résultat. Mais alors un pélican au vol lent l'aborda et lui dit :

« Tu cherches les harpies avec les deux macchabées ? Elles m'ont demandé de te dire qu'elles ont fini par se lasser et qu'elles ont abandonné le jeune couple en lieu sûr avant d'aller rejoindre leurs sœurs.

— Elles n'ont rien dit d'autre ? demanda Ylith, slalomant pour accorder sa vitesse à celle du nonchalant pélican.

— Juste quelque chose au sujet d'une partie de mah-jong.

— Elles ne t'ont pas dit où était ce lieu sûr ?

— Pas un mot. J'ai bien pensé à le leur demander, mais elles étaient déjà parties et je n'avais aucun moyen de les rattraper. Tu sais à quelle allure elles vont avec ces ailes de cuivre dernier cri.

— Dans quelle direction se sont-elles envolées ?

— Vers le nord, répondit le pélican avec un geste de l'aile.

— Le vrai nord ou le nord magnétique ?

— Le vrai.

— Alors, je crois savoir où elles sont allées. »

Ylith infléchit sa course vers le nord et força la vitesse, tout en sachant que la violence du vent allait lui rougir les yeux, la faire larmoyer et l'enlaidir. Elle survola en un rien de temps le pays des Francs, puis la côte déchiquetée de fjords profonds où les Normands continuaient d'adorer les anciens dieux et combattaient à l'aide de marteaux, de haches et d'autres outils. Elle survola rapidement les terres des Lapons ; ils sentirent son passage alors qu'ils piétinaient dans la neige avec leurs troupeaux de rennes, mais ils feignirent de ne pas la voir car le mieux à faire, avec les phénomènes ambigus, c'était de les ignorer. Elle arriva enfin au pôle Nord, le vrai, qui se trouvait à l'intérieur d'un petit cercle imaginaire ; le Nord véritable et absolu, inaccessibles aux mortels. En se glissant dans le repli de réalité où il s'étendait, elle vit sous elle le village du père Noël.

Il était construit sur la solide banquise couronnant le pôle. Les maisons, tout à fait charmantes, étaient à colombages avec une base en maçonnerie. Ylith distingua sur le côté les ateliers où les lutins du père Noël fabriquaient des cadeaux de toutes sortes pour les mortels. Ces ateliers sont bien connus ; l'existence d'une pièce spéciale sur l'arrière où sont livrées les essences bénéfiques et maléfiques l'est nettement moins. On incorpore dans chaque cadeau un peu de chance ou de malchance. Impossible de savoir qui aura quoi. Toutefois, en se promenant dans l'atelier et en regardant les petits bonshommes travailler avec leurs marteaux et tournevis minuscules, Ylith eut l'impression que cette distribution se faisait plus ou moins au hasard. Au centre du grand établi, il y avait une trémie où tombaient de scintillants brins de chance et de malchance, façonnés comme des bouquets garnis. Les nains y puisaient pour en glisser un dans chaque cadeau de Noël, sans même regarder ce que c'était.

Ylith demanda aux nains si deux harpies étaient passées récemment, portant deux personnes congelées. Ils secouèrent la tête avec irritation. Confectionner et garnir des cadeaux de Noël est un travail de précision, et, si l'on vous parle, vous perdez la cadence. L'un des nains indiqua d'un signe de tête le fond de l'atelier. Ylith alla y voir et trouva, à l'extrémité de la longue salle, une porte avec l'inscription : BUREAU DE M. NOËL. Elle frappa avant d'entrer.

Le père Noël était un gros homme, grand et fort, avec une de ces trognes qui sourient facilement. Mais il ne faut pas trop se fier aux apparences. Pour l'instant, il fronçait les sourcils et tirait une longue figure tandis qu'il parlait dans un gros coquillage magique.

« Allô, les Fournitures ? J'ai besoin de parler à un responsable. »

La réponse vint d'une tête de babouin empaillée accrochée au mur.

« Ici les Fournitures. Qui nous demande ?

— Noël. Le père Noël.

— Oui, monsieur Noël ? Êtes-vous habilité à nous contacter, ici aux Fournitures ?

— Je suppose que vous n'avez jamais entendu parler de moi, dit le père Noël. Je suis celui qui fait sa tournée de cadeaux tous les ans à la fin décembre, le vingt-cinq selon le nouveau calendrier.

— Ah, *ce* père Noël ! Quand vous déciderez-vous à apporter des présents aux démons ?

— J'ai déjà bien assez de travail avec les cadeaux des humains. En fait, j'ai un problème…

— Ne quittez pas, je vous passe l'employé aux problèmes. »

Le père Noël soupira. On le laissait de nouveau en attente. Il remarqua alors Ylith, qui venait d'entrer dans le bureau.

Il cligna trois fois des yeux derrière ses petites lunettes rectangulaires. « Que le diable me patafiole ! Tu n'es pas un lutin, n'est-ce pas ?

— Non, et je ne suis pas un renne non plus. Mais je vais vous donner un indice en vous disant que je suis venue sur un balai.

— Alors, tu dois être une sorcière !

— Tout juste.

— Vas-tu m'ensorceler ? demanda-t-il d'un air quelque peu égrillard alors qu'il admirait les charmes d'Ylith, que ses vêtements dérangés par le vent mettaient en valeur. Ça ne me gênerait pas du tout qu'on m'envoûte, tu sais. Personne ne pense jamais à ensorceler le père Noël. Comme si je n'avais pas besoin qu'on me remonte le moral de temps en temps, hein ? Qui apporte des cadeaux au père Noël, hein ? As-tu déjà pensé à ça, toi ? C'est toujours donne, donne, donne ! Mais qu'est-ce que ça me rapporte ?

— De la satisfaction. Tout le monde vous aime.

— Ce sont les cadeaux qu'on aime, pas moi.

— Le donateur fait partie du don », dit Ylith.

Le père Noël réfléchit à la remarque en bougonnant. « Tu le crois vraiment ?

— Comment pourrait-il en être autrement ?

— Eh bien, c'est mieux, alors. Puis-je te demander ce que tu fais ici ? Il n'y a jamais personne d'autre dans le coin que les lutins et les rennes. Et moi, bien sûr.

— Je suis venue chercher des paquets qu'on a déposés à mon intention.

— Des paquets ? Quel genre de paquets ?

— Deux êtres humains — un homme et une femme. Congelés tous les deux. Ce sont les harpies qui les ont apportés.

— Ah, ces épouvantables harpies ! Elles ont fait jaunir la neige à des lieues à la ronde !

— Et mes humains congelés ?

— Ils sont là-bas derrière, dans la resserre à bois.

— Je vais les prendre maintenant. Ah, encore une chose ! Il y a sur Terre une fillette nommée Brigitte Scrivener.

— Une gamine au visage sale avec des manières impertinentes ? » Le père Noël n'oubliait jamais aucun enfant.

« C'est bien elle. Je voudrais que vous lui apportiez cette année une maison de poupée. Du genre de celles que vous ne donnez habituellement qu'aux princesses. Pleine de petits automates, avec du papier peint, des radios et d'autres trucs magiques.

— Cette enfant a vraiment été bien sage, alors ?

— La sagesse n'a rien à voir là-dedans. Un démon lui a fait une promesse, et ce cadeau en est l'un des éléments.

— Pourquoi le démon n'est-il pas venu chercher le cadeau lui-même ?

— Il a d'autres chats à fouetter. Vous savez comment sont les démons. »

Le père Noël hocha la tête. « D'accord, elle aura son

cadeau. Tu veux que je m'arrange aussi pour y incorporer un peu de chance ? »

Ylith réfléchit avec soin. « Non, donnez-lui ce qui vous tombera sous la main. La maison de poupée suffit. Elle devra prendre l'heur et le malheur tels qu'ils viennent, comme tout le monde.

— Sage raisonnement. Maintenant, avant que tu ne partes, laisse-moi te faire un cadeau à toi aussi.

— Mais non, voyons ! Qu'est-ce que vous racontez ?

— Ça ! dit le père Noël en déchirant le bas de son costume.

— Merci quand même, rétorqua Ylith en le repoussant sans difficulté, mais je n'ai vraiment pas besoin de votre cadeau en ce moment. Gardez-le pour une autre dame chanceuse.

— Mais personne ne vient jamais ici ! Il n'y a rien que des lutins et des rennes !

— C'est dur ! » Ylith courut à la resserre à bois. Elle en rapporta les corps de Charmant et de Scarlet, tous deux congelés, tous deux raides comme des bûches et lourds comme le péché. Elle dut faire appel à toute la puissance de sa magie pour les soulever.

« Envoie-moi une de tes copines sorcières ! lui lança le père Noël. Dis-leur que je fais des cadeaux !

— Je le leur dirai. Les sorcières adorent les cadeaux. » Et Ylith s'éleva dans les airs, portant Charmant et Scarlet, et mit le cap sur le manoir d'Azzie à Augsbourg aussi vite qu'elle pouvait voler.

2

Azzie arpentait nerveusement son arrière-cour lorsque Frike lui annonça : «Je crois que c'est elle, maître.» Il pointait un doigt vers le ciel oriental.

Tandis qu'Azzie regardait, Ylith apparut, volant lentement, à califourchon sur quatre manches à balai, sous lesquels, attachés par des cordes, pendaient les deux corps congelés.

«Fais attention en les posant! cria-t-il alors qu'elle planait en prévision de son atterrissage.

— Ne dis pas à une sorcière comment monter sur un balai ! répliqua-t-elle en déposant élégamment son fardeau près de la porte du laboratoire d'alchimie.

— Enfin! soupira Azzie en se ruant pour examiner le couple. Tu as pris tout ton temps pour revenir, hein?

— Merci bien! La prochaine fois, tu iras chercher les corps toi-même! Et trouver tes yeux!»

Azzie changea aussitôt d'attitude. «Excuse-moi, Ylith, mais il faut vraiment que je me dépêche, sinon ces deux-là ne seront jamais prêts et en état de marche à l'heure du concours! J'ai reçu un supplément d'ichor. Nous allons mettre Charmant en réserve pour l'instant et conduire Scarlet à son château pour l'y animer.

— Comme tu voudras.»

Quand ils en eurent fini avec le prince Charmant, Azzie s'exclama : « Parfait ! Maintenant, j'espère que tout est prêt au château. En route ! »

Et ils partirent. Ylith portait Scarlet, encore toute raide de froid, et Azzie, employant ses puissants pouvoirs de vol, suivait avec Frike, un sac de provisions et une réserve de sortilèges dont il pensait pouvoir avoir besoin.

« Dépêche-toi d'allumer le feu ! » dit Azzie à Frike dès qu'ils furent installés dans le château enchanté.

Ils se trouvaient à l'un des étages supérieurs, où une chambre avait été préparée pour la princesse. Pour commencer, il leur fallait bien sûr l'animer.

« Tu as les yeux ? s'enquit Azzie.

— Les voici, répondit Ylith. Je les tiens de Chodlos, l'artiste qui l'a peinte en Marie Madeleine.

— Et pour le prince Charmant ?

— Les yeux de Skander, le dragon.

— Parfait. Pourquoi fait-il toujours aussi froid, ici ? »

Frike attisait depuis plus d'une heure le grand feu de bois dans la cheminée monumentale de la chambre princière, mais l'endroit restait glacial. Les murs de pierre semblaient absorber la chaleur. À ce train-là, Scarlet ne dégèlerait jamais. Ils la voyaient quelque peu déformée à travers la glace bleuâtre. Elle avait les traits au repos. Les points de suture de Frike ne se remarquaient pas trop. Les jambes de danseuse attachées au torse du modèle de Marie Madeleine étaient cousues à mi-cuisse, mais les coutures avaient l'air de jarretières. Frike possédait quelques talents insoupçonnés.

Mais pourquoi mettait-elle si longtemps à décongeler ? La glace avait-elle été ensorcelée ? Azzie la tâta de ses griffes et découvrit qu'elle s'était à peine ramollie.

Le feu n'était pas assez chaud. Azzie avait exigé des enchantements de chauffage, il y avait de cela un bon moment, mais ils n'étaient pas encore arrivés. Il réitéra sa demande, usant de sa carte de crédit illimité pour garantir une livraison immédiate. Un instant plus tard, il y eut dans les airs une explosion étouffée, et un sort flambant neuf tomba dans la chambre, bien protégé par sa coquille opaque.

« Enfin ! » s'écria Azzie en se hâtant de casser celle-ci.

Le sortilège s'en éleva en silence, et la température monta presque aussitôt de dix degrés.

« Maintenant, la procédure d'animation ! dit Azzie quand le dégel eut commencé. Vite, Frike, l'ichor ! »

Le serviteur se pencha sur la princesse inerte et lui aspergea la figure avec de l'ichor.

« Et, à présent, le sortilège d'animation... », dit Azzie. Il le récita. La créature composite qu'ils appelaient la princesse Scarlet restait comme morte, affreusement pâle. Puis un léger frémissement passa sur sa joue. Ses lèvres joliment ourlées remuèrent et s'entrouvrirent, et sa petite langue apparut pour goûter l'ichor. Son nez délicat palpita, son corps s'agita légèrement, puis se détendit à nouveau.

« Vite ! dit Azzie. Il faut lui mettre les yeux. »

Ils s'insérèrent aisément dans les orbites. Un autre sortilège, très rare, était désormais nécessaire, un déclencheur de vision. Mais les Fournitures avaient pu en trouver un. Alors qu'Azzie psalmodiait, les paupières de la princesse battirent et se soulevèrent. Ses nouveaux yeux, du bleu saphir le plus profond, contemplèrent le monde. Son visage prit de l'expression, s'anima. Scarlet regarda tout autour d'elle et émit un petit gémissement.

« Qui êtes-vous tous ? » demanda-t-elle. Elle avait une voix forte et sèche, qui donnait une impression de mauvaise humeur. Ce ton déplut fort à Azzie. Mais il n'avait heureusement pas à l'aimer. Ça, c'était le boulot du prince Charmant.

Nouvellement créée, la princesse n'avait pas de mémoire. Il était à présent nécessaire de lui expliquer la situation.

« Qui êtes-vous ? répéta-t-elle.

— Ton oncle Azzie, voyons ! répondit-il. Tu te souviens de moi, bien sûr ?

— Oh oui, bien sûr ! » dit Scarlet, bien que ce ne fût pas le cas. La mort avait effacé de sa mémoire les bons souvenirs comme les mauvais, avant de la restituer au monde semblable à une table rase.

« Que se passe-t-il, oncle Azzie ? Où est maman ? »

C'était une question à laquelle Azzie s'attendait. Toutes les créatures vivantes supposent qu'elles ont une mère et ne vont jamais s'imaginer qu'elles ont été fabriquées à partir d'un tas de pièces détachées cousues ensemble.

« Papa et maman, répondit Azzie, c'est-à-dire leurs Altesses royales, sont victimes d'un enchantement.

— Altesses royales, tu dis ?

— Bien sûr, ma chérie. Tu es une princesse. La princesse Scarlet. Tu désires libérer tes parents de leur envoûtement, n'est-ce pas ?

— Quoi ? Oh oui, bien sûr ! Donc, je suis une princesse ?

— Ils ne pourront pas être libérés avant que tu n'aies toi-même été délivrée de ton sortilège.

— Parce que j'ai été ensorcelée ?

— Exact, ma chérie.

— Eh bien — annule le sort, alors !

— Je crains d'en être incapable. Je ne suis pas la bonne personne.

— Ah... Et je suis sous le coup de quel genre de sortilège ?

— Un enchantement de sommeil. Tu passes vingt-deux heures par jour à dormir ou à somnoler. On t'appelle la Belle assoupie. Un seul homme peut rompre ce sort. C'est le prince Charmant.

— Le prince Charmant ? Qui est-ce ?

— Tu ne l'as jamais rencontré, ma chérie. C'est un beau jeune homme élégant, de noble lignée, qui vient tout juste d'apprendre ta triste situation. Il est en route pour venir te réveiller d'un baiser et t'emmener vers une vie de bonheur. »

Scarlet réfléchit. « Ça a l'air bien. Mais tu es sûr que je ne suis pas en train de rêver tout ça ?

— Ce n'est pas un rêve, à ceci près que tout ce qui t'arrive, éveillée ou endormie, vivante ou morte, peut être un rêve. Mais, toute métaphysique mise à part, tout ça est bien réel et tu as subi un enchantement qui te fait dormir. Tu peux me croire sur parole. Il est évident qu'en ce moment même tu ne dors pas, parce que j'ai besoin de te parler et de te donner quelques conseils.

— L'enchantement ne marche peut-être pas ?

— J'ai bien peur que si », dit Azzie, tirant subrepticement de sa poche le sortilège en question pour presser la petite épingle qui l'activait.

Scarlet bâilla. « Tu as raison, oncle Azzie. J'ai très sommeil. Mais je n'ai même pas encore dîné !

— Tout sera prêt pour toi à ton réveil. »

Les yeux de la princesse se fermèrent et elle ne tarda pas à sombrer dans un profond sommeil. Sous le regard vigilant d'Ylith, Azzie la porta dans sa chambre, la mit au lit et la borda.

Au cours des jours suivants, il devint évident que la princesse Scarlet allait être rétive. Elle refusait d'écouter Azzie. Ylith elle-même, avec sa voix douce et ses manières calmes, ne pouvait se faire entendre d'elle alors qu'elle se faisait passer pour sa tante. La princesse était d'une grande beauté, cela ne faisait aucun doute. Ses longues jambes de danseuse, admirablement tournées, soutenaient un buste d'albâtre surmonté d'une tête blonde. La couleur plus foncée de ces jambes donnait l'impression qu'elle portait des bas de soie, ce qui ne nuisait en rien à sa beauté.

Mais ces belles jambes posaient précisément un problème. Elles avaient apparemment leur propre karma. La princesse était prise d'une folie de danse. Azzie dut avoir recours à un certain nombre de sortilèges pour calmer cette manie.

Mais, même sous l'effet d'un enchantement de sommeil, la princesse Scarlet allait et venait en dormant, ses jambes la guidaient vers la vaste salle de bal où elle dansait sur une musique de flamenco qu'elle était seule à entendre. Azzie devait prendre en compte les pérégrinations de sa princesse somnambule.

« Ylith, écoute, demanda-t-il, tu ne veux pas rester pour veiller sur elle ? J'ai peur qu'elle ne soit un tantinet instable. Elle pourrait tomber et se faire mal. Mais elle a l'esprit vif et je suis sûr qu'elle fera ce que nous attendons d'elle.

— On peut le supposer. Au fait, j'ai demandé au père Noël d'apporter à Brigitte une jolie maison de poupée.

— Ah. Merci.

— Je te le dis au cas où tu aurais oublié que tu lui en as promis une.

— Je n'avais pas oublié, dit Azzie, bien que ce fût le cas. Mais merci quand même. Prends bien soin de Scarlet, d'accord ?

— C'est pour toi que je le fais, dit Ylith d'une voix fondante.

— Et je l'apprécie vraiment, assura Azzie sur un ton qui exprimait le contraire. Il faut que j'aille m'occuper de Charmant et le remuer un peu. À plus tard, d'accord ? »

Ylith hocha la tête et son démon d'amant disparut dans une gerbe de feux d'artifice. Elle se demanda une fois de plus pourquoi elle était tombée amoureuse d'un démon ! Et pourquoi de ce démon précis ? Elle n'en savait rien. Les voies du destin sont pour le moins impénétrables.

3

« J'espère que celui-ci ne nous posera pas de problème, dit Azzie. Les yeux de dragon sont-ils prêts, Frike ?

— Oui, maître. » Frike ouvrit le petit sac imperméable en peau de renne où ils baignaient dans une solution d'ichor, d'eau salée et de vinaigre. Il les prit, sans oublier d'essuyer au préalable ses mains sur sa blouse car l'hygiène de ce temps-là, encore rudimentaire, lui semblait s'imposer dans cette situation.

« Magnifiques, n'est-ce pas ? » dit Azzie en les enfonçant dans les orbites du prince Charmant avant de passer un peu d'ichor sur les paupières.

C'étaient en effet des yeux splendides, couleur de topaze fumée, avec un éclat au plus profond d'eux-mêmes.

« Moi, ils m'inquiètent, dit Frike. Je crois que les yeux de dragon percent les mensonges.

— Exactement ce dont un héros a besoin.

— Mais s'ils percent *ce* mensonge ? insista Frike en désignant d'un grand geste Azzie, le manoir et lui-même.

— Mais non, mon pauvre Frike. Les yeux de dragon ne peuvent même pas percer les mensonges qui les concernent. Ils peuvent détecter les défauts chez les autres, mais pas chez eux. Notre prince Charmant ne se laissera pas facilement détourner de ses devoirs, mais il ne sera pas assez intelligent ou perspicace pour découvrir sa propre situation.

— Ah! s'écria Frike. Il bouge!»

Azzie avait déjà pris la précaution d'arborer son déguisement d'oncle bienveillant. «Là, là, mon garçon! dit-il en repoussant du front les cheveux blonds du jeune homme.

— Où suis-je? demanda Charmant.

— Tu ferais mieux de demander qui tu es, dit Azzie. Et ensuite qui je suis. Où tu es ne vient qu'en troisième position dans ta liste de questions essentielles.

— Eh bien, alors... Qui suis-je?

— Tu es un noble prince dont le nom originel s'est perdu, mais que tout le monde appelle le prince Charmant.

— Le prince Charmant...», murmura le garçon. Il se redressa. «Je suppose que ça signifie que je suis de sang noble, non?

— En effet. Tu es le prince Charmant et je suis ton oncle Azzie.»

Le prince accepta cela assez facilement. «Salut, oncle Azzie. Je ne me souviens pas de toi, mais puisque tu dis que tu es mon oncle, ça me va tout à fait. Maintenant que je suis au courant de ça, je peux demander où je suis?

— Certainement. Tu es à Augsbourg.

— Très bien, dit Charmant d'un air plutôt vague. J'ai l'impression d'avoir toujours voulu voir Augsbourg.

— Et tu la verras, répondit Azzie en souriant par-devers lui, tout heureux d'avoir créé un individu aussi docile. Tu auras tout le temps de la visiter pendant ton entraînement, et aussi lorsque tu la traverseras à cheval pour aller accomplir ta quête.

— Ma quête?

— Oui, mon garçon. Tu étais un fameux guerrier avant l'accident qui t'a privé de ta mémoire.

— Comment cet accident m'est-il arrivé, mon oncle?

— Tu te battais courageusement contre de nombreux ennemis. Tu en as occis énormément — car tu sais manier l'épée, vois-tu — mais l'un de ces lâches s'est faufilé derrière toi, et il t'a assommé d'un coup violent du plat de son épée alors que tu ne t'y attendais pas.

— Ça n'a pas l'air très loyal !

— Les gens sont souvent déloyaux. Mais tu es trop innocent pour t'en rendre compte. Peu importe. Ton cœur pur et ton esprit élevé te vaudront des opinions en or partout où tu iras.

— Parfait. Je veux que les gens aient une haute opinion de moi.

— Et ce sera le cas, mon garçon, quand tu auras accompli la grande action qui fera ta renommée dans le monde entier.

— Quelle est-elle, mon oncle ?

— Triompher de tous les obstacles et les dangers qui se dressent entre toi et la princesse Scarlet, la Belle assoupie.

— La princesse qui ? De quoi parlez-vous ?

— Je parle de l'immense exploit qui te rendra universellement célèbre et te procurera un bonheur dépassant l'entendement humain.

— Oh. Ça me plaît bien. Continuez, mon oncle. Vous parliez d'une princesse endormie ?

— Assoupie, pas endormie. Mais c'est malgré tout une grave infirmité. Mon garçon, il est écrit que seul un baiser de tes lèvres peut la délivrer de son enchantement. Quand elle se réveillera et te verra, elle tombera follement amoureuse de toi. Tu tomberas toi aussi amoureux d'elle et tout le monde sera très heureux.

— Est-elle jolie, cette princesse ? demanda Charmant.

— Tu peux me croire. Tu la réveilleras d'un baiser. Elle ouvrira les yeux et te regardera. Ses bras se refermeront autour de ton cou, elle lèvera son visage vers le tien, et tu connaîtras un bonheur rarement accordé à un simple mortel.

— Ça va être amusant, hein ? C'est ça que vous voulez dire, mon oncle ?

— Amusant est un peu faible pour qualifier le plaisir que tu éprouveras.

— Ça a l'air épatant ! » s'exclama Charmant. Il se leva pour faire quelques pas dans la chambre. « Allons-y tout de suite, d'accord ? Je l'embrasserai et puis nous pourrons commencer à nous amuser !

— Cela ne sera pas tout à fait aussi rapide, avertit Azzie.

— Pourquoi pas ?

— Il n'est pas facile d'atteindre la princesse. Tu devras affronter de nombreux périls.

— Quel genre de périls ? Des périls dangereux ?

— Oui, je le crains. Mais ne t'inquiète pas. Tu triompheras car Frike et moi allons te conseiller et t'enseigner le maniement des armes.

— Je croyais que tu avais dit que j'étais déjà bien entraîné ?

— Eh bien, une petite révision ne peut pas faire de mal.

— Franchement, dit Charmant, toute cette histoire me paraît bien dangereuse.

— Bien sûr qu'elle l'est ! C'est comme ça avec les périls. Mais ça n'a pas d'importance, tout se passera bien. Frike et moi t'instruirons au maniement des armes et tu seras fin prêt.

— Les armes sont dangereuses. D'autres gens peuvent vous tuer avec. Je me rappelle au moins ça ! »

Pas étonnant, avec ton cœur de trouillard, pensa Azzie. Il dit à voix haute : « Tu auras des armes supérieures auxquelles personne ne peut s'opposer. Tu auras des sortilèges. Et, surtout, une épée enchantée !

— Les épées ! s'écria Charmant avec une grimace dégoûtée. Ça me revient, maintenant ! D'horribles machins pointus dont les gens usent pour se taillader les uns les autres !

— Mais songe à la cause ! insista Azzie. Pense à la princesse ! Tu te battras, certes, mais je t'affirme que tu vaincras !

— Je serai incapable de faire ça. Non, je regrette, mais je ne pourrai pas.

— Pourquoi donc ?

— Parce que, ça vient de me revenir, je suis objecteur de conscience.

— Et puis quoi, encore ? Tu renais à peine ! Je veux dire que tu émerges du profond sommeil consécutif à tes blessures. Comment peux-tu être subitement objecteur de conscience ?

— Parce que je sais pertinemment que si je me hasarde dans une aventure où la violence est imminente, je tomberai carrément dans les pommes ! »

Azzie lança un coup d'œil à Frike, qui fixait d'un regard vide une tache sur le mur. Même une expression d'aspect aussi innocent pouvait être interprétée. Azzie savait que Frike se moquait en secret de lui, parce qu'il s'était donné tout ce mal à créer un prince Charmant à qui il avait eu la mauvaise idée d'allouer le cœur d'un lâche.

« À présent, réglons ça, dit sévèrement Azzie. Tu vas t'entraîner. Ensuite, je te procurerai une épée enchantée qui se débarrassera de tous les obstacles qu'elle rencontrera. Alors, tu partiras pour cette quête.

— Et si je suis blessé ?

— Tu ferais bien de maîtriser cette peur ridicule, prince Charmant, dit Azzie d'un ton plus sévère encore. Je t'affirme que tu vas partir d'ici avec une épée magique et voir ce que tu peux en faire ; sinon, je te prie de croire que ça va chauffer ! Et, comme j'ai des amis parmi les démons, ça risque d'être plus douloureux que tout ce que tu peux imaginer ! Maintenant, monte dans ta chambre et va faire ta toilette. Il est presque l'heure de dîner.

— Qu'est-ce qu'on mange ? Quelque chose de français avec une bonne sauce, j'espère ?

— Du bœuf et des patates ! Nous fabriquons des combattants, ici, pas des danseurs étoiles.

— Oui, mon oncle », marmonna Charmant, et il s'éloigna. Il traînait ostensiblement les pieds. Azzie foudroya Frike du regard, le mettant au défi de faire une réflexion. Le serviteur s'éclipsa. Azzie avisa un fauteuil devant le feu et s'y assit. Il contempla les flammes d'un air songeur. Il lui fallait trouver un petit plus. Le prince Charmant allait certainement effectuer demi-tour et détaler au premier signe de danger. Ce qui ferait d'Azzie la risée des trois mondes. Et, ça, il ne le supporterait pas.

4

Le lendemain matin débuta l'entraînement du prince Charmant. Azzie commença par des exercices d'escrime. Pour un jeune homme sur le point d'affronter de dangereux sortilèges, l'épée était la meilleure arme à tout faire. Employée de la manière voulue, elle pouvait tuer à peu près n'importe quoi. Le prince Charmant fit preuve d'un remarquable talent naturel avec la flamberge. Son torse et son bras droit avaient appartenu à un escrimeur extrêmement doué. Cette habileté se voyait chaque fois qu'il se fendait ou parait, avançait en tapant du pied droit, rompait en s'abritant derrière un moulinet d'acier étincelant. Azzie lui-même, qui n'avait pas son pareil une épée à la main, avait fort à faire pour résister aux avances impétueuses de Charmant et à ses ripostes astucieuses.

Mais le prince semblait incapable de profiter de son avantage quand par hasard il le prenait. Azzie, vêtu d'une vieille tunique d'exercice, le torse simplement protégé par un enchantement léger, travaillait inlassablement avec lui pour répéter sans relâche les bottes les plus élémentaires.

« Allons, allons ! haleta Azzie tandis qu'ils ferraillaient à l'ombre dans la cour d'exercice ombragée qui se trouvait derrière le manoir. Du nerf, mon garçon, du nerf ! Attaque-moi.

— Je ne voudrais pas vous faire de mal, mon oncle, répondit Charmant.

— Tu ne me toucheras pas, crois-moi. Allez ! On recommence ! Passe à l'attaque. »

Charmant essaya, mais sa couardise innée le retint. Chaque fois qu'il arrivait assez près d'Azzie pour porter un coup mortel, il hésitait et le petit démon n'avait aucun mal à écarter la garde de son adversaire et à le toucher.

Pis encore, quand Azzie attaquait en poussant des cris de guerre et en tapant du pied, toute l'habileté de Charmant s'envolait et il ne pouvait s'empêcher de tourner les talons pour chercher son salut dans la fuite.

Frike observait la scène en secouant la tête. Qui aurait pu penser que ce petit organe, un cœur de pleutre, serait capable de s'étendre et d'envahir le corps tout entier ?

Azzie essaya les divers enchantements qu'il avait à sa disposition, dans l'espoir de donner du courage au prince. Mais quelque chose d'obstiné semblait résister en lui, aux exhortations comme à la magie.

Quand ils ne s'entraînaient pas à l'escrime, Charmant allait se réfugier dans la gloriette tout au bout de la propriété d'Azzie. C'était là qu'il conservait sa collection — car, en dépit de son apparence prometteuse, il jouait avec des poupées, les habillant, les installant à une table à thé. Azzie avait envisagé de l'en priver tant qu'il n'attaquerait pas correctement, mais Frike le lui déconseilla.

« Bien souvent, dit-il, la privation d'un plaisir enfantin peut faire dépérir un jeune homme. Charmant est déjà bien assez instable comme ça, sans qu'on aille lui confisquer ses poupées. »

Azzie dut l'admettre. Il était évident à ses yeux qu'il fallait faire quelque chose. Mais, avant tout, il devait se procurer l'épée magique du prince.

Les démons des Fournitures la promettaient depuis ce qui paraissait une éternité, mais ils n'avaient pu jusqu'à présent en dénicher une authentique. Ils avaient tout un stock d'épées moyennement enchantées, bien sûr, mais aucune qui le fût réellement, avec la faculté de percer n'importe quelle garde, de trancher des écailles de dragon, de plonger profondément dans le cœur d'un ennemi. Toutes les épées magiques connues étaient déjà utilisées par d'autres héros, car l'affaire d'Azzie n'était pas la seule Quête en train, à l'époque. Azzie plaida que son concours était particulier, que sa victoire ou sa défaite n'impliquaient rien de moins que le sort du Mal pour le prochain millier d'années. « Mais oui, répondait l'employé des Fournitures, c'est ce que vous dites tous. Important, top priorité, etc. Crois-moi, je connais la chanson !

— Mais, dans ce cas, c'est vraiment vrai ! »

L'employé eut un sourire déplaisant. « Sûr que c'est vrai. Comme tout le reste. »

Azzie prit la décision de laisser l'entraînement de Charmant entre les mains de Frike, qui semblait effrayer le prince un tout petit peu moins que lui-même. Il s'envola pour le château de la princesse Scarlet afin de voir où en étaient les préparatifs là-bas.

Il atterrit à l'orée de la forêt enchantée. Il lui avait consacré beaucoup de temps et de réflexion et les Fournitures lui avaient procuré presque tout ce qu'il réclamait.

Il s'attarda à la lisière, essayant de voir sous les arbres. Il vit du vert, avec des fourrés et des buissons, exactement comme il se doit pour une forêt. Il y pénétra. À peine y eut-il posé le pied que les arbres commencèrent à s'agiter, abaissant lentement leurs branches pour le saisir. Azzie les évita aisément. La forêt n'avait pas réellement reçu son plein contingent d'animaux fabuleux et de créatures étranges. Et les branches s'agitaient si lentement que même un débile comme Charmant parviendrait à les esquiver sans peine. Enfer et damnation, pensa Azzie, pourquoi les Fournitures lui jouaient-elles ce tour-là ?

Furieux, il rentra à Augsbourg pour voir comment progressait l'entraînement du prince. Il trouva Frike en train de croquer une pomme assis sur le perron.

«Que se passe-t-il ? Pourquoi ne lui fais-tu pas faire l'exercice ? »

Frike haussa les épaules. «Il a dit qu'il en avait assez. Qu'il avait décidé de faire le vœu de ne jamais tuer aucune créature vivante. Tu ne vas pas me croire, mais il est devenu végétarien et il songe à entrer dans les ordres.

— Là, c'en est vraiment trop ! rugit Azzie.

— Je suis bien d'accord, messire. Mais qu'y pouvez-vous ?

— Il me faut pour ça les conseils d'un expert, répondit Azzie. Va préparer mes poudres magiques et l'amulette d'Expédition. Il est temps de se livrer à quelques invocations. »

5

Azzie pensa d'abord que ses enchantements ne marchaient pas car Hermès ne lui apparaissait pas, quoi qu'il fît. Il essaya à nouveau, avec les grands cierges faits de suif humain qu'il gardait pour les cas vraiment très difficiles. Cette fois, il sentit le sortilège opérer. Il y projeta un surcroît de puissance et le perçut qui filait dans l'éther, qui s'engouffrait dans la fissure entre les mondes, qui cherchait comme un chien d'arrêt. Puis Azzie entendit une voix bougonne qui disait : « C'est bon, je suis réveillé, maintenant. » Quelques instants plus tard, le corps monumental en marbre blanc d'Hermès apparut devant lui. Le dieu était toujours en train de peigner ses longs cheveux châtains, et il paraissait plus qu'un peu irrité.

« Mon cher Azzie, depuis le temps, tu devrais savoir qu'on n'emploie pas un sort péremptoire pour me réveiller ainsi. Les conseillers spirituels ont eux aussi une vie privée, tu sais. Ça n'a rien d'agréable de devoir tout lâcher sous prétexte qu'on est invoqué par un jeune démon comme toi !

— Je suis désolé, dit Azzie. Mais tu as toujours été si généreux avec moi... et mon problème actuel est si ardu...

— Bien, je t'écoute, grommela Hermès. Je suppose que tu n'aurais pas un verre d'ichor sous la main ?

— Bien sûr que si ! » Azzie versa de l'ichor dans un gobelet taillé dans une améthyste. Pendant que son invité sirotait la liqueur, il exposa ses difficultés avec le prince.

« Voyons un peu, dit Hermès. Oui, je me souviens de quelques vieux grimoires à ce sujet. Ce que fait ton prince Charmant est bien connu sous le nom de "Héros rejetant la Quête".

— J'ignorais que les héros pouvaient faire ça.

— Mais si. C'est très courant. Que sais-tu de la famille de ton héros ?

— Il n'a pas de famille ! Je l'ai entièrement créé moi-même !

— Oui, je suis au courant. Mais rappelle-toi ce que nous avons appris au sujet de ses jambes. Toutes les parties de son corps ont des souvenirs, en particulier son cœur.

— Il a un cœur de pleutre, reconnut Azzie. Je ne me suis pas renseigné sur le reste de la famille.

— Je vais vérifier ça pour toi. » Hermès disparut, non pas dans un nuage de fumée comme les démons du commun, mais dans un grand éclair de feu. Azzie admira la sortie de scène. Voilà un truc qu'il aurait vraiment aimé apprendre.

Hermès ne tarda pas à revenir. « C'est bien ce que je pensais, dit-il. Ton cadavre au cœur de pleutre était le cadet de trois fils.

— Et alors ?

— Selon l'Ancien Savoir, le cadet est généralement sans valeur. Le royaume revient à l'aîné. Dans le cours normal des choses, le benjamin se lance dans une Quête et gagne un royaume. Mais le cadet se contente de traîner sans jamais rien accomplir. C'est la façon qu'a la nature d'équilibrer les qualités.

— Par l'Enfer ! s'écria Azzie. Me voilà avec un cadet doublé d'un poltron sur les bras ! Qu'est-ce que je vais devenir ?

— Comme il est toujours informe, on peut espérer le faire changer d'avis. Tu pourrais peut-être le convaincre qu'il est un benjamin. Alors, il conviendrait mieux à la Quête.

Apportez-moi la tête du prince Charmant

— Est-ce que ça l'empêchera d'être un lâche ?
— Je crains que non. Ça sera utile, naturellement, surtout si tu lui racontes des histoires sur les héros redoutables qu'étaient ses ancêtres. Mais la lâcheté est une tendance innée que les exhortations sont impuissantes à guérir.
— Que me suggères-tu, dans ce cas ?
— Le seul remède connu contre la couardise, dit Hermès, est une herbe aromatique appelée *tripsia sempervirens*.
— Où pousse-t-elle ? Et est-ce que ça marche vraiment ?
— Son efficacité est indiscutable. La tripsia, ou plante du cran comme on l'appelle aussi, inocule à l'homme audace et aveuglement. Tu dois l'administrer à petites doses, sinon le courage se transformera en témérité stupide, et ton héros se fera tuer avant même d'avoir pris le départ.
— J'ai du mal à imaginer Charmant téméraire.
— Donne-lui une dose de tripsia de la taille de l'ongle de son petit doigt, tu verras des résultats qui te surprendront. Mais n'oublie pas qu'il vaut toujours mieux l'équilibrer avec quelque chose d'autre, par exemple de la *coolandria*, l'herbe du sang-froid.
— Je m'en souviendrai. À présent, où vais-je trouver cette tripsia ?
— C'est le vrai problème, avoua Hermès. Au temps de l'Âge d'or, elle poussait à foison, et nul ne se souciait d'en manger, puisqu'on n'avait pas besoin de courage à l'époque, uniquement de faculté de jouir. Puis vint l'Âge de bronze, où les hommes se battaient non seulement entre eux mais aussi contre toutes les autres créatures. Ils consommaient alors de grandes quantités de cette herbe. C'est l'une des raisons pour lesquelles les hommes de ce temps accomplissaient tant de prouesses. Mais la race humaine a failli disparaître à cause de trop de guerres livrées avec trop de courage. À la suite du changement climatique amené par la nouvelle ère, la tripsia a disparu. On en trouve aujourd'hui dans un seul endroit.
— Dis-moi où !

— Sur une étagère au fond de la resserre des Fournitures, où les derniers plants ont été déshydratés et mis en conserve dans de la teinture d'ichor pour être conservés éternellement.

— Mais j'ai déjà demandé quelque chose de ce genre aux gens des Fournitures et ils m'ont répondu qu'on n'avait jamais entendu parler d'un truc pareil !

— C'est eux tout craché, dit Hermès. Tu dois trouver un moyen de leur faire effectuer des recherches vraiment exhaustives. Je suis désolé, Azzie, mais je ne vois rien d'autre qui puisse convenir. »

Cela posait un vrai casse-tête, car les employés aux Fournitures se montraient de moins en moins coopératifs. À vrai dire, Azzie avait l'impression qu'ils avaient tiré un trait sur son entreprise et faisaient maintenant de longues siestes en attendant qu'autre chose se présente. Azzie savait qu'il avait un sérieux problème. Il parla au prince, lui raconta les exploits héroïques de ses ancêtres imaginaires et le pressa de les imiter en tout point. Mais cela n'intéressait pas Charmant. Même quand Azzie fit venir une miniature de Scarlet, peinte par des artistes démons sur qui l'on pouvait compter pour n'omettre aucun détail de sa beauté, le jeune homme ne parut pas plus intéressé et parla d'ouvrir un magasin de vêtements quand il serait un peu plus âgé.

6

Le soir tombait. Toute la journée, le soleil d'août avait écrasé de ses rayons le manoir d'Augsbourg. Azzie, assis dans un confortable fauteuil grossièrement taillé, lisait l'un des tracts que le ministère des Affaires infernales publiait de temps à autre. C'était le baratin habituel, une exhortation à mal agir pour la cause commune et une liste des activités infernales dans toute la nation. Il y avait un calendrier des faire-part de naissance de tous les changelins déposés dans des berceaux dont les bébés humains avaient été volés, emportés pour être remodelés et expédiés dans le Nouveau Monde pour repeupler la tribu aztèque dont les sacrifices sanglants faisaient l'admiration générale. Il y avait des annonces de pendaisons à des crémaillères et de soldes au Pandémonium. Rien d'extraordinaire, avec quelques faits divers çà et là. Azzie lut tout cela, du début jusqu'à la fin, sans s'y intéresser vraiment. Il arrivait parfois qu'on trouve quelque chose d'utile dans les nouvelles locales, même si c'était rare.

Puis, alors que ses paupières s'alourdissaient et qu'il commençait à s'assoupir devant le feu, on frappa bruyamment à la porte du manoir. Les coups étaient si forts qu'Azzie bondit à moitié hors de son fauteuil. Le prince Charmant, qui copiait un modèle de toge grecque d'après une tablette d'argile, se leva et fila avant que le dernier coup ne se répercute dans le vallon boisé. Seul le vieux Frike demeura imperturbable, quoique ce ne fût pas du courage de sa part : le bruit violent et subit l'avait pétrifié de terreur, comme on raconte que le lapin reste figé quand l'épervier fond sur lui avec ses grandes ailes vibrant de colère et ses serres avides.

« Plutôt tard pour une visite, dit Azzie.

— C'est sûr, messire, et bien bruyant aussi, dit Frike en se dégelant juste ce qu'il fallait pour trembler de la tête aux pieds.

— Remets-toi, voyons. Il s'agit probablement de quelque voyageur égaré. Mets une grande bouilloire sur le feu pendant que je vais voir qui c'est. »

Azzie alla tirer les énormes verrous de la porte, doublement renforcés d'acier vulcanisé.

Un personnage de haute taille se tenait sur le seuil, tout de blanc vêtu. Il était coiffé d'un simple casque doré avec une aile de colombe de chaque côté. Il portait une armure d'un blanc de neige et un manteau d'hermine tombait de ses épaules. C'était un assez bel homme, dans le genre insipide, avec de larges traits bien modelés et de grands yeux bleus.

« Bonsoir, dit l'inconnu. Je ne crois pas m'être trompé d'adresse. C'est bien le domicile du démon Azzie Elbub, n'est-ce pas ?

— Vous avez bon pour l'instant, répondit Azzie. Mais, quoi que vous vendiez, je n'en veux pas. Comment osez-vous faire irruption chez moi pendant mon temps de repos ?

— Je suis affreusement navré de m'imposer, mais on m'a dit de venir ici le plus vite possible.

— "On" ?

— Le comité d'organisation du conseil des Puissances de lumière pour le concours du Millénaire.

— Vous appartenez aux Puissances de lumière ?

— Oui. Voici mes lettres de créance. » Le visiteur déroula un long parchemin noué d'un ruban rouge et le présenta à Azzie qui parcourut rapidement l'écriture gothique aux traits épais employée par le conseil : des ordres autorisant le porteur, Babriel, ange de deuxième catégorie des Puissances de lumière, à aller où bon lui semblerait et à observer tout ce qui éveillerait son intérêt ; ce privilège s'appliquait plus particulièrement au démon Azzie Elbub, auprès de qui il était envoyé en qualité d'observateur.

Azzie lui lança un regard furieux. « De quel droit les Puissances de lumière t'envoient-elles ici ? C'est strictement une production des Puissances des ténèbres, et l'autre camp n'a pas à intervenir !

— Je vous assure que je n'ai pas la moindre intention d'intervenir. Puis-je entrer pour vous fournir des informations complémentaires ? »

Azzie était si abasourdi par l'effronterie de la créature du Bien qu'il ne protesta pas lorsque le grand ange aux cheveux d'or entra dans le manoir et regarda autour de lui.

« Quel endroit agréable ! J'aime particulièrement les symboles sur votre mur. » Il désigna le mur ouest, celui de droite, avec sa succession de niches contenant des têtes de démons en onyx noir. Ces derniers se présentaient sous divers aspects : grand singe, faucon, aspic et, venu du Nouveau Monde, un carcajou.

« Ce ne sont pas des symboles, idiot ! grogna Azzie. Ce sont les bustes de mes ancêtres.

— Celui-ci aussi ? demanda l'ange en s'approchant de la tête de carcajou.

— C'est mon oncle Zanzibar. Il a émigré au Groenland, où il est arrivé avec Erik le Rouge, et il y est resté pour y devenir une idole.

— Comme votre famille a voyagé loin ! dit l'ange avec une expression d'admiration. J'admire tant le Mal pour son élan et sa vigueur. C'est mal, naturellement, mais tout aussi fascinant. »

Frike trouva alors le courage de parler : « Si vous êtes un ange, où sont vos ailes ? »

Babriel déboucla sa cuirasse sous laquelle, plutôt à

l'étroit, se trouvaient deux ailes qu'il déplia pour révéler qu'elles étaient elles-mêmes aussi colorées qu'un magnifique palomino.

« Qu'est-ce que tu veux ? demanda Azzie. J'ai un travail important en cours, et je n'ai pas le temps de traîner et de bavarder.

— Je te l'ai dit, les Puissances de lumière m'ont envoyé. Le Grand Conseil a décidé que ta présentation au concours du Millénaire était d'un grand intérêt pour nous. Puisque c'est une occasion si importante, il semblait tout à fait correct d'envoyer un observateur pour nous assurer que tu ne tricheras pas. Loin de nous la pensée de t'en accuser, bien sûr. C'est simplement de bonne guerre de notre part de surveiller ce que tu prépares. Ne te vexe pas.

— Comme si je n'avais pas déjà assez d'embêtements ! dit Azzie. Il ne me manquait plus qu'un ange en train de regarder par-dessus mon épaule.

— Je veux seulement observer. Là d'où je viens, nous entendons beaucoup parler du Mal, mais je n'en ai jamais vu de près.

— On ne doit pas s'amuser tous les jours, là d'où tu viens.

— Ma foi, j'avoue qu'on s'y ennuie un peu. Mais ça va, nous aimons ça. Par contre, l'occasion de voir un véritable démon en action — en train de faire le Mal — eh bien, je reconnais que cette idée m'a quelque peu titillé.

— Ça te plaît, hein ?

— Oh non ! Je n'irai pas jusque-là. Mais ça m'intéresse, oui. Et il se pourrait même que je puisse t'aider.

— M'aider ? Tu rigoles ?

— Je sais que ça doit avoir l'air étrange. Mais le Bien, de par sa nature même, a tendance à être secourable, même lorsqu'il s'agit d'une cause perverse. Le véritable Bien n'a aucun préjugé défavorable contre le Mal.

— Je ne veux pas entendre un mot de plus sur le Bien. J'espère que tu n'es pas un genre de missionnaire venu tenter de me convertir et de me faire passer de l'Autre Côté. Ce serait inutile. Tu comprends ce que je dis ?

— Je ne te causerai pas d'ennuis, promit Babriel. Et ceux de ton bord ont donné leur accord.

— Ton parchemin m'a l'air assez officiel. Très bien, je n'ai rien contre. Observe tout ce que tu voudras, mais n'essaie pas de voler un seul de mes sortilèges !

— Je préférerais perdre mon bras droit plutôt que de te voler quoi que ce soit !

— Je te crois. Tu es vraiment un idiot, hein ? Non, ne fais pas attention, ajouta Azzie en voyant l'expression désolée de Babriel, c'est simplement ma façon de parler. Le garde-manger est plein. Non, à la réflexion, tu n'aimerais pas ça. Frike, va chercher des poulets au village pour notre invité.

— Mais je serais très heureux de partager ce que vous mangez.

— Oh non, certainement pas. Crois-moi ! Alors, comment va le Bien, ces temps-ci ?

— Notre spectacle est en bonne voie, répondit Babriel. Les fondations sont posées, et tout ça. Les transepts, la nef, le chœur sont en place...

— Un spectacle ? De quoi parles-tu ?

— Du spectacle présenté par le Bien au concours du Millénaire.

— Vous construisez quelque chose pour ça ?

— Oui. Nous avons inspiré pour cela un maître bâtisseur et tout un village pour qu'ils travaillent à une entreprise architecturale monumentale. Une construction glorieuse insufflant à l'humanité tout ce qui relève d'un esprit élevé, la vérité, la beauté, la bonté, le...

— Et comment appelez-vous ce truc ?

— Nous aimons plutôt le terme de "cathédrale gothique".

— Hum... Bien, bien. Et on vous a collé un observateur, à vous aussi ?

— Certainement. Bestialial vérifie tout. »

Azzie renifla.

« Il n'appartient pas précisément au personnel de terrain, dit-il. Un démon de bureau. Quoique… On peut lui faire confiance, sans doute, quand il s'applique. Alors, comme ça, tu penses que vous avez un bon spectacle ?

— Oh oui. Nous en sommes très contents. Et voilà ce que fait le Bien. Mais tu sais ce qu'on dit : "C'est bon, mais ça peut toujours être meilleur."

— C'est pareil pour nous, avec le Mal. Viens donc dans mon étude, je te servirai un verre d'ichor.

— J'en ai entendu parler, mais je n'en ai jamais goûté, avoua Babriel. Est-ce enivrant ?

— Ça le fait, comme on dit. La vie étant ce qu'elle est, je veux dire. »

Babriel trouva cette dernière affirmation plutôt opaque, pour dire le moins. Mais quand le Bien a-t-il jamais compris le Mal ? Il suivit Azzie dans l'étude.

« Bon, dit Azzie, puisque tu vas rester, tu vas rester. Je suppose que tu veux vivre ici au manoir ?

— Ce serait plus commode pour ma mission, reconnut Babriel. Je peux payer une pension…

— Pour quel genre de pingre me prends-tu ? demanda Azzie d'un air indigné bien que cette idée lui eût traversé l'esprit. Tu es un invité. Là d'où je viens, un invité est sacré !

— C'est pareil là d'où je viens.

— La belle affaire ! ricana Azzie. Pour un être de lumière, il est tout naturel qu'un invité soit sacré ; mais pour une créature des ténèbres, c'est tout à fait remarquable.

— J'allais précisément le dire.

— N'essaie pas de t'insinuer dans mes bonnes grâces, prévint Azzie. Je connais tous les trucs et je te méprise ainsi que tout ce que tu représentes.

— C'est tout à fait dans l'ordre des choses, dit Babriel avec un sourire.

— Alors tu me méprises aussi ?

— Absolument pas ! je voulais dire que c'est ainsi que ça

doit être pour toi. Tu es un démon-né, comme disent nos archanges. C'est un privilège de te voir en pleine action.

— La flatterie ne te mènera nulle part. » Azzie était contrarié de se rendre compte qu'il appréciait assez Babriel. Il devait faire quelque chose à ce sujet ! Il dit à Frike : « Conduis-le à la petite chambre du grenier. »

Frike prit une lampe à huile et, presque plié en deux, sa canne tapotant les dalles devant lui et sa bosse dressée comme une baleine en train de faire surface, il se dirigea vers l'escalier, suivi par Babriel.

Ils gravirent les marches, dépassant les corridors cirés et les salles des étages inférieurs. Plus on montait, plus les degrés devenaient raides et étroits. Frike grimpait sans hésiter, et Babriel, grand et droit, son manteau immaculé luisant doucement à la lueur de la bougie, suivait, baissant la tête pour éviter les poutres basses.

Ils atteignirent enfin un palier sous le toit du vieux manoir. Au fond d'un petit couloir obscur, Frike ouvrit une porte et entra avec sa lampe. À la lumière jaune vacillante de celle-ci, Babriel vit une pièce minuscule au plafond si bas qu'il n'aurait pu s'y tenir debout. Il y avait en haut une minuscule lucarne aux carreaux plombés inclinée suivant la pente du toit, un lit de camp en fer et une petite table de chevet en bois. Le lit occupait presque toute la longueur de la chambre. Le sol était tapissé d'une épaisse couche de poussière et l'endroit sentait le chat en chaleur et la laine mitée.

« Tout à fait charmant, dit Babriel.

— Un tantinet petit, tout de même. Si vous le demandiez au maître, peut-être vous laisserait-il prendre l'une des suites du deuxième étage.

— Inutile. Cette chambre me convient tout à fait. »

À ce moment, on frappa à la porte.

« Qui est là ? s'enquit Frike.

— Service de livraison surnaturel. Les bagages de l'ange Babriel.

— Ah, merci ! » dit Babriel. Il ouvrit la porte. Un homme de taille moyenne coiffé d'une casquette de livreur lui tendit un papier et un stylo. L'ange signa et rendit le papier. Le livreur tira sur son toupet et disparut.

« Ce sont mes bagages, expliqua Babriel à Frike. Où dois-je les mettre ? »

Frike regarda de tout côté d'un air dubitatif. « Peut-être sur le lit ? Mais alors vous n'aurez pas d'endroit où dormir.

— Ça va s'arranger tout seul », dit Babriel. Il traîna sa valise dans la chambre. Elle était très grande, et le seul endroit où il y avait de la place pour elle était en effet le lit, puisque Frike et lui occupaient à eux deux tout le reste de la surface du sol.

« Crois-tu qu'elle irait dans ce coin ? » demanda Babriel après avoir examiné encore une fois la pièce.

Frike regarda l'angle aigu formé par la jonction des deux murs.

« On ne pourrait pas glisser une souris morte dans ce coin-là, encore moins une grosse valise comme celle-ci.

— Essayons toujours. »

Babriel poussa le bagage hors du lit et vers le mur. Bien qu'il n'y eût que quelques pouces entre le pied du lit et le coin, la malle continuait d'avancer. Le mur, au lieu de l'arrêter, saillait vers l'extérieur pour lui faire de la place, tandis que les autres murs l'imitaient pour rester en proportion. Le plafond se souleva lui aussi, et Frike se retrouva bientôt dans une grande chambre au lieu de la pièce minuscule où il était entré.

« Comment avez-vous fait ça ? s'exclama-t-il.

— C'est juste un de ces trucs qu'on apprend quand on voyage beaucoup », répondit Babriel avec modestie.

Non seulement la chambre s'était agrandie mais elle était désormais plus claire, pour des raisons qui ne devinrent pas apparentes immédiatement. Frike ouvrait des yeux ronds, qui s'arrondirent encore plus quand il entendit un curieux grattement à ses pieds. Il baissa les yeux et vit quelque chose de la taille d'un rat courir sur le plancher pour se ruer hors de son champ de vision. Il s'aperçut alors que le sol, naguère couvert de deux doigts de poussière et de déjections félines, avait été balayé et ciré de frais. Un début de panique s'empara de lui.

« Je vais annoncer au maître que vous êtes bien installé », dit-il, et il s'esquiva.

Cinq minutes plus tard, Azzie monta à la chambre de Babriel. Il la contempla. Elle était deux fois plus grande que la dernière fois où il l'avait vue, brillamment illuminée, joliment meublée, propre, parfumée d'encens et de myrrhe, et il y avait sur le côté une petite porte ouvrant sur un cabinet de toilette joliment carrelé, dont Azzie savait sacrément bien qu'il n'était pas là auparavant.

La chambre comportait aussi une armoire, dont la porte ouverte révélait des dizaines d'uniformes de Babriel, de toute espèce de coupe et d'allure, certains couverts de décorations, beaucoup avec d'immenses cols et de larges poignets. Babriel s'était changé et portait l'un de ceux-ci — blanc et argent, avec une casquette à visière. Azzie pensa que l'ensemble était si risible qu'il en paraissait sinistre.

« Ça me fait plaisir de constater que tu t'installes comme chez toi, dit-il.

— J'ai pris la liberté d'arranger un peu cet endroit, répondit l'ange. Je le remettrai en état quand je partirai.

— Ne t'en fais pas pour ça. Si j'avais su que tu aimais le luxe, je t'en aurais offert. Qu'est-ce que c'est que ça ? »

Azzie désignait un objet en nacre et en similor, qui se balançait à la ceinture de Babriel.

« Oh, c'est mon téléphone. Comme ça, je peux rester en contact avec le siège. »

Azzie considéra le combiné d'un air agacé. « On ne nous a pas encore fourni les nôtres !

— Tu vas adorer le tien quand tu l'auras reçu », assura Babriel.

7

Il faisait un magnifique temps de septembre. Azzie s'habituait de plus en plus à la présence de Babriel dans sa maison. La chambre de l'ange continuait de s'agrandir et Azzie dut lui demander de consolider la tour du manoir qui risquait de basculer sous le poids et l'effet de levier mal équilibré. Et l'entraînement du prince Charmant se poursuivait. Le jeune homme semblait gagner en confiance, Azzie lui avait fait avaler divers extraits d'herbes médicinales, ainsi que d'autres ingrédients exotiques comme de la poudre de corne de licorne, des crottes de banshee déshydratées et de la sueur distillée de cadavre. Charmant était désormais capable de tenir tête à Frike avec les épées de bois, mais ce dernier se servait de son bras gauche estropié pour égaliser les chances. Les progrès étaient nets, bien qu'il fût difficile de dire quand le jeune prince serait prêt à affronter un véritable ennemi.

Les jours et les nuits étaient paisibles. Azzie regrettait seulement l'absence d'Ylith. Il avait fallu la laisser au château enchanté pour veiller sur la princesse Scarlet, dont les manières rebelles continuaient de lui causer du souci.

Un soir, tandis qu'Azzie fumait tranquillement sa pipe assis dans le salon en se régalant de cœurs de carcajou confits dans une sauce de teryaki, il y eut soudain un grand bruit au-dessus de lui. Babriel, qui lisait un de ses interminables livres sur les mille et une manières de faire le Bien, sursauta et leva les yeux en entendant des sabots résonner sur le toit. Puis ce fut un fort grattement ponctué de jurons. Ces sons se rapprochaient de la cheminée. Azzie percevait à présent des grognements et des gémissements sonores. Enfin, quelque chose de large se fraya un chemin vers le bas.

C'était par bonheur une tiède nuit de septembre et le feu n'était pas allumé. Le père Noël apparut, son costume rouge taché de suie, son capuchon de travers, une expression mécontente sur son visage maculé.

« Pourquoi avez-vous fermé le conduit ? J'ai eu un mal fou à passer. Et votre cheminée n'a pas été ramonée depuis des siècles !

— Navré, Noël, répondit Azzie. Je ne vous attendais pas en cette saison. D'ailleurs, vous venez rarement nous rendre visite, à nous autres démons.

— C'est parce que notre charte dit que nous devons d'abord apporter des cadeaux aux humains. Et il y en a davantage chaque jour.

— Je comprends tout à fait. De toute manière, nous avons nous aussi nos propres manières de donner et de recevoir. Mais quel bon vent vous amène ? S'il s'agit d'une visite mondaine, vous auriez pu passer par la porte.

— Je suis venu pour affaires, pas pour des mondanités, répondit le père Noël. J'ai là une commande urgente pour une jeune personne qui m'a donné cette adresse. Elle s'appelle Ylith. Est-elle par ici ?

— Elle est à mon autre château. Je peux faire quelque chose ?

— Tu peux accepter cette livraison pour elle. » Le père Noël tira de sa hotte un gros paquet enveloppé d'un papier aux couleurs vives.

« Bien sûr, acquiesça Azzie. Je ne demande pas mieux.

— Tu me promets de le lui remettre ? C'est pour une petite fille nommée Brigitte, à qui Ylith l'a promis.

— Je m'assurerai qu'elle l'ait.
— Merci. J'ai avoué à Ylith que je me sentais bien seul, là-haut au pôle Nord. Elle a dit qu'elle m'enverrait quelques sorcières pour me distraire, je les comblerai de cadeaux et je leur ferai passer de bons moments.
— Les sorcières sont bien surfaites. Tu ne les aimeras pas.
— Tu crois ça ? Essaie un peu de te contenter d'un régime permanent de lutins, avant de dénigrer les sorcières ! Bon, il faut que je file. »

Azzie raccompagna le père Noël à la porte principale. Il le regarda escalader les treillis jusqu'au toit, avec une agilité surprenante pour un individu aussi corpulent. Il y eut bientôt un cliquetis de sabots, puis ce fut le silence.

Azzie rentra dans la maison et ouvrit le paquet. Il contenait un manoir et une ferme miniatures. Tout était parfaitement imité, avec de minuscules animaux et personnages. Il y avait de toutes petites fenêtres, des miroirs, des tables, des fauteuils.

« Il ne lui manque qu'une guillotine, rêvassa Azzie à voix haute. J'en avais une quelque part... »

SEXTE

GABRIEL

1

Durant les jours suivants, Charmant continua de progresser dans l'art de l'escrime. Mais il était bon seulement lorsque les choses se passaient dans les règles. L'insolite et l'inhabituel l'effrayaient et lui faisaient perdre sa coordination. De surcroît, un rien le distrayait. À chaque cri d'oiseau, à chaque porte qui claquait, il regardait de tout côté. Les irrégularités du sol troublaient son équilibre. Chaque pas en avant avait comme une allure de retraite. Le moindre vent lui faisait fermer les yeux.

Mais c'était surtout sa lâcheté qui inquiétait Azzie, lequel savait que c'était la véritable raison de ses autres signes de stupidité.

Babriel observa un long moment sans faire de commentaires, quoique la maladresse du jeune homme le fît tressaillir, ainsi que la manière dont il reculait dès que Frike levait son épée. Il finit par demander :

« Quel est le problème exact avec ce garçon ?

— C'est le cœur de pleutre que je lui ai donné. Au lieu de lui communiquer comme prévu une prudence de base, il a imprégné de peur tout son organisme.

— Mais s'il est si peureux, comment va-t-il partir pour sa quête ?

— Ça m'étonnerait qu'il parte tout court, dit Azzie.

J'essaie de le motiver, mais rien n'y fait. On dirait que je suis battu à plates coutures avant même d'avoir commencé.

— Oh, mon Dieu ! s'exclama Babriel.

— Ouais, tu peux le dire, et bien d'autres choses encore.

— Mais le concours — ce conte de fées que tu comptes présenter…

— Fini, terminé, descendu en flammes, *consumatus est*, et tout ça.

— Ça ne me paraît pas très juste. Mais pourquoi jeter si vite l'éponge ? Je veux dire, il y a bien quelque chose que tu puisses faire ?

— Il faut que je lui trouve de la tripsia. Mais les gens des Fournitures ne semblent pas réussir à mettre la main dessus.

— Sans blague ? Une bande de tire-au-flanc, si je ne m'abuse. Voyons un peu ce que les miens peuvent faire. »

Azzie regarda l'ange avec stupéfaction. « Tu vas me procurer de la tripsia ?

— C'est ce que je propose.

— Mais ça ne te ferait aucun bien !

— Laisse-moi me soucier de ça, dit Babriel. Tu as été si accueillant que je me sens une dette envers toi. Et, de toute façon, le spectacle doit continuer, hein ? »

Babriel se leva, courbant la tête parce qu'ils étaient sous une tonnelle basse. Il fouilla dans sa poche et en tira une carte de crédit en plastique assez semblable à celle d'Azzie, mais blanche au lieu de noir de jais. Elle portait sur une face la reproduction dorée d'une constellation se déplaçant vers la position qu'elle occuperait à la fin du Millénaire. Babriel chercha des yeux un endroit où l'insérer, mais il n'en trouva aucun.

« Allons faire un tour, suggéra-t-il. Peut-être y a-t-il quelque chose, là-dehors… Ah, voici un laurier, ils sont toujours bons pour ça. » Il trouva une fente dans l'écorce du laurier, où il glissa sa carte.

« Que doit-il se passer, maintenant ? demanda Azzie.

— Il faut leur laisser le temps de répondre. C'est un lieu inhabituel pour un appel d'un ange de lumière, tu sais.

— Comment se présente la cathédrale gothique ?

— Les murs sont beaucoup plus hauts. »

Au bout d'un instant, il y eut une petite explosion étouffée, puis un carillon suivi d'une fanfare de trompettes. L'employée aux Fournitures de lumière apparut devant eux. C'était une jeune femme blonde, vêtue d'une longue robe d'un blanc uni qui n'empêcha pas Azzie de remarquer des rondeurs suggestives et de penser que ce serait amusant de folâtrer avec elle. Il se mit à fredonner une vieille mélodie intitulée «Le pêcheur de la nuit a rencontré un Ange», et il s'approcha d'elle.

L'ange lui donna une petite claque sèche avec le carnet de commandes qu'elle portait. «Ne soyez pas rustre», fit-elle d'une voix charmante, qui laissait entendre qu'elle pensait ce qu'elle disait, mais ne lui en voulait pas. Puis elle se tourna vers Babriel. «Que puis-je faire pour toi ?»

Azzie commença à lui dire comment elle pouvait l'aider, *lui*, mais Babriel fronça les sourcils et coupa : «Ce dont j'ai besoin, très chère personne, c'est d'une certaine quantité de tripsia, une plante employée par les mortels pour se donner du courage.

— Je savais que tu en voulais pour un mortel, répondit l'employée aux Fournitures. Je peux voir au premier coup d'œil que, toi, tu ne manques pas de courage.

— C'est trop aimable, répliqua Babriel. Béni soit le Seigneur !

— Bénie soit-Elle !

— Quoi ? s'écria Azzie. J'avais toujours cru...

— Nous employons indifféremment "Il" ou "Elle" quand nous parlons du Principe suprême du Bien.

— Il nous arrive même parfois de dire "Ça", dit l'employée. Ce n'est pas parce que nous croyons qu'Elle est neutre, mais nous essayons de ne pas montrer de préjugés.

— Vous n'arrivez pas à vous décider, ou quoi ?
— C'est sans importance. Le Bien suprême transcende la sexualité.
— Ce n'est pas ce qu'on nous enseigne, dit Azzie. D'après nos experts, la sexualité est la plus haute expression du Mal, surtout quand elle est bonne.

» Comme ça pourrait l'être entre toi et moi, bébé ! » conclut-il d'une voix plus voilée, tandis qu'une troublante odeur de musc émanait de lui.

L'employée prit un air sévère, se tapota les cheveux et s'adressa à Babriel. « Ne peux-tu empêcher ce suppôt du diable au visage de spectre du Mal de me couver de ses regards concupiscents à la signification flagrante ?

— Oh, allez, ce n'est qu'Azzie. C'est un démon, tu sais. Ils sont censés se comporter ainsi — irrévérencieux et portés sur la chose. Le pauvre type n'y peut rien. Mais les démons eux-mêmes ne sont pas entièrement au-delà de la rédemption.

— Béni soit le Seigneur ! entonna l'employée.
— Béni soit-Il ! dit Babriel.
— Hé, dites, intervint Azzie, est-ce qu'on ne pourrait pas se passer des hosannas et s'occuper de ce dont j'ai besoin ? Rien ne vous empêche de flirter tous les deux sur votre propre temps.

— Quelle horreur de dire des choses pareilles ! s'écria la jeune femme rougissante en détournant le regard. Je vais me renseigner sur la tripsia. Attendez-moi ici sans bouger. »

Elle disparut d'une manière très séduisante.

« Vos employées aux Fournitures sont plus mignonnes que les nôtres, dit Azzie.

— C'est parce que toutes les créatures sont égales sous le règne du Bien. Puisque nous devons attendre, je pourrais peut-être en profiter pour t'expliquer certains des points les plus fondamentaux de notre doctrine.

— Ne te fatigue pas, répliqua Azzie. Je vais faire un somme.

Apportez-moi la tête du prince Charmant

— Cela t'est donc si facile ?
— Le Mal est renommé pour sa vigilance éternelle. Sauf quand il en a ras le bol. »

Azzie ferma les yeux. La régularité de sa respiration ne tarda pas à prouver qu'il dormait ou qu'il simulait parfaitement le sommeil.

Livré à lui-même, Babriel récita une prière assez longuette pour le salut et la rédemption des âmes, y compris les démons. Quand il eut fini, l'employée était de retour.

« J'ai l'extrait de tripsia, annonça-t-elle en lui tendant un petit flacon où scintillaient doucement des couleurs rouges, violettes, jaunes et bleues.

— Épatant ! s'exclama Babriel. Nous te remercions. Tu as été remarquablement courtoise, secourable, gentille...

— Ça va, ça va, bougonna Azzie. Merci mille fois, poupée. Si jamais tu as envie de changer d'avis... »

L'employée aux Fournitures s'évapora dans un nuage indigné.

Azzie alla à la cuisine donner à Frike des instructions pour mélanger la tripsia au potage à la crème de poireaux de Charmant. Aussi reconnaissant qu'il fût envers Babriel de la lui avoir procurée, il éprouvait une profonde suspicion. Pourquoi l'ange s'était-il montré si serviable ? La générosité pure ne paraissait pas un mobile suffisant. Les anges étaient-ils capables de double jeu ? Que manigançait Babriel ?

2

Azzie administra la tripsia le soir même, et le comportement de Charmant connut une amélioration remarquable. Au cours des jours suivants, il effectua de nets progrès en escrime et devint plus agressif. Il ne s'intéressait plus à ses poupées.

L'un dans l'autre, le moment paraissait bien choisi à Azzie pour aborder le sujet de la Quête.

« Il y a longtemps que je veux te parler de ton avenir, dit-il un après-midi où Charmant et lui étaient réunis dans la vaste salle commune du manoir.

— Oui, mon oncle ?

— Tu te rappelles ce que je t'ai dit à propos de la princesse assoupie ? Le moment de partir à sa recherche approche.

— Ça ne me déplairait pas de fréquenter la cour, dit Charmant.

— N'y pense pas. C'est une grande aventure qui t'attend.

— C'est gentil, mon oncle. Mais, vous savez, je me demande pourquoi je suis censé la rechercher, l'embrasser et tout ça. »

Azzie prit un ton plus solennel. « Mon garçon, il est écrit depuis longtemps que seul un baiser sur ses lèvres de son véritable amour tirera la princesse de son sommeil.

— Espérons que ça marche pour elle.

— Mais bien sûr, voyons ! Toi le prince Charmant, tu es l'amant et l'époux prédestiné de cette gente damoiselle !

— Êtes-vous bien certain que ça doit être moi, mon oncle ? Comment pouvez-vous savoir si ce n'est pas la Quête de quelqu'un d'autre ?

— Parce que c'est écrit ainsi.

— Écrit où ?

— Peu importe où, répliqua Azzie. Crois-moi sur parole, si je te dis que c'est écrit, c'est que ça l'est ! Tu as beaucoup de chance, mon garçon. La princesse Scarlet est la plus belle des jeunes filles et elle apporte, de plus, une dot mirobolante. Ce sera difficile et dangereux d'arriver jusqu'à elle, mais je sais que tu t'en tireras.

— Comment ça, difficile ? Et dangereux jusqu'à quel point ?

— Tu devras traverser une forêt enchantée et lutter contre ses divers habitants. Puis il faudra que tu te débrouilles pour escalader la montagne de verre.

— Ça m'a l'air extrêmement difficile ! Une montagne de verre, hein ? Je pourrai peut-être y grimper. Mais je ne vois pas trop comment.

— Je veillerai à ce qu'il ne t'arrive rien de mal. Fais confiance à ton vieil oncle Azzie. T'ai-je jamais fourvoyé sur de mauvais chemins ?

— Non, jamais. Et cette fois-ci non plus, parce que je n'irai pas !

— Regarde au moins son portrait ! Qu'est-ce que tu en penses ? demanda Azzie en montrant la miniature au jeune homme.

— Elle a l'air bien, dit Charmant sur un ton de profonde indifférence.

— Jolie, non ?

— D'une manière banale.

— Et ces beaux yeux brillants, hein ?

— Elle est probablement astigmate.

— Et sa bouche !

— Tout à fait normale.
— Pulpeuse ! Délicate !
— Relativement, concéda Charmant.
— Elle est ravissante, n'est-ce pas ?
— Elle n'est pas mal, je suppose. Mais je suis trop jeune pour avoir une princesse à moi tout seul pour les siècles des siècles. Je ne suis encore jamais sorti avec une fille. »

Le manque d'intérêt de Charmant était désespérant. Azzie ne s'était pas attendu à ça. En démon tout à fait typique, il était généralement dans un état de concupiscence. L'idée que ce jeune prince considérait d'un œil si blasé la beauté de la princesse l'abasourdissait. Elle l'irritait également... et, quand il voyait plus loin, elle l'inquiétait.

Si le prince Charmant ne manifestait qu'un minimum d'intérêt poli pour Scarlet, comment pouvait-on s'attendre à le voir affronter tous les périls du monde pour aller la réveiller d'un baiser ? Avec son attitude, il serait plus susceptible de lui envoyer un mot disant : « Il est temps de se lever, mademoiselle. »

Azzie détailla en vain tous les charmes de la princesse. Le jeune prince les considérait avec une indifférence accablante qui navrait Azzie, puisque Scarlet était sa création. Mais il ne pouvait se permettre d'être trop en colère, vu qu'il avait également créé Charmant, et qu'il était par conséquent plus ou moins responsable du comportement de celui-ci.

Azzie ne s'attendait vraiment pas à voir les événements prendre cette tournure. L'idée ne lui était jamais venue que son prince ne tomberait pas instantanément amoureux de Scarlet. Maintenant que sa lâcheté semblait plus ou moins sous contrôle, voilà qu'il se révélait paresseux sur le plan romantique.

« Damnation ! s'exclama-t-il en grinçant des dents. Oh, damnation ! Encore un défaut de conception ! »

C'était une situation infernale.

3

Dans la soirée, Azzie se débarrassa de Charmant en le plongeant dans un sommeil magique. Puis il descendit à son cabinet d'invocation. Frike y fredonnait tout en remplissant des fioles d'*agius regae*, d'aconit, de cytise, d'ellébore, de ciguë et d'autres plantes dont les démons sorciers ont l'usage.

« Vire-moi ces saletés ! lui ordonna Azzie. J'ai quelques invocations à réaliser. Apporte-moi dix centimètres cubes de sang de chauve-souris, quelques brins d'ivraie et un demi-setier d'ellébore noir.

— Nous n'avons plus d'ellébore noir, dit Frike. Est-ce qu'un peu de bave de crapaud ou un truc dans le genre ne ferait pas l'affaire ?

— Je croyais t'avoir dit de gérer les réserves ?

— Je suis désolé, maître. J'y ai pris goût. »

Azzie renifla avec mépris.

« Ce truc va retarder ta croissance et te faire pousser du poil au creux des mains, observa-t-il. Alors, apporte-moi de la racine d'hélioglobulus. Ça devrait aller. »

Frike apporta la racine et, suivant les instructions d'Azzie, il la disposa autour d'un pentagramme de nacre incrusté sur le dallage de pierre. Il alluma le gros cierge noir et Azzie psalmodia l'invocation. Les mots employaient de nombreux doubles arrêts de la glotte, une particularité courante de l'ancien langage démoniaque. À présent, une bouffée de fumée gris et mauve apparaissait dans le cercle. Elle se déploya, enfla, s'étira vers le haut, puis dans le sens de la largeur, et prit finalement la forme du dieu Hermès Trismégiste.

« Salut, ô grand dieu, dit Azzie.

— Salut, mon petit, répondit Hermès. À quoi ressemble le problème ? »

Azzie narra ses difficultés avec Charmant.

« Tu as commis une erreur en lui parlant de Scarlet, dit Hermès. Tu as supposé que les choses se passaient dans la vie réelle comme dans les contes de fées, et que le prince Charmant tomberait amoureux de ta princesse après un seul coup d'œil à son portrait.

— Et ça ne se passe pas comme ça ?

— Dans les contes de fées, si.

— Mais *c'est* un conte de fées !

— Pas encore ! Quand tout est fini et raconté par un barde, alors ça devient un conte de fées. Mais, pour l'instant, cette condition n'a pas été satisfaite. Tu ne peux pas simplement montrer un portrait à un jeune homme et t'attendre à le voir en tomber amoureux. Tu dois user de psychologie.

— C'est un enchantement spécial ? »

Hermès secoua sa tête gris fumée. « C'est ce qu'on appelle une science. La science du comportement humain. Il n'y a encore rien de tel sur Terre. C'est pour ça que tout le monde est détraqué. Les gens ne savent pas pourquoi ils font ce qu'ils font parce qu'ils ne connaissent pas la psychologie.

— Eh bien, que dois-je faire ?

— Tout d'abord, effacer de la mémoire de Charmant tout souvenir de ce que tu lui as dit de Scarlet. Une petite dose d'eau du Léthé devrait suffire. Pas trop, juste assez pour qu'il oublie ta récente conversation avec lui.

— Et ensuite ?

— Je te dirai quoi faire à ce moment-là. »

Il ne fut pas difficile de se procurer de l'eau du Léthé. Hermès l'apporta dans une petite fiole de cristal et Azzie l'administra au prince Charmant. Ce soir-là, tous deux dînèrent ensemble dans la grande salle à manger lambrissée de noyer. Frike fit le service, renversant comme d'habitude la moitié du potage à cause de sa démarche incertaine. Quand le rôti fumant eut été emporté et les tartes à la crème mangées, Azzie dit : « Au fait, prince, je vais devoir m'absenter pendant quelques jours.

— Où allez-vous, mon oncle ?

— J'ai à m'occuper de certaines affaires.

— Quelles affaires, mon oncle ?

— Mes affaires ne sont pas ton affaire, mon neveu. Frike ! Apporte-moi les clés ! »

Frike partit en boitillant et revint en marchant de travers avec un énorme trousseau de clés suspendues à un gros anneau de fer.

« Maintenant, fais bien attention, prince. Je te confie les clés du manoir. Voici la grosse pour la porte d'entrée principale. La petite ouvre la porte de service, l'autre petite celle des écuries. Voici la clé de la cave où nous gardons le vin, la bière et les conserves de viande. Celle avec les petits zigouigouis sur la tige ouvre mon coffre d'enchantements. Tu peux jouer avec si tu veux ; ils ne sont pas activés en ce moment.

— Oui, mon oncle. » Charmant prit le trousseau. Son attention fut attirée par une petite clé d'argent gravée d'élégantes arabesques compliquées.

« Et celle-là ? demanda-t-il.

— Ah, celle-là. L'aurais-je laissée sur le trousseau ?

— Manifestement, mon oncle.

— Eh bien, ne t'en sers pas !

— Mais qu'est-ce que c'est ?

— Elle déverrouille une petite porte tout au fond de ma chambre à coucher. Et là, en se servant de l'autre extrémité, on peut ouvrir le coffre de chêne aux ferrures de bronze qui s'y trouve. Mais tu ne dois pas ouvrir cette porte et tu ne dois pas toucher au coffre.

— Pourquoi ?

— Ce serait trop long à t'expliquer.

— J'ai tout mon temps, assura Charmant.

— Bien sûr. Tu as tout ton temps, n'est-ce pas ? Pas moi. Je dois partir immédiatement. Crois-moi sur parole si je te dis que si tu ouvrais cette porte le résultat serait déplorable. Donc, ne le fais pas.

— Bien, mon oncle.

— Parole de scout ? »

Charmant leva la main droite, le salut des Scouts de la chevalerie, une nouvelle organisation pour les jeunes chevaliers à l'entraînement. « C'est juré, mon oncle !

— Brave petit. Et, maintenant, il faut que je file ! Au revoir, mon garçon.

— Au revoir, mon oncle. »

Charmant l'accompagna aux écuries, où Azzie enfourcha un fringant étalon arabe.

« Tout doux, Belchazzar ! cria-t-il. Adieu, mon neveu ! Je serai là dans deux ou trois jours, une semaine tout au plus ! »

Charmant et Frike agitèrent la main jusqu'à ce qu'Azzie disparaisse à leur vue.

Une heure plus tard (une heure assez courte, car le sablier avançait), Charmant dit à Frike : « Je m'ennuie.

— Une autre partie de rami ? proposa Frike en battant les cartes.

— Non, j'en ai assez des jeux de cartes !

— Alors, qu'est-ce que tu aimerais faire, jeune seigneur ? Une partie de jeu de paume ? De quilles ? De croquet ?

— J'en ai ma claque de tous ces jeux ringards. Tu ne peux pas suggérer quelque chose d'intéressant ?

— La chasse ? hasarda Frike. La pêche ? Le cerf-volant ?

— Non, non... » Les yeux du prince Charmant s'étrécirent, puis il releva la tête et sa figure s'anima : « Je sais !

— Je suis à ton bon plaisir, seigneur.

— Allons jeter un coup d'œil dans la pièce où je ne suis pas censé entrer ! »

Frike avait été bien chapitré. Réprimant le sourire qui montait à ses lèvres, il s'exclama : « Nous ne pouvons pas faire ça !

— Nous ne pouvons pas, même maintenant ?

— Certainement pas ! Le maître serait terriblement fâché !

— Encore faudrait-il qu'il le sache, non ? »

L'expression de Frike révéla que cette idée de génie ne lui était pas venue à l'esprit. « Tu veux dire... qu'on ne le lui dirait pas ?

— C'est exactement mon intention.

— Mais nous disons toujours tout au maître...

— Faisons une exception cette fois.

— Mais pourquoi ?

— Parce que c'est un jeu, Frike, voilà pourquoi.

— Ah... un jeu... » Frike fit mine de réfléchir. « Je suppose que, dans ce cas, ça irait. Tu es sûr que ce n'est qu'un jeu ?

— Frike, je te le jure !

— Eh bien, alors... tant que ce n'est qu'un jeu...

— Allons-y ! » cria Charmant, bondissant quatre à quatre dans l'escalier, les clés tintant dans sa main.

À l'extérieur du manoir, Azzie, qui avait laissé son cheval attaché dans la forêt voisine pour rebrousser chemin à pied, ou plutôt en volant car ses ailes étaient toujours opérationnelles sous sa tunique resplendissante, et planait à présent au-dessus de la haute fenêtre de la chambre, sourit pour lui-même. Il n'avait jamais entendu parler de cette psychologie évoquée par Hermès, mais, pour l'instant, le truc marchait bien !

4

Ylith était en train d'envelopper d'une couverture la princesse Scarlet, qui venait de s'assoupir au milieu de la conversation, lorsqu'on cogna bruyamment à la porte du château. Ça ne ressemblait pas à la façon de frapper d'Azzie et Ylith était incapable d'imaginer l'arrivée d'un autre visiteur, là au sommet de la montagne de verre. Laissant la jeune fille entre les bras de cuir du massif fauteuil, elle sortit rapidement du salon et se dirigea vers le hall principal du château. Le bruit lui parvint à nouveau tandis qu'elle traversait la salle de pierre au plafond haut.

Elle déverrouilla la petite porte dans la poterne à côté du grand portail, l'ouvrit et regarda dehors. Un assez bel homme de haute taille, vêtu de blanc et d'or, lui renvoya son coup d'œil et lui sourit.

« Oui ? fit-elle.

— Je ne me trompe pas en pensant que c'est là le château de la Belle assoupie, la princesse Scarlet ? s'enquit-il.

— C'est bien ici, répliqua Ylith. Mais vous ne pouvez pas être le prince Charmant, n'est-ce pas ? Il est un peu tôt et ce ne sont pas les bons yeux — non que j'aie quelque chose contre les yeux bleus.

— Oh non. Je m'appelle Babriel. Je suis l'observateur des Puissances de lumière. Je séjourne en ce moment chez Azzie et j'ai eu envie de faire un saut jusqu'ici, pour voir ce côté-ci de l'opération. Est-ce que tout progresse comme il se doit ?

— Ma foi, oui. Voulez-vous entrer ?

— Merci, avec plaisir.

— Je suis la… l'associée d'Azzie dans cette affaire. Je m'appelle Ylith. Ravie de faire votre connaissance. »

Elle tendit la main. Il la prit et la porta à ses lèvres.

« Oh ! fit-elle en regardant sa main quand il l'eut lâchée. Euh… venez par ici. Je vais vous conduire auprès de la jeune dame. Elle dort, bien sûr.

— Bien sûr. Si je ne dérange pas… ?

— Nullement, nullement. »

Elle se retourna et le précéda dans le hall.

« Bel endroit, observa-t-il.

— Merci.

— Azzie et vous êtes ensemble depuis longtemps ?

— Oh, ça fait un moment, mais, à vrai dire, nous ne sommes pas exactement… je veux dire… ensemble, pas pour l'instant. Sauf pour ce projet.

— C'est un spectacle original que vous présentez.

— Je le suppose. C'est entièrement l'idée d'Azzie. Je ne fais que l'aider, en souvenir du passé.

— Je vois. La sororité du Mal et tout ça.

— Plus ou moins. Par ici, dit-elle en faisant entrer Babriel dans le petit salon. La voici. La Belle assoupie. N'est-elle pas jolie ?

— Ravissante ! »

Ylith rougit en s'apercevant que c'était elle qu'il regardait. Babriel fut aussitôt pris d'une quinte de toux.

« Puis-je vous offrir quelque chose à boire ? proposa Ylith. Un doigt d'ichor, peut-être ?

— S'il vous plaît.

— Asseyez-vous donc. Mettez-vous à l'aise. »

Elle sortit et revint quelques instants plus tard avec deux verres.

« Voilà. J'ai voulu vous tenir compagnie.

— Merci. »

Babriel se mit à siroter lentement le sien. Elle prit un fauteuil près de lui.

« En somme, le projet progresse bien ? dit Babriel au bout d'un moment.

— Oh, Azzie a encore des soucis, vous savez.

— Vous devez lui être d'un grand secours et d'un grand réconfort.

— Je ne sais pas. Il est plutôt taciturne.

— Je ne comprends pas.

— La dernière fois où nous nous sommes vus, il s'est montré plutôt froid. Il a peut-être plus d'ennuis que je ne le pensais... Ou alors, c'est juste...

— Quoi donc?

— Juste sa façon de se comporter avec moi. »

Ils burent leur ichor en silence pendant un moment, puis Babriel observa : « C'est dans la nature du Mal d'être ainsi, j'imagine. Désagréable y compris avec ses amis et ses alliés. »

Ylith regarda au loin.

« Il n'a pas toujours été comme ça avec moi.

— Oh.

— De votre côté, on doit être plus gentil à propos de ces choses-là, sans doute.

— J'aimerais le croire.

— Mais c'est aussi votre nature.

— Probablement. Toutefois, il me plaît de penser que nous le faisons parce que nous le voulons vraiment. Parce que cela nous fait nous sentir *bien*.

— Hum. » Ylith se tourna vers la princesse Scarlet. « Regardez-la ! La pauvre petite ne se doute pas un instant qu'elle n'est qu'un pion dans un jeu.

— Mais, sans ce jeu, elle n'existerait pas.

— Cela vaudrait peut-être mieux que d'être utilisée.

— Voilà une question théologique intéressante.

— Théologique? Diable! Excusez-moi! Mais les gens ne sont pas des objets qu'on peut manipuler à sa guise !

— Non, ils ont leur libre arbitre. Elle est donc toujours elle-même. Voilà ce qui rend toute cette affaire intéressante.
— Libre ? Même quand les choix sont artificiellement réduits ?
— Voilà un autre point théologique intéressant — c'est-à-dire, oui, je suppose que ce n'est pas très bien. Malgré tout, qu'y faire ? Elle est réellement une pièce sur un échiquier.
— Évidemment. Néanmoins, je ne peux pas m'empêcher de la plaindre.
— Oh, moi aussi ! Nous sommes très forts pour la compassion !
— C'est tout ? Je veux dire, ça ne va pas l'aider beaucoup.
— Nous ne sommes pas autorisés à apporter notre concours, dans cette affaire. Quoique, maintenant que vous le mentionnez, je suppose que je pourrais la recommander pour quelque grâce.
— Est-ce que ce ne serait pas tricher, l'aider ?
— Pas vraiment. En quelque sorte, la grâce aide sans aider vraiment, si vous voyez ce que je veux dire. Elle vous aide à vous aider vous-même. Je ne peux pas considérer ça comme de la tricherie. Oui, je devrais peut-être... »

Encore une petite gorgée...

« Vous avez toujours été comme ça ? demanda Ylith.
— Comment donc ?
— Gentil. Bon.
— Je crois.
— C'est réconfortant. Ainsi, c'est plus agréable de vous avoir comme observateur.
— Avez-vous toujours été une sorcière ?
— Ce fut un choix de carrière, il y a longtemps.
— Appréciable ?
— La plupart du temps. Quel genre de projet préparent les Puissances de lumière pour le concours ?
— Oh, nous appelons ça une cathédrale gothique — un

concept radicalement neuf en matière d'architecture consacrée à la piété et au Bien.
— En quoi diffère-t-elle de la variété normale ? Laissez-moi vous servir un autre verre.
— Merci. »
Quand elle revint, il entreprit de lui décrire une cathédrale gothique. Ylith l'écouta en souriant, hochant la tête par-ci, par-là, aux anges.

5

Scarlet arpentait le tapis de long en large devant Ylith.

«J'en ai assez de dormir!» dit-elle à celle-ci. Elle continua à marcher. «On dirait que je ne suis jamais tout à fait éveillée et que je n'arrive pas non plus à passer une bonne nuit. J'ai besoin de faire autre chose que de rester ici dans ce château stupide, à attendre qu'un type vienne me réveiller. Je veux sortir d'ici! Je veux parler à quelqu'un!

— Tu peux me parler, à moi, répondit Ylith.

— Oh, tante Ylith, vous êtes gentille. Je deviendrais complètement folle si vous n'étiez pas là. Mais j'aimerais parler à quelqu'un d'autre. Vous savez... un homme.

— Je voudrais bien pouvoir t'aider, mais tu sais que tu n'es pas censée avoir de la compagnie. Tu dois simplement dormir jusqu'à l'arrivée du prince Charmant.

— Je sais, je sais», dit Scarlet. Des larmes emplirent ses yeux. «Mais c'est tellement assommant de dormir tout le temps! En plus, je ne dors même pas bien! Oh, je vous en prie, tante Ylith, n'y a-t-il pas un moyen qui vous permettrait de m'aider?»

Ylith réfléchit. Elle se sentait plus irritée qu'avant contre Azzie. Elle aurait mieux fait de ne pas lui faire à nouveau confiance. Pour l'heure, il n'y avait pas grand-chose qu'elle pût faire.

Le lendemain, on frappa au portail du château : cela se

produisit pendant l'une des rares périodes où la princesse était éveillée, et celle-ci dévala l'escalier pour aller ouvrir.

Un crapaud haut d'une toise se tenait sur le seuil, en livrée de laquais, une perruque blanche posée légèrement de travers sur sa large tête verte et verruqueuse.

« Bonjour », dit calmement Scarlet. Elle commençait à s'habituer aux visitations enchantées. Rien ne pouvait plus la surprendre après ses discussions avec Azzie — si bizarre quand il surgissait et disparaissait dans une bouffée de fumée — et avec Ylith — qui passait un temps considérable devant un miroir magique à observer les citadins au pied de la montagne, ainsi que des endroits lointains (y compris les Enfers et les royaumes célestes inférieurs). « Êtes-vous le prince Charmant censé m'éveiller ?

— Ciel non ! dit le crapaud. Je suis un messager.

— Mais, sous votre déguisement de crapaud, vous êtes en réalité un beau jeune homme, n'est-ce pas ?

— J'ai bien peur que non ! répondit-il. J'ai été ensorcelé pour m'exprimer dans le langage des humains et pour mesurer six pieds.

— À quoi ressemblez-vous quand vous n'êtes pas ensorcelé ?

— Je mesure six pouces et je coasse.

— Que voulez-vous ?

— J'ai une invitation pour vous. »

Il tendit à Scarlet un carré de carton où ces mots étaient gravés :

VOUS ÊTES INVITÉE À UNE RÉCEPTION
AVEC BAL MASQUÉ
EN L'HONNEUR DE CENDRILLON ET DE SON PRINCE
MUSIQUE : ORLANDO ET LES FURIOSOS
GIORDANO BRUNO ET LA TRADITION HERMÉTIQUE
SPARTACUS ET LES ESCLAVES REBELLES
COTILLONS, TOMBOLA
RÉJOUISSANCES DE BON GOÛT

«Oh, merci! s'écria Scarlet. Mais pourquoi la princesse Cendrillon m'invite-t-elle? Je ne la connais même pas!

— Elle a entendu dire que vous êtes seule ici et votre triste sort l'a émue. Elle a eu ses soucis personnels, vous savez.

— J'adorerais y aller! Mais je n'ai pas de robe de bal!

— Vous pouvez sûrement vous en procurer une?

— Et le transport... Comment me rendre là-bas?

— Il suffit de contacter *Bal enchanté service* et, le moment venu, on vous enverra une citrouille transformée en carrosse.

— Oh. Je ne vais pas avoir du jus de citrouille sur ma robe?

— Aucun risque. L'intérieur est tapissé de la soie moirée la plus précieuse.

— Merci! Merci!» Scarlet se précipita pour parler à Ylith de la merveilleuse invitation.

«Hélas, mon enfant, Azzie a jeté un sort sur tout ce château, répondit Ylith. Il te faudrait un sauf-conduit de plénipotentiaire pour sortir d'ici. Et cela, seules les Puissances des ténèbres peuvent le fournir.

— Mais qu'est-ce que je vais faire?

— Rien, ma pauvre chérie... Quoique, si tu avais la carte de crédit illimité d'Azzie, alors bien des choses seraient possibles. Et il la garde avec tant de négligence, aussi, dans la poche supérieure de son gilet. Tu n'as plus qu'à espérer qu'elle en tombera à sa prochaine visite, et tu n'auras qu'à la lui subtiliser sans qu'il s'en aperçoive.

— Mais s'il n'ôte pas son gilet?

— Tes mains peuvent t'aider. Surtout la gauche.»

Scarlet regarda ses mains. La gauche, celle du pickpocket, était légèrement plus petite que la droite et avait l'air... elle ne savait trop comment l'exprimer... en quelque sorte plus *sournoise* que sa voisine.

« Qu'est-ce que ma main gauche a de spécial ? Je vois qu'elle est petite et fine, et alors ?

— Cette main a un talent pour te procurer ce dont tu as besoin.

— Et si j'avais la carte ?

— Eh bien, tu pourrais te faire livrer une robe de bal et passer une commande à *Bal enchanté service*. Ça te permettrait d'aller au bal, à la condition de revenir tout droit ici.

— Pourquoi m'expliquer ça, ma tante ? »

Ylith détourna la tête.

« Par colère et par pitié, ma chérie, dit-elle enfin. La première est une force, la seconde une faiblesse. Alors, ne prends en compte que la première. Et il est grand temps que tu apprennes quelque chose sur les bals. Et sur le libre arbitre. »

Elle tapota la main de la princesse Scarlet, qui réussit presque à lui subtiliser une bague précieuse.

« Oui, poursuivit-elle. Et qu'Azzie aille au diable. » Et elle sourit. « Voilà ce qu'est la grâce. »

6

À la visite suivante d'Azzie, la princesse Scarlet fut tout sourire. Elle bavarda, parla de ses rêves, qui étaient les seules choses intéressantes de sa vie quotidienne. Elle montra à Azzie des pas de danse dont elle se souvenait d'avant sa mort. Elle dansait avec fougue, ses petits pieds martelaient le parquet en dessinant les figures de la seguriyas, et elle conclut par un enchaînement de pirouettes qui la jeta dans les bras d'Azzie. «Permettez que je vous embrasse, mon oncle! Vous avez tant fait pour moi!»

Azzie sentit les seins menus et pointus contre son torse et ne pensa pas un instant à ce que faisaient les petits doigts habiles.

Lorsqu'elles furent à nouveau seules, Ylith demanda à Scarlet : «Tu l'as eue?»

La princesse sourit en montrant ses dents régulières, et ses joues se creusèrent d'adorables fossettes. Elle brandit la carte noire. «La voici!

— Bien joué! À présent, il ne te reste plus qu'à t'en servir.

— Oui... gémit la princesse en étouffant un bâillement Mais que faire pour me débarrasser de ce maudit enchantement de sommeil?

— Prends un verre d'ichor bien tassé, conseilla Ylith. J'y ajouterai un sort. Tu dormiras trois ou quatre fois plus longtemps que d'habitude, puis tu resteras éveillée trois ou quatre fois plus longtemps ensuite. »

La figure de Scarlet s'illumina.

« Dépêchons-nous ! » dit-elle.

7

La citrouille carrosse vint s'arrêter sous le dais de l'entrée principale, roulant en silence sur ses roues de radis. Le crapaud laquais sauta à terre pour ouvrir la portière à Scarlet. La jeune fille descendit en prenant soin de ne pas salir sa belle robe. C'était un ravissant modèle, en tulle rose pailleté rebrodé d'un bouquet de jacinthes, que Michel de Pérouse avait spécialement créé pour elle et porté au compte d'Azzie.

Elle fut accueillie par des valets en livrée qui la conduisirent à l'intérieur. La grande salle de bal flamboyait de lumières et de couleurs. Dans le fond se tenait l'orchestre. La princesse Scarlet fut éblouie. Jamais elle n'avait vu pareil spectacle. C'était comme une scène de conte de fées, et le fait qu'elle fût elle-même un personnage de conte de fées ne la rendait pas moins merveilleuse.

« Vous devez être la princesse Scarlet ! s'exclama une jeune femme d'une beauté radieuse, à peu près du même âge qu'elle.

— Êtes-vous la princesse Cendrillon ? demanda Scarlet.

— Comment m'avez-vous reconnue ? J'ai de la suie sur le nez ?

— Oh non... j'ai simplement supposé... puisque j'ai reçu votre invitation », Scarlet était pleine de confusion, mais Cendrillon rit et la mit à son aise. « C'était seulement ma petite plaisanterie habituelle ! Ça me fait tant plaisir que vous ayez pu venir ! Il paraît que vous êtes victime d'un enchantement de sommeil ?

— À vrai dire, c'est plutôt un sort de sieste. Mais comment en avez-vous entendu parler ?

— Tout se sait dans le domaine des contes de fées, expliqua Cendrillon. Si vous deviez en avoir besoin, nous avons des chambres de repos à l'étage, et divers stimulants si votre sort réagit aux moyens chimiques.

— Inutile. J'ai pu obtenir un désenvoûtement temporaire.

— Je ne sais pas comment vous vous y êtes prise, mais je suis vraiment très heureuse que vous ayez pu venir. C'est le grand événement de la saison pour les débutantes, vous savez. Nous avons beaucoup de jeunes gens à marier, tous de haute lignée, mais aussi quelques roturiers entreprenants aussi célèbres que Poucet et Peer Gynt. Venez, je vais vous faire servir du champagne et vous présenter à quelques personnes. »

Cendrillon donna à Scarlet une coupe pétillante et, lui prenant la main, elle la mena d'un groupe somptueusement vêtu à l'autre. Scarlet en avait la tête qui lui tournait ; la musique — forte et bien rythmée — la faisait battre du pied en cadence. Elle fut ravie lorsqu'un grand jeune homme brun coiffé d'un turban écarlate, magnifique dans un habit de lamé or, vint l'inviter à danser.

Ils tournoyèrent autour de la piste. Le jeune homme enturbanné se présenta sous le nom d'Ahmed Ali. Il dansait admirablement et connaissait tous les nouveaux pas à la mode. Scarlet, qui saisissait rapidement les pas de danse, n'eut aucun mal à se familiariser rapidement avec le canard à califourchon, le coude claudicant, la sauterie pygmée, la patte de chien délirante et le double carcajou, toutes danses qui faisaient fureur en cette année fatidique du Millénaire. Ahmed Ali semblait planer au-dessus de la piste, accordant le talent consommé de la princesse avec ses propres capacités à peine inférieures. Ils étaient si manifestement au-dessus du commun que les autres couples s'écartèrent pour leur laisser de la place. Les musiciens enchaînèrent sur *Le Lac des cygnes,* tant le spectacle qu'ils avaient devant eux évoquait un ballet. Scarlet et Ahmed tourbillonnèrent au son des claironnements des trompettes et des gémissements des *steel guitars,* se lancèrent dans un pas de deux plus audacieux, tournoyant, faisant des claquettes, tapant du pied sous des applaudissements de plus en plus nourris. Enfin, pour le finale, Ahmed Ali entraîna en dansant Scarlet hors de la salle de bal, sur un balcon.

Celui-ci dominait un petit lac. La lune venait de se lever et de petites ondulations argentées se déplaçaient à la surface vers la rive obscure. La princesse Scarlet s'éventa avec l'éventail chinois que les Fournitures lui avaient procuré et, se tournant vers Ahmed Ali, elle dit sur un ton très formel : « Ma foi, messire, je n'ai de ma vie vu ton pareil pour rivaliser avec ta légèreté et ta grâce.

— Ni moi le tien », répondit-il gaiement. Son visage, qui se répartissait joliment de part et d'autre de son nez en bec d'aigle, avait des lèvres fermes et finement ciselées, de couleur rose pâle, derrière lesquelles on voyait des dents d'un blanc nacré lorsqu'il souriait ou retroussait celle du haut dans le petit ricanement avec lequel il exprimait une émotion. Il raconta à Scarlet qu'il était prince à la cour du Grand Turc, dont les terres s'étendaient de la frontière brumeuse du Turkestan oriental aux côtes de l'Asie Mineure. Il décrivit la splendeur du palais du Grand Turc, qui avait tant de pièces que nul ne pouvait les compter, hormis les individus doués pour la nécromancie mathématique. Il en détailla les principales installations : les bassins aux carpes, les sources d'eau minérale, la grande bibliothèque où l'on trouvait des écrits du monde entier. Il mentionna les cuisines, où l'on préparait des délicatesses d'une somptuosité exceptionnelle pour la délectation de tous les jeunes gens heureux et doués qui composaient la cour. Il assura à Scarlet qu'elle éclipserait toutes les beautés de celle-ci par la splendeur de son teint diaphane et de ses traits joliment proportionnés. Il déclara qu'il était totalement et absolument toqué d'elle, malgré la brièveté de leurs relations, et il la supplia de l'accompagner pour qu'il lui montre les merveilles du domaine du Grand Turc ; si elle le désirait, il lui offrirait l'hospitalité pour un court séjour. Il décrivit les présents luxueux dont il la couvrirait et poursuivit dans cet esprit et dans d'autres similaires, la tentant avec des serments pendant si longtemps que la princesse en eut la tête qui ne cessait de lui tourner.

« J'aimerais bien aller avec vous et voir tout ça, dit-elle. Mais j'ai promis à ma tante de rentrer à la maison immédiatement après le bal.

— Aucun problème », dit Ahmed. Il claqua des doigts. Il y eut dans les airs un clapotement d'ailes, et la princesse Scarlet vit un grand tapis persan de toute beauté qui planait à hauteur du balcon, apparemment surgi de nulle part.

« C'est un tapis volant, expliqua Ahmed. Ce mode de transport est courant dans mon pays. En l'utilisant, je peux vous emmener à la cour du Grand Turc, vous faire faire le tour du propriétaire et vous ramener ici même avant la fin de la soirée.

— C'est très tentant, dit Scarlet. Mais je ne devrais vraiment pas... »

Ahmed Ali lui adressa un sourire d'une incroyable séduction et sauta du balcon sur le tapis. Il se tourna vers elle et lui tendit la main.

« Venez avec moi, belle princesse, dit-il. Je suis fou de vous et je vous ferai passer un très bon moment, en vous respectant d'un bout à l'autre. Je vous ramènerai ici largement à temps pour que vous rentriez chez votre estimée tante, comme vous l'aviez prévu au départ. »

La princesse savait qu'elle n'aurait pas dû. Mais la liberté inattendue, le soulagement temporaire de l'enchantement de sommeil, la magnificence du bal, la présence mystérieuse et terriblement attirante d'Ahmed Ali, le verre de champagne dont elle n'avait pas l'habitude et le parfum des fleurs de *mater delirium* qui poussaient sous le balcon, tout cela s'alliait pour bouleverser ses sens et lui inspirer une audace insolite. Sachant à peine ce qu'elle faisait, elle prit la main tendue d'Ahmed et monta sur le tapis.

8

Cendrillon était sur le point d'aller au buffet somptueux pour prendre une nouvelle flûte de champagne, et peut-être aussi une assiette de sorbet, quand un laquais vint à elle, s'inclina bien bas et dit :

« Il y a là quelqu'un, princesse, qui demande à s'entretenir avec vous.

— Un homme ?

— Un démon, à mon avis, même s'il a l'air humain.

— Un démon, dit Cendrillon. Je ne me souviens pas d'en avoir invité un seul...

— Je crois qu'il est venu de son propre chef, princesse, dit le laquais, faisant un effort pour trouver le temps de mentionner qu'il était lui-même un prince déguisé en laquais.

— Que me veut-il ?

— Je l'ignore, répondit le laquais, frottant son poignet contre sa moustache luxuriante. Il prétend que c'est une affaire de la plus haute importance. »

Cette conversation aurait pu continuer plus longtemps si Azzie n'avait pas surgi à ce moment avec deux valets de pied cramponnés aux pans de sa queue-de-pie pour essayer de le maîtriser.

Il les envoya tous deux rouler à terre d'un brusque mouvement d'épaules et demanda : « C'est vous, Cendrillon ?

— En effet.

Apportez-moi la tête du prince Charmant

— Et c'est vous qui donnez cette réception ?
— Oui. Et, au cas où vous songeriez à vous incruster, je vous avertis que j'ai mes propres démons.
— Il semblerait que vous ayez invité ma nièce, la princesse Scarlet, à vos réjouissances ? »

Cendrillon jeta un coup d'œil circulaire. Plusieurs invités paraissaient s'intéresser à la conversation et le laquais traînait toujours dans les parages, tortillant sa moustache ridicule tandis qu'il essayait de s'insérer avec ses références bidon dans la conversation.

« Allons là-bas sous la tonnelle secrète, dit Cendrillon. Nous pourrons y discuter en paix. »

Ils marchèrent jusqu'à la tonnelle.

« Vous pouvez poser vos manches à balai dans le coin, dit-elle.
— Je préfère les garder à portée de la main. Assez de bavardages. Où est Scarlet ?
— Êtes-vous vraiment son oncle ? Vous n'auriez pas dû laisser cette enfant si longtemps seule dans ce château enchanté. Je ne pensais pas à mal en l'invitant à cette petite fête.
— Où est-elle en ce moment ? » insista Azzie en tapant du pied d'un air qui ne présageait rien de bon.

Cendrillon regarda de tout côté, mais elle ne vit pas Scarlet. Elle appela un laquais — pas le moustachu, un autre, avec une petite barbiche pointue — et lui ordonna de trouver la princesse Scarlet.

Il revint précipitamment quelques instants plus tard. « On m'a dit qu'elle est partie avec le seigneur au turban, Ahmed Ali. »

Azzie se tourna vers le laquais.

« Comment sont-ils partis ?
— Sur un tapis volant, messire. »

Azzie se frotta le menton, l'air songeur. « Et quelle direction ont-ils prise ?
— Plein est, messire.

— Savez-vous qui est cet homme ? demanda-t-il à Cendrillon.

— C'est un noble de la cour du Grand Turc, qui règne sur le Turkestan.

— C'est tout ce que vous savez ?

— Avez-vous connaissance de quelque chose qui le contredit ?

— Vous a-t-il dit quelle était sa position à la cour ?

— Non, pas particulièrement.

— Il est proxénète en chef du sérail du Grand Turc.

— Comment le savez-vous ?

— C'est mon travail de savoir ces choses-là.

— Un proxénète ! Vous ne voulez sûrement pas dire...

— Ce que je veux dire, c'est que la princesse Scarlet est en ce moment même emmenée à travers des frontières internationales pour les besoins de la traite des Blanches et de la prostitution impériale !

— Je n'en avais aucune idée ! Où est mon grand vizir ? s'écria Cendrillon. Raye le nom d'Ahmed Ali de ma liste d'invités ! Barre-le d'un double trait ! Mon cher démon, je ne saurais vous dire à quel point je suis navrée... »

Mais elle parlait toute seule, Azzie avait déjà bondi sur la balustrade du balcon et, prenant tout juste le temps de démarrer le mécanisme de propulsion des balais, il monta en flèche dans l'air ambiant, en direction de l'est, plein est.

Les tapis volants sont rapides — mus par les enchantements les plus efficaces de puissants djinns. Mais leur aérodynamisme laisse à désirer et ils ont tendance à manquer de stabilité. Le bord antérieur d'un tapis en vol se retrousse comme le bas d'un toboggan et suscite un tourbillon d'air qui ralentit le vol. Malgré tout, Ahmed allait bon train. Quant à Scarlet, elle avait commencé à réfléchir à sa situation et la trouvait déjà moins délicieuse qu'un peu plus tôt. En regardant Ahmed, assis en tailleur aux commandes du tapis, elle remarqua les lignes cruelles gravées sur ses traits, qu'elle n'avait d'une manière ou d'une autre pas notées jusque-là, et aussi la façon rageuse dont sa moustache noire s'incurvait vers le bas avant de se recourber vers le haut, s'achevant par des pointes brillantinées fines comme des aiguilles. Il apparut à Scarlet qu'elle avait un tantinet fait preuve de précipitation en acceptant son invitation. Ce fut seulement alors qu'elle pensa au prince Charmant, son promis. Peut-être entrait-il dans le château enchanté en ce moment même ! Et s'il arrivait, ne la trouvait pas et repartait en quête de quelqu'un d'autre ? Serait-elle condamnée à vivre seule et à subir l'enchantement qui l'obligeait à faire la sieste pour le restant de ses jours ? Y avait-il le moindre salut pour les Belles assoupies qui avaient la malchance de ne pas recevoir la visite de leur prince Charmant ? Et, en tout état de cause, où s'était-elle fourrée et cet Ahmed était-il sincère ?

« Ahmed, dit-elle, j'ai changé d'idée.
— Vraiment ? dit-il avec désinvolture.
— Je veux retourner tout de suite au bal de Cendrillon.
— La cour du Grand Turc n'est plus qu'à deux pas.
— Ça m'est égal ! Je veux que nous fassions demi-tour, immédiatement ! »

Ahmed se tourna vers elle et comme le machisme, l'orgueil, la haine, la mauvaise foi et un soupçon de pusillanimité enlaidissaient son visage. « Petite princesse, vous avez choisi cette aventure et maintenant il n'y a pas moyen de revenir en arrière.
— Pourquoi faites-vous ça ? demanda-t-elle. Il vient un moment où seule la vérité est de mise.
— C'est mon boulot, répondit-il, et mon maître le Grand Turc me récompensera généreusement pour vous avoir ajoutée à son sérail. Ai-je besoin d'être plus clair ?
— Je n'irai jamais dans aucun sérail ! Plutôt mourir ! » s'écria Scarlet.

Elle recula jusqu'à la limite du tapis. En regardant par-dessus bord, elle vit très loin sous elle les îles grecques, sombres grumeaux dans une mer d'une blancheur de lait. Elle se dit alors que les choses n'étaient pas encore assez extrêmes pour justifier le suicide — pas encore.

Elle recula vers le milieu du tapis, pleurant déjà le jeune et beau prince qu'elle semblait à présent destinée à ne jamais rencontrer. Elle rabattit en arrière ses longs cheveux emmêlés par le vent et vit derrière elle — car c'était la direction où elle se tournait afin de soulager une crampe dans sa nuque — un point noir dans le ciel qui venait droit vers eux. La tache grandit, et l'espoir s'épanouit dans le cœur de la princesse qui se détourna pour ne pas révéler ses émotions ou sa découverte à Ahmed.

Azzie, pilotant ses deux balais à pleins gaz, distingua le tapis volant devant lui, se découpant extraordinairement sur la pleine lune, et il se rapprocha, les yeux plissés à cause du courant atmosphérique. Sa fureur semblait se communiquer aux manches à balai et les faire aller plus vite. Il eut tôt fait de rattraper le tapis, qu'il survola par l'arrière. Il gagna rapidement du terrain sur le tapis volant et, alors, l'approchant par l'arrière et par-dessus, il inclina les balais en un piqué vertigineux.

La première chose dont Ahmed Ali se rendit compte fut le grand bruit qui couvrit jusqu'au rugissement de l'air s'engouffrant dans leur sillage. Se retournant, il vit un démon à face de renard à califourchon sur deux manches à balai flamboyants qui plongeait sur lui du haut des Cieux. Ahmed se lança dans une glissade sur le côté, se retenant d'une main à Scarlet alors que le tapis tombait du ciel. Elle poussa un cri perçant, certaine qu'ils allaient s'écraser. Mais Ahmed redressa à quelques pieds à peine de la mer étincelante. Il tourna le tapis de manière à mettre en œuvre ses coups de foudre enchantés. Ce n'était pas la première fois qu'il regrettait de ne pas avoir les nouveaux super-éclairs, mais le Grand Turc, extrêmement prodigue lorsqu'il était question de son sérail, se montrait pingre dès qu'il s'agissait de renouveler l'armement de ses tapis volants.

Avant qu'Ahmed n'ait pu pointer ses armes standard, Azzie fit feu sur lui avec des boules de feu déchiquetées, d'un modèle explosif causant beaucoup de souffrance. Ahmed esquivait et effectuait des embardées, mais les éclairs de lumière ne cessaient de se rapprocher, roussissant le bord du tapis et dégradant ses piètres propriétés aérodynamiques. Ahmed constata que, quelle que fût la manière dont il tirait dessus, la chaîne et la trame du tissu ne contrôlaient plus l'engin. Le tapis s'inclina à pic et Ahmed dut se cramponner des deux mains à un bord. Libérée de sa prise, la princesse Scarlet glissa vers le bord du tapis désormais presque incliné à la verticale, puis bascula dans les airs.

Elle tombait, et sa terreur était si grande qu'aucun cri ne pouvait franchir ses lèvres paralysées. La mer montait vers elle rapidement, avec au milieu une petite île escarpée qui se rapprochait à une vitesse incroyable.

La mort semblait certaine. Mais, à la toute dernière seconde, alors que les rochers pointus comme des aiguilles tendaient vers elle leurs durs doigts de granit, Azzie piqua sous elle et la cueillit au passage, la jetant sur les manches à balai comme un sac de farine sur un animal de bât terrestre. Scarlet sentit l'accélération tandis qu'Azzie contournait la montagne à toute allure, essayant de briser le piqué qui menaçait de les précipiter dans les flots écumants. Puis il les tira de ce mauvais pas et ils reprirent de l'altitude, sains et saufs !

« Oh, oncle Azzie ! dit Scarlet, comme je suis heureuse de vous voir ! J'avais si peur !

— Tu as été très vilaine, dit Azzie. Si la partie n'était pas aussi avancée, je te laisserais aller au sérail du Grand Turc et je me fabriquerais une nouvelle princesse Scarlet. Mon jeune prince mérite un cœur fidèle !

— Plus jamais je ne m'enfuirai, je vous le promets. Je resterai sagement assoupie dans ma chambre, et j'attendrai sa venue.

— Au moins, tout ça aura établi la nécessité morale d'obéir », conclut Azzie, et il orienta ses balais dans la direction du château enchanté.

9

Après avoir récupéré sa carte de crédit et ramené au château la princesse Scarlet, Azzie poussa jusqu'à Paris, qui était depuis longtemps l'une de ses villes favorites. Il avait pris la décision de rester à l'écart d'Augsbourg pendant quelques jours pour laisser au prince Charmant le temps de rêvasser devant la miniature de la princesse Scarlet, qu'il lui était interdit de toucher, et donc de tomber amoureux d'elle suivant les règles de la psychologie.

Quel meilleur moyen de passer un moment qu'un brin de débauche dans l'une des boîtes de nuit sataniques qui faisaient alors la renommée de Paris.

Celle qu'il choisit, le Club Héliogabale, se trouvait dans une grotte sous la ville. Après avoir descendu une interminable volée de marches, il déboucha dans une caverne décorée de têtes de morts et de squelettes. Des torches flambaient dans leurs appliques en fer, projetant çà et là des ombres sinistres. Les tables étaient des sarcophages apportés par quelque astucieux entrepreneur égyptien. Des cercueils d'un modèle plus ordinaire tenaient lieu de sièges. Les consommations étaient servies par des domestiques en soutane et en tenue de bonne sœur. Ces malheureux offraient aussi complaisamment leur corps aux orgies qui constituaient le clou de la plupart des soirées. Le sexe et la mort — c'était un des premiers bars à thème d'Europe.

« Qu'est-ce que vous prendrez ? demanda à Azzie un homme robuste en costume de prêtre.

— Donnez-moi une bière d'importation chère. Servez-vous à souper ?

— Des nachos.

— Qu'est-ce que c'est ?

— Un truc que François l'Expéditif a rapporté du Nouveau Monde. »

Azzie prit donc des nachos, qui se révélèrent être des flocons d'avoine nappés de camembert malodorant et de sauce tomate. Il les arrosa d'un pichet de bière brune importée d'Angleterre et commença aussitôt à se sentir mieux.

Pendant qu'il mangeait, il eut l'impression qu'on l'observait. Il se mit à parcourir la pièce du regard. Il y avait une table tout au fond, dans un recoin obscur pas même éclairé par une chandelle. Il percevait du mouvement dans cette obscurité. L'impression d'être observé semblait en émaner.

Azzie décida tout d'abord de l'ignorer. Il commanda une autre assiette de nachos et passa au vin. Au bout d'un moment, il commença à se sentir éméché. Puis, pendant que la soirée devenait de plus en plus gaie et animée, il s'enivra carrément. Il n'était pas seulement saoul comme un cochon, mais comme un démon. Ce qui veut dire très saoul, en effet. Il entonna une petite chanson que chantent les démons de Canaan lorsqu'ils font la fête :

Oh, je suis rond, rond, rond,
Et je n'ai pas de nom
Pour la bonne vieille rigolade
Qui arrive en cavalcade
Quand j'ai bu et que je suis rond, rond et rond.

La chanson avait plusieurs autres couplets, mais il avait du mal à s'en souvenir, ou, en fait, de se rappeler autre chose. Il était très tard. Il avait l'impression d'être là depuis longtemps. En regardant autour de lui, il s'aperçut que tous les autres clients s'étaient éclipsés. Qu'avait-on mis dans ce vin ? La tête lui tournait à présent ; bien plus qu'éméché, il était saoul au point de ne plus tenir sur ses jambes. Il éprouvait une étrange sensation au creux de l'estomac et il n'était pas sûr de pouvoir se lever. Finalement, avec une grande lenteur, il réussit à se mettre sur ses pieds. « Qui me fait ça ? dit-il, mais les mots pâteux qui franchirent ses lèvres étaient inintelligibles.

— Tiens ! Salut, Azzie ! » fit une voix derrière lui.

Il avait l'impression de l'avoir déjà entendue. Il essaya de se retourner. Mais, juste à ce moment-là, un objet lourd percuta l'arrière de son crâne près de l'oreille gauche, un endroit toujours sensible chez les démons. En temps normal, il aurait pu neutraliser les effets d'un coup pareil. On n'envoie pas un démon au tapis comme ça. Néanmoins, cette fois, l'alcool fort, et le diable savait ce qu'on avait pu mélanger à ce qu'il avait bu, lui avait ôté toute résistance. Damnation ! Il s'était fourré dans un sale pétrin ! Et ce fut tout ce qu'il pensa sur le moment car il tourna de l'œil si rapidement qu'il n'en eut même pas conscience avant un bon moment.

10

Azzie se réveilla au bout d'un temps indéterminé. Il revint à la conscience en vacillant et pas vraiment de bonne humeur. Il souffrait d'une gueule de bois monumentale. Il essaya de se retourner sur lui-même pour atténuer son mal de tête et s'aperçut qu'il pouvait à peine remuer. Ses bras semblaient attachés, tout comme ses jambes. Et il était lui-même ligoté dans un très grand fauteuil.

Il ouvrit les yeux deux ou trois fois, à titre expérimental, puis écarta les paupières pour de bon et regarda autour de lui. Il se trouvait dans un genre de grotte souterraine dont les parois scintillaient à cause des parcelles de mica phosphorescentes incrustées dans la roche.

« Holà! appela-t-il. Il y a quelqu'un?
— Oh oui! Je suis bien là! »

Azzie plissa les yeux et, au bout d'un instant, il distingua une silhouette dans les ténèbres. Petite, elle portait la barbe. Il reconnut les traits — ce qu'on en distinguait sous cette pilosité.

« Rognir! » Car c'était en effet le nain qu'il avait persuadé de lui confier la félixite et son trésor.

« Salutations, Azzie », répondit Rognir. La méchanceté perçait dans sa voix. « Ça va pas fort, hein?

— Pas exactement, non, dit Azzie. Mais peu importe, j'ai une grande capacité de récupération. On dirait que je me suis empêtré dans je ne sais quoi, qui me retient dans ce fauteuil. Si tu avais la gentillesse de me délivrer et de me donner un verre d'eau, je crois que je me sentirais tout à fait bien.

— Te délivrer ? » répéta Rognir. Son rire était méprisant comme l'est souvent celui des nains. D'autres rires se joignirent au sien, suivis par des marmonnements.

« À qui parles-tu ? » demanda Azzie. Maintenant que ses yeux s'habituaient à l'obscurité, il voyait qu'il y avait d'autres silhouettes avec Rognir et lui dans la caverne. C'étaient de petits hommes, tous des nains, et leurs yeux brillaient tandis qu'ils dessinaient un cercle, le visage levé pour le dévisager.

« Ce sont des nains de ma tribu, dit Rognir. Je pourrais faire les présentations, mais à quoi bon ? Tu ne vas pas rester ici assez longtemps pour tenir des propos à bâtons rompus et avoir une conversation amusante.

— Mais qu'est-ce que ça signifie ? demanda Azzie, bien qu'il en eût une idée assez nette.

— Tu as une dette envers moi, voilà ce que ça signifie.

— Je le sais bien. Mais y a-t-il moyen d'en discuter ?

— Ton serviteur n'a pas voulu nous laisser entrer lorsque nous sommes allés t'en parler.

— Ce Frike ! dit Azzie avec un petit gloussement. Il est si protecteur !

— Peut-être. Mais je veux mon argent. Et je suis ici pour encaisser. Immédiatement. Sur l'heure et dans l'instant. »

Azzie haussa les épaules. « Tu m'as probablement déjà fait les poches. Tu sais que je n'ai rien d'autre sur moi qu'un peu de menue monnaie et un ou deux sorts de secours.

— Tu ne les as plus. Nous les avons pris.

— Alors, que voulez-vous de plus ?

— Mon argent ! Non seulement je veux les bénéfices que tu m'as promis sur mon trésor, mais aussi que tu me restitues le trésor lui-même. »

Azzie émit un petit rire amusé. « Mon cher ami ! Tout ça était inutile. En fait, j'étais venu à Paris dans le but de te retrouver et de te dire combien ton investissement se portait bien.

— Ha ! s'écria Rognir, une interjection qui pouvait signifier n'importe quoi, mais qui impliquait probablement de l'incrédulité.

— Voyons, Rognir, il n'y a pas de raison de te conduire comme ça ! Libère-moi et nous en discuterons comme des gens de bonne compagnie.

— Tu n'es pas de bonne compagnie. Tu es un démon.

— Et toi, tu es un nain. Mais tu as saisi ce que je veux dire.

— Je veux mon argent.

— Tu sembles oublier que la durée de l'accord est d'un an, dit Azzie. Le délai ne s'est pas écoulé. Tout va bien. L'échéance venue, tu récupéreras ton capital.

— J'y ai réfléchi et j'ai décidé que je n'ai pas confiance dans le concept de mettre son capital au travail. On dirait que ça risque de faire un tort considérable aux classes ouvrières, comme nous les nains. Tu sais, un diamant dans un sac en vaut deux ou trois sur quelque marché étranger qui pourrait faire faillite.

— Un accord est un accord, et tu as accepté de me laisser cet argent pendant un an.

— Eh bien, maintenant, je ne suis plus d'accord. Je veux récupérer mon sac.

— Je ne peux rien pour toi ligoté comme je suis, dit Azzie.

— Mais, si nous te libérons, tu vas nous jeter un sort et c'en sera fait de nous et de notre argent. »

C'était précisément l'intention d'Azzie. Pour noyer le poisson, il dit : « Qu'est-ce que c'est que cette histoire de "nous", d'abord ? Pourquoi ces autres nains sont-ils impliqués dans notre affaire ?

— Ce sont mes associés dans cette entreprise. Tu peux

m'embrouiller avec des paroles, mais tu ne les embobineras pas aussi facilement. »

L'un des nains s'avança. Il était petit, même pour un nain. Sa barbe était blanche, sauf autour de la bouche où le tabac à chiquer la teintait de jaune.

« Je m'appelle Elgar, dit-il. Tu as berné ce naïf de Rognir, mais tu ne t'en tireras pas à si bon compte avec nous. Rends-nous notre argent immédiatement. Sinon…

— Je vous l'ai dit. Je ne peux rien faire avec les bras attachés. Pas même me moucher.

— Pourquoi voudrais-tu te moucher ? demanda Elgar. Ton nez ne coule pas.

— Ce n'était qu'une façon de parler. Ce que je veux dire…

— Nous le savons, grogna Elgar. Tu ne vas pas nous faire marcher. Nous avons des projets pour toi, mon bel ami, puisque tu ne peux pas payer.

— Mais si, je peux payer ! Seulement, je ne peux pas le faire ligoté dans ce fauteuil ! » Azzie se fendit d'un sourire charmeur. « Détachez-moi, et laissez-moi le temps de récolter des fonds. Je reviendrai tout droit ici, je le jure sur tout ce que vous me demanderez de jurer.

— Tu n'iras nulle part, rétorqua Elgar. Si nous t'accordons un pouce, tu vas fondre sur nous avec tes maudits enchantements. Non, tu as jusqu'à trois pour donner tout ce que tu possèdes à Rognir. Un, deux, trois ! Pas d'argent ? Alors, ça roule !

— Qu'est-ce que tu veux dire ? Comment ça, ça roule ?

— Tu es bon, voilà.

— Bon pour quoi ? »

Elgar se tourna vers les autres. « Allez, les gars, on l'emmène à la roue de travail. »

C'était quelque chose dont Azzie n'avait jamais entendu parler. Mais il n'allait apparemment pas tarder à apprendre de quoi il s'agissait. Une nuée de petites mains calleuses souleva le fauteuil avec Azzie dedans et l'emporta vers le fond de la caverne.

11

Les nains chantaient tandis qu'ils descendaient la galerie, s'enfonçant de plus en plus profondément dans les entrailles de la terre, prenant des virages en jambe de chien ou en dos de chameau, évitant culs-de-sac et précipices, traversant à pied les ruisseaux glacés. Il faisait si sombre qu'Azzie avait mal aux yeux à force d'essayer de distinguer quelque chose. Ils continuèrent, et ils chantèrent d'autres chansons au bout d'un moment, dans une langue qu'Azzie ne comprenait pas. Enfin, ils arrivèrent à une ouverture donnant sur une vaste plaine souterraine.

« Où sommes-nous ? » interrogea Azzie. Ils l'ignorèrent.

Une pléiade de petites mains le maintint en l'air pendant que d'autres le détachaient du fauteuil et le ligotaient à autre chose. Au toucher, Azzie pensa qu'il s'agissait d'un genre de châssis, composé de métal et de pièces de bois. Quand il essaya de faire un pas, quelque chose bougea sous ses pieds. Au bout d'un moment, il comprit qu'il avait été solidement attaché à l'intérieur d'une grande roue, comme une roue hydraulique. Ses pieds étaient libres, mais il avait les mains liées à des poignées sortant des bords de la roue.

« Ça, dit Rognir, c'est une roue de travail. Tu marches à l'intérieur, elle tourne et, grâce à un ensemble de rouages, elle entraîne une roue qui fait tourner des tiges et actionne en fin de compte des machines dans l'une des salles supérieures.

— Intéressant. Et alors ?
— Tu dois marcher dans la roue pour la faire tourner. Tu nous aideras ainsi dans notre travail et tu rembourseras ta dette de cette manière. Ça ne devrait pas prendre plus de quelques centaines d'années.
— Laisse tomber, dit Azzie.
— À ton aise, répliqua Rognir. Allez, les gars, ouvrez la vanne. »

Azzie entendit un grincement au-dessus de lui. Puis quelque chose se mit à lui tomber dessus. Son nez lui dit très vite qu'il s'agissait d'une pluie d'excréments. Mais ce n'étaient pas des déjections humaines ou démoniaques ordinaires. Azzie avait passé bien assez de temps à en manipuler. Ces excréments-ci dégageaient une telle pestilence que ses récepteurs olfactifs essayaient de se faire hara-kiri.

« Qu'est-ce que c'est que ce truc ? s'écria-t-il.
— De la fiente de dragon fermentée, lui apprit Rognir. Nous sommes près de la tanière d'un dragon et nous avons percé le fond pour te motiver à travailler. »

Les pieds d'Azzie se mirent en marche de leur propre chef. La roue tourna. Au bout de quelques instants, la pluie pestilentielle cessa.

« Voici le principe, dit Rognir. La fiente commence à tomber dès que tu cesses de marcher, et elle continue jusqu'à ce que tu repartes.
— Et les pauses ? demanda Azzie.
— Nous te dirons quand tu pourras te reposer, lui répondit Elgar, et les autres nains éclatèrent de rire.
— Enfin, écoutez-moi ! J'ai des choses importantes à faire ! Vous devez me laisser sortir d'ici, pour que je puisse prendre des dispositions ! Je vous rembourserai...
— Tu vas le faire, en effet, dit Rognir. En nature ou par ton travail. Je repasserai te voir plus tard, démon. »

Sur ce, les nains s'en allèrent. Azzie resta seul à pomper, plongé dans des pensées désespérées.

12

Azzie marchait, faisait tourner la roue, furieux contre lui-même de ne pas avoir dit à Frike où il allait. Il avait simplement quitté le manoir, sans laisser la moindre instruction à son serviteur. Et, à présent, juste quand il y avait grand besoin de se hâter, parce qu'il était temps et même plus que temps que commence la grande aventure du prince Charmant, il était prisonnier dans les ténèbres sous Paris, condamné à faire tourner une roue pour une bande de nains stupides.

« Salutations ! dit une voix. Es-tu un démon ?

— Qui me parle ?

— Baisse les yeux, regarde près de ton pied droit et tu me verras. »

Azzie obéit et aperçut un gros ver d'environ six pouces de long.

« Tu es un ver ?

— Oui, je suis un ver. Tu es un démon ?

— Exact. Et, si tu peux m'aider, je te proposerai un marché impossible à refuser.

— De quoi s'agit-il ? demanda le ver.

— Si tu m'aides à sortir d'ici, je ferai de toi le roi des vers.

— En fait, les vers n'ont pas de roi. Nous avons des chefs de district et un grand conseil.

— Je te mettrai à la tête de ce conseil.

— Pour être éligible, il faut d'abord que je devienne chef de district.

— Eh bien, soit, je te ferai chef de district. Comment t'appelles-tu?

— Elton Deverenfils, mais mes amis m'appellent Tom.

— D'accord, Tom. Qu'est-ce que tu en dis? Veux-tu m'aider?

— C'est possible. C'est plutôt le calme plat, par ici. Je pourrais t'aider juste histoire de tromper l'ennui. Mais, d'un autre côté, peut-être pas.

— Décide-toi! Alors?

— Je ne sais pas. Ne me bouscule pas. Nous autres, vers, nous avons l'esprit plutôt paresseux.

— Désolé. Prends ton temps... Ça y est, tu en as eu assez?

— Non, je n'ai même pas commencé à y réfléchir. »

Azzie maîtrisa son impatience. « D'accord, prends tout le temps que tu veux. Fais-moi signe quand tu te seras décidé. »

Le ver ne répondit pas.

« Ça te va? demanda Azzie.

— Qu'est-ce qui me va?

— De dire lorsque tu auras pris ta décision.

— Ça m'a l'air d'aller. Mais n'espère pas trop.

— Ne t'en fais pas pour ça. J'attendrai. »

Et, donc, Azzie commença à attendre en continuant de faire tourner la roue. Il entendait le ver se déplacer tout doucement dans la salle, tantôt à la surface, tantôt se creusant un chemin sous la terre et le rocher. Du temps passa. Azzie n'aurait su dire combien. Très longtemps, lui sembla-t-il. Le plus agaçant, c'était que sa poitrine le démangeait. Rien de plus énervant qu'une démangeaison quand on a les mains attachées à une roue. Azzie se tortilla et découvrit qu'il pouvait toucher sa poitrine avec sa queue en arquant le dos. Avec précaution désormais, car elle était très pointue, il se gratta.

C'était une sensation merveilleuse. Mais, ce qui était assez agaçant, il y avait quelque chose qui le gênait pour se gratter. Il entoura l'obstacle avec sa queue et, lentement, l'amena là où il pouvait voir ce que c'était. L'objet, long de deux ou trois pouces, paraissait fait de métal.

« Je continue à réfléchir, dit le ver.

— C'est bien », répondit Azzie.

Il inclina la tête, saisit le cordon auquel était suspendu l'objet et le fit passer par-dessus. Puis il abaissa l'objet et le toucha du bout des doigts, rétractant d'abord ses griffes pour un meilleur contact tactile. Ça ressemblait à une clé. Oui, c'en était bien une ! Il se rappelait, à présent. Il avait pendu à son cou un double de la clé du manoir ; il aurait beau se changer, elle y serait en sécurité. Il s'agissait d'une clé assez ordinaire, à l'anneau serti d'une petite pierre précieuse de couleur rouge. Il se souvint aussi qu'il y avait dans cette pierre un sortilège qu'il y avait mis autrefois et totalement oublié depuis.

Il demanda au sortilège : « Qui es-tu et que sais-tu faire ? »

Une toute petite voix venant de la pierre rouge dit : « Je suis Dirigan. J'ouvre les portes.

— Eh bien, c'est épatant, dit Azzie. Et ces liens qui me retiennent ?

— Laisse-moi y jeter un coup d'œil. »

Azzie fit passer la clé au-dessus de ses mains menottées. La pierre palpitait d'une lueur rutilante.

« Je crois pouvoir faire quelque chose pour toi. » La pierre se mit à briller plus vivement, puis s'éteignit. Les menottes s'ouvrirent.

Azzie avait les mains libres. « Maintenant, montre-moi le chemin de la sortie. »

Le ver leva sa tête arrondie et annonça : « Je réfléchis toujours.

— Ce n'est pas à toi que je parlais.

— Ah ? C'est aussi bien, alors. Parce que je ne me suis toujours pas décidé.

— Peu importe ! » marmonna Azzie. Les mains libres, il se sentait fort, à nouveau capable d'agir. Il s'éloigna de la roue. La pluie de fiente de dragon pouvait bien tomber, maintenant ! Il n'était plus sur son trajet.

« Bon, il s'agit de trouver la sortie. Donne-moi de la lumière, sortilège. »

Le bijou intensifia son éclat, projetant des ombres sur les murs de la caverne. Azzie marcha jusqu'à une bifurcation qui comptait plusieurs embranchements. Il avait le choix entre cinq possibilités. Il demanda au joyau : « De quel côté dois-je aller ?

— Comment veux-tu que je le sache ? Je ne suis qu'un sort mineur. Et maintenant, j'ai rempli ma mission. »

La lumière s'éteignit.

Azzie avait entendu parler de ces embranchements souterrains des nains. Ils étaient très dangereux car le sol était souvent à ce point miné dessous que quelqu'un passant par là risquait de tomber à travers. Tout en bas, il y avait des fosses, des lieux fétides pleins de choses dégoûtantes. S'il tombait dans l'une d'elles, il pouvait très bien ne plus jamais en sortir. Et, le pire, c'était qu'Azzie, comme beaucoup de démons, était virtuellement immortel. Il pouvait rester pendant des siècles dans la fosse la plus profonde, pour l'éternité peut-être, vivant mais mourant d'ennui si nul ne venait l'en tirer. On racontait des histoires de démons enterrés vivants à la suite de quelque mésaventure ou autre aléa. On disait que certains d'entre eux étaient encore pris au piège sous terre, là où ils étaient tombés au commencement des temps.

Azzie s'avança, entendit le ver qui bruissait, puis disait . « Ce n'est pas le bon chemin. »

Azzie revint sur ses pas. « Quel tunnel dois-je prendre, alors ?

— Je n'ai toujours pas décidé de t'aider.

— Eh bien, tu ferais mieux de le faire en vitesse. L'offre ne tiendra pas indéfiniment.

— Oh, d'accord, dit Tom Deverenfils. Je pense que je vais t'aider. Prends la galerie la plus à droite. »

Azzie obéit. À peine y avait-il pénétré que le sol céda sous ses pieds. Il tombait. Il eut tout juste le temps de hurler : « Mais tu as dit que celui-ci était le bon !

— J'ai menti, répondit le ver. Haha ! »

Azzie tombait, tombait.

Néanmoins, sa chute fut brève. Peut-être cinq pieds. Et, sur sa droite, il y avait une porte métallique portant une inscription SORTIE DE SECOURS.

Il s'y précipita avec un juron.

13

À Augsbourg, Frike marchait de long en large dans la cour d'honneur en se tordant les mains et cherchait dans le ciel un signe annonciateur du retour de son maître bien-aimé. Puis il distingua un minuscule point noir qui prit rapidement la forme d'Azzie.

« Oh, maître, vous voilà enfin revenu !

— Aussi vite que possible, dit Azzie. J'ai été retenu prisonnier par une famille de nains, une cargaison de lisier de dragon, une roue de travail et un ver schizophrène. J'espère que tu as passé le temps aussi agréablement que moi et que tu as gardé un œil sur notre prince Charmant. »

La tristesse déforma le visage de Frike. « J'ai veillé sur lui du mieux que je le pouvais. Du lisier de dragon ?

— Du lisier de dragon. A-t-il désobéi à mon interdiction de pénétrer dans la pièce du haut qui est verrouillée ?

— En effet.

— Et, une fois à l'intérieur, a-t-il trouvé la cassette fermée à clé dans le tiroir supérieur de mon bureau dans le placard ?

— Il y est allé tout droit, maître.

— Et, en l'ouvrant, a-t-il trouvé la miniature de la princesse Scarlet ?

— Pour sûr, messire, pour sûr.

— Alors, qu'attends-tu pour me dire avec tes propres mots mal choisis ce qui s'est passé ensuite ?

— Eh bien, messire, le prince a regardé le visage de la princesse, puis il a détourné les yeux, avant de le regarder à nouveau. Tenant la miniature de la main gauche, il s'est tiraillé la lèvre inférieure avec la droite. Il s'est éclairci la gorge, il a fait hum, hum comme quelqu'un qui ne sait pas quoi dire mais qui se sent obligé de dire quelque chose. Il a reposé la miniature, avec une grande douceur, il a tourné les talons et il a fait deux ou trois grands pas. Puis il est revenu la reprendre. Puis il l'a reposée, il a regardé ailleurs et, de la main gauche cette fois, il s'est tiraillé la lèvre supérieure.

— Voilà un récit remarquablement détaillé, Frike, dit Azzie. Mais ne pourrais-tu en arriver aux choses sérieuses, comme on qualifie parfois le cœur du problème ?

— Bien volontiers, messire. Après s'être stupéfié avec des regards répétés, ou plutôt ce que j'appellerais de façon plus appropriée des coups d'œil au portrait de la jeune dame en question, il s'est tourné vers moi et il m'a dit : "Cette fille-là, mon gars, elle est terrible !"

— Ce sont là ses mots exacts, hein ?

— Ses propres mots, messire. Je ne savais que répondre à cela, maître, alors j'ai émis un son grave et bestial au fond de ma gorge, me disant que le jeune homme l'interpréterait comme ça lui plairait. Ai-je eu raison, maître ?

— Très judicieux, Frike. Et que s'est-il passé ?

— Eh bien, maître, il a fait une ou deux fois le tour de la pièce, puis il s'est à nouveau tourné vers moi et il m'a demandé : "Pourquoi mon oncle Azzie m'a-t-il caché cela ?"

— Ha ha ! fit Azzie.

— Je vous demande pardon, messire ?

— Peu importe, c'était juste une interjection dénuée de sens. Que lui as-tu répondu ?

— J'ai dit : "Pour des raisons connues de lui seul, jeune

prince", et j'ai émis encore une fois ce bruit bestial au fond de ma gorge.

— Très bien, Frike. Et ensuite ?

— Après avoir encore contemplé le portrait, tiraillé sa lèvre et exécuté d'autres mouvements que je me permettrai d'omettre au nom de la brièveté, il m'a dit : "Frike, il me la faut !"

— Je savais que mon plan marcherait ! s'exclama Azzie. Qu'a-t-il dit d'autre ?

— C'est tout pour le premier jour. Le lendemain, il s'est impatienté. Il voulait savoir où vous étiez, mon maître. Comme c'est un gamin docile, il voulait votre permission avant de partir à sa recherche.

— Brave garçon ! Où est-il, en ce moment ?

— Parti. Peu après, il a décidé qu'il ne pouvait plus attendre.

— Mais où est-il allé ?

— Eh bien, à la recherche de la princesse Scarlet, naturellement. Exactement ce que vous vouliez le voir faire.

— Bien sûr. Mais il avait d'abord besoin d'instructions et du matériel spécial pour la quête. Qu'a-t-il emporté ?

— Il a choisi une épée et une armure dans le placard réservé à l'équipement lourd. Puis il a pris de l'argent que vous aviez laissé dans votre chiffonnier, et il m'a dit qu'il partait et m'a prié de vous dire qu'il reviendrait avec la princesse. Il espérait que vous ne seriez pas fâché contre lui.

— Damnation ! » jura Azzie. Il tapa du pied et s'enfonça dans la terre jusqu'à la taille. Il eut un mal de chien à s'en extirper.

Babriel était sorti de la maison dès l'arrivée d'Azzie. Il avait tout écouté et disait à présent : « Quel est le problème ? Il fait ce que tu voulais qu'il fasse, non ?

— Oui, mais il n'aurait pas dû partir si tôt, dit Azzie. J'ai mis cette quête sur pied pour qu'elle soit difficile et dangereuse. Il fallait bien ça pour éveiller l'attention des Puissances supérieures. Il va devoir affronter de périlleux problèmes de magie auxquels les simples mortels feraient bien de ne pas se frotter. Et il n'a aucune des protections magiques que j'avais réunies pour lui.

— Que comptes-tu faire, alors ? demanda Babriel.

— Lui envoyer les choses dont il a besoin. Et il faut que je le fasse le plus vite possible. T'a-t-il dit par où il comptait commencer ses recherches, Frike ?

— Pas un mot à ce sujet, messire.

— Eh bien, dans ce cas, de quel côté est-il parti ?

— Tout droit par là », dit Frike en tendant le bras.

Azzie regarda dans la direction indiquée. « Vers le nord, murmura-t-il. Un mauvais présage. Frike, nous devons le retrouver avant qu'il ne soit trop tard. »

NONE

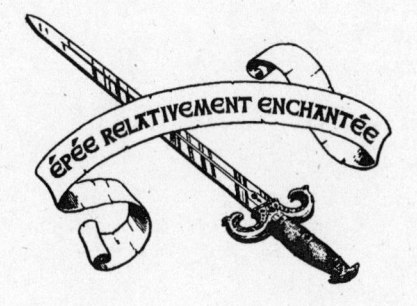

épée relativement enchantée

1

Le prince Charmant se hasarda seul au sein de la grande forêt verte, au-delà des collines et des champs familiers, en pleine *terra incognita*. Son chemin le menait vers le nord et, tandis qu'il chevauchait, il songeait aux épées. Il savait qu'une Épée relativement enchantée ne valait pas une véritable Épée enchantée, mais bien mieux tout de même qu'une lame ordinaire. Il leva son Épée et l'examina. C'était une très belle arme avec son pommeau délicatement ciselé et les glands de soie qui pendaient à sa poignée. Une des plus belles armes qu'il eût jamais vues. Elle était nettement plus petite que les lourds glaives en vogue en ce temps-là et sa lame était bien droite, sans courbure ni aucune de ces arabesques à la turque, merci bien ! Elle était à double tranchant, aiguisée des deux côtés, et s'achevait par une pointe fine comme une aiguille. Tout cela aurait été suffisant en soi pour la faire accepter comme une lame d'un genre particulier, puisque les épées ordinaires n'avaient pour la plupart qu'un seul tranchant et n'étaient guère pointues.

L'Épée relativement enchantée était une belle arme, mais elle avait ses défauts. Il existe une catégorie globale d'Épées enchantées et Azzie, dans sa hâte à trouver une arme magique pour son protégé, n'avait pas regardé le casier d'où il avait tiré celle-ci. Il devait penser que toutes les lames enchantées étaient identiques. Il n'avait pas conscience que le mot « enchanté » était un terme générique pour un certain modèle d'épée ; c'est-à-dire des armes qui ont été enchantées d'une manière ou d'une autre.

Leur efficacité variait énormément. Il y a (ou il y a eu) des épées incassables, et d'autres qui ne perdent jamais leur fil. Celles qui tuent à coup sûr leur adversaire sont extrêmement rares, bien que tout bon armurier cherche à donner cette qualité à ses lames. On trouve de temps à autre des épées capables de tout conquérir, mais ces lames puissantes ne durent pas plus longtemps que leur possesseur ; ne pouvant être vaincu en combat singulier à l'arme blanche, celui-ci est généralement empoisonné par un ami proche, son épouse ou l'épouse d'un ami proche. Même avec une épée parfaite, les êtres humains ne quittent pas ce monde vivants.

Le prince Charmant traversait à cheval la forêt enchevêtrée. Qui était bien entendu enchantée. Des arbres magiques montaient la garde, sombres et sinistres, dans un monde vert où voletaient silencieusement des silhouettes noires. C'était comme l'ancien bois du Vieux Monde, dissimulant une horde de monstres.

Charmant atteignit enfin une clairière, une petite prairie ensoleillée entourée de tout côté par les ténèbres menaçantes. À l'autre bout se dressait une tente élégante, un pavillon de toile vert et orange. Un grand cheval noir était attaché à un arbre voisin, magnifique destrier de combat.

Charmant mit pied à terre pour s'approcher du pavillon. Des armes s'entassaient à l'extérieur : une lourde armure noire superbement ouvragée, incrustée de perles çà et là. Qui que fût son propriétaire, il devait être fortuné et sans nul doute puissant.

Le jeune homme vit qu'une trompe de chasse pendait à une perche à l'extérieur de la tente. Il la porta à ses lèvres et souffla un bon coup. Avant que les échos ne se soient estompés, il y eut un frémissement dans la tente. Puis un homme en sortit. Grand, brun, les sourcils froncés, il traînait une jolie jeune fille en pâmoison.

« Eh bien, qui ose souffler dans ma trompe ? » demanda le chevalier. Il était en sous-vêtements rayés aux couleurs vives. Le froncement de ses sourcils s'accentua un peu plus lorsqu'il vit Charmant.

« Je suis le prince Charmant. Et je pars à cheval délivrer la princesse Scarlet de son enchantement de sommeil.

— Ha ! fit le chevalier.

— Pourquoi dites-vous "Ha !" ? s'enquit Charmant.

— Parce qu'il m'incombe de produire un bruit méprisant en entendant parler de ta petite quête totalement insignifiante.

— Je suppose que la vôtre est plus importante ?

— À coup sûr ! répliqua l'homme avec assurance. Pour ton information, jeune homme, je suis Perceval et ma quête n'est rien de moins que celle du Saint-Graal !

— Le Graal, hein ? Est-il vraiment dans ces parages ?

— Bien sûr. C'est une forêt enchantée. Toutes choses y subsistent et l'on peut sûrement y trouver le Saint-Graal.

— Et en ce qui concerne cette femme ? demanda Charmant.

— Pardon ?

— Cette femme que vous tenez par les cheveux ? »

Perceval la regarda. « Ah, elle ! Elle n'a pas d'importance.

— Mais à quoi jouez-vous avec elle ?

— Dois-je te faire un dessin ?

— Certes non ! Ce que je veux dire...

— Je sais ce que tu voulais dire. Elle est là pour que je m'amuse avec elle jusqu'à ce que le Graal soit en vue.

— Je saisis, dit Charmant. Au fait, avez-vous besoin de ce cheval ?

— Mon cheval ? fit Perceval.

— Je vous demandais ça comme ça. Parce que, si vous

n'en avez pas besoin, il me rendrait bien service. Il est nettement plus grand et fort que le mien.

— Voilà bien la chose la plus bizarre que j'ai entendue depuis longtemps. Ce chevalier enfant encore imberbe débarque dans mon campement, et il veut savoir si j'ai besoin de mon cheval ! Eh bien, non, certainement pas, jeune homme ! Tu peux l'avoir si tu le veux.

— Merci », dit Charmant. Il mit pied à terre. « C'est vraiment très gentil de votre part.

— Mais, précisa Perceval, tu devras d'abord m'affronter pour l'avoir.

— Je me doutais bien qu'il y aurait une condition.

— Effectivement. Je vois que tu as une Épée relativement enchantée ?

— En effet, reconnut Charmant en la tirant et en la tendant. Jolie, n'est-ce pas ?

— Très jolie, acquiesça Perceval. Mais, bien entendu, ce n'est pas une véritable Épée enchantée telle celle-ci. » Il la prit et la montra à Charmant.

« Je suppose qu'une lame comme la mienne ne servirait pas à grand-chose contre une arme comme la vôtre, dit Charmant.

— En toute honnêteté, non, je ne le pense pas. Les Épées relativement enchantées ne sont pas mauvaises mais on ne peut en attendre beaucoup face à une véritable Épée enchantée.

— Oui, c'est ce que je pensais. Écoutez, sommes-nous vraiment obligés de nous battre ?

— Hélas oui ! » répliqua Perceval, et il passa à l'attaque.

Le prince Charmant s'écarta d'un bond et brandit son Épée relativement enchantée. Les deux armes s'entrechoquèrent avec un bruit qui donnait le frisson. Il fut suivi par un son plus effroyable encore lorsque la lame de Charmant se brisa.

« J'ai gagné ! cria Perceval en levant son Épée enchantée pour porter le coup de grâce. Gnaaarhg ! »

Croyant sa dernière heure venue, Charmant mit à profit le peu de temps qui lui restait à vivre pour passer ses souvenirs en revue — ce qui, dans son cas, ne prit pas longtemps.

Mais le temps de Charmant sur la Terre n'était pas tout à fait épuisé. Comme son Épée était relativement enchantée, et un superbe spécimen de son modèle, le hasard voulut, lorsqu'elle se rompit, qu'un éclat scintillant solitaire vole en avant, traversant la gorge de Perceval là où le gorgerin dévoilait une minuscule surface de peau.

C'était la cause du «Gnaaarhg!» émis par Perceval avant qu'il ne s'écroule sur le sol dans un bruit de tonnerre.

«Navré, mais vous l'avez cherché», dit Charmant.

Il tourna les talons et s'éloigna, en se disant que quelqu'un finirait bien par passer par là, qui enterrerait le chevalier.

«Emporte la belle épée, recommanda une voix.

— Qui a dit ça? demanda Charmant.

— Moi, répondit l'épée de Perceval. Prends aussi le cheval.

— Qui es-tu?

— On m'appelle Excalibur.

— Que dit-on de toi?

— Lis mes runes», répondit l'épée.

Charmant la leva et en examina la lame étincelante. Des runes y étaient bien gravées, mais il ne les comprenait pas. Il considéra l'arme avec respect et interrogea : «Pourquoi m'as-tu parlé?

— Je ne suis pas censée le faire, reconnut Excalibur. Mais je ne pouvais pas te laisser partir en m'abandonnant. Je serais sans emploi et j'adore mon travail. Tu me trouveras très utile. Si quelqu'un te cherche noise, il devra compter avec moi.»

Tandis que Charmant se tournait vers le cheval, la fille cria «Attends, seigneur!» en se relevant de sa position à moitié couchée. «Je te supplie de me venir en aide, de par ton serment de chevalerie!»

Charmant ne se rappelait aucun serment de ce style. Il répondit néanmoins : « À quel genre d'aide pensez-vous ?

— Je suis une Walkyrie, expliqua-t-elle, et cet homme m'a vaincue sur le champ de bataille en feignant la mort pour m'attirer près de lui. Maintenant, je ne peux rentrer chez moi au Walhalla que si je mande le pont Arc-en-ciel et si j'ai un trophée convenable à emporter. Pouvez-vous m'aider à retrouver ma trompe, qu'il s'est appropriée ?

— Ça m'a l'air assez facile, répondit Charmant, surtout si c'est dedans que j'ai soufflé en arrivant. Est-ce elle qui pend à cette perche près de la tente ?

— En effet », s'écria-t-elle, courant vers la corne. Elle la porta à ses lèvres et y souffla d'une façon inquiétante.

Instantanément, l'extrémité d'un arc-en-ciel tomba des Cieux, manquant Charmant de peu.

« Merci, mon bon seigneur, dit la Walkyrie en commençant à rassembler l'armure de Perceval.

— Vous ne voulez pas du chevalier mort ? demanda Charmant. Je croyais que vous autres dames les collectionniez.

— Je n'ai que faire d'un chevalier incapable de coller à son mythe, observa-t-elle. En revanche, une bonne armure est difficile à trouver. »

Elle fit tinter le pectoral d'un ongle pointu et aiguisé, emporta les pièces sur l'arc-en-ciel, envoya un baiser du bout des doigts à Charmant, en lui criant « À bientôt ! » et disparut dans un éclair de lumière.

Excalibur accrochée à son épaule, Charmant repartit à travers la forêt sur le destrier, tenant son propre cheval par la bride. C'était merveilleux de sentir la présence de cette épée. Au bout d'un moment, il perçut un léger murmure sous son oreille droite et prit conscience que c'était Excalibur, qui marmonnait pour elle-même.

« Que se passe-t-il ? demanda-t-il.

— Pas grand-chose. Un point de rouille.

— De la rouille ! »

Charmant tira l'épée brillante et l'examina. « Je n'en vois pas.

— Non, mais je la sens qui vient. J'ai besoin d'être ointe.

— Je n'ai pas d'huile.

— Un peu de sang ou d'ichor fera l'affaire.

— Je n'en ai pas non plus.

— Alors, oublie ça, gamin, et laisse-moi dormir et rêver aux jours anciens. »

Charmant trouva ces propos fort singuliers. Mais il ne les releva pas. Il poursuivit son chemin.

À présent, l'épée semblait dormir car un petit ronflement régulier en émanait. Charmant n'aurait jamais imaginé que les épées parlantes puissent également ronfler. Il essaya de ne pas y prêter attention et continua à chevaucher jusqu'à ce qu'il rencontre un homme portant un capuchon de moine.

Le religieux le salua et chacun partit de son côté. Mais Excalibur demanda : « Tu n'as pas remarqué son air méchant et sournois ?

— Je n'ai rien noté de tel.

— Il projetait de te détruire, dit l'épée. Quelle insolence ! Et quelle malveillance !

— Je n'ai pas du tout eu cette impression.

— Tu me traites de menteuse ?

— Certainement pas ! protesta Charmant car il est normal de se montrer prudent quand on s'adresse à une épée parlante, surtout si des runes y sont gravées.

— J'espère que nous rencontrerons à nouveau ce moine », dit Excalibur, et elle s'agita bruyamment de haut en bas avec un rire grave et menaçant.

Plus tard dans la journée, ils croisèrent un groupe de marchands. Ils étaient assez polis, mais à peine étaient-ils hors de vue que l'épée dit au prince qu'il s'agissait en réalité de voleurs qui s'apprêtaient à l'assommer, lui, Charmant, d'un coup sur la tête pour la voler, elle, Excalibur. Il répliqua qu'il n'en croyait rien, mais l'épée ne voulut pas l'écouter. Elle finit par se détacher du ceinturon du prince, et dit : « Je reviens tout de suite. » Elle disparut en un éclair sous les arbres, pour réapparaître une heure plus tard, ensanglantée et chancelante.

Ensuite, elle jura et chanta comme un homme ivre et se mit à accuser Charmant de projeter de lui faire du mal, de la fondre dès qu'ils passeraient par une fonderie. À l'évidence, cette épée avait un problème.

Ce soir-là, quand il s'allongea pour prendre un peu de repos, Charmant attendit qu'Excalibur fût endormie, puis il se leva et s'enfuit loin d'elle aussi vite que possible.

2

Délivré de la funeste compagnie d'Excalibur, Charmant continua sa quête du château de Scarlet. Il traversait la forêt en silence, entouré de tout côté par des arbres immenses et des plantes grimpantes ou rampantes occupant le peu d'espace qui subsistait. C'était un genre de paysage sous-marin, vert et humide, plein de bruits étranges.

Le prince Charmant marchait à pied. Le destrier noir de Perceval et sa propre monture s'étaient enfuis au galop quand il avait abandonné Excalibur.

Pendant ce temps, à Augsbourg, Azzie se démenait comme un beau diable dans son manoir, essayant de rassembler ce qu'il lui faudrait donner à Charmant quand il l'aurait retrouvé.

« Vite, Frike, mieux vaut prendre aussi un flacon d'onguent magique pour les blessures.

— Du genre arme blanche, messire, ou coup de gourdin sur la tête ?

— Autant prendre les deux, nous ne pouvons pas savoir dans quoi il s'est fourré.

— Dame Ylith est revenue, messire, le prévint Frike.

— Oh ? Je croyais qu'elle gardait un œil sur Scarlet... Ajoute des pansements.

— C'est ce qu'elle fait, messire. Mais, en votre absence, elle s'est sentie obligée de maintenir l'accord conclu en ton nom en faisant des rapports quotidiens réguliers à l'observateur.

— L'observateur ? Ce Babriel ? Bien sûr. Bonne petite. Où est-elle, en ce moment ?

— Au salon, je crois, elle discute avec l'observateur en prenant le thé... Voici les pansements.

— Je ferais mieux de passer la saluer avant notre départ. Merci, Frike. »

Ylith et Babriel se lançaient des regards furtifs au-dessus de grosses cruches de vin, dans la vapeur qui montait des crêpes épaisses et fumantes. Ils avaient pris goût à leur compagnie mutuelle. On le devinait à la façon dont Ylith cambrait les reins à la moindre occasion. Quant à Babriel, il semblait être en proie à quelque sentiment céleste analogue au désir.

Azzie bondit dans la salle avec un large sourire, ou plutôt un ricanement, faisant sauter Ylith sur ses pieds.

« Azzie, mon chéri, je te croyais encore au loin, annonça-t-elle, se levant et se ruant vers lui pour l'étreindre. Je profitais simplement de l'occasion.

— Pour quoi faire ?

— Eh bien, pour voir un peu comment les choses se passent de ton côté de l'affaire. Comment avance le projet ?

— L'instant est crucial, observa Azzie en se dégageant, et ma présence est nécessaire sur place. Je crois que tu ferais mieux de retourner au château de Scarlet pour voir ce qui se passe là-bas. Salut, Bab. Comment va le Bien ces temps-ci ?

— Eh bien, euh... Nous avons trouvé une petite touche très intéressante qui nous inspire pour notre spectacle. Nous appelons ça des vitraux. J'aimerais vraiment que tu voies ça un de ces jours.

— Navré, mais je suis pressé. Des vitraux ?

— Oui. Superbes et moralement instructifs.

— Argh ! Ça a l'air affreux. Désolé, mais je n'ai pas le

temps de rester à bavarder. Prends un autre verre. Ça te fera du bien. Frike! Avons-nous tout ce dont nous avons besoin?

— Voici le dernier article, mon maître! » s'écria Frike en boitillant dans le salon. Il tenait à la main deux hautes bottes de cheval en cuir souple rouge vif. Elles n'avaient rien d'extraordinaire, hormis les petits cadrans incrustés dans les talons.

« Mes Bottes de sept lieues! s'écria Azzie. Frike, tu es un génie! »

Il les enfila, soupesa le sac contenant les sortilèges, les épées de rechange et tout un tas d'autres objets étranges. Il donna un petit coup sec sur le talon de chaque botte, pour les activer.

« Je suis parti! » cria-t-il.

Il franchit d'une seule enjambée la porte principale et s'envola dans les airs.

Babriel et Ylith se précipitèrent à la fenêtre pour regarder car ils n'avaient jamais vu de Bottes de sept lieues en action. Celles d'Azzie n'étaient pas neuves, mais elles marchaient à la perfection. Il s'éloigna en sautant par-dessus les maisons d'Augsbourg, prenant de l'altitude, s'élevant régulièrement.

Les Bottes de sept lieues l'emportèrent haut dans les airs. Il voyait l'immense forêt s'étaler sous lui comme une mer verte et sans limite. De temps à autre, une clairière où se dressait un village rompait l'uniformité. Cela dura longtemps. Azzie ignorait où il se trouvait et il décida de demander son chemin. Il essaya d'ordonner aux Bottes de le faire redescendre. Elles refusèrent de dévier de leur route prévue. C'était le problème avec les Bottes de sept lieues. Elles prenaient les choses très au pied de la lettre et chaque pas vous emmenait à sept lieues exactement, pas un pouce de plus, pas un pouce de moins. Il baissa le bras et les martela à coups redoublés.

« Je veux descendre ici! » Mais les bottes l'ignorèrent, ou, du moins, elles n'enregistrèrent pas sa réclamation. Elles l'entraînèrent tout droit au-dessus de la forêt et de ses nombreux cours d'eau pour le déposer enfin près d'une ville.

Les paysans ahuris du village de Vude, en Valachie orientale, virent un démon effectuer un atterrissage parfait au beau milieu de leur foire hebdomadaire.

« La forêt enchantée ! cria Azzie. Où se trouve-t-elle ?

— Quelle forêt enchantée ? répliquèrent les paysans.

— Celle où se dresse le château enchanté avec la princesse assoupie à l'intérieur !

— Par là, à deux lieues environ », crièrent les villageois en montrant la direction d'où venait Azzie.

À nouveau, il s'éleva dans les airs. Et les Bottes de sept lieues lui firent une nouvelle fois accomplir un pas de sept lieues, précisément.

Alors commença une sorte de compétition qui mit les nerfs d'Azzie à rude épreuve tandis qu'il essayait d'estimer quelle direction prendre afin d'atteindre son objectif en n'accomplissant que des pas de sept lieues. Il lui fallut un moment pour calculer les zigs et les zags appropriés.

Voilà, le sommet de la montagne magique était devant lui, reconnaissable à la légère brume d'obscurcissement qui flottait au-dessus. Charmant se trouvait dans les environs. Mais où ?

3

Le prince Charmant marcha toute la journée dans la forêt. Le sol était à peu près plat, il y avait de nombreux ruisseaux scintillants et il passait de temps à autre près d'un arbre fruitier où il cueillait son repas. Le soleil oblique dorait les feuilles et les branches. Au bout d'un moment, le prince arriva dans une clairière où il se reposa.

À son réveil, la forêt était sombre dans la lumière du soir et quelque chose se rapprochait de lui. Il sauta sur ses pieds et alla se cacher dans les taillis, cherchant son épée avant de se rappeler qu'il avait abandonné Excalibur. Tirant alors un couteau de sa ceinture, il regarda entre les mûriers et vit un petit poney à poil long entrer dans la clairière.

« Salut, jeune homme », dit l'animal en s'arrêtant et en fixant le buisson.

Charmant ne fut pas étonné de l'entendre parler. Après tout, il se trouvait dans une forêt enchantée.

« Salut, dit-il.

— Où vas-tu ? demanda le poney.

— Je cherche un château enchanté qui est censé se trouver dans le coin. Je dois sauver une jeune fille, la princesse Scarlet, qui y dort d'un sommeil ensorcelé.

— Oh, encore cette histoire de la princesse assoupie ! Eh bien, tu n'es pas le premier à passer par ici à sa recherche.

— Où sont les autres ?

— Tous ont péri. Sauf quelques-uns qui continuent à chercher et qui sont destinés à mourir bientôt.

— Oh. Eh bien, je suis désolé pour eux, mais je suppose que c'était dans l'ordre des choses. Je n'aimerais pas qu'elle soit réveillée par le mauvais type.

— Parce que c'est toi le bon ? s'enquit le poney.

— C'est moi.

— Quel est ton nom ?

— Charmant.

— Le prince Charmant ?

— Oui.

— Alors, c'est bien toi. On m'a envoyé ici à ta recherche.

— Qui t'a envoyé ?

— Ah ! C'est un secret. On te dira tout plus tard. Si tu vis assez longtemps, bien entendu.

— Bien sûr que je vivrai, dit Charmant. Après tout, je suis le bon type.

— Monte sur mon dos, dit le poney. Nous pouvons en discuter en chemin. »

4

Le prince Charmant chevaucha à dos de poney jusqu'à ce que les arbres s'éclaircissent enfin sur un vaste champ où de nombreuses tentes étaient dressées. Des chevaliers en armure de loisirs flânaient parmi elles, ou festoyaient de viande rôtie en lutinant des demoiselles aux hautes coiffes pointues dont le voile flottait au vent qui apportaient le vin, l'hydromel et les autres boissons. Il y avait même un petit orchestre jouant un air guilleret.

« On dirait une bande de joyeux lurons là-bas ! s'exclama Charmant.

— Ne t'y fie pas, répliqua le poney.

— Pourquoi pas ?

— Crois-moi sur parole. »

Charmant savait, dans la partie de son cerveau abritant une antique sagesse, qu'on pouvait faire confiance aux petits poneys à poil long qui apparaissent mystérieusement dans la forêt pour donner de bons conseils. D'un autre côté, il savait aussi que les hommes n'étaient pas censés suivre les conseils en question car on ne ferait jamais rien d'intéressant si l'on écoutait toujours la voix de la raison.

« Mais j'ai faim, protesta-t-il. Et peut-être ces gens connaissent-ils le chemin du château enchanté.

— Tu ne diras pas que je ne t'ai pas prévenu », dit le poney.

Charmant le talonna dans les côtes et il repartit d'un pas tranquille.

« Ohé ! cria Charmant en arrivant parmi les chevaliers.

— Ohé toi-même », répondirent-ils.

Charmant se rapprocha. « Es-tu chevalier ? interrogea l'homme le plus proche.

— En effet.

— Alors, où est ton épée ?

— C'est toute une histoire, dit Charmant.

— Ah oui ? Raconte-nous ça.

— J'ai rencontré une épée nommée Excalibur. Je croyais que c'était une lame convenable, mais, à peine avions-nous commencé à voyager ensemble qu'elle s'est mise à m'assommer de baratin. Et c'est devenu de plus en plus étrange, au point que, finalement, j'ai dû m'enfuir de peur qu'elle ne me tue.

— C'est bien ça, ton histoire ?

— Ce n'est pas une histoire. Ça s'est passé comme ça. »

Le chevalier fit un grand geste. Deux de ses compagnons d'arme sortirent d'une tente blanche, portant entre eux un coussin de satin bleu pâle. Une épée y était couchée. Elle était ébréchée, couverte de rouille et ses glands s'étaient effrangés, mais Excalibur demeurait nettement reconnaissable.

« C'est ton épée ? demanda le chevalier.

— Oui, mais elle n'avait certainement pas cet aspect la dernière fois que je l'ai vue ! » répondit Charmant.

Excalibur gémit d'une petite voix mal assurée : « Merci, les gars, je crois que je peux tenir debout toute seule. »

L'épée se souleva du coussin, faillit tomber, puis parvint à se mettre en équilibre sur la pointe. Les joyaux étincelants de son pommeau fixèrent Charmant.

« C'est lui, pas de doute, déclara-t-elle. C'est ce type-là qui m'a abandonnée sur le champ de bataille. »

Les chevaliers se tournèrent vers Charmant. « L'épée affirme que tu l'as abandonnée sur le champ de bataille. Est-ce vrai ?

— Ça ne s'est pas du tout passé comme ça, protesta Charmant. Elle divague ! »

Excalibur vacilla, puis retrouva son équilibre. « Mes amis, demanda-t-elle, ai-je l'air dérangé ? Je vous le dis, il m'a rejetée sans aucune raison et il m'a laissée rouiller au flanc de la colline. »

Charmant porta l'index à sa tempe, soulignant que cette version des faits était insensée.

Les chevaliers ne parurent pas convaincus. L'un d'eux dit à un autre, d'une voix nettement audible : « C'est un peu bizarre, peut-être, mais sûrement pas insensé. »

Un autre chevalier, un grand type à barbe grise avec un regard d'aigle et les lèvres minces d'un porte-parole, exhiba une feuille de parchemin réglée et un stylet.

« Nom ?
— Charmant.
— Prénom ?
— Prince.
— Profession ?
— Comme le prénom.
— Emploi ?
— Une mission.
— Quel genre de mission ?
— Mythique.
— Nature de la mission ?
— Réveiller la princesse assoupie.
— De quelle manière ?
— Avec un baiser. »

Après avoir complété leur questionnaire, les chevaliers se retirèrent dans un coin tranquille du camp pour réfléchir à ce qu'ils allaient faire ensuite, laissant Charmant sous une haie, pieds et poings liés par une cordelière de soie.

Il avait l'impression qu'il ne s'agissait pas d'une bande de chevaliers ordinaires. Leur type d'interrogatoire était inattendu. Leurs visages osseux et blafards à demi dissimulés sous le heaume de fer et de bois n'avaient rien d'avenant. Charmant les entendit parler tandis qu'ils s'éloignaient.

« Qu'est-ce qu'on va faire de lui ?
— Le manger, proposa quelqu'un.
— Cela va sans dire. Mais comment ?
— En fricassée, c'est bon.
— Nous avons eu du chevalier en fricassée la semaine dernière.
— Alors, commençons par le poney.
— Comment ?
— Qu'est-ce que vous diriez de le rôtir aux fines herbes ? Quelqu'un a-t-il vu des herbes aromatiques dans le coin ? »

Charmant estima immédiatement que a) les chevaliers ne s'exprimaient pas comme ils auraient dû le faire ou que b) ces types-là n'étaient pas des chevaliers mais en réalité des démons en costume de chevalier.

Ils avaient atteint un consensus au sujet de la fricassée. Mais ils rencontraient des difficultés pour allumer un feu. Il avait plu récemment dans cette partie de la forêt et le bois sec manquait.

Finalement, l'un des chevaliers attrapa une petite salamandre. En empilant contre elle du petit bois humide et en lui donnant un coup sec sur le nez lorsqu'elle tenta de s'échapper, ils ne tardèrent pas à obtenir une bonne flambée. Deux chevaliers se consacraient à la confection de la sauce et deux autres préparaient la marinade pendant que le reste du groupe chantait.

Charmant comprit qu'il était en danger de mort.

5

Azzie était reparti, après avoir abandonné les Bottes de sept lieues en faveur de ses propres capacités de vol démoniaques. Il volait et scrutait les bois lorsqu'il remarqua un feu dans le lointain. Il se dirigea droit sur lui, décrivit des cercles au-dessus, puis ajusta sa vision et vit Charmant troussé comme un chapon, attendant d'être accommodé en fricassée aux fines herbes pendant que son poney cuisait en poussant des cris perçants.

« Vous ne pouvez pas me faire ça ! hurlait-il. Je n'avais pas fini de le mettre au courant ! »

Les chevaliers démons continuaient à chanter.

Rapidement, Azzie se posa non loin de là dans les buissons. Il réfléchissait à ce qu'il pourrait faire pour harceler les chevaliers et délivrer Charmant quand, tout à coup, Babriel apparut à côté de lui, resplendissant dans son armure blanche avec ses ailes éblouissantes qui s'agitaient légèrement.

« Tu viens te vanter de ta cathédrale ? » lui demanda Azzie d'un ton aigre.

Babriel le regarda avec sévérité. « J'espère que tu ne songes pas à te lancer là-dedans tout seul, mon vieux.

— Bien sûr que si. Qu'est-ce que tu crois, que je vais laisser des démons renégats manger mon héros ?

— Je ne voudrais pas me mêler de tes affaires, mais il est

de mon devoir de garder un œil sur toi. Je vois que ton prince est dans de sales draps. Mais tu connais le règlement aussi bien que moi. Tu ne dois pas l'aider. Pas directement. Tu ne dois pas chercher à influencer les événements par tes actions personnelles.

— Je lui apportais juste quelques trucs, dit Azzie. Une dague. Une cape d'invisibilité.

— Laisse-moi les voir, fit Babriel. Hum. La dague a l'air d'aller. Mais je n'en dirai pas autant de la cape.

— Parce qu'elle est invisible. Mais tu peux la tâter, non ? »

Babriel tâtonna un peu partout.

« Oui, je suppose que ça peut aller, reconnut-il finalement.

— Et, même si ce n'était pas le cas, qui verrait la différence ?

— Moi, répliqua Babriel. Et je le dirais. »

Le prince Charmant était étendu, troussé comme un chapon, et il se sentait ridicule. Pourquoi n'avait-il pas écouté le petit poney ébouriffé ? À présent, il ne pouvait poursuivre sa quête. Pourquoi ne l'avait-il pas cru ?

Puis il entendit un bruit. Qui ressemblait à quelqu'un en train de chuchoter : « Hé, toi !

— Qui est là ? demanda-t-il.

— Ton oncle Azzie.

— Je suis bien content que vous soyez là, mon oncle ! Pouvez-vous me tirer d'affaire ?

— Pas directement, non. Mais j'ai deux choses pour toi.

— Quoi donc ?

— D'abord une dague enchantée. Elle tranchera tes liens.

— Et la seconde ?

— Une cape d'invisibilité. Tu pourras l'employer pour sortir de ce pétrin où tu t'es fourré.

— Merci, mon oncle ! Je ferais la même chose pour vous !

— J'en doute », dit Azzie. Il lança la dague en visant avec soin. Elle se planta dans la souche contre laquelle était adossé Charmant.

« Je l'ai, annonça celui-ci.

— Brave petit ! Maintenant, voici la cape d'invisibilité. N'oublie pas de lire les instructions. Et, par-dessus tout, ne les enlève pas, sous peine de poursuites ! Bonne chance. Je te verrai un peu plus tard. »

Charmant entendit quelque chose tomber doucement, atterrissant à côté de lui dans un soupir étouffé. Il devait s'agir de la cape. Il la chercha lorsque la dague enchantée eut coupé ses liens, mais ne la trouva pas. Logique, pensa-t-il. Il ne devait pas être facile de repérer une cape invisible, surtout par une nuit noire.

6

Les chevaliers démons revinrent. Ils chantaient :

> *Vrai est faux, tôt est tard,*
> *Farcis sa tête de pois au lard,*
> *Bourre-lui les tripes de kakitons,*
> *Qu'il ressemble à Jack Fizsimmons.*

Nul n'avait jamais pu éclaircir le sens de ce couplet. Très ancien, il remontait à une époque où les hommes trouvaient dans l'obscurité un mode de vie réconfortant.

Les chevaliers démons s'éparpillèrent ensuite dans le camp, grognant, s'étirant, marmonnant, bâillant. Avec un rot de temps à autre et force grattements, ils s'installèrent rapidement.

Charmant se tourna vers la cape. À nouveau, elle n'était plus là. Puis il aperçut son étiquette, un petit carré de tissu imprimé de caractères phosphorescents. Elle avertissait : DÉFENSE DE DÉTACHER CETTE ÉTIQUETTE SOUS PEINE DE CHÂTIMENT DIVIN. PRIÈRE DE LIRE LES INSTRUCTIONS AU VERSO. Charmant essaya de prendre connaissance de celles-ci, mais elles n'étaient pas lumineuses.

Il se drapa du mieux qu'il put dans la cape et se mit à marcher à pas feutrés entre les rangées de guerriers affalés sur le sol.

Une légère bosse du terrain le fit trébucher et il frôla l'une des silhouettes.

« Hé, là ! » Une main mal assurée se leva et se referma sur lui. « Les gars, matez voir ce que j'ai trouvé !

— Pourquoi tu tiens ta main à moitié fermée, Angus ? cria un des autres.

— Parce que, les amis, il y a dedans un espion invisible que j'ai attrapé !

— Je ne suis pas un espion ! protesta Charmant.

— Mais t'es bien invisible, tu vas pas le nier, hein ? » Charmant se libéra et partit ventre à terre. Des chevaliers se relevèrent et le poursuivirent, en réveillant d'autres par leurs mugissements sonores.

Leurs clameurs s'élevaient derrière le prince. D'autres cris leur répondirent devant lui. Il crut tout d'abord qu'il s'agissait d'un écho. Puis le fait que les seconds devenaient plus forts l'informa de la véritable situation. Il y avait des chevaliers démons aussi bien devant lui que derrière. Ils avaient dû se déplacer rapidement pour lui couper la route. Il allait devoir traverser leurs rangs.

En faisant halte pour réarranger la cape d'invisibilité autour de lui, Charmant fut fasciné de voir sa main disparaître dès que le tissu la recouvrit. Il pouvait regarder à travers l'étoffe et à travers la main qu'elle recouvrait et voir le sol en-dessous.

Bien sûr, la partie de la main qui n'était pas recouverte demeurait toujours aussi visible. D'autant plus, en fait, puisque l'existence d'un bras, d'où elle aurait été tranchée en biais et sans effusion de sang, ne faisait rien pour la rendre plus invisible.

Il s'enveloppa en hâte du mieux qu'il le put et repartit en courant. Il plongea dans un vaste champ d'herbe. Des cavaliers apparurent au bord du pâturage dans la lumière de la lune. L'un d'eux tendit le bras et agita la main en disant : « Là, là où l'herbe s'écarte ! C'est là qu'il a dû filer ! » Une escouade s'élança aussitôt au galop.

Charmant battit en retraite dans la forêt. Il y trouva une petite grotte où il se dissimula le temps d'arracher la doublure de la cape. Comme il l'espérait, le tissu, aussi léger qu'il fût, possédait les mêmes propriétés que la cape elle-même. Il réussit à se façonner une cagoule pour que sa tête soit aussi invisible que le reste de sa personne.

Toutefois, il ne pouvait rien quant aux traces qu'il laissait. Chacun de ses pas demeurait marqué dans la terre humide par une feuille écrasée, une brindille ou une tige d'herbe cassée. Au moins, sa tête étant cachée, il était plus difficile à repérer.

Il se dépêcha, tout en sachant pourtant qu'il traçait en courant une piste considérable. L'idée lui vint qu'il ferait sans doute mieux de progresser plus lentement et avec plus de précautions pour échapper à ses poursuivants tout en se mêlant à eux. C'était sans doute ainsi qu'aurait agi un prince de contes de fées, se dit-il, mais il ne le sentait pas du tout. Il courait, et ses longues jambes exultaient d'allonger la foulée, un pas après l'autre, tandis qu'elles fuyaient le danger. De leur point de vue, il était une créature prenant son envol qui procédait par sauts et par bonds. Mais, en réalité, les chevaux de ses poursuivants allaient plus vite. Ils arrivaient de chaque côté, leurs cavaliers à peine retardés par la nécessité de distinguer ses traces dans les branchages froissés qui marquaient son passage.

Ils se rapprochaient, le fer étincelant de la pointe de leurs lances lui clignait de l'œil. Il vit une clairière devant lui, mais il doutait de pouvoir y arriver. C'était d'autant plus exaspérant qu'elle abritait une longue corniche de granit. Le rocher ne conserverait pas la trace de ses pas, ne révélerait pas non plus son passage. Ça allait être juste.

Un des chevaliers abaissa sa lance à l'horizontale et le chargea.

Ce fut seulement dans cette situation extrême que le salut arriva. Charmant ne sut pas si c'était naturel ou manigancé d'une manière ou d'une autre par Azzie. Là où l'air était immobile, le vent se levait. Pas seulement une faible brise, mais une véritable bourrasque chargée de grosses gouttes d'eau glacée et d'une pluie de grêlons.

De tout côté, le feuillage s'agita de manière désordonnée, rendant indétectables les mouvements du fuyard.

Le chevalier de tête le manqua de cinq pieds, le deuxième d'encore plus. Leurs compagnons se déployèrent, essayant de le retenir à l'intérieur de leur cercle. Mais Charmant se glissa sans difficulté entre eux et il courut jusqu'à la corniche de granit qu'il pouvait traverser sans laisser de trace. Quand il s'arrêta, le vent était tombé et il n'entendit aucun bruit de poursuite. Il comprit qu'il avait réussi à semer les démons.

7

Charmant courut jusqu'à ce que ses jambes soient engourdies et ses poumons en feu. À un moment, il s'effondra sur le sol et s'endormit.

Quand il se réveilla, il vit qu'il se trouvait dans une prairie ensoleillée. Une montagne s'élevait à sa plus lointaine extrémité, un gigantesque Matterhorn né de l'imagination, une montagne de rêve en verre multicolore. Devant elle, en barrant l'accès, s'étendait une forêt plantée d'arbres apparemment métalliques. Charmant s'approcha de cette étrange sylve et l'observa. Les arbres étaient faits de tuyaux de poêle épineux et les plus grands ne dépassaient pas sept pieds. Ils se mirent à émettre à son approche un gaz jaunâtre qui prit rapidement feu, allumé par un dispositif situé sous terre.

Le prince Charmant aurait pu ignorer de quoi il s'agissait, sauf qu'il se souvenait d'avoir vu Azzie étudier une feuille de papier qu'il avait ensuite laissée traîner sur son bureau. Curieux, Charmant y avait jeté un coup d'œil. C'était un reçu de la compagnie du Gaz de toutes les contrées spirituelles pour le règlement de la note de gaz des arbres cracheurs de feu.

Si l'oncle Azzie payait réellement la note pour alimenter ces arbres — et Charmant ne pouvait déduire autre chose de l'évidence —, alors les signes de manipulation étaient indubitables. Il se sentait tout drôle à présent en considérant les ramifications. Elles lui donnaient l'impression d'être fait de carton peint, une figurine découpée épinglée sur l'arrière-plan. C'était effrayant, mais cela se produisait à un moment où il était urgent de traverser. Il mit donc ces considérations de côté, pour y réfléchir plus tard, et avança d'un pas résolu.

Si l'on pouvait allumer ces trucs, on pouvait aussi les éteindre. Il chercha pendant près d'une heure avant de découvrir le robinet dans un fossé. Les arbres s'éteignirent dès qu'il le tourna. Comme c'était étrange, en premier lieu, d'installer un machin pareil.

Il passa entre les arbres.

Et, donc, il arriva au village de la Montagne de verre, dernier camp de base et source de vivres, de matériel et de souvenirs pour ceux qui allaient grimper jusqu'au sommet étincelant au soleil de l'immense pic, là où se dressait un château enchanté à l'intérieur duquel reposait la princesse Scarlet endormie.

La principale industrie du village consistait à servir tous ceux qui cherchaient à grimper en haut de la Montagne. Des explorateurs et des alpinistes spécialistes des parois de verre venaient là de partout. L'attrait exercé par ce sommet était irrésistible.

Charmant passa devant les magasins de la grand-rue. Nombre d'entre eux se spécialisaient dans le matériel pour l'escalade des montagnes de verre. Il s'agit d'une matière difficile à gravir. À entendre les villageois, on aurait cru que le verre changeait de propriétés chaque fois qu'un nuage passait devant le soleil. La montagne se vantait d'en posséder mille et une sortes : du verre rapide et du verre traître, du verre sournois et du verre des marais, du verre mortel d'altitude et du verre de plaine. Chaque genre présentait ses difficultés spécifiques, et des brochures étaient à la disposition des audacieux dans les boutiques spécialisées dans les remèdes pour chaque variété.

Bien que d'aucuns fussent persuadés que la Montagne de verre était seule en son genre, unique et sans pareille dans le monde entier, certains intellectuels affirmaient que la coutume éternelle des hommes consistant à escalader ce genre de sommet était issue d'une profonde mémoire collective historique, quasiment universelle, le souvenir atavique de l'avoir fait d'innombrables fois par le passé dans d'innombrables contrées. Ces théoriciens prétendaient que la Montagne de verre était l'archétype de l'expérience humaine dont la confirmation matérielle se situait toujours à d'innombrables niveaux, depuis le premier instant du commencement des temps jusqu'au dernier du lointain avenir.

Les librairies du village étaient également pleines d'ouvrages techniques sur l'alpinisme verrier rappelant des escalades célèbres. Il y avait des histoires, des recueils d'interviews de grimpeurs et de théoriciens. Plusieurs magasins en ville ne vendaient rien d'autre que des crampons de toutes les sortes imaginables, y compris des modèles de luxe incrustés de diamants.

La question de savoir si l'on pouvait ou non utiliser des chevaux pour l'ascension donnait lieu à controverse au village. En général, il est beaucoup plus difficile à un cheval qu'à un homme de gravir une montagne de verre car ses jambes ne sont pas adaptées. Le cheval est une noble bête, excellente en plaine et dans les prairies, agile en forêt et même plutôt bonne dans une jungle plus ou moins dense, mais sans valeur pour grimper du verre. Ainsi était née la coutume d'escalader la montagne à dos de chèvre.

Pour les traditionalistes, c'était inacceptable. Tout le monde s'attend que le prince Charmant gravisse la montagne à cheval. Des générations d'illustrateurs, dont certains se prétendent inspirés par de hautes puissances spirituelles, ont montré des chevaux escaladant des montagnes de verre avec des princes Charmant sur le dos. En fait, comme les sociétés savantes ne se lassent pas de le faire observer, même si un cheval pouvait faire une telle ascension, il en sortirait l'esprit endommagé et considérablement affaibli. Néanmoins, nul n'appréciait l'idée de la chèvre.

Charmant ne fit pas exception. « Vous plaisantez ? fit-il quand on lui parla de monter à dos de chèvre. Pas question !

— Dans ce cas, lui dit-on, il vous faudra mettre des crampons et essayer de grimper seul.

— Moi, porter des crampons ? » Il nourrissait à l'égard de ces objets la terreur superstitieuse commune.

« Tous les alpinistes en portent.

— Non merci. Vous n'allez pas me coller ces trucs-là !

— Si vous n'en mettez pas, vous n'arriverez jamais au sommet. C'est du verre, vous savez. Ça glisse. »

Charmant, comme tant de jeunes gens de cette époque, avait un préjugé aussi bien contre les chèvres que contre les crampons. En soupirant, il choisit enfin ce qui paraissait le moindre mal.

« C'est bon, dit-il. Sellez-moi une chèvre ! »

Toutes les chèvres n'arrivaient pas au sommet de la Montagne de verre. Ceux qui pensent qu'il suffit d'un de ces animaux pour conquérir une princesse doivent le comprendre. C'est juste que vous avez besoin d'une chèvre ne serait-ce que pour entrer dans la compétition. Si, tout au bout, vous voulez remplacer votre chèvre par un cheval pour les besoins de votre portrait une fois l'exploit accompli — eh bien, un cheval a meilleure allure qu'une chèvre, et ça peut s'arranger.

Le prince Charmant se retrouva donc en train de galoper à dos de chèvre jusqu'à l'entrée d'un grand château dont les tours crénelées se dressaient haut dans les airs. Un escalier montait devant lui. Il sut qu'il était arrivé à pied d'œuvre quand il aperçut l'écriteau en carton pendu à un support en fer forgé. Il lut : VOUS ÊTES ARRIVÉ AU CHÂTEAU ENCHANTÉ. LA PRINCESSE ENDORMIE EST DANS

LA PREMIÈRE CHAMBRE À DROITE AU SOMMET DE L'ESCALIER. FÉLICITATIONS.

Le cœur battant et les mains tremblantes, Charmant exécuta sa dernière escalade par-dessus la barbacane et franchit à la nage les eaux glacées du fossé. Puis, ruisselant, il traversa la première enceinte, suivit les passages obscurs de la tour d'angle, passa par les salles extérieures où ronflaient des serviteurs ensorcelés, jusqu'à l'escalier aux tournants pleins de traîtrise, et atteignit finalement le seuil de l'antichambre.

Il ouvrit la porte et fit deux pas à l'intérieur. Au milieu de la chambre, il vit le lit, un haut lit à colonnes où reposait, les yeux fermés, la plus belle jeune femme qu'il eût jamais vue. C'était celle de la miniature dont il était tombé amoureux. Mais, en chair et en os, elle était incomparablement plus ravissante que son image peinte.

8

N'importe quels yeux auraient suffi pour se rendre compte de la beauté de la princesse. Mais les yeux de dragon du prince Charmant voyaient un peu plus. Ils discernaient la machination d'Azzie et le piège tendu par le démon. Les yeux de dragon voyaient que Charmant arborait le visage honni du séducteur de Scarlet. Que ferait-elle en découvrant ces traits ? Les yeux de dragon percevaient là l'ombre de la tragédie. Mais Charmant négligea l'avertissement et se pencha sur la princesse.

C'était le moment vers lequel avaient tendu tous les efforts d'Azzie depuis qu'il avait eu l'idée de ce projet.

Le baiser ! Le baiser fatal !

Azzie avait déjà placé le poignard empoisonné sur la petite table de chevet, à portée de la main de Scarlet. C'était l'arme qu'elle utiliserait quand elle ouvrirait les yeux et reconnaîtrait celui qui venait de l'embrasser — le vil séducteur !

Derrière le rideau où il s'était caché, Azzie s'adressa à l'immense public invisible qui assistait au déroulement du drame :

« Messires et gentes dames, créatures d'ombre et de lumière, mes frères démoniaques, mes rivaux angéliques ! Je vous présente maintenant le dénouement du très ancien et fort édifiant drame du prince Charmant et de la princesse Scarlet ! Regardez le baiser du réveil et son résultat ! »

Alors même que ces paroles s'éteignaient, le prince Charmant continuait de considérer le projet d'Azzie avec ses yeux de dragon, et le commentait en ces termes :

« Ha ha ! soliloqua-t-il, il est évident à mes yeux que je suis juste un assemblage de pièces détachées et que mon soi-disant oncle Azzie, un authentique démon en dépit de ses manières engageantes, m'a donné la figure du séducteur de Scarlet lorsqu'il m'a assemblé, afin qu'elle me sacrifie quand je la réveillerai. Eh bien, qu'il en soit ainsi ! Tue-moi, jolie princesse, si ça peut te faire plaisir. Mais, bien que je ne sois qu'un rien du tout fait de bric et de broc et amené à la vie par un démon, c'est un véritable cœur qui bat dans ma poitrine et je peux seulement dire : je suis à toi, princesse, fais de moi ce qu'il te plaira. »

Scarlet sentit le contact de lèvres masculines. Elle ouvrit les yeux, mais elle ne vit tout d'abord rien du tout parce que le jeune homme qui l'embrassait était trop près. Sa première pensée fut : Quel suprême bonheur d'être ainsi réveillée !

Puis elle distingua son visage. Ce visage ! Ô dieux ! Elle le reconnut instantanément. C'était celui de l'homme qui l'avait séduite avant de l'abandonner !

Ses yeux s'ouvrirent tout grands. Une petite main pâle voleta vers son sein comme l'une des colombes perdues de Héra. Lui ! C'est lui ! Sa main tâtonna derrière elle et rencontra le manche du poignard posé sur la table de chevet. Elle le souleva...

Azzie avait calculé ce passage avec précision. Il savait comment la lame glisserait, comme animée d'une volonté propre, dans la main de la princesse. Le public, invisible mais présent, se pencherait en avant. Les membres du Comité des prix verraient la main de Scarlet reculer, se lever, puis plonger le poignard dans le dos du séducteur, droit vers le cœur ! Ensuite, pendant que le prince Charmant expirerait sur le tapis dans la chambre de la princesse,

Azzie en personne s'avancerait. «Hélas! petite princesse, dirait-il (un discours qu'il avait appris par cœur et longuement répété), tu as tué le seul homme que tu pouvais jamais aimer, l'homme à qui est lié ton salut!» Et, après cela, Azzie pensait que ce serait un joli dénouement si Scarlet retournait la dague contre elle-même, s'assurant ainsi une éternité de tourments dans les Fosses de l'Enfer le plus profond. Il avait même envisagé de rendre la vie au prince Charmant, assez longtemps pour qu'il la voie mourir, afin de le tenter de proférer quelque blasphème si odieux qu'il lui assurerait d'être damné pour l'éternité.

Azzie était tellement sûr de son coup qu'il apparut devant Scarlet en disant avec une ironie pesante: «Le Ciel trouve des moyens de tuer tes joies avec de l'amour, mais le monde n'est pas ton ami, pas plus que ne l'est la loi de ton monde.»

Il y eut par la suite de longues discussions, pour savoir pourquoi ce plan avait échoué. De l'avis d'Azzie, la simple réciprocité aurait dû guider les doigts de Scarlet vers le poignard, et la lame vers le dos sans protection du jeune prince. Mais la vie, avec sa vieille habitude de brouiller les cartes, ne voulut pas qu'il en soit ainsi.

Azzie avait commis une erreur de calcul en choisissant les yeux de Scarlet. Ils n'avaient sans doute pas la faculté de voir la vérité, mais ils savaient reconnaître le factice et l'artifice, et ils les perçurent en examinant le tableau formé par le prince Charmant, le poignard empoisonné et elle-même. Ses yeux d'artiste virent combien tout cela était artificiel: ce n'était pas un bon sujet pour qui peint d'après nature. Elle se révolta pour des raisons artistiques contre l'usage du couteau et ensuite, plus tard, sa sensibilité suivit son jugement d'esthète.

«Qu'est-ce que vous racontez? demanda-t-elle.

— Tu n'aurais pas dû le tuer, répliqua Azzie. Tu t'es condamnée à une éternité de tourments infernaux, jeune personne.»

Scarlet éclata de rire.

« Tu te moques de moi ? Je vais te montrer... »

Un autre rire se joignit à celui de la princesse. C'était le prince, debout à côté d'elle, un bras passé autour de sa taille. Charmant n'était pas mort ! Le poignard n'avait pas été employé comme il se devait ! Azzie recula, en pleine confusion.

Ces deux-là étaient en vie. Par on ne savait quelle magie, l'amour avait remporté la victoire sur l'antique prédestination de la malédiction d'Azzie. En voyant ces beaux jeunes gens ensemble, le public d'anges et de démons fut ému ; il n'y avait pas un seul œil sec dans la salle.

« Ce n'est pas ce que je voulais dire ! cria Azzie. Ce n'est pas du tout ce que je voulais dire ! »

Mais c'était ce qu'il avait produit : une joyeuse petite histoire d'amour et de rédemption qui plut à tout le monde et assura que ce serait le Bien, et non le Mal, qui guiderait le destin des âmes humaines durant les mille ans à venir.

VÊPRES

1

Les doigts fuselés d'Ylith tapotèrent à la porte du laboratoire d'alchimie d'Azzie.

« Azzie ! Je sais que tu es là. »

Pas de réponse. Babriel, à côté d'elle, conseilla : « Je pense que nous devrions insister. » Ce que fit Ylith.

« Azzie ! Allons, laisse-moi entrer ! C'est moi, Ylith, avec Babriel. Nous savons que tu as eu une grave déception. Nous sommes tes amis. Nous voulons être auprès de toi. »

Ils entendirent un grincement strident. On tirait la tige d'acier tenant lieu de verrou. La porte en bois faite de solives s'entrouvrit de quelques pouces. Le long nez de Frike apparut.

« Le maître est-il là, Frike ? s'enquit Ylith.

— Oh oui, il est là, mademoiselle. Mais je ne m'en approcherais pas en ce moment. Il est d'une humeur plutôt massacrante. À l'heure qu'il est, il ne serait pas impossible qu'il fasse grand mal à quelqu'un.

— Ridicule ! intervint Babriel. Laisse-moi lui parler. »

Il repoussa Frike et entra d'autorité.

Azzie était assis sur un petit trône qu'il avait installé dans un coin du laboratoire. Enveloppé dans sa cape violette, un béret écossais orangé tiré sur l'œil, il avait une mine épouvantable. Ses yeux étaient injectés de sang. Des chopes et des bouteilles d'ichor vides jonchaient le sol. D'autres bouteilles à la panse rebondie étaient alignées sur des étagères, à portée de sa main.

« Allons, Azzie ! dit Babriel. Tu as mis sur pied un excellent spectacle. N'oublie pas que ce n'est pas la victoire ou la défaite qui importe, mais la manière de jouer.

— Tu as tout faux, dit Azzie. Ce qui compte, c'est de gagner. Comment on joue compte pour du beurre. »

Babriel haussa les épaules. « Eh bien... Règlements différents, impératifs divins différents, je suppose... Mais, à présent, tu devrais vraiment t'arrêter de boire, mon vieux. Viens, je vais t'aider à te lever. »

Il tendit un bras vers Azzie qui le saisit d'une main tout en tentant de le griffer de l'autre. Babriel para aisément l'attaque et l'aida à se mettre sur ses pieds.

« Après tout, qu'est-ce que ça peut faire qui gagne, hein ? »

Azzie le fixa d'un air ahuri. « Ai-je bien entendu ?

— Eh bien, oui, bien sûr. Ce que je veux dire, c'est que nous autres, créatures d'ombre et de lumière, nous devons prendre du recul. Nous servons tous la vie et la mort, l'intelligence et toutes les autres forces surnaturelles.

— Je n'aurais pas dû perdre, dit Azzie. C'est parce que je n'ai eu aucune coopération des Puissances des ténèbres. Toi-même, Babriel, mon adversaire, tu m'as plus aidé que les gens de mon propre camp. C'est ça, le problème, avec le Mal. Il ne coopère pas, même pas avec lui-même.

— Ne le prends pas ainsi, dit Babriel. Viens avec nous, Azzie. Nous irons au dîner de la remise des prix, nous boirons quelques verres et nous rigolerons.

— Ouais, bien sûr. Le maudit dîner de la remise des prix ! D'accord. J'y ferai un tour. Mais vous partez devant, tous les deux. J'ai encore quelques petites choses à régler. Au fait, où en est la cathédrale gothique ?

— On est en train d'achever la flèche », répondit Babriel.

En partant, il dit à Ylith : « Vous savez, nous devrions

vraiment faire un geste pour Charmant, histoire de le remercier d'avoir si magnifiquement tenu son rôle.

— Excellente idée. »

Azzie grinça des dents.

Quand ils furent partis, il appela Frike.

« As-tu jamais rien entendu de pareil ? lui demanda-t-il.

— Pareil à quoi, mon maître ?

— Pareil à ce qu'ont dit ces deux crétins qui se prétendent mes amis ! Tu les as entendus parler en partant ? N'importe quoi ! Tu te rends compte ? Ils veulent récompenser Charmant d'avoir bien fait son travail !

— Oui, maître. Très drôle. Ha ! Ha !

— C'est aussi mon avis. Bon, nous allons accorder à maître Charmant une petite récompense pour le rôle qu'il a joué dans le lamentable bide de mon beau drame en lui ôtant la vie que je lui ai donnée. Je ne peux pas le tuer moi-même, cependant. Pas directement. Il y a des lois. Elles sont stupides, mais ce sont des lois quand même, et elles interdisent à un démon de tuer sans raison un être humain.

— Oh, ça, c'est bien dommage, maître.

— Je ne te le fais pas dire. Mais je crois qu'il y a un moyen de tourner la difficulté.

— Oh, maître, comment allons-nous faire ça ?

— Frike, que dirais-tu d'être un guerrier vengeur, pour changer, au lieu d'un domestique servile ?

— Ça a l'air séduisant. Comment allons-nous procéder, maître ?

— Il nous reste des pièces détachées à revendre, et je suis passé maître dans l'art de la sculpture humaine. Viens avec moi. Allonge-toi là, sur cette dalle de marbre.

— Maître, je ne suis pas sûr que ça soit une si bonne idée.

— Tais-toi. Ne discute pas avec moi. N'oublie pas que je peux remplacer ta personnalité aussi facilement que je peux modifier ton corps.

— Oui, maître, bien sûr. » Frike s'étendit sur la table. Azzie trouva un bistouri et l'aiguisa sur son talon.

« Ça va me faire mal ? interrogea Frike.

— Bien sûr que ça va te faire mal ! L'anesthésie n'a pas encore été inventée.

— Qu'est-ce qui n'a pas encore été inventé, mon maître ? L'anes... quoi ?

— T'occupe. Mords-toi la lèvre. Fort. Je vais commencer à couper. »

2

Le prince Charmant était penché à l'une des fenêtres les plus hautes du château enchanté. Il était d'une humeur excellente, paresseuse et tout à fait plaisante. C'est l'effet de l'amour sur un jeune homme, durant un moment du moins, et il était dans la première phase.

Il fut néanmoins déconcerté de voir par la fenêtre disparaître sous ses yeux des ailes et des tourelles du château enchanté.

Il tourna à nouveau les yeux du côté des écuries. La moitié du bâtiment s'était évaporée pendant qu'il regardait de l'autre côté. Il se rappela qu'ils devaient se hâter de quitter les lieux. Ce château n'allait pas durer longtemps, vu comment s'épuisait le pouvoir de ses sortilèges protecteurs.

« Chéri ! Descends. Nos invités veulent faire ta connaissance. »

La voix de Scarlet montait par la cage d'escalier jusque dans la chambre où le prince Charmant était censé ajuster sa tunique. Il aimait que ses vêtements aient belle allure. Il savait que la réception était une grande occasion pour Scarlet qui avait invité Cendrillon et d'autres amis de contes de fées. Charmant ne savait pas trop si ça lui plaisait que toutes ses relations soient des êtres imaginaires issus du folklore, mais les choses avaient l'air de ne pas trop mal se passer.

Il s'intéressa au mode de fonctionnement du château enchanté. De là où il se tenait, à la fenêtre, il voyait une partie de la route d'accès, qui menait sous le mur d'enceinte. Soudain, un pan du mur s'effaça. Une gargouille de pierre disparut de l'un des créneaux.

« Charmant ? » La voix de Scarlet s'élevait à nouveau. « Où es-tu ? »

Le jeune homme perçut un zeste de mauvaise humeur dans le ton de l'élue de son cœur... L'idée lui vint qu'il ne la connaissait pas très bien. Il avait supposé que le bonheur éternel promis par le conte serait automatique et irait de soi.

Après un dernier coup d'œil à sa tenue, il sortit et descendit l'escalier. Au-dessous de lui, dans la grande salle de bal, un orchestre en smoking et perruques blanches jouait de la musique polyphonique. Les invités allaient et venaient sous les grands lustres de cristal, sirotant du champagne et grignotant des canapés.

Scarlet était là, bras dessus bras dessous avec Cendrillon qui était devenue sa meilleure amie. C'était elle qui avait eu l'idée de cette réception pour fêter le réveil de Scarlet, et les fiançailles de celle-ci avec Charmant par la même occasion.

Le prince reconnut deux célèbres Irlandais parmi les invités : Cuchulain et Finn McCool. En regardant autour de lui, il aperçut d'autres héros, de France, d'Allemagne et d'Orient : Roland, Siegfried et Aladin.

Ils le virent aussi et une salve d'applaudissements s'éleva. Il y eut des acclamations, des « Bravo, mon vieux ! » — les paroles que l'on souhaite le plus entendre après avoir réveillé la princesse assoupie. Ils entonnèrent en chœur avec enthousiasme : *Car c'est vraiment lui le héros !*

Oui, se dit Charmant, aucun moment ne saurait être meilleur que celui-ci. Même avec un château enchanté qui tombait en morceaux, même si la princesse Scarlet promettait d'avoir un fichu caractère, son heure de gloire était bien agréable.

Il se sentit d'autant plus inquiet quand on frappa bruyamment au portail. Le bruit se répercuta dans tout le château et les invités se figèrent, tournés vers la porte.

Zut! se dit Charmant. Les bonnes nouvelles n'ont pas l'habitude de s'annoncer aussi pesamment!

« Qui est là? cria-t-il.

— Quelqu'un venu quémander une faveur », répondit à l'extérieur une voix étouffée.

Charmant était sur le point de dire non, mais il comprit vite qu'en ce jour de son triomphe il devait affronter tout ce qui se présentait. Un héros de conte de fées qui va épouser la princesse assoupie ne refuse pas d'ouvrir la porte de son château enchanté à qui vient y frapper, en dépit de tous ses mauvais pressentiments.

« Eh bien, dit-il, je n'ai vraiment pas le temps d'accorder une grande faveur, mais peut-être une petite… »

Il ôta la barre de la porte. L'homme qui entra lui rappela quelqu'un. Mais où aurait-il pu rencontrer ce grand guerrier à la mine farouche, avec son heaume de bronze martelé abaissé jusqu'aux oreilles?

« Qui êtes-vous? » demanda-t-il.

Le guerrier remonta la visière de son casque. Charmant se trouva nez à nez avec le visage barbu, à moitié fou, de Frike.

« Frike! C'est toi? Mais tu as quelque chose de changé… laisse-moi réfléchir… J'y suis! Tu étais plutôt petit et bossu, et maintenant te voilà grand, bien musclé, et tu ne boites plus!

— Tu es observateur, répondit Frike avec un sourire sanguinaire.

— Que me vaut le plaisir de ta visite?

— C'est mon maître qui m'envoie.

— J'espère qu'il va bien.

— Il va très bien. Il m'a dépêché ici pour y chercher quelque chose que je dois mettre là-dedans. »

Frike ouvrit la sacoche de cuir qu'il portait. Il s'en dégagea une odeur piquante.

«Du vinaigre! s'exclama Charmant.

— Tout juste.

— Et pourquoi apportes-tu une sacoche pleine de vinaigre dans ce château enchanté?

— Pour y conserver ce que j'emporterai avec moi.»

Le tour que prenait la conversation ne plaisait guère à Charmant. «Et que dois-tu donc emporter d'ici dans du vinaigre, Frike?

— Hélas, mon garçon, c'est ta tête que je viens chercher.

— Ma tête! cria Charmant. Mais pourquoi l'oncle Azzie veut-il me la prendre?

— Il est en colère contre toi, mon garçon, parce que la princesse Scarlet ne t'a pas tué comme elle devait le faire. Du coup, il a perdu la compétition entre les ténèbres et la lumière qui a lieu à la veille de chaque millénaire. Il a jugé que tu étais sournois et indigne de confiance, et il veut ta tête.

— Mais ce n'était pas ma faute, Frike! Et même si c'était le cas, il ne peut tout de même pas m'en vouloir d'avoir cherché à préserver ma vie?

— C'est illogique, je te l'accorde. Mais qu'y peux-tu? C'est un démon, et il est méchant, très méchant. Il veut ta tête et je suis ici pour la lui rapporter. Ça me fait mal de te dire ça, vu que c'est le jour de tes noces. Mais je n'ai pas choisi. Dis adieu à ta princesse. Il faut espérer que tu as bénéficié de ses faveurs à l'avance, parce qu'il n'y aura pas d'après, là où je dois emporter ta tête.

— Tu parles vraiment sérieusement, hein? dit Charmant.

— Tu ferais mieux de le croire! Désolé, gamin, mais ça se passe comme ça au pays des fées. Prêt?

— Attends!

— Non, je n'attends rien du tout!

— Je n'ai pas d'épée!

— Pas d'épée? s'étonna Frike en abaissant sa lame. Mais tu dois bien en avoir une, voyons? Où est-elle?

— Il faut que j'aille la chercher.
— Tu es censé avoir une épée sur toi à tout moment.
— Lâche-moi, c'est le jour de mes noces !
— Bon, va chercher ton épée, mais dépêche-toi.
— Ah, Frike, tu étais quasiment un père pour moi ! Comment peux-tu me faire ça ?
— Eh bien, je joue un rôle tout à fait traditionnel. Le serviteur infirme légèrement compatissant avec toutefois un penchant fatal pour le Mal. Rien de personnel, mais nous devons régler ça par l'épée.
— Ah zut ! Attends-moi ici. Je reviens tout de suite avec la mienne.
— J'attendrai », dit Frike, et il alla goûter le buffet.

Lorsque le prince Charmant fut resté absent pendant plus d'une demi-heure, Scarlet partit à sa recherche. Elle le trouva dans ce qui subsistait des écuries où il venait de seller la chèvre la plus rapide qu'il avait pu trouver.

« Que fais-tu là ? demanda-t-elle.
— Je ne sais pas comment te le dire, répondit Charmant, mais je crois qu'il faut que je parte d'ici.
— Lâche !
— Garce !
— Mais notre nouvelle vie ensemble n'a même pas commencé !
— À quoi bon une nouvelle vie si je suis trop mort pour en profiter ?
— Tu pourrais peut-être le vaincre ?
— Ça m'étonnerait. Franchement, tout de même, ça ne me plaît pas de m'enfuir de cette façon. J'aurais assurément grand besoin des conseils de quelqu'un de sage. »

Un éclair fulgura. Une voix dit : « J'ai cru que tu ne le demanderais jamais ! » C'était Hermès Trismégiste.

3

Jamais le demi-dieu n'avait paru plus magnifique. Sa cape sombre drapée avec art sur son corps de marbre blanc massif possédait une grâce pour ainsi dire miraculeuse. Chaque mèche de ses cheveux couleur d'hyacinthe était à sa place. Ses yeux vides qui, selon la mode classique des statues, n'avaient pas de pupille, lui donnaient un air de beauté indicible et de sagesse surnaturelle. Même ses sandales avaient l'air intelligent.

« Ô, Hermès ! dit Charmant. Ce que fait Azzie n'est pas juste... Dépêcher Frike pour s'emparer de ma tête, tout ça parce que je n'ai pas succombé, conformément à son plan de me faire tuer par la princesse Scarlet !

— Ça a l'air plutôt injuste, en effet, reconnut Hermès. Mais qui a jamais dit qu'il en allait autrement avec les démons ?

— A-t-il seulement le droit, par je ne sais quelle loi divine, d'envoyer son serviteur me prendre la tête ?

— Laisse-moi réfléchir », murmura Hermès. Il tira un épais rouleau d'un repli de sa cape. Il le lança en l'air ; le parchemin s'éleva plus haut encore tout en se déroulant.

Hermès claqua des doigts ; un petit hibou moucheté apparut.

« Trouve-moi le passage relatif aux lois réglementant les actions des assistants des démons, dit Hermès.

— C'est comme si tu l'avais », répondit le hibou, et il voleta dans les airs, tout contre l'interminable parchemin qui continuait de se dévider. Finalement, il trouva l'article demandé, pinça le parchemin dans son bec et le rapporta à Hermès, qui lut et secoua tristement la tête. « C'est ce que je craignais. Il peut faire tout ce qu'il veut de toi par le truchement d'un serviteur, puisqu'il t'a créé. Assemblé, en réalité, mais ça revient au même.

— Mais pourquoi cela lui donnerait-il un droit de vie et de mort sur moi?

— C'est ainsi que ça se passe, dans le jeu de la création. Mais tu n'es pas sans recours.

— Que puis-je faire?

— Tuer Frike.

— Vous croyez que j'en serais capable? Il me paraît rudement fort!

— Oui, mais tu es un héros. Avec une bonne lame, peut-être...

— J'avais Excalibur, mais nous nous sommes séparés. Elle cherchait à me tuer.

— Tu dois la récupérer. Il faudra une Épée enchantée pour tuer l'assistant d'un démon, amélioré par magie.

— Je crois que je devrais vous avertir que j'ai très peur, avoua Charmant.

— C'est parce qu'on t'a donné un cœur de pleutre. Ne te fais pas de souci pour ça. Tout le monde a peur.

— Tout le monde?

— Ceux qui sont trop courageux périssent trop vite pour laisser une empreinte. Il n'y a pas de quoi avoir honte de la couardise, prince Charmant. C'est comme la rougeole, la plupart des gens l'attrapent au moins une fois dans leur vie. Ignore ta peur et elle disparaîtra. Va de l'avant sans elle. La métaphore n'est pas très claire mais la voie de ton devoir est évidente. Sors d'ici, Charmant, et trouve l'épée. Dis à ton cœur de pleutre de cesser de cogner d'une manière aussi chaotique pour s'occuper de détruire ce bâtard de Frike, et de battre plutôt pour ta princesse. Elle est ravissante, au fait.

— Oui, n'est-ce pas ? Mais je crains qu'elle ne soit boudeuse.

— Les belles le sont toujours, confia Hermès. Viens, allons chercher ton épée ! »

4

Charmant et Hermès n'avaient pas beaucoup de temps pour trouver Excalibur. Hermès les emmena d'abord au Bureau des épées perdues. On avait là les empreintes, par vibration sympathique, de toutes les lames jamais forgées, que l'on conservait dans un office d'enregistrement central sur la planète Oaqsis IV. Hermès trouva une trace d'Excalibur et revint sur Terre en la suivant, entraînant Charmant avec lui.

À nouveau sur Terre, le prince ne tarda pas à se retrouver dans une taverne. Guidé par Hermès, il alla à la cuisine. Il y découvrit une épée, tout ébréchée et cabossée, mais indiscutablement du plus bel acier, qu'une souillon employait pour décapiter radis et navets, éviscérer des laitues, décortiquer des carottes et expédier les corvées quotidiennes réservées à l'acier ménager. Pourtant, l'épée reconnut Charmant dès qu'il entra.

« Maître, je suis là ! dit-elle d'une voix brisée. Ton épée que tu as abandonnée !

— Que t'est-il donc arrivé ? demanda Charmant. Tu es vraiment obligée de couper des légumes ?

— Ce n'est pas ma faute, dit l'épée. Comment veux-tu que j'échappe au sort abject auquel m'ont réduite des hommes vils ? Reprends-moi à ton service, maître, et je te serai de bon secours.

— Alors, viens », dit Charmant.

L'épée lui sauta dans la main. L'une des bonniches de la taverne paraissait prête à s'interposer, mais un seul regard, non, un coup d'œil au mètre d'acier brillant dans la main de Charmant l'en dissuada. Et le prince tourna donc les talons, l'épée au poing, et retourna avec Excalibur au château enchanté, par la vertu de la magie d'Hermès.

À sa vue, Frike posa la galette tartinée de foies de volaille qu'il grignotait en attendant le retour du prince, essuya sa bouche sur sa manche et demanda : « Vous êtes prêt ?

— Fin prêt !

— Allons-y ! »

Les lames s'entrechoquèrent. Le combat avait commencé.

5

Excalibur grogna sous le poids des coups de Frike, ploya comme un saule et se redressa pour la riposte. L'épée de Charmant frappa dur sur le heaume de son adversaire, le forçant à rompre. Celui-ci fit deux pas en arrière pour reprendre son équilibre, puis revint à la charge en se fendant hardiment. Excalibur para les coups et les feintes avec une ardeur égale et une adresse inébranlable. Les invités, qui s'étaient rassemblés sur les marches de l'escalier et sur le petit balcon intérieur pour regarder le combat, poussaient des exclamations étouffées et retenaient leur souffle.

Puis Frike sourit, car il connaissait le défaut fatal d'Excalibur. C'était une épée maudite démente et, au signal, elle répondait à son maître infernal. Frike, qui correspondait pleinement à ce signalement, attendit que les deux lames se croisent encore une fois. Alors il cria : « Viens vers ton maître, ô puissante Excalibur ! Viens à moi !

— Compte là-dessus, gronda Excalibur en lui tranchant le bras droit.

— Je te l'ordonne ! » hurla-t-il. Indifférent à la douleur dans sa folie furieuse, Frike fit tournoyer sa lame au-dessus de sa tête à la manière d'une masse d'armes, en la tenant de sa bonne main, ou plutôt avec celle qui lui restait, la gauche ou senestre.

« Mais tu ne l'as pas dit en runique ! » répliqua Excalibur en lui tranchant l'autre bras, obéissant au vaillant coup de taille de Charmant.

« Épargne-moi les pinaillages ! hurla Frike en attaquant désormais à l'aide de ses pieds équipés de faux en acier méchamment trempé. Par les arts de tous les démons, je te l'ordonne, viens à moi tout de suite et sans autres palabres !

— Ma foi, dit Excalibur, si c'est ce que tu veux, qu'il en soit ainsi. » Et la grande épée brillante sauta de la main de Charmant, décrivit une longue arabesque gracieuse dans les airs et retomba sur Frike la pointe en avant, ne s'arrêtant qu'après avoir percé son armure et traversé son corps de part en part.

« Hélas, j'ai mon compte », dit Frike.

Charmant se tourna vers la princesse. Ses yeux fulguraient. Il tenait maintenant à mettre fin à toute ambiguïté.

« Donne-moi un ultime baiser, dit-il. Et puis poignarde-moi tout ton saoul, si tel est ton bon plaisir, car aucune mort n'est plus douce que celle infligée par la bien-aimée à l'instant qui, si les choses avaient tourné autrement, aurait dû être celui de la plus haute béatitude.

— Je te donne un baiser et, à tant faire, plus de baisers que tu ne pourras m'en rendre ! répondit Scarlet. Ne parle pas de mort ! C'était l'ancienne méthode ! À présent, nous allons connaître des joies éternelles. »

Et ainsi fut-il.

6

Eaudelune était un jeune esprit dont la sexualité n'avait pas encore connu l'éveil. On employait « il » pour le désigner, mais il était en fait neutre sur le plan du sexe. Agrippa qui, plus âgé, traînait dans le coin depuis la nuit des temps, était plutôt blasé. Il aimait cependant les jeunes esprits tout frais et devait avoir une idée de nature sportive derrière la tête quand il invita Eaudelune. Il aimait les réactions naïves des jeunes. Elles lui donnaient des raisons de se sentir supérieur.

Ils arrivèrent à l'entrée nord des Limbes à l'heure dite pour le dîner où l'on remettrait les prix du concours du Millénaire. Ensemble, ils montèrent par un escalier de nuages aboutissant à l'édifice où devait se tenir le banquet. Il n'est jamais facile de marcher sur des nuages, même pour un démon. En un rien de temps, Eaudelune commença à se plaindre.

« J'en ai assez de marcher, dit-il. Volons !

— Ce n'est pas autorisé, répondit Agrippa.

— Mais nous volons toujours ! Tu te rappelles ce jeu de vol que tu m'as appris ?

— Je t'en prie, ne parlons pas de ça ici. Il est dit qu'aujourd'hui nous marchons, en l'honneur de l'ancêtre de notre victime, Adam.

— Poil aux dents, dit Eaudelune. C'est juste que je ne veux pas tremper de sueur mon costume neuf.

— Cesse de pleurnicher ! » ordonna Agrippa.

Devant eux apparut une vaste prairie de nuages. Elle semblait s'étendre comme une métaphore sans limite. Des colonnes corinthiennes lui ajoutaient un petit air de classicisme.

Ils marchèrent jusqu'à l'entrée. Un démon en perruque poudrée et bas de soie beiges examina l'invitation d'Agrippa et la leva devant la lumière pour être sûr qu'elle portait le filigrane. Le prix du Millénaire était un événement d'une telle importance que beaucoup de créatures spirituelles essayaient de resquiller pour entrer, ou de se faire admettre avec de fausses invitations. Heureusement pour Agrippa, ses excellentes relations avec le Haut Conseil démoniaque, pour lequel il organisait des réceptions et des soirées littéraires, avaient assuré à son jeune ami et à lui-même des places au banquet.

Âgé de plusieurs siècles, Agrippa avait la peau parcheminée, tannée comme du vieux cuir, et les profondes rides d'un rottweiler.

Le valet vérifia son invitation et le laissa entrer avec Eaudelune.

En pénétrant dans la salle du banquet, ils découvrirent une table si longue que ses extrémités disparaissaient hors de vue. Ils avaient par bonheur des places près du milieu. Ils trouvèrent des petits cartons à leur nom, découpés en forme de fanion et plantés dans un pamplemousse.

En prenant place, ils saluèrent de la tête leurs voisins de table, à droite et à gauche. Les discours avaient déjà commencé à la table d'honneur. Agrippa était assis près d'un ange nubien à l'auréole d'ébène. Eaudelune, qui se tournait de tout côté, regardant tout d'un air respectueux et admiratif, remarqua les plats qui défilaient.

« Je peux manger, maintenant ? chuchota-t-il à Agrippa.

— Oui, mais tâche de ne pas te conduire comme un porc. »

Eaudelune lui adressa une grimace et harponna un pilon de dinde sur un plat qui passait. Il l'arrosa d'un verre d'ichor au mescal, dont l'embryon de dragon qui se trouvait au fond garantissait l'authenticité. Il continua de regarder tout autour de lui tandis qu'il dînait. Il fixa la grande créature blonde aux immenses yeux bleus assise en face de lui. « Que je sois damné, dit-il à Agrippa. Voilà ce que j'appelle être sexy !

— Laisse tomber. C'est un ange, et les anges ne sont pas pour les jeunes morveux comme toi. »

C'était un fait que les démons convoitaient toujours les anges qui, disait-on, étaient flattés par cette attention. Le dîner de remise des prix était l'une des rares occasions où ils pouvaient se mêler librement les uns avec les autres.

Des serveurs allaient et venaient précipitamment, chargés de plateaux et de bouteilles. Ils portaient pour la plupart un de ces masques ethniques si populaires dans certains milieux célestes, assortis au style de cuisine qu'ils servaient. Des anges italiens servaient des pizzas, des anges vietnamiens des pâtés impériaux et du potage pho et les esprits arabes se mettaient à plusieurs pour porter des plateaux d'argent chargés de hautes piles de kebab.

La cuisine était bonne, bien sûr, mais Eaudelune s'intéressait davantage aux boissons fortes. « Passe-moi l'ichor », demanda-t-il à un grand esprit maigre assis en diagonale face à lui. Agrippa aussi prenait un bon départ. Eaudelune envisagea de se joindre à un groupe de joyeux diables qui, à l'écart dans un coin, buvaient de l'ichor dans les chaussures de l'un d'eux en gloussant immodérément. Ailleurs à la table, un gros démon en costume de clown coupa un énorme pâté en croûte et libéra vingt-quatre corbeaux qui voletèrent autour des têtes des convives.

« Tu t'amuses bien ? demanda Agrippa à Eaudelune.

— Ce n'est pas mal. Mais qui est ce type, là-bas, qui agite les mains ?

— C'est Asmodée. Il est chargé de cette section du banquet.

— Et la dame brune à ses côtés ?

— C'est Hécate, reine de la Nuit. S'ils regardent dans ta direction, contente-toi de lever ton verre et de leur adresser un sourire. Ils sont très importants.

— Tu n'as pas besoin de me dire comment me conduire ! Que fait Asmodée ? On dirait qu'il lit quelque chose. J'ignorais que les Seigneurs démons savaient lire.

— Très drôle, dit Agrippa. Si jamais il t'entend dire des choses pareilles, tu feras connaissance avec son sens de l'humour... Il a l'air de parcourir ses notes, pour son discours.

— Quel discours ? Tu ne m'as pas parlé d'un discours !

— Je croyais que tu comprenais le sens de tout ça.

— C'est juste un genre de grande fête, non ?

— Un peu plus que ça. C'est à cette occasion que l'on annonce le gagnant du concours du Millénaire, qui détermine quelle qualité prédominera dans la vie des hommes pendant les mille ans à venir.

— C'est si important que ça, cette histoire de destin des hommes ?

— Peut-être pas pour nous, mais c'est capital pour eux. »

Une Horreur Sans Nom passa, empestant lourdement le musc reptilien ; son compagnon, un modèle de Pickman, lui demanda : « Tu as entendu ce qui est arrivé à la présentation du Bien ? »

L'Horreur Sans Nom grogna une réponse négative.

« Tout le foutu bazar s'est écroulé ! Un splendide effondrement — avec ces vitraux et tout ! Bon, c'est dommage pour les gargouilles.

— Comment ça se fait ? gronda l'Horreur Sans Nom.

— Quelque chose à voir avec des boutants et des arcs —

je n'y connais pas grand-chose en mécanique. Probable que le Bien non plus. Ha ! Niark ! Niark !

— Je veux encore quelque chose à boire, dit Eaudelune. Tu m'as promis que je m'amuserais bien.

— Voici le serveur qui passe avec l'ichor, dit Agrippa. Mais, je t'en prie, ne fais pas l'idiot.

— Je boirai autant que je le voudrai, déclara Eaudelune en empoignant une carafe d'ichor. Et je vais probablement beaucoup boire. Boire à l'excès n'est jamais idiot. »

Il y eut alors du tapage dans le fond de la salle. Un démon à visage de renard venait d'entrer et s'avançait en titubant, bousculant les serveurs, rebondissant contre les convives et renversant des plats au passage. Des murmures de protestation s'élevèrent sur son chemin :

« Quelle grossièreté !

— Ne serait-ce pas… ?

— Serait-ce… ?

— On dirait Azzie.

— Ne devait-il pas présenter un projet au concours ?

— Je me demande ce qui s'est passé.

— Salut, Azzie ! Ça va ?

— Il paraît qu'il a fait un satané bide.

— Je le croyais encore dans les Fosses.

— Il m'a l'air rond comme une queue de pelle !

— Fais attention, mon pote !

— Que peut-on attendre d'autre d'un démon bourré ?

— Qu'est-ce qu'il voulait faire d'une montagne de verre ?

— Fais-les baver, Azzie !

— Ouais ! Enfer ! Soufre, et tout ça ! »

Eaudelune devenait pénible. Agrippa ne le trouvait plus aussi séduisant. Le banquet battait désormais son plein. La nourriture ne cessait d'arriver, apportée sur des plateaux d'argent par des démons en smoking noir. Il y avait quelques plats insolites. De la chimère de lait, par exemple, et toutes sortes de mets avec de petites étiquettes manuscrites expliquant au dîneur à quoi il s'exposait. Quelques plats étaient même capables de se présenter : « Bonsoir, disaient les navets braisés. Nous sommes délicieux. »

Le brouhaha des conversations commençait à devenir assourdissant. Pour joindre une personne assise à plus de deux ou trois chaises de distance, on devait utiliser le coquillage téléphone posé à côté de chaque couvert.

Sur une sorte de passerelle édifiée au-dessus de la table, un tableau vivant représentait tous les grands succès du passé, dans le genre macabre ou vertueux. À l'arrivée de chaque nouvel invité, sa généalogie et ses réalisations étaient annoncées par le majordome en fourrure blanche.

Azzie poursuivit sa progression chancelante, sur la crête d'une vague de chaos.

Puis Asmodée se leva. Il était gras, sa peau blanche avait des reflets verdâtres. Sa lèvre inférieure était si proéminente qu'on aurait pu y poser une soucoupe. Il portait un manteau vert bouteille et, quand il se retournait, on voyait sa queue de cochon en tire-bouchon.

« Mes amis, dit-il, je pense que nous savons tous pourquoi nous sommes ici, n'est-ce pas ?

— Pour nous saouler la gueule ! lança un esprit très laid, loin vers l'une des extrémités de la table.

— Euh, oui, ça, bien sûr, fit Asmodée. Mais, ce soir, nous nous enivrons pour une raison. Et cette raison est la célébration de la veille du Millénaire et l'annonce du gagnant du concours. Je sais que vous êtes tous impatients de découvrir de qui il s'agit, mais vous allez devoir attendre encore un peu. Nous devons d'abord assister à quelques apparitions particulières. »

Azzie se déplaça vers l'avant de la salle.

Asmodée commença à faire l'appel d'une liste de noms, et divers esprits se levèrent pour saluer. Ils riaient bêtement, souriaient timidement, s'inclinaient devant le public enthousiaste. La Mort rouge fut présentée et se dressa. C'était un grand démon, enveloppé de la tête aux pieds dans un manteau rouge sang. Il portait une faux sur son épaule.

« Qui c'est, ce couple, là-bas ? demanda Eaudelune. Le grand ange blond et la petite sorcière brune ?

— L'ange s'appelle Babriel, lui dit Agrippa, et la sorcière Ylith. C'est une amie proche d'Azzie, l'un de nos démons les plus intéressants et les plus actifs. Je crois qu'il vient juste de passer.

— J'ai entendu parler de lui. Il faisait quelque chose de spécial pour les festivités de cette année, n'est-ce pas ?

— C'est ce qu'on a dit. Il m'a l'air d'avoir pris une bonne avance sur nous autres. Je me demande ce qu'il mijote. »

Azzie monta sur une table, à la consternation des dîneurs qui l'entouraient. Il vacillait. Il soufflait de la fumée et des étincelles à chaque mouvement.

Il fit plusieurs fois mine de vouloir dire quelque chose, mais il échoua. Finalement, il arracha un flacon des griffes d'un convive, le porta à ses lèvres et le vida.

« Crétins ! Porcs ! Bâtards ! glapit-il. Choses pas même sensibles ! Je m'adresse en particulier à mes soi-disant frères des ténèbres, dont j'étais le champion, totalement trahi par votre indifférence ! Nous aurions pu gagner, les enfants ! Nous avions l'occasion ! Mon projet était glorieux, sans précédent, il aurait dû marcher ! »

Il s'interrompit pour tousser. Quelqu'un lui passa un autre flacon et il but quelques gorgées. La salle était à présent silencieuse.

« Mais ai-je obtenu la moindre coopération ? poursuivit-il. Tu parles ! Les imbéciles des Fournitures se comportaient comme si je faisais ça pour ma gloire personnelle, et non pas pour notre plus grande gloire à tous ! J'ai eu plus d'aide de la part de ce crétin de Babriel, cet observateur à la mine d'abruti envoyé par les Puissances de lumière, que d'aucun d'entre vous ! Et vous dites que vous êtes le Mal ! Vous êtes la preuve vivante, tous tant que vous êtes, de la banalité du Mal ! Et vous êtes tous là à faire la foire, à attendre qu'on annonce le gagnant ! Je vous le dis, mes amis, le Mal est devenu barbant et stupide à l'heure et à l'époque qu'il est. Nous autres, ceux des ténèbres, nous avons perdu notre faculté de guider le destin de l'humanité ! »

Azzie regarda autour de lui d'un air furieux. Chacun se taisait, attendant qu'il poursuive. Il traversa la table à grands pas, but une nouvelle gorgée, tituba encore, retrouva son équilibre.

« Alors, allez tous au diable ! Je m'en vais, je me retire dans mes appartements pour réfléchir et me reposer. Tous ces événements ont été très éprouvants. Mais, je vous préviens tous, je ne suis pas fini. Absolument pas. J'ai encore quelques tours dans mon sac, mes maîtres. Attendez et vous verrez ce que je vous apporterai bientôt pour votre amusement ! »

Il lança alors un double sort voyageur et disparut dans un claquement de tonnerre. Les anges et les démons assemblés échangèrent des regards plus ou moins inquiets. « Qu'a-t-il voulu dire par là ? » se demandèrent plusieurs convives.

Ils n'eurent pas à attendre bien longtemps.

Avant qu'ils aient pu bouger, une tornade surgie de la réalité extérieure vint balayer la salle. Elle hurla et siffla en ravageant tout, accompagnée par la ruée d'une crue furieuse. Les discours soigneusement annotés des doyens des anges et des démons furent arrachés de leurs mains et expédiés dans les Cieux. Puis vint une invasion de grenouilles tombant du ciel par milliers, par millions. Les murs se mirent à suer du sang pendant que des émanations nauséabondes se répandaient partout. Et, dans tout ce tumulte, on entendait un petit rire démoniaque — celui d'Azzie — tandis qu'il envoyait une menace après l'autre dans la salle du banquet.

Dans l'ensemble, ce fut un dessert mémorable.

7

Brigitte jouait avec sa maison de poupée lorsqu'elle entendit du bruit derrière elle. Elle se retourna lentement, une question se formant déjà sur ses lèvres, question qui fut perdue dans la moue d'étonnement qu'elle fit en découvrant qui était là — grand, le poil roux, le sourire mauvais.

« Tiens, salut, Azzie ! Comment ça va ?

— Je vais très bien, Brigitte. Et je te trouve bonne mine également. J'entends grincer une plume dans une pièce du haut, alors je suppose que Thomas Scrivener fait honneur à son nom et rédige quelque chronique des événements qui lui sont arrivés récemment.

— En effet. Mais il me dit qu'il ne connaît pas la fin.

— Elle pourrait le surprendre, dit Azzie. En fait, je crois qu'elle pourrait tous nous surprendre. Hé, hé, hé...

— Quel rire sinistre tu as, Azzie ! Pourquoi es-tu là ?

— Je t'ai apporté un cadeau, mon enfant.

— Ooooh ! Fais voir ?

— Tiens, le voici. » Azzie produisit une boîte faite d'un carton difficile à se procurer et, l'ouvrant, il montra la petite guillotine qui se trouvait à l'intérieur.

« Comme c'est mignon ! fit Brigitte. Ça m'a l'air parfait pour décapiter mes poupées !

— Effectivement. Mais, entre nous, tu ne devrais pas faire

ça, parce que tu aimes tes poupées et que tu serais triste de les voir sans tête.

— C'est vrai, dit Brigitte, et elle se mit à pleurnicher en prévision de son deuil. Mais comment vais-je jouer avec ma nouvelle guillotine si je ne décapite pas mes poupées ? ... Peut-être un des chiots nouveau-nés...

— Non, Brigitte. Je représente le Mal, mais je ne suis pas cruel envers les animaux. Il y a un Enfer spécial réservé à ceux qui le sont. Tu comprends, ma petite fille, ces jouets doivent être utilisés avec soin, il faut jouer avec eux avec la gravité qu'ils méritent.

— C'est pas drôle si je ne peux couper la tête de personne ! » dit Brigitte.

Jusqu'à présent, le plan d'Azzie, appartenant à cette catégorie de Mal que l'on nomme vilenie, fonctionnait à la perfection.

« Cesse de pleurnicher, dit-il. Je vais t'apporter quelque chose de spécial.

— Qu'est-ce que c'est ?

— Quelque chose qu'on peut décapiter.

— Oncle Azzie ! » Elle courut vers lui et se jeta à son cou pour le serrer dans ses bras. « Je l'aurai quand, ce quelque chose ?

— Bientôt, mon lapin. Très bientôt. Sois bien sage et retourne jouer, maintenant. Ton oncle Azzie revient tout de suite avec ton nouveau cadeau. »

COMPLIES

L'HORREUR SANS NOM

1

Le prince Charmant et la princesse Scarlet installèrent leurs pénates dans un modeste château recommandé par Cendrillon, au milieu d'une région d'une grande beauté naturelle, sur les bords du Rhin. Des églantines escaladaient la façade. Charmant transforma son bouclier en plantoir pour les herbes aromatiques. Des esprits du Bien dansaient autour de l'âtre. Des esprits du sexe habitaient dans leur chambre.

« Charmant ! Veux-tu venir ici un instant ? » appela Scarlet.

Il leva les yeux depuis le jardin où il travaillait parmi des carrés de légumes cultivés biologiquement.

« Où es-tu, mon trésor ?
— Dans la chambre.
— J'arrive. »

Tout en haut dans le coin nord-ouest de la chambre, alors qu'il la prenait dans ses bras, l'embrassait, la caressait, un œil s'ouvrit et les observa. Quand ils churent sur le grand lit de plume, veillés par les esprits indulgents du Bien qui célébraient leur rôle dans ce glorieux Millénaire, l'œil les considéra un moment. Lorsque Charmant délaça le corsage de Scarlet et le tira par-dessus la tête de celle-ci, l'œil disparut sur un dernier clignement.

2

De retour dans son manoir d'Augsbourg, Azzie éteignit son œil-qui-voit-tout, l'un des derniers articles procurés par les Fournitures.

Il entendit soudain du bruit à l'extérieur. En regardant par la fenêtre il vit l'Horreur Sans Nom qui remontait l'allée. Elle avait une forme vaguement humaine, une griffe en écharpe et un bandeau noir sur l'œil.

« Salut, Azzie ! cria l'Horreur Sans Nom.

— Salut toi-même, Horreur Sans Nom. Tu as environ cinq secondes pour me dire pourquoi tu envahis mon effrayante solitude, avant que je botte hors d'ici ton Cul Sans Forme. »

Les orbites de l'apparition s'illuminèrent. Sa bouche se retroussa en une approximation de sourire.

« Ah, messire Azzie, tu parles exactement comme je le pensais ! J'attends depuis si longtemps de faire ta connaissance !

— Qu'est-ce que c'est que cette histoire ? demanda Azzie.

— Je suis ton plus grand admirateur, dit l'Horreur. J'espère accomplir de grandes choses dans le monde. Pour l'instant, je ne suis qu'un apprenti démon et je fais mon service dans ce boulot d'Horreur Sans Nom. Mais je sais que ça aura une fin et qu'on me récompensera en m'accordant le statut de démon à part entière. Alors, j'espère que je serai exactement comme toi !

— Ne me fais pas rire, dit Azzie avec un rire sarcastique, quoique flatté malgré lui. Moi, le raté, le perdant...

— Tu n'es pas au courant des derniers événements, riposta la chose en se solidifiant légèrement pour améliorer sa prononciation. Les Puissances du Mal ont décidé de te décerner un prix spécial. » L'Horreur tendit à Azzie une petite boîte. Il l'ouvrit et trouva à l'intérieur la statuette d'un démon stylisé, d'une vilaine teinte orangée, à part les yeux qui étaient peints en vert.

« Qu'est-ce que c'est que cette saleté ?

— Un prix spécial pour la Meilleure Mauvaise Action du Millénaire.

— Oui, mais pour quoi ? »

L'Horreur Sans Nom tira un rouleau de parchemin de son vêtement informe et lut : « En reconnaissance d'une performance magistrale lors du dîner de remise des prix du Millénaire, que ledit Azzie Elbub a interrompu et perturbé avec d'odieuses calamités prouvant que, même vaincu pour le grand prix, à savoir la direction du destin de l'humanité pendant mille ans, ledit Azzie Elbub a fait preuve de l'effronterie et du sang-froid qui marquent l'authentique travailleur dans les vignobles du Mal. »

Azzie accepta le prix et le retourna entre ses doigts. C'était vraiment agréable. Ce n'était pas le grand prix, que les Puissances bénéfiques avaient remporté par défaut, en manière de continuation d'une précédente victoire, malgré le fiasco de la cathédrale gothique. Il irait très bien sur sa cheminée.

« Eh bien, merci, jeune démon, dit-il. je suppose que c'est une sorte de prix de consolation, mais il est néanmoins le bienvenu. Alors tu dis que tu m'admires, hein ?

— C'est exact », répondit l'Horreur Sans Nom, avant d'entamer une litanie de louanges si extravagantes par leur imagination que n'importe qui eût été embarrassé.

Mais Azzie, qui préférait se soucier de l'infériorité des autres plutôt que de douter de lui-même, fut fort flatté.

« Merci, Horreur Sans Nom. J'accepte ce prix et je te prie de dire au comité qu'il me fait grand plaisir. Maintenant, va-t'en faire le Mal !

— J'espérais que tu dirais ça », répliqua l'Horreur avant de disparaître.

3

C'était bien agréable de recevoir ce prix, mais ce n'était pas fini. Peu après, une vive luminosité entoura le manoir d'Augsbourg.

« Qu'est-ce que c'est encore que ce foutu truc ? » grommela Azzie. Il n'appréciait pas toutes ces interruptions alors qu'il se préparait à bouder un bon coup.

Cette forme ne se pressa pas pour se dessiner et se solidifier. Azzie attendit, et elle prit finalement l'aspect et la substance de Babriel.

« Salut, Azzie ! cria l'ange, toujours aussi grand et blond, avec un air aussi stupide que d'habitude.

— Ouais, salut et tout ça. Tu veux retourner le fer dans la plaie, je suppose ?

— Pas du tout. Tu sais que je ne me réjouis jamais des souffrances des autres.

— C'est vrai, reconnut Azzie, et ça ne t'en rend que plus agaçant.

— Toujours le mot pour rire. Mais laisse-moi t'expliquer ce que je fais là.

— Si tu veux. Moi, ça ne me fait ni chaud ni froid.

— "De par les pouvoirs qui me sont conférés par le Comité pour les Puissances de lumière, lut tout haut Babriel sur un parchemin qu'il avait extrait des plis blancs de sa longue robe, nous attribuons par la présente un prix spécial des Puissances de lumière à Azzie Elbub, démon mais pas irrémédiablement damné, pour le grand service qu'il leur a rendu en les aidant à gagner le contrôle de la destinée de l'humanité pour les mille années à venir." »

Il tira de son vêtement une petite effigie d'un ange façonné dans une matière d'un blanc jaunâtre maladif, avec des yeux bleus brillants et de mignonnes petites ailes.

« Eh bien, dit Azzie, heureux malgré lui, c'est très gentil de la part des Puissances de lumière. Très gentil, en effet. »

Il accomplit un effort pour trouver quelque chose de déplaisant à dire, mais il était trop ému pour l'instant. Il avait reçu un prix de chacune des deux Grandes Puissances. Il était tout à fait certain d'être le premier à avoir réussi le doublé.

Après le départ de Babriel, Azzie se mit à rêvasser. Il posa ses deux prix sur une table et les contempla. C'était effectivement des objets plutôt séduisants. Il était ravi malgré lui. Néanmoins, la rage bouillonnait encore en lui quand il songeait à quel point il avait été près de remporter le vrai prix, le grand, le prix du Millénaire lui-même. Mais ça ne servait à rien d'en faire une maladie.

Pour l'instant, il avait besoin d'un peu de repos et — bizarre que cette idée ait pu lui venir — de bonne cuisine familiale, avant de réduire ses ennemis et de les livrer à Brigitte et à sa guillotine. Il se prit à penser à Ylith. Il n'avait guère fait attention à elle ces derniers temps, trop préoccupé qu'il était par la mise en scène de son spectacle. Mais c'était fini, désormais.

Il rêvassa. Des vacances ne lui feraient pas de mal. Il se rappelait un coin charmant, en Inde, où des générations d'Assassins avaient œuvré, faisant chaque année des milliers de victimes en suivant les grands pèlerinages. Les Assassins avaient construit un lieu de villégiature particulier au sommet plat d'une montagne peu élevée, quelque part au nord du Gange. Il était sûr de pouvoir retrouver l'endroit. Ce serait amusant d'y aller avec Ylith. Il se rappelait les attractions qu'il y avait la dernière fois : parties de bowling avec des têtes humaines, tournois de croquet avec des cous de girafes, ping-pong avec des globes oculaires. Oui, il était temps d'emmener Ylith en vacances.

4

À ce moment précis, on sonna à la porte. C'était le facteur. Il traînait un énorme sac en cuir de cheval d'au moins trois pieds de haut, qui gigotait et d'où émanaient des gémissements pitoyables.

« Qui est-ce ? s'enquit Azzie.

— C'est moi, maître, dit la voix étouffée de Frike à l'intérieur du sac. J'apprécierais vraiment si vous pouviez me remettre en un seul morceau.

— Je le ferai. Mais, d'abord, j'ai du travail. As-tu vu Ylith ?

— Je ne vois rien, là-dedans, dit Frike. Pourriez-vous me reconstituer, je vous prie ? »

Un chant s'éleva dans les étages supérieurs.

« Chaque chose en son temps, dit Azzie. Je crois que c'est elle que j'entends. »

Il se rua dans l'escalier. Oui, elle chantait une mélodie ensorcelante, déjà ancienne quand les pyramides n'en étaient encore qu'aux fondations. « Ylith ? Tu es là ?

— Au fond du couloir », répondit-elle.

Il courut vers la chambre d'amis d'où provenait la voix d'Ylith et entra. Elle était en train de remplir une petite valise. Elle avait l'air radieux. Elle avait quelque chose de différent. Était-ce son teint ? Oui, elle était nettement plus pâle. Et ses yeux, noirs comme la nuit et délicieusement sinistres, semblaient être devenus d'un bleu de bleuet.

« Ylith ! Que t'est-il arrivé ? s'écria-t-il. Aurais-tu attrapé une infection de Bien ? Je connais plusieurs sorts et j'ai des simples qui pourraient la guérir...

— Je vais très bien, Azzie, assura-t-elle. Tu ne vois que les effets apparents du bonheur.

— Mais quelle raison as-tu d'être heureuse ?

— Écoute, mon chéri, je ne sais pas comment te dire ça...

— Alors ne le dis pas. Quand les gens commencent sur ce ton, on peut être sûr que ça signifie de mauvaises nouvelles. Et j'en ai eu mon compte pour un bon bout de temps.

— Qu'est-ce que c'est que ces trucs que tu portes ? interrogea Ylith.

— Ça ? Des prix. L'un des Puissances de lumière et l'autre de celles des ténèbres. Les unes comme les autres ont dû penser que je les méritais.

— Mais c'est merveilleux, Azzie !

— Oui, ce n'est pas mal. Écoute, Ylith, j'étais en train de réfléchir. Je ne t'ai pas très bien traitée. Mais tu sais ce que c'est quand on travaille sérieusement au service du Mal. Il y a toujours quelque chose à faire. Eh bien, ça fait trop longtemps que je te néglige. Alors j'aimerais que tu viennes avec moi maintenant, dans un petit hôtel très chic que je connais en Inde. L'Inde est ravissante en cette saison et nous allons bien nous amuser et nous ébattre. Qu'en dis-tu ?

— Ah, Azzie, dit-elle d'une voix douce et quelque peu essoufflée, si seulement tu savais combien j'ai rêvé de t'entendre dire ces mots !

— Eh bien, c'est fait ! Ça tombe bien que tu fasses ta valise. Nous pouvons partir immédiatement.

— Mon chéri, je déteste te dire ça, mais j'en aime un autre.

— Aïe ! » s'exclama Azzie. Il s'assit brusquement, puis se releva d'un bond. « Bon, qui que ce soit, il n'a qu'à venir avec nous, proposa-t-il. C'est dans la nature du Mal, n'est-ce pas, de partager quand on ne le veut pas ?

— Je crains que ce ne soit pas possible. Babriel ne le supporterait pas.

— Babriel !

— Oui, c'est lui que j'aime. Il m'a demandé de partir d'ici, d'aller dans un charmant coin de paradis qu'il connaît où il y a de verts pâturages, des agneaux blancs qui gambadent et des fleurs printanières partout.

— Ça a l'air écœurant, marmonna Azzie. À quoi penses-tu donc, Ylith ? Ce n'est pas dans la nature du Mal d'avoir du goût pour les agneaux, sauf sous forme de gigots piqués d'ail, frottés de thym et servis avec une gelée à la menthe.

— Ce bon vieil Azzie, dit-elle avec un sourire. Tu ne comprends pas. Je me suis convertie. J'ai décidé d'être bonne.

— Non ! Pas toi, Ylith ! Tu as besoin d'un exorcisme immédiatement !

— Tu n'y es pas du tout, répliqua-t-elle. Je suis tombée amoureuse de Babriel. Je vais partir avec lui et je serai quelqu'un qu'il pourra aimer et respecter. »

Azzie se maîtrisa, temporairement. « Tu es bien sûre que c'est ce que tu veux ?

— Absolument. Regarde ! »

Elle se retourna. Il vit alors les ailes rudimentaires qui commençaient à lui pousser dans le dos ; elles étaient plus blanches que des colombes, plus blanches que l'écume de la mer. Encore minuscules, elles allaient grandir. Ylith était devenue une Créature de lumière.

« C'est dégoûtant, dit Azzie. Tu le regretteras, crois-moi ! »

Il s'en alla à grands pas, laissant la porte ouverte derrière lui.

5

Le prince Charmant et la princesse Scarlet ! Et leur bonheur ! Azzie était fasciné à son corps défendant. Il retourna au miroir magique dans son atelier. Il était grand et vaguement bleuâtre. Il s'en approcha en vacillant, une bouteille d'ichor dans une main, se planta devant, y plongea le regard et dit : « Montre-les-moi.

— Qui donc ? demanda le miroir.

— Tu le sais très bien !

— Juste un instant pendant que j'établis la communication. »

Azzie attendit, fulminant de rage. À côté de lui, dans le sac de cuir, les pièces détachées de Frike s'agitaient. Azzie les ignora. En proie à son obsession démoniaque, animé par un dynamisme infernal, il regarda le miroir devenir brumeux, puis s'éclaircir lentement

L'image du prince Charmant et de la princesse Scarlet apparurent. Comme ils étaient beaux ! Dans leurs habits de soie, ils semblaient symboliser toute la bonté du monde.

Azzie entendait aussi leurs voix douces et bien modulées murmurer des banalités. « Guili guili, qui c'est, mon zoli bébé ? » Ça, c'était Scarlet.

« Je suis à toi pour toujours, répondit Charmant. Je sais qu'il est d'usage, dans ces affaires, de ne pas regarder de trop près le dénouement. Je sais que les exégètes acerbes d'un âge futur diront que je t'ai prise de force ou que tu m'as harcelé, mais qu'avons-nous à faire de telles gloses cyniques ? Nous sommes jeunes, nous nous aimons, nous sommes beaux et, contrairement à l'attente générale, nous allons rester très longtemps ensemble en nous aimant fidèlement et nous serons bien.

— Comme c'est joliment dit ! » roucoula Scarlet en se nichant dans les bras du prince.

« Ah, tu es heureux ? gronda Azzie entre ses dents. C'est ce que nous allons voir ! Il doit bien y avoir quelque chose que je peux faire.

— Maître ! Oui, assurément ! » Ça, c'était le sac de cuir.

« Quoi donc ? demanda Azzie.

— Ah, maître ! Prenez un moment pour me remettre en état et je me ferai un plaisir de vous le dire !

— J'espère pour toi que c'est une bonne idée, grommela Azzie. Meilleure que la rapidité de l'acier qui s'abat ! »

Il ouvrit le sac et étala les morceaux de Frike. Travaillant rapidement, il les assembla, recollant les bras un peu de travers dans sa précipitation avinée, mais il obtint un résultat honorable.

« Merci, maître !

— Parle, maintenant !

— Oh, maître, vous pouvez encore vous venger de ces deux jeunes gens si détestablement beaux et chanceux ! La carte de crédit illimité, maître ! Vous l'avez toujours !

— Oh, excellente idée, Frike ! Je m'en vais vite leur faire payer leurs réjouissances ! »

Il tira la carte de la poche de son gilet et la frappa deux fois contre une surface convenablement vilaine. Il y eut un hiatus, puis l'employé aux Fournitures apparut devant lui.

« Ouais, que veux-tu ?

— J'ai besoin d'un souhait particulier », dit Azzie. Il sourit méchamment, une expression qu'il avait souvent répétée, mais dont il ne s'était jamais vraiment servi jusque-là car il la réservait pour un moment comme celui-ci. Au diable les règlements !

« Que désires-tu ?

— D'abord une jolie catastrophe. Je veux faire crouler sur leurs têtes le château du prince Charmant et de son épouse, la princesse Scarlet. Ensuite, j'aurai besoin d'un Enfer spécial où les placer pendant quelques milliers d'années, afin de leur prouver que ça ne paie pas d'étaler son bonheur sous les yeux d'un démon.

— Quel genre de catastrophe ? demanda l'employé en prenant son crayon et son carnet de commandes.

— Allons-y pour un tremblement de terre !

— Et un tremblement de terre qui marche ! dit l'employé aux Fournitures. Et après ça, je te montrerai notre collection d'Enfers spéciaux. » Il ouvrit le grand registre. Soudain, il leva les yeux. Une grosse cloche s'était mise à sonner. Azzie l'entendait également. Dans le village voisin du manoir, toutes les cloches sonnaient elles aussi.

« Qu'est-ce que c'est ? demanda-t-il. Nous ne sommes pas dimanche, n'est-ce pas ? »

Frike s'était précipité à la fenêtre. « Non, mon maître ! Ce sont les célébrations du Millénaire qui commencent. Les gens dansent dans les rues. Ah, maître, quel spectacle de joie intempestive se déploie devant mes yeux !

— Au diable tout ça », dit Azzie. Il s'adressa à l'employé : « Alors, qu'est-ce que tu attends ? Il arrive, ce tremblement de terre ? »

L'employé sourit méchamment et referma son registre avec un claquement. « Navré. Ta commande est annulée.

— Qu'est-ce que tu me chantes ? Je vais me faire un collier avec tes tripes si tu n'accèdes pas à ma demande !

— Non, tu n'en feras rien. La cloche sonne midi pile. Le concours du Millénaire est terminé. Les Grandes Puissances des ténèbres ont annulé ta carte de crédit illimité.

— Non, elles ne peuvent pas me faire ça ! Non ! Pas encore ! Il me faut ce dernier truc ! »

Il brandit sa carte, l'agitant frénétiquement. L'employé aux Fournitures sourit avec une satisfaction aigre et fit un geste. La carte fondit dans la main d'Azzie.

Celui-ci laissa échapper un cri de rage déçue et de folie confuse. Frike s'éloigna en marchant en crabe et se tapit dans une armoire minutieusement sculptée. Azzie tapa du pied. Le sol s'ouvrit sous lui. Il tomba dans le trou, plongea de plus en plus profondément jusque dans la fraîcheur obscure d'un labyrinthe souterrain où il pourrait errer longtemps jusqu'à retrouver son sang-froid. Frike se précipita vers le trou et y jeta un coup d'œil. Il vit Azzie qui s'enfonçait rapidement, sans cesser de fulminer. Et, à l'extérieur, de village en village, les cloches du Millénaire continuaient de sonner à travers tout le pays.

À FAUST, FAUST ET DEMI

*Traduit de l'américain
par Philippe Safavi*

*Traduction révisée
par Roland C. Wagner*

LE CONCOURS

1

Les deux représentants, celui des ténèbres et celui de la lumière, avaient convenu de se rencontrer à la Taverne de l'Entre-Deux-Mondes, pour y régler les derniers préparatifs du grand concours qu'ils avaient décidé de mettre sur pied.

Dans les Limbes régnait en permanence une lumière grisâtre. Situées à mi-chemin entre le royaume de la lumière et celui des ténèbres, elles étaient la plupart du temps nébuleuses, disons vaporeuses dans le meilleur des cas, mais néanmoins pas totalement dénuées de charme.

Prenez ce bistrot vers lequel marchaient Michel et Méphisto, par exemple : une petite bâtisse en bois biscornue et délabrée, mais pittoresque, construite à égale distance du Paradis et des Enfers — exactement sur ce que l'on appelle, sur la terre comme au Ciel, une ligne de démarcation. Il n'y avait jamais foule sous le toit pentu de la taverne, mais le patron ne s'en plaignait pas car cela ne changeait rien pour lui : il était entièrement subventionné par la lumière et les ténèbres. Il fallait bien un lieu où les âmes de passage puissent boire un coup, manger un morceau, ou tout simplement se reposer deux minutes — or les âmes n'ont pas plus de poches que leurs linceuls...

« Alors, c'est donc ça, ta fameuse Taverne de l'Entre-Deux ! dit l'archange Michel. C'est la première fois que j'y mets les pieds. Pas très engageant... On y mange bien, au moins ?

— Le chef a bonne réputation, répondit Méphistophélès. L'ennui, c'est qu'à peine une demi-heure après le repas, on ne se souvient plus de ce qu'on a mangé. Pas mauvais mais... sans caractère, comme tout le reste par ici.

— Qu'est-ce que c'est que ça, là-bas ? » demanda l'archange en indiquant du doigt un coin brumeux.

Méphistophélès y jeta un coup d'œil. « Ah, ça ! C'est la salle d'attente. Dans le temps, on y faisait transiter les païens vertueux et les nouveau-nés non baptisés jusqu'à ce que leur dossier soit traité. Aujourd'hui, tu sais ce que c'est, on est moins regardant sur le sujet... Mais il y a encore pas mal de monde qui échoue là, pour d'obscures raisons.

— Je me demande si c'est l'endroit idéal pour notre réunion, grimaça Michel, car il n'aimait pas trop certaines choses qui se déroulaient dans la salle d'attente.

— Sois gentil, ne commence pas à chipoter. Nos supérieurs sont tombés d'accord sur ce café. Les Limbes sont territoire neutre, ni ange ni démon, ni dieu ni maître. C'est parfait pour lancer notre concours, non ? Bon, on entre ou on attend l'Apocalypse ? »

Michel acquiesça avec quelque réticence, mais il pénétra dans la taverne.

Il était grand, même pour un archange, et fort bien bâti — les corps célestes ont un certain penchant pour l'athlétisme. Ils sont naturellement doués pour la vitesse et le saut ; et certains se défendent même pas mal au lancer.

Il devait son épaisse tignasse brune aux boucles naturelles, son nez aquilin et son teint mat à ses origines perses et sémites. Jadis, il avait été ange gardien d'Israël avant que les divinités locales ne soient balayées par ce système monothéiste qui avait fait un véritable tabac sur terre. Évidemment, il aurait pu avoir recours à la chirurgie plastique, puisque chacun peut avoir au Paradis l'aspect qui lui plaît (à condition de ne pas chercher à séduire autrui à des fins personnelles). Mais il avait préféré conserver son physique de base, en souvenir du bon vieux temps, plutôt que d'aller grossir les rangs de ces grands blonds aux yeux bleus qui pullulaient au Ciel. Dans toute communauté, il est important de savoir se distinguer un peu... Et puis, sans être exagérément coquet, il trouvait que sa luxuriante chevelure noire et ses traits fins lui donnaient un air distingué.

« Plutôt frisquet par ici », grommela Méphistophélès en se frottant vivement les mains. Pour un grand ponte des ténèbres, il n'avait pas un physique très impressionnant. De taille moyenne, mince, avec un long visage étroit et des doigts fuselés, il avait de petits pieds fort bien faits, invariablement chaussés de souliers vernis. Ses cheveux d'encre étaient lissés en arrière, avec une raie naturelle au sommet du crâne. Il portait une fine moustache et un bouc « à la Napoléon III », qu'il entretenait avec le plus grand soin — on lui avait dit que cela soulignait subtilement son côté malsain.

« Ne me dis pas que tu as froid ? s'étonna Michel. Il ne fait jamais ni chaud ni froid dans les Limbes.

— Tu parles... On voudrait nous faire avaler que cette région n'a aucune propriété. Ni ceci ni cela, ni cela ni ceci... Mais, si l'on y voit clair, c'est qu'il y a de la lumière, non ? Bon. Et, puisqu'il y a de la lumière, pourquoi ne ferait-il pas froid ? Ma main au feu qu'il ne fait pas plus de... Tiens, regarde, j'ai la chair de poule !

— Dans les Limbes, rétorqua Michel un peu pompeusement, c'est le regard intérieur qui nous guide.

— ... et c'est mon cœur de glace qui me fait frissonner, railla Méphistophélès. Je te vois venir, avec tes gros sabots. Désolé, Michel, mais tu n'y es pas du tout. Le vent des Limbes peut être parfois excessivement mordant, je sais de quoi je parle. Surtout quand il souffle de l'abîme du Désespoir.

— Je ne me trompe pas. Mais je suppose qu'il est tout naturel que nous ne soyons jamais d'accord, puisque nous représentons deux points de vue contradictoires, mais néanmoins glorieux... Et il est bien qu'il en soit ainsi.

— Tu me l'as ôté de la bouche », dit joyeusement Méphistophélès. Il prit place à une table en face de Michel et ôta ses gants de soie grise. « Disons que nous sommes d'accord pour n'être jamais d'accord.

— Notamment sur le problème des milieux urbains... poursuivit Michel.

— Exactement. Si je me souviens bien, cette question n'a pas pu être tranchée lors de notre dernière compétition, n'est-ce pas ? »

Méphistophélès faisait allusion à l'issue du dernier grand concours du Millénaire, au cours duquel les forces des ténèbres et de la lumière avaient joué la destinée de l'humanité pour les mille ans à venir. L'épreuve avait porté sur le thème proposé par un jeune et brillant démon nommé Azzie Elbub, qui faisait des premiers pas très prometteurs dans le métier et dont les anciens disaient qu'il avait véritablement le feu sacré.

Il s'agissait de faire revivre la légende du prince Charmant, en lui donnant cette fois une fin malheureuse. Le petit Azzie n'avait pas suggéré pour cela d'émailler le parcours du héros d'embûches et de machinations malveillantes — une idée qui eût pourtant semblé plutôt naturelle de la part d'un suppôt de Satan —, mais plutôt d'inscrire dès le départ malchance et défaitisme dans ses gènes. Il était en effet prévu que le prince soit fabriqué de toutes pièces, ce qui permettrait quelques fantaisies dans la composition de sa nature et de son caractère. Le Bien avait courageusement jeté le gant, en dépit de l'avantage manifeste que cette clause donnait au Mal. (Il faut dire que les supérieurs de Michel acceptaient fréquemment ce genre de défi — prenant pour acquis que l'attrait du Bien était inné chez les humains, si enclins au sentimentalisme ; ils estimaient, très sportivement, qu'il fallait donner un peu d'avance au Mal pour ajouter du piquant au jeu.)

Pour leur part, les ténèbres adoraient se lancer dans des projets alambiqués : lorsque les choses sont compliquées, ce qui est juste sombre devient délicieusement obscur. La lumière, de nature plus simple quoique doctrinaire, appréciait d'affronter les inventions douteuses du Mal, perdant régulièrement car, à force d'accumuler les handicaps, on finit par se faire coiffer au poteau, ce qui est alors considéré comme de la prédestination.

Le tavernier s'avança. C'était un homme insignifiant, tristement neutre, comme tous ceux qui ont séjourné trop longtemps dans les Limbes. Sa seule petite particularité était d'avoir un œil bigleux et deux pieds gauches.

« Monseigneur, fit-il à Méphistophélès en s'inclinant jusqu'à terre. Vous désirez boire quelque chose ?

— Non, je suis venu me faire couper les oreilles en pointe. Bien sûr que je désire boire quelque chose !

— Un petit diabolo ?

— Je n'ai plus cinq ans, mon brave, j'en ai deux mille... Donnez-moi un daïquiri, tiens. À l'ichor, si vous avez.

— Un daïquiri à l'ichor, certainement. Et pour déjeuner ? Puis-je me permettre de vous suggérer nos ris de veau à la diable ? Ils sont frais d'aujourd'hui !

— Mouais... Vous n'avez rien de plus tentant ?

— Un pot-au-feu, si cela vous dit. Avec ce temps, c'est idéal...

— Qu'est-ce que je te disais ! triompha Méphisto en se tournant vers Michel.

— Tu ne vas pas revenir là-dessus...

— Justement, reprit le tavernier qui craignait qu'une dispute entre le Bien et le Mal n'éclate dans son établissement. Ce pot-au-feu, nous le faisons revenir tout spécialement à feu doux au Purgatoire. C'est divinement bon !

— On m'a parlé de votre boudin...

— Uniquement le jeudi, Monseigneur.

— Bon, je n'ai pas de chance... Alors apportez-moi les ris

de veau. » Il s'adressa à Michel : « Tu ne ferais pas une petite entorse à tes sacrés principes ?

— Compte là-dessus... On se met au travail ou on attend le Jugement dernier ?

— Un partout. Cela dit, on a le temps... J'espère que tu vas me laisser manger, tout de même. Allez, vas-y, je t'écoute. Tu as apporté un ordre du jour ?

— Inutile, j'ai tout dans la tête. Le tirage au sort a désigné la lumière pour décider du thème du prochain concours. Et j'espère que, cette fois, nous réglerons définitivement la question de l'influence bienfaisante ou néfaste des milieux urbains.

— Mon Diable, comme le temps passe vite quand on est immortel ! soupira Méphistophélès. Je suppose que le fait d'être éternellement concentré sur un même objectif y est aussi pour quelque chose. Toujours les mêmes bagarres... Eh bien, soit ! Que les villes éclosent comme des champignons !

— Comme des fleurs est une image plus appropriée.

— Nous saurons ça bientôt... Vous n'avez qu'à envoyer au combat l'un de vos saints urbains. Ma joyeuse équipe de démons lui fera oublier ses bonnes intentions et renier le Bien en un tour de main.

— Pourquoi un saint plutôt qu'un ange tout simple ? dit Michel, démontrant une fois de plus l'irrésistible tendance du Bien à laisser l'avantage à l'adversaire. De toute façon, j'ai quelque chose de bien plus sophistiqué en tête. Cela devrait te plaire... Un projet de prestige, qui nécessitera l'emploi d'un large éventail de lieux et d'époques du nouveau millénaire. Mais nous y reviendrons plus tard. Connais-tu Faust, par hasard, notre fidèle serviteur ?

— Naturellement, fit Méphistophélès, commettant là l'erreur typique des Infernaux, qui jamais n'acceptent d'admettre leur ignorance. Je ne connais que lui ! Tu veux parler de Johann Faust, le célèbre alchimiste, le charlatan qui habite à... où ça, déjà ? Königsberg ?

— Pour ce qui est du charlatanisme, rien n'a encore été prouvé. Vous êtes bien tous les mêmes, ceux des ténèbres. Toujours à condamner à tour de bras, sans chercher à voir plus loin que le bout de vos cornes ! Bref. En plus, il ne vit pas à Königsberg, mais à Cracovie.

— Bien sûr, je le savais ! Cracovie ! Ma langue a fourché... Il habite cette petite maison près de l'université Jagellonne, n'est-ce pas ?

— Pas du tout, cervelle de moineau... Il occupe un appartement dans la rue Casimir-le-Petit, près de la porte de Florian.

— Je l'avais sur le bout de la langue. Je vais le voir de ce pas et lui exposer notre plan. Quel plan, au fait ?

— Voilà tes ris de veau, dit Michel. Pouah... Bon, je vais t'expliquer tout ça pendant que tu manges. »

2

Johann Faust était seul chez lui à Cracovie, cette ville de la lointaine Pologne où l'avait porté, presque au hasard, son errance d'érudit — les grands esprits ne regardent pas où ils mettent les pieds. Les recteurs de l'université Jagellonne avaient accueilli à bras ouverts cet éminent savant, qui connaissait par cœur les œuvres les plus importantes de l'histoire : celles de Philippus Aureolus Paracelse, de Cornelius Agrippa von Nettesheim avant lui et, avant lui encore, les écrits secrets de Virgile, magicien suprême de la Rome antique.

L'appartement de Faust était rustique : un plancher nu, balayé chaque matin par une servante bougonne qui marmonnait une prière chaque fois qu'elle passait sous l'arc d'ogives de la porte d'entrée et crachait dans ses doigts pour conjurer le mauvais sort. On n'est jamais trop prudent quand on est au service d'un homme aussi mystérieux que ce Faust. De mystérieux à bizarre, il n'y a qu'un pas, et de bizarre à dangereux, la moitié d'un. La domestique s'était signée la première fois où elle avait vu le pentacle dessiné à la craie sur le sol, avec ses branches pleines de signes cabalistiques en hébreu et de symboles tortueux auxquels un franc-maçon lui-même n'aurait rien compris. Elle l'effaçait chaque matin, mais Faust, tel Sisyphe, le redessinait aussi sec.

Les meubles ne changeaient jamais de place. Dans un coin se dressait l'alambic. Plus loin, un petit poêle à charbon ronronnait faiblement, mais diffusait une forte chaleur. Faust l'alimentait jour et nuit, été comme hiver, car il souffrait d'engelures dont il n'arrivait jamais à se débarrasser tout à fait : toujours, elles revenaient.

Il y avait bien une fenêtre, mais de lourdes tentures de velours empêchaient la plupart du temps la lumière du jour d'entrer. Faust tenait à conserver un éclairage d'intensité constante, ses yeux étant accoutumés aux rougeoiements des charbons ardents et aux flammes dorées des multiples chandelles qui se consumaient dans des brûleurs d'encens un peu partout dans l'appartement. Il n'utilisait que de grosses bougies d'autel, en cire d'abeille de la meilleure qualité, inaccessibles à la bourse de la plupart de ses concitoyens. De riches bourgeois de Cracovie lui en fournissaient régulièrement — on n'en trouvait de pareilles que dans la cathédrale. Elles étaient parfumées à la balsamine et à la myrrhe, avec des essences florales rares, extraites des plus belles fleurs du printemps. Leurs fragrances masquaient en partie les vapeurs de mercure, d'or et d'autres métaux, dont les émanations rendaient l'air confiné de la pièce irrespirable à tout autre qu'à un alchimiste confirmé pratiquant son art depuis des lustres et des lustres.

Faust arpentait nerveusement, mais méthodiquement, sa chambre obscure : dix pas vers le mur où était accroché le portrait de Cornelius Agrippa, demi-tour, dix pas vers le cabinet sur lequel était posé le buste de Virgile. Sa longue blouse grise de professeur flottait sur ses jambes maigrelettes et étirait la flamme des chandelles à chacun de ses passages. Il monologuait tout en marchant, d'une voix forte, profonde et amicale, comme seuls peuvent se parler les érudits ermites, qui connaissent leur solitude intérieure comme leur poche.

« Apprendre ! Savoir ! Comprendre ! Ha ha ! La musique des sphères célestes ! La connaissance de ce qui habite les profondeurs des mers insondables ! Laissez-moi rire ! Pouvoir annoncer avec certitude ce que le grand chambellan de Chine prend au petit déjeuner, et ce que l'empereur des Francs murmure à l'oreille délicatement ourlée de sa langoureuse maîtresse dans les ténèbres impénétrables de la nuit moite ! C'est bien gentil tout ça ! Mais suis-je plus avancé pour autant ? Hein ? »

Le regard vide de Virgile semblait suivre ces allées et venues incessantes. Néanmoins, si les bustes avaient une âme, et si l'on avait regardé de très près, on aurait sans doute pu percevoir une légère expression de surprise aux coins de ses lèvres minces et pâles de patricien : tenir ce genre de propos amers n'était pas dans les habitudes du savant... Bon, les bustes n'ont pas d'âme, inutile d'aller voir de près. C'était une supposition.

« Certes, poursuivit Faust. Je sais tout cela et bien plus encore. Le petit déjeuner des sphères célestes, l'oreille délicatement ourlée du grand chambellan de Chine... » Il émit un ricanement cynique. « Je peux déceler cette harmonie parfaite entre les corps célestes dont parlait Pythagore. Je peux le faire. Au cours de mes recherches, j'ai retrouvé le point fixe qui, selon Archimède, permet de dévier la course du globe terrestre. Je sais que le levier est le moi, étendu à l'infini, et que le pivot en est la connaissance ésotérique à laquelle j'ai consacré ma vie. Je le sais, ça. Le levier, le pivot, je connais ça par cœur, tu penses. Et, pourtant, que m'importent aujourd'hui tout ce fatras de savoir, cette logorrhée de prétendus miracles sur lesquels je me suis échiné pendant toutes ces années de recherches ? En suis-je plus heureux que le plus stupide des Roméo de village, qui cherche l'amour dans les meules de foin ? Je me le demande... C'est vrai, je suis honoré par les vieillards de la ville, je suis réputé parmi les soi-disant "grands sages" d'ici et d'ailleurs. Pour ça, je suis servi. Le roi de Tchécoslovaquie a ceint mon front d'un cercle d'or et m'a consacré au panthéon des savants. Ça, il n'y est pas allé avec le dos de la cuillère ! Mais est-ce que ma goutte diminue pour autant par les matins de grand froid ? Rien du tout, oui ! En quoi les attentions serviles du roi de France, resplendissant dans sa collerette en lynx et ses bottes molles en cuir de Cordoue, son crâne étroit orné de la couronne de Clovis, j'en passe et des meilleures, en quoi ces salamalecs soulagent-ils ma dyspepsie, mes sueurs matinales, mes angoisses vespérales ? Qu'ai-je donc accompli, finalement, dans mes tentatives pour embrasser la sphère toujours croissante du savoir ? Qu'est-ce que la connaissance ? Au secours ! Qu'est-ce que le pouvoir lorsque mon corps se flétrit de jour en jour, que mes derniers cheveux tombent en laissant presque deviner, sous la chair mourante de mon génial occiput, le crâne qui devra tôt ou tard apparaître au grand jour ? »

Il y eut un bruit à l'extérieur. Mais le concert de lamentations qui résonnait sous le génial occiput ne permit point à l'amer chenu de l'ouïr.

« C'est bien gentil, cette quête du savoir. Il fut un temps, il y a des décennies de cela — j'étais jeune alors ! —, où j'ai cru pouvoir combler toutes les aspirations de mon âme en capturant l'essence, la distillation divine du savoir, qui est le propre des anges. Mais, franchement, la connaissance est-elle source de plaisir ? M'étonnerait... Et le savoir-vivre, qu'est-ce que j'en ai fait ? Que ne donnerais-je pas pour une digestion... même pas divine, mais correcte ! C'est le propre des démons, je suppose... Je reste cloîtré ici et j'avale sagement mon gruau quotidien, pendant qu'au-dehors un monde d'ignares hilares s'affaire et s'agite, l'esprit libre ! Incultes, peut-être, mais pas occultes ! Tandis que l'alchimiste qui œuvre en secret... Je suis à l'écart de tout ! Que m'ont apporté ces montagnes de sagesse, ces tas d'immondices de connaissances dans lesquels je me vautre comme un bousier coprophage ? Tout ça pour en arriver là ? Ne vaudrait-il pas mieux mettre un terme à cette misérable existence, en fin de compte ? Tiens, à l'aide de cette fine lame, par exemple… »

Il saisit un mince stylet à la pointe acérée, que lui avait offert un élève de feu Nicolas Flamel — paix à son âme, le grand homme repose à Paris, dans l'église de Saint-Jacques-la-Boucherie. Faust tint l'arme près de la flamme dansante d'une chandelle, et contempla ses reflets miroitants. L'orientant d'un côté puis de l'autre, il reprit : « Est-ce donc en vain que j'ai appris l'art de la calcination, de la sublimation, de la condensation et de la cristallisation ? Quels bienfaits m'a apportés la compréhension de l'abli…, de l'alfi… — ah, ça recommence ! —, de l'al-bi-fication et de la sodili… solidification, quand mon moi profond, l'homuncule Faustus, l'esprit sans âge qui réside dans cette carcasse pourrissante, est en proie à la tristesse et à la confusion, comme un fou errant à la dérive ? Ne vaudrait-il pas mieux en finir une fois pour toutes, grâce à cet instrument ? Fort bien ouvragé, soit dit en passant. Je pourrais l'insérer dans le creux de mon estomac, tiens. Ici. Pourquoi pas ? Puis je pourrais par exemple remonter vers le cœur en déchirant mes entrailles, d'ici à là, comme je l'ai vu faire dans mes visions à ces Orientaux somptueusement vêtus qui vivent dans une île du lointain Levant. Je pourrais le faire, si je le voulais. »

Il manipulait le stylet, fasciné par le jeu des lumières sur la lame. Les flammes oscillantes projetaient une moue de désapprobation sur le visage blanc de Virgile. Puis le bruit retentit de nouveau à l'extérieur, effleurant cette fois, mais à peine, la surface des pensées de Faust : c'était un son de cloches. Il se rappela soudain qu'on était le dimanche de Pâques.

Aussitôt, sa mélancolie s'évanouit aussi brusquement qu'elle était apparue. Il s'approcha de la fenêtre et écarta le rideau.

« J'ai dû respirer trop de vapeurs de mercure, dit-il pour lui-même. Je ne dois pas oublier : le Grand Œuvre est nocif au praticien et porte en lui d'un côté les affres de l'échec et de l'autre la réussite et le risque d'un désespoir prématuré. Je ferais mieux d'aller prendre l'air de cette belle matinée, de fouler d'un pas aussi alerte que possible les jeunes pousses du printemps et, pourquoi pas, de m'offrir un pichet de bière dans la taverne du coin, voire une petite assiette de ris de veau... Mon estomac me semble à la hauteur de la situation, ce matin. Vapeur d'alambic est mère de bouffée délirante, disait je ne sais plus qui. Je m'en vais de ce pas m'aérer un peu les méninges ! »

Sur ces mots, Faust enfila noblement son pardessus à col d'hermine, un manteau qu'un empereur n'aurait pas dédaigné, et, s'assurant qu'il avait pris son portefeuille, bien qu'il jouît d'un large crédit auprès des commerçants du quartier, quitta sa chambre, se dirigeant vers la porte d'entrée, derrière laquelle l'attendaient le soleil étincelant et les aléas d'un jour nouveau, des aléas que le plus brillant des alchimistes lui-même ne saurait prévoir.

3

Toutes les cloches de Cracovie entonnèrent leur *Te Deum* pendant que Faust, tournant le dos à la porte de Florian, descendait la rue Casimir-le-Petit et prenait la direction de la halle aux draps sur la Grand-Place du Petit Marché. Il pouvait reconnaître chaque église au son de ses cloches : le carillon cristallin du couvent de Mogila, l'alto clair et métallique de la cathédrale de Saint-Wenceslas, la grosse voix roulante du beffroi de Saint-Stanislas et, dominant le tout, le fracas tonitruant de la grande église Notre-Dame, au coin de la Grand-Place du Petit Marché. C'était un splendide dimanche de Pâques et les rayons dorés du soleil semblaient pénétrer les moindres recoins de la vieille ville aux toits pentus. Le ciel était d'un bleu profond, parsemé de ces petits nuages duveteux et arrondis sur lesquels les peintres aiment à coucher voluptueusement des chérubins — et des figures allégoriques de ce genre. Une telle journée ne pouvait que chasser les idées noires de Faust, aussi tourna-t-il sans hésitation dans l'allée du Diable, une ruelle tortueuse et nauséabonde qui servait de raccourci vers la place du marché. Ici, le bas des façades était renflé comme les ventres d'une brochette de bourgeois dodus dans un hammam — ou plutôt, de deux brochettes de bourgeois dodus face à face : les immeubles bordaient ainsi un couloir trop étroit pour que deux hommes s'y croisent de face. Les longs avant-toits abrupts empêchaient les rayons du soleil d'atteindre les pavés, plongeant la rue dans une pénombre permanente. Faust n'avait pas parcouru dix mètres qu'il regrettait déjà sa décision. Ce passage portait bien son nom... N'aurait-il pas mieux valu suivre la grand-rue, quitte à perdre quelques minutes ? Après tout, que valait le temps, pour un alchimiste ? Et pour un philosophe ? Il était alchimiste et philosophe.

Il faillit rebrousser chemin, mais non : sa nature opiniâtre le poussait à continuer. Il avait maintenant presque franchi la dernière courbe de la ruelle, au-delà de laquelle l'attendait le joyeux remue-ménage de la Grand-Place du Petit Marché.

Il hâta le pas, sa robe de professeur bruissant à chaque enjambée, tandis qu'il enjoignait à ses maigres mollets de se surpasser. Il passa devant un porche sombre sur sa droite, puis devant un autre porche sombre sur sa gauche. Au bout de la ruelle, la lueur du jour. Dieu soit loué ! Pas encore.

Car soudain, une voix s'éleva dans son dos : « Pardon, monsieur, juste un mot... »

Faust s'arrêta et se retourna, s'apprêtant à remettre à sa place l'importun qui avait l'audace de le retarder. Il n'y avait personne. Il allait repartir, quand un sifflement lui retint l'oreille : c'était comme si une main, juste derrière lui, descendait à grande vitesse vers sa tête. Son cerveau perspicace et rapide l'informa aussitôt de l'imminence d'un épineux problème ; mais à peine avait-il eu le temps d'analyser la situation qu'un objet métallique et contondant, d'une dureté considérable, s'abattit avec fracas sur sa tempe. Des étoiles entrèrent en orbite dans son champ de vision, traversé en trombe par de fulgurantes comètes de feu. Puis il ne sut plus rien lorsque l'Inconscience l'enveloppa dans son grand manteau du velours le plus noir.

4

Pendant ce temps, ailleurs, mais néanmoins dans la même ville, Cracovie, en Pologne, au bar de la Vache Multicolore, un jeune bandit engloutissait son bol de bortsch matinal, assis à l'une des tables en bois brut de la terrasse. C'était un grand gaillard svelte, rasé de près à la nouvelle mode italienne. Il portait des vêtements de gentilhomme et sa tête était couronnée d'une masse de boucles blondes désordonnées. Il surveillait la rue, mordillant d'un air concentré ses lèvres rouges.

La Vache Multicolore se trouvait juste en face de l'appartement de Faust. C'était un petit établissement sans prétention, un refuge apprécié des robustes vagabonds de tout poil venus des quatre coins d'Europe, attirés par la nouvelle prospérité de Cracovie, pendant ce bref âge d'or entre l'invasion des Huns et l'assaut sanguinaire des Hongrois. La ville était alors réputée dans le monde entier pour sa culture, raison de la présence du docteur Faust, mais également pour la richesse de ses habitants et celle des grands marchands qui affluaient d'Allemagne et d'Italie avec leurs précieuses cargaisons.

Notre bandit se nommait Mack, également appelé « la Matraque » — en référence à l'instrument qu'il portait à la ceinture, non sans élégance d'ailleurs, et dont il usait plus souvent qu'il n'aurait convenu à un honnête homme. Il était lui aussi venu chercher fortune à Cracovie. D'aucuns le disaient originaire de la ville française de Troyes, d'autres des bas-fonds de la cité de Londres, dans la lointaine et pas si perfide Albion. Mack la Matraque n'était pas de ceux qui attendent gentiment que la chance veuille bien leur sourire. Certainement pas, non. C'était un filou à l'esprit vif, voire non dépourvu d'intelligence. Il avait passé une année entière dans un monastère à apprendre le métier de copiste, avant d'opter pour des méthodes plus directes de gagner son pain.

La réputation de Faust était parvenue jusqu'à ses grandes oreilles. On racontait que le mystérieux nécromancien avait amassé un beau magot sous forme de métaux précieux, fruit de ses recherches alchimiques, mais aussi de cadeaux des monarques qu'il avait soignés, toujours à la perfection, toujours s'escrimant contre la douleur, toujours à dénicher on ne sait où les remèdes les plus efficaces contre les myriades de maux qui les accablaient.

Mack avait fomenté un plan pour dépouiller le célèbre docteur. Pour soulager une conscience qui avait tout de même séjourné un an sous les voûtes bienfaisantes d'un monastère, il se disait qu'un magicien de son talent ayant accumulé tant de richesses spirituelles n'avait que faire des rebuts dorés de ce monde. Il s'était donc assuré les services d'un complice, un Letton pouilleux qui, à défaut de qualifications, avait le don d'attirer l'attention des passants à coups de massue sur le crâne.

Depuis une semaine, Mack la Matraque et son acolyte avaient quadrillé le territoire et noté tous les mouvements du bon docteur. Faust étant d'humeur lunatique, il était peu enclin au train-train quotidien qui rend les honnêtes gens si faciles à plumer. Il était toujours enfermé chez lui, absorbé par ses expériences occultes. Mais Faust lui-même était bien obligé de sortir de temps à autre, et ses pas le menaient inlassablement dans la même direction : il descendait la rue Casimir-le-Petit et tournait dans l'allée du

Diable, le plus court chemin pour se rendre à la grande université Jagellonne.

Ce fameux dimanche de Pâques, Mack décida que le jour était venu de délester Faust de ses biens terrestres les plus facilement transportables. Quand le savant montra enfin le bout de son nez (qu'il n'avait pas court), le plan était au point. Le Letton avait été posté sous un des porches obscurs de la ruelle, et la Matraque avait pris place à la terrasse de la Vache Multicolore, juste en face de l'appartement. Au cas où les choses ne se passeraient pas comme prévu dans l'allée du Diable, le Letton avait promis à son chef de courir le prévenir. Ne le voyant pas revenir, Mack s'apprêta donc à entrer en action.

Il termina son bortsch d'un trait, lança une pièce de cuivre sur la table et, d'un pas nonchalant qui était censé cacher sa nervosité, il se rendit devant l'immeuble du docteur. Un regard rapide à droite et à gauche lui confirma que les bonnes gens du quartier assistaient aux messes pascales. Parfait. Il portait sous le bras une pile de grimoires remplis de formules prétendument magiques, qu'il avait achetés deux sous dans la petite librairie ésotérique du monastère de Czvniez. Si l'on se hasardait à lui demander ce qu'il faisait là, il répondrait tout bêtement qu'il venait livrer ces ouvrages au savant, ou bien les lui vendre ; tout le monde savait que Faust collectionnait ce genre de choses pour sa quête de la pierre philosophale.

Pour la forme, il frappa à la porte. Pas de réponse. Un peu plus tôt, il avait vu la concierge sortir pour aller à la messe, sa guimpe légèrement de guingois — on la disait assez portée sur la bouteille — et un panier d'herbes médicinales au bras ; la brave commère aimait beaucoup rendre visite à sa tante malade, sur qui elle testait ses potions de bonne femme.

La porte était équipée d'un verrou, qui fermait avec une grosse clé rudimentaire en ferraille dont Mack avait un double dans sa poche. Il l'inséra dans la serrure, mais elle refusa de tourner. Il essaya à plusieurs reprises, puis l'extirpa et l'enduisit d'un peu de cette graisse de blaireau qu'il gardait toujours sur lui dans un petit flacon, remède souverain contre les serrures récalcitrantes. La clé tourna, il poussa la porte.

La vieille demeure était plongée dans la pénombre, comme toujours. Il franchit le seuil à pas de loup et prit soin de refermer derrière lui. Immédiatement à droite se trouvait ce qu'il avait deviné depuis longtemps être l'entrée du laboratoire. Cette fois, la porte n'était pas verrouillée. Il entra, toujours à pas de loup.

Il faisait sombre car la seule source de lumière provenait des rayons du soleil qui filtraient de biais en projetant de grandes ombres sur le mur. Le buste livide de Virgile le regarda traverser le laboratoire sans bruit, les lattes du plancher s'abstenant de craquer tant il était discret. Il régnait une odeur étouffante de mercure, de soufre, de cire brûlée et d'urine de souris. Les flacons et les cornues d'alchimie étaient alignés sur une table, de minces traits de lumière se reflétant sur leur surface vitreuse. Dans un coin se dressait le lit de fortune du docteur : deux planches couchées sur des tréteaux de bois, sur lesquelles était toutefois jetée une grande cape en hermine qui témoignait des goûts de luxe de l'occupant des lieux.

Mais rien de tout cela n'intéressait Mack, qui n'y voyait que le décor de son forfait. Il fallait surtout se concentrer sur tout ce qui était petit, précieux et — puisqu'il était également connaisseur — beau. Comme cette émeraude, par exemple, posée négligemment sur la grande table de travail entre la boule de cristal et le crâne. Voilà. C'était une bonne entrée en matière. Il s'approcha et avança une main dont les longs doigts fuselés étaient légèrement crasseux au niveau des articulations. Il allait saisir la pierre lorsqu'un fracas assourdissant retentit dans la pièce.

Mack resta cloué sur place car le vacarme — à peu près semblable à un roulement de tonnerre en haute montagne quand les orages d'automne soufflent du nord, en un peu plus aigu — semblait présager, s'il en croyait son infaillible intuition, un bouleversement de l'ordre naturel des choses. Sinon, comment expliquer que mère Nature eût sonné son bruyant hallali au beau milieu du laboratoire plutôt qu'au-dehors, comme il se devait? Et comment expliquer ce soudain flamboiement qui était apparu spontanément du milieu de la chambre obscure, jaillissant du parquet en longues langues de feu rouge et orange, avec un peu de jaune vif?

Toujours statufié, la bouche béante de stupeur, Mack vit une silhouette se dessiner au milieu des flammes, d'abord brumeuse, puis de plus en plus nette. Il semblait s'agir d'un homme de taille moyenne, mince, au visage étroit, aux cheveux d'encre lissés en arrière avec une raie naturelle au sommet du crâne, une fine moustache et un bouc à l'impériale. Ses riches vêtements étaient somptueusement funèbres. Il tenait à la main un rouleau de parchemin attaché par un ruban rouge.

« Mes salutations, docteur Faust, annonça-t-il en sortant des flammes, qui s'éteignirent aussitôt derrière lui. Permettez-moi de me présenter : Méphistophélès, prince des ténèbres, trois fois lauréat du trophée du Meilleur Méfait de l'année, remis par la D.M.C., entendez Demonix Multitemporel Corp., l'une de nos institutions les plus prestigieuses. »

Les mâchoires de Mack se décrispèrent juste assez pour articuler, dans un balbutiement qui contrastait avec son aisance coutumière : « Ah! Bonjour. Enchanté de faire votre connaissance!

— Mon arrivée vous a peut-être un peu surpris? Je déboule à la diable au beau milieu de chez vous, je m'excuse. »

Bien que son cerveau encore embué par le choc n'eût pas encore totalement recouvré ses facultés intellectuelles, Mack avait déjà deviné qu'il était préférable de ne pas contrarier cette étrange apparition.

« Mais non! Mais pas du tout, s'empressa-t-il de répondre.

Je ne suis pas surpris, regardez. Je veux dire que... chacun est libre d'entrer comme il veut... Et puis vous n'avez pas déboulé à la... comme vous dites, là... Enfin, pour moi, ça allait très bien.

— Je vous ai fait la petite Grande Apparition, car je manquais d'espace pour la grande Grande Apparition, qui implique généralement l'embrasement simultané de feux de Bengale et de barils de poudre. Sauf votre respect, c'est un peu exigu, chez vous. Et puis, avec tous ces produits-là, j'ai préféré ne pas prendre de risques avec la poudre et tout l'attirail de cérémonie. Quoi qu'il en soit, cher ami, je viens vous offrir mes bons et loyaux services. Comme je vous l'ai dit, je suis Méphistophélès, un prince parmi les démons, un démon parmi les princes, et j'arrive tout droit de l'Au-Delà pour vous faire une offre à laquelle vous ne sauriez résister. »

Son style de vie l'ayant habitué aux brusques renversements de situation, la Matraque avait recouvré son sang-froid entre-temps. Certes, il n'avait encore jamais vu de démon, ni même de prince, mais ce genre de rencontre était à prévoir à une époque où des miracles se produisaient aux quatre coins de l'Europe et où la sorcellerie, très à la mode, était au cœur de toutes les conversations.

« Alors, dites-moi, docteur Faust, enchaîna Méphisto, êtes-vous prêt à écouter ma proposition ? Je vous avoue que je n'ai pas toute la journée... Pâques sur terre, ce n'est pas ma tasse de thé. »

Naturellement, Mack était pleinement conscient de l'erreur que le célèbre esprit du Mal commettait sur sa personne. Ainsi, les démons eux-mêmes pouvaient se tromper ! Cela lui mettait un peu de baume au cœur. Mais il n'avait pas la moindre envie de corriger ce malentendu. D'une part, c'était peut-être dangereux, surtout après que Méphistophélès se fut donné la peine de faire ne serait-ce qu'une petite Grande Apparition et, d'autre part, cette rencontre fortuite pouvait s'avérer fructueuse. On ne sait jamais ce que la vie vous réserve comme petites surprises.

« Mais certainement, susurra-t-il donc. Je vous en prie, prenez un siège : cette chaise cannée n'attend que vous. C'est ma préférée, asseyez-vous en confiance. Prenez garde de ne pas la brûler, vous avez l'air encore chaud, vous pourriez vous faire mal en tombant. Je vous écoute.

— Vous êtes trop courtois », minauda Méphisto, balayant sa queue-de-pie du revers de la main avant de s'asseoir.

Sur la table à ses côtés, une chandelle s'embrasa spontanément dans son brûleur en chêne noirci. Plusieurs autres bougies en firent autant. Satisfait de l'éclairage qui projetait de longues ombres sinistres sur son visage, Méphistophélès expliqua :

« Pour commencer, que diriez-vous de jouir d'une richesse d'une étendue et d'une grandeur inégalées depuis le sac de Carthage par Fabius Cunctator ? Disons... sous la forme de nombreux coffres délicatement ouvragés et remplis de pièces d'or d'une pureté inouïe pour un métal terrestre. Des coffres en acajou d'Argentine, s'il vous plaît. Qui seraient accompagnés de tonneaux entiers de pierres précieuses, de perles de la taille d'un œuf de poule espagnole, de diamants gros comme des grenades, et d'une émeraude assez large pour y dresser le couvert de six personnes qui ne se gêneraient pas pour écarter les coudes. Le tout vous serait livré avec un jeu de six rubis d'un éclat sans pareil, chacun de la taille d'un étron de taureau. Et bien d'autres choses encore, que je vous laisse imaginer car je n'ai pas plus de mémoire qu'un moineau.

— Je crois que je peux me faire une petite idée, répondit Mack. Un étron de taureau, hein ? Bien, bien... Votre offre me paraît tout à fait intéressante. Six gros mangeurs à table sur le... Parfait. Il serait grossier de ma part de vous demander de spécifier le nombre exact des tonneaux de pierres précieuses et des coffres d'or. Ce ne serait pas poli... Hein ?

Non. Un seul exemplaire de chaque serait déjà un très beau cadeau.

— Il ne s'agit pas de cadeau, dit Méphistophélès. Considérez-les plutôt comme votre rétribution pour un service que je vais vous demander... et pour une autre petite chose.

— C'est justement cette petite chose qui m'effraie, dit Mack. Sans vouloir vous offenser, bien sûr.

— Mais vous ne m'offensez nullement, mon cher Faust ! Bien au contraire, j'apprécie votre franchise. Mais il n'y a pas d'entourloupe, vous pouvez me faire confiance. Pensez-vous que les Puissances des ténèbres se seraient donné la peine d'engager mes services et de mettre en scène une petite Grande Apparition, dans le simple but de vous duper ? Votre crédulité pouvait être mise à l'épreuve à moindres frais !

— Ne vous méprenez pas, je ne mets pas votre parole en doute. Toute cette richesse me comble. Mais êtes-vous certain de n'avoir rien oublié ? J'ai quelques notions de théologie, vous savez. Le Mal, je connais... Par exemple, avec qui suis-je censé profiter de cette immense fortune ?

— Ah ça ! s'exclama Méphistophélès, l'allusion lubrique allumant une lueur de concupiscence dans son regard déjà bien étincelant. Nous fournissons également une troupe — allez, deux, à Dieu l'avarice ! —, deux troupes de jeunes vierges d'une telle beauté qu'aucun homme n'en a vu de pareilles ailleurs que dans ses rêves fiévreux de désirs inassouvis les nuits de pleine lune. Ces demoiselles, chacune digne d'appartenir à un grand seigneur, se présentent sous diverses formes et couleurs, avec des coiffures convenant à toutes les occasions et à toutes les humeurs, et des pieds de toutes les tailles. Non contentes d'être sublimement belles, elles excellent dans les arts de l'amour : elles ont étudié les mille et une manières d'apaiser toutes vos ardeurs les plus exigeantes, sans parler de plaisirs encore inédits, dont la simple évocation vous ferait pleurer de bonheur. Certaines seront à même de vous fournir une compagnie intellectuelle des plus distrayantes, d'autres conviendront à vos aspirations plus terre à terre, voire puériles, pendant que d'autres encore se contenteront de vous servir votre bortsch matinal — vous aimez le bortsch ? Elles auront également l'avantage de n'aimer rien de plus, hormis vous bien sûr, que de reposer sagement dans une chambre froide prévue à cet effet, plongées dans un sommeil cataleptique en attendant que vous ayez de nouveau besoin de leurs services. Outre leur potentiel de sensualité inextinguible — et, vous pouvez me croire, je sais de quoi je parle —, elles ont toutes des meilleures amies, des cousines de province, des sœurs ou même des mères, qui pourront ajouter un peu de piment à la chose en se tenant à votre disposition, prêtes à se laisser séduire au premier clin d'œil.

— Voilà qui est fantastique, jubila Mack. Ah, là, vraiment, formidable. Je suis émerveillé de la façon dont vous êtes parvenu à résoudre l'un des plus vieux dilemmes de l'humanité. »

Il allait ajouter qu'il était convaincu, très bien, d'accord, frappe dans tes mains, Méphisto, fais-moi apparaître ces poupées, dis-moi qui je dois tuer, mais cette prudence intuitive qui l'avait déjà sauvé tant de fois dans le passé le rappela à l'ordre.

« Et où donc suis-je censé jouir de cette nouvelle vie, avec mes richesses illimitées et ma source inépuisable de jouvencelles consentantes ?

— Mais où bon vous semblera, mon vieux ! Au diable vauvert, si ça vous chante ! Et si aucune des régions actuelles de ce monde ne vous convient, nous pouvons vous transférer à une autre époque. Pour nous, vous savez, c'est la même chose... On n'est pas tatillons pour deux sous, dans les ténèbres. Vous pouvez choisir n'importe quel moment dans n'importe quel endroit, même ceux qui n'existent pas encore si cela vous amuse... car il existe une loi selon laquelle "tout ce qui est conçu par l'esprit doit aussitôt prendre forme". Et nous pouvons vous y établir en tant que grand érudit incollable, prince de votre propre État avec des tas de sujets dociles, riche homme d'Église avec un beau costume de scène, ou ce que vous voudrez. Comme nous nous targuons d'être également ergothérapeutes, vous pourrez occuper la profession de votre choix dans votre nouveau pays et, si elle n'existe pas encore, nous la créerons pour vous, pas de problème. Nous vous trouverons un but dans l'existence qui vous ira comme un gant, et roulez jeunesse. À l'aide de potions et d'herbes magiques, fournies gratuitement avec le lot, nous vous assurerons une longue vie heureuse, et un déclin si progressif que vous ne vous en rendrez même pas compte.

— Jusqu'à la fin, naturellement.

— Naturellement. Vous vous en doutez bien. Jusqu'à la fin. »

Mack réfléchit un long moment avant de demander : « Vous n'offririez pas l'immortalité, par hasard ? Non ?

— Vous êtes dur en affaires, docteur Faust ! Non, elle n'est pas incluse dans l'offre. Ce ne serait pas dans notre intérêt, vous comprenez. Comprenez-vous ? Cette proposition, dont les seules limites sont celles de l'imagination humaine, suffirait à acheter un billion de créatures comme vous... et à un prix bien moindre !

— Comme vous nous connaissez bien... Comme c'est finement pensé de votre part ! »

En vérité, Mack trouvait Méphistophélès un peu prétentieux, pédant, et loin d'être si malin. Il était sûr de parvenir à le berner — il ignorait bien évidemment qu'il tombait dans l'un des pièges les plus subtils de l'Enfer.

« Je me disais que, s'il vous restait un peu d'immortalité — je suppose que vous-même n'en avez pas besoin —, ce serait vraiment très gentil de... comment dire... d'en projeter un peu sur moi. À peine, hein ?

— Mais cela contredirait le but même de mon offre,

voyons. Quel profit en tirerai-je, je vous prie, si je n'obtiens pas votre âme au bout du compte ?

— Vous avez parfaitement raison, bien sûr. Vu sous cet angle, oui. Je suis bête. La longévité, c'est déjà beaucoup.

— Ça, nous pouvons l'offrir. Ainsi qu'une cure de rajeunissement, d'ailleurs. Je ne sais plus si je vous en ai parlé...

— Ah, très bien... Reste le problème de mon âme, malgré tout. Je me demande si je ne suis pas en train de jouer avec le feu, tout de même...

— N'oubliez pas que cette fameuse clause de l'âme n'est pas définitive... Elle devient caduque dès lors que vous n'êtes pas pleinement satisfait de mes services pendant la durée de validité du contrat. Le cas échéant, vous gardez votre âme, nous nous serrons la main, et nous nous séparons bons amis. On peut difficilement être plus fair-play, avouez-le !

— C'est sport, oui. Mais je n'en ai jamais douté... Bon, tout me semble correct... Et si vous me disiez à présent ce que vous attendez de moi ?

— C'est enfantin, vous allez voir. Je voudrais que vous jouiez un rôle dans un petit concours que mes amis et moi-même avons organisé.

— Quel genre de concours ?

— Moralo-temporel. Nous testerons vos réactions face à une série de situations. Tout simplement. Chaque épreuve se déroulera à une époque et dans un lieu différents. Nous vous transférerons dans le passé ou l'avenir, en fonction des aléas du jeu. Chaque fois, vous devrez faire un choix. Votre méthode de sélection, vos motifs et vos objectifs seront examinés et jugés. Oui, vous serez jugé, Faust, non pas sur votre personnalité, mais en tant que défenseur ou représentant de vos semblables. Vous avez été choisi par les deux parties pour incarner les valeurs morales de l'humanité, et autres impondérables de ce genre. Il faut que ça soit parfaitement clair pour vous, Faust. Vous m'écoutez ? Il est essentiel que vous compreniez bien tout ça avant que nous ne commen-

À Faust, Faust et demi

cions. Une fois le jeu entamé, vous n'aurez guère le temps de réfléchir au caractère impressionnant des multiples lois et principes sous-jacents qui régissent hermétiquement les opérations existentielles, vous serez trop occupé à sauver votre peau.

— Je vois, dit Mack qui ne voyait pas très bien.

— Alors nous sommes d'accord, cher ami. La distribution est prête, le décor est planté, les acteurs sont en place et la pièce va bientôt commencer. On n'attend plus que vous prononciez les mots magiques. »

Prolixe, le démon. Il y avait chez Méphistophélès un petit côté idéaliste, en dépit de ses prétentions au cynisme. Mais il ne faisait aucun doute que son offre était sincère. Mack n'avait donc aucune raison de renvoyer au lendemain ce que son âme, qui était tout de même la première concernée, avait accepté le jour même.

« Je suis votre homme, annonça-t-il. Et à Dieu ne plaise ! Allons-y.

— Signez là », dit aussitôt Méphistophélès en déroulant son parchemin légèrement brûlé, tendant une plume de vautour femelle et pointant un ongle long et acéré vers une veine de l'avant-bras de Mack.

5

S'ils n'avaient pas été aussi absorbés par leurs négociations, les deux acteurs du drame qui se jouait dans le laboratoire d'alchimie auraient pu apercevoir un visage apparaître momentanément au coin de la seule fenêtre dont les rideaux n'étaient pas tirés, pour disparaître aussitôt. Ce visage étant celui de Faust, en personne.

Il s'était péniblement relevé dans l'allée du Diable, son cuir chevelu entaillé par le coup puissant, mais mal orienté, du Letton. Il avait titubé un instant, avant de s'asseoir sur une borne pour reprendre ses esprits. Son agresseur avait alors resurgi de sous son porche et brandi sa massue de bois, afin d'envoyer cette fois sa victime dans les profondeurs du sommeil, voire de la mort, peu lui importait. Il faut dire qu'en ces temps reculés, on n'était pas trop regardant sur le sujet, surtout à l'époque où la peste, spectrale dans ses linceuls blafards, dévastait le sud de l'Europe, sans parler des Maures, armés de cimeterres et guidés par un fanatisme aveugle, qui massacraient tout ce qui bougeait en Andalousie et menaçaient de faire une nouvelle percée à travers les Pyrénées, comme au temps de Charlemagne, pour semer le chaos dans les douces cités du Languedoc et de l'Aquitaine. Cela dit, ces affaires ne concernaient pas tellement notre Letton. Mais, avant qu'il ait eu le temps de porter un second coup, un concert de jeunes voix mâles et furieuses s'éleva au bout de la ruelle. Elles appartenaient à des étudiants de l'université Jagellonne, ennemis naturels de la caste à laquelle appartenait le Letton sans même le savoir. L'apercevant, ils poussèrent un cri de guerre à l'unisson. Le malandrin fila ventre à terre, estimant qu'il lui fallait survivre absolument s'il voulait continuer à frapper les gens sur la tête. Il courut et courut jusqu'à avoir laissé loin derrière lui les murs de Cracovie. Constatant alors qu'il était sur la route de la Bohême, il poursuivit son chemin vers le sud, à toute vitesse, loin, très loin, sortant ainsi définitivement de notre histoire.

Les étudiants aidèrent Faust à se remettre sur pied, époussetèrent ses habits et le débarrassèrent des abats de dinde au milieu desquels il était tombé. À cette époque, les égouts n'étaient encore qu'un rêve fou et irréalisable pour ces architectes idéalistes qui ont créé les rues sombres, encombrées, puantes mais tellement pittoresques de nos cités médiévales.

Dès qu'il fut en état de marcher, Faust se débarrassa des étudiants et, encore étourdi, se rua chez lui. Il vit de loin que la porte d'entrée était entrebâillée. Approchant prudemment, il contourna la bâtisse et regarda par sa fenêtre sans rideaux. Il découvrit avec stupeur deux personnes dans son laboratoire, dont l'une ne pouvait être que Méphistophélès ; il ne l'avait jamais rencontré personnellement, mais il le reconnut sur-le-champ pour avoir vu son portrait à de multiples reprises dans les enluminures de ses grimoires. Il baissa vivement la tête, mais dressa l'oreille.

Les voix filtraient par la fenêtre, s'insinuant dans le tympan de Faust.

Ce fut seulement lorsque Mack fut sur le point d'apposer son nom en lettres de sang au bas du parchemin que Faust comprit enfin. Il y avait un imposteur dans sa maison ! Le Grand Tentateur s'était trompé de personne ! Quelle poisse !

Faust s'écarta de la fenêtre et revint en courant vers

l'avant de la maison. Il entra, poussant violemment la lourde porte en chêne qui alla claquer contre le mur. Il traversa le vestibule au pas de course, freina pile devant sa porte et l'ouvrit brusquement.

Il arriva juste à temps pour voir Mack parapher sa signature au bas du contrat. Puis le démon enroula son parchemin et annonça :

« Eh bien, mon bon docteur, il ne nous reste plus qu'à nous rendre à La Sorcière Chic, où nos experts esthéticiennes vous remettront en forme pour les aventures qui vous attendent. »

Sur ces mots, Méphistophélès leva les bras. Des flammes jaillirent du sol, cette fois violettes et irisées, teintées çà et là d'héliotrope. Elles flamboyèrent glorieusement, enveloppant les deux hommes. Quand elles se dissipèrent, ils avaient disparu.

« Malédiction ! » s'écria Faust qui venait de faire irruption dans la pièce. Il se figea et tapa du poing dans la paume de sa main. « Une minute trop tard ! »

6

Faust scruta les coins sombres du laboratoire. L'espace d'un instant, il crut détecter une présence au plafond, parmi les ombres des ailes de chauves-souris. Non, il n'y avait personne. Ils étaient partis tous les deux, l'imposteur et Méphistophélès. Il ne restait d'eux qu'une légère odeur de soufre et de bortsch.

Il reconstitua rapidement ce qui s'était passé. Par un malheureux concours de circonstances, un inconnu s'était introduit dans ses appartements — ce grand paltoquet blond qu'il avait aperçu par la fenêtre. Et Méphistophélès, ce crétin de démon au nom grandiose, avait confondu l'intrus avec lui.

Il fronça les sourcils. Il en avait suffisamment entendu pour comprendre que Méphistophélès était venu lui offrir une belle aventure, vers laquelle il était en ce moment même en train de transporter l'imposteur, une belle aventure assortie d'une belle récompense, qui lui revenait de droit. Et lui, Faust, le seul, le vrai, se retrouvait abandonné dans ce laboratoire sordide, dans cette ville morne, où il était censé poursuivre son petit bonhomme de chemin comme si de rien n'était.

Eh bien, non ! Plutôt mourir ! Il allait les retrouver, dût-il se rendre dans les profondeurs de l'espace et du temps. Il dénicherait Méphistophélès, démasquerait l'imposteur et reprendrait sa juste place dans le déroulement des événements.

Il se laissa tomber sur une chaise. Son cerveau bouillonnait. D'abord, il lui fallait trouver le lieu où Méphistophélès avait emmené l'imposteur. Le fait qu'ils se soient évanouis dans un éclair de feu et de flammes irisées et violettes semblait impliquer qu'ils avaient quitté ce monde. Pas sûr, mais enfin... Cela signifiait qu'il lui faudrait donc abandonner la matière terrestre pour réapparaître dans l'éther où demeuraient les esprits, où les morts célébraient leurs festivités funèbres, où fourmillaient elfes, lutins, trolls, gnomes et autres créatures du lointain passé païen.

Toutefois, en y réfléchissant plus longuement, il hésita. Était-il prêt? Cela constituait l'épreuve suprême pour un magicien. Eh oui... Et, même s'il se comptait parmi les plus grands pour la maîtrise des arts de la magie et l'acquisition du savoir ésotérique, Faust n'était plus de toute première jeunesse. C'était peut-être au-dessus de ses forces. Et s'il n'y survivait pas?

Il se souvint alors que, moins de deux heures plus tôt, il avait envisagé le suicide! Et pourquoi? Parce que plus rien n'avait d'intérêt pour lui. La vie s'était étalée sous ses yeux dans toute sa triste monotonie, pauvre en plaisirs, riche en souffrances, dépourvue de projets significatifs. Et voilà qu'il avait de nouveau un but dans l'existence, et non des moindres! L'aventure qui lui avait été réservée — attention, pas au hasard, mais du fait de son renom et de ce qu'il avait accompli — venait de lui passer sous le nez. Il ne saurait tolérer cela. Il y laisserait peut-être sa peau, mais nul ne lui volerait son pacte avec le diable!

Il se leva et remua le feu, réduit à quelques braises incandescentes. Il ajouta du bois et le fit repartir. Il se débarbouilla dans une cuvette d'eau presque fraîche que la servante avait laissée deux jours plus tôt sur la petite commode. Il dénicha dans l'office un morceau de bœuf fumé, qu'il arrosa d'une timbale de cervoise tiède. Pendant ce temps, sans en avoir l'air, il réfléchissait à la marche à suivre.

Il avait besoin d'un tour de sorcellerie très puissant, capable de le transporter. Pour cela, il faudrait probablement combiner l'énergie d'une transmutation avec la puissance d'une visitation. Les enchantements de voyage étaient particulièrement difficiles, tous les alchimistes le reconnaissaient, car ils impliquaient la projection d'une matière corporelle, en l'occurrence lui-même, vieille matière mais tout de même, vers une destination où les êtres se déplaçaient généralement dans des enveloppes plus subtiles et éthérées. Cela réclamait une quantité d'énergie spirituelle effarante. Y penser lui faisait mal au crâne.

Dans sa bibliothèque, il fouilla parmi les manuels de thaumaturgie. L'ouvrage d'Hermès Trismégiste, intitulé *Méthodes infaillibles pour atteindre les étoiles*, contenait bien une formule intéressante, mais elle était à l'évidence trop compliquée et nécessitait des composants quasiment introuvables en Europe de l'Est à cette époque, tels que le gros orteil gauche d'un Chinois obèse et sourd, même s'il y en avait un bon stock à Venise. Il poursuivit ses recherches. Dans son exemplaire de la *Concordance au Malleus Maleficarum*, il dénicha enfin une recette plus simple, requérant moins d'ingrédients. Il se mit au travail.

Verrue de chauve-souris... Il en avait un flacon entier quelque part. Puis la recette nécessitait quatre amanites tue-mouches entières, mais par chance il en avait, soigneusement séchées et rangées dans un dé à coudre. Il n'était jamais en manque d'ellébore ni de saule blanc, et ce n'était pas le mercure qui faisait défaut chez lui. En revanche, il était à court d'armoise noircie. Mais il pouvait passer en prendre chez l'apothicaire du coin. Soudain, il blêmit : « Ne peut fonctionner sans un morceau de la Sainte Croix. »

Enfer et damnation ! Il avait utilisé sa dernière écharde le mois dernier.

Sans perdre un instant, Faust prit son portefeuille, y glissa son émeraude au cas où et sortit dans la rue.

La boutique de l'apothicaire était fermée pour le dimanche de Pâques, mais, à force de tambouriner sur les volets, Faust parvint à faire apparaître le pharmacien. Celui-ci grommela qu'il n'avait plus de Sainte Croix en réserve, et qu'il ignorait quand aurait lieu le prochain arrivage en provenance de Rome. Toutefois, il avait un stock d'armoise noircie, que le savant lui acheta.

Il se précipita hors de l'échoppe, et se dirigea aussi vite que ses vieux mollets le lui permettaient vers le palais de l'évêque, dans l'avenue Paternoster. Les domestiques le laissèrent entrer car Faust et l'évêque étaient comme cul et chemise et passaient souvent des nuits entières à échanger des tuyaux savants en avalant du porridge (car, comme celui de Faust, l'estomac du saint homme n'était plus ce qu'il aurait dû être).

Sa masse adipeuse confortablement affalée dans une chaise longue, l'évêque secoua la tête d'un air embarrassé.

« Je suis navré, mon cher Faust. Les derniers ordres de Rome sont formels : plus question de vendre des fragments de la Sainte Croix destinés à des fins idolâtres.

— Mais qui parle d'idolâtrie ? s'écria Faust. Alchimie, je vous l'ai dit !

— Mais que comptes-tu faire de la Croix, mon fils ? Tu veux faire apparaître un trésor ? C'est cela ? Dis ?

— Jamais de la vie ! J'en ai besoin pour réparer une grave injustice.

— Ah ! Dans ce cas... C'est différent. Grave injustice, oui, oui... Je suppose que je pourrais fermer les yeux. Mais, je te préviens, le cours de la Sainte Croix a sérieusement grimpé ces derniers mois. C'est un peu normal, pour une denrée non renouvelable.

— Un fragment de la taille d'un ongle me suffira amplement. Vous n'aurez qu'à l'inscrire sur mon ardoise. »

L'évêque alla chercher une petite boîte laquée qui contenait des fragments de la Sainte Croix. «Justement, à propos de ton ardoise...»

Faust sortit son portefeuille et lui tendit l'émeraude. «Tenez, voilà un acompte.» Il enveloppa le précieux morceau dans une écorce de bouleau affinée, qu'il roula ensuite dans un vieux tissu d'autel, pendant que l'évêque admirait l'éclat de la pierre précieuse.

Son dernier ingrédient soigneusement emballé, Faust se rua chez lui. Il alluma les charbons sous son petit four d'alchimie et actionna les gros soufflets de cuir jusqu'à ce que le feu prenne, libérant de belles flammes rouges et blanches avec un peu de jaune vif et crachant des jets d'étincelles couleur de diamant. Puis il tria les composants. Il posa la carafe d'*aqua ardens* sur une table à côté de lui, veillant à ne pas en renverser — car une seule goutte suffisait à dissoudre tout ce qui n'était pas enduit d'anti-*aqua ardens*. Il réduisit le puissant antimoine en poudre dans un petit bol de cuivre, mit les essences florales d'un côté et de l'autre les selles de crapaud, les crottes calcifiées de chauve-souris vierge, l'urine cristallisée de marmotte d'Amérique et la moisissure de tombe profanée. Il veilla à ne pas les placer trop près les uns des autres. Il ne fallait surtout pas les mélanger prématurément. Ici, il avait son tartre, son alun et sa levure. Là, il avait la nigrosine préparée la semaine précédente. Il était un peu embêté de devoir la sacrifier car, si l'on possédait la formule adéquate, elle pouvait produire un merveilleux phénix adulte, le plus adorable des oiseaux allégoriques. Mais l'heure n'était plus au rêve et à la poésie! Il était prêt à commencer.

On frappa à la porte. Faust fit la sourde oreille. Mais on insista. Encore, et encore. Il entendait des bruits de voix dans le vestibule. D'humeur exécrable, il alla ouvrir. C'est pas vrai, mais c'est pas vrai!

Sur le seuil se trouvaient quatre ou cinq jeunes hommes. Leur nombre exact était difficile à déterminer car ils gigotaient sans cesse.

« Maître ! Vous ne nous reconnaissez pas ? Nous avons suivi votre cours : *Introduction à l'alchimie, première année*, à l'université. Nous avons besoin d'un conseil, maître : pourquoi la représentation de l'anima féminine s'exprime-t-elle sans cesse à travers la corporalité hermaphrodite toujours changeante de Mercure ? Ça va sûrement tomber à l'examen final, maître. Nous le sentons. Et on ne trouve rien sur ce sujet dans nos manuels d'alchimie.

— Vous vous foutez de moi ! brama Faust. L'hermaphrodisme et l'iconographie sexuelle de l'alchimie sont développés en détail dans *Nouvelles Orientations pour une science ancienne* de Nicolas Flamel, que je vous ai demandé de lire en début d'année.

— Mais il est rédigé en français, maître !

— Vous êtes censés lire le français !

— Mais cela n'a aucun sens, maître, car si le principe de l'hermaphrodisme selon Aristote peut être subsumé... »

Faust leva une main, demandant le silence. « Les enfants, les enfants... Je suis au beau milieu d'une expérience difficile et complexe, qui marquera indubitablement un tournant dans les annales de l'alchimie. Je ne peux me permettre la moindre interruption. Consultez un autre professeur. Ou allez au diable, si vous trouvez le chemin avant moi. Mais fichez-moi le camp tout de suite ! »

Les étudiants décampèrent sans demander leur reste. Faust attisa de nouveau le feu et vérifia une dernière fois que les descenseurs étaient propres et en bon état de fonctionnement. Les alambics étaient déjà chauds, prêts à entrer en action, l'état du sublimateur satisfaisant, la curcubite équilibrée à souhait. Le moment était venu de commencer.

À mesure que les éléments entraient dans le creuset, ils changeaient de couleur. Les rouges et les verts tournoyaient dans le liquide luminescent en une spirale harmonieuse. Des volutes de vapeur s'élevaient par intermittence et se condensaient en une brume qui montait jusqu'au plafond, où elle rampait comme un serpent gris opaque, un python

À Faust, Faust et demi 369

par exemple. C'était le moment d'ajouter le fragment de la Sainte Croix. La substance s'illumina un instant. Très bien. Puis vira au noir.

Quand une réaction alchimique vire au noir, il faut le savoir, c'est généralement très mauvais signe. Fort heureusement, l'œil entraîné de Faust avait remarqué un double éclat argenté juste avant le noircissement. Il feuilleta le *Guide de premier dépannage de l'alchimiste*, publié par les mages de l'université du Caire, et traduit par Moïse Maimonide. Il trouva la réaction et lut : « Un double éclat argenté avant que la *materia confusa* ne vire au noir signifie simplement que le fragment de Sainte Croix utilisé dans la préparation ne venait pas de la vraie Sainte Croix. Renseignez-vous auprès de votre fournisseur de reliques sacrées avant de poursuivre l'expérience. »

Damnation ! Encore un cul-de-sac ! Et, cette fois-ci, il ne semblait pas y avoir d'issue. À moins qu'il n'y eût un substitut pour la Croix ? Il courut de nouveau à sa bibliothèque, mais ne trouva rien d'utile parmi les innombrables volumes qui en faisaient ployer les étagères. Il était au bord des larmes, tant sa frustration était profonde. Une grosse goutte salée hésita sur l'épaisse corniche de sa paupière de vieillard. Puis son regard tomba sur la pile de livres apportée par celui qui s'était introduit chez lui.

Il les inspecta, et ses lèvres esquissèrent une grimace de dégoût. Un ramassis de fausses copies de véritables traités, des livres de foire pour berner des ignares. Soudain, il reconnut un titre, celui d'un ouvrage qu'il n'avait jamais réussi à trouver. C'était *Essence de l'alchimie*, une traduction allemande des meilleurs textes d'Eyrenée Philalèthe. Comment ce livre était-il arrivé jusqu'ici ?

Il le parcourut en hâte et tomba sur l'information suivante : « En apparence, pratiquement rien ne distingue la Sainte Croix de la Croix Presque Sainte. Malheureusement, cette dernière est sans effet dans les formules d'alchimie. Toutefois, il est possible de renforcer les pouvoirs de la

Croix Presque Sainte au point de la substituer à la vraie Sainte Croix, en y ajoutant, en quantités égales, du potassium et de la suie de lampe. »

Faust avait un flacon de potassium sous la main. Ça tombait bien. Il n'avait pas de suie de lampe mais si, comme il le soupçonnait, la servante avait bâclé son travail... oui ! Il avait vu juste, les verres de lampe étaient noirs de suie.

Une fois les nouveaux ingrédients ajoutés, il y eut divers changements de luminosité et de couleurs dans le four de l'alchimiste. Un épais nuage de vapeur grise se répandit dans le laboratoire, enveloppant momentanément Faust et ses appareils. Lorsqu'il se dissipa, l'alchimiste n'était plus dans la pièce. De fait, il n'était même plus à Cracovie. Ni même en Pologne, en tout état de cause.

7

Faust eut d'abord la sensation d'être plongé dans une masse diffuse couleur gris perle, un peu dans les mêmes tons que le serpent qui semblait ramper plus tôt au plafond, le python. Cela ne dura toutefois qu'un moment, le temps que l'Espace spirituel s'adapte à la nouveauté (héberger un observateur terrestre), et se dilate de tous côtés. Ensuite, il put constater qu'il se trouvait aux portes d'une bourgade en apparence très semblable à celles qu'il avait visitées au cours de ses voyages à travers l'Europe, quoique en aucune manière identique.

Il était manifestement arrivé jusqu'ici à une vitesse phénoménale. Mais cela n'avait rien de surprenant, puisque le Royaume spirituel, n'ayant d'autre substance que celle imposée par les lois temporaires de la solidification, peut être réduit à la taille d'une minuscule boussole par la Nature, qui a horreur du vide et n'aime pas non plus laisser de vastes espaces inoccupés. Les grands professeurs de l'université Jagellonne enseignaient même que, lorsque nul ne l'utilisait, le Royaume spirituel n'était pas plus grand qu'une tête d'épingle, l'immatérialité pouvant être ramenée à une masse infinitésimale ! Seule la présence d'un observateur le faisait se dilater. Alors, l'espace se créait de lui-même, avec tout le décor et le personnel que l'on est en droit d'attendre en un tel lieu et un tel temps.

En s'avançant dans la ville, il vit une rangée d'échoppes. Les devantures étaient surmontées d'enseignes aux inscriptions indéchiffrables. Faust savait déjà qu'il ne devait pas y entrer. Quand on ne comprend pas, on s'abstient. Enfin, il en aperçut une intelligible : La Sorcière Chic. Il comprit que c'était là qu'il devait se rendre. (Le grand avantage des enchantements de voyage, c'est qu'ils vous déposent sans faillir au seuil de votre prochaine aventure — même s'il vous faut ensuite vous débrouiller tout seul.)

Faust s'approcha de la porte de la boutique et l'effleura timidement du doigt. Il avait craint que sa main ne la traverse, puisque tout n'était qu'esprit en ces lieux, et que l'esprit est bien connu pour sa capacité à passer au travers des autres esprits. Pourtant, cette porte était bien solide. Quelques secondes de réflexion lui permirent d'en déduire que les êtres et les choses immatériels étaient bien obligés de se comporter comme s'ils avaient un corps, afin qu'il puisse se passer quelque chose. Ainsi que les grands anciens l'ont fait remarquer : « Pour qu'il y ait une histoire, il faut au moins deux choses qui se cognent l'une contre l'autre. » Mais comment ces matières éthérées étaient-elles parvenues à se solidifier ? Un vrai mystère. Faust décida que ce devait être parce que les entités locales avaient juré sous serment de rester solides, en dépit des conforts de l'intangibilité, et surtout afin de ne pas se fondre les unes dans les autres. Sinon, c'est la pagaille.

En entrant à La Sorcière Chic, il vit une armée de petits démons d'aspect point trop sinistre, qui s'affairaient autour de clients assis dans des fauteuils de coiffeur, un drap rayé bleu pâle et blanc noué autour du cou. Il devait s'agir d'une sorte de salon de beauté. Ces démons étaient manifestement barbiers. Voire peut-être chirurgiens car ils ne se contentaient pas de couper les cheveux, mais tranchaient allègrement dans le gras des ventres obèses, réduisaient des cuisses gorgées de cellulite à l'état de saucisses de régime, rajoutaient d'épaisses couches de muscles rouge vif sur des bras maigrichons, ou regalbaient des mollets flasques avec de la chair de synthèse. Ils récuraient les moindres plis de la peau et ponçaient les dernières petites imperfections au papier de verre. Puisant des poignées de chair à usage multiple dans des bacs posés à leurs pieds, leurs griffes expertes redonnaient aux visages l'éclat de leur première jeunesse.

Au bout d'un moment, il devint toutefois évident que les démons n'étaient que de simples assistants. Une dizaine de sorcières se promenaient dans les rangs, contrôlant scrupuleusement les opérations et se chargeant personnellement des détails les plus délicats. Elles portaient toutes les mêmes guenilles rouille, et un haut chapeau pointu très classique, dont le bord mou retombait de façon inquiétante sur leurs yeux luisants. Des bottines à lacets cachaient leurs gambettes osseuses, et sur leurs épaules noueuses étaient perchés de sinistres chats galeux.

« Qu'est-ce que c'est ? demanda une sorcière supérieure dont on reconnaissait le rang à la grosse rose de crêpe noir accrochée à son chapeau. C'est vous le colis de chair en gros qu'on a commandé ? Mettez-vous par là, mon chou, on va vous démembrer dans une minute.

— Je ne suis pas un colis, s'indigna Faust. Je m'appelle Johann Faust, érudit. En provenance du monde terrestre.

— C'est drôle, il me semble qu'on a déjà eu quelqu'un tout à l'heure de ce nom-là. Ou bien c'était peut-être Fausto...

— Était-il accompagné par un certain Méphistophélès, un démon plutôt grand et maigre ?

— Oui, c'est bien ça. Sauf qu'il n'était pas si maigre que ça, le démon, du moins à mon goût. Juste comme il faut.

— L'homme qui était avec lui n'était pas Faust ! C'est un imposteur ! Faust, c'est moi ! »

La sorcière supérieure lui lança un regard perplexe. « Il me semblait bien qu'il était un peu jeune, pour un érudit... Vous avez des papiers ? »

Faust fouilla ses poches et en extirpa son portefeuille (qui avait été transporté et dématérialisé avec lui mais qui, en dehors de cela, était exactement le même que sur terre). Il en sortit un certificat de shérif honoraire de la municipalité de Lublin, une carte d'électeur de la ville de Paris, et une médaille commémorative en argent qui lui avait été remise au Grand Salon de la Thaumaturgie, qui s'était tenu deux ans plus tôt à Prague.

« Pas de doute, vous êtes bien Faust, conclut la sorcière. L'autre lascar m'a bernée. Et Méphistophélès s'est fait avoir lui aussi... Dire qu'on lui a fait une régénération complète ! Vous l'auriez vu, il était à croquer. Vous en auriez eu les larmes aux yeux.

— Mais vous n'auriez jamais dû ! s'écria Faust en serrant les dents. Maintenant, vous allez devoir me faire le même traitement !

— Impossible, on a pratiquement épuisé le matériel qui vous était réservé. Mais je vais voir ce qu'on peut faire. »

Faust était hors de lui. Elle le conduisit vers un fauteuil. Puis elle appela l'un de ses assistants et ils se mirent à discuter à voix basse.

« Le problème, chuchota le petit démon, c'est qu'on a déjà utilisé presque tout le sérum de longévité sur l'autre gaillard.

— Bah ! En pressant le tube, il sortira bien encore quelques gouttes. C'est toujours mieux que rien.

— Mais tu as vu cette tête ! Il est au bord de la tombe ! » Il posa une main sur le crâne de Faust et le fit tourner de droite à gauche, comme un globe que l'on examine. Ses yeux, durs comme des agates, scrutaient les traits du savant et ne semblaient guère impressionnés. « Sans un kit de beauté neuf, qu'est-ce que tu veux que je fasse de ce gros nez en goutte d'huile, de ces joues creuses, de ces lèvres pincées, de ce visage difforme ?

— Hé là ! s'énerva Faust, je ne suis pas venu jusqu'ici pour me faire insulter !

— Toi la ferme ! aboya le démon. C'est moi le docteur,

ici. » Se tournant vers la sorcière, il poursuivit : « On pourrait peut-être étoffer un peu sa silhouette. Ce serait déjà ça… Un peu de muscle çà et là… rien de surhumain, naturellement, puisque nous n'avons plus le matériel, mais disons juste de quoi le rendre un peu plus présentable.

— Fais pour le mieux », répondit la sorcière.

L'assistant s'attela à la tâche avec une si soudaine inspiration que Faust, alarmé, devint livide. Mais, quand il se rendit compte qu'il ne sentait rien, il se détendit. Déjà le démon, fredonnant une vieille rengaine monotone, tranchait les portions les plus flasques de son anatomie et les remplaçait par de la chair fraîche, maintenant les bandelettes de peau dégoulinantes en place jusqu'à ce qu'elles adhèrent à l'os. Ensuite, il inséra des faisceaux de nerfs, de tendons et de muscles dans les endroits appropriés, afin que Faust puisse sourire, grimacer et remuer ses membres. Il fixa enfin le tout avec de légères applications de Fixateur universel.

Il ajouta quelques dernières touches çà et là et recula d'un pas pour apprécier son travail, hochant la tête d'un air satisfait. « C'est mieux que je ne l'espérais, vu le matériau de départ. » Il donna un coup de brosse à Faust, ôta brusquement le drap rayé bleu pâle et blanc avec l'aisance et la vivacité d'un toréador et fit pivoter son fauteuil vers un des grands murs recouverts de miroirs.

L'homme qui se tenait devant Faust était plus costaud que l'érudit ne se souvenait de l'avoir jamais été. Sa peau avait perdu la pâleur cireuse de la vieillesse et pris le teint clair et sain de la quarantaine. Sa vue s'était aiguisée, son ouïe aussi. Ses amis les plus proches (il en avait peu) l'auraient certes encore reconnu, mais le démon avait allégé son nez, rembourré un peu son menton fuyant, et tiré la peau de son cou. Somme toute, il était plus bel homme qu'autrefois — sans aller jusqu'à dire qu'il aurait pu remporter l'un des concours clandestins de beauté masculine que l'on organisait dans certaines régions d'Italie.

« C'est mieux, admit-il en étudiant sous toutes les coutures son image dans le miroir. Mais ce n'est pas encore assez. J'ai droit à une régénération complète ! Je la paie de mon âme ! »

Le démon haussa les épaules et tourna les talons. La sorcière supérieure intervint : « Vous ne manquez pas d'air ! Nous nous sommes occupés de vous par pure bonté. Qu'on ne vienne pas nous dire ensuite que les sorcières n'ont pas de cœur ! Si vous voulez une régénération intégrale, il vous faut un bon de commande signé de la main de Méphistophélès en personne, ou de toute autre grosse légume des ténèbres ou de la lumière. Autrement, pas question d'obtenir le matériel nécessaire auprès du bureau central de l'Équipement.

— Je vous en aurai un, promit Faust, et bien d'autres choses encore. Où Méphistophélès a-t-il dit qu'il allait ensuite ?

— Il n'en a pas fait mention devant nous.

— Dans quelle direction est-il parti ?

— Quoi ? Aucune, voyons ! Il est parti normalement, dans un nuage de flammes et de fumée ! »

Faust savait qu'il ne pouvait pas en faire autant. Son enchantement de voyage était trop rudimentaire. Il avait pu l'amener jusqu'ici, mais pas plus loin. Il ne lui restait qu'à rentrer sur Terre et à réfléchir.

8

Le Faust qui se rematérialisa au centre du pentacle dessiné à la craie sur le plancher de son laboratoire était un homme abattu. Après la joyeuse effervescence de La Sorcière Chic, son appartement sordide lui paraissait d'une tristesse insoutenable. Cette maudite servante n'avait même pas dépoussiéré son squelette articulé ! Et ses manteaux étaient encore maculés de la boue des averses de printemps. Il allait y avoir quelques changements par ici, décida-t-il. Il grinça des dents.

Voilà où ça vous menait d'être gentil avec les gens : des imposteurs d'une ignorance crasse en alchimie s'imaginaient pouvoir s'introduire chez vous et vous voler ce pacte avec le diable que vous attendiez depuis toujours. Et puis quoi, encore ? Il allait leur montrer de quel bois il se chauffait.

En attendant, il fallait s'occuper au plus vite de cette histoire de régénération. Il remarqua qu'il avait beaucoup plus d'énergie qu'avant. Il tenait même une forme du feu de Dieu ! Son tempérament volcanique, qui s'était apaisé avec l'âge, faisait de nouveau bouillir son sang. Bon sang, il était Faust ! Il était fort ! Et il avait faim !

Il se tourna vers le garde-manger. Sur l'étagère du haut se trouvait son bol de porridge, reste de son dîner de la veille. Il y plongea sa louche. Il était plein de grumeaux et sa couleur rappelait la graisse de cadavre. L'estomac fraîchement régénéré de l'alchimiste se souleva : non, il ne tolérerait plus cette nourriture abjecte ! D'autant plus que la sorcière supérieure avait eu l'amabilité de lui fournir tout un jeu de nouvelles dents presque neuves, avec juste une petite entaille dans l'incisive gauche. Au diable, le porridge ! C'était de la viande qu'il voulait ! Et se venger ! Se venger !

Sans tergiverser davantage, il quitta sa chambre, dévala les escaliers en trombe, et sortit dans la rue. La nuit était tombée. C'était une superbe soirée douce et bleutée, digne fille de cette magnifique journée de Pâques. Mais Faust ne s'en aperçut pas. L'heure n'était pas à chanter les louanges des Cieux cléments ! Rage ! Il traversa la rue et fit irruption dans sa taverne habituelle.

« Tavernier ! rugit-il. Donne-moi une belle part de ce cochon de lait rôti ! Et ne lésine pas sur la couenne ! »

Quoique surpris par ce brusque changement d'humeur chez ce client habituellement sobre et morose, le tavernier se contenta de demander : « Et comme accompagnement, monsieur, du gruau d'avoine ?

— Pas de gruau, malheureux, je veux une pleine assiette de frites polonaises. Et demande à la serveuse de m'apporter un grand pichet de vin, de bon vin, pas ton infâme piquette polonaise.

— Du beaujolais, ça vous plaît ?

— Oui, et du chianti aussi. Dépêche-toi de me l'apporter. »

Faust s'assit à une table à l'écart car il voulait réfléchir. La taverne était sombre. Un petit feu se consumait dans l'âtre. De grandes bougies flambaient sur une roue suspendue au plafond par de longues chaînes. Un courant d'air filtrant par la porte, qui fermait mal, la faisait légèrement osciller. Une servante apporta le vin et Faust en siffla une demi-pinte sans même lever les yeux. La fille réapparut bientôt avec sa tranche de porc dans une écuelle en bois, une montagne huileuse de frites polonaises et même une petite assiette de chou rouge épicé. Un jour plus tôt, l'appareil digestif de Faust se serait sacrément rebellé, mais, à présent, rien n'aurait pu lui faire plus plaisir. Tout comme la serveuse qui, en se baissant pour poser l'écuelle, avait laissé apparaître deux mamelles opulentes et laiteuses ballottant sous son corsage brodé de paysanne. Elle se redressa, rejetant en arrière les vagues gracieuses de sa chevelure châtain qui retombèrent en cascade luxuriante sur ses épaules dodues. Faust, que ce genre de vision ne titillait plus depuis belle lurette, écarquilla les yeux, déglutit, fronça les sourcils et recouvra l'usage de la parole.

« Vous êtes sans doute nouvelle ici ? En tout cas, je ne vous ai jamais vue. Je m'en souviendrais…

— C'est mon premier jour, répondit la fille avec un sourire un peu boudeur qui fit frémir la moelle épinière de Faust. Je m'appelle Marguerite et je viens de Mecklenburg, où j'étais gardienne d'oies, avant que Gustave Adolphe et ses hordes sauvages de Suédois ne déferlent du nord et fondent sur le pays en un raz de marée sanguinaire, semant la terreur, la barbarie et la mort, et m'obligeant à fuir vers l'est pour éviter ce qui s'est finalement révélé ne pas être inévitable. »

Faust hocha la tête, fasciné par ce gentil babil stérile, ému jusqu'aux entrailles par le charme féminin, accueillant avec attendrissement le retour des effets spectaculaires d'une ardeur lubrique qui avait été restaurée avec le reste de ses fonctions vitales.

« Je suis le docteur Johann Faust. Vous avez dû entendre parler de moi ?

— Oh, oui, monsieur ! » s'exclama Marguerite. En effet, à l'époque, les démonstrations des alchimistes figuraient parmi les numéros les plus prisés du grand public, et quelqu'un ayant autant de succès que Faust pouvait s'attendre à être connu aux quatre coins du pays. « Êtes-vous vraiment passé maître dans l'art de susciter des pierres précieuses et des vêtements sur mesure ? »

Faust était sur le point de répondre quand une voix lui parvint d'une table voisine : « Est-ce possible d'être servi ici ? Notre cruche est vide ! Le beaujolais ça me plaît, un chianti c'est parti, mais contente-toi de nous apporter quelque chose en vitesse !

— Je dois aller servir du vin à ces porcs, dit Marguerite.

— Pourquoi ne passez-vous pas me voir ce soir ? demanda Faust. Nous nous distrairons en jouant avec un ou deux enchantements.

— J'en serai ravie, répondit Marguerite. Je finis mon service à huit heures. À tout à l'heure. *Hasta la vista* ! » Elle se hâta d'aller servir les autres clients, laissant Faust hébété par sa maîtrise inattendue des langues.

9

Faust avala goulûment le reste de son repas et rentra chez lui. Il voulait mettre un peu d'ordre dans son fouillis avant l'arrivée de Marguerite. Par la porte de service, il sortit la poubelle contenant les résidus des expériences de la semaine précédente — des cadavres de chats qu'il avait essayé de faire danser, de vieilles boîtes de bortsch et de porridge à emporter et une haute pile de blouses grises que la servante n'avait ni lavées ni repassées. Il ouvrit les lourds rideaux en grand, rabattit les volets et aéra les pièces. Les femmes, qui n'entendaient rien à la science, attachaient de l'importance à ce genre de détails. Quand la chambre lui parut correctement rangée, il brûla un peu d'encens dans un bol de cuivre. Un parfum douceâtre se répandit dans la pièce. Puis il chauffa de l'eau et, après avoir ôté tous ses vêtements, se frotta méticuleusement des pieds à la tête. Il se sentait vaguement ridicule, mais après tout… le printemps était l'occasion ou jamais de faire un brin de toilette : après ce long hiver, il devait sentir le fauve. Il enfila une robe propre et se peigna les cheveux, qui étaient redevenus drus et rebelles à la suite de sa semi-régénération. Une fébrilité inhabituelle agitait son corps revigoré. Il ne se souvenait même plus à quand remontait son dernier rendez-vous galant.

Marguerite le rejoignit peu après huit heures, sous un clair de lune nacré. Elle entra dans l'appartement nimbée d'une aura rose qui la suivait partout tandis qu'elle papillonnait çà et là, s'extasiant devant le matériel d'alchimiste de Faust, s'émerveillant devant ses livres et ses manuscrits et répandant par sa présence féminine et parfumée une atmosphère de bien-être général.

Le bonheur de Faust eût été à son comble s'il avait pu s'empêcher de ressasser le sentiment d'injustice qui l'obsédait. La négligence criminelle des Puissances infernales le rendait malade. Apparemment, Méphistophélès n'avait même pas demandé à l'imposteur de justifier son identité. Il l'avait cru sur parole ! Un vrai scandale.

Quelques heures plus tard, Faust se retrouva en train de parler à Marguerite de l'injustice dont il était victime alors qu'ils étaient tendrement enlacés dans son étroit lit d'érudit, un pichet de vin d'orge à portée de la main pour stimuler leur gaieté et entretenir leurs ardeurs. La jeune fille écoutait d'une oreille compatissante. Mais son esprit avait tendance à s'écarter vers des sujets qui le concernaient plus.

« Comme ce serait merveilleux si tu pouvais récupérer la fortune que Méphistophélès était sans nul doute venu t'offrir, dit-elle. Par exemple, si tu avais eu une petite amie, tu aurais pu lui faire profiter de tes largesses, la couvrir de cadeaux, et sa reconnaissance t'aurait apporté beaucoup de plaisir en retour.

— Tu as sans doute raison, convint Faust, même si je n'avais jamais envisagé les choses sous cet angle. Mais, en parlant de dons, que dis-tu de celui-ci ? » Il saisit un anneau de cuivre et le fit tournoyer dans les airs à travers la chambre, en murmurant quelques paroles inintelligibles. L'anneau retomba en scintillant avec le bel éclat d'un diamant, bien que dans ce cas précis il s'agît d'un zircon, car le sort était de puissance moyenne. Marguerite était aux anges et, quoique la bague fût trop grande pour ses doigts menus, elle déclara qu'elle connaissait un bijoutier qui la lui ajusterait en échange d'un sourire. Est-ce que, par hasard, il n'avait pas d'autres tours de ce genre ? Faust lui donna satisfaction en transformant quelques tiges de chrysanthèmes fanés en un bouquet de tulipes saupoudrées de perles de rosée. Marguerite convint que ce tour-ci n'était pas mal non plus, mais n'en connaissait-il pas d'autres qui seraient davantage liés à la joaillerie et bien plus spectaculaires ? Faust s'exécuta illico et l'inonda d'une pluie d'épingles et de broches artisanales, certes de charmante facture, mais sans grande valeur marchande. En effet, il y a une limite à ce que peut faire un magicien, même aussi grand que Faust, allongé dans un état de vive tumescence, la tête sur le doux sein d'une femme.

Toutefois, se souvenant d'un tour inédit attribué à Albert le Grand au cours de sa tournée levantine, il prit l'une des tulipes qu'il venait de faire apparaître, passa plusieurs fois la main dessus en marmonnant une incantation étrusque qu'il avait apprise à Naples, pendant sa première année de faculté, et obtint une turquoise plutôt criarde, sertie dans un médaillon d'argent.

« C'est fantastique ! s'écria Marguerite. Comment as-tu fait ça ? »

Faust fit craquer ses doigts. « Tout est dans les mains. Et dans le savoir-faire, bien entendu.

— Mais si tu peux produire de telles choses, comment se fait-il que tu ne sois pas riche ? Pourquoi vis-tu de la sorte ? » D'un geste, elle embrassa la chambre qui, quoique suffisante pour les besoins de Faust, ne faisait rien pour améliorer la réputation de son décorateur.

« Je n'ai jamais cherché la fortune, lui dit-il. La connaissance était mon seul trésor, et j'étais en quête de la pierre philosophale — qui n'est pas l'or, comme le croient les esprits obtus, mais la sagesse.

— Je comprends ça. Mais qu'y gagnes-tu ?

— Pardon ?

— En bien, on fait toujours une chose pour en obtenir une autre. Tu ne l'as jamais remarqué ? On sème du blé pour pouvoir manger du pain. On part en guerre pour rétablir la paix. On commet des meurtres pour sauver des vies. On ne fait jamais rien sans espérer obtenir quelque chose en contrepartie.

— Dieu te bénisse, mon enfant. Avec tes mots simples et sans malice, tu as soulevé une question d'une grande portée philosophique. En somme, tu aimerais connaître le véritable objet de ma quête du savoir ?

— Tu l'as fort bien dit. »

Faust sourit. « La connaissance et la sagesse sont des buts en soi et ne requièrent rien "en contrepartie", comme tu le dis d'une manière si caustique, mais si charmante.

— Dans ce cas, pourquoi en veux-tu autant à cet imposteur dont tu m'as parlé ? Qu'il ait volé ta récompense n'entrave pas ta quête du savoir.

— Hum, fit Faust.

— Que comptes-tu faire une fois que tu auras atteint les sommets de sagesse auxquels tu aspires ?

— Devenir plus sage encore.

— Et lorsque tu le seras devenu autant que c'est possible ? »

Faust réfléchit un moment avant de répondre : « Une fois qu'on a amassé toute la sagesse dont on a besoin, alors on est prêt à savourer les plaisirs des sens : manger, se baigner, dormir, aller aux toilettes, faire l'amour, contempler les couchers de soleil et ainsi de suite. Mais, pour nous autres philosophes, ce ne sont là que broutilles.

— Broutilles ou pas, une fois que tu as la sagesse, quelle autre récompense peut-on te donner ? L'esprit et la chair, docteur Faust. Quand l'un est repu, il est temps de nourrir l'autre.

— Il y a la religion, bien entendu... Elle est considérée comme un but en elle-même. Mais ce n'est pas pour moi, bien sûr. Avaler des poncifs, le dogme, la tradition, ne jamais se remettre en question — tout ça est incompatible avec l'esprit de libre arbitre de Faust, qui lui ordonne de se fier à son propre jugement et de suivre la voix de sa conscience, et non pas celle de quelque prêtre superstitieux ! »

Faust était si échauffé par son discours qu'il sauta au pied du lit et, s'enveloppant dans un long manteau, se mit à arpenter la chambre de long en large, réfléchissant à voix haute. « En vérité, le philosophe recherche la perfection de l'instant présent. Voilà ce qu'il faut affirmer. Il voudrait vivre un moment si parfait qu'il pourrait lui dire : "Attarde-toi encore un peu, ô instant précieux." Celui qui pourrait me trouver cet instant — homme ou démon — aurait mon âme en échange. C'est probablement ce qui a amené Méphistophélès à venir me parler. Il avait une offre à me faire. L'enjeu était très important, j'en suis sûr. Autrement, pourquoi aurait-il commencé par me régéné... ou plutôt par régénérer l'imposteur ? Damnation, il va lui dévoiler les merveilles du monde, de tous les mondes visibles et invisibles, et probablement lui offrir une débauche de luxe où se vautrer car c'est une manie chez les démons. Comme s'ils n'avaient pas encore compris qu'il suffit généralement d'une jolie femme pour écarter un homme du droit chemin de la vertu ! D'ordinaire, la tentation est aisée : une simple suggestion et le pécheur court à sa perte. Mais je digresse. Cet imposteur m'a privé de tout cela ! L'heure de Faust était venue, il n'avait jamais douté qu'un jour on le reconnaîtrait à sa juste valeur. Comprends-tu, Marguerite ? C'était la chance de ma vie, et elle ne se présentera pas une deuxième fois.

— Tu ne peux pas les laisser s'en tirer comme ça ! » s'écria Marguerite.

Au même instant, les cloches de la ville sonnèrent les matines. Leurs tons cuivrés et graves, l'écho puissant de leurs réverbérations ondoyantes et les vibrations évanescentes de leur chant mélancolique se faufilèrent subrepticement jusqu'aux tréfonds de l'âme de Faust, transmettant par leurs notes troublantes un message essentiel. Si seulement il parvenait à le déchiffrer...

Les offices de Pâques. Célébrés sur la Terre comme au Ciel. Et, chez les Puissances des ténèbres, on fêtait le grand sabbat antipascal…

Mais bien sûr! C'est là qu'il trouverait Méphistophélès et l'imposteur!

«Je sais où ils sont! s'écria-t-il. Il faut que je me lance à leurs trousses et que je poursuive ma destinée!

— C'est merveilleux! dit Marguerite. Ah, si seulement je pouvais partager une infime partie de ce destin avec toi!

— Qu'il en soit ainsi! Toi, Marguerite, tu m'accompagneras, tu me seconderas et tu partageras ma récompense!

— Rien ne me ferait plus plaisir! Mais je ne suis hélas qu'une pauvre gardienne d'oies fraîchement promue serveuse de taverne. J'ignore tout de l'alchimie.

— Tu n'as pas besoin d'alchimie pour faire mes courses chez l'apothicaire», dit Faust. Il enfila sa blouse d'érudit. «Viens, habille-toi, on y va!»

10

Sans plus tarder, Faust se lança frénétiquement dans les préparatifs. Tout d'abord, il lui fallait une liste. C'était une première chose. Il s'assit à son bureau et, après avoir plongé sa plume dans l'encrier, il dressa l'inventaire de tous les ingrédients nécessaires à un enchantement de voyage de premier ordre. Il se redressa ensuite avec effroi. Il lui faudrait des mois, voire des années, pour obtenir un sortilège assez puissant pour l'expédier au cœur brûlant du Grand Sabbat et, de là, partout où l'exigerait sa mission. En outre, il fallait prendre Marguerite en considération car il tenait à l'emmener avec lui. Le problème, c'était qu'il n'avait pas le temps de se procurer tout ce matériel légalement. Mais il le lui fallait coûte que coûte, ou bien la légende de Faust, le grand mythe de la créativité de l'homme face aux machinations d'un autre monde, ne verrait jamais le jour.

Relever un tel défi exigerait certains recours désespérés. Il faudrait peut-être enfreindre la loi. Si, dans toute l'histoire de la dialectique, l'expression : « La fin justifie les moyens » avait jamais eu un sens, c'était bien maintenant.

Puis, soudain, il comprit ce qui lui restait à faire. Il alla chercher sa boîte à outils d'alchimiste, fort utile quand les enchantements de déverrouillage ne fonctionnaient pas. Il saisit également au vol une outre de vin d'Espagne car il subodorait qu'il aurait grand besoin d'un remontant avant la fin de cette périlleuse entreprise.

« Viens, dit-il à Marguerite, nous avons du pain sur la planche. »

Le musée Jagellon était sombre et désert. C'était un grand bâtiment gris, qui se dressait seul au milieu du parc du Belvédère. Pas très loin de la porte Saint-Rodolphe. Légèrement à gauche. Marguerite fit le guet pendant que Faust marmonnait un enchantement de déverrouillage devant le grand portail de bronze. Comme il l'avait craint, ce n'était pas son jour. Il arrive qu'une mauvaise intonation fausse totalement la portée d'un sortilège, au point que les sorciers et les mages souffrant d'un rhume de cerveau préfèrent souvent s'abstenir de travailler quelque temps, plutôt que de prendre le risque d'invoquer leur propre destruction par un reniflement au moment crucial. En tout état de cause, Faust avait pris ses précautions. Sortant sa boîte à outils, il força la serrure, puis, buvant une gorgée de vin pour se donner du courage, il entrebâilla la porte, juste assez pour que Marguerite et lui puissent se faufiler à l'intérieur.

Ils se trouvaient dans le grand hall d'entrée. Les vitrines étaient plongées dans l'obscurité. Les grandes verrières du toit incliné ne laissaient entrer que quelques rares rayons de lune. Néanmoins, Faust connaissait assez les lieux pour entraîner Marguerite le long d'un couloir — elle ouvrit une bouche béante devant les portraits des rois de Pologne — qui s'achevait sur un mur de pierre.

« Et maintenant ? demanda-t-elle.
— Regarde. Je vais te montrer ce que les visiteurs du musée Jagellon ne voient jamais. »

Il palpa le mur jusqu'à ce que ses doigts rencontrent une aspérité familière. Il appuya dessus. Un pan de la paroi s'ébranla et pivota sur ses gonds dans un grincement lugubre, révélant une galerie étroite.

« Où cela mène-t-il ? s'enquit Marguerite.

— Dans la Chambre close, l'endroit le plus impie du musée, condamné depuis longtemps par l'Église, la collection secrète d'objets occultes des temps anciens.»

Il la conduisit dans le passage secret. Celui-ci débouchait sur une grande salle remplie de tables vitrées. Faust lui-même était fasciné, car, à ce qu'on disait, cette pièce existait déjà longtemps avant que l'Europe n'eût atteint son stade actuel de civilisation. Ils avancèrent sur la pointe des pieds, entre les vitrines où étaient exposés des anneaux de cuivre ésotériques provenant de la cité chaldéenne d'Ur, des bagues de divination en bronze de Tyr, des couteaux de sacrifice à la lame en silex des Celtes adorateurs de l'arc-en-ciel et des objets plus récents, comme le buste en laiton de Roger Bacon, la machine de la connaissance universelle de Raymond Lulle, censée convertir les païens, plusieurs sceaux et ombres de Giambattista Vico à la forme facile à interpréter et bien d'autres choses encore.

«Avec ça, on ira loin, dit Faust, dont les bras étaient déjà pleins d'objets magiques.

— Tu vas finir sur la potence!

— Il faudra d'abord qu'on m'attrape. Là-bas, c'est l'authentique saint suaire de Turin. Je me demande si nous ne devrions pas le prendre.

— Je ne le sens pas trop», dit Marguerite en se drapant néanmoins les épaules dans le linceul.

Au même instant, un bruit leur parvint en provenance de la porte d'entrée, suivi du lourd martèlement de bottes au bout métallique, telles qu'en portent généralement les gardes pour éviter que des délinquants enragés ne leur piétinent les orteils.

«Nous sommes coincés! s'écria Marguerite. Il n'y a aucun moyen de sortir!

— Regarde ça», dit Faust. Il disposa dans un ordre donné les objets dont il venait de s'emparer. Il agita les mains et articula des paroles qu'on se gardera bien de répéter ici, de crainte de perturber le cycle naturel des choses. Médusée,

Marguerite vit une lueur éclatante émaner de ceux-ci et envelopper d'abord Faust, qui tenait toujours son outre de vin, puis la jeune femme elle-même.

Lorsque les gardes arrivèrent dans la Chambre close, le souffle court et la pique au poing, il n'y avait plus personne à arrêter.

11

Un peu ébouriffés par leur vol à travers l'éther, Faust et Marguerite atterrirent dans le pré humide de la banlieue de Rome où se tenait habituellement le Grand Sabbat des sorcières. La prairie s'étendait entre deux collines dont les cimes rappelaient étrangement des gargouilles. Les derniers feux rougeoyants du grand soleil couchant apprenaient au regard du passant curieux qu'une sacrée fête avait eu lieu peu de temps auparavant. Le sol était jonché de gourdes vides, de langues de belle-mère et de chapeaux en papier. Les musiciens de l'orchestre rangeaient leurs instruments et s'apprêtaient à rentrer à Budapest. L'immense autel élevé au centre du pré croulait sous les restes des sacrifices. Mais les convives étaient manifestement rentrés chez eux, et les démons de service découpaient la viande pour la distribuer aux méchants pauvres, car la misère est partout, sur la terre comme au Ciel et sous nos pieds.

Faust et Marguerite traversèrent le vaste terrain bourbeux où s'était tenue la grand-messe satanique. La frustration donnait envie de pleurer à l'alchimiste. Encore trop tard ! Avoir fait tout ce chemin, déployé tant d'efforts, et tout ça pour rien ! Mais il se ressaisit aussitôt et s'admonesta vivement pour ce laisser-aller. Tout n'était peut-être pas perdu.

Il s'approcha de l'un des ouvriers, un gnome barbu aux

petites jambes trapues engoncées dans des chausses faites de lanières de cuir étroitement tressées, qui portait un casque surmonté de cornes à la mode scandinave et une épée attachée à son havresac.

« Comment ça va ? s'enquit Faust.

— Mal, grogna le gnome. Mes camarades et moi nous sommes fait coincer par un démon qui nous a obligés à nettoyer après le Sabbat. Mais il n'y a pas pires pingres que ces gens-là, quand il s'agit de payer. Et, en prime, ils ne laissent jamais rien à boire derrière eux.

— Boire ? » Faust brandit l'outre de vin d'Espagne à laquelle il s'était cramponné depuis son départ de la Chambre close. « Peut-être puis-je t'offrir quelque chose à boire.

— Comme vous êtes bon, messire ! Je m'appelle Rognir, pour vous servir. » Il tendit la main vers l'outre, mais Faust la retira aussitôt hors de sa portée.

« Pas si vite ! Il y a quelque chose que tu peux me donner en échange.

— Je savais que c'était trop beau pour être vrai, dit Rognir. Qu'est-ce que vous voulez ?

— Des informations. »

Rognir, dont le visage fortement ridé s'était renfrogné, haussa les sourcils et sourit. « Des informations, messire ? À la bonne heure, je vous donnerai toutes les informations que vous désirez. Je croyais que vous vouliez des bijoux. Qui voulez-vous que je trahisse ?

— Je ne demande rien d'aussi dramatique, répondit Faust. Je cherche simplement deux personnes qui ont assisté au Sabbat. L'un est un grand homme blond avec un air d'imposteur, l'autre un démon brun du nom de Méphistophélès.

— Oui, je les ai vus. Ils riaient aux éclats et se démenaient comme deux beaux diables. On aurait cru qu'ils n'avaient jamais assisté à un sabbat de sorcières.

— Où sont-ils allés ?

— C'est le genre d'informations que nul ne confie à un nain. En revanche, j'ai un parchemin rédigé de la main même de Méphistophélès, si ça vous intéresse. Il l'a donné à ce démon rouquin planté là-bas. »

Le rouquin auquel il faisait allusion n'était autre qu'Azzie Elbub, le sémillant démon à tête de renard qui avait organisé le précédent concours du Millénaire pour le compte des ténèbres. Malheureusement, sa création, le prince Charmant, avait connu une fin si ambiguë, si moyennement douloureuse que Nécessité, chargée de juger l'épreuve, l'avait disqualifié pour manque de combativité. Les Seigneurs des ténèbres n'avaient guère apprécié car ils s'attendaient à une victoire qui leur donnerait le droit de décider du sort de l'humanité pour les mille ans à venir. Voilà pourquoi, cette fois-ci, Azzie n'avait pas été consulté, les choix ayant été entièrement confiés à Méphistophélès et à l'archange Michel.

« Ce démon t'a remis le parchemin ensuite ? demanda Faust.

— Pas exactement, répondit Rognir. Il l'a froissé, puis jeté par terre en pestant, pendant que Méphistophélès et son ami régénéré s'évanouissaient dans un nuage de fumée et de feu.

— Donne-moi ce papier !

— Donnez-moi cette outre ! »

Ils se dévisagèrent d'un œil torve, puis échangèrent prudemment leurs précieux trésors. Pendant que Rognir tétait avidement le goulot, Faust examina le papier. C'était une liste de dates et de lieux. Il en avait visité certains, comme Paris. Mais pas Londres, ni la cour de Kubilaï Khan à Pékin. Les dates étaient toutes différentes, certaines dans le passé, d'autres dans l'avenir. La première ligne de la liste attira plus particulièrement son attention : « Constantinople, an 1210. » Faust se souvint que c'était l'année de la tristement célèbre Quatrième Croisade. De toute évidence, il s'agissait de la première des situations auxquelles Méphistophélès avait fait allusion chez lui.

Tandis qu'il se creusait la tête en parcourant la liste, une voix s'éleva derrière son épaule gauche : « Je crois que vous parliez de moi. »

Faust releva la tête et vit Azzie, le démon à qui Rognir avait fait allusion, debout près de lui.

« Comment avez-vous pu m'entendre ? fit Faust. Je chuchotais.

— Les démons savent toujours quand on parle d'eux. Vous vous interrogiez au sujet de ce parchemin ? Laissez-moi vous expliquer. Voici : Méphistophélès a été nommé grand ordonnateur des jeux du Millénaire, qui décideront de la destinée de l'humanité pour les mille ans à venir. Ils l'ont préféré à moi. Moi qui ai déjà remporté deux fois les jeux ! Michel et lui ont décidé que Méphistophélès placerait Faust dans cinq situations différentes, et que les choix qu'il effectuera dans ces situations seront jugés et comptés en points de bonté, de malveillance, d'efficacité et de motivation par la Nécessité — que nous connaissons sous le nom d'Ananké.

— Mais c'est *moi*, Faust ! s'écria Faust. Méphistophélès s'est trompé de personne ! »

Azzie l'étudia du regard. Ses yeux vifs de renard s'étrécirent et son corps robuste de démon se tendit d'une manière qu'un observateur averti, s'il y en avait eu un, aurait jugée significative.

« C'est *vous* le célèbre érudit ?

— Oui, c'est moi, c'est moi ! » Marguerite le tira par la manche avec une telle insistance que Faust ajouta : « Et voici Marguerite, mon amie. »

Azzie la salua d'un bref signe de tête, puis se retourna vers Faust. « Voilà un revirement de situation tout à fait intéressant.

— Pas pour moi. Je réclame justice. C'est moi que Méphistophélès voulait pour le concours. Je veux retrouver ma juste place ! M'aiderez-vous ? »

Azzie effectua quelques allées et venues sur l'herbe piétinée, l'air songeur. Il essayait de dominer son tempérament impulsif car l'affaire méritait d'être examinée sous tous ses aspects, et il manquait d'informations pour entreprendre une action décisive. Mais, s'il ne se trompait pas, il y avait là une occasion dont il pourrait tirer profit.

«Je vous tiendrai au courant de ma décision, dit-il.

— Donnez-moi au moins un conseil! Dites-moi où les trouver!

— Soit. Si vous voulez mon avis, il vous faudra voyager dans le temps si vous voulez poursuivre Méphistophélès et l'imposteur. Pour cela, vous devez aller voir Charon et vous arranger avec lui pour qu'il vous transporte dans sa barque.

— Merci!» s'écria Faust. Attrapant par le bras la fille aux cheveux châtains, il invoqua la seconde partie de l'enchantement de voyage concocté dans la Chambre close du musée Jagellon et disparut dans les airs.

12

Azzie suivit des yeux le départ de Faust, remarquant au passage qu'il était plutôt doué pour un mortel. Il s'était volatilisé d'une manière brusque et précise, ici un instant, ailleurs l'instant suivant, sans flou brouillon ni couleurs baveuses comme en laissaient la plupart des enchanteurs moins doués. Ce type maniait bien la magie pour un être humain. Bien sûr, c'était Faust, et cela faisait la différence. Azzie lui-même en avait entendu parler.

Minuit venait de sonner. Les équipes de nettoyage en avaient terminé avec la prairie où s'était déroulé le Sabbat. Les responsables de l'assainissement achevaient de stériliser les lieux où des bêtes malpropres avaient creusé la terre. Les écologistes spirituels réparaient les dégâts causés aux arbres par la foudre et les projections de soufre, plantant de nouvelles pousses d'herbe sur le gazon ravagé et purifiant le sol des souillures innommables déversées durant les festivités nocturnes.

« Et voilà le travail, annonça Rognir, contremaître des nains. Il y avait encore plus de dégâts que l'année dernière.

— Oui, on s'est bien amusés, répondit Azzie, l'esprit ailleurs.

— Nous pouvons partir maintenant ? » Rognir était de mauvaise humeur. Il n'avait vraiment pas voulu de ce travail. Avant de tomber sur Azzie, il marchait dans une galerie souterraine, chantonnant dans sa barbe. Il avait l'intention de se rendre au Festival des Nains d'Uppsala qui se tenait cette année dans les sous-sols de Montpellier. C'était la plus grande fête du calendrier des nains, une occasion d'exhiber les variations infimes que l'on avait apportées aux danses antiques et de chanter de nouvelles versions de vieilles mélodies car les gnomes tenaient avant tout à la tradition. Ils n'appréciaient guère la nouveauté qui, selon eux, n'était qu'éphémère. Ils préféraient réactualiser des vieilleries, ajoutant un mot ici ou un pas là. Rognir et quelques membres de sa clique s'entraînaient sur une variation de la tarentelle. (Une clique est un groupe d'amis comptant entre cinq et dix-sept individus. Pour les nains, la clique tient lieu de famille, et assure que chacun paiera sa tournée.) Rognir avait prévu de retrouver le reste de sa clique sous Montpellier. Il se hâtait, en retard comme à l'accoutumée, lorsque Azzie, qui arrivait à grands pas dans le tunnel, l'avait aperçu.

« Salut ! avait lancé celui-ci. On se connaît, non ?

— Nous nous sommes déjà rencontrés, avait grogné Rognir, reconnaissant le démon. Tu étais censé investir mon trésor. Qu'est-il devenu, au fait ?

— Il est en train de te rapporter de l'argent. Inutile de t'inquiéter, tu as déjà touché des dividendes, souviens-toi. » Il avait passé un bras autour du cou du nain en un geste qui se voulait amical. « Tu n'as rien à faire en ce moment, n'est-ce pas ?

— J'ai un rendez-vous.

— Ça peut attendre. J'ai besoin de toi pour donner un petit coup de balai après le Sabbat des sorcières. Ça ne te prendra pas longtemps.

— Pourquoi ne le fais-tu pas toi-même ?

— On m'a engagé comme superviseur, pas comme balayeur. Allez, sois chic. »

Rognir voulait refuser, mais il n'est pas toujours évident de tenir tête à un démon qui vous regarde droit dans les yeux. Les démons sont nettement plus terrifiants que les nains, qui n'ont d'ailleurs rien de terrifiant, quoiqu'ils puissent terriblement bouder.

L'antagonisme entre les nains et les démons n'avait rien de nouveau : depuis des temps immémoriaux, ils partageaient les mêmes territoires souterrains, mais jamais sur un pied d'égalité. Les démons s'étaient toujours érigés en maîtres, sans qu'il leur vînt jamais à l'esprit qu'il pût en être autrement. Les nains s'étaient donc retrouvés sous leur joug. Ils n'étaient jamais parvenus à imposer un des leurs comme chef, car même un nain n'aurait pas supporté d'obéir aux ordres d'un autre nain. Ils avaient songé à se rebeller, puis fini par courber l'échine, car ils étaient de grands maniaques de la tradition, y compris celle d'être soumis à une espèce étrangère. Ils aimaient les rituels, et reproduire point par point ce qui se faisait jadis, à une époque probablement mythique où tout était tellement mieux. Les démons étaient quant à eux des innovateurs et d'insupportables snobs. Ils adoraient la politique, à laquelle les nains n'entendaient rien, faisant tout pour éviter les complications dont les démons semblaient se délecter. Ils avaient choisi de vivre sous terre pour ne gêner personne, et aussi en raison des métaux précieux qu'on y trouvait. Les démons préféraient vivre en surface ou dans le Royaume des esprits, que les nains n'appréciaient guère. Certes, ils se rendaient parfois dans le second par obligation, mais ils se méfiaient généralement de tout ce qui était intangible. Ils avaient une idée bien à eux de la nature des choses, et cette idée était profondément matérialiste. Comme elle ne concernait que les nains, elle n'avait pas une portée tellement universelle. Malheureusement pour eux, ils habitaient un monde peuplé d'hommes et de démons. Donc, en désespoir de cause, ils avaient émigré sous terre, l'ultime frontière, comme l'avait décrit un de leurs sages, où ils tentaient de vivre en paix, avec leurs métaux précieux, leurs troupeaux de moutons et leurs petits poneys à poil long. Mais les démons, qui pouvaient eux aussi se déplacer sous terre, n'avaient jamais reconnu la souveraineté des territoires des nains. De leur point de vue, le monde souterrain n'était qu'une vaste sphère fangeuse qui n'appartenait à personne.

« Et mon salaire ? demanda Rognir.

— Tu seras payé sous la forme habituelle, répondit Azzie. Plusieurs sacs de pièces d'argent seront déposés sur ton compte à la Caisse d'Épargne du Pandémonium.

— Mais c'est au fin fond des Enfers ! Nous autres, les nains, nous ne descendons jamais aussi bas !

— Il le faudra bien, si tu veux être payé.

— Quand nous y allons, on se moque de nous et on nous demande nos papiers. Ils ne veulent pas comprendre que les nains n'ont pas de permis de conduire.

— Cesse tes jérémiades, dit Azzie sur le ton brutal et menaçant qui lui était naturel.

— Et personne ne nous donne jamais de vin, ni à manger, poursuivit Rognir d'une voix pleurnicharde.

— Tu n'as qu'à en acheter toi-même. L'argent est fait pour ça ! »

Rognir s'éloigna en grommelant. Il réunit ses compagnons et, ensemble, ils déblayèrent l'entrée du tunnel par où ils étaient arrivés, en se plaignant des conditions de travail et de l'absence de vin. Les nains voyageaient toujours par voie souterraine, creusant des galeries quand il n'y en avait pas. Ce n'était pas une mince besogne et l'on pouvait parfois se demander si cela en valait la peine, dans la mesure où la surface disposait d'un excellent réseau routier permettant de se rendre partout. Mais, toujours fidèles à leurs traditions, les nains estimaient que rien ne valait les chemins d'antan et que, sous terre, on savait au moins toujours où l'on se trouvait. Ils s'engouffrèrent dans leur trou, et le dernier de la file referma derrière lui la trappe recouverte d'herbe. Le pré avait retrouvé son aspect normal et légèrement embroussaillé. Azzie pouvait s'en aller à son tour.

Pourtant, le démon à face de renard s'attardait, l'esprit toujours préoccupé par les deux Faust. Que se tramait-il donc ? Méphistophélès avait apparemment donné à Faust, au nom du Comité d'organisation du Millénaire et avec l'approbation de Michel, une liste de lieux où il influencerait la destinée de l'humanité à des époques cruciales pour l'histoire future. Faust avait accepté le défi. À l'heure actuelle, ils étaient probablement en route pour la ligne de départ, si l'on peut dire, prêts à se lancer dans la première épreuve. Sauf que celui qui passerait ces épreuves n'était pas Faust, mais un imposteur, et que Méphistophélès n'y avait vu que du feu. Bizarre.

Était-ce un simple malentendu, l'imprévisible grain de sable qui déjoue les plans du plus démoniaque comme du plus vertueux ? Ou y avait-il anguille sous roche ?

Azzie était agacé. En dépit de sa réputation de démon plutôt bon enfant, les événements récents avaient aigri sa nature jusqu'alors débonnaire. Se faire doubler dans l'organisation du concours du Millénaire n'avait pas arrangé les choses. Il n'avait pas encore digéré la décision des Seigneurs des ténèbres. Pourquoi avoir choisi Méphistophélès pour faire ce que *lui* avait déjà si brillamment réussi par le passé ? Et ce démon stupide paradait devant tout le monde aux côtés d'un simulateur !

Quel effet aurait cette imposture sur les résultats du concours ? Le vrai Faust sur la touche, quelle partie en tirerait le plus profit ? Et, plus important encore, qui tirait les ficelles ? Car, plus Azzie y réfléchissait, plus il lui paraissait évident que cet imbroglio avait été prémédité. Les théories du complot comptent parmi les plus beaux chefs-d'œuvre intellectuels jamais produits par les Enfers et Azzie en était fort féru — même si, à d'autres égards, il avait certaines réserves au sujet des idées reçues.

Oui, quelqu'un manigançait quelque chose... derrière tout ça ! Si Azzie découvrait le pot aux roses, il pourrait l'exploiter à son avantage.

Dès qu'il eut compris cela, sa mauvaise humeur s'évanouit et il se sentit même franchement guilleret. Car, s'il y a bien une chose qui fait plaisir à un démon, c'est de dévoiler un complot, et de démontrer qu'il est plus malin que n'importe qui d'autre.

L'occasion tombait à pic. Azzie avait été sous-employé ces derniers temps. Comme il s'était attendu à être choisi pour mettre le concours sur pied, il n'avait fait aucun projet digne d'intérêt. Voilà qui allait l'occuper un bon moment. Et il savait déjà par où commencer.

Il lança un dernier regard au site du Grand Sabbat et estima que tout était en ordre. Il prit alors son envol, effectuant une triple boucle piquée, avant de filer comme une fusée, projetant dans son sillage une nuée de petits points lumineux rouges et blancs. Qu'un vulgaire mortel essaye donc une sortie pareille !

Son vol (mené plus sobrement une fois dans l'éther) le conduisit droit dans les quartiers sud de l'Enfer, où se trouvait le Bureau des Archives infernales. Les locaux n'étaient pas accessibles au commun des démons, mais Azzie connaissait un moyen pour y jeter un coup d'œil.

Il contourna le grand immeuble gris des Archives et ses bataillons d'âmes damnées pianotant sur des claviers d'ordinateurs, condamnées à l'abrutissement éternel, mais autorisées à faire une pause cigarette de temps à autre car les ténèbres permettent quelques écarts, à condition que ce soit mauvais pour la santé. Azzie se posa près du petit bistrot campagnard, juste derrière les Archives. De là, il téléphona à Winifred Feyye, une ravissante petite diablotine de sa connaissance, qui était également chef de service au département du Protocole.

« Alors, ma jolie, comment ça va ? s'enquit-il de cette voix chaude et badine qui faisait fondre Winnie.

— Azzie ! Ça fait des siècles que tu ne m'as pas donné de nouvelles !

— Tu sais ce que c'est, ma mignonne. Si tu veux vraiment faire le Mal dans cet univers, c'est un travail à temps complet. »

Quelques minutes plus tard, ils étaient confortablement installés à une table au fond du bar et le garçon leur apportait un diabolo à la soude pour Winnie et une bile de vipère-fizz pour Azzie. Bercés par l'atmosphère douillette, ils évoquèrent joyeusement leurs relations communes : le vieux père Magog, à présent réparateur de piloris pour l'Agence infernale des Sévices corporels, mademoiselle Ytoush, toujours secrétaire personnelle d'Asmodée, le jeune Mordred de Ryre, bénévole d'une association de malfaisance qui distribuait des plateaux-télé surgelés aux damnés. Un joli feu crépitait gaiement dans la cheminée. Assis dans un coin, un barde aveugle chantait l'épopée de la guerre de Troie en pinçant les cordes de sa harpe, ce qui ajoutait à ce moment de bonheur simple une note à la fois classique et romantique.

« Oh, Azzie ! soupira Winnie quelques verres plus tard, j'ai passé un moment formidable ! Il faut vraiment que je retourne travailler, maintenant. J'aimerais qu'on fasse ça plus souvent !

— Moi aussi, dit Azzie. Qui sait, peut-être cela sera-t-il possible ? Winnie, tu ne pourrais pas me rendre un petit service, si ça ne t'ennuie pas ? J'écris un papier pour *Le Monde de Satan* sur les Protocoles et les Accords signés entre la lumière et les ténèbres. Il y en a eu un nouveau qui n'a même pas encore été rendu public. C'est en rapport avec le concours du Millénaire.

— Je vois de quoi tu veux parler, dit Winnie. Je l'ai classé il y a deux jours à peine.

— J'apprécierais beaucoup de pouvoir le consulter. »

Winnie se leva. Elle était petite et menue, même pour une diablotine, et sa coupe de cheveux à la lutin mettait en valeur son visage en forme de cœur et accentuait ses grands yeux sombres.

« Je te l'apporte ici à ma prochaine pause.

— Winnie, tu es un amour. Dépêche-toi de revenir ! »

La jolie petite diablotine disparut dans un froufroutement de minijupe. Azzie resta à attendre dans le bar. Les heures passèrent. De temps en temps, un employé du ministère de l'Inférieur entrait pour siffler un petit bock d'ichor au comptoir. L'éclairage était parfaitement étudié : nuit et jour, on baignait dans la délicieuse atmosphère d'un pluvieux après-midi d'hiver. De temps en temps, quelques gouttes artificielles dégoulinaient en rigoles sur les vitres à croisillons. Azzie dénicha une copie de la *Gazette interne des Enfers*, vieille de deux semaines. Il parcourut sans grand intérêt les informations concernant des tombolas, un pique-nique, la nouvelle annexe du ministère de l'Inférieur. Tout en sirotant plusieurs cafés sataniques, agrémentés de cocaïne, qui non seulement est légale en Enfer, mais nécessaire pour le sacrement de la dissolution que tous les employés de l'Inférieur sont tenus par la loi de pratiquer quotidiennement. Au bout d'un moment, Winnie revint, sa minijupe délicieusement relevée sur ses petites cuisses fermes.

« Je l'ai ! Mais il faut que je le ramène vite. » Elle lui tendit une grande enveloppe en papier bulle.

« Ça ne prendra qu'un instant », répondit Azzie. Il déroula le parchemin et le parcourut pendant que Winnie le maintenait à plat sur la table. Il ne tarda pas à trouver le pacte signé par Faust.

Les termes du contrat étaient exposés avec une précision extrême, qui paradoxalement semblait source de mille litiges. Cela commençait par : « Il est ici convenu que Johann Faust, résidant dans diverses cités de la Terre mais probablement ces temps-ci à Cracovie… » Et il déchiffra les mentions : « Par la présente, le susnommé Faust, ou quiconque se faisant appeler par ce nom, s'engage formellement à… »

Quiconque se faisant appeler par ce nom ? Voilà qui sentait l'échappatoire à plein nez, ça. Comme si on cherchait d'avance à rejeter toute responsabilité, au cas où quelqu'un prendrait la place de Faust. Mais si n'importe qui pouvait faire l'affaire, pourquoi écrire le nom de Faust ?

Azzie sauta directement au règlement du concours : « Le Faust en question (quel Faust ? voilà à nouveau l'ambiguïté) sera placé dans cinq situations, exposées plus loin en annexe. On lui fournira chaque fois plusieurs possibilités d'action et, sans encadrement d'aucune sorte, il décidera par lui-même de la voie à suivre. Les conséquences de ses actes seront jugées par Ananké, qui les examinera sous l'angle du Bien et du Mal, de la lumière et des ténèbres, et de toute autre opposition qu'il lui semblera bon d'invoquer pour décider de l'issue de ce concours. Il est également stipulé ici que le Faust en question ne devra agir que selon son libre arbitre, dans l'acception générale conférée à ce terme... »

Azzie reposa le parchemin sur la table et demanda à Winnie : « Qui a rédigé ça ? Ne me dis pas que c'est l'archange Michel !

— En personne, répondit Winnie.

— Je ne l'aurais jamais cru aussi vicieux. Il y a dans ce contrat des ambiguïtés qui rendraient jaloux les professeurs de l'Institut des Hautes Études en Prévarication.

— J'ai entendu dire que Michel avait étudié la casuistique. C'est ce qu'on nous a rapporté. Il prétend que l'incapacité de discerner de manière convaincante est un désavantage dont le Bien peut désormais se passer.

— Voilà une jolie ambiguïté. Hum ! » Azzie inspecta de nouveau le document. « Toutes ces inepties au sujet du libre arbitre... Tu crois qu'il essaie de brouiller les pistes ? Et si oui, qu'est-ce qu'il tente de cacher ?

— Je n'en ai pas la moindre idée, répondit Winnie en battant de ses longs cils à son intention.

— Toi, peut-être pas, ma chérie. » Il roula le parchemin et leva les yeux vers elle. « Mais je connais quelqu'un qui pourra sans doute m'éclairer. »

14

La personne à laquelle Azzie songeait n'était autre que Lachésis, l'aînée des Parques — et selon certains, la plus futée. Les trois sœurs tissaient, enroulaient et coupaient le fil de la destinée humaine. Mais, en réalité, c'était Lachésis qui faisait tout le travail. Clotho, qui dévidait le fil de sa quenouille à partir de l'écheveau de l'être basique, était une vieille dame enjouée dont les doigts s'affairaient tout seuls tandis qu'elle rêvassait au bon vieux temps. Atropos, qui tranchait le fil, travaillait entièrement sous les ordres de Lachésis. Ces tâches peu exigeantes laissaient à Clotho et à Atropos beaucoup de temps libre, qu'elles occupaient à d'interminables parties de rami, à grand renfort de thé et de quatre-quarts, leur unique nourriture. Seule Lachésis veillait consciencieusement au grain et devait faire appel à son seul jugement pour déterminer la durée de vie de chaque mortel et même, selon certains, la façon dont il allait mourir. C'était une femme de haute taille au visage austère, apparentée à la Nécessité par sa mère la Nuit, elle-même fille du Chaos. Elle ne manquait jamais de rendre visite à ce grand-père indispensable, à l'occasion des grandes fêtes. Elle passait le reste de son temps à travailler les fuseaux, examinant chaque fibre avec un zèle de tous les instants, accordant à chaque homme sa moïra, sa portion de destin.

Les Parques avaient survécu à l'Âge mythique. On serait en droit de s'étonner de leur coexistence dans le cosmos avec les anges de la chrétienté et les démons médiévaux. Ce paradoxe, comme tant d'autres incohérences apparentes, a été expliqué en détail dans la *Théorie du champ unifié des esprits*, ouvrage majeur respecté de tous bien que personne n'ait jamais pu le consulter.

Rendre visite aux Trois Tordues, comme on les appelait dans leur dos, n'était pas une mince affaire car elles vivaient dans une petite région à part, hors de l'espace et du temps, un lieu qui n'était relié au reste de l'univers que par le fil·in d'acier de l'Inexplicable Causalité, pas commode à emprunter. Azzie estimait néanmoins indispensable de s'y rendre pour mener son enquête car Lachésis, du fait de sa parenté avec la Nécessité, était réputée experte en matière de psychologie des créatures de l'ombre et de la lumière, et particulièrement douée pour analyser leurs motivations.

Avant tout, il fit un détour pour acheter un petit cadeau. Lachésis adorait qu'on la gâte. Elle conservait tous ses présents dans un vaste hangar, derrière le modeste temple grec où ses sœurs et elle travaillaient. Au fil des millénaires, son entrepôt s'était considérablement agrandi car les offrandes pour influencer les Parques ne cessaient d'affluer. Azzie dénicha une passoire à thé en argent massif et, son présent sous le bras, joliment emballé dans un papier cadeau, il se dirigea vers la petite étoile rouge en bordure de cette région sombre de la Voie lactée, entre la Croix du Sud et la Croix du Nord, et tout près de la constellation du Cygne. Là, il prit une profonde inspiration et s'élança dans le vide.

Les turbulences le secouèrent rudement, mais il parvint à l'endroit voulu : un pré rocailleux au fond duquel se dressait le petit temple de brique rouge où vivaient les Parques et, derrière, beaucoup plus impressionnant, l'immense entrepôt qu'elles avaient fait construire pour y stocker les cadeaux que des générations de pauvres mortels leur avaient adressés dans l'espoir de modifier le cours de leur destinée et d'obtenir quelques années de vie supplémentaires.

«Entre donc, mon mignon, dit Lachésis en l'accueillant à la porte. Atropos, Clotho, regardez qui vient nous rendre visite !
— Ça par exemple ! s'exclama Atropos. Mais c'est ce garnement d'Azzie !»
Clic clic clic, faisaient ses ciseaux. Des filets floconneux de lin voletaient dans les airs.
«Tu ne peux pas faire un peu attention ? gronda Lachésis. Tu viens de couper ces vies un centimètre au-dessus de ma marque. Chaque centimètre, c'est dix ans de vie, pour un mortel !
— Bah ! fit Atropos. De toute manière, ils n'auraient pas su en profiter. Je les connais, depuis le temps. Ces années, ils les auraient gâchées, comme toutes celles qu'ils ont déjà vécues.
— La question n'est pas là. Le fil de la vie leur accorde un certain laps de temps pour faire ce que bon leur semble. Ce n'est ni à nous, ni à un mortel, ni à je ne sais quel esprit supérieur de décider à leur place.
— Houlala... soupira Clotho en levant les yeux au ciel. Tu t'es levée du pied gauche ou quoi ? C'est bon... Je donnerai un centimètre ou deux de plus à quelqu'un d'autre, personne ne se rendra compte de rien.»
Lachésis haussa les épaules et se tourna vers Azzie. «Qu'y puis-je ? La semaine dernière, je l'ai surprise en train de faire des nœuds avec le fil avant de le couper. Quand je lui ai demandé ce qu'elle faisait, elle m'a répondu qu'elle voulait juste voir l'effet que ça produirait sur un humain, des nœuds dans son destin. Et elle avait l'air de trouver ça drôle ! Elle s'en fiche éperdument. J'ai demandé au Bureau central du recrutement de remplacer Atropos, même si c'est ma sœur, mais ils m'ont répondu que c'était un poste de service public et que seule Atropos pouvait l'occuper. La remplacer irait à

l'encontre de la législation du travail ! Comme si la tradition et la législation du travail étaient sacrées !

— Je vois en effet que je tombe plutôt mal. Je suis affreusement gêné de venir vous embêter dans un moment pareil avec mes petits ennuis.

— Oh, mais je t'en prie, ça me fait plaisir, au contraire ! Ta passoire à thé est ravissante. Je sais exactement où je vais la mettre. Maintenant, dis-moi ce qui t'amène. »

Azzie lui parla du concours du Millénaire et des termes ambigus du contrat rédigé par l'archange Michel.

« Tu as raison de te méfier de Michel. Ces derniers temps, son zèle a pris des proportions démesurées. Il est prêt à tout pour réussir. Un de ces jours, ça va lui valoir un blâme, j'en suis certaine. En attendant, personne n'a rien dit quand il a inséré cette clause au sujet de la nature équivoque du libre arbitre. Et tu as vu le flou, dans les critères d'évaluation ? Ça le couvre pour les situations où il va placer Faust — ou, plutôt, le pseudo-Faust. Reste à savoir comment Ananké, écrasée comme elle le sera par les pressions de toutes parts, va pouvoir juger les intentions du concurrent avec un contrat aussi vague ! Elle sera sans doute obligée de se fonder sur ses résultats plutôt que sur ses motivations. Et voilà sans doute pourquoi Michel voulait un mortel dont il puisse prévoir les choix.

— Alors pourquoi ne pas utiliser le vrai Faust ?

— Parce que ça présente un certain nombre de difficultés, dit Lachésis. Les différents rapports effectués sur sa personnalité ne concordent pas. Selon certains, c'est un charlatan et un vantard, selon d'autres, un grand magicien et un maître penseur. Michel savait qu'il n'aurait aucune difficulté à convaincre Méphistophélès de l'accepter comme concurrent ; le problème était plutôt de pouvoir anticiper les réactions de Faust. En revanche, Mack la Matraque est plus facile à manipuler — un séminariste défroqué, traversant une mauvaise passe, commettant des actes répréhensibles, mais habité par un désir irrépressible d'accéder à la propriété bourgeoise. Ou, du moins, c'est l'avis des enquêteurs célestes qui l'ont étudié en douce à la demande de Michel.

— Tu veux dire que c'est Michel qui a incité Mack à assommer Faust et à s'introduire chez lui, sachant que Méphistophélès serait là et le prendrait pour le savant ?

— Surtout ne raconte à personne que c'est moi qui te l'ai dit, souffla Lachésis. Mais, oui, c'est ce que j'ai entendu. Il y a pas mal de monde aux Cieux qui rit sous cape... On se dit que ce sera une bonne leçon pour Méphistophélès, ce petit bouc présomptueux. C'est l'ange Babriel qui s'est chargé du sale boulot pour Michel. Il est apparu à Mack dans une taverne, et lui a suggéré d'aller fouiner chez Faust pour le soulager de quelques trésors trop encombrants, en prétendant que ça lui vaudrait des points sur son compte de Bonnes Actions. Il faut dire à la décharge de Mack qu'il s'est d'abord élevé contre cette idée : il disait qu'il lui serait difficile de justifier un meurtre, même avec les meilleures intentions du monde. Sur quoi l'ange Babriel a roulé des yeux d'un air outré en s'exclamant : "Qui parle de *meurtre* ? Pas du tout ! Il ne s'agit même pas d'une mutilation ! On te demande juste de lui donner un petit coup sur la tête, de lui piquer son portefeuille et quelques menus objets dans son appartement." Alors Mack a demandé : "Mais ce n'est pas du vol, ça, par hasard ?" Et Babriel a rétorqué : "Si on veut, mais si tu déposes dix pour cent de tes bénéfices dans le tronc des pauvres, ton péché sera pardonné." »

Lachésis jeta un dernier coup d'œil à sa passoire à thé, puis la reposa et conclut : « Voilà toutes les informations en ma possession.

— C'est passionnant, dit Azzie. Je ne sais comment te remercier.

— Je te les ai données pour le bien de tous. Nous autres les Parques, nous ne sommes ni du côté des ténèbres, ni de celui de la lumière, mais il est de notre devoir de révéler toute manœuvre frauduleuse dont nous sommes témoins, quel que soit celui qui la commet et ses motifs. Le temps viendra peut-être, Azzie, où je serai dans l'obligation de dénoncer tes méfaits. Il ne faudra pas m'en vouloir !

— Ne t'inquiète pas. Celui qui se fait prendre la main dans le sac mérite la disgrâce. Je dois y aller, mesdames !

— Que vas-tu faire de ces informations ?

— Je ne sais pas encore. D'abord, je vais m'en repaître et m'en délecter. Ensuite, je verrai si elles peuvent m'être utiles. » Et sur ces mots, il prit congé.

« Qu'est-ce que c'est que cet endroit ? » demanda Marguerite.

Elle rajusta sa robe et tenta de remettre un peu d'ordre dans sa coiffure fort malmenée par leur dernier voyage.

Ils étaient tombés de nulle part et avaient atterri au sommet d'une colline, près d'un grand bâtiment en marbre blanc soutenu par des colonnes. Juste à côté se trouvait un marché découvert où de petits hommes au teint bistre vendaient des tapis, des étoffes, des tapisseries, etc. Derrière le marché, on apercevait des tentes ocre et noir. On aurait dit un campement bédouin.

« Où sommes-nous ? répéta Marguerite.

— À Athènes, répondit Faust. Ce bâtiment blanc est le Parthénon.

— Et ces types là-bas ? demanda-t-elle, indiquant les marchands de tapis.

— Des commerçants, je suppose. »

Marguerite soupira.

« C'est ça, la Grèce ? Ce n'est pas du tout ce qu'on nous a appris à l'école des gardiennes d'oies !

— Ah! C'est que tu fais référence à des temps plus anciens. Nous sommes à l'ère moderne, Marguerite. Les choses ont un peu changé. Pourtant, le Parthénon est toujours là, avec ses hautes colonnes doriques se détachant majestueusement sur le bleu des Cieux, garantes de tout ce qui est bon, beau et précieux dans le monde des hommes.

— Très intéressant, fit Marguerite, l'air peu convaincu. Mais qu'est-ce qu'on fait ici ? Je croyais qu'on devait aller du côté du Styx.

— Il se trouve que le Styx traverse justement la Grèce, petite impatiente.

— Comment ça ? Ici, à Athènes ?

— Non, quelque part en Grèce. Mais j'ai pensé qu'on pourrait nous renseigner ici. Je vais demander.

— Attends, attends… Il y a quelque chose qui me chiffonne. À l'école, on nous a dit que le Styx n'existait pas réellement. Alors, comment veux-tu qu'on t'indique la route pour t'y rendre ? »

Faust esquissa un sourire supérieur et lui demanda : « L'archange Michel existe-t-il ?

— Oui, bien sûr.

— Et le Saint Graal ?

— C'est ce qu'on dit.

— Alors fais-moi confiance : le Styx existe également. Si un seul objet imaginaire existe, alors toutes les autres créations de l'esprit aussi. »

Marguerite renifla. « Eh bien, puisque tu le dis.

— Naturellement que je le dis. Qui est le thaumaturge autodidacte ici ?

— C'est toi, bien sûr. Allez, je n'ai rien dit. »

Pour avoir compulsé de vieux atlas, Faust savait que le Styx affleurait quelque part en Grèce, avant de poursuivre son cours dans l'espace et le temps vers les rives du Tartare. D'après les cartes, il faisait surface dans une grotte, serpentait sur quelques centaines de mètres dans une plaine lugubre, puis replongeait abruptement dans un abysse insondable. C'était la voie classique pour se rendre dans le royaume souterrain, celle empruntée par Thésée quand il était allé ravir Hélène à Achille. Faust l'expliqua en deux mots à Marguerite.

« Cette Hélène... qui est-ce ?

— Une dame très célèbre. Elle était renommée pour son immense beauté qui a d'ailleurs déclenché une guerre interminable, et la destruction d'une grande cité.

— D'accord, je vois le genre... Que lui veux-tu ?

— Je doute qu'on la rencontre. Mais, dans le cas contraire, elle pourrait nous fournir des informations importantes sur la manière de nous rendre à Constantinople en l'an 1210, de nous débarrasser de Mack l'imposteur et de nous permettre de reprendre notre juste place dans le cours des événements, quels qu'ils soient.

— Alors, à qui tu vas t'adresser ? demanda Marguerite. Ces types-là ne m'ont pas l'air de savoir eux-mêmes où ils sont, alors un truc mythique comme le Styx, c'est même pas la peine.

— Ne te fie pas aux apparences. Ils se donnent des airs pour décourager les touristes. Mais je parie qu'ils savent tous où il se trouve. »

Il conduisit Marguerite vers un groupe assis autour d'un homme qui tenait une cafetière. « Qu'est-ce que je te disais ! murmura-t-il à Marguerite. J'en étais sûr ! Du café ! Ces gens ne sont donc pas si bêtes. Le café n'est même pas encore apparu dans le reste de l'Europe. »

Avançant d'un pas assuré, Faust s'adressa aux marchands dans un grec remarquable, avec un accent corinthien assez pointu, qu'il avait acquis en cours de grec. « Braves gens ! Auriez-vous la bonté de m'indiquer où se trouve l'illustre Styx, dont on raconte qu'il passe quelque part en Hellade ? »

Les buveurs de café échangèrent des regards surpris, puis l'un d'entre eux lança en dialecte dorien : « Dis-moi, Alf, y'a pas un Styx qui passe quelque part près de la ferme de ton oncle en Thesprotie ?

— Tu confonds avec l'Achéron. Il se déverse dans le Styx en Bithynie, près d'Héraclée du Pont, mais ça fait une sacrée trotte. Là-bas, on l'appelle Méandre, c'est pour dire ! Mais il y a un chemin plus direct, poursuivit Alf en s'adressant à Faust. Il va aller jusqu'à Colone et là, il va suivre le cours du Cocyte. Ensuite il continue tout droit un bon moment. L'Achéron se jette dans le Styx après s'être déversé dans les grottes abyssales d'Achérusie. Il trouvera sans problème.

— Ouais, convint un autre marchand, c'est la route la plus simple, vous ne pouvez pas vous tromper. Vous saurez que vous approchez du Styx quand il ne poussera plus sur les berges que de l'asphodèle et des peupliers noirs. Ensuite, la rivière devient souterraine, et les choses se gâtent un peu. »

Faust remercia les paysans et s'éloigna avec Marguerite. Utilisant une nouvelle fois son enchantement de voyage, il s'envola vers le nord, suivant le littoral de l'Attique. Marguerite voyageait sur son dos. Ce n'était pas très gracieux, mais le sortilège n'était pas assez puissant pour lui permettre de la tenir dans ses bras avec un vent de face aussi violent. La jeune femme avait de nouveau la chevelure emmêlée, et craignait d'autre part que son teint ne brunisse du fait de cette exposition constante à l'air. Mais elle était heureuse, somme toute, car elle ne connaissait aucune autre fille qui pouvait se vanter d'avoir volé dans les airs sur le dos d'un magicien. Pour une fille sans éducation, ce n'était pas rien.

Faust survola Corinthe et sa haute citadelle, puis contourna les ruines de Thèbes, qui n'avaient pas beaucoup changé depuis le passage d'Alexandre plus de mille ans auparavant. Bientôt, le paysage se fit moins accidenté à mesure qu'ils approchaient de la Thrace. Deux larges fleuves apparurent : Faust identifia l'un d'entre eux comme étant l'Achéron. Il se posa aussitôt.

« Pourquoi nous arrêtons-nous ? demanda Marguerite. Nous sommes déjà arrivés au Styx ?

— Non, c'est l'Achéron, qui se jette dans le Styx.

— Et on ne peut pas voler jusqu'au bout ? »

Faust secoua la tête. Il venait d'épuiser pratiquement toute la puissance de son enchantement et il faudrait un certain temps à celui-ci pour se recharger. Plusieurs centaines de mètres plus loin, les ruines d'une vieille ferme se dressaient sur la berge. Une barque était amarrée à un ponton. L'endroit semblait désert, aussi Faust dénoua-t-il le cordage et, plaçant Marguerite en poupe, il s'installa à l'arrière avec une perche. Ils se laissèrent emporter par le courant qui les menait vers le Styx.

16

Leur barque dérivait comme dans un rêve sur les flots calmes. D'après les calculs de Faust, ils se trouvaient à présent sur le Phlégéthon. Le cours du fleuve se rétrécit, le paysage devint plus austère… Quelques instants plus tard, ils glissaient lentement entre des peupliers noirs et des champs endeuillés d'asphodèle.

« On approche », annonça-t-il.

Il avait manié la perche presque tout seul depuis leur départ. Il avait dû s'aider un peu d'un sortilège rameur, qui lui donnait un supplément d'énergie à chaque poussée, comme un muscle artificiel.

Le Phlégéthon continua à s'étrécir jusqu'à se réduire à un étroit goulot. La nuit était tombée. Les berges s'écartèrent soudain et révélèrent une vaste étendue noirâtre d'eau stagnante. Faust comprit alors qu'ils avaient rejoint le fleuve des Enfers. Ils passèrent devant un grand panneau où l'on avait écrit en plusieurs langues : FLEUVE STYX. EMBARCATIONS PRIVÉES INTERDITES.

« Il faut aborder, dit-il à Marguerite. Charon a l'exclusivité des droits de navigation sur le fleuve. De toute façon, aucun magicien, si malin soit-il, n'oserait se hasarder sur ces eaux sans un guide. Viens, allons chercher Charon.

— Alors, Charon existe vraiment ? N'est-ce pas contre la doctrine de l'Église ?

— Pas le moins du monde. Ces entités n'ont pas grand-chose à voir avec la religion. Ce sont des énergies résiduelles d'un autre âge, qui ont conservé une certaine substance, voilà tout. »

Au même instant, il aperçut une embarcation qui voguait vers eux dans la pénombre. À mesure qu'elle approchait, il put constater qu'il s'agissait d'une sorte de péniche aménagée, à plusieurs mâts. Elle était poussée par cinq dauphins, le rostre contre la poupe. Autant dire qu'elle filait bon train ! À bord, des rameurs s'affairaient à une cadence régulière. C'était un vieux bateau, haut, instable. Des lanternes jaunes luisaient derrière les hublots, et l'on entendait de la musique et des rires à l'intérieur.

« Qui va là ? » beugla Charon, dirigeant son navire vers la barque. C'était un vieillard sec et noueux, à la mine renfrognée, les joues couvertes d'une barbe grisâtre. Au fond de ses orbites creuses luisaient de minuscules yeux noirs. Une couronne de cheveux blancs ceignait son front bombé et osseux. Enfin, il avait une grande bouche ridée et des lèvres tombantes. Sans attendre la réponse de Faust, il se tourna brusquement pour mugir quelques ordres.

« La barre à tribord, toute ! Rentrez-moi cette rame ! Affalez la voile ! Virez de bord, j'ai dit ! »

Grâce à son excellente éducation classique, Faust savait que parmi les malheureux membres d'équipage figuraient les âmes de quelques héros grecs. Il y avait Thésée, Persée, Hercule, Jason et d'autres encore qu'il ne connaissait pas, mais dont il devinait qu'ils étaient également d'illustres guerriers.

« Que voulez-vous ? leur cria Charon.

— Traverser le Styx. Nous devons nous rendre à Constantinople, en l'an 1210.

— On ne dessert plus cette escale, répondit Charon. Trop de problèmes là-bas. Les berges sont noires d'âmes qui attendent qu'on les emmène. Je n'ai pas envie de mener mon bateau dans un endroit aussi agité.

— Mais il faut absolument que nous y allions, insista Faust. Combien vous voulez pour nous y emmener ? »

Charon éclata de rire. « Vous n'avez rien qui puisse m'intéresser, pauvres diables ! Et n'allez pas croire ces âneries que l'on raconte au sujet de l'obole due au passeur des Enfers. Voyager sur le Styx coûte la peau du cul, mon bonhomme, surtout depuis que j'ai un contrat d'exclusivité de navigation sur le fleuve. Vous êtes ici sur mon domaine ! Ne comptez pas aller plus loin dans votre barque minable. Et n'essayez pas non plus de vous faufiler le long des berges. J'ai fait planter des baisers-langoureux tout le long. Il vous faudrait un sacré sortilège, monsieur le magicien, pour vous dépêtrer de leurs lianes étrangleuses.

— Je n'ai nullement l'intention de vous jouer un tour, dit Faust d'un air piqué. Je suis sûr qu'on peut s'arranger.

— Et qu'est-ce qui vous rend si sûr, je vous prie ?

— J'ai quelque chose qui vous intéresse.

— Tiens donc ! Je me demande bien quoi !

— Vous avez sans doute remarqué la jeune personne qui m'accompagne ? »

Charon lança un regard rapide vers Marguerite. « Celle-là ? Oui, je l'ai vue. Et après ?

— Joli brin de fille, n'est-ce pas ?

— Ce ne sont pas les jolies filles qui manquent par ici.

— Certes. Mais pas des jolies filles *vivantes*. »

Charon le dévisagea. Faust enchaîna : « Vous savez faire la différence entre une morte et une vivante, non ?

— C'est pas parce que vous n'êtes pas encore mort qu'il faut me parler sur ce ton-là ! J'ai beau n'avoir jamais foulé la surface de la terre, ce n'est pas pour ça que je suis moins réel que vous !

— La question n'est pas là. Je vous offre une dame vivante.

— Hé, un instant », fit Marguerite.

Faust se tourna vers Charon. « Veuillez m'excuser un instant, s'il vous plaît. » Prenant Marguerite à part, il lui chuchota : « Ma chérie, ne va surtout pas croire que je fais offense à ta dignité de femme en t'offrant à Charon. Loin de moi cette pensée honteuse. Mais j'ai songé qu'un petit dîner aux chandelles en ta compagnie, suivi, pourquoi pas, de quelques pas de gavotte dans un bal folklorique, eh bien, j'ai pensé que ça lui ferait du bien, voilà. Ça le changera de sa routine, et ça ne te coûtera rien.

— Qui vous dit que j'ai envie de changer de routine ? intervint Charon qui les avait écoutés.

— Les hommes, morts ou vivants, ont tous besoin de s'aérer les méninges de temps en temps. C'est l'essence même de l'être.

— Eh bien, je suppose qu'un petit changement ne me ferait pas de mal. J'aurais bien besoin d'un peu de — quel est le dernier mot à la mode ?

— De vacances, dit Faust.

— C'est ça, des vacances. On n'avait pas ça, de mon temps.

— Il faut vous mettre à la page, dit Faust. C'est essentiel pour soigner son image dans l'univers. Alors, pourquoi ne pas mettre le cap sur la Constantinople de l'an 1210 ? Et, pendant que nous voguerons gentiment, vous pourrez dîner en tête à tête avec Marguerite. Et danser, même, si le mollet vous démange.

— Et que ferez-vous pendant ce temps ? fit Charon, radouci mais toujours méfiant.

— Je vais me glisser discrètement dans votre cabine et rattraper quelques heures de sommeil en retard. J'ai eu une rude journée. »

CONSTANTINOPLE

1

Ils se trouvaient apparemment au fond d'une vallée boisée. Regardant autour de lui, Mack découvrit de grands arbres lugubres, d'une espèce qu'il n'avait jamais vue en Europe. L'herbe qu'il foulait lui semblait à la fois familière et étrange. Elle paraissait plus drue et plus résistante que les petites touffes vert pâle et tendres qui poussaient sur les chemins de chez lui. Il ne pouvait en dire plus sur ce qui l'entourait maintenant, car de grands saules pleureurs lui bouchaient la vue. Toutefois, une certaine salinité de l'air semblait indiquer la proximité de la mer.

En dépit des courants d'air glacés qu'ils avaient traversés après avoir quitté le Grand Sabbat, Mack n'était pas encore tout à fait dégrisé. Ces sorcières savaient recevoir! Il se sentait vraiment bien, mais un élancement prémonitoire au niveau des tempes lui indiquait que ça n'allait pas durer. Pour l'instant, il avait surtout hâte d'obtenir de plus amples renseignements au sujet de sa récompense et de tous les plaisirs que Méphistophélès lui avait promis.

« Parlons sérieusement, dit-il à ce dernier. J'ai besoin de m'asseoir et de travailler à ma liste de souhaits. Vous avez bien dit que vous exauceriez tous mes vœux, n'est-ce pas ?

— Certainement, répondit Méphistophélès. Mais nous avons le temps...

— Le temps ? Vous l'avez peut-être, mais pas moi ! Ne pourrais-je pas avoir une petite avance ? Ce qui me ferait surtout plaisir pour le moment, c'est un grand manteau doublé d'hermine comme ceux que portent les rois. Avec un calice en argent massif pour déguster mon vin. Cette timbale en étain n'est vraiment pas digne du piédestal sur lequel vos caprices m'ont hissé.

— Calmez-vous, Faust. Oubliez la récompense. Chaque chose en son temps. À présent, vous êtes sur le point d'entrer dans la compétition.

— C'est que... hésita Mack, je ne suis pas au mieux de ma forme. Et si vous me laissiez un jour de repos, avant d'entamer les choses sérieuses ?

— Les choses sérieuses ont *déjà* commencé, figurez-vous. Vous êtes renommé dans le monde entier pour votre esprit brillant et votre grande maîtrise de vous-même. Pendant que vous batifoliez avec les sorcières, j'en ai profité pour consulter votre dossier.

— Mon dossier ?

— Au Bureau des Archives infernales, on conserve des fichiers sur tous les êtres vivants.

— Je l'ignorais.

— À l'école, vous étiez toujours premier de la classe. Vous dominiez les diverses sciences mineures avec une aisance que certains de vos maîtres considéraient comme quasiment divine. »

Ayant toujours été un élève plus que moyen au cours de ses brèves années d'études, la Matraque resta un instant perplexe. Puis il se souvint que Méphistophélès le prenait encore pour le vrai Faust.

« Il est temps d'étaler votre brillante culture, poursuivit le démon. L'heure de faire vos preuves a sonné.

— Oui, oui... grommela Mack. C'est bon, ça ira. » Malgré ses paroles, l'angoisse se répandit dans son cerveau comme l'encre qu'une seiche crache dans un étang cristallin. Mon Dieu, que faisait-il là ? Qu'avait-il fait pour que ça tombe sur lui ? Jusqu'à présent, sa supercherie avait été une source continue d'amusement. Mais il était maintenant confronté aux conséquences de son geste. Plus question d'être Mack, le séminariste doué mais fainéant de l'école du monastère, le jeune plaisantin indiscipliné, l'apprenti copiste qui palliait sa paresse par le charme et le bagout. Il avait passé une année auprès des moines savants jusqu'à ce que, à la suite d'une fâcheuse mésaventure impliquant plusieurs jeunes novices affriolantes du couvent voisin et une barrique de bière allemande forte, on le prie d'aller poursuivre son existence en d'autres régions de ce monde cruel. Voilà ce qu'il avait été, mais qu'il ne pouvait plus être. On lui offrait l'occasion de se hisser parmi les grands de ce monde, de prendre sa place au sein des archétypes célèbres, grands acteurs de l'histoire ou agitateurs intellectuels. C'était l'occasion ou jamais de démontrer qu'il ne valait pas moins que Faust, et qu'il pouvait compenser son inculture par son bon sens et sa vivacité d'esprit.

Un léger regain d'assurance lui réchauffa le cœur. Ce n'était pas le moment de penser à la récompense. Il obligea sa tête endolorie à se concentrer sur les affaires en cours.

« Où sommes-nous ? demanda-t-il le plus énergiquement qu'il put.

— Sur le rivage à l'extérieur de Constantinople, à deux pas des campements francs. C'est ici que je vais vous laisser. Vous êtes prêt à recevoir vos instructions ?

— Je le suis, répondit Mack, tentant de faire bonne figure mais aspirant secrètement à un verre de vin pour se remettre d'aplomb. Allons-y. Qu'attendez-vous de moi ?

— Vous avez trois options. Il faut en choisir une.

— Et quelles sont-elles ?

— Un : tuer Enrico Dandolo. Deux : enlever Alexis, le prétendant au trône. Trois : vous emparer de l'icône sacrée de saint Basile. »

Mack songea que c'était injuste de se retrouver au pied du mur le ventre vide, mais il savait qu'il ne devait pas s'attendre à beaucoup de compassion de la part de Méphistophélès, qui arborait à présent un visage des plus sévères.

« Si vous étiez à ma place, que choisiriez-vous ?

— Je ne suis pas à votre place, et mes goûts personnels n'entrent pas en ligne de compte. Vous devez recourir à votre propre jugement.

— Mais sur quoi je dois me baser pour choisir ?

— Il vous faut déterminer vos propres critères car il s'agit d'un exercice de raisonnement et de libre arbitre humains.

— Dandolo ? Alexis ? Mais je ne sais même pas qui sont ces gens !

— De toute évidence, vous devrez faire leur connaissance.

— Et vous avez parlé de tuer un homme — c'était l'une des options, n'est-ce pas ?

— En effet.

— J'imagine que les forces du Bien ne m'en tiendront pas rigueur.

— Je ne crois pas trahir la pensée de mon ami l'archange Michel en disant que vous sous-estimez le Bien si vous croyez qu'il ne reconnaît jamais le bien-fondé d'un assassinat. Il sait bien que ce n'est pas la fin du monde, allez... Non pas qu'il ferme les yeux sur le meurtre en général, attention. Nous non plus, d'ailleurs, nous ne généralisons pas. Le Bien n'a pas le monopole de l'intelligence et du jugement sélectif. Un petit accroc, personne n'en fait une montagne. Dans la mesure où nous sommes immortels, nous voyons à plus long terme, vous comprenez. En revanche, les hommes attachent une importance considérable au meurtre ; aussi en avons-nous inclus la possibilité dans notre concours. Encore un détail : quand on tue, le mobile est primordial, et la fin compte autant que les moyens.

— Mais comment puis-je connaître la fin ? Comment dire à l'avance les conséquences du meurtre de ce Dandolo sur le cours de l'histoire ?

— Vous êtes confronté à un problème commun à tous les hommes. Vous ne pouvez jamais prévoir si l'assassinat d'un congénère en vaudra la chandelle. Et pourtant, il faut parfois que cela soit fait, tant du point de vue de la lumière que de celui des ténèbres.

— Je serai sévèrement jugé si je commets une erreur.

— Seule Ananké est habilitée à vous juger. La Nécessité, si vous préférez, notre juge à tous. Vous devez faire un choix. C'est le rôle de Faust.

— Bon, si vous le dites. Qui suis-je censé assassiner, déjà ?

— Enrico Dandolo, le doge de Venise. Mais uniquement si vous estimez que c'est la meilleure chose à faire au vu des circonstances.

— Et l'autre type ? Alex quelque chose…

— Alexis, prétendant au trône de Constantinople.

— Et la troisième option ?

— Sauver l'icône sacrée de saint Basile, patron de la ville. Vraiment, Faust, il faut que vous vous repreniez. Vous êtes connu dans le monde entier pour votre mémoire infaillible !

— Elle fonctionne mieux quand je n'ai pas la gueule de bois. Ça vous ennuierait de me dire ce que fait un campement franc devant les portes de Constantinople ? »

Méphistophélès haussa un sourcil perplexe. « Je pensais qu'un homme aussi cultivé que vous saurait tout d'un événement d'une telle ampleur, qui date de quelques centaines d'années à peine. Sincèrement, votre ignorance me laisse pantois. À moins que ce ne soit encore une pirouette, un effet de votre étrange sens de l'humour. Il s'agit de la quatrième croisade, naturellement. Mais vous devez vous rendre compte de la situation par vous-même, et prendre la bonne décision.

— Entendu, je vais essayer.

— Vous devez faire mieux que ça. Vous oubliez que vous vous êtes engagé par contrat à entreprendre certaines actions. Si vous échouez dans le temps qui vous est imparti, notre concours sera gâché et ce que vous gagnerez sera plutôt déplaisant.

— Quoi donc ?

— Précipité dans un abîme sans fond, vous souffrirez mille douleurs inouïes dans un tourbillon d'horreurs indicibles, et vous serez tué à petit feu, puis ressuscité afin d'être exécuté de nouveau, puis encore et encore, et encore assassiné et ressuscité, jusqu'à ce que nous ayons inventé un supplice plus abominable à votre intention. Vous avez vingt-quatre heures pour accomplir votre tâche. Adieu. »

Sur ces mots, Méphistophélès prit son essor et disparut bientôt dans l'immensité ensoleillée du ciel.

2

Mack demeura un long moment sur place, tournant et retournant la situation dans son esprit. Puis, enfin, il décida qu'il ferait bien d'en finir au plus vite et se mit en marche. Il se retrouva bientôt dans une vaste plaine vert et jaune s'étendant à perte de vue. À huit cents mètres de là se dressaient les remparts de Constantinople. Mack n'avait jamais vu de murailles si hautes et si massives. Des sentinelles à l'armure cuivrée, aux casques étincelants surmontés de panaches en crin de cheval, faisaient les cent pas sur le chemin de garde. Au-dessous, à huit cents mètres des remparts, on distinguait des centaines de tentes éparpillées dans la plaine, avec une multitude de feux de camp et d'hommes en armes. Des chariots étaient parqués un peu en retrait, avec les femmes et les enfants. En s'approchant, Mack constata que des forgerons penchés sur les flammes martelaient des pointes de flèche et de lance. Plus loin encore, on déchargeait des vivres devant de grands pavillons près desquels des bannières aux couleurs vives claquaient au vent au bout de longues lances fichées en terre. C'étaient manifestement les quartiers des chefs de l'expédition. Le campement ressemblait à une véritable cité itinérante. Mack prit soudain conscience que cette gigantesque ville nomade avait sans doute dû monter et démonter ses tentes tous les jours depuis le départ du pays des Francs.

N'ayant d'autre alternative que de se mettre au travail, il prit la direction du camp. Tandis qu'il s'approchait, il croisa une troupe de cavaliers au petit trot. Leur chef salua Mack d'une main gantée de fer, et celui-ci lui rendit son salut en retour, supposant qu'ils le prenaient pour un des leurs du fait de ses vêtements gris, bruns et noirs, les bonnes vieilles couleurs ternes et sinistres de cette chère Europe, qui se distinguaient aisément des somptueuses soieries chamarrées du fabuleux Levant. Il poursuivit son chemin et franchit bientôt le premier poste de guet. Des hommes étaient tranquillement allongés au soleil, leurs lances et leurs boucliers posés près d'eux.

« Quelles nouvelles apportez-vous du conseil ? lança l'un d'eux.

— Les nouvelles dont je dispose ne vous sont pas destinées, répliqua Mack, estimant qu'il valait mieux prendre un air supérieur, plutôt que de se faire démasquer d'emblée.

— Mais Boniface de Montferrat est-il toujours à la réunion ? Rien que ça, ce serait un signe de progrès.

— Tout ce qu'il m'est permis de vous dire, répondit Mack, c'est que la situation n'a guère évolué au cours des dernières heures.

— Alors c'est qu'il reste un espoir de sauver notre honneur dans ce trou à rats », marmonna un autre soldat.

Mack poursuivit sa route. Enfin, il arriva à un endroit qui avait une allure familière. C'était un chariot avec un grand auvent sur le côté, sous lequel on avait disposé des tables et des chaises. Derrière un comptoir se dressaient de hautes piles de tonneaux. Des soldats étaient confortablement installés, mangeant et buvant joyeusement. C'était une taverne ambulante.

Soulagé de trouver un endroit où il se sentait enfin chez lui, Mack y prit place.

Le tavernier apparut. Après un seul regard aux nobles atours dont les sorcières avaient paré Mack, il fit une grande révérence et demanda : « Que puis-je vous apporter, messire ?

— Ton meilleur vin », répondit Mack, pressentant qu'il pourrait jouir d'une ardoise illimitée dans cette gargote.

Le tavernier remplit une carafe de vin et la lui apporta. « Je ne me souviens point vous avoir vu précédemment, messire. Se pourrait-il que vous ne nous ayez rejoints que récemment ?

— Ça se pourrait, en effet. Est-ce bien du gibier rôti que j'aperçois accroché dans ton chariot ?

— En effet. Messire a le nez fin. Je vous en fais servir sur-le-champ. Au risque de vous importuner, noble seigneur, quelles nouvelles nous apportez-vous de votre illustre et très noble maître ?

— De quel maître veux-tu parler, mon brave ? répondit Mack, pris de court.

— Je supposais simplement, messire, qu'un seigneur de votre stature devait sans nul doute servir un seigneur plus important encore, car il est écrit que toutes choses en servent une autre ici-bas, comme le valet son maître, le bœuf son laboureur, le seigneur son Dieu, et ainsi de suite jusqu'au sein de la hiérarchie divine, où les règles sont les mêmes.

— Ta loquacité n'a d'égale que ta perspicacité, mon brave, dit Mack dont le vin déliait la langue.

— Messire, oserais-je vous demander votre nom ?

— Je suis Johann Faust.

— Et avez-vous parcouru un long chemin pour venir jusqu'à nous ?

— C'est le moins qu'on puisse dire.

— Encore un mot, mon seigneur, qui servez-vous donc ? »

Les autres clients de la taverne tendirent l'oreille pour entendre sa réponse. Mais Mack se contenta d'esquisser un sourire et de répliquer : « Il ne m'est pas permis de le dire pour le moment.

— Allez, un petit indice ! » De fait, un petit groupe, pour

ne pas dire un semblant de foule, s'était amassé autour de Mack et du tavernier.

Ce dernier cligna de l'œil : « Je parie que vous êtes un agent du concile de Venise, venu transmettre ses instructions, et refréner les ardeurs du trop fier et trop fougueux Enrico Dandolo. »

Mack haussa les épaules, mystérieux.

« Non ! s'écria un autre, ce n'est pas un homme de Venise, observez l'expression d'humilité fière et pieuse de son visage, et la façon dont ses mains tâtonnent à la recherche de ses manches, comme un moine habitué à la bure ? Je parie que c'est un homme d'Église en civil, mandaté par Innocent III, notre Saint-Père et organisateur de cette croisade, désormais mise en péril par les machinations diaboliques d'Enrico Dandolo. »

Tous fixèrent Mack, qui répondit : « Peut-être que oui, peut-être que non. »

Un troisième homme, un soldat, déclara : « Il est évident à son port altier et à ses réponses laconiques que c'est un militaire. Il représente sans doute Philippe de Souabe, un valeureux guerrier qui ne s'embarrasse point de vains mots et dont les manières quelque peu brutales lui ont valu les foudres divines. Et je dirai même qu'il apporte une offre de celui qui sera appelé à régner sur Constantinople lorsque le monarque actuel, le fâcheux et opiniâtre Alexis III, sera réduit à l'état de gueux aux orbites énucléées, cherchant sa pitance dans les poubelles de sa cité autrefois si hautaine. »

Mack ne laissa rien paraître de sa couleur politique. Autour de lui, le débat au sujet de qui il était le représentant faisait rage, car personne ne semblait pouvoir envisager qu'il fût là uniquement pour son propre compte. Le tavernier refusa de le laisser payer ses consommations, le priant en retour d'intercéder en sa faveur, lors de la prochaine réunion du concile, pour légiférer sur la vente de boissons alcoolisées aux croisés. Tandis que Mack se levait pour partir, il fut abordé par un jeune homme bien en chair et de petite taille, élégamment vêtu de gris. Il se nommait Wasyl de Gand et le pria d'accepter son aide pour trouver un endroit où s'installer, puisqu'il avait négligé de le faire jusqu'ici.

Ils se dirigèrent donc vers l'immense double tente jaune de l'intendance générale, devant laquelle flottaient de grands étendards. Plusieurs personnes faisaient la queue devant l'entrée, mais Wasyl les écarta en annonçant : « Faites place à Johann Faust, visiteur des terres franques, n'ayant pas encore annoncé son parti ni son affiliation ! »

Visiblement impressionné, l'intendant n'osa pas poser de questions. Comme Mack ne s'était encore réclamé d'aucune des factions présentes, il lui assigna une tente haute, légèrement à l'écart. Wasyl, qui semblait s'être bombardé d'office valet et ordonnance de ce nouveau venu à la fonction indubitablement importante quoique encore nébuleuse, l'y précéda afin de s'assurer que tout était prêt. Quand Mack prit possession de ses quartiers, il constata qu'une table sympathique avait été dressée, avec de la volaille froide, une bouteille de vin et une énorme miche de pain croustillante à souhait. Ne dédaignant pas un second repas, car le tavernier s'était montré un peu chiche avec son gibier rôti, il s'installa confortablement tout en écoutant Wasyl lui décrire en détail les affaires courantes.

« Tout le monde s'accorde à dire qu'Enrico Dandolo, le doge de Venise, a transformé ce qui avait commencé comme un sujet religieux en une affaire commerciale. C'est un avantage ou un désavantage, tout dépend sous quel angle vous considérez la situation, sous celui de la religion ou celui du commerce. »

Il scruta le visage de son interlocuteur pour essayer de déceler de quel côté son cœur penchait. Mais Mack, imperturbable, se contenta d'agiter une cuisse de poulet pour lui faire signe de continuer et prit une bouchée de pain.

« Le pape Innocent III est un homme à l'âme pure qui n'a qu'une idée en tête : délivrer Jérusalem des Sarrasins. Pourtant, ne peut-on pas mettre ses mobiles en doute, compte tenu de son désir ardent d'amener les Grecs chrétiens sous la coupe de Rome ?

— C'est un argument intéressant, articula Mack entre deux bouchées, finissant le pain et s'attaquant aux pâtisseries qu'il venait d'apercevoir sur la table.

— Et puis il y a le problème d'Alexis IV, comme on l'appelle parfois bien qu'il n'ait pas encore de royaume. C'est le fils d'Isaac II Angelus. On raconte qu'il a promis de mettre Constantinople sous l'emprise de Rome s'il devenait roi. Il semble donc être du côté de la foi. Pourtant, son principal soutien est Philippe de Souabe, qui n'est pas au mieux avec le Saint-Siège, un homme violent aux ambitions aussi vastes que son domaine est petit.

— Je vois ce que tu veux dire, dit Mack, bien que cet exposé n'eût pas grand sens pour lui.

— Enfin, il ne faut pas négliger la position de Villehardouin, chef de l'expédition militaire. Un homme à la fois redouté et aimé, qui respecte l'Église sans être pieux lui-même. On pourrait dire que c'est un homme bon. Toutefois, il est connu pour la grande superficialité de ses opinions politiques et son indifférence au commerce. Il n'aime qu'une chose, croiser le fer. Est-ce vraiment là l'homme qu'il nous faut ? »

Mack s'essuya la bouche et chercha autour de lui un endroit pour faire une sieste. L'indispensable serviteur avait fait installer un lit de camp avec une couverture et un oreiller.

« Votre seigneurie, je vous suis entièrement dévoué, continua Wasyl. N'allez-vous pas me confier l'objet de votre venue, me dire à qui va votre préférence et de qui est le message que vous apportez ? Je me battrai et je comploterai pour protéger vos intérêts, messire. Mais dites-moi ce qu'ils sont. »

Mack aurait aimé lui répondre, car il pressentait qu'il aurait besoin d'appui dans un endroit où tant de litiges et

À Faust, Faust et demi

de querelles déchiraient les hommes. Mais il ignorait toujours quel camp était le plus fort, de quel côté penchait la justice, et plus encore comment il pourrait contribuer au progrès de l'humanité et préserver la ville de Constantinople.

« Mon bon valet, dit-il, tout te sera dévoilé en temps voulu. Fais-moi confiance, tu seras le premier informé à qui vont mes sympathies. Pour l'instant, va donc faire un tour dans le campement, et tend bien l'oreille. Reviens me dire ce que tu as entendu d'ici une heure ou deux.

— J'y cours de ce pas ! » s'écria Wasyl, et il partit.

Mack s'étendit sur le lit et s'endormit presque aussitôt.

3

Mack s'éveilla avec la sensation qu'il y avait quelqu'un dans la tente. Il faisait noir. Il devait avoir dormi plusieurs heures. Une âme bien intentionnée avait allumé une bougie dans un bol en faïence. Wasyl, sans doute. Sa flamme vacillante projetait des ombres dansantes sur les cloisons de toile. Elles ressemblaient presque à un homme, un homme surhumain vêtu de noir et de gris, avec un regard de braise et des cheveux hirsutes. Bref, le genre de personnage qu'il ne faisait pas bon croiser la nuit au coin d'une rue. L'apparition était d'un réalisme troublant. Mack tendit la main et la toucha. Ses doigts rencontrèrent une matière solide qui semblait réellement faite de chair et d'os. Réprimant un cri d'effroi, il retira aussitôt sa main.

« Vous m'avez poussé, dit l'apparition, mais vous ne m'avez pas salué. Qu'est-ce que c'est que ces manières ?

— Je ne pensais pas que vous étiez réel, dit Mack.

— Non, pas tout à fait. Mais vous non plus, vous n'êtes pas celui que vous prétendez être.

— Et vous ?

— Je ne dirai pas qui je suis, mais vous le savez. »

L'apparition fit un pas dans la lumière, révélant un interlocuteur que Mack avait effectivement de bonnes raisons de reconnaître, pour l'avoir épié pendant plusieurs jours avant que son complice, le Letton, ne le frappe sur la tête dans une ruelle de Cracovie.

« Vous êtes le docteur Faust ! s'écria-t-il.

— Et vous un fichu imposteur ! » hurla Faust d'une voix terrible.

Pendant une fraction de seconde, la fureur de cette accusation désarçonna Mack. Mais il se ressaisit aussitôt. Ceux qui font le Mal ont un code, comme ceux qui font le Bien. Comme eux, ils doivent s'efforcer de conserver leur dignité et leur aplomb, dans les mauvaises passes comme dans les bons moments.

À présent, il traversait justement un moment extrêmement difficile : quoi de plus embarrassant que d'être surpris en flagrant délit d'imposture, surtout par celui dont on a usurpé l'identité ? C'était le genre de situation où un autre que Mack se serait effondré, tombant à genoux et implorant le pardon. « Désolé, messire, je ne savais plus ce que je faisais, je laisse tomber tout de suite, je vous en prie, ne me faites pas pendre ! » Mais il ne s'était pas lancé dans cette aventure pour se laisser démonter aussi facilement. Aussi rassembla-t-il rapidement ses esprits, se souvenant que celui qui était appelé à incarner Faust sur la scène du monde devait montrer un peu d'esprit faustien s'il voulait parvenir à ses fins.

« Il semblerait qu'il y ait un léger malentendu, répliqua-t-il donc. Non pas que je doute que vous soyez Faust. Mais c'est que, voyez-vous, je le suis également, d'après une autorité qui n'est autre que le grand Méphistophélès en personne.

— Méphistophélès s'est trompé !

— Quand les grands de ce monde commettent des erreurs, celles-ci ont force de loi. »

Faust bomba le torse, ce qui ne changea rien au fait qu'il était sensiblement plus petit que Mack, et déclama : « Dois-je souffrir ces palabres casuistes, éructées par quelqu'un qui parle en mon nom ? Si vous ne libérez pas les lieux sur l'instant, j'userai de tous mes pouvoirs pour obtenir réparation. Laissez ce jeu à celui pour qui il a été conçu, à savoir moi-même !

— Vous avez une haute opinion de vous-même ; c'est tout à fait évident, dit Mack. Mais on dirait que c'est moi que l'on a choisi. Vous pouvez discutailler jusqu'à la fin des temps, vous n'y changerez rien.

— Discutailler ? Mais je vais faire bien plus que cela ! Je vais vous bombarder avec les sortilèges les plus puissants ! Votre châtiment sera proportionnel à votre scélératesse.

— Ma quoi ?

— Scélératesse. Ça vous dit quelque chose ? J'entends vous infliger une correction digne de votre forfaiture.

— Pour un honnête homme, vous utilisez beaucoup de mots savants ! s'énerva Mack. Maintenant écoutez-moi bien, Faust, je vous défie ouvertement. Et les Puissances des ténèbres me soutiennent à cent pour cent. La vérité, c'est que je fais un meilleur Faust que vous. »

Faust sentit la rage transformer ses globes oculaires en gelée rougissante et il dut lutter pour se maîtriser. Il n'était pas là pour se lancer dans une joute oratoire. Il voulait sa juste place dans le concours du Millénaire. Et il semblait que menacer Mack, contre qui il ne pouvait rien pour l'instant, fût une perte de temps.

« Désolé de m'être laissé emporter, dit-il. Parlons raisonnablement.

— Une autre fois, peut-être », répondit Mack, car Wasyl entra au même moment.

Celui-ci jeta à Faust un regard suspicieux. « Qui est-ce ? s'enquit-il.

— Une vieille connaissance, répondit Mack. Son nom n'a pas d'importance. Il s'en allait. »

Wasyl se tourna vers Faust, qui remarqua que le jeune homme avait une dague dans la main et une expression mauvaise sur le visage.

« Oui, dit-il, je m'en allais. À la prochaine... » Il se força à le dire. « ... Faust.

— C'est ça, à la prochaine, répliqua Mack.
— Qui est la femme devant la tente ? demanda Wasyl.
— Oh, c'est Marguerite, dit Faust. Elle est avec moi.
— Alors assurez-vous qu'elle reparte avec vous. Point n'est besoin ici de ribaude égarée qui aguicherait nos reîtres avinés. »

Faust retint sa langue, car il préférait ne pas dévoiler son identité avant d'avoir consulté Méphistophélès. Ce puissant démon n'apprécierait certainement pas qu'on lui sabote son concours.

Faust sortit de la tente et marcha droit devant lui. Marguerite, qui l'avait attendu devant l'entrée, le rattrapa. « Alors, que s'est-il passé ?
— Rien pour l'instant.
— Comment ça, rien ? Tu ne lui as pas dit qui tu étais ?
— Bien sûr que si.
— Alors pourquoi n'as-tu pas repris ta place ? »

Faust s'arrêta et la dévisagea. « Ce n'est pas aussi simple, Marguerite. Il faut d'abord que je parle à Méphistophélès, et je ne sais pas où il est. »

Il tourna les talons afin de poursuivre son chemin et se retrouva nez-à-nez avec trois soldats coiffés de casques en acier et armés de lances.

« Hé, toi ! fit l'un d'eux.
— Moi ? s'étonna Faust.
— Il n'y a personne d'autre ici à part elle, et ce n'est pas à elle que je parle.
— Oui ? Que voulez-vous ?
— Que fais-tu ici ?
— Ça ne vous regarde pas. En quoi cela vous concerne-t-il ?
— Nous avons l'ordre d'ouvrir l'œil et d'arrêter les individus de ton espèce qui rôdent autour des tentes alors qu'ils n'ont rien à y faire. Tu ferais mieux de nous accompagner. »

Faust se rendit compte qu'il avait parlé sans réfléchir. La grandiloquence hâtive était un défaut du personnage faustien dont Mack semblait dépourvu. Il lui faudrait y veiller. Pour le moment, mieux valait se montrer aimable.

« Messieurs, je peux tout expliquer.

— Ne joue pas au plus fin avec nous, toi. Suis-nous sans faire d'histoires, ou tu vas tâter de ma lance. »

Et, sur ces mots, ils emmenèrent Faust et Marguerite.

4

« Alors, quoi de neuf ? demanda Mack dès que Faust fut parti.

— De grandes nouvelles, messire ! répondit Wasyl. Le doge Enrico Dandolo en personne désire vous rencontrer sur-le-champ.

— Vraiment ? Sais-tu ce qu'il veut ?

— Il ne s'est pas confié à moi, monseigneur. Mais j'ai ma petite idée.

— Partage-la avec moi, mon bon valet, pendant que je me débarbouille et que je me donne un coup de peigne. » Il joignit aussitôt le geste à la parole, tout en regrettant que Méphistophélès et les sorcières n'aient pas pensé à lui fournir d'autres vêtements. « À quoi ressemble Enrico Dandolo ?

— C'est un vieil homme effrayant. En tant que doge de Venise, il commande l'une des armées les plus puissantes et disciplinées de toute la chrétienté. Nous autres, les croisés, nous dépendons des Vénitiens pour notre transport et notre approvisionnement, ce qu'ils ne manquent pas de nous rappeler à la moindre occasion. Dandolo est aveugle et de constitution fragile, d'autant plus qu'il a dépassé les quatre-vingt-dix ans. Il est arrivé à un âge où la plupart des hommes de son rang se satisferaient de rester tranquillement sur leurs terres, couchés dans leur lit en se faisant servir du gruau sucré par leurs serfs. Mais pas Enrico Dandolo ! Il a fait le voyage jusqu'ici depuis l'Europe, et on l'a vu sur les champs de bataille de Dalmatie, où il a exigé que les croisés prennent la fière cité hongroise de Zara, en échange de la coopération de Venise. Ce qu'ils ont fait, non sans rechigner, car ce qui avait commencé comme une guerre sainte s'est trouvé perverti en une nouvelle entreprise mercantile vénitienne. Du moins, c'est ce qui se dit. Personnellement, je n'ai pas d'opinion sur le sujet tant que je n'ai pas entendu la vôtre.

— Fort sage de ta part, dit Mack en se passant les doigts dans les cheveux.

— Cette rencontre avec lui peut vous apporter beaucoup de choses...

— Assurément.

— Une alliance avec Venise pourrait vous valoir une fortune sans précédent. Et naturellement, il y a l'autre terme de l'alternative.

— De quoi s'agit-il ? » demanda Mack. Wasyl venait de sortir sa dague. Il en testa la pointe sur le gras de son pouce, et la posa doucement sur la table.

« Ça, monseigneur, c'est un instrument en bon acier de Tolède, qui pourrait vous servir si vos intérêts ne concordaient pas avec ceux de Venise. »

Mack testa à son tour la pointe de la dague sur son pouce, vu que c'était apparemment la chose à faire avec une arme à cette époque. Puis il la glissa dans sa manche en observant : « Elle me sera peut-être utile si je dois étayer mes arguments. » Wasyl lui adressa un sourire aimable.

Le serviteur appela deux soldats équipés de torches pour qu'ils éclairent le chemin. Il proposa à son maître de l'accompagner, mais, comprenant que le moment était venu d'agir, Mack déclina son offre. Il était plus prudent d'œuvrer seul à partir de maintenant, d'autant plus qu'il ignorait à quel moment Wasyl comprendrait que ses intérêts ne concordaient pas forcément avec les siens.

En chemin, il remarqua qu'il régnait une grande agitation parmi les croisés. Des groupes de soldats couraient çà et là et des cavaliers en cotte de mailles traversaient le campement au galop. On avait allumé de nombreux feux de joie un peu partout. Il se préparait manifestement quelque chose d'important.

Le doge logeait dans un grand pavillon en toile blanche soyeuse, à travers laquelle filtrait la lumière des lampes. Mack le trouva assis sur une petite chaise devant une table. Il avait devant lui un plateau où étaient entassées pêle-mêle des pierres précieuses. Enrico Dandolo les tâtait. Il était immense, toujours imposant en dépit de son grand âge. Engoncé dans de raides brocarts, il portait une toque de velours surmontée de la plume de faucon vénitienne, posée de guingois. Ses joues creuses étaient recouvertes d'un duvet de barbe grise qui lançait des éclats argentés à la lueur du feu. Sa bouche pincée était affaissée et ses orbites profondes laissaient deviner l'opacité bleu-gris de la cécité. Il ne releva pas la tête lorsque son valet annonça le seigneur Faust, nouvellement arrivé d'Occident.

« Entrez et prenez un siège, mon cher Faust », dit-il dans un puissant vibrato. Il s'exprimait dans un allemand correct, mais teinté d'un fort accent. « Mes hommes ont apporté du vin, n'est-ce pas ? Prenez un verre et mettez-vous à votre aise dans mes humbles quartiers, mon bon seigneur. Ces babioles vous plaisent-elles ? » Il désigna les joyaux.

« Je n'en ai jamais vu d'aussi belles, avoua Mack en se penchant sur le plateau. Elles brillent de mille feux. Ce sont sans doute des pièces de collection.

— Ce rubis est particulièrement magnifique, n'est-ce pas ? » Dandolo saisit entre ses gros doigts blancs une pierre de la taille d'un œuf de pigeon et la tourna d'un côté et de l'autre. « Il m'a été envoyé par le nabab de Bangalore. Et cette émeraude... » Ses doigts saisissaient les pierres sans l'ombre d'une hésitation. « Ne trouvez-vous pas que son éclat est remarquable ?

— En effet. Mais, votre excellence, je m'émerveille du fait que vous puissiez percevoir les qualités de ces joyaux et faire de telles distinctions, en dépit de votre mauvaise vue. Ou bien auriez-vous des yeux au bout des doigts ? »

Dandolo éclata d'un rire tonitruant, qui s'acheva en une quinte de toux sèche.

« Des yeux au bout des doigts ! La belle image que voilà ! Quoique, en vérité, il m'arrive de le penser car mes mains aiment tant caresser ces gemmes qu'elles semblent avoir développé leur propre méthode d'appréciation. Les riches étoffes sont un autre de mes péchés mignons, comme tout bon Vénitien, et j'en sais plus sur les chaînes et les trames qu'un drapier des Flandres. Mais ce ne sont là que des lubies de vieillard. J'ai quelque chose de plus précieux encore.

— Vraiment, excellence ?

— Regardez ça. » Le vieil homme tendit un bras en arrière et ses doigts trouvèrent et ouvrirent un grand coffre. Il en extirpa un panneau de bois merveilleusement peint, niché sur un coussin de velours.

« Savez-vous ce que c'est ?

— Non, votre excellence.

— C'est l'icône de saint Basile. On prétend qu'elle assure la sécurité et la prospérité de la cité de Constantinople. Savez-vous pourquoi je vous la montre ?

— Pas le moins du monde, votre excellence.

— Parce que je voudrais que vous transmettiez un message à votre maître. M'écoutez-vous attentivement ?

— Oui, répondit Mack dont le cerveau bouillonnait de suppositions.

— Voici : dites au Saint-Père que je lui crache au visage et aussi sur sa menace mesquine d'excommunication. Tant que l'icône est en ma possession, je n'ai aucun besoin de sa bénédiction.

— Vous voulez que je lui dise ça ?

— Mot pour mot.

— Alors je le ferai, si j'ai la chance de le rencontrer un jour.

— Ne jouez pas au plus fin avec moi, gronda Dandolo. Vous savez vous déguiser, mais je sais que vous êtes son envoyé.

— Avec tout votre respect, excellence, je ne viens pas de la part du pape. Je représente d'autres intérêts.

— Vous ne venez vraiment pas de la part du Saint-Siège ? »

Le regard aveugle du vieillard était si féroce que même si Mack avait été l'émissaire du pape, il l'aurait nié.

« Absolument pas. C'est même tout le contraire ! »

Le vieil homme se tut un instant. « Tout le contraire, hein ?

— Oui, parfaitement !

— Qui représentez-vous exactement ?

— Je suis sûr que vous pouvez le deviner », dit Mack, testant là une technique indirecte toute faustienne.

Dandolo réfléchit. « J'y suis ! Vous venez de la part de Barbe Verte, le Sans-Dieu ! C'est le seul à ne pas avoir de représentant ici. »

Mack n'avait pas la moindre idée de qui était Barbe Verte, mais il décida de jouer le jeu.

« Je ne répondrai ni oui ni non. Mais, dans l'éventualité où je représenterais Barbe Verte, qu'auriez-vous à lui dire ?

— Dites-lui que nous l'accueillerons et que nous sommes conscients de l'ampleur de la tâche qu'il a entreprise et que lui seul saura mener à bien.

— Il sera vivement intéressé. Mais pourriez-vous être plus précis ?

— Il doit lancer son attaque sur les côtes de Barbarie dans une semaine au plus tard. Pourrez-vous lui transmettre le message à temps ?

— Je peux faire beaucoup de choses. Mais je dois d'abord en connaître les raisons.

— Elles devraient être évidentes. Si Barbe Verte, qui est

à la tête des pirates du Péloponnèse, ne neutralise pas les corsaires barbaresques, ils risquent de faire échouer tous nos plans.

— C'est un fait. Mais quels plans, au juste ?

— Nous emparer de Constantinople, bien sûr ! Nous autres, Vénitiens, nous avons engagé toutes nos ressources maritimes pour amener ces Francs jusqu'ici en Asie. Si les corsaires attaquent nos dépendances en Dalmatie pendant que nous sommes occupés ailleurs, je crains que nous ne puissions faire face. »

Mack acquiesça en souriant, mais, au fond de lui-même, il tremblait d'excitation. Ainsi, Dandolo projetait de prendre Constantinople ! Nul besoin d'être visionnaire pour deviner que ce n'était pas pour la protéger. Il paraissait flagrant qu'il fallait éliminer Dandolo, et il n'aurait pas de meilleur moment pour le faire, puisqu'il se trouvait seul avec le vieillard aveugle, et que les Francs étaient tout occupés à leurs préparatifs de guerre ! Mack tira la dague de sa manche.

« Vous comprenez, poursuivit Dandolo en caressant son rubis, j'ai de grands projets pour Constantinople, et personne ne connaît encore mes desseins. Votre chef de pirates et vous serez les seules personnes au courant.

— C'est un grand honneur, dit Mack qui se demandait s'il valait mieux planter la lame par-devant ou par-derrière.

— La ville de Constantinople a connu des jours meilleurs, enchaîna le doge. Autrefois grande et crainte entre toutes, elle a été réduite au pâle reflet de sa splendeur passée par l'administration de ses rois tous plus stupides les uns que les autres. Je compte y mettre un terme. Non, je ne régnerai pas moi-même. Gouverner Venise me suffit ! Mais je mettrai un de mes hommes sur le trône byzantin. Il aura pour mission de restaurer la grandeur de la ville. Une fois Venise et Constantinople alliées, elles entraîneront le monde entier vers un nouvel âge d'or du commerce et de la connaissance. »

Mack hésita. Il avait été sur le point de frapper. Mais les paroles de Dandolo évoquèrent en lui la vision d'une grande cité ayant recouvré sa puissance, une ville à l'avant-garde de la culture et du commerce, qui serait à l'origine d'un grand tournant de l'histoire de l'humanité.

« Et quelle religion adopteront ces Grecs ? demanda-t-il.

— En dépit de mes différends avec le pape, je suis un bon chrétien. Le jeune Alexis m'a promis solennellement qu'une fois sur le trône, il ramènerait ses sujets dans le giron de Rome. Le pape lèvera mon excommunication ou, que dis-je ? il me fera canoniser car les temps modernes n'ont pas encore été témoins d'une telle prouesse de conversion.

— Votre excellence ! s'écria Mack. C'est un grand projet, un projet sain, un projet enthousiasmant ! Comptez sur mon dévouement, mon aide vous est entièrement acquise. »

Le vieillard tendit les bras et serra Mack contre lui. Celui-ci sentit les soies drues de la barbe de Dandolo contre sa joue et des larmes chaudes et salées qui lui coulaient sur le visage tandis que le vieil homme remerciait les Cieux à voix haute. Mack allait à son tour prononcer quelques mots à propos des Cieux, parce que ça ne mangeait pas de pain, quand des hommes en armes firent irruption sous la tente.

« Votre excellence ! s'écrièrent-ils. L'assaut a commencé ! Villehardouin conduit en ce moment même ses soldats à l'assaut des remparts.

— Qu'on me transporte sur le champ de bataille ! rugit Dandolo. Je veux me battre en personne pour cette noble cause. Mon armure, vite ! Faust, transmettez mon offre à Barbe Verte, nous en reparlerons plus tard ! »

Sur ces mots, le vieillard sortit en trombe de la tente dans les bras de ses serviteurs, emportant l'icône sacrée avec lui, mais laissant son tas de pierres précieuses.

Resté seul avec les ombres qui dansaient sur les parois de soie, Mack se félicita de la bonne tournure des événements. Il allait sauver Constantinople et empocher un joli magot au passage, tout comme Enrico Dandolo. Mais, juste au cas où tout ne marcherait pas comme sur des roulettes... Il trouva un petit sac de toile et choisit quelques joyaux, puis il sortit à son tour dans la nuit.

5

Les soldats escortèrent Faust et Marguerite jusqu'à une petite bâtisse en lourdes planches de bois brut. Faust reconnut aussitôt l'un de ces modèles de cachots préfabriqués, facilement démontables, conçus pour les armées en campagne. Celui-ci, d'une qualité exceptionnelle, avait été importé d'Espagne, où les Maures d'Andalousie réalisaient de véritables merveilles d'architecture préfabriquée. Au passage, les soldats leur firent admirer la salle des tortures, un joyau de miniaturisation et de menuiserie fine.

« On ne peut pas démembrer entièrement un homme comme on le fait en Europe, leur confia l'un des gardes. Mais on peut lui arracher soit les bras, soit les jambes, ce qui revient plus ou moins au même qu'avec la machine pour le corps entier. Regardez, ces pinces pour les doigts ne sont pas plus grosses qu'un casse-noisettes. Pourtant elles font aussi bien l'affaire que le modèle habituel, qui est nettement plus gros. Voici notre vierge de fer, plus petite que celle de Nuremberg, mais avec plus de pointes ! Les Maures s'y connaissent comme personne pour mettre autant de piques au centimètre carré. Nos tenailles sont plus petites que la moyenne, mais elles arrachent la chair d'une manière tout à fait satisfaisante.

— Vous n'allez pas nous torturer ? s'écria Faust.

— Certainement pas, dit le chef des gardes. Nous sommes de simples soldats. Tuer, ça nous suffit. Que vous soyez ou non torturés, ça relève de la compétence du directeur des cachots. »

Sitôt les gardes partis, verrouillant la porte derrière eux, Faust s'accroupit et dessina un pentacle sur le sol poussiéreux, à l'aide d'une brindille qu'il avait ramassée dans un coin. Assise sur le tabouret bancal qui était l'unique meuble de leur cellule, Marguerite le regardait.

Il entonna un sortilège, mais il ne se passa rien. Dans sa hâte de fondre sur l'imposteur, il n'avait pas pensé à emporter beaucoup d'ingrédients magiques. Néanmoins, il devait essayer. Il effaça les lignes et les redessina. Marguerite se leva et commença à faire nerveusement les cent pas dans la pièce comme une panthère en cage.

« Ne marche pas sur le pentacle, lui dit Faust.

— Non, non, répliqua-t-elle avec exaspération. Vas-tu arriver à quelque chose avec ça ?

— J'y travaille », marmonna Faust.

Il trouva une pincée de jusquiame au fond de sa besace et y ajouta une brindille de gui qui lui restait d'une cérémonie de solstice d'hiver. Secouant ses manches, il découvrit un reste d'antimoine. Il avait également deux billes de plomb dans ses chaussures. De quoi d'autre avait-il besoin ? Un peu de poussière ordinaire remplacerait la moisissure de cimetière. Quant à la poudre de momie, il eut l'idée lumineuse de la remplacer par une crotte de nez.

« C'est dégoûtant ! dit Marguerite.

— Tais-toi, ça va peut-être te sauver la vie. »

Tout était fin prêt. Faust agita les mains et se mit à réciter des incantations. Une légère lueur rosée apparut au milieu du pentacle. D'abord un petit point incandescent, qui s'élargit peu à peu.

« Tu l'as fait ! s'exclama Marguerite. Tu es merveilleux !

— Silence », siffla Faust. Puis se tournant vers la lueur, il déclama : « Ô esprit des profondeurs obscures, je t'invoque au nom d'Asmodée, de Belzébuth, de Bélial... »

Une voix s'éleva dans la lumière. C'était celle d'une jeune femme, qui annonça d'un ton froid :

« Veuillez interrompre votre invocation. Je ne suis pas un esprit que l'on peut invoquer.

— Ah non ? demanda Faust, interloqué. Alors qui ou, plutôt, qu'êtes-vous ?

— Je suis agent du service des Communications infernales. Votre invocation est irrecevable sous sa forme actuelle. Veuillez vérifier votre formule et réessayer. Merci et bonne journée. Veuillez vérifier votre formule et réessayer. Merci et... » La voix s'interrompit brusquement et la lueur rosée s'éteignit lentement.

« Attendez ! cria Faust. Je sais bien que je n'ai pas les ingrédients exacts ! Mais je les ai presque tous ! Vous pouvez sûrement faire une exception... »

Pas de réponse. La lumière rosée avait disparu, il n'y avait plus aucun bruit dans le cachot, hormis le claquement impatient des talons de Marguerite.

Soudain, un vacarme épouvantable retentit à l'extérieur. Des pas précipités. Le cliquetis de cottes de mailles. Le couinement de roues de bois tournant sur des axes mal huilés. Des soldats aboyèrent des ordres. Et un autre son également. Celui d'une plainte monotone récitant ce que Faust prit d'abord pour une incantation. Il fit signe à Marguerite de se taire et colla une oreille au mur. Oui, le son provenait de la cellule contiguë. Ce n'était pas une incantation, mais une prière.

« Ô seigneur, entendez-moi ! disait la voix étranglée. Je n'ai commis aucun crime, et pourtant me voici doublement condamné aux ténèbres, celles de ma propre cécité et celles de cette cellule obscure. Moi, Isaac, autrefois roi de Constantinople connu sous le nom d'Alexis III, moi qui ai brillé par mes actes de piété et ma ferveur religieuse, moi qui ai fait don aux églises de ma ville des biens suivants... »

Suivait une liste de dons à différentes églises et de pots-de-vin à des membres du clergé. Elle était si longue que Faust eut le temps de se retourner vers Marguerite et de lui dire : « Tu ne devineras jamais qui est enfermé dans la cellule voisine ?

— Si tu savais ce que je m'en fiche ! rétorqua-t-elle. Tout ce que je veux, c'est sortir de celle-ci.

— Silence, femme ! Dans ce cachot se languit Isaac, ex-roi de Constantinople, destitué par un frère cruel qui lui a fait crever les yeux avant de se sacrer lui-même empereur.

— Je vois que nous sommes en charmante compagnie ! dit-elle, sarcastique.

— Silence ! Quelqu'un ouvre la porte du cachot ! »

Faust tendit l'oreille ; une clé tournait dans la serrure. Une porte s'ouvrit, puis se referma. Il entendit des bruits de pas (la cloison de planches était très fine) suivis d'un silence. Puis la voix du vieil Isaac s'éleva : « Qui vient ? Est-ce mon bourreau ? Parle, je ne peux te voir.

— Moi non plus, répondit une voix grave. Mais tu n'as pas besoin de voir la perche que je tends pour la saisir...

— Tu me tends quoi ?

— Une perche. Je t'offre de l'aide. Mon assistance... Ne reconnais-tu donc pas ma voix, Isaac ? C'est moi, Enrico Dandolo !

— C'est le doge ! chuchota Faust à Marguerite. Enrico Dandolo, le tout-puissant doge de Venise. » Élevant la voix, il appela : « Doge Dandolo ! Par ici ! Nous vous supplions d'intercéder en notre faveur ! »

Il y eut un murmure, un bruit de pas, puis la porte de leur cellule s'ouvrit en grand. Deux soldats entrèrent. Juste derrière eux se dressait la haute et imposante silhouette d'Enrico Dandolo, resplendissant dans son manteau de brocart écarlate et vert, tenant dans sa main l'icône sacrée de saint Basile.

« Qui m'appelle ainsi ? tonna-t-il.

— Johann Faust, votre excellence. Je suis venu réparer

une grave injustice qui m'a été faite. Il y a ici un homme qui se fait passer pour moi. Il a dupé les naïves Puissances infernales avec ses racontars. Il se prétend grand magicien, mais c'est faux. C'est moi le grand magicien !

— Je vois, dit Dandolo.

— Je vous en supplie, Enrico Dandolo, sortez-moi de ce cachot et je vous prouverai que je suis un allié utile.

— Si tu es un si grand magicien, pourquoi ne te délivres-tu pas toi-même ?

— Même un sorcier a besoin de matériel. Je n'ai pas mon nécessaire à invocations sur moi. Et pourtant il ne me manque presque rien pour que le charme soit efficace — cette icône, par exemple...

— Tu te servirais de l'icône sacrée pour invoquer les démons ? fit Dandolo d'une voix pleine de colère.

— Mais oui, bien sûr ! C'est à ça que servent les icônes sacrées !

— La seule vocation de l'icône de saint Basile, rugit le vieil homme, est de préserver Constantinople du danger.

— Jusqu'à présent, elle ne s'est pas montrée très efficace, n'est-ce pas ?

— Ne t'occupe pas de ça. Ça ne te regarde pas.

— Peut-être... Délivrez-nous, au moins, puisque nous n'avons rien fait de mal et que nous ne sommes pas vos ennemis.

— Il faut d'abord que j'examine ton cas. Tu te dis magicien, je veux vérifier cela. Je reviendrai. »

Sur ce, il tourna les talons et, guidé par les soldats, il quitta le cachot. Les portes se refermèrent en claquant derrière lui. La clé cliqueta dans la serrure.

« Impossible de discuter avec ces têtes de lard de Vénitiens ! marmonna Faust.

— Qu'allons-nous devenir ? » pleurnicha soudain Marguerite.

Elle était effondrée. Faust ne se sentait guère mieux, à vrai dire. Mais son orgueil outragé le faisait plus souffrir que la crainte de la mort. Il arpentait la cellule, cherchant une solution. Il s'était précipité à la recherche de Méphistophélès sans s'assurer qu'il emportait bien son nécessaire à magie. Il se souvint que lors de ses déplacements en Europe, il voyageait toujours avec un sac de sortilèges. Il ne s'était jamais laissé prendre au dépourvu. La respectabilité avait-elle amolli ses méninges ? Il n'en était pas loin.

Il joua encore avec son pentacle, davantage pour s'occuper les mains que dans l'espoir d'aboutir à quelque chose. Aussi, ce fut avec stupéfaction qu'il vit la lueur prendre de nouveau forme au centre du dessin sur le sol. Comme la première fois, elle ne fut tout d'abord qu'un faible point lumineux, puis elle grandit. Cette fois, la lumière était rouge orangé, ce qui annonçait de toute évidence la visite d'une personnalité des Enfers.

Une forme plus ou moins humaine apparut. « Ô esprit ! cria Faust. Je t'ai invoqué, je t'ai sorti des profondeurs obscures...

— Non, pas du tout », répondit la créature. Elle prenait à présent la forme d'un démon élancé au visage de renard, avec de petites cornes de mouflon. Il portait une combinaison moulante en peau de phoque qui mettait en valeur son corps d'athlète.

« Je ne vous ai pas invoqué ?

— Certainement pas. Je suis venu de moi-même. Je m'appelle Azzie. Je suis un démon.

— Vous me voyez soulagé ! Je m'appelle Johann Faust... Et voici mon amie, Marguerite.

— Je sais qui vous êtes, répondit Azzie. Je vous ai observés, comme j'ai observé Méphistophélès et l'autre homme qui se fait appeler Faust.

— Donc, vous savez que c'est un imposteur ! Faust, c'est moi !

— Bien sûr.

— Eh bien ?

— Eh bien… j'ai réfléchi à la situation. Et j'ai une offre à vous faire.

— Enfin ! s'écria Faust. Reconnaissance éternelle ! Vengeance ! Plaisirs éternels sans cesse renouvelés !

— Pas si vite ! Vous ignorez encore les termes de ma proposition.

— Allez-y.

— Pas ici. Je n'ai pas pour habitude de négocier dans les prisons franques.

— Où, alors ?

— Je connais un pic montagneux, sur les hauteurs du Caucase, pas très loin de l'endroit où Noé s'est échoué avec son arche après le Déluge. Nous pourrons y discuter tranquillement et je vous exposerai mon marché en toute sérénité.

— Je vous suis.

— Et moi alors ? intervint Marguerite.

— Oui, c'est vrai. Et elle ? demanda Faust.

— Elle ne peut pas venir. Ma proposition ne concerne que vous, Faust. Je ne m'adresse pas aux filles à soldats.

— Vous avez du culot ! s'étrangla Marguerite. Je suis avec lui ! Je l'ai même aidé dans ses enchantements ! C'est lui qui m'a demandé de l'accompagner, si vous voulez savoir. Johann, tu ne vas quand même pas m'abandonner ici ! »

Faust se tourna vers Azzie : « Ce n'est pas juste, vous savez.

— Je vous donne ma parole d'honneur qu'il ne lui arrivera rien.

— Vous êtes sûr ?

— Je ne me trompe jamais sur ce genre de choses.

— Alors allons-y, conclut Faust. Marguerite, nous revenons tout de suite. Je n'aime pas faire ça, mais les affaires sont les affaires. » À vrai dire, il n'était pas fâché de se débarrasser momentanément de Marguerite, qui ne s'était pas révélée aussi docile et efficace qu'il l'espérait.

« Non, non ! emmenez-moi », supplia-t-elle.

La pauvre enfant se précipita vers Faust et tenta de s'accrocher à son cou. Mais Azzie fit un geste. Un nuage de fumée s'éleva, des étincelles, des flammes qui l'obligèrent à battre en retraite. Quand tout fut redevenu calme dans la cellule, Faust et Azzie avaient disparu. Marguerite était toute seule dans le cachot, et un bruit de bottes militaires s'approchait de la porte.

6

Azzie, portant Faust sur le dos, s'éleva rapidement au-dessus des tours de Constantinople, puis se dirigea vers le sud-ouest, survolant la grande plaine d'Anatolie. Ils passaient de temps à autre à la verticale d'un village de boue, où demeuraient des Turcs venus du fin fond de nulle part, qui menaient leurs pillages aussi loin au nord que les fortifications de la grande cité. Ils finirent par arriver dans une région de collines basses dénudées et distinguèrent enfin les premiers sommets du Caucase. Azzie prit de l'altitude pour les survoler. Les vents glacés firent grelotter violemment Faust. Sous eux, les pics transperçaient les nuages blancs, illuminés par un soleil radieux.

« Vous voyez ce sommet devant nous ? hurla Azzie pour couvrir le bruit assourdissant du vent. C'est là que nous allons. »

Ils atterrirent sur un pic rocheux baigné par la brillante lumière du soleil de midi. Faust aurait aimé interroger Azzie sur ce prodige, puisqu'ils avaient quitté le camp des croisés en pleine nuit. Mais, craignant de passer pour un ignare, il se contenta de demander : « Où sommes-nous ?

— Sur le mont Crescendo, le point culminant du Caucase. Nous ne sommes pas loin du mont Ararat, où l'arche de Noé s'est échouée après le déluge. »

Faust s'approcha du bord. L'air était si pur qu'il pouvait voir autour de lui à perte de vue, jusqu'aux paisibles hameaux éparpillés dans la plaine en contrebas. Plus loin encore, il discernait un palais de marbre rose, derrière une enceinte piquée de minarets blancs qui lui donnaient une allure de pièce montée.

« Qu'est-ce que c'est ? interrogea-t-il.

— Le palais Sans-Souci. Il sera à vous si vous acceptez mon marché.

— Qu'a-t-il de particulier, ce palais Sans-Souci ? s'enquit prudemment Faust.

— Vous voyez le marbre rose employé pour sa construction ? On l'appelle la pierre du bonheur et il provient de l'Âge d'or de l'humanité, quand tous les êtres vivaient en harmonie, dans le meilleur des mondes. Il est si imprégné des essences originelles de la chance et du bonheur qu'il suffit de passer près de lui pour être plongé dans un état de douce euphorie. Là, vous pourrez vivre dans la joie et la béatitude, Faust. Et le palais est livré avec l'assortiment habituel de créatures de rêve, toutes d'une morphologie exquise, d'une grâce et d'une sensualité à vous couper le souffle et dotées d'attributs qui feraient verser des larmes à un ange, bien qu'il n'ait pas intérêt à se laisser surprendre par ses supérieurs dans un état si peu angélique.

— Vu d'ici, votre palais Sans-Souci a l'air vraiment minuscule, dit Faust.

— Les propriétés de l'air et de la lumière au sommet de cette montagne sont telles qu'en plissant légèrement les yeux vous verrez aussi loin que vous le désirez. »

Faust plissa les yeux, exagérément d'abord, car il se surprit à regarder le mur blanc de la façade nord comme s'il avait le nez dessus. Rectifiant légèrement l'écartement de ses paupières, il obtint une vue panoramique du palais. C'était effectivement un endroit de rêve. Partout des fontaines, des allées de gravillons soigneusement ratissées, serpentant dans un magnifique jardin à la française. Un troupeau de daims apprivoisés broutait à l'ombre d'arbres centenaires dont le feuillage abritait une multitude de perroquets bigarrés qui, à chaque battement d'ailes, faisaient ondoyer l'air en une bruissante symphonie de couleurs. Des servantes vêtues de blanc allaient et venaient lentement, les bras chargés de plateaux de sucreries, de fruits, de noix et de plats épicés. Elles présentaient ces mets à des invités portant des robes d'étoffes précieuses et chamarrées. Certains d'entre eux étaient étonnamment grands et arboraient une barbe noble. Faust n'avait pas vu de visages aussi remarquables depuis ses études de sculpture antique à Rome.

« Qui sont ces hommes ? demanda-t-il.

— Des philosophes. Ils sont là pour débattre avec vous du comment et du pourquoi des choses, et pour stimuler par leurs connaissances la vivacité de votre intelligence. Maintenant, si vous regardez un petit peu à gauche — là, voilà — vous remarquerez un bâtiment surmonté d'un dôme situé à l'écart des autres.

— En effet, qu'est-ce que c'est ?

— C'est la salle du trésor. Elle renferme des biens précieux en abondance : gemmes de la plus belle eau, perles incomparables, jades d'une pureté exquise et autres bibelots raffinés. »

Faust plissa de nouveau les yeux et inclina la tête.

« Qu'y a-t-il au fond, sur la ligne d'horizon ? On dirait un nuage de poussière en mouvement. »

Azzie regarda à son tour. « Ce n'est rien.

— Mais encore ?

— Si vous voulez vraiment le savoir, c'est une horde de guerriers turcs déchaînés.

— Ils sont rattachés au palais Sans-Souci ?

— Euh... pas exactement. À dire vrai, ils pillent et saccagent tout sur leur passage. Mais ils n'ont que faire de Sans-Souci.

— Et que ferais-je s'il leur prenait l'envie de m'attaquer ? Mes richesses et mon train de vie joyeux ne me seraient plus d'une grande utilité, n'est-ce pas ?

— Rien n'est immuable. Il y a des brutes aux portes de tous les palais qui tempêtent pour y entrer. Ils y parviennent parfois. Mais, n'ayez crainte, je ne vous laisserai courir aucun danger. Je peux vous procurer des palais n'importe où dans le monde. Il y a aussi des villes superbes où vous vous plairiez certainement. En outre, vous ne seriez pas confiné dans votre époque, évidemment. Si vous souhaitez vous promener à Athènes avec Platon, ou vous rendre à Rome pour y discuter avec Virgile ou César, je pourrais arranger ça.

— C'est très alléchant. Mais ma place est dans le concours entre la lumière et les ténèbres.

— Je pense pouvoir vous aider. J'espère que vous ne croyez pas que je suis pour quelque chose dans l'erreur dont vous avez été victime. C'est la faute à ce crétin de Méphistophélès, et j'entends bien lui donner une leçon. Mais, d'abord, je dois mener quelques investigations car le concours a déjà commencé, et les Puissances des deux bords n'apprécieraient pas qu'il soit interrompu. Néanmoins, avec un peu de chance et un mot bien placé çà et là, je crois que je pourrais vous substituer à Mack.

— Vous feriez ça pour moi ?

— Certainement. Mais il y a une condition.

— Laquelle ?

— Vous devez vous engager par le serment le plus puissant que vous connaissez à m'obéir à la lettre, notamment en ce qui concerne le concours. »

Faust bomba fièrement le torse. « Moi, vous obéir ? Je suis Faust. Et vous, qui êtes-vous ? Rien qu'un vulgaire esprit anonyme et malpropre !

— Je ne dirais pas malpropre, répondit Azzie, vexé. C'est encore une de ces médisances au sujet des démons. De plus,

je ne vois pas ce qu'il y a d'humiliant à obéir à un démon !
Les hommes le font tout le temps.

— Pas Faust. Et pourquoi cette condition, s'il vous plaît ?

— Parce que j'ai un plan, qui vous remettra à votre juste place et moi à la mienne. Mais il faut que vous suiviez mes instructions. Je jure que je ne serai pas trop exigeant. Allez, acceptez. »

Faust réfléchit, perplexe. L'offre était tentante, bien sûr... Seigneur du palais Sans-Souci, quelle promotion pour un professeur d'alchimie de Cracovie ! Mais il ne pouvait se résoudre à obéir à Azzie. Quelque chose en lui restait profondément réticent à cette idée. Il ne tenait pas particulièrement à rester son propre maître, non, mais il ne pouvait pas s'abaisser pour autant devant un esprit qui, par définition, était censé le servir, lui.

« Je ne peux pas, annonça-t-il enfin.

— Réfléchissez, insista Azzie. Et si j'incluais dans mon offre cette quintessence de la beauté que tous les hommes recherchent ? La merveille des merveilles, la perfection faite femme, la séduction incarnée ! Je fais naturellement allusion à l'unique, à l'incomparable Hélène de Troie.

— Ça ne m'intéresse pas, j'ai déjà une petite amie.

— Oui, mais ce n'est pas la Belle Hélène !

— Ça ne m'intéresse pas », répéta Faust.

Azzie sourit. « Jetez quand même un coup d'œil. »

Sur ces mots, il fit un geste du bras. Là, au sommet de la montagne, sous les yeux de Faust, une silhouette féminine commença à se dessiner. Elle le dévisagea avec des yeux d'une couleur intense, quoiqu'il eût été bien en peine de préciser laquelle, dans la mesure où elle semblait en changer chaque fois qu'un nuage passait devant le soleil. Un instant bleus, l'autre gris, puis soudain verts. Elle portait une tenue grecque classique, une tunique blanche drapée très comme il faut, dévoilant une ravissante épaule satinée. Les proportions d'Hélène étaient si parfaites qu'il eût été dérisoire de tenter d'isoler un aspect de sa personne plutôt qu'un autre, en disant « son nez est superbe », ou « l'arc de ses sourcils est gracieux », ou « sa gorge est opulente à souhait », ou encore « ses jambes sont fort bien fuselées ». Toutes ces affirmations auraient été vraies, mais insuffisantes, car Hélène défiait toute description et n'autorisait aucune comparaison. Elle était cette perfection même que les hommes les plus imaginatifs osent à peine entr'apercevoir en rêve. Elle était l'absolu, un idéal plus qu'une femme de chair et d'os — et, pourtant, elle était réelle.

Faust la contempla, diablement tenté. Elle constituait un trophée sans pareil car, mis à part le désir qu'elle suscitait immanquablement, il y avait le plaisir de la soustraire à la portée des autres hommes, et d'être envié de tous les hommes, à l'exception des homosexuels. Avoir Hélène pour compagne le rendrait plus riche que le roi des rois.

Mais il y avait un prix à payer. Car celui qui possédait Hélène se ferait posséder par elle et ne serait plus maître ni de son âme ni de son destin. Sa célébrité à lui pâlirait à côté de celle de cette femme. Dans le cas de Faust, il cesserait d'être un archétype. Il ne serait plus que le petit ami d'Hélène et ses talents paraîtraient bien mornes à côté des charmes de cette créature mondialement connue. Pâris était probablement un type bien, avant de quitter Troie et de l'enlever à Ménélas. Pourtant, qui se souvenait de lui, aujourd'hui ?

Il y avait toutes ces raisons, et il y en avait une autre : Faust savait que désirer Hélène était une chose. Mais en faire sa compagne nuirait à sa légende. Il était Faust, artiste de haut vol se produisant seul en scène. Il ne pouvait se permettre d'être manipulé par un autre, d'autant moins par *une* autre.

Il débita à toute allure, avant que la vision de cette beauté fatale n'ait raison de lui : « Non, non, non ! Je ne veux pas d'elle et je ne me soumettrai pas à vos ordres. »

Azzie haussa les épaules et sourit. Il ne semblait pas surpris outre mesure. Faust en fut secrètement flatté. Sa force de caractère était légendaire. Même les démons savaient reconnaître un dur à cuire !

« Soit, convint Azzie. Je vais me débarrasser d'elle. Mais ça valait quand même le coup d'essayer. » Il fit une série de gestes d'une dextérité que Faust fut bien obligé d'admirer : les magiciens reconnaissent le talent d'un confrère à la sinuosité des mouvements de sa main et de ses doigts. Dans ce domaine, Azzie n'avait pas son pareil.

La lueur vacilla un moment autour d'Hélène, qui avait patienté plutôt passivement. Puis la clarté s'éteignit. Azzie recommença. Cette fois il n'y eut même pas de lueur.

« Tiens ! C'est bizarre, dit-il. Généralement ce sort de disparition marche très bien. Il faudra que je me penche dessus un peu plus tard, dès que j'aurai cinq minutes. Voilà ce que je vais faire : Hélène est une chic fille et ça la changera un peu du Tartare, où elle réside en ce moment. Ça vous ennuie si elle reste avec vous quelque temps ? De toute façon, elle ne vous tente pas, ça ne vous coûtera rien... Je repasserai la chercher plus tard. »

Faust se tourna vers elle et son cœur battit plus fort ; bien que ses motifs pour la refuser fussent irréprochables sur le plan intellectuel, il était loin de rester insensible à ses charmes, au niveau épidermique. Il parvint toutefois à se contrôler et répondit :

« Eh bien, d'accord, je veillerai sur elle en vous attendant. Naturellement, il y a Marguerite...

— Ne vous inquiétez pas pour elle. Il ne lui arrivera rien. D'ailleurs, j'ai vu tout de suite que ce n'était pas une fille pour vous.

— Vous le pensez vraiment ? demanda Faust.

— Faites-moi confiance. Un démon sent ces choses-là mieux que quiconque. Nous en reparlerons plus tard, quand nous nous reverrons. Vous êtes sûr que je ne peux pas vous tenter avec quelque chose ?

— Non, mais merci quand même.

— Bon, eh bien, il faut que je file.

— Attendez! s'écria soudain Faust. Vous n'auriez pas quelques ingrédients pour mon enchantement de voyage? Sinon, Hélène et moi risquons d'être coincés un bon moment sur ce pic montagneux.

— Vous faites bien de me le rappeler», dit Azzie. Ouvrant la besace que tous les démons portent sur eux en permanence et qui, par magie, ne fait même pas de bosse sous leurs vêtements, Azzie extirpa un assortiment d'herbes, de poudres, de remèdes universels, de métaux purifiés, de poisons obscurs et d'autres aromates, qu'il tendit à Faust.

«Merci, dit celui-ci. Avec ça, je peux reprendre les rênes de ma destinée. J'ai apprécié votre offre, Azzie, mais je tiens à régler tout seul cette histoire avec mon imposteur.

— Alors, à la prochaine!
— À la prochaine!»

Ils prirent tous deux position, bras tendus vers le ciel, les paumes ouvertes, les pouces repliés — la posture du magicien. Puis Azzie disparut dans un éclair et, quelques secondes plus tard, Faust et Hélène se volatilisèrent à leur tour.

7

Marguerite était abasourdie. On lui avait déjà dit que les magiciens étaient volages, mais là, pour reprendre une vieille expression allemande, elle aurait mieux fait de rester à brasser son houblon. Elle avait troqué son bouge de Cracovie pour un cachot de Constantinople, et elle ne savait même pas pourquoi on l'avait arrêtée. Elle était là, abandonnée par Faust et probablement dans les ennuis jusqu'au cou. Elle arpenta nerveusement sa cellule, puis se plaqua contre le mur : elle venait d'entendre un bruit de bottes dans le couloir. Les pas s'interrompirent brusquement, et la porte de la cellule voisine s'ouvrit.

Marguerite attendit, tendant l'oreille. Il y eut une brève pause. Puis les pas résonnèrent de nouveau. Ils s'arrêtèrent devant sa cellule. Une clé tourna dans la serrure. La jeune femme se terra dans un coin, tandis que la porte s'ouvrait avec fracas.

Elle vit sur le seuil un grand jeune homme blond, vêtu de beaux habits. Il la contemplait d'un regard insistant. L'espace d'un instant, ils formèrent tous deux un tableau traversé par les rayons obliques de lumière grise que diffusaient des lanternes en corne creuse accrochées dans le couloir. Le nouveau venu n'était encore qu'un enfant ou presque, avec un voile de transpiration luisant recouvrant le duvet de sa lèvre supérieure. Il ouvrait des yeux candides sur la captive, dont la longue chevelure châtain tombait en cascades gracieuses, ses grands jupons relevés dévoilant des chevilles d'une finesse exquise, tapie dans une attitude des plus pathétiques certes, mais aussi un peu troublante.

Enfin Mack rompit le silence : « Qui êtes-vous ?
— Marguerite. Et vous ?
— Le docteur Johann Faust, pour vous servir. »

Marguerite battit des paupières à deux reprises et fut sur le point de rétorquer qu'il ne pouvait être Faust puisque l'ingrat venait à l'instant même de s'envoler avec un démon. Mais un instant de réflexion suffit à la convaincre de garder pour elle ce genre d'argument, d'autant plus que ce charmant jeune homme semblait avoir en tête l'idée de la délivrer, et qu'il n'apprécierait sans doute pas d'être contredit de façon si véhémente dès le début de leur entrevue. Après tout, il pouvait se faire appeler Faust, ou Schmaust, ou Graust, ou tout ce qui lui plairait, du moment qu'il la sortait de là.

« Que faites-vous ici ? demanda Mack.
— C'est une longue histoire, répondit Marguerite. J'accompagnais ce type et, eh bien, il s'est en quelque sorte volatilisé, me plantant ici. Et vous ? »

Mack était venu dans l'espoir de retrouver Enrico Dandolo et de lui dérober l'icône de saint Basile, car il lui semblait que c'était encore la meilleure chose à faire pour mener à bien sa mission. Mais, en ouvrant la première porte, il avait constaté que le doge et Isaac, le vieil aveugle, étaient déjà partis. Il allait quitter les lieux, lorsqu'un pressentiment quelconque l'avait poussé à regarder dans la cellule voisine. Ce qui était d'ailleurs étrange, car ce n'était vraiment pas son genre d'inspecter les cachots. Mais, cette fois, cela avait été plus fort que lui, il avait obéi à son instinct. Mais comment expliquer tout cela à Marguerite en deux mots ?

« Mon histoire est longue, elle aussi. Voulez-vous sortir d'ici ?

— Est-ce qu'un porc aime patauger dans la fange ? répliqua-t-elle, utilisant une vieille expression courante dans la région d'Allemagne où elle avait gardé des oies.

— Venez, alors, dit Mack. Je dois retrouver quelqu'un. »

Ils sortirent des cachots et traversèrent le campement. Autour d'eux régnait une atmosphère de chaos et d'émeute. Des centaines de torches tremblotaient, illuminant des gens qui allaient et venaient au pas de course. Les clairons retentissaient et tous les soldats semblaient se diriger vers les remparts de la ville. De toute évidence, l'assaut contre Constantinople avait été lancé.

Mack et Marguerite suivirent le mouvement général, se frayant un chemin à travers la foule. On se battait au pied des murailles. Des hommes couverts de sang étaient évacués du champ de bataille, un grand nombre d'entre eux transpercés de flèches byzantines, que l'on peut distinguer des flèches ordinaires aux motifs hexagonaux rouges et verts peints sur leur tige, ainsi qu'à leurs ailerons en plumes de canard moscovite plutôt qu'en pennes d'oie anglaise.

Des troupes fraîches les bousculèrent pour rejoindre le front. Sur la crête des remparts, les factions rivales en étaient au corps à corps. Soudain, les grandes portes de la ville s'écartèrent ; des sympathisants des Francs se trouvant à l'intérieur avaient ôté les poutres qui les maintenaient fermées. Les croisés à cheval se rassemblèrent en formation serrée et tentèrent une percée au grand galop. Leur course fut arrêtée par les soldats grecs qui gardaient l'entrée, épaulés par de robustes Scandinaves enrôlés pour défendre la cité. Ils tentèrent en vain d'endiguer le flot des attaquants. Les croisés enragés les heurtèrent de plein fouet, décrivant de grands moulinets avec leurs haches et leurs masses d'armes qui sifflaient dans les airs avant de s'abattre avec des craquements sinistres sur les crânes ennemis. Un groupe de femmes grecques avait hissé un énorme chaudron d'huile bouillante au sommet des fortifications. Une cascade dorée se déversa en grésillant sur les assaillants. Les soldats francs ainsi douchés se contorsionnèrent de douleur en hurlant tandis que le liquide s'infiltrait par tous les interstices de leurs armures, les ébouillantant vifs comme des langoustes. Les femmes furent vite balayées par une pluie de flèches et les armées franques repartirent à l'assaut, poussant leur cri de guerre et progressant vers la ville comme une marée irrésistible. Bientôt, il ne resta plus qu'un petit bataillon de mercenaires turcs pour défendre les murailles. Leurs flèches qui pleuvaient dru obscurcissaient le ciel et rendaient la conversation difficile à cause des sifflements menaçants. Une rangée après l'autre, les Francs tombaient, roulant au bas de leurs chevaux, transpercés de part en part comme des porcs-épics. Mais leur flot incontrôlable parvint à rejoindre les pelotons de Turcs qui, de petite taille et vêtus de cuirasses légères, ne purent contenir les grands Européens chevelus, mal rasés et protégés par leurs lourdes cottes de mailles. Des membres sectionnés voltigèrent un peu partout et moult crânes furent fendus. Les croisés ivres de sang crevèrent les lignes turques et s'engouffrèrent dans les rues de la ville.

Mack courait derrière eux, tirant Marguerite par la main. Enfin, il aperçut Enrico Dandolo. Celui-ci était debout et tenait une énorme épée qu'il faisait tournoyer, obligeant les gens autour de lui à se baisser avant de détaler.

« Sus à l'ennemi ! rugissait-il. Laissez-moi quelques Grecs ! »

Mack s'approcha de lui en se courbant pour éviter l'épée et, le saisissant par le bras, lui cria :

« Enrico, c'est moi, Faust ! Laissez-moi vous guider !

— Ah, le messager de Barbe Verte ! dit le vieillard. Bien, tourne-moi vers l'ennemi et donne-moi une petite poussée dans le dos.

— Mais certainement », répondit Mack, et il fit pivoter Dandolo de manière qu'il fît face aux murs de la ville. En même temps, il dénoua adroitement la sangle d'une sacoche en soie dans laquelle il avait aperçu l'icône sacrée.

« Bonne chance, excellence ! » cria-t-il. Dandolo brandit son épée et, en digne précurseur de Don Quichotte, se rua dans la bataille.

Mack se tourna vers Marguerite. « Très bien, filons d'ici ! »

Ils s'éloignèrent des remparts en courant, et reprirent la direction du campement. Mack cherchait un endroit sûr. D'ores et déjà, une chose était certaine : il avait réussi sa première épreuve. Il avait fait un choix et sauvé l'icône de saint Basile.

Il était déjà tard. La nuit tomba brusquement. Il soufflait un vent froid. Il pleuvait. Transis, grelottants, Mack et Marguerite pataugeaient dans la boue du champ de bataille.

« Où allons-nous ? demanda Marguerite.

— Je dois voir quelqu'un, expliqua Mack, qui se demandait où diable se trouvait Méphistophélès.

— A-t-il dit où ?

— Il a dit qu'il me trouverait.

— Alors pourquoi courons-nous comme ça ?

— Nous fuyons le champ de bataille. On pourrait s'y faire tuer ! »

Ils croisèrent un groupe de soldats. Ce n'étaient pas ceux qui avaient arrêté Faust plus tôt mais ils leur ressemblaient car ils étaient très robustes, pas rasés, velus, grossiers, et bardés d'armes. Les combats les avaient laissés en piteux état. Ils étaient couverts de bleus et de griffures, et leurs armures étaient cabossées. Accroupis autour d'une pile de bois et de quelques chaises qu'ils avaient confisquées à une caravane qui passait par là, ils tentaient sans succès de faire un feu. Ils avaient beau frotter des silex et de l'acier, la pluie, qui tombait depuis le lever du jour et redoublait d'ardeur, rendait vains tous leurs efforts.

« Hep, vous là-bas ! Arrêtez-vous ! cria l'un d'eux tandis que Mack et Marguerite passaient à proximité. Vous n'avez pas un morceau de bois sec, par hasard ?

— Non, non, dit Mack. Désolé, nous n'en avons pas. Excusez-nous, les gars, il faut qu'on y aille. »

Mais les soldats les encerclaient déjà. Marguerite sentit un objet dur caresser sa hanche. Elle s'apprêtait à gifler l'impudent, quand elle comprit que Mack essayait de lui glisser discrètement la petite sacoche qu'il avait volée à Enrico Dandolo. Elle la dissimula sur elle pendant que les soldats s'emparaient de Mack.

Ils le fouillèrent des pieds à la tête, puis se tournèrent vers elle. L'idée de mains rustaudes posées sur elle lui étant intolérable, elle capitula d'emblée et leur tendit le sac.

« Haha! s'écria l'un d'eux d'une voix triomphante en dégageant l'icône. Qu'avons-nous là?

— Attention! dit Mack. Ce n'est pas n'importe quelle icône sacrée.

— Qu'a-t-elle de particulier?

— Elle réalise des miracles.

— Des miracles? Voyons si elle fait partir ce feu... Ça, ce serait un vrai miracle! » Il frotta un silex contre la lame de son épée, produisant une gerbe d'étincelles. L'une d'elles atterrit sur le visage verni de saint Basile, qui s'embrasa aussitôt.

Les soldats se penchèrent autour de l'icône, tentant de la glisser sous les bûches. Mack en profita pour leur fausser compagnie, suivi de Marguerite.

Ils atteignirent la lisière d'un petit bois qui bordait le champ de bataille. À présent que le sifflement des flèches s'était tu, on entendait des cris et des lamentations qui s'élevaient de la ville. Les croisés se déchaînaient. Déjà, un linceul de fumée noire flottait au-dessus des remparts. Constantinople allait apparemment connaître le triste sort de Troie.

Mack détourna les yeux. À la lueur d'un éclair, il distingua une haute silhouette noire à quelques pas de lui, enveloppée dans un grand manteau cramoisi, qui se tenait dans une pose théâtrale à l'orée du bois.

À Faust, Faust et demi

« Méphistophélès ! s'écria Mack. Je suis content de vous voir ! » Il se hâta de le rejoindre. « Vous avez vu ce que j'ai fait ? Hein ? J'ai finalement choisi l'icône.

— Oui, j'ai vu, répondit Méphistophélès. Franchement, ça ne m'impressionne pas.

— Non ? Pourtant, j'ai pensé que c'était la meilleure option. Quand Enrico Dandolo m'a parlé de ses projets d'avenir concernant Constantinople, j'ai compris que je ne devais pas le tuer. Quant à Alexis, même si je l'avais voulu, je n'aurais pas pu l'approcher d'assez près pour le kidnapper.

— Pauvre idiot ! railla le démon. Vous vous êtes laissé manipuler par Dandolo. Sa haine de Constantinople est implacable.

— Comment diable pouvais-je le deviner ?

— Il ne fallait pas prendre ce vieux fou au pied de la lettre. En le tuant, vous auriez permis à un meilleur empereur de monter sur le trône. Il aurait évité à la ville le terrible massacre perpétré par les croisés et l'incendie qui la ravage en ce moment même.

— J'ai fait de mon mieux, dit piteusement Mack.

— Je ne voulais pas vous gronder, dit Méphistophélès. Comme je vous l'ai expliqué plus tôt, ce n'est pas vous qui êtes jugé, mais l'humanité, que vous représentez. Vous avez fait le genre de choix stupide que n'importe quel homme aurait fait. Vous avez préféré sauver une illusion plutôt que de régler un sujet pratique.

— Eh bien, j'essaierai de faire mieux la prochaine fois. Et je ne tenterai pas de sauver d'autres illusions, je peux vous l'assurer. Et maintenant ?

— Votre seconde épreuve vous attend. Vous êtes prêt ?

— J'aurai bien besoin d'un bon bain et d'une nuit de sommeil.

— Vous trouverez tout ça au prochain arrêt. Nous allons à la cour de Kubilai Khan.

— Pour quoi faire ?

— Je vous expliquerai en route. Préparez-vous.

— Attendez ! s'écria-t-il, car Marguerite le tirait par la manche. Elle peut venir avec moi ? »

Méphistophélès inspecta Marguerite. Il parut sur le point de refuser, puis haussa les épaules : « Oh, après tout ! Tenez-vous par la main, fermez les yeux, et le tour sera joué. »

Mack et Marguerite s'exécutèrent. La jeune femme retint sa respiration ; elle détestait cette sensation vertigineuse d'être ainsi propulsée à une autre époque et dans un autre lieu.

Méphistophélès agita les mains. Il y eut l'éclair lumineux et le nuage de fumée habituels. Et ils furent partis.

MARCO POLO

1

Quand Mack rouvrit les yeux, il se trouvait au coin d'une rue animée, apparemment dans une très grande ville. Méphistophélès et Marguerite l'encadraient. Le démon, plus pimpant que jamais, avait glissé un bouton de rose à la boutonnière de son complet-veston gris anthracite. Ses souliers vernis reluisaient. Quant à Marguerite, elle était belle comme un cœur. Depuis leur départ de Constantinople, elle avait trouvé le temps de retoucher son maquillage en vol et d'enfiler une robe à fleurs au décolleté plongeant.

Regardant autour de lui, Mack constata que les rues étaient bordées de hauts bâtiments aux toits retroussés, dont l'architecture étrange ne pouvait être que chinoise. À la vue des habitants, cette impression fut encore renforcée : vêtus de soieries et de fourrures, les mains enfouies dans de longues manches, ils allaient et venaient à toute vitesse en conversant à tue-tête. L'air, vif, sentait le charbon de bois et la poudre aux cinq épices. Le ciel était d'un bleu de glace. Des hommes au visage orange et aplati, coiffés de toques de fourrure, passèrent devant lui. À n'en pas douter, il s'agissait de Mongols. Ils étaient nombreux, tous armés jusqu'aux dents. Ils circulaient autour de Mack et de ses compagnons sans paraître les remarquer.

« Que se passe-t-il ? Ils ne nous aiment pas ou quoi ?

— Ils ne peuvent pas nous voir, expliqua Méphistophélès. Je nous ai placés sous un sortilège temporaire d'invisibilité. C'est moins cher que de louer une salle de conférences.

— Si vous le dites. Alors, que suis-je censé faire, cette fois ?

— Juste en face, au bout de cette rue, se dresse le palais du grand Kubilai Khan. Il y vit entouré de sa cour de nobles, de parents, de concubines et des parasites habituels. Dans ce palais se trouve également Marco Polo.

— Le célèbre explorateur vénitien ?

— Lui-même. Normalement, son père et son oncle devraient être avec lui, mais ils sont en voyage d'affaires à Trébizon.

— C'est où, Trébizon ?

— Peu importe. Vous n'avez pas besoin de le savoir. En revanche, il faut que vous sachiez pourquoi vous êtes là.

— Tout juste. Vous feriez bien de me mettre au courant.

— Voici la situation : Marco projette de quitter Pékin pour rentrer à Venise. Kubilai Khan a accepté à contrecœur de le laisser partir car il est le seul à pouvoir fournir une escorte sûre à la princesse Irène, qui vient d'être promise à l'un de ses vassaux de Perse. Vous me suivez ? Bon. Toutefois, plusieurs complots se trament en ce moment même contre le Vénitien. Ils sont ourdis par certains seigneurs mongols qui digèrent mal les faveurs que Kubilai Khan lui a accordées. L'une de vos options est donc d'empêcher que Marco Polo ne soit tué avant son départ de Pékin.

— Hé là, une minute. Mais il a *déjà* quitté Pékin, non ?

— Oui, mais c'était dans le passé, si vous voulez. Maintenant, nous sommes dans le présent, c'est-à-dire le présent du passé. Par conséquent, tout est à refaire. Et dites-vous bien une chose : le déroulement des événements ne sera pas forcément identique. Car, bien qu'ils se répètent, ils se produisent aussi pour la première fois. Les événements.

— Heu... Bon, mais si ça se passe différemment, ça ne risque pas de modifier les données de notre propre époque ?

— Ne vous inquiétez pas pour ça, trancha Méphistophélès. Abordez ça comme un jeu à l'intérieur du jeu. Vous avez été conduit ici à un moment donné de l'histoire. Vous avez trois options pour influer sur ce moment. En fonction de vos choix, nous verrons plus tard en quoi cela a influencé le cours de l'histoire, pour le meilleur ou pour le pire.

— Mais ça ne tient pas debout! Pourquoi aiderais-je Marco Polo? Il a déjà déjoué tous les complots contre lui.

— Vous n'avez pas l'air de comprendre, reprit le démon légèrement agacé. En vous envoyant ici, c'est comme si rien ne s'était encore produit. Aucune voie n'a été choisie pour l'instant. D'ailleurs, qui sait combien de fois l'histoire de Marco Polo a déjà été rejouée? L'histoire de l'humanité est comme ces vieilles pièces morales que l'on voit et revoit, mais on ne sait jamais comment ça va finir. C'est comme la *commedia dell'arte*! Les acteurs se réunissent tous les soirs, le décor est le même et l'histoire démarre au même endroit, mais tout peut dévier à n'importe quel moment, et la fin n'est jamais la même.

— Et ces nouvelles fins n'affectent pas le cours de l'histoire?

— Comment savoir ce que sera le cours de l'histoire quand on est soi-même emporté par le courant? Pourtant, bien que tout ça soit atrocement grave, ce n'est qu'un jeu. Enfin... pour *nous*. Quant à vous, je vous conseille de prendre votre rôle au sérieux, ou vous risquez de le regretter.

— Quelles sont les deux autres options?

— Il y a cette princesse Irène. Elle vient d'une contrée lointaine, et Kubilai Khan veut lui faire épouser un Perse. Si elle en préférait un autre, cela pourrait également changer le cours de l'histoire. Vous pouvez décider de la convaincre de se choisir un autre mari.

— Qu'est-il arrivé à celui qu'elle a épousé?

— L'histoire ne le dit pas.

— Soit», bougonna Mack. Il ne tirerait manifestement rien de plus de ce démon retors. «Et la troisième option?

— Kubilai Khan possède un sceptre magique qui porte bonheur aux armées mongoles, et donc la poisse à leurs ennemis — parmi lesquels les nations occidentales auxquelles Kubilai Khan s'oppose. Vous pourriez choisir de lui voler son sceptre, si ça vous tente.

— J'ai déjà pris cette option la dernière fois avec l'icône. Ça ne m'a pas vraiment réussi. Sauver les illusions, merci bien.

— Cette fois, la situation est totalement différente. Oubliez tout de l'épreuve précédente. Voilà, vous êtes tout à fait prêt, je vais enlever la brume d'invisibilité, et vous pourrez commencer.

— Hé, attendez! Comment vais-je expliquer ma présence ici? »

Méphistophélès réfléchit un moment. «Vous n'aurez qu'à leur dire que vous êtes un ambassadeur d'Ophir.

— Ophir? Qu'est-ce que c'est?

— Ophir, soupira Méphistophélès. Le pays auquel il est fait allusion dans l'Ancien Testament. Vous n'avez jamais lu ça? Vous devriez, c'est amusant. Ophir, c'est l'endroit où le roi Salomon est allé chercher son or, son argent, ses ivoires, ses singes et ses paons.

— Et ça se trouve... ?

— Nul ne le sait exactement. Différents sites ont été avancés, dont l'Afrique de l'Ouest, l'Extrême-Orient, l'Abyssinie et l'Arabie. Nous sommes pratiquement sûrs que Marco Polo n'y a jamais mis les pieds. Il n'aurait pas manqué de s'en vanter : il adore dire où il est allé et raconter ce qu'il a vu. Par conséquent, personne ne vous contredira.

— D'accord. Au fait, on dit un Ophirien ou un Ophirois?

— Comme vous voulez, s'impatienta Méphistophélès. Bon, alors, vous êtes prêt, oui ou non?

— Attendez! Encore une chose. Et mes vêtements?

— Regardez-vous.»

À Faust, Faust et demi

Mack baissa les yeux. Apparemment, non content de se changer et de dénicher une robe à Marguerite, Méphistophélès avait également trouvé le temps de lui fournir des collants rayés noir et blanc, une veste doublée de laine et un petit béret orné d'une plume. Pourtant, Mack n'était pas encore satisfait. Il flairait un problème quelque part. Méphistophélès entamait déjà la procédure de disparition. Mack comprit enfin ce qui le gênait.

« Un instant ! Comment vais-je parler à ces gens ?

— Comment ça ? dit Méphistophélès.

— À moins qu'ils ne connaissent l'allemand ou le français, nous aurons du mal à nous comprendre.

— Ah ? fit Méphistophélès en fronçant les sourcils. Mais, docteur Faust, vous êtes censé être un grand érudit et un fin linguiste !

— Oh, vous savez ce que c'est. Les gens exagèrent toujours ce genre de choses. Et puis ça fait longtemps que je n'ai pas pratiqué. J'ai besoin d'une petite révision.

— Très bien, dit Méphistophélès. Je vais vous octroyer un Don des langues qui vous permettra de tout comprendre. Faites-y attention, car il n'est pas à mettre entre toutes les mains.

— Un Don des langues pourra être utile. »

Méphistophélès fit un geste. « Voilà. N'oubliez pas de me le rendre dès que vous aurez terminé.

— Et moi ? demanda Marguerite.

— Vous n'êtes là qu'à titre d'accompagnatrice. Le Don des langues ne vous est pas destiné. Alors, on est prêt ? »

Mack déglutit et hocha la tête. Méphistophélès disparut aussitôt, cette fois sans même l'éclair et le nuage de fumée, juste une volatilisation discrète. Au même instant, un petit homme trapu avec une longue barbe bouscula Mack.

« *Ogrungi !* fit-il.

— Non, je vous en prie, c'est ma faute », dit Mack. Après une seconde de réflexion, il se rendit compte qu'il avait parfaitement compris le chinois. Le passant continua son chemin, et Mack se tourna vers Marguerite.

« J'aimerais bien que Méphistophélès soit un peu plus coopératif! soupira-t-il. Je n'aime pas dire du mal, mais là... Si tu veux mon avis, il bâcle un peu son travail. Voyons voir. Quelle était la première option, déjà ? »

Au même instant, un grand guerrier à l'air mauvais, portant une toque de fourrure, une épée, un bouclier laqué et une lance accrochée à l'épaule, les interpella : « Hé, vous !

— J'ai déjà entendu ça », marmonna Mack. Se tournant vers le guerrier, il répondit : « Oui ?

— Je ne vous ai encore jamais vu par ici. Qui êtes-vous ?

— Je suis l'ambassadeur d'Ophir. Conduis-moi auprès de ton Khan. Au fait, voici mon amie Marguerite.

— Suivez-moi », dit le guerrier.

Emboîtant le pas de leur guide, devant qui les passants s'écartaient vivement après maintes courbettes, ils traversèrent la grande place bruyante en direction du palais de Kubilai Khan. L'air était empli de senteurs, pour la plupart chinoises, où se mêlaient toutefois quelques currys indiens et des fragrances d'hibiscus des mers du Sud. À mesure qu'ils passaient devant les étals, ils étaient envahis par les effluves de poudre aux cinq épices et de sauce satay. Les pâtés d'algues, que les Pékinois avalaient comme des hot dogs, exhalaient une odeur caractéristique de miasme et d'iode. Le bouquet délicat des pousses de bambou et de santal se distinguait à peine entre les fumets plus entêtants d'ail, de charbon, de vinaigre de riz et de gingembre confit. On distinguait çà et là des paniers entiers de porc grillé, des plateaux de cuisses de grenouilles. Les inévitables canards laqués étaient suspendus un peu partout au-dessus des éventaires. Les habitants au teint jaune et aux cheveux noirs et raides, de toutes taille et morphologie, les dévisageaient avec curiosité et échangeaient des commentaires — que son Don des langues permettait à Mack de comprendre.

« Martha, regarde-moi ça.

— Qu'est-ce que c'est, Ben ?
— Ça m'a tout l'air d'être des étrangers, Martha.
— Ils ont une drôle de couleur de peau !
— Quels vilains yeux !
— Et la manière dont il est attifé ! Plus personne ne porte de vestes de velours par ici.
— Et regarde-la, avec ses talons hauts ! On n'a jamais vu ça par ici, c'est si vulgaire. Tu vois ce que je veux dire ?
— Non, je ne préfère pas ! »

Bruyante et joyeuse, la foule ne semblait pas réellement hostile à leur égard. Mack, Marguerite et le guerrier laissèrent la place derrière eux et débouchèrent sur une région plus neutre en termes d'odeurs, un grand boulevard. Sur le trottoir d'en face se dressait un palais majestueux.

Ils traversèrent et pénétrèrent dans une longue cour pavée au fond de laquelle se dressait un haut portail. Il était ouvert. Le capitaine de la garde, qui était de faction à l'entrée, portait une armure, une épée et une lance laquées. « Qui va là ?

— Un soldat anonyme, répondit leur escorte mongole. J'accompagne l'ambassadeur d'Ophir et sa petite amie pour les présenter au Khan.

— Vous tombez bien ! Il se trouve que Kubilai Khan et toute la cour sont réunis. Ils ont terminé leur assemblée générale et, le dîner n'étant pas encore servi, ils cherchaient justement un petit divertissement pour tuer le temps. Passez, soldat anonyme et honorables invités. »

Inutile de se lancer dans une description des salles du palais, plus que somptueuses. Nous nous garderons bien d'essayer, en tout cas. Il suffit de dire qu'ils longèrent d'interminables couloirs, passant devant des rouleaux couverts de poésies chinoises qui exaltaient les vertus de la contemplation de l'eau. Enfin, ils parvinrent à de hautes portes ovales en bronze richement ouvragé. Comme par enchantement, elles s'ouvrirent d'elles-mêmes sur la grande salle du trône.

« Qui dois-je annoncer ? demanda un petit brun.
— L'ambassadeur d'Ophir, répondit Mack. Et une amie. »

Le salon d'apparat, monumental, était entièrement éclairé par des flambeaux. Récemment importés de Paris, ils dispensaient une clarté intellectuelle sans merci. Sous cette lumière froide, Mack aperçut une avant-scène où se tenait un groupe de personnes portant de somptueux costumes. Au centre, les surplombant sur une scène plus haute encore, était assis un homme de taille, d'âge, de teint et de caractère moyens, avec une courte barbe et, sur la tête, un turban au sommet duquel étincelait un diamant si gros que Mack n'avait pas besoin d'un programme pour deviner qu'il s'agissait de Kubilai Khan.

Celui-ci était flanqué de diverses personnes : dignitaires, oncles, tantes et peut-être quelques frères et sœurs et autres parents. Il y avait également un bon nombre de courtisans. Derrière lui, une jeune femme blonde et pâle était assise sur un petit trône légèrement en retrait, sans doute la princesse Irène. Dans chaque angle de la salle, des archers pointaient leurs arcs à demi tendus vers les membres de la cour, prêts à tirer, surveillant leurs moindres faits et gestes. Tout seul dans son coin, un petit vieillard était assis à une table. Il portait une robe parsemée d'étoiles. Il devait s'agir du mage de la cour. Non loin de là se tenait un jeune Européen tiré à quatre épingles, en culottes et pourpoint, coiffé d'un chapeau de feutre surmonté d'une plume de faucon. C'était Marco Polo.

« Ainsi vous venez d'Ophir ? » demanda Kubilai Khan. Se rappelant les paroles de Méphistophélès, Mack remarqua que le Khan tenait un sceptre. Il n'avait pas l'air particulièrement magique, mais Mack n'avait aucune raison de douter de la bonne foi du démon.

« Vous êtes le premier Ophirien à nous rendre visite. À moins qu'on ne dise un Ophirois ?

À Faust, Faust et demi

— Ce qui siéra le mieux à Votre Gracieuse Majesté, répondit Mack.

— Regarde, Marco! Un compatriote européen!»

Le jeune homme à la plume de faucon leva les yeux et grogna : «Je ne le connais pas. Comment t'appelles-tu et d'où viens-tu, étranger?

— Je suis le docteur Johann Faust. Je suis né à Wittenberg, en Allemagne, mais je travaille ces temps-ci comme ambassadeur intérimaire d'Ophir.

— On n'a jamais vu de représentants de ton pays en Europe.

— Non, nous autres les Ophirois, nous ne voyageons pas beaucoup. Nous ne sommes plus une grande nation commerçante comme Venise, Marco.

— Ah, tu me connais?

— Comment donc! Ta renommée est parvenue jusqu'à nous.»

Bien qu'il s'efforçât de rester impassible, Marco Polo fut visiblement flatté. «Dis-moi, alors, qu'est-ce que vous produisez au juste? demanda-t-il.

— Nous exportons une assez grande variété de produits, mais particulièrement l'or, l'argent, l'ivoire, les singes et les paons.

— Des singes! Bigre! Voilà qui est intéressant. Notre illustre Khan cherche depuis longtemps un bon fournisseur de singes.

— Nous avons ce qui se fait de mieux dans le domaine du singe : des gros et des petits, des qui tiennent dans la main, des gorilles géants, des orangs-outangs à poil roux, et j'en passe et des meilleurs. Je pense que nous pouvons fournir tout ce que vous pourriez désirer au rayon des singes.

— Bien, je vous en reparlerai à l'occasion, dit Marco. Il est possible que notre illustre Khan soit également intéressé par vos paons, si vos tarifs sont compétitifs.

— Venez me voir, je vous ferai un prix d'ami.»

Leur conversation fut interrompue par le mage de la cour : « Vous avez bien dit Ophir ? Le pays situé près du royaume de Saba ?

— Celui-là même, dit Mack.

— Je vais aller mener une enquête, dit le mage.

— Allez-y voir. Je suis sûr que ça vous plaira. »

Kubilai Khan prit la parole : « Soyez le bienvenu à la cour, docteur Faust, ambassadeur d'Ophir. Nous souhaiterons vous entendre plus tard, car, qu'on se le dise, nous prenons grand plaisir à écouter les aventures de voyageurs venus de contrées lointaines. Notre cher fils Marco nous fait passer des heures exquises en nous narrant ses récits. Il est inépuisable. Mais une vision plus fraîche des choses est toujours intéressante.

— Je suis à l'entière disposition de Votre Gracieuse Majesté », dit Mack.

La mine renfrognée de Marco Polo s'était maintenant muée en grimace agacée. Manifestement, Mack ne s'était pas fait un ami.

« Et qu'est cette femme ? » demanda Kubilai Khan.

Mack souffla à Marguerite : « Il te parle !

— Que dit-il ? Je ne comprends rien.

— Je vais parler à ta place », dit Mack. Se tournant vers Kubilai Khan, il déclara : « Voici Marguerite, une amie, mais elle ne comprend pas un mot de mongol.

— Pas un mot ! Mais comment allons-nous entendre son histoire ?

— Je traduirai pour vous, si vous le permettez. Ce qui est dommage, d'ailleurs, car elle raconte très bien elle-même.

— Ce ne sera pas nécessaire, annonça Kubilai Khan. Fort heureusement, dans notre infinie prévoyance, nous venons de fonder un institut d'apprentissage intensif pour nos amis qui auraient le malheur de ne pas comprendre le mongol. Vous le parlez admirablement, mon cher Faust.

— Merci, dit Mack avec une courbette. J'ai toujours été assez doué pour les langues.

— Mais votre amie devra apprendre, en revanche. Expliquez-lui qu'elle doit commencer les cours sur-le-champ et qu'elle en sortira uniquement lorsqu'elle sera en mesure de converser avec notre illustre personne.»

Mack se tourna vers Marguerite. «Désolé, mais ils veulent que tu suives un cours de mongol.

— Oh non! gémit Marguerite. Pas l'école!

— Si. Je suis désolé. Je n'y peux rien.

— Quelle barbe! pesta-t-elle. Ça n'a rien de drôle!»
Mais elle se laissa docilement conduire par deux servantes.

2

Un serviteur nommé Wong fut chargé de conduire l'invité à ses appartements. Tout en le suivant le long des galeries extérieures du palais, en traversant une innombrable série de salles désertes, Mack était habité par une impression étrange. De temps à autre, la flamme de la lanterne de son guide se couchait soudainement, bien qu'il n'y eût pas le moindre courant d'air. Alors qu'ils suivaient un autre couloir interminable, ils passèrent devant une galerie dont l'accès était barré par des cordons pourpres.

« Qu'y a-t-il par là ? demanda Mack.

— C'est l'aile des esprits. Elle est consacrée aux fantômes de poètes morts. Les vivants n'ont pas le droit d'y entrer. Seuls Kubilai Khan et les serviteurs des Arts y pénètrent pour y déposer les sacrifices rituels.

— Quels sacrifices ?

— Des cailloux aux couleurs vives, des coquillages, des lichens et autres offrandes qu'apprécient les conteurs de l'au-delà. »

Wong lui expliqua qu'il y avait peu de souverains au monde aussi hospitaliers que Kubilai Khan, et aucun qui aimât autant converser avec des étrangers. Le grand Khan différait des autres Mongols : il prenait grand plaisir aux récits de voyages. Il encourageait les gens des quatre coins de la planète à lui rendre visite, pour lui raconter d'où ils venaient, et quelles étaient leurs coutumes. Il appréciait aussi qu'ils lui parlent de leur famille, et plus elle était nombreuse, plus il était ravi. Une aile entière de son palais était exclusivement réservée à ses hôtes, sans doute le premier cinq étoiles au monde où l'on accueillait les gens sans réservation ni un sou en poche. Une histoire suffisait à payer la nuit.

Il n'y avait pas que des ambassadeurs dans le palais du Khan, mais également bon nombre de mendiants. Mais il ne s'agissait pas de mendiants ordinaires. Pour Kubilai Khan, un mendiant était quelqu'un qui, pour une raison ou une autre, se retrouvait à court d'histoires. Le souverain entretenait ces malheureux par charité.

Outre les appartements splendides réservés aux voyageurs de passage, il y avait également, comme l'avait indiqué le guide Wong, l'aile destinée aux âmes errantes des poètes et des conteurs. Car le Khan croyait que l'esprit des chantres vivait éternellement dans un royaume céleste spécial, construit à leur intention par le Tout-Puissant. Il leur arrivait toutefois de retourner sur Terre, revenant sur les lieux de leurs triomphes et de leurs échecs passés afin d'y puiser leur inspiration. Au cours de leurs pérégrinations dans les campagnes et les villes d'autrefois, ils se laissaient parfois attirer par une sollicitation extérieure. Le souverain mongol effectuait donc certains rituels et leur présentait des offrandes pour les inciter à faire un petit détour par chez lui. Ils venaient volontiers, certains d'être toujours bien accueillis. Sur place, ils trouvaient tout ce qui pouvait combler un fantôme : des lambeaux de fourrure, des éclats de miroir, des fragments d'écorce, des perles d'ambre, des pièces de monnaie antiques et des cailloux aux couleurs inattendues. Au fil des ans, le Khan avait réuni une collection considérable qu'il exposait dans de vastes salons que les esprits étaient invités à visiter. On y brûlait en permanence de l'encens et des bougies. Quand un esprit répondait à l'invitation, il profitait pleinement du festin de souvenirs préparé à son intention, puis, en guise de remerciements, il déposait un rêve dans la tête du Khan.

Le Khan faisait donc des rêves remarquables, lorsque, par exemple, il avait eu la visite d'esprits lui parlant d'une terrible baleine blanche, de conspirations dans le forum de Rome, de grandes armées battant en retraite dans de vastes paysages gelés. Il avait rêvé qu'il s'était égaré dans une forêt et avait semé des petits cailloux pour retrouver son chemin. Il avait rêvé qu'il lui fallait choisir entre une femme et un tigre. Ainsi, le grand monarque avait accumulé un trésor d'histoires le jour et de songes la nuit, jusqu'à ce qu'il ne puisse plus distinguer les unes des autres. Il s'était alors mis à travailler sur son propre rêve secret : servir de public aux âmes des poètes lorsqu'il aurait quitté ce monde.

Les appartements de Mack se révélèrent d'un luxe rarement égalé en Occident. Le Khan avait songé à de nombreux raffinements. Les serviteurs qui lui apportaient de la nourriture, des boissons et de l'eau chaude pour son bain étaient entraînés à ne jamais lever les yeux sur lui, afin que leur regard ne trouble pas le fil de ses méditations. L'ambassadeur d'Ophir trouvait tout cela fort agréable, mais il était trop préoccupé par le choix qu'il devait faire pour en jouir pleinement. Après tout, il n'était pas venu en touriste. Il avait une mission à accomplir.

L'option concernant Marco Polo constituait un bon point de départ. Sauver une vie ne pouvait être qu'une Bonne Action. Ou, du moins, cela ne pouvait pas faire de mal. Nul n'irait vous reprocher de lui avoir épargné la mort. En revanche, trouver un nouveau mari pour la princesse Irène semblait un peu risqué, d'autant plus qu'il n'avait pas encore été présenté à la dame en question. Quant à voler le sceptre de Kubilai Khan, Mack aurait difficilement pu ne pas remarquer que le monarque était constamment entouré d'archers vigilants et nerveux, prêts à transpercer quiconque s'en approchait de trop près.

Il décida donc de s'attacher plus particulièrement au cas du Vénitien.

« Dis-moi, demanda-t-il à Wong, Marco Polo vit-il au palais ?

— Il a une suite dans ce bâtiment, en effet. Mais il possède aussi plusieurs garçonnières en ville, deux ou trois hôtels particuliers, de nombreuses fermes, quelques villas à la campagne et d'autres demeures un peu partout dans le pays.

— Je n'ai pas demandé l'état de son patrimoine immobilier, je veux juste savoir où le trouver.

— Pour l'instant, il est dans la salle du banquet. Il contrôle la mise en place du décor pour le grand dîner qui sera donné ce soir en l'honneur du Khan.

— Parfait. Conduis-moi jusqu'à lui. »

3

La grande salle du banquet était en effervescence. Une armée d'ouvriers mettait en place de grandes banderoles de papier, des oriflammes, des tapisseries vivement colorées et autres guirlandes de nature festive. Le haut plafond était soutenu par huit colonnes. Chacune s'appuyait sur un large socle carré, où était également posé le clou de la décoration : des pyramides de têtes humaines, certaines encore sanguinolentes, d'autres plus sèches, d'autres joliment putrescentes, moisies, momifiées, ou carrément dans un état de décomposition avancé. On avait placé au centre de la salle une grande cuve pleine de sang que deux serviteurs encapuchonnés remuaient constamment à l'aide de longues spatules en or pour éviter qu'il ne coagule. Les mains sur les hanches, Marco Polo dirigeait les opérations, surveillant particulièrement la construction des piles de têtes.

Mack s'arrêta un instant sur le seuil, puis se dirigea vers le Vénitien. « Très réussies, ces piles de têtes ! commenta-t-il.
— Merci, répondit Marco. Mais je ne suis pas encore tout à fait satisfait. » Il cria aux hommes perchés sur des échelles : « Tassez-moi cette pyramide ! Je ne veux pas que les têtes s'éparpillent ! Il faut que la pile soit plus dense — et plus haute ! Je veux voir des pyramides de deux mètres

de haut à chaque coin de la salle. Je sais bien qu'elles ne tiennent pas toutes seules… Mais vous n'avez qu'à trouver un moyen pour les stabiliser. Utilisez des ficelles ou du fil de fer, ce que vous voulez, mais que ça ne se voit pas ! Et enlevez-moi ces vieilles têtes desséchées, là-haut. Vous ne voyez pas qu'elles ne sont pas fraîches ? On dirait qu'elles sont là depuis des lustres. Ce n'est pas une cérémonie commémorative ! Nous célébrons les conquêtes présentes et à venir de Kubilai Khan. Je ne veux voir que des têtes du jour, arrachées de ce matin, de préférence encore sanglantes. Si elles se sont déjà coagulées, vous n'avez qu'à venir les tremper dans la bassine, ça fera illusion. »

Pendant quelques minutes, Mack et Marco admirèrent le résultat en silence. Les ouvriers firent quelques ajustements.

« C'est nettement mieux, dit enfin Mack.

— Vous trouvez ?

— Oh oui ! Vous, les Vénitiens, vous avez l'œil, pour les têtes.

— Merci. Alors comme ça, vous venez d'Ophir ?

— Oui. Mais ne parlons pas de moi. Je suis venu vous dire à quel point j'étais ravi d'avoir fait votre connaissance. Je vous admire, Marco. C'est un véritable honneur pour moi de rencontrer le plus grand fabuliste de sa génération — voire de tous les temps…

— Merci, mais vous aussi, dans le genre fabulateur, vous vous débrouillez bien, non ? Qu'y a-t-il de plus fabuleux qu'Ophir ?

— Oh, c'est vraiment secondaire. Après tout, qui se soucie d'Ophir ? Les ivoires, les paons et les singes, on en a vite fait le tour. »

Marco esquissa un sourire inquiétant. « J'aime à vous l'entendre dire. Il n'y a pas de place pour deux conteurs dans une cour royale.

— Hé, c'est vous le fabuliste en titre ! À vrai dire, c'est pour vous que je suis venu jusqu'ici. Je voudrais une dédicace.

— Vous avez lu mon livre ?

— C'est mon bien le plus précieux. Ou plutôt, c'était. Des brigands arabes me l'ont volé une nuit en Haute-Tatarie.

— Voilà une histoire bigrement intéressante.

— Pas du tout, s'empressa de répondre Mack, soucieux de ne pas marcher sur les plates-bandes du Vénitien. En réalité, c'était le vol le plus banal qu'on puisse imaginer. Mais c'est tout de même fâcheux car je n'ai plus d'exemplaire de votre livre à vous faire signer. Mais si vous voulez bien griffonner un petit mot sur un bout de papier, je le collerai dans votre livre quand j'en trouverai une nouvelle copie.

— Il m'en reste peut-être un, dit Marco d'un air détaché. Je suppose que je pourrais vous le céder... pour un certain prix.

— Votre dernier exemplaire ? Je ne pourrais pas.

— En fait, j'en ai plusieurs.

— Ce serait un immense privilège si vous acceptiez de m'en dédicacer un. Et je serais doublement honoré si vous me laissiez veiller sur vous et vous protéger des intrigues et cabales qui se trament autour de votre illustre personne.

— Comment savez-vous qu'on complote contre moi ? Vous venez d'arriver.

— Tout le monde sait qu'un homme aussi célèbre et talentueux que vous a forcément des ennemis. Laissez-moi vous protéger.

— Si vous voulez vraiment m'aider, il y a quelque chose que vous pouvez faire.

— Vous n'avez qu'un mot à dire.

— En tant qu'ambassadeur d'Ophir, je suppose que vous parlez plusieurs langues.

— C'est une condition prérequise pour le poste.

— Je sais déjà que vous parlez allemand, français, mongol et persan.

— Sans cela, rien de possible, vous vous en doutez.

— Mais le turkmène ? Le tamoul ? L'ouzbèque ? L'ourdou et le mandarin ?

— Je me débrouille.

— Et le pashto ?

— Je ne sais pas trop. Ça ressemble à quoi ? »

Marco tordit la bouche d'une certaine façon et dit : « Voilà à quoi ressemble une phrase en pashto.

— Oui, je le comprends.

— Parfait. La princesse Irène ne parle que le pashto. Elle n'a jamais pu maîtriser le mongol. Elle n'a donc personne à qui parler.

— Mis à part vous, naturellement.

— Pas vraiment, non. La seule phrase que je connaisse, c'est : "Voilà à quoi ressemble une phrase en pashto." Je n'ai jamais eu le temps d'en apprendre davantage, voyez-vous.

— C'est regrettable.

— C'est pourquoi j'aimerais que vous rendiez visite à la princesse et que vous vous entreteniez avec elle. Elle sera ravie de pouvoir parler à nouveau dans sa langue maternelle. Et je pense que les us et coutumes d'Ophir la captiveront.

— Je ne lui ferai pas perdre son temps avec ça. Ophir est un lieu tellement quelconque ! Mais si vous croyez que ma conversation peut la distraire, comptez sur moi. J'y vais de ce pas. »

Mack s'éloigna, se félicitant de la rapidité avec laquelle il s'infiltrait dans l'intimité de la cour mongole.

4

Fort heureusement, on avait donné à Mack des indications précises, car les plans du palais de Kubilai Khan rivalisaient de complexité avec un labyrinthe. Il suivit de longs couloirs cirés qui semblaient disparaître à l'infini, emprunta des passerelles inondées de soleil, descendit des escaliers rutilants de propreté. Çà et là, des cages à oiseaux étaient suspendues au plafond. Des chats, des chiens et des ocelots se promenaient dans les allées. On percevait de temps à autre le son cristallin d'une flûte dans le lointain, s'élevant au-dessus d'un roulement de gong. Mack passa deux fois devant des distributeurs de friandises (brochettes de bœuf et *enchiladas* mongoles) gracieusement offertes par le Khan à ses invités, souvent affamés à force d'errer à la recherche du couloir menant à l'intendance.

Il atteignit bientôt la partie centrale du palais. Il n'y avait pas de fenêtres, mais des dioramas avaient été disposés à intervalles réguliers : des forêts de bouleaux sur les branches desquels des écureuils tendaient l'oreille ; des rivières serpentant paresseusement où jouaient des loutres ; des jungles où nichaient des familles entières de singes de toutes tailles. Ainsi, le promeneur solitaire ne se sentait pas totalement coupé de la nature, de la vie, même si ces paysages ô combien artistiques étaient purement symboliques. Par endroits, on avait aménagé un espace libre pour rompre la monotonie des couloirs, parfois un minuscule boudoir, juste une petite pièce carrée avec un autel, parfois un peu plus, une aire d'un demi-*quaa*, voire même d'un *quaa* tout court pour les plus vastes.

Après avoir parcouru des enfilades interminables de cours et de corridors, Mack déboucha sur une vaste place pavée où s'entraînaient de nombreux hommes en armes. Ils étaient caparaçonnés des pieds à la tête et équipés de lances, d'épées et de boucliers. Des instructeurs au front barré d'un bandeau rouge dirigeaient des exercices de combat et de gymnastique suédoise qui parurent exténuants à Mack. Il se fraya un passage entre les guerriers en nage, car la suite de la princesse se trouvait justement de l'autre côté de la place.

Les soldats portaient les uniformes d'armées venant des quatre coins du monde : un bien beau spectacle bigarré. Il devait y avoir une vingtaine de nations représentées, dont chacune s'exprimait dans sa propre langue. Naturellement, Mack les comprenait toutes, mais il n'y prêta guère attention, car les propos échangés par des soldats engagés dans un exercice ardu de gymnastique suédoise sont rarement passionnants, quelle que soit la langue employée. Toutefois, il dressa soudain l'oreille : on venait de prononcer derrière lui le nom de Marco Polo.

Deux guerriers simulaient un combat d'escrime. Barbus, ils portaient une cuirasse de cuir protégée de plaques de bronze. Leurs cheveux étaient huilés et frisés à la mode phénicienne. L'un d'eux demandait : « Au fait, qu'est-ce que tu me disais à propos de ce Marco Polo ?

— Mieux vaut éviter d'en discuter en public.

— Ne t'en fais pas, dit l'autre. Personne ici ne comprend le dialecte haïpha de l'araméen moyen. »

C'*était* un langage plutôt obscur, mais Mack le maîtrisait parfaitement, jusqu'aux arrêts glottaux. Il s'arrêta, faisant mine de relacer sa botte, et entendit le deuxième soldat : « Je te disais que l'heure était venue de mener notre mission à bien. Nous serons tous les deux de garde ce soir, pendant le banquet. C'est le moment ou jamais de nous occuper de lui.

— Alors, ce sera la mort, n'est-ce pas ?

— C'est en tout cas le souhait qu'exprime le potentiator de Phénicie dans la missive que j'ai reçue de lui ce matin par pigeon voyageur. Nous devons éliminer le Vénitien au plus tôt, avant qu'il ne quitte Pékin pour conclure d'autres traités commerciaux qui nuiraient à notre cité de Tyr.

— Longue vie à Tyr !

— Tais-toi donc, idiot ! Contente-toi de te tenir prêt... »

Sur ce, les soldats reprirent leur combat avec une vigueur renouvelée. Mack finit d'ajuster sa botte. Il se redressa et poursuivit son chemin. Décidément, la chance était avec lui. Il venait de déceler un complot contre Marco Polo et pourrait mettre en garde celui-ci dès qu'il aurait terminé son entretien avec la princesse Irène.

5

La princesse Irène était dans ses appartements. Qui plus est, elle était visible et, oui, serait ravie de recevoir l'ambassadeur d'Ophir.

« Vous comprends, expliqua-t-elle dans un mongol approximatif, tout en conduisant Mack vers le salon, je aime beaucoup visites mais je mongol parler pas très bien.

— Si je puis me permettre, c'est précisément là l'objet de ma visite, Votre Altesse, répondit Mack dans un pashto parfait. Ayant l'honneur de connaître quelques rudiments de votre langue maternelle, j'ai cru bon de venir vous tenir compagnie, dans l'espoir de tromper votre ennui jusqu'à l'heure du banquet, si je puis m'exprimer ainsi. »

La princesse manqua tourner de l'œil : entendre les chères sonorités de sa propre langue dans la bouche de ce jeune homme aux cheveux blonds, dans un accent si parfait, avec toutes les prépositions à la bonne place, sans omettre le moindre signe de respiration et en respectant parfaitement les fricatives était encore plus extraordinaire à ses yeux que de voir des violettes sauvages éclore dans la neige de janvier, ce qui avait été jusqu'alors sa référence en matière d'expériences nouvelles et bouleversantes.

« Ma chère et douce langue maternelle ! s'écria-t-elle. Vous la parlez comme si c'était la vôtre !

— Votre Altesse est trop indulgente, si je puis faire une remarque à Votre Altesse. J'eusse été flatté si je n'eusse eu que trop conscience de la limite de mes compétences, répliqua Mack, maniant le subjonctif comme s'il était né ainsi.

— Quel bonheur de ne plus devoir parler en mongol de cuisine, dit la princesse. Si vous saviez à quel point il est humiliant pour moi de passer pour une inculte, alors que j'ai un diplôme de littératures ophiroise, kushtique et sabanaise.

— Pour ma part, je ne connais pas très bien ces langues-là, mais on m'a dit qu'en avoir l'usage était très important, dans le monde d'aujourd'hui.

— Le plus important, c'est que vous soyez venu me voir, et plus encore que je puisse vous parler. Venez donc vous asseoir près de moi. Vous prendrez bien un canapé de figue et une coupe de vin de palme... Parlez-moi de vous. Que faites-vous ici, à Pékin ? »

Mack opta pour un divan bas qui croulait sous les coussins bariolés. La princesse Irène vint s'asseoir près de lui. C'était une grande blonde pâle, avec des épaules pas très intéressantes et des yeux d'une étrange couleur vert mer. Ses manières trahissaient une hystérie mal contrôlée. Des bracelets cliquetaient à chacun de ses gestes. Mack avala une datte prise dans un plat voisin, espérant que cela calmerait ses nerfs.

« Ils m'ont fait venir de la terre des Hauts-Drapeaux, reprit-elle sans lui laisser le temps de répondre à ses questions. Puis ils ont décidé de me marier à ce shah persan. Vous trouvez ça juste, vous ? Papa m'avait promis que j'épouserais qui je voudrais. Puis il a changé d'avis. Tout ça parce que le Khan avait besoin d'une princesse de ma lignée. D'abord, ils ont voulu me coller dans le lit d'un Siamois, mais il a été empoisonné !

— Dans la noblesse, dit Mack, il est de coutume que les jeunes femmes à marier servent à sceller un traité. Que

reprochez-vous donc à ce shah ? Il m'a l'air d'être un bon parti.
— J'ai vu son portrait. Il est obèse. Vieux. Laid. Il a une bouche cruelle. Il a l'air impuissant et stupide. Et il ne parle que le persan.
— Vous pouvez difficilement lui en tenir rigueur.
— Je ne veux rien lui tenir du tout ! gémit Irène en frissonnant. Si son portrait m'est insupportable, imaginez ce que fera le reste de sa personne ! Jamais je ne pourrai me résoudre à lui donner un enfant. Sa dynastie s'éteindra à jamais. »

Mack hocha la tête, se demandant si cela pourrait avoir des conséquences sur les générations à venir. Oui, le moindre changement avait probablement des effets. Mais lesquels ? Nul ne lui avait dit comment résoudre ce dilemme.

« Prenez donc une de ces figues confites. Je suis sûre qu'elles sont presque aussi tendres que vos lèvres.
— Votre Altesse ! » s'écria Mack. Car, bien qu'il eût l'habitude des sensations fortes, endurci, ou du moins s'estimant comme tel, l'invite ouverte de la princesse lui avait envoyé des frissons jusque dans le plus petit des orteils.

« Je suis bien obligée d'être directe, dit Irène. Je n'aurai peut-être pas d'autre occasion. » Elle se colla contre lui et enroula lascivement ses bras autour du cou de Mack en murmurant : « Quel est votre petit nom, déjà ?
— Johann Faust, pour vous servir. Mais, Votre Altesse...
— Mon Johnny, tu m'as envoûtée avec tes mots doux. Arrête donc de gigoter comme ça, je n'arrive pas à dénouer ce truc... » Elle faisait allusion au corset serré qui maintenait sa taille de guêpe. Mack tenta de lui échapper, mais il s'enfonçait toujours plus dans les coussins moelleux du divan. La princesse semblait être partout à la fois, défaisant les lacets de son corset, lui caressant les cheveux, ôtant ses chaussures, déboutonnant son pourpoint et suçant une figue confite, le tout simultanément. Ce n'était pas que Mack eût

des *a priori* à l'encontre des femmes entreprenantes, mais les circonstances ne se prêtaient guère à la chose ; il n'était pas trop rassuré. Cette femme avait le diable au corps... Il se demanda si la princesse Irène s'était déjà comportée de la sorte, et si ceux avec qui elle l'avait fait avaient été pris, et ce qu'il était advenu d'eux. L'espace d'un instant, il lui vint également à l'esprit que Marco aurait pu avoir l'amabilité de l'avertir.

Mais, avant qu'il ne puisse poursuivre le fil de ses pensées, il y eut soudain un bruit de portes s'ouvrant avec fracas. Parvenant tant bien que mal à se libérer et à sauter sur ses pieds, il découvrit une jeune femme plantée au beau milieu du salon. Elle était brune, très belle, et manifestement pas humaine.

« Qui êtes-vous ? balbutia Mack.

— Je suis Ylith, je travaille pour les forces du Bien et je suis observatrice officielle du concours. Quant à vous, docteur Faust, vous êtes plutôt mal. »

6

Ylith était en train de s'entraîner aux Bonnes Actions sur l'un des champs de simulation terrestre d'une ligne temporelle alternative, quand Michel l'avait fait appeler sur la ligne blanche des anges. Elle avait aussitôt accouru. Elle aimait être un ange du Bien, même si elle était encore en apprentissage. Le principal inconvénient, dans une vie dédiée au Bien, c'était qu'il semblait n'y avoir rien à faire. Aussi avait-elle convaincu Hermès Trismégiste de lui faire suivre ce stage de formation, afin d'acquérir un peu d'expérience avant de se lancer dans la vie active. Mais ce n'était pas encore le temps réel de la Terre. Le message de Michel était tombé à point nommé.

« Ah, te voilà, Ylith ! avait-il dit. Je voulais savoir comment tu t'en tirais.

— Ça peut aller. Mais j'ai hâte de pouvoir me faire la main sur quelque chose de vrai.

— À la bonne heure ! Il se trouve que nous avons un petit travail pour toi. Tu es au courant de notre concours entre la lumière et les ténèbres ?

— Bien entendu, on ne parle que de ça dans le monde des esprits.

— Bon... Les deux parties adverses ont chacune droit à un certain nombre d'observateurs, pour s'assurer que personne n'essaie de tirer avantage de la situation ou de guider le concurrent. J'aimerais que tu ailles sur Terre pour vérifier ce que font Mack et Méphistophélès.

— C'est comme si c'était fait.

— Tiens, prends ça. » Il lui avait tendu une amulette.

« Michel, tu es fou ! Il ne fallait pas !

— Ce n'est pas un cadeau. C'est une amulette qui confère l'invisibilité à celui ou à celle qui la porte. Elle te permettra de voir sans être vue.

— Parfait. À plus tard. » Elle avait disparu.

Elle avait rejoint Mack au terme de son séjour à Constantinople. Grâce à l'amulette, elle l'avait surpris sur le divan avec la princesse Irène et en avait aussitôt tiré ses propres conclusions.

Sidérée par l'apparition soudaine de cette sorcière à la chevelure brune et à la tenue angélique — qui, quoique virginale et tout ce qu'il y a de plus correcte, bien entendu, mettait malgré tout en valeur les formes généreuses de sa propriétaire —, Irène s'écria : « Mon Dieu ! Que va-t-il nous arriver ?

— À vous, rien, répondit Ylith. Mais j'ai deux mots à dire à ce jeune homme. » Elle désigna Mack, qui cherchait à s'éloigner sur la pointe des pieds, sans oser prendre carrément ses jambes à son cou pour fuir cet esprit probablement enragé.

« Cependant, poursuivit Ylith, je vais l'emmener ailleurs car ce que j'ai à lui dire n'est pas pour des oreilles innocentes. » Se tournant vers Mack, Ylith ordonna sur un ton qui ne laissait pas place aux tergiversations : « Suivez-moi, jeune homme. »

Elle le conduisit dans le hall puis le couloir jusqu'à la chambre voisine, qui était identique à celle d'Irène mais vacante dans l'attente de l'arrivée d'une autre princesse monoglotte, originaire d'un autre royaume lilliputien. Là, Ylith prit un siège et, le dos bien droit, elle fixa Mack qui se tenait penaud devant elle, comme un écolier pris en faute.

«Docteur Faust, vous m'avez profondément déçue.

— Moi? glapit Mack. Mais qu'est-ce que j'ai fait?

— Ne faites pas l'innocent, je vous prie. J'étais dans la pièce voisine, et j'ai tout entendu.

— Entendu quoi? s'inquiéta Mack en essayant en vain de se rappeler de quoi Irène et lui parlaient avant l'irruption d'Ylith.

— Je vous ai entendu tout faire pour séduire cette pauvre princesse pure et innocente, profitant du Don des langues donné par Méphistophélès pour satisfaire vos sales instincts libidineux.

— Hé, une minute! Vous n'y êtes pas du tout. Je ne *faisais* rien!

— Alors comment expliquez-vous cette partie de jambes en l'air que j'ai surprise en entrant dans la pièce?

— C'est elle qui essayait de *me* séduire, et non le contraire!»

Les belles lèvres pleines d'Ylith se plissèrent de dépit. Autrefois, elle avait été une sorcière. Mais c'était au mauvais vieux temps, à l'époque où elle servait les forces des ténèbres avec toute l'ardeur de sa passion ingénue. Ses yeux s'étaient ouverts sur les aspects spirituels de l'amour lorsqu'elle avait rencontré Babriel, un grand ange blond au regard de faon. Azzie élaborait alors sa nouvelle version de l'histoire du prince Charmant. Jusque-là, Ylith avait été sa petite amie, mais elle avait vite oublié le démon roux à face de renard pour succomber au charme de l'ange aux cheveux d'or. L'amour avait transformé sa vie. Elle s'était tournée avec ferveur vers le Bien, embrassant la cause de l'homme de ses rêves. Elle y avait trouvé du plaisir — et même une certaine excitation. Pour l'amour de cet être céleste, superbe mais extrêmement vertueux, elle s'était amendée et avait prononcé ses vœux spirituels, se jetant à corps perdu dans le Bien avec un enthousiasme qui lui avait valu les éloges de ceux qui attachaient de l'importance à ce genre de choses. Cette très belle sorcière, autrefois insouciante et volage, s'était transformée en un bas-bleu pudibond. En effet, les anges zélés, souvent, sont ceux qui ont fauté. Ylith faisait campagne pour ce qui était bien et comme-y-faut (deux valeurs qu'elle tendait à assimiler) avec une énergie qui mettait souvent ses aînés mal à l'aise, car ceux-ci, après de longues années de service du Bien, avaient compris comment les choses fonctionnaient réellement. « Elle apprendra », disaient-ils. Mais ce n'était pas encore le cas.

« Vous avez abusé de votre position, dit-elle à Mack. On ne vous a pas envoyé dans l'espace et le temps pour séduire de jeunes innocentes avec votre Don satanique des langues. Vous étiez censé vous consacrer à un concours sérieux, traitant de sujets graves, et non vous vautrer dans la gaudriole comme un adolescent en rut. Je vais faire un rapport sur votre comportement auprès du Conseil d'administration. Pendant ce temps, je veillerai à ce que vous ne réitériez pas votre conduite inqualifiable.

— Écoutez, madame, vous n'y êtes pas du tout », se défendit Mack. Il s'apprêtait à raconter les faits en détail, mais Ylith n'était pas d'humeur à écouter les mensonges d'un jeune séducteur blond, plutôt beau gosse de surcroît, et doté d'un bagout polyglotte.

« En attendant qu'une décision soit prise en haut lieu à votre égard, dit-elle, je vais vous mettre hors d'état de nuire. Mon jeune ami, vous êtes bon pour la Prison des Miroirs ! »

Mack leva les bras pour se défendre. Mais il ne fut pas assez rapide. Rien ne vous tombe plus vite sur la tête que le sort d'une sorcière en colère. En deux clignements de paupières et un léger frémissement du bout de ses longs ongles rouge sang, Ylith était partie. Enfin, apparemment. Mais, quand Mack considéra la situation d'un peu plus près, il constata que c'était lui qui était parti. Ou, du moins, il se trouvait ailleurs.

Il était dans une petite salle pleine de miroirs. Il y en avait sur tous les murs, sur le sol et au plafond. Il semblait y en avoir plus que les parois pouvaient en porter. Ils formaient des tunnels et des précipices vif-argent, comme une topographie baroque de miroirs. Il voyait son reflet, le reflet de son reflet, et les reflets des reflets de son reflet multipliés dans une myriade de surfaces. Il se tourna et se vit tourner des milliers de fois. Il fit un pas en avant et ses mille doubles firent de même, quoique certains parurent reculer. Un autre pas l'amena buter contre un miroir. Il recula et ses sosies firent de même, à l'exception de ceux qui ne s'étaient pas cognés. Mack trouva bizarre et légèrement inquiétant que certains de ses reflets ne fassent pas la même chose que les autres et lui. L'un de ces reflets aberrants était affalé dans un fauteuil, lisant un livre. Il redressa la tête et lui adressa un clin d'œil. Un autre était assis sur une berge, pêchant à la ligne. Il ne leva même pas les yeux. Il y en avait même un assis à l'envers sur une chaise, les jambes étirées, qui lui adressait des grimaces grotesques. Du moins Mack supposa-t-il que c'était son reflet, car il n'était plus très sûr de savoir à quoi il ressemblait.

Il avança, bras tendus en avant, essayant de détecter les miroirs devant lui, espérant trouver une issue à ce palais des glaces. Certains de ses reflets l'imitèrent, mais il en vit au moins un assis à une table, mangeant du rôti et du pudding du Yorkshire. Un autre dormait dans un grand lit de plumes, et un autre, assis au sommet d'une colline, guidait un cerf-volant. Quand Mack fixait ces reflets, ils levaient la tête pour la plupart et lui souriaient poliment, avant de reprendre ce qu'ils étaient en train de faire.

Mack était décontenancé. Une voix dit à l'intérieur de sa tête : « Je deviens fou », tandis qu'une autre marmonnait : « Je me demande si quelqu'un aurait laissé quelque chose à lire dans le coin. » Il comprit bientôt qu'il n'y avait rien à faire. Aussi ferma-t-il les yeux et se concentra-t-il sur des pensées positives.

7

Méphistophélès fit irruption dans la chambre de la princesse Irène, dans un nuage de fumée jaune à l'odeur de soufre qui en disait long sur son humeur. Il avait été arraché à son fauteuil favori, devant un bon feu de cheminée, alors qu'il était plongé dans *Mémoires d'un sale gosse*, l'un des livres les plus intéressants qu'il ait lus depuis longtemps. Il venait juste d'atteindre la partie où le jeune héros, un prince démon, découvrait le plaisir voluptueux de trahir ses proches dans des circonstances moralement ambiguës.

La sonnerie du téléphone l'avait brutalement tiré de sa torpeur. L'un des observateurs invisibles du concours l'avait informé qu'une grave interférence venait de se produire, à savoir que le principal protagoniste avait été illégalement soustrait à l'intrigue et exilé dans une pièce tapissée de miroirs aux reflets frénétiques.

Méphistophélès avait dû aussitôt abandonner sa lecture pour se précipiter à Pékin, bien qu'il ne fût pas de service. Cela dit, il n'était pas fâché outre mesure, car ceux qui prennent le Mal à cœur sont toujours prêts à répondre à l'appel de la fourberie, n'hésitant pas à délaisser leurs menus plaisirs oisifs dès que se présente l'occasion de commettre une authentique mauvaise action.

« Ylith, dit-il, à quoi joues-tu ? Pourquoi as-tu enfermé Faust ?

— Je suis venue réparer une grave erreur», répliqua courageusement Ylith.

Toutefois, le regard teigneux du démon avait déjà commencé à éroder quelque peu ses certitudes.

«Qu'as-tu fait de Faust?

— Je l'ai enfermé pour faute morale, voilà.

— Femme, comment oses-tu? Tu n'as aucun droit de te mêler de ce concours? Tu n'es ici qu'à titre de simple observatrice.

— Et, en tant qu'observatrice, rétorqua Ylith avec une soudaine véhémence, j'ai une observation à faire. Il est évident que vous avez manipulé Faust en lui suggérant des gestes déplacés et en lui permettant de s'écarter de l'étroit chemin où on l'a placé; sinon, comment expliquez-vous qu'il ait le temps de séduire d'innocentes princesses, au lieu de se concentrer sur les choix qu'on lui propose dans cette situation?

— Moi? Tu m'accuses? Je n'ai rien à voir là-dedans! s'échauffa Méphistophélès. S'il a entortillé cette jeune femme, il l'a fait de son propre chef!»

Ils se souvinrent soudain que la princesse Irène était là. Ils se tournèrent et la dévisagèrent, puis échangèrent un regard entendu. Ils parvinrent à un accord muet. Ylith haussa un sourcil interrogateur et Méphistophélès hocha la tête. L'ex-sorcière invoqua alors un petit enchantement somnifère, aussi léger que le duvet d'une fée, et le souffla vers la princesse. Il était chargé de sommeil et équipé d'un dispositif d'effacement rétrospectif de mémoire d'au moins une demi-heure.

Irène hors circuit, et Mack toujours dans sa prison de miroirs, Ylith se tourna de nouveau vers Méphistophélès, ses yeux bleu sombre étincelant de rage.

«Tout est votre faute! Et n'espérez pas m'embrouiller avec vos arguments prétendument savants. N'oubliez pas, j'ai été autrefois de votre bord.

— Femme, ressaisis-toi! Le Don des langues que je lui

ai donné devait simplement lui permettre de se débrouiller dans ces charabias orientaux. Quoi qu'il en soit, tu n'as pas le droit de sortir l'acteur de scène. C'est un crime pire que tout ce que Faust aurait pu faire.

— Menteur ! » cria Ylith.

Méphistophélès acquiesça. « Bien sûr, mais quel est le rapport ?

— J'exige qu'on remplace Faust par une créature plus morale !

— Petite présomptueuse ! Les jugements dogmatiques sur la morale n'ont pas plus leur place au Paradis qu'aux Enfers. Libère Faust sur-le-champ !

— Non ! Je n'ai pas d'ordres à recevoir de vous ! »

Méphistophélès lui lança un regard assassin. Puis, fouillant dans la besace qu'il portait sous son manteau, il sortit un petit téléphone portable de couleur rouge à énergie nucléaire. Il composa rageusement le 999 — qui est le nombre de la Bête à l'envers, autrement dit le numéro de l'Ange. Puis il attendit, tapant impatiemment du pied.

« Qui appelez-vous ? demanda Ylith.

— Quelqu'un qui te fera entendre raison, je l'espère. »

Quelques instants plus tard, il y eut une légère explosion de fumée pastel, accompagnée d'un accord de harpe. L'archange Michel apparut, l'air vivement agacé, trempé, seulement vêtu d'une serviette-éponge blanche.

« Que se passe-t-il encore ? demanda-t-il, aussi glacial qu'un archange peut l'être. J'étais dans mon bain.

— Tu es toujours dans ton bain, commenta Méphistophélès.

— Et alors ? Tu sais ce qu'on dit sur la propreté.

— Pure médisance ! Le Mal est aussi maniaque que le Bien. La propreté est neutre. Mais nous n'avons pas le temps de discuter.

— Très juste. Pourquoi m'as-tu dérangé ?

— Cette furie, déclara Méphistophélès en montrant du bout de son ongle acéré Ylith qui se tenait droite avec un air de défi, les bras croisés sur ses petits seins pointus, les fesses et les mâchoires serrées, le regard dur. Cette femme stupide, cet apprenti ange, cette ancienne pécheresse devenue zélote a cru bon de soustraire *notre* Faust du cours des événements. Elle est allée jusqu'à l'enfermer, interrompant brutalement notre concours. Voilà pourquoi je t'ai invoqué. »

Michel se tourna vers Ylith. Son grand front était barré par une ride de contrariété qui contrastait avec son expression habituellement sereine. Ses yeux étaient plissés par l'incrédulité. « Tu as escamoté Faust ? Est-ce la vérité ? »

Ylith, d'une voix légèrement tremblante, mais toujours teintée de défi, se défendit : « Que pouvais-je faire d'autre ? Il était en train de séduire la princesse Irène.

— Mais qui est cette princesse Irène ? demanda Michel. Non, ne me dis pas. Peu importe. Comment, par tous mes saints, t'es-tu permis d'interrompre le concours à cause d'une banale histoire de séduction ?

— De *prétendue* séduction, précisa Méphistophélès.

— Encore pire ! tonna Michel. De quel droit as-tu abusé de notre générosité, nous qui t'avons fait la grâce de te nommer observatrice — et ce uniquement pour calmer Babriel qui s'est entiché de toi, tout ça pour une broutille aussi insignifiante qu'une histoire de séduction, seulement prétendue de surcroît ?

— J'avais cru comprendre que la séduction était une mauvaise action, dit Ylith d'une petite voix.

— Sans aucun doute, mais tu devrais savoir que notre politique n'est pas d'intervenir chaque fois qu'un homme fait quelque chose de mal, tout comme l'autre bord ne met pas son grain de sel chaque fois que quelqu'un fait quelque chose de bien. Qu'est-ce qu'on t'a appris à l'école ? Tu n'as donc pas lu les théories de la Relativité morale et de la Réunion des Extrêmes dans ton *Manuel pratique de l'Ange pour la gestion des affaires quotidiennes de la Terre* ?

— J'ai dû sauter ce chapitre, dit Ylith. Écoute, ne me

crie pas dessus, s'il te plaît. J'essaie juste d'être bonne et de veiller à ce que tout le monde le soit.

— Ne crois pas m'amadouer avec ton numéro d'ingénue, dit sèchement Michel. Les anges sont censés tempérer leur bonté par leur intelligence. Sinon, le Bien deviendrait vite une force incontrôlée et dévorante, mauvaise de par sa nature totalitaire. Et ce n'est pas ça que nous voulons, n'est-ce pas ?

— Je ne vois pas pourquoi, bougonna Ylith.

— Tu comprendras un jour. Libère cet homme et remets-le à sa place dans l'intrigue. Ensuite, tu fileras droit au Centre de Désamorçage de la Ferveur, pour être punie et à nouveau entraînée.

— Oh, ne sois pas si dur avec cette pauvre enfant ! intervint Méphistophélès, voyant là l'occasion rêvée de marquer un point pour la clémence du Mal. Laisse-la continuer à observer. Mais plus d'intervention.

— Tu l'as entendu ? demanda Michel à Ylith.

— J'entends et je m'exécute. Mais quand je pense que c'est un archange qui me demande d'obéir aux ordres d'un démon de l'Enfer !

— Il te reste beaucoup à apprendre. » Il resserra la serviette autour de sa taille. « Puis-je retourner dans mon bain, à présent ?

— Amuse-toi bien, dit Méphistophélès. Navré de t'avoir dérangé. »

Michel se tourna vers Ylith : « Quant à toi, sois bonne, mais pas trop, et ne fais pas de vagues. C'est un ordre. »

Il disparut. Ylith abaissa rapidement les murs de la Prison des Miroirs. Mack en sortit, clignant des yeux. Méphistophélès sourit et disparut à son tour.

« On dirait que je suis de retour, balbutia Mack. Avez-vous parlé à la princesse ?

— Je vous tiens à l'œil ! » menaça Ylith avant de se volatiliser.

8

Une fois libéré de la Prison des Miroirs, Mack prit congé de la princesse éberluée, et courut mettre Marco Polo au courant du complot. Mais regagner les appartements du Vénitien se révéla plus compliqué que de les quitter. Il se perdit dans des couloirs en colimaçon, qui montaient et descendaient en pente raide, par où il ne se souvenait pas d'être déjà passé. Il croisa beaucoup de monde, au point qu'il crut un moment être sorti de l'enceinte du palais, dans un bazar couvert qui s'étendait sur des kilomètres autour de celui-ci. Puis il perçut de nouveau le son des flûtes et des tambours royaux et sut qu'il était sur la bonne voie. Haletant et à bout de souffle, il arriva enfin devant la suite du Vénitien et fit irruption sans prendre la peine de frapper.

« Marco ! Écoutez-moi, c'est très urgent ! » Mais il parlait dans le vide car Marco Polo n'était plus là.

Mack prit soudain conscience qu'il avait dû passer plusieurs heures dans le labyrinthe de miroirs. La nuit était probablement tombée, bien qu'il fût impossible de le savoir du fait de l'éclairage qui ne variait jamais. Il reprit sa course effrénée et, par un coup de chance, il arriva sans autre incident notable devant la salle du banquet. Il écarta les gardes et entra.

La fête battait son plein. Kubilai Khan et les autres dignitaires étaient installés sur l'estrade aux mêmes places que le matin. Marco était là, ainsi que la princesse Irène et le mage de la cour avec sa robe étoilée. Un petit orchestre accordait ses instruments, et sur une petite scène, un comédien mongol, portant un pantalon bouffant en peau de chèvre et un gros nez rouge, disait : « Alors, l'autre lui dit : "Prenez mon yack… s'il vous plaît, prenez mon yack…" » Mais personne ne l'écoutait. Tous les regards étaient tournés vers Mack.

Soudain intimidé par le silence attentif qui avait salué son entrée, il toussota, se racla la gorge et déclara : « Marco ! Dieu soit loué, j'arrive à temps ! Il y a un complot contre vous. J'ai surpris deux soldats dans la cour pendant qu'ils s'entraînaient. C'étaient deux types de Tyr, vous voyez, qui disaient… »

Marco l'interrompit en levant une main : « Vous voulez parler de ces hommes là-bas ? »

Mack reconnut les deux Tyriens barbus. « Oui, ce sont eux.

— Très intéressant, dit Marco. *Ils* sont venus me trouver il y a une heure pour me prévenir d'un complot que *vous* aviez monté contre moi.

— C'est faux.

— Ils m'ont également dit que vous les aviez payés pour m'assassiner.

— Ils espéraient s'en tirer à bon compte ! Marco, je dis la vérité !

— Votre comportement m'a paru suspect depuis le début », poursuivit Marco. Se tournant vers le Khan, il demanda : « Votre Altesse, puis-je me permettre de démontrer à la cour la duplicité de cet individu ?

— Faites, répondit Kubilai Khan. J'ai toujours été fasciné par vos méthodes occidentales pour résoudre les litiges et conduire des interrogatoires.

— J'appelle la princesse Irène », dit Marco.

Elle se leva du petit trône qu'on lui avait installé sous un dais. Elle avait eu le temps d'enfiler une grande tunique bleu ciel, brodée de pâquerettes. Elle était l'incarnation même de l'innocence tandis qu'elle s'exprimait dans un mongol bancal :

« Ce gredin à longues jambes s'est introduit dans mes appartements, ce qu'aucun homme n'est autorisé à faire. Il m'a fait des suggestions inconvenantes, s'adressant à moi dans ma langue natale, mais dans un dialecte exclusivement réservé aux membres d'une même famille, ou aux incultes animés d'intentions meurtrières. J'ai craint pour ma personne car, chez nous, quand un étranger vous adresse la parole dans ce dialecte, c'est qu'il projette de vous assassiner. J'ai perdu connaissance et, à mon réveil, il n'était plus là. Un bruit dans le couloir l'aura sans doute fait fuir, car il me semble allier la scélératesse à la couardise. Alors, j'ai mis ma robe bleu ciel et j'ai couru jusqu'ici.

— Des mensonges, rien que des mensonges, dit Mack. Marco, c'est vous qui m'avez envoyé tenir compagnie à la princesse !

— *Moi ?* Vous envoyer chez la princesse ! » s'exclama Marco, outré. Il leva les yeux au ciel, posa une main sur sa tête, puis lança un regard désolé au Khan. Il se tourna ensuite vers l'assemblée : « Mes amis, vous me connaissez. Je vis parmi vous depuis dix-sept ans. Suis-je du genre à enfreindre la loi mongole, sans parler des règles élémentaires de la bienséance ?... »

Le seul son que l'on entendît dans la salle du banquet fut le craquement des os du cou des courtisans qui secouaient la tête — non, non. Même les têtes coupées assemblées en pyramides de deux mètres de haut semblaient en faire autant — non, non.

« C'est un coup monté ! dit Mack. Il est clair que Marco veut ma perte, pour des raisons qui n'appartiennent qu'à lui. Il ne supporte probablement pas la présence d'un rival à la cour du Khan. Il se sent sans doute inférieur, parce qu'il n'est qu'un vulgaire petit épicier vénitien, alors que je suis l'ambassadeur d'Ophir.

— À ce propos, intervint Marco. La parole est au mage de la cour. »

Le mage se leva et rajusta sa robe étoilée. Il chaussa des petites lunettes rondes cerclées de métal, se racla la gorge par deux fois, toussa, se racla encore une fois la gorge, puis annonça après un toussotement : « J'ai effectué une enquête auprès de tous les érudits de Pékin les plus qualifiés en géographie. Ils s'accordent tous pour dire qu'il n'existe pas de pays nommé Ophir. Qu'au cas où, par le plus grand des hasards, il ait jamais existé, il aurait depuis longtemps disparu à la suite d'un cataclysme naturel, genre tremblement de terre. Ils ont conclu que, dans l'éventualité très improbable où il subsisterait aujourd'hui, il n'emploierait certainement pas un Allemand comme ambassadeur. »

Mack agita les mains de frustration. L'indignation bouillonnait en lui, l'irritation lui crispait les doigts, et lui faisait marteler le sol des orteils. Mais il était à court d'arguments.

Kubilai Khan prit la parole : « Vous me voyez profondément navré car ma cour est réputée pour son hospitalité et sa bonne tenue, mais cet homme vient d'être reconnu coupable par un jury composé de ses pairs : c'est un imposteur, un faux représentant d'un pays imaginaire, ainsi qu'un séducteur de femmes de sang royal. Par conséquent, la cour le condamne à la prison, où il devra subir les tortures d'usage pour les importuns avant d'être étranglé, éventré, traîné par les pieds par un cheval au galop, puis écartelé, et ensuite brûlé vif.

— Votre sentence est juste, Altesse, dit Marco. Mais c'est là le sort réservé aux roturiers. Or cet homme pourrait avoir du sang noble. Puis-je suggérer qu'on le tue ici et maintenant ? Cela divertira vos invités, et nous pourrons ensuite reprendre le cours des festivités.

— Excellente suggestion », approuva Kubilai Khan.

Il leva son sceptre magique et fit un geste. Du fond de la salle, un gros barbu avança. Il portait un pagne en chamois et un boléro assorti. Sa tête était coiffée d'un énorme turban.

« Bourreau royal, à votre service... dit-il en s'inclinant.
— Tu as ta corde d'arc sur toi ? demanda le Khan.
— Je ne m'en sépare jamais. » Le bourreau déroula la corde qu'il portait autour de la taille. « Au cas où...
— Gardes, dit le Khan, emparez-vous de cet homme. Bourreau, fais ton œuvre ! »

Mack fit volte-face et tenta de s'enfuir, espérant pouvoir se perdre à nouveau dans le dédale de couloirs jusqu'à ce qu'il trouve une meilleure idée. Mais Marco, esquissant un sourire sournois, lui fit un croc-en-jambe et il atterrit à plat ventre. Des archers le maîtrisèrent. Le bourreau s'approcha, enroulant adroitement la corde autour de ses doigts d'un air professionnel. Mack implora le Khan : « Votre Majesté, vous commettez une grave erreur !

— Si c'est le cas, qu'il en soit ainsi, répondit le souverain. Se méprendre avec aplomb est une prérogative du pouvoir. »

Le bourreau se pencha et passa la corde autour du cou de Mack. Celui-ci tenta de crier mais ne put émettre un son. Il eut quelques secondes pour se rendre compte qu'on ne voit pas sa vie entière défiler à toute allure juste avant de mourir, contrairement à ce qu'on raconte. Tandis que la corde se resserrait sur sa gorge, il se revit simplement allongé sur la berge de la Weser pendant des vacances scolaires, faisant observer à un camarade érudit du monastère : « C'est drôle, un homme ne peut jamais deviner quelle sera sa mort. » Ce qui était très juste, car comment aurait-il alors imaginé (il n'avait pas plus de quatorze ans) qu'il mourrait quelques centaines d'années plus tôt, exécuté à la cour de Kubilai Khan à cause de Marco Polo, en plein concours entre les Puissances de lumière et celles des ténèbres ?

Il y eut un éclair aveuglant et un nuage de fumée d'où émergea Méphistophélès.

Le prince des démons était irrité et, dans ce cas, il effectuait toujours des entrées en scène spectaculaires, à grand renfort de feux d'artifice et de maints prodiges optiques, apparaissant dans les airs puis s'évanouissant mystérieusement. Il avait eu l'occasion de se rendre compte qu'en passant quelques minutes de plus à préparer l'ambiance, il finissait par gagner pas mal de temps, car ceux à qui il apparaissait étaient tellement atterrés qu'ils ne songeaient jamais à s'opposer à lui.

« Libérez cet homme ! » tonna-t-il.

Le bourreau tomba à la renverse, comme foudroyé. Les archers s'évanouirent de terreur. Kubilai Khan se retrancha derrière ses coussins. Marco Polo s'accroupit sous une table. La princesse Irène tomba en pâmoison. Mack fit un pas en avant, libre.

« Vous êtes prêt à partir ? lui demanda Méphistophélès.

— Et comment ! répondit Mack, se relevant et époussetant ses vêtements. Juste une dernière chose. »

Il marcha vers Kubilai Khan, qui lança des regards paniqués à la ronde. Il lui arracha des mains son sceptre magique et le glissa dans sa besace : « Voyons maintenant combien de temps vous arrivez à conserver votre trône », railla-t-il. Puis Méphistophélès fit un geste sobre, et ils disparurent.

Il y eut un silence à la cour du Khan. Il fallut laisser passer une petite période d'adaptation pendant laquelle tout le monde resta plus ou moins immobile. Puis Kubilai Khan demanda d'une voix hésitante : « Marco, qu'est-ce que c'était que ça ?

— Je crois que nous venons d'assister à un authentique phénomène surnaturel. Voilà qui me rappelle quelque chose qui m'est arrivé quand je me trouvais à Tashkent. C'était le printemps, et les fleurs de la vallée resplendissaient de... »

Au même instant, les grandes portes de bronze de la salle du banquet s'ouvrirent, Marguerite entra. Elle portait une nouvelle tunique en soie de Chine avec un col montant, qui moulait avantageusement ses formes. Elle était fraîchement maquillée, lavée, parfumée, coiffée et manucurée. À la cour de Kubilai Khan, on savait comment rendre les cours de langue intéressants.

«Salut! lança-t-elle. J'ai fini mes cours. Écoutez-moi ça.» Et, dans un mongol assez populaire mais compréhensible, elle dit: «Un chasseur sachant chasser doit savoir chasser sans son chien.» Elle sourit et attendit des paroles d'approbation.

Marco Polo sortit de sous la table en s'époussetant. «Faut-il l'exécuter? demanda-t-il au Khan.

— À tant faire, soupira Kubilai Khan, la pensée de la cruauté l'aidant à recouvrer un peu de dignité. C'est mieux que rien.

— Gardes! Bourreau!» appela Marco.

Une fois de plus la sinistre comédie reprit. On s'empara de Marguerite. Le bourreau s'approcha d'un air déterminé, même si ses jambes tremblaient encore. C'est alors que Méphistophélès réapparut.

«Désolé, il me semblait bien que j'oubliais quelque chose», dit-il. Il fit un geste. Marguerite disparut. Puis il s'effaça à son tour. Le Khan et ses invités, un peu plus stoïques cette fois, fixèrent longuement sans mot dire là où ils s'étaient tenus. Puis les serveurs apportèrent le plat de résistance.

FLORENCE

1

« Eh bien, Faust, il est à présent grand temps de nous mettre en chemin vers l'emplacement de votre prochaine épreuve. Cette fois, vous allez à Florence, en l'an 1497. Comme je vous envie, mon cher ami ! Vous allez admirer *de visu* la cité qui peut se targuer d'avoir inventé le monde moderne sur le plan artistique. De nombreux érudits la tiennent pour le berceau de la Renaissance. »

Mack et Méphistophélès étaient installés dans un petit bureau perché dans les Limbes. Celles-ci étaient vastes dans ce secteur, en dilatation permanente, et le bureau était la seule chose en vue. Méphistophélès y restait souvent tard la nuit pour s'occuper de sa paperasserie en retard. C'était une simple baraque de bois d'environ trois mètres de côté. Dans les Limbes, on peut construire aussi grand qu'on le désire sans frais supplémentaires, mais Méphistophélès avait préféré un petit coin douillet : juste quelques huiles pastorales sur les murs, un petit sofa tapissé de satin vert où il était assis et une chaise en bois à dossier droit au bord de laquelle était perché Mack. Le démon lui avait offert un verre de vin d'orge pour le remettre de ses frayeurs, mais il avait hâte de passer à la suite du concours.

« Bien ! » dit enfin Méphisto. Mack comprit d'emblée qu'on ne lui laisserait pas le temps de souffler. Il fallait se rendre dans cet endroit au nom bizarre.

« Qu'est-ce qu'une Renaissance ? demanda-t-il.

— C'est vrai, j'oubliais, gloussa Méphistophélès. Le terme "Renaissance" n'est entré dans les mœurs que longtemps après la fin de la Renaissance. Il se rapporte à une période de l'histoire, mon cher Faust.

— Et qu'est-ce que je dois faire au sujet de cette Renaissance ?

— Mais rien… enfin, pas directement. Vous ne pouvez rien changer à la Renaissance. Si je vous en parle, c'est uniquement pour rendre la conversation intéressante, souligner l'importance de cette période dans l'histoire, et vous montrer à quel point vos choix là-bas pourraient faire une grande différence.

— Que dois-je faire exactement ? Il y aura des options ?

— Oui, bien sûr qu'il y en a. Nous allons vous déposer à Florence au moment du Bûcher des Vanités.

— Qu'est-ce que c'est ?

— Un grand feu d'objets symbolisant la vanité, comme des miroirs, des images friponnes, des romans libertins, des manuscrits précieux, des dragées, ce genre de choses. Le tout empilé sur la piazza della Signoria pour y être brûlé.

— Ça semble un peu excessif. Et vous voulez que j'empêche ce bûcher ?

— Non, pas du tout.

— Alors, que suis-je censé faire ?

— Agir. C'est pour ça que nous vous avons mis dans ce concours. Pour que vous entrepreniez une action qui puisse être interprétée comme bonne ou mauvaise, et donc être jugée par Ananké.

— Qui ?

— Ananké est le nom grec de la puissance primordiale antique de la Nécessité, ce qui doit être. C'est elle qui juge tout, tôt ou tard.

— Et où est Ananké ?

— Partout. Immatérielle et insaisissable, car la Nécessité est la force ultime qui lie les choses entre elles, mais elle n'a pas de substance en soi. Toutefois, en temps voulu, elle prendra une forme corporelle et délivrera sa sentence. »

Voilà qui devenait un tantinet abstrait pour Mack. « Que dois-je faire précisément ?

— Ça je ne peux pas vous le dire. Cette épreuve n'a pas été conçue comme les autres. Cette fois, c'est à vous de trouver quelque chose à faire.

— Mais comment puis-je estimer ce qu'il faut faire ? »

Méphistophélès haussa les épaules. « Ce ne sont pas les possibilités qui manquent. Il est possible que vous rencontriez quelqu'un dont la vie est menacée, et que vous choisissiez de le sauver. Dans ce cas, le verdict d'Ananké dépendra de la personne que vous aurez sauvée, et de ce qu'elle a fait de sa vie après votre intervention.

— Mais comment suis-je censé savoir ?

— Vous devrez prendre le risque, mon vieux. Au flair, à l'intuition. Nicolas Machiavel est justement à Florence à cette époque. Vous pourriez par exemple lui conseiller de ne pas écrire son chef-d'œuvre, *Le Prince*, qui a fait pas mal de remous dans les cercles célestes. » Méphistophélès hésita et examina ses ongles, avant d'ajouter : « Ou bien, vous pourriez regarder s'il n'y a pas un Botticelli pour moi dans le coin, si vous ne trouvez pas autre chose à faire.

— Ce serait bien ? »

Méphistophélès hésita. Si on l'apprenait en haut lieu, il risquait d'avoir de sérieux ennuis. Mais il savait exactement sur quel mur de son palais des Enfers il pourrait l'accrocher. Les autres maîtres démons seraient verts de jalousie quand ils le verraient.

« Oh oui, dit-il, rapporter un Botticelli ne serait pas mal du tout.

— Le problème, dit Mack, c'est que je ne saurai pas reconnaître un Botticelli d'un Dürer. La peinture, c'est de l'hébreu pour moi. En fait, je me débrouille mieux en hébreu qu'en matière de peinture.

— C'est fâcheux. Mais je suis sûr que personne ne verra

d'objection à ce que j'améliore un peu votre connaissance des arts. Vous pourriez en avoir besoin pour accomplir votre mission. »

Il fit un geste. Les genoux de Mack s'entrechoquèrent violemment à plusieurs reprises, tandis que sa mémoire se chargeait d'études comparatives entre les différents peintres, écoles, manières, de la période hellénique à quelques siècles après sa propre époque.

« Vous rapporter un Botticelli ? C'est bien ce que vous attendez de moi ?

— N'allez pas me faire dire ce que je n'ai pas dit. Je n'ai fait que vous donner quelques informations de base, afin que vous puissiez mieux vous orienter. » Il hésita, puis ajouta : « Évidemment, si vous tombiez sur un petit Botticelli au cours de votre séjour, je serais enchanté de vous le racheter un très bon prix.

— Et si je n'en trouve pas, que puis-je faire d'autre ?

— Je ne peux rien vous dire. Mon cher Faust, cette épreuve ne comporte pas de choix simples. Le but n'est pas de trouver quelle est la "meilleure" option. La moralité n'entre pas en ligne de compte, pour une fois. À vous, simple mortel, nous offrons la possibilité de prendre le genre de décisions habituellement réservées aux créatures spirituelles. Nous voulons voir comment réagirait un humain à notre place.

— Entendu, dit Mack, dubitatif. Mais je ne suis toujours pas sûr d'avoir compris.

— Mon cher ami, c'est exactement comme un jeu télévisé.

— Pardon ?

— J'oubliais, ça n'a pas encore été inventé. Imaginez-vous un homme debout face à un public qui répond à des questions pour gagner de l'argent. Et, chaque fois qu'il donne la bonne réponse, la cagnotte augmente encore. À présent, pour dix mille louis d'or, vous êtes à Florence en 1497, devant le Bûcher des Vanités. Devant vous, un grand feu. On y jette toutes sortes de vanités, parmi lesquelles un Botticelli d'une valeur inestimable. Vous pouvez le sauver. Que faites-vous ?

— Je saisis l'idée. Et, si ma réponse vous satisfait, je ramasse l'argent ?

— En gros, c'est ça. On continue. Ensuite, on vous dit : même endroit. Vous êtes dans le palais de Laurent de Médicis. C'est un odieux tyran, mais aussi un grand mécène. Il se meurt. Tenez, prenez ça. » Il tendit à Mack une fiole remplie d'un liquide vert. « Vous avez dans la main un médicament qui peut lui donner dix années de vie supplémentaires. Que faites-vous ?

— Oh, la vache ! grimaça Mack. J'ai besoin d'y réfléchir. Pouvez-vous m'en dire plus ?

— Désolé, ce sont les seuls indices que je suis autorisé à vous donner. Ce qui compte avant tout, c'est la rapidité de vos réactions. Nous testons la vivacité de votre intelligence et nous sondons votre âme jusqu'à des profondeurs dont vous ne soupçonnez même pas l'existence. Allez-y, Faust, et faites quelque chose pour l'espèce humaine ! Êtes-vous prêt ?

— Je suppose... Oh ! Et Marguerite ?

— Je l'ai envoyée avec un peu d'avance à Florence. Vous la retrouverez au marché de la soie. Elle voulait en profiter pour faire quelques emplettes. »

2

Pendant ce temps, ailleurs dans l'univers, un crépuscule morne et cafardeux s'était abattu comme de coutume sur le Pandémonium. De gros oiseaux noirs volaient au-dessus des têtes vers on ne savait où en poussant des croassements éplorés. Sur les trottoirs défoncés, les poubelles débordaient. Les rues suintantes d'humidité crasse paraissaient plus sordides que jamais. Derrière les fenêtres barricadées des immeubles qui s'élevaient de chaque côté, on entendait les râles d'agonie rauques des âmes récemment libérées de l'Abîme et condamnées à l'asservissement perpétuel. Le seul endroit souriant était un club privé, les Bains louches, en plein cœur du quartier. À l'intérieur, tout était vivant, rapide, branché — le bon côté des Enfers.

Dans une alcôve à l'écart se trouvait Azzie Elbub. Il était assis face à Etta Glber, une jeune demoiselle très accorte ; récemment élue Miss Hypocrisie 1122 par son club de sorcières, elle avait reçu comme prix un bon pour un dîner en tête à tête avec un séduisant jeune démon pétri de classe, à l'avenir prometteur. Elle avait été un peu décontenancée en voyant Azzie car elle ne s'attendait pas à un démon roux à face de renard, mais elle avait réussi à faire bonne contenance sans problème, grâce à cette faculté d'adaptation qui lui avait valu d'être couronnée *Hypocrite de l'année*. Azzie avait mis ce concours sur pied quelques années auparavant pour obtenir sans se fatiguer des rendez-vous avec de jeunes mortelles.

C'était l'un de ces instants mémorables à classer dans les annales de la concupiscence. Les lumières étaient tamisées. Un spot discret illuminait le décolleté vertigineux de Miss Hypocrisie. Le juke-box jouait « Earth Angel » car les tubes arrivent tôt ou tard en Enfer, quoique jamais au bon moment. Tout était parfait. Pourtant, Azzie ne parvenait pas à se détendre.

Aux Enfers, le plaisir est une religion, mais Azzie était d'humeur rebelle. Son esprit était trop absorbé par le travail. Il devait trouver un moyen de se faire valoir dans le concours du Millénaire, et pour cela prendre immédiatement une décision au sujet de Faust.

De toute évidence, corrompre Faust ne serait pas une mince affaire. Jusque-là, Azzie n'avait pas eu de chance. Peut-être n'avait-il pas présenté les tentations adéquates ? Mais, après avoir offert la gloire, la fortune et Hélène de Troie, que restait-il ?

Faust était un client difficile, à n'en pas douter. Sur le plan spirituel, c'était un sauvage. Sa participation dans le concours n'était pas un point positif pour les ténèbres. Non pas qu'il fût meilleur qu'un autre, mais il était loin d'être foncièrement méchant. En revanche, Mack, sa doublure, était plus simple et l'on pouvait raisonnablement espérer qu'il aboutirait à des résultats plus prévisibles, et donc satisfaisants.

Azzie y réfléchit longuement. Plus il y songeait, plus Faust lui paraissait gênant. Enfin, il parvint à une décision.

« Écoutez, dit-il à Miss Hypocrisie, j'ai passé un moment formidable et j'ai été ravi de faire votre connaissance. Vous êtes délicieuse. Mais il faut que j'y aille à présent. Ne vous inquiétez pas pour l'addition, tout est déjà réglé. »

Sur ces mots, il entra dans une petite cabine isolée que le club avait installée pour ses clients tatillons qui n'aimaient pas lancer des sorts en public. Il se projeta dans le passé de l'humanité, car il s'était avancé un peu loin dans les siècles. Les années défilèrent à rebours comme les pages d'un calendrier provenant d'une époque à venir où une telle chose existerait. Se déplaçant plus rapidement que la vitesse du souvenir, Azzie vit le paysage du temps se replier sur lui-même et avaler sa propre queue. Les vieillards rajeunirent, les volcans se résorbèrent et rentrèrent sous terre, les icebergs dérivèrent vers le nord et l'espèce humaine se ratatina et se couvrit de poils.

Enfin, il bondit hors du territoire humain et entra dans le pays des légendes suscité par Homère et d'autres. Au loin, il distingua le Léthé, dont il suivit le cours jusqu'au lac d'Averne. Parvenu à l'entrée des Enfers, il s'y engouffra, longeant les galeries sinueuses qui descendaient jusqu'aux profondeurs du Tartare, où coulait le Styx. C'était à peu près comme se promener dans les intestins d'un serpent. Le décor était blafard, spectral, dominé par d'immenses rochers phosphorescents où Azzie apercevait parfois des héros cachant leur nudité sous un drap, comme les réfugiés d'une gravure de Gustave Doré. Le véritable territoire des Enfers commençait là.

Azzie vira sur l'aile et survola le Styx en rase-mottes jusqu'à ce qu'il aperçoive la péniche du passeur des Enfers, amarrée près d'une berge fangeuse. Faust et Hélène, assis à la poupe, papotaient tranquillement en contemplant la surface noirâtre des flots huileux.

Azzie plongea en piqué et atterrit en douceur sur le pont, faisant à peine osciller l'embarcation. Charon redressa la tête pour voir qui s'était posé sur son bateau, mais le démon ne lui prêta aucune attention.

« Tiens donc ! s'exclama-t-il. Docteur Faust ! Bien le bonjour !

— Bonjour à vous, esprit malin, répondit Faust. Quel mauvais vent vous amène ?

— Je suis venu prendre de vos nouvelles. » Azzie s'installa dans un transat. « Alors, comment ça se passe ?

— Assez bien, dit Faust J'ai un peu de mal à communiquer avec Charon, mais je crois l'avoir convaincu de coopérer.

— Convaincu Charon ? Chapeau. Comment avez-vous fait ?

— Je lui ai démontré que je représentais une occasion inespérée pour lui de figurer à l'origine d'un nouveau mythe.

— Quel mythe ?

— Voyons ! L'histoire de la fabuleuse rencontre entre Faust et Charon, de la façon dont Charon a aidé Faust à voyager dans des contrées où nul ne s'était rendu auparavant, emmenant avec lui la Belle Hélène.

— Peuh ! » fit Hélène qui, nonchalamment assise, trempait ses orteils dans l'eau en écoutant la conversation.

Azzie l'ignora. « J'ai une autre proposition à vous faire.

— Je vous l'ai déjà dit. Je n'obéirai pas.

— Ce n'est pas ce que je vous demande. Écoutez. Le concours pour le contrôle du Millénaire est en train. Mack continue de passer les épreuves à votre place. Personnellement, ce n'est pas la manière dont je m'y serais pris, mais c'est ainsi. Il a déjà traversé deux épreuves. Qu'il ait bien ou mal agi n'est pas la question. Ce qui est fait est fait, qu'on le veuille ou non. Aussi, je pense que vous devriez laisser tomber. Cessez de chercher à reprendre votre place, sortez de la compétition, et vous serez récompensé, docteur.

— Comment vous proposez-vous de faire ça ?

— Je vais vous trouver une période de l'histoire faite sur mesure pour vous. Vous serez riche et tout le monde vous acclamera.

— Seul ou avec quelqu'un pour me tenir compagnie ? »

Ce Faust ! Toujours à marchander ! Azzie dit : « Hélène restera à vos côtés, elle fait partie du marché. Le monde entier vous enviera, Johann. Et vous serez riche, docteur, plus riche que vous ne pouvez le rêver.

— Sournois comme vous êtes, dès que vous m'aurez tout donné, je mourrai d'apoplexie, ou je resterai paralysé et je ne pourrai profiter de rien. Vous croyez que je ne vous connais pas, vous autres les démons ?

— Vous pensez que je vous ferais quelque chose de ce genre ? s'indigna Azzie. Je suis peut-être un démon, mais je ne suis pas mauvais. Tenez, pour vous prouver ma bonne foi, j'ajoute un traitement complet de régénération. Vous serez un nouvel homme, intellectuellement et physiquement. Vous aurez toute une vie pleine de santé et de vigueur devant vous. Vous allez vous payer de sacrées tranches de plaisir ! Je vous envie presque, tiens ! »

Emporté par ses arguments, Azzie déposa un baiser sonore sur le bout de ses doigts, à la méditerranéenne, ce qui n'était pourtant pas son style. Mais Faust restait de marbre.

« Non, dit-il, désolé, je comprends votre position. Mais je ne peux pas accepter.

— Et pourquoi pas ? s'étonna Azzie.

— Ce ne serait pas faustien, voyez-vous. Je sais bien que vous devez penser à votre concours. Mais moi, je dois songer à la grandeur de Faust et, s'il me reste du temps, il faut aussi que je pense un peu à l'avenir de l'humanité dans son ensemble. Désolé, immonde démon, mais je ne peux vous satisfaire.

— On ne dira pas que je n'ai pas essayé, soupira Azzie. Que comptez-vous faire, alors ?

— Reprendre ma place dans le concours. Je ne sais pas si je pourrai arriver à Florence à temps, mais l'épreuve suivante se déroule à Londres. J'ai déjà proposé à Charon de m'y emmener. Ça le changera agréablement de naviguer sur la Tamise. »

Charon les écoutait. S'approchant, il émit son étrange ricanement de hyène et dit : « C'est vrai, Faust, nous avons conclu un accord, mais à la condition que vous me fournissiez un enchantement de voyage avec assez de puissance motrice pour nous transporter tous là-bas. Le bateau des morts ne se déplace pas à la rame à travers l'espace et le temps, vous savez. »

Faust se tourna vers Azzie : « Puisqu'on parle d'enchantements de voyage, le mien est presque à plat. Vous n'auriez pas une recharge, par hasard ? Ou, mieux, un sortilège neuf ?

— Certainement », répondit Azzie. Il tira un enchantement de sa besace, fit discrètement disparaître l'étiquette ARTICLE DÉFECTUEUX, NE PAS UTILISER de l'Inspection occulte des Maléfices et Sortilèges et le tendit à Faust. « Bonne chance ! » ajouta-t-il avant de disparaître.

Il était très satisfait de lui-même. Le problème de Faust était réglé. Cet empêcheur de tourner en rond allait se neutraliser lui-même, avec un peu d'aide d'un démon perfide à face de renard fournisseur de sortilèges.

3

Pendant que Charon préparait le bateau pour leur nouvelle destination, Faust se tourna vers Hélène et lui demanda :

« Tout à l'heure, qu'est-ce que tu entendais par "peuh !" ? »

La belle et inaccessible Hélène se tenait devant le garde-fou, observant les poissons du temps qui venaient gober des pensées nostalgiques à la surface des eaux. Les flots noirs du Styx étaient agités de remous où dansaient les reflets de hauts faits d'hommes et de demi-dieux. Sans se retourner, elle répondit : « C'était l'expression du mépris que vous m'inspirez, ton sexisme et toi.

— Sexiste ? Moi ? Mais je suis Faust !

— La belle affaire ! Et moi, dans tout ça ? Tu as peut-être fait de hautes études dans certains domaines, mais tu considères encore une femme comme un objet, comme un trophée qui se gagne à l'issue de ces guerres puériles dont vous avez besoin, vous les hommes, pour vous prouver que vous en avez.

— D'où tu sors ce discours ? Ce ne sont pas là les propos que l'on est en droit d'attendre de la Belle Hélène. Tu parles comme une intellectuelle plutôt que comme le joli chou à la crème pour qui tous les hommes t'ont toujours pris. Nulle part il n'est fait état dans l'histoire de tes opinions sur les hommes.

— Parce que l'histoire est sexiste. Ce sont toujours les vainqueurs qui racontent leur version des faits. Et pourquoi en serait-il autrement ? Et nous, pauvres femmes, nous sommes condamnées à n'exister qu'à travers votre regard. Des bœufs à l'esprit embué, voilà ce que vous êtes !

— De quoi te plains-tu ? Tu es belle et célèbre !

— Mais on m'a cataloguée comme l'éternelle ingénue. Et pourquoi ? Parce que de grands dadais de ton espèce passent leur temps à rêver de moi la bouche ouverte, et qu'ils se prennent pour des héros dès qu'ils m'ont obtenue comme esclave.

— Moi, faire de toi mon esclave ? Comment peux-tu dire une chose pareille, prunelle de mes yeux ? C'est moi qui suis *ton* esclave, prêt à satisfaire tes moindres désirs.

— Ah oui ? Et si tu commençais par me ramener chez moi, dans le Tartare, où le démon m'a enlevée ?

— Il n'en est pas question. Allez, je veux bien être galant, mais tu dois y mettre du tien.

— Tu possèdes peut-être mon corps, mais pas mon esprit.

— Hum, fit Faust en lui lançant un regard salace. J'en connais beaucoup qui n'en demanderaient pas plus.

— Puisque tu le prends comme ça, vieux satyre, tu n'auras rien du tout. Ou alors il faudra me tuer d'abord. »

Faust se surprit à penser qu'il pourrait en arriver là. Le détail amusant, c'était qu'il ne la désirait pas. L'avoir à lui, la posséder, la dominer, oui, sûrement. Mais lui faire l'amour ? Il la trouvait formidable quand elle se taisait, mais c'était une virago dès qu'elle ouvrait la bouche. Il s'étonna que le monde antique n'eût jamais fait allusion à la conversation d'Hélène.

« Écoute, lui dit-il, sois raisonnable. Dans ce monde qui est le nôtre, il n'y a pas trente-six rôles à jouer. Le mien, c'est celui du maître, même si je peux t'assurer qu'il ne me convient pas tout à fait. Je ne suis pas au mieux de moi-même avec les femmes autoritaires. Pour dire la vérité, je préfère les gardiennes d'oies. Mais, même si ce n'est pas mon truc, te posséder représente l'aboutissement des aspirations de tout homme. Alors, je joue mon rôle. Le Destin, la Nécessité, le Hasard, ou qui que ce soit qui régit ce genre de choses, t'a désignée comme la femme la plus désirée au monde. Tu es censée être l'incarnation de la séduction. Il n'est pas dans ton intérêt de vouloir être autre chose. Après tout, tu as quand même le beau rôle! Énormément de femmes seraient prêtes à tout pour prendre ta place. Même si tu n'aimes pas ça, ne crache pas dans la soupe.»

Hélène réfléchit un moment avant de répondre : «Eh bien, Faust, j'apprécie ta franchise. Je vais être aussi directe que toi : es-tu à ma hauteur? Le mythe d'Hélène est universel. Mais je n'ai jamais entendu parler d'un mythe de Faust.

— Il est apparu longtemps après ton époque, mais il est tout aussi puissant que le tien. Dans le monde antique, tous les hommes voulaient être Ulysse ou Achille. Aujourd'hui, les jeunes hommes aspirent à l'idéal faustien.

— Pourrais-tu me résumer cet idéal?

— Il est difficile de capturer en quelques mots l'essence de sa propre numinosité. Disons que Faust est celui qui veut s'élever au-dessus de sa condition humaine. C'est un peu plus compliqué, mais en gros, c'est ça.

— Une sorte de Prométhée des temps modernes?

— Peut-être, dit Faust, mais avec une différence de taille : Prométhée a fini attaché sur une montagne avec un vautour qui lui mangeait le foie, alors que Faust se promène librement dans l'espace et le temps. Avec l'aide de quelques amis, naturellement. C'est là toute la différence entre le monde moderne et le monde antique.

— Je constate que tu as du répondant, à défaut d'autre chose...» répliqua-t-elle en gloussant méchamment. Faust sentit ses cellules réceptrices de titillation entrer en fibrillation frénétique. Il dut faire un effort de volonté surhumain pour se maîtriser.

À Faust, Faust et demi

«Bon, conclut-elle, j'accepte de te suivre. Je suis curieuse de voir les contours de ce nouveau mythe que tu es en train de créer. Peux-tu me dire ce qui va se passer maintenant ?

— Pour commencer, nous allons sortir d'ici, dit Faust. Charon ! Le bateau est-il prêt ?

— Avez-vous cet enchantement de voyage ?

— Le voici », dit Faust en le donnant à Charon. Celui-ci tendit un bras hors du bateau et palpa la coque au niveau de la ligne de flottaison. Ses doigts trouvèrent la fente de puissance motrice. Il y glissa délicatement le sortilège. Faust récita la formule d'activation. Un génie debout au milieu du bateau dénoua les amarres, tandis que les premières ondes de mouvement faisaient vaciller l'embarcation. Il y eut un grand nuage de fumée gris et vert, avec des nuances ocre en son centre et de fines nébulosités diaphanes aux extrémités. Puis l'enchantement opéra. Et, soudain, le bateau s'éleva dans les airs.

Toutefois, un observateur placé sur la berge aurait pu remarquer que les nuages de fumée vert et gris n'étaient pas ceux que l'on observe habituellement avec un sortilège de transport, mais témoignaient plutôt d'une motricité défectueuse. Les embarcations mues par la magie ne se déplacent généralement pas de la sorte. L'observateur en aurait donc déduit que quelque chose n'allait pas du tout. Et, de fait, il n'aurait pas eu tellement tort.

4

Mack marchait sur une route droite bordée de peupliers. Il parvint au sommet d'une petite hauteur et vit non loin de là les spires d'une noble cité. Le temps était chaud et ensoleillé. D'autres personnes allaient et venaient sur la route d'un pas nonchalant. Ils portaient des collants, des tuniques et des bottes de cuir mou, comme à Cracovie, mais avec un panache italien. Mack constata que Méphistophélès l'avait habillé de la même manière. Il franchit les portes de la ville et s'enfonça dans l'activité trépidante de Florence.

Les rues étroites grouillaient de monde. Tous les Florentins semblaient être de sortie, la plupart dans leurs habits du dimanche. Cette belle journée de printemps était un jour de fête. Les bannières multicolores des différents quartiers de la ville claquaient aux balcons et sous les avant-toits. Les vendeurs ambulants avaient pris les chaussées d'assaut, vantant la dernière découverte gastronomique : de minuscules pizzas Renaissance. Des cavaliers armés, coiffés de heaumes étincelants, parcouraient les rues au grand galop, forçant les badauds à s'écarter en hâte à la manière des policiers de toutes les époques depuis l'aube de l'humanité. Une multitude d'étals pressés les uns contre les autres proposaient aux passants étoffes, ustensiles de cuisine, épices, épées et couteaux. L'un d'eux vendait de grandes assiettes de porcelaine, un autre des melons, un autre encore de la friture d'éperlans.

Si intéressant que fût ce spectacle, Mack décida qu'il ferait mieux de chercher un endroit où dormir. Vérifiant le contenu de sa bourse, il découvrit qu'il disposait d'une jolie somme d'argent de poche. Méphistophélès ne s'était pas montré trop pingre sur ce plan. Au coin d'une rue, les murs pastel d'une auberge attirèrent son attention. Une enseigne dorée à la feuille proclamait : *Paradiso*. Le propriétaire, un petit homme trapu et rougeaud avec un furoncle sur le nez, se montra d'abord suspicieux car Mack n'avait pas envoyé de messager pour annoncer sa venue. Mais il devint soudain beaucoup plus affable quand celui-ci lui tendit un florin d'or.

« Je vais vous donner notre meilleure chambre, docteur Faust ! Vous arrivez à point nommé. C'est un jour férié, vous savez, celui où nous autres, Florentins, nous brûlons nos vanités.

— Je suis au courant. Cela se passe-t-il dans les environs ?

— À quelques rues d'ici, sur la piazza della Signoria. Vous allez pouvoir assister à l'un des phénomènes les plus remarquables de notre époque. Savonarole a promis que le bûcher de cette année serait vraiment exceptionnel.

— Quel genre d'homme est ce Savonarole ?

— Un très saint homme. Un moine. Il vit simplement, contrairement aux princes de l'Église qui nous gouvernent. Il s'oppose aux simonies, aux indulgences et aux autres rackets ecclésiastiques. Et il est pour l'Alliance française. Ce qui ne gâche rien.

— Qu'est-ce que c'est ?

— Notre pacte avec le roi de France, qui nous protège contre les Médicis que le pape voudrait nous imposer de nouveau.

— Vous n'aimez pas les Médicis ?

— Ah, ils ne se débrouillent pas trop mal. Laurent le

Magnifique mérite son surnom. Il n'y a jamais eu de plus grand défenseur des arts. Sous son règne, Florence est devenue la plus belle ville du monde.

— Mais quelque chose me dit que vous ne l'appréciez pas. »

L'aubergiste haussa les épaules. « C'est le peuple qui paie pour sa magnificence. Qui plus est, nous n'aimons pas être soumis à une famille. Nous autres, Florentins, nous sommes un peuple libre et nous voulons le rester. »

Mack inspecta sa chambre et constata qu'elle était à la hauteur des critères auxquels il commençait à s'habituer. Il était temps de retrouver Marguerite. L'aubergiste lui indiqua le chemin de la petite place où se tenait le marché des soieries, sur la route de Fiesole. Aux yeux de Mack, le marché en question ressemblait plutôt à un souk oriental, avec ses étals les uns sur les autres, ses toilettes à la turque et son cortège de marchands de Cathay à longue tresse brune. On y trouvait des piles démesurées de ces soieries délavées à la mode en Flandres et aux Pays-Bas, des étoffes aux couleurs éclatantes qu'on s'arrachait à Amsterdam cette année-là et des chemises de sport à col ouvert, en soie sauvage brochée, surtout destinées aux acheteurs espagnols. Çà et là entre les étals se trouvaient de petits comptoirs à espresso et, près d'eux, des bars à spaghettis qui vendaient déjà ces aliments curieux que Marco Polo avait rapportés de Chine où, pour une raison incompréhensible, on s'obstinait encore à les appeler des nouilles. Mack retrouva Marguerite chez un précurseur du système de la boutique franchisée, qui allait bouleverser les habitudes des futurs acheteurs de produits de luxe. Elle se contemplait dans un grand miroir que le propriétaire orientait de droite à gauche. C'était un petit homme avec un bec-de-lièvre mais, peut-être par compensation, une excellente denture.

« Ah, *signore!* s'écria-t-il. Vous arrivez juste à temps pour admirer votre dame dans toute sa splendeur! »

Mack lui adressa un sourire indulgent. Après tout, ce n'était pas son argent. Il pouvait se permettre de se montrer généreux.

« Choisis ce qui te fait plaisir, ma chérie, dit-il, suave.

— Regarde, s'écria-t-elle. J'ai trouvé ces ravissantes robes de bal. Il faut absolument que tu jettes un coup d'œil à la boutique pour hommes du *signore* Enrico, Johann. Il a le dernier cri en matière de pourpoints et de camicia.

— Camicia ? »

Le *signore* Enrico sourit de toutes ses dents et ses yeux rieurs étincelèrent. « C'est tout nouveau, ça nous arrive de Hongrie, expliqua-t-il. Une tenue décontractée. Pour le soir, nous avons des bas absolument divins. Ils sont équipés d'un étui pénien matelassé, qui souligne votre virilité sans pour autant laisser croire que vous êtes monté comme le plus vigoureux des ânes.

— J'adore sa façon de parler », dit Marguerite.

Mack se sentait plus qu'un peu gêné de mener ce type de conversation devant elle. Mais il se consola en se rappelant qu'acheter de beaux vêtements à une jolie femme était l'un des plaisirs exquis de la prospérité masculine. Dès qu'elle aurait terminé ses essayages, il irait faire quelques emplettes pour son propre compte. Si besoin était, il demanderait peut-être une avance à Méphistophélès. Naturellement, ce dernier n'avait pas encore précisé le montant exact de sa récompense. Mack aurait peut-être dû exiger plus tôt des chiffres précis. Mais il ne manquerait pas de le faire dès qu'il en aurait l'occasion. En attendant, un petit avant-goût de sa rétribution paraissait raisonnable. Au moins, si ce qu'on lui avait réservé en récompense finale ne lui convenait pas, il n'aurait pas complètement perdu son temps.

« Tu es superbe, ma chère, dit-il. Ça t'ennuierait de te dépêcher un peu, pour que je puisse vaquer à mes occupations ?

— Et quelles occupations, mon amour ?

— Il faut que je trouve un Botticelli. Je peux faire une excellente affaire si j'en trouve un.

— Un Botticelli ? intervint le *signore* Enrico. Peut-être puis-je vous aider. Je connais tous les peintres. Rien ne me ferait plus plaisir que de me rendre utile en vous offrant mon aide et, bien sûr, mon expertise. Non pas, ajouta-t-il très vite, qu'un fin connaisseur comme vous ait besoin de conseils, naturellement.

— Bonne idée, dit Mack. Allons-y tout de suite. »

Ils étaient sur le point de partir lorsqu'un vieillard voûté à la tenue vestimentaire insignifiante surgit comme un diable dans la boutique.

« Je cherche Faust ! Le docteur allemand ! Au Paradiso, on m'a dit qu'il était venu par ici.

— Je suis celui que vous cherchez, dit Mack. Quel est le problème, mon brave ?

— C'est mon maître ! Il se meurt ! Quand il a entendu dire qu'il y avait un nouveau docteur allemand en ville, il m'a envoyé vous chercher. Ô monsieur, si vous pouvez le guérir, votre prix sera le sien !

— Je suis terriblement occupé, répondit Mack, peu désireux de tester ses talents imaginaires de guérisseur, surtout dans une ville réputée pour le tempérament soupe au lait de ses habitants. Qui est ton maître ?

— Laurent de Médicis, le Magnifique.

— Les choses se précisent vite, observa Mack à l'intention de Marguerite. Viens, ma chérie, ramasse tes affaires et va m'attendre à l'hôtel. Mon devoir de miséricorde m'appelle. »

Mack suivit le domestique jusqu'au palais Médicis, situé dans un petit quartier huppé en bordure de la ville, sur les berges de l'Arno. C'était une bâtisse charmante, avec des colonnes de marbre blanc et un porche dans le style de l'Attique. Le portail, en acajou verni, était finement sculpté à la manière de Damophon de Messène. D'autres valets, vêtus de gilets et de chemises blanches à la dernière mode napolitaine, se tenaient à l'entrée. Ils le regardèrent un peu de travers, car ici, dans les beaux quartiers, sa tenue paraissait nettement moins dans le vent que dans la cacophonie de couleurs et d'étoffes tape-à-l'œil du marché. Mais ils consentirent à le laisser passer à la demande insistante du vieux serviteur qui l'accompagnait.

Pleurant à chaudes larmes et se tordant les mains, celui-ci conduisit Mack le long de couloirs silencieux ornés de portraits à l'huile jusqu'à une grande porte en bois de rose. Il toqua à celle-ci pour annoncer son arrivée, puis il l'ouvrit et Mack découvrit une pièce qu'un roi eût volontiers acceptée comme chambre.

Les murs étaient ornés de toiles somptueuses et de petites sculptures se dressaient çà et là sur des consoles. Le plancher était recouvert d'un luxueux tapis persan, un lustre en cristal suspendu au plafond diffusait une douce lumière dorée. De lourdes tentures masquaient les fenêtres, ne laissant pas filtrer le moindre rayon de soleil. L'atmosphère était imprégnée d'une odeur de soufre et de maladie, de vin et de problèmes gastriques. Sur une table, les restes d'un festin ; dessous, des déjections de toute nature et des chiens rongeant des os.

Un immense lit à baldaquin magnifiquement ouvragé dominait la chambre. Tout autour, ainsi qu'aux quatre coins de la pièce, on avait allumé de grands cierges rouges. Un feu de bois se consumait dans l'âtre, émettant une lumière rouge.

« Qui est là ? » s'enquit Laurent de Médicis.

Émergeant de sous les draps, son visage ridé portait l'empreinte impitoyable de chacune des soixante-dix années et quelques qu'il venait de passer sur cette terre. L'hydropisie avait drainé toute la sève et la vigueur de son corps. Il tourna une tête grisâtre et bouffie vers le nouveau venu. Ses petits yeux sournois faisaient des efforts démesurés pour marchander avec la mort et lui arracher encore un peu de temps — mais avec classe tout de même car on ne l'appelait pas pour rien le Magnifique. Il portait une longue chemise de nuit en coton blanc brodée de licornes roses et une toque noire retenue sous son menton par un ruban en dentelle. Ses traits, du moins aux endroits où il restait un peu de chair, étaient à la fois affaissés et boursouflés ; la peau pendait lamentablement, dévoilant l'ossature sous-jacente. Ses lèvres, si charnues et si rouges encore à l'époque où un certain pape Médicis avait envisagé de proclamer l'existence d'un dieu Médicis, étaient flétries, sans doute pour avoir trop trempé, pendant de si longues années, dans ce calice doré empli de breuvage amer qu'est la vie ici-bas. Une artère palpitait nerveusement dans son cou, se demandant sans doute pourquoi elle n'avait pas encore baissé les bras, à l'instar de ses consœurs. Les doigts de sa main gauche paralysée étaient parcourus de spasmes qui ne laissaient présager rien de bon.

« Je suis le docteur Faust, dit Mack. Alors, on ne se sent pas bien ? »

D'une voix qui, même si elle n'était plus que le pâle écho de ce qu'elle avait été, gardait encore suffisamment de puissance pour soulever un nuage de poussière au sommet du lustre en cristal, Médicis répondit : « Je suis l'homme le plus riche du monde. »

C'était une sacrée entrée en matière, mais Mack n'était pas du genre à se laisser impressionner.

« Et moi, dit-il, je suis le médecin le plus cher du monde. Nous étions faits pour nous rencontrer !

— Comment proposez-vous de me soigner ? » tonna Médicis sur un ton si féroce que les asticots eux-mêmes cessèrent un instant de ronger ses chairs, en signe de respect.

Mack savait que le remède était des plus simples. Il lui suffirait de sortir la fiole donnée par Méphistophélès et d'en verser le contenu dans la gorge du malade. Mais celui-ci devait l'ignorer. Qui paierait une fortune pour un remède aussi simple ? Non, l'élixir magique était sans doute l'étape finale, mais la procédure, comme l'avaient fait observer Claudius Galenus et d'autres, était incontournable. Et elle devait être impressionnante.

« Pour commencer, nous avons besoin d'une bassine en or massif. Pas moins de vingt-quatre carats. »

Il lui avait soudain semblé que c'était un objet utile à avoir sous la main en cas de problème. Amusant de voir comme on a des idées saugrenues dans les périodes de crise.

« Faites ce qu'il vous dit », ordonna Médicis aux serviteurs.

Ils se mirent à courir en tout sens. Il y eut une brève attente pendant qu'ils cherchaient la clé de l'armoire où l'on conservait les ustensiles de cuisine en or.

Ils apportèrent bientôt la bassine, ainsi que des instruments d'alchimie demandés par Mack. Ce ne fut pas bien difficile, dans la mesure où Laurent de Médicis, qui collectionnait tout et n'importe quoi, disposait d'une pièce entière réservée aux derniers modèles d'instruments d'alchimie. Son alambic, tout de verre brillant et de bronze poli, était une véritable œuvre d'art. Et son four pouvait accomplir de tels miracles de précision que l'on était en droit de s'étonner que Médicis ne se fût pas soigné tout seul, avec ce bric-à-brac d'apprenti sorcier et ses immenses connaissances.

Mack disposa savamment les éprouvettes et les brûleurs. Il s'apprêtait à commencer quand on frappa violemment à la porte. Celle-ci s'ouvrit avec fracas sur le plus célèbre prédicateur du monde, à savoir Jérôme Savonarole.

Le moine qui faisait parler de lui dans toute l'Italie était grand, squelettique, et livide. Il posa son regard fiévreux sur Médicis et s'enquit : « Vous m'avez fait demander ?

— Oui, frère. Je sais que nous n'avons pas toujours été d'accord, mais je ne pense pas me tromper en affirmant que nous voulons tous deux une Italie forte, une lire solide, et une Église aux mains propres. J'aimerais me confesser et recevoir l'absolution.

— Je suis là pour ça, dit Savonarole en extirpant un rouleau de parchemin de son manteau. Vous n'avez qu'à signer cette déclaration, disant que vous léguez tous vos biens à une organisation à but non lucratif, fondée par mes soins, qui veillera à ce qu'ils soient distribués aux nécessiteux. »

Il glissa le papier sous les yeux larmoyants de Médicis avec un enjouement surprenant pour son allure frêle et son corps fébrile ; car le frère souffrait d'une rage de dents dont ses prières ferventes n'étaient pas encore parvenues à venir à bout.

D'un regard las, Médicis parcourut le parchemin. Son front se plissa. « Vous y allez un peu fort, frère ! Je suis prêt à me montrer généreux envers l'Église, mais je dois aussi songer à l'avenir de mes proches !

— Dieu y pourvoira.

— Ne le prenez pas mal, mais j'en doute.

— Le remède est presque prêt, intervint Mack, sentant que le prédicateur gagnait du terrain sur lui.

— Signe ! tonna Savonarole. Confesse tes péchés !

— Je parlerai à Dieu avec mon cœur, Jérôme. Mais, à vous, je n'ai rien à dire !

— Je suis un moine.

— Tu es vain et orgueilleux. Va au diable ! Faust ! Mon médicament ! »

Mack sortit précipitamment la fiole et tenta de l'ouvrir. Le bouchon était fixé avec ces petits fils métalliques qui sont si durs à couper sans pinces. Et, à cette époque où la quadrature du cercle n'avait même pas encore été découverte, il eût été vain de demander à la ronde si quelqu'un avait une pince sur lui. Médicis et Savonarole beuglaient à tue-tête. Les serviteurs se terraient dans les coins. Dehors, les cloches retentissaient. Enfin, le bouchon sauta. Mack se tourna vers Médicis.

Le Magnifique était soudain devenu silencieux. Il était allongé, inerte, la bouche béante. Ses prunelles aveugles, encore larmoyantes, étaient grandes ouvertes, fixant le plafond. Déjà une pellicule laiteuse se formait sur ses yeux.

Médicis, mort ? « Ne me fais pas ça, gémit Mack. » Et il vida la fiole dans la gorge du Magnifique. Quelques bulles débordèrent en s'écoulant à la commissure des lèvres. Aucun doute, le grand homme n'était définitivement plus de ce monde.

Quand Mack s'écarta du cadavre, les serviteurs marmonnaient déjà des malédictions haineuses, tandis que Savonarole continuait de s'époumoner d'une voix aiguë. Mack se dirigea lentement vers la porte et fila vers la sortie.

Parvenu sur le seuil du palais, il s'arrêta net, sentant qu'il avait oublié quelque chose. Damnation, il avait laissé la bassine en or massif ! Il voulut faire demi-tour, mais il était désormais trop tard. Il fut emporté par la foule qui riait, criait, chantait, priait. Le temps était venu de brûler les vanités de ce monde, le temps était venu de faire les fous.

6

Les gens couraient et leurs pas résonnaient sur les pavés. Il régnait partout une atmosphère de liesse. De nombreux ivrognes qui avaient entamé les réjouissances tôt le matin dormaient déjà sous les porches. Les enfants survoltés gambadaient dans tous les sens. Toutes les boutiques étaient fermées, leurs devantures protégées par des planches de bois clouées. Un roulement de tambour annonça l'entrée en fanfare des lanciers, pimpants dans leurs uniformes écarlates rayés de noir. Mack se réfugia dans le renfoncement d'une porte pour éviter d'être piétiné. Ce faisant, il se heurta à un autre badaud.

« Regardez où vous allez !

— Désolé, dit Mack. C'est à cause des soldats.

— Je ne vois pas le rapport entre les soldats et le fait que vous me marchiez sur les pieds. »

L'homme sur les orteils de qui Mack était réfugié était grand et joliment proportionné, avec une tête qui aurait pu servir de modèle à un Apollon grec. Il portait un élégant manteau de fourrure sombre et une plume d'autruche ornait son large chapeau, preuve qu'il avait des contacts à l'étranger ou des relations au zoo de Florence. Il dévisagea longuement Mack avec de grands yeux brillants.

« Excusez-moi, étranger, mais ne nous sommes-nous pas déjà rencontrés ?

— J'en doute. Je ne suis pas d'ici.
— Voilà qui est intéressant. Je cherche un homme qui n'est pas d'ici. Je m'appelle Pic de La Mirandole. Peut-être avez-vous déjà entendu parler de moi ? »

Méphistophélès avait effectivement fait allusion à lui comme l'un des grands alchimistes de la Renaissance. Mais, pressentant les ennuis, Mack jugea préférable d'admettre qu'il ne le connaissait pas.

« Je ne crois pas. De toute manière, notre rencontre est purement fortuite. Il est très peu probable que je sois l'homme que vous cherchez.

— C'est ce que l'on pourrait penser en se fiant à l'ordre logique des choses, reprit de La Mirandole. Mais lorsqu'on fait intervenir la magie, les coïncidences deviennent soudain beaucoup plus probables. J'étais censé rencontrer quelqu'un ici. Ce ne serait pas vous ?

— Comment se nomme cette personne ?

— Johann Faust, le grand magicien de Wittenberg.

— Connais pas », se hâta de répondre Mack, car il n'avait nul besoin d'un dessin pour comprendre que le vrai Faust, ou plutôt l'« autre » Faust, comme il préférait l'appeler, avait usé de ses pouvoirs magiques pour prendre contact avec cet homme. Pic de La Mirandole était, ou avait été, un puissant magicien à la sinistre réputation. Faust et lui avaient probablement correspondu à travers les siècles. Le bruit courait que ce genre d'échange était possible, puisque la mort elle-même n'entravait pas la magie authentique.

« Vous êtes vraiment sûr de ne pas être Faust ? s'étonna Pic.

— Tout à fait. Je connais quand même mon propre nom, ha, ha ! Excusez-moi, il faut que je file, je ne veux pas rater le Bûcher des Vanités. » Il s'éloigna en hâte. Pic le suivit des yeux, puis lui emboîta le pas.

Mack déboucha sur une grande place au centre de laquelle on avait érigé une haute pile de meubles, de tableaux, de produits de beauté et d'ornements de toutes sortes.

« Que se passe-t-il ? demanda-t-il à un voisin.

— Savonarole et ses moines brûlent les Vanités », répondit l'homme.

Mack se rapprocha. De nombreux objets magnifiques avaient été entassés pêle-mêle. Des robes de baptême brodées, des napperons au crochet, des chandeliers en argent, des toiles d'artistes peu connus et bien d'autres choses encore.

En s'approchant encore, il aperçut sur le flanc de la pile un grand tableau dans un cadre sculpté. Grâce à sa formation accélérée en histoire de l'art, il reconnut aussitôt une allégorie de Botticelli, datant de la période intermédiaire du grand maître. Outre le fait qu'elle était assez belle, la toile valait une fortune.

Qui verrait la différence s'il ôtait un tableau de cette immense pile d'œuvres d'art ?

Il jeta un regard à la ronde, s'assura que personne ne l'observait, et s'empara de la toile avant que les flammes ne l'atteignent. Elle était comme neuve. Il la mit de côté et regarda de nouveau le bûcher. Il y avait aussi un petit Giotto, mais le vernis se boursouflait déjà sous l'effet de la chaleur. Il en chercha d'autres, avidement. Si sauver un Botticelli était une Bonne Action, en sauver deux serait un grand geste. Et très lucratif ! Il n'y avait rien de mal à servir les arts ! D'autant plus que ces chefs-d'œuvre gisaient là par terre, sur le point d'être dévorés par les flammes. Les autres choix suggérés par Méphistophélès étaient vraiment trop bizarres. Il était certain que nul ne s'opposerait à un homme qui sauvait des œuvres d'art.

Une main se posa sur son épaule. Un homme mince, somptueusement vêtu et portant une courte barbe, le dévisageait sévèrement.

« Monsieur, que faites-vous ?

— Moi ? fit Mack. Moi ? J'admirais le bûcher, comme tout le monde.

— Je viens de vous voir retirer un tableau des flammes.

— Un tableau ? Oh, vous voulez parler de ça ! » fit Mack. Il indiqua le Botticelli et se fendit d'un large sourire. « C'est notre valet de pied qui l'a mis sur le trottoir par erreur. Je l'avais décroché pour le faire nettoyer. On ne brûle pas un Botticelli sur un bûcher, même des vanités.

— Et qui êtes-vous donc, monsieur ?

— Rien qu'un noble du coin.

— C'est étrange, je ne vous avais jamais vu auparavant.

— J'étais en déplacement. À qui ai-je l'honneur ?

— Nicolas Machiavel. Je travaille pour la commune de Florence.

— Quelle coïncidence ! s'exclama Mack. On m'a justement chargé de vous dire de ne pas écrire le livre que vous avez en projet, celui que vous appelez *Le Prince*.

— Je n'ai écrit aucun livre de ce genre. Mais le titre est accrocheur. Il faudra que je le note quelque part.

— Faites comme vous voulez. Mais n'oubliez pas, je vous aurai prévenu.

— Et à qui dois-je cet avertissement, s'il vous plaît ?

— Je ne peux pas vous révéler son nom. Mais je vous assure que c'est quelqu'un de diablement bien informé. »

Machiavel le dévisagea longuement, puis tourna les talons et s'éloigna en secouant la tête. Mack prit son tableau sous le bras et se prépara à filer. Mais, au même instant, Pic de La Mirandole réapparut.

« Je me suis renseigné auprès de certaines Puissances infernales. Qu'avez-vous fait du véritable Faust ? »

Il approchait, l'air menaçant. Mack battit en retraite. Pic brandit une de ces toutes nouvelles armes à feu qui tiraient des balles assez grosses pour déchiqueter un homme. Mack chercha un endroit pour s'abriter. Le doigt de Pic se posa sur la détente.

À ce moment précis, Faust apparut.

« Ne fais pas ça, Pic ! s'écria-t-il.

— Et pourquoi pas ? Cet homme a usurpé ton identité !

— Mais nous n'avons pas l'autorisation de le tuer. Il est essentiel qu'il reste en vie tant qu'il joue mon rôle.

— Et quel rôle, Johann ?

— Tout sera dévoilé en temps voulu. Pour le moment, mon vieil ami, renonce à ton projet.

— Tu es un homme sage, Faust...

— Je t'appellerai sans doute plus tard, Pic. J'ai un projet.

— Tu peux compter sur moi ! »

Faust disparut, Méphistophélès apparut. « Prêt ? demanda-t-il à Mack. Alors, allons-y. Qu'est-ce qu'ils ont tous à nous regarder comme ça ? »

Mack estima plus prudent de ne pas lui parler de Faust. « Vous savez comment sont les gens. Un rien les étonne. » Il s'accrocha fermement à son tableau, et Méphistophélès les emmena ailleurs tous les deux.

7

Mack et Méphistophélès arrivèrent dans les Limbes et se matérialisèrent avec un bel ensemble devant l'entrée d'un petit bâtiment perché sur une colline, à deux pas de l'endroit où devait avoir lieu le jugement du concours du Millénaire.

« Où sommes-nous ? demanda Mack.

— C'est la salle d'attente des Limbes. J'y ai un petit entrepôt où vous pourrez remiser provisoirement votre Botticelli. À moins que vous ne veuillez me le vendre tout de suite.

— Je préférerais le garder encore un peu, si ça ne vous ennuie pas. Alors, comment m'en suis-je tiré ?

— Pardon ?

— Pour l'épreuve, à Florence ? »

Méphistophélès attendit qu'ils soient à l'intérieur de l'entrepôt pour répondre. Il indiqua une pièce où Mack pourrait ranger sa toile.

« Vos tentatives pour réconcilier Savonarole et Laurent de Médicis n'ont mené nulle part. Vous avez droit à un zéro pour votre inefficacité.

— Mais j'ai prévenu Machiavel de ne pas écrire *Le Prince*. C'est un bon point, non ? »

Méphistophélès haussa les épaules. « Ça reste à voir. C'est à la Nécessité d'en juger. Le Bien et le Mal doivent se soumettre à Ce-Qui-Doit-Advenir. Au fait, qui était cet homme ? Il semblait vous connaître.

« — Quel homme ?

— Celui qui a empêché Pic de La Mirandole de vous tuer.

— Quelque cinglé, répondit Mack, décidant de ne pas mentionner Faust. Je n'ai aucune idée de son identité. Le tableau est joli, n'est-ce pas ? »

Tenant la toile à bout de bras, Méphistophélès la contempla un moment. « Oui, il est très joli. Vous ne voulez pas que je vous en débarrasse ?

— Pas encore. J'aimerais d'abord consulter sa cote sur le marché actuel.

— Bonne idée, convint Méphistophélès. Tenez, voici un enchantement direct pour Londres. Ne traînez pas trop. Nous avons besoin de vous pour la prochaine épreuve.

— Soyez sans crainte, je ne serai pas en retard. »

Méphistophélès hocha la tête et se volatilisa. Mack regarda autour de lui et aperçut une grande boîte en métal avec une clé dans la serrure. Il l'ouvrit et allait y placer le tableau quand il entendit un grattement sous ses pieds. Il s'écarta vivement. Le sol se craquela, une petite pioche passa au travers, puis une pelle. Le trou s'agrandissait rapidement. Quelques instants plus tard, une petite silhouette en sortit. C'était Rognir.

« Salut, dit Mack, se rappelant le nain qu'il avait vu au Sabbat.

— Joli tableau, dit Rognir. Où l'as-tu trouvé ?

— Cette toile ? Je l'ai prise dans un endroit appelé la Renaissance. C'est quelque part en Italie, près de Florence.

— Ah oui ? Jamais entendu parler. Qu'est-ce que tu faisais là-bas ?

— Je participais à un jeu. Il s'agit de décider du sort de l'humanité pour les mille ans à venir.

— Et c'est pour ça qu'ils t'ont envoyé dans la Renaissance, pour prendre un tableau ?

— À vrai dire, je n'ai pas très bien compris ce qu'on y attendait de moi. J'ai fait d'autres trucs, mais j'ai rapporté le tableau parce que Méphistophélès en voulait un. Mais je ne le lui ai pas encore vendu. Je veux d'abord connaître les prix du marché.

— Il t'a demandé de rapporter un tableau, hein ?

— Oui, tout à fait. De toute façon, comme j'allais là-bas... Excuse-moi, mais je dois partir. On m'attend à Londres. C'est important.

— Bonne chance, dit Rognir. On se reverra peut-être là-bas.

— Ce sera avec plaisir », dit Mack. Il hésita, regardant le trou dans le sol. « Tu ne vas pas laisser cette pièce dans cet état, n'est-ce pas ? »

Rognir lui dit de ne pas s'inquiéter, son tableau était en lieu sûr. Il resta un instant à rêvasser à la stupidité de ce Mack. Celui-ci ne savait même pas qu'il était manipulé. Il ne lui était même pas venu à l'esprit qu'il pouvait prendre des décisions lui-même. Il en était encore à chercher à faire plaisir aux autres. Et il le ferait probablement toute sa vie. Pourtant, quelque chose en lui inspirait bizarrement la sympathie.

ACHILLE

1

Pendant ce temps, le rapt d'Hélène de Troie par Azzie déclenchait des remous du côté du Tartare, où elle régnait, aux côtés de son époux Achille, sur la société du monde souterrain. Azzie l'avait invoquée de façon assez cavalière, sans se soucier des convenances ni des conséquences. Il lui aurait pourtant suffi de réfléchir un instant pour se rappeler que les morts disposent de certains pouvoirs, et qu'il vaut mieux entretenir de bons rapports avec eux.

Achille, qui rentrait chez lui après une journée de chasse au cerf fantôme dans les prés embrumés s'étendant juste au-delà de l'Abîme du Désespoir, se trouva fort contrarié de ne point être accueilli par sa fidèle épouse. Ça ne lui ressemblait pas. Il pensa tout d'abord qu'elle était chez une voisine. Il s'informa, mais nul ne l'avait vue. On ne disparaît pas comme ça des Enfers. Il faut qu'on vienne vous y chercher. Sans plus attendre, Achille alla demander de l'aide à son vieil ami et voisin, Ulysse.

Celui-ci était encore relativement bien coté à la Bourse des archétypes. Naturellement, il avait ses propres soucis... Il avait beau être astucieux, il n'était pas évident de trouver sans cesse de nouveaux tours méritant qu'on vous qualifie de « rusé comme Ulysse ». Les esprits qui se tiennent derrière les archétypes connaissent tous leur heure de gloire, puis tombent un peu dans l'oubli, mais ils doivent continuer à se surpasser, quoi qu'il arrive. Or les derniers plans d'Ulysse avaient tendance à être plutôt évidents. Et parfois même un peu vicieux. Il avait toujours été un tantinet mesquin. Il aimait gagner et il aurait fait n'importe quoi pour atteindre la victoire.

Et il n'appréciait pas du tout d'être mort. Il détestait ne plus avoir de corps. Il pestait contre les prétendus mythes qui erraient dans le Tartare, se lamentaient éternellement sur leur sort, ressassaient les vieux souvenirs et pleuraient le bon vieux temps sur la Terre. Jamais il ne s'abaisserait au point de se plaindre. « Un peu de cran, bon sang, leur disait-il. Entretenez votre forme. » Lui-même s'entraînait quotidiennement, bien que la musculation n'eût aucun effet sur les esprits. « Il faut rester actif, même si ça ne sert plus à grand-chose », expliquait-il aux morts qui s'étonnaient devant tant d'énergie gaspillée.

Ulysse était donc assis sous le porche de sa demeure quand Achille vint lui demander son aide. Il vivait seul dans une maison de marbre près d'un affluent du Styx. Des asphodèles poussaient dans la mousse sur le gazon de son jardin. La bâtisse était à l'ombre des inévitables peupliers noirs, dont on finit par se lasser à la longue, au Tartare comme ailleurs. C'était un jour maussade, comme tous les autres. Il faisait assez frais pour qu'il soit désagréable d'être dehors, mais pas assez froid pour que ce soit vivifiant. Ulysse avait fait un feu dans la cheminée du salon, mais il dégageait très peu de chaleur. Non pas que cela eût grande importance : les morts sont transis en permanence. Ulysse conduisit Achille dans la cuisine et lui offrit un petit déjeuner de dattes et de flocons d'avoine. Il ne s'agissait pas de véritable nourriture, bien entendu. Mais les morts restent attachés à leurs habitudes de vivants, et ils organisent même des banquets très sophistiqués. L'éternité dure un temps fou, et manger est une occupation comme une autre.

Le sexe représentait une autre manière de passer le temps, même s'il serait exagéré de dire que les morts font l'amour à proprement parler, l'ectoplasme étant tout autant dépourvu de sensation physique que de substance. Néanmoins, c'est quelque chose dont ils ont l'habitude ; ils continuent donc à le faire après leur mort, ou du moins ils en font les gestes.

Ulysse était actuellement célibataire. Pénélope et lui s'étaient séparés depuis belle lurette. Il avait toujours eu des doutes quant à la légendaire fidélité de son épouse au cours des vingt années qu'il avait passées au loin à combattre les Troyens. À son retour, ils avaient essayé de sauver les apparences pour leur fils, Télémaque. Mais, ensuite, celui-ci avait trouvé son propre archétype : rien de très spectaculaire, mais une position assez stable tout de même, et il vivait dans une autre région du Tartare, où il fréquentait un petit cercle d'amis, tous fils d'hommes célèbres.

Ulysse vivait donc seul et s'ennuyait ferme. Il effectuait ses exercices tous les matins. Parfois, il rendait visite à son ami Sisyphe, qui faisait toujours rouler son rocher jusqu'en haut de la montagne. Il n'y était plus obligé car on l'avait libéré depuis des siècles. Mais, comme il le disait lui-même, cela lui procurait une occupation et entretenait son archétype.

Il arrivait aussi à Ulysse d'aller rendre visite à Prométhée, l'un de ses plus vieux amis, qui était toujours attaché sur sa montagne, jambes et bras écartés, avec un vautour qui lui dévorait le foie. Son cas avait été épineux pour les dieux. Le libérer aurait mis tout un chacun en danger, car le monde n'était toujours pas prêt à assimiler le concept de liberté individuelle. Et ce type n'était manifestement toujours pas disposé à la mettre en sourdine. À nouveau, on pouvait bien sûr espérer parvenir à un *modus vivendi*, car les morts sont prêts à faire des compromis tôt ou tard. Mais Prométhée tenait à sa réputation. Ces derniers temps, il était devenu lunatique et, certains jours, il refusait même de parler à Ulysse. Les mauvaises langues racontaient que le vautour était le seul ami qui lui restât.

Donc, Ulysse s'ennuyait. Autrefois, il chassait avec Achille et Orion, mais ce noble sport avait vite perdu tout son attrait. Le cerf fantôme a cela de fâcheux qu'il est immortel. Et, quand bien même on parviendrait à le tuer, on ne peut pas le manger.

Ulysse fut donc plus que disposé à écouter Achille et à essayer de l'aider de son mieux. Il lui suggéra d'aller immédiatement parler à Hadès, roi du Tartare, dans le palais noir qu'il partageait avec Perséphone.

Pour Hadès, tout n'était pas rose non plus. Il était engagé dans une bataille juridique avec la divinité chthonienne Pluton, récemment promue divinité en chef du monde souterrain romain, et qui, en tirant des ficelles, était parvenue à se faire nommer dieu à part entière : du coup, elle n'était plus soumise au concept grec du Tartare. Du fait de cette décision, Hadès avait immédiatement perdu le contrôle d'une grande partie des Enfers classiques. Il n'avait plus autorité sur les Latins, qui étaient autrefois ses sujets. En un sens, il avait été content de les voir partir. Les morts latins ne s'étaient jamais bien entendus avec les grecs. D'un autre côté, perdre les Latins réduisait son royaume et rétrécissait son archétype.

Et il était engagé dans d'autres batailles juridiques car il y avait toujours des concepts du monde souterrain qui revendiquaient l'annexion des Hellènes. Les dieux des populations parlant le sanscrit avaient rassemblé un dossier impressionnant pour démontrer que les dieux grecs étaient apparus sous leur égide, et devaient y revenir. Jusqu'à présent, Hadès était parvenu à reporter tout vote décisif sur ce sujet. Mais la question demeurait sensible.

Des problèmes, toujours des problèmes. Et voilà qu'Achille et Ulysse étaient là, réclamant justice.

« Que voulez-vous que j'y fasse demanda Hadès. Je n'ai aucun pouvoir là-haut. "Qu'Hadès aille en Enfer", voilà ce qu'ils ont dit. Ils ont de nouveaux concepts.

— Il doit bien y avoir quelque chose à faire ! insista Achille. Si tu n'es plus à la hauteur de la situation, laisse la place à un autre. J'ai bien envie d'en parler à la prochaine Assemblée générale hellène, quand on se réunira pour les arrêtés municipaux du Tartare.

— Par l'Enfer, ne fais pas ça ! s'indigna Hadès. Laisse-moi y réfléchir. Tu sais qui a enlevé Hélène ?

— Selon la pythie, un démon serait impliqué dans l'affaire. Un de ces esprits du cycle qui a suivi le nôtre.

— De quel côté est-il ? demanda Ulysse.

— La pythie affirme qu'il représentait les ténèbres, ou le Mal, dit Achille, je ne sais plus très bien.

— Les ténèbres, dit pensivement Ulysse. Je suppose que c'est la même chose que le Mal. Dans ce cas, nous savons à qui nous adresser pour obtenir réparation. Je n'ai jamais très bien saisi cette distinction entre le Bien et le Mal. Les gens ne les ont inventés que quelques siècles après notre époque...

— J'avoue que ça me dépasse aussi, affirma Hadès. Mais ils semblent apprécier ces notions.

— En attendant, on nous a fait du tort, et nous devons réagir. Si tu nous donnes un permis provisoire de réalité pour sortir d'ici et une lettre officielle pour te représenter là-bas au nom des archétypes classiques, Achille et moi irons porter cette affaire auprès des autorités compétentes.

— C'est bon, vous l'aurez », concéda Hadès. Il se sentait satisfait de lui-même. L'un des plus grands privilèges du pouvoir était la possibilité de déléguer les responsabilités. À présent, c'était à Ulysse de faire le nécessaire.

2

Après avoir reçu d'Hadès l'autorisation d'accompagner Achille au royaume des vivants, Ulysse décida de partir en quête de Tirésias, le plus célèbre magicien du monde antique. Il saurait comment s'y prendre, et où s'adresser.

Tout d'abord, les héros devaient préparer un sacrifice sanglant, car Tirésias ne faisait jamais rien sans qu'un peu de sang soit versé. Il était désespérément accroché au sang. Celui-ci était toujours difficile à se procurer dans le Tartare, mais Hadès sut se montrer coopératif en leur offrant une amphore de sa propre cave. (Il est mensonger de dire qu'on ne trouve rien de bon à boire aux Enfers, mais il faut avoir des relations.)

Les deux héros se mirent en route pour le bois de Perséphone, avec ses peupliers noirs et ses vieux saules. Là se rencontraient le Phlégéthon et le Cocyte, deux affluents de l'Achéron. Ils creusèrent une petite tranchée et y versèrent le sang, résistant à la tentation d'en boire. Ils durent repousser les morts qui affluaient pour en réclamer. Ils refusèrent même d'en donner une gorgée à Agamemnon, leur ancien commandant en chef, qui passait par là, alléché par l'odeur. Le sang était pour Tirésias, et lui seul.

Sombre et épais, le liquide stagnait dans la tranchée. Puis il se mit à bouillonner, et le niveau diminua. Une présence invisible buvait. Aussitôt après, Tirésias apparut, frêle silhouette dans une longue robe de laine grise. Son visage était fardé d'argile ocre et bleu, et une longue frange blanche cachait ses yeux.

« Excellente journée à tous les deux, croassa-t-il. Merci infiniment pour le sacrifice. Si je ne m'abuse, il vient tout droit de la cave privée d'Hadès, non ? Mmm, c'est divin ! Il ne vous resterait pas un fond d'amphore, par hasard ? Dommage ! Bon, eh bien, que puis-je pour vous ?

— Nous sommes à la recherche d'Hélène de Troie, annonça Ulysse. Elle a été illégalement enlevée à son époux Achille, ici présent.

— On dirait qu'il y a toujours quelqu'un pour enlever la respectable Hélène. Vous connaissez le responsable ?

— Il semblerait que ce soit un démon de la nouvelle ère. Mais nous ne savons ni où le trouver ni comment il se nomme. Nous implorons ton aide et tes conseils.

— Soit, siffla Tirésias. Le nom du démon est Azzie et il appartient à cette opposition entre la lumière et les ténèbres dont l'humanité raffole en ce moment.

— Allons le chercher ! s'écria Achille.

— Le monde qui vous attend dehors n'est plus tout à fait celui que vous avez connu. Bon, vous devez vous rendre au centre de commandes du Mal, qu'on appelle le royaume de Satan. On vous y renseignera. Je peux vous fournir un enchantement de voyage, à condition qu'Hadès vous ait donné l'autorisation d'en employer un. À vrai dire, je sais où se trouve Hélène en ce moment même.

— Dis-le-nous ! » s'écria Achille.

Tirésias s'éclaircit la gorge et se tourna vers la tranchée à présent vide de sang.

« Nous n'en avons plus, expliqua Ulysse. Mais je jure de t'offrir un autre sacrifice dès que possible.

— La parole d'Ulysse me suffit. Mais je vous préviens, trouver Hélène ne sera pas facile. Elle se déplace beaucoup, maintenant qu'elle est la compagne d'un célèbre magicien nommé Faust.

— Faust ? dit Achille. Voilà qui ne sonne pas très grec.

— Il n'est pas grec. D'autres peuples sont apparus dans le monde et dominent à présent les domaines physique et intellectuel. Ce Faust est impliqué dans un jeu avec les dieux. Je veux parler des nouveaux dieux, bien sûr.

— À propos, où sont passés les nôtres ?

— Ils ont plus ou moins fusionné avec d'autres entités. Ils ont pris de nouvelles identités. La plupart ne se souviennent même plus de la Grèce ni de l'Olympe. Sauf Hermès, naturellement, toujours très actif en tant que Trismégiste.

— Eh bien, dans ce cas, où sont Faust et Hélène ?

— Ils voyagent. Mais pas seulement sur Terre. Dans le temps également.

— Pouvons-nous les rejoindre par bateau ? demanda Ulysse.

— Uniquement s'il s'agit d'un bateau enchanté. En fait, le seul véritable moyen de transport est l'enchantement de voyage.

— Tu es sûr qu'on ne peut pas y aller par voie terrestre ?

— Hélas, non. Il vous faudra un peu de magie pour rejoindre Hélène. Heureusement, j'ai mon sac de sortilèges sur moi. » Il tira de son ample robe une petite besace en peau de poney. Le sac gigotait et se tordait de façon suspecte, laissant échapper de petits soupirs et des gémissements.

« Ils sont un peu énervés aujourd'hui, expliqua Tirésias. Faites très attention à ne pas les laisser s'échapper en les sortant du sac. Pas de précipitation. N'oubliez pas, il faut procéder étape par étape. Tout d'abord, rendez-vous au royaume de Satan, et obtenez une autorisation en bonne et due forme auprès des Puissances des ténèbres pour ramener Hélène. Il y a toujours une procédure à respecter.

— Et viendras-tu avec nous ? interrogea Achille.

— Non. Je reste ici, et je me renseignerai pour vous. Et n'oubliez pas ! Vous me devez un sacrifice. À présent, je disparais. »

Ulysse aurait aimé un peu plus de précisions. Mais Tirésias avait dit son dernier mot. Alors Ulysse acquiesça. Tirésias disparut. Ulysse plongea une main dans le sac et sépara un sortilège enchevêtré avec les autres. Il le sortit et se hâta de refermer la sacoche. Tenant fermement l'enchantement qui gigotait et se débattait, Ulysse récita la formule d'usage. Le petit sortilège s'ébroua, puis prit son élan. Ulysse inspira profondément, et Achille s'accrocha à lui. Avec un dépouillement très classique, sans mise en scène baroque, sans flammes ni foudre, ils se retrouvèrent dans l'antichambre du royaume de Satan.

3

La porte du bureau s'ouvrit bruyamment, et Bélial sursauta. Le démon obèse au corps de crapaud couleur bleu-gris était plongé dans la contemplation de son intelligence et de sa beauté, admirant dans un miroir aux illusions son corps de crapaud, son teint olivâtre et ses yeux orange protubérants — en Enfer, l'adoration de son corps remplace l'amour-propre — et il n'avait pas entendu frapper. Deux grands gaillards entrèrent, vêtus de kilts blancs plissés et de tuniques.

« Qui êtes-vous ?
— Je suis Ulysse et voici Achille.
— Ah, vraiment ? » Bélial les observa plus attentivement et constata qu'ils avaient effectivement l'allure grecque typique : bien bâtis, avec le nez droit et des boucles brunes. Même morts, ils étaient impressionnants. Un portier des Enfers terrorisé avait sans doute donné à ces colosses un passe de réalité temporaire. Sinon, ils n'auraient jamais pu arriver jusqu'à lui. Les habitants du monde souterrain avaient été catalogués irréels. C'était ce qu'on avait trouvé de mieux pour s'en débarrasser, mais ça ne marchait pas toujours.

« Achille et Ulysse, dit Bélial, j'ai entendu parler de vous, bien sûr, mais je ne m'attendais pas à vous rencontrer un jour.

— On ne nous laisse jamais sortir du Tartare, expliqua Ulysse. Il fut un temps où l'on nous craignait encore. Aujourd'hui, nous n'avons même plus le droit de nous manifester autrement que sous forme d'archétypes, ce qui nous fait une belle jambe, même si ça représente de la publicité...

— Oh, vraiment. C'est navrant! Quel dommage que vous ne soyez pas réels. Certains de nos jeunes démons seraient enchantés de vous rencontrer. Vous leur feriez certainement quelques exposés très intéressants... Nous pourrions par exemple organiser des conférences. Je suis certain que vous en auriez long à nous apprendre.

— Nous pourrons en discuter une prochaine fois, répondit Ulysse. Je n'exclus pas la possibilité d'un cycle de conférences, même en soirée, si vous voulez. Mais, pour l'instant, je suis ici pour parler au nom de mon ami, Achille. Un des vôtres lui a fait du tort.

— Vous représentez Achille, hein? Ne peut-il parler lui-même?

— Bien sûr que si, coupa sèchement Achille. Le problème, c'est que je m'emporte facilement, c'est dans ma nature. J'ai tendance à parler trop vite et à me mettre dans de drôles de situations. Ça se termine toujours par une bagarre — que je gagne, bien sûr. C'est pour ça qu'on ne m'apprécie pas beaucoup. Alors que tout le monde trouve Ulysse sympathique.

— Ça suffit, Achille, dit Ulysse. N'oublie pas, nous sommes convenus que ce serait moi qui parlerais.

— Pardon, Ulysse.

— Ce n'est rien. Si l'on m'aime bien, c'est parce que je suis un genre de demi-dieu, bon, mais qui s'intéresse aux us et coutumes. Pas comme toi, Achille, qui ne penses qu'à te battre et à tuer.

— C'est sûr que j'aimerais avoir quelqu'un à tuer sous la main.

— Calme-toi», dit Ulysse. Il se tourna vers Bélial. «Nous

savons de source sûre qu'un démon sous vos ordres, répondant au nom d'Azzie, a kidnappé l'une des nôtres, Hélène de Troie. Il l'a enlevée du Tartare, l'arrachant à son époux sans même demander la permission. Il l'a offerte à un magicien nommé Faust, qui l'a entraînée dans des aventures peu hellènes.

— C'est impossible, affirma Bélial. Nous autres, les serviteurs des ténèbres, n'enlevons pas les morts sans leur demander leur avis.

— Vous pourriez peut-être vérifier.

— Je vais le faire sur-le-champ. » Bélial appuya sur le bouton de l'interphone. « Mademoiselle Siggs ?

— Oui, excellence ?

— Étiez-vous en train d'écouter notre conversation ?

— Eh bien, en un sens, mais c'était purement accidentel.

— Peu importe. Veuillez vérifier ces informations et m'en rendre compte au plus tôt.

— Je n'ai pas besoin de vérifier, votre excellence. Tout ce qu'ont dit les Grecs est parfaitement exact. On parle déjà partout du rapt d'Hélène par Azzie. Ça devrait faire un mythe assez populaire.

— Damnation ! Il n'avait pas le droit ! Il y a des lois, vous savez ?

— C'est que... personne n'a jamais très bien su quelles sont les lois.

— Sur ce point, elles sont pourtant limpides ! » Bélial n'allait pas laisser passer cette occasion de se venger d'Azzie, qui s'était montré grossier à son égard à plusieurs reprises, au cours de leurs séances d'autocritique.

Il éteignit l'interphone et se tourna vers Ulysse et Achille. « Il semblerait que votre plainte soit fondée. Je n'y suis pour rien et, malheureusement, je n'y peux rien. Il vaudrait mieux que vous en discutiez avec Méphistophélès, ou Azzie lui-même.

— Où pouvons-nous les trouver ? demanda Achille.

— En ce moment même, ils sont tous les deux très occupés avec le concours.

— Quel concours ?

— Le grand concours du Millénaire entre les ténèbres et la lumière, qui décidera du sort de l'humanité pour les mille ans à venir.

— Que vient faire Hélène dans cette histoire ? s'enquit Ulysse.

— Il semblerait qu'Azzie l'ait offerte à Faust en guise de récompense. »

Achille s'emporta brusquement : « Assez parlé ! Nous voulons récupérer Hélène !

— Il a raison, dit Ulysse. Il n'y a pas à discuter.

— Mon cher ami, je comprends votre position. Mais que puis-je faire ?

— Nous nous débrouillerons tout seuls. Nous n'avons pas besoin de votre aide pour sauver Hélène.

— Surtout ne le prenez pas mal, mais vous ne semblez pas comprendre que vos pouvoirs dans ce monde sont nuls.

— Peut-être, mais nous avons des amies haut placées.

— Et qui donc ? »

Ulysse posa un doigt sur ses lèvres, en signe de prudence. « Mieux vaut ne pas prononcer leur nom, au risque de les voir apparaître dans ce bureau. »

Il n'en fallait pas plus à Bélial pour comprendre. Ulysse faisait allusion aux Euménides ! Également connues sous le nom d'Érinyes, ou encore de Furies ! Certains de ces archétypes antiques étaient toujours très puissants, comme Ananké elle-même. Bélial jugea plus prudent de ne pas s'en mêler.

« Si vous pensez pouvoir vous débrouiller seuls, allez-y. Vous avez ma permission. » Il fronça les sourcils avant de poursuivre : « Mais, sans vouloir critiquer, pour ce qui est du corps, il ne vous reste pas grand-chose.

— On fait ce qu'on peut, dit Ulysse. Nous sommes morts, vous savez.

— Voilà ce que je vous propose : deux bons gratuits pour La Sorcière Chic. Demandez-leur de vous remodeler un peu. Ici, en Enfer, tout le monde n'est pas aussi mauvais que certains... dont je tairai le nom. »

4

L'imposant démon arabe qui montait la garde avait vu des choses étranges au cours de ses années de service à la porte de La Sorcière Chic. Mais c'était la première fois que ce malabar ventripotent aux yeux de biche, ancien résident de Géhenne, voyait deux héros grecs sortis tout droit des récits d'Homère entrer dans le salon de beauté. Il les reconnut aussitôt, car il avait étudié les lettres classiques avant de devenir portier dans un service d'embellissement de l'Au-Delà.

« Nous n'avons encore jamais eu de héros grecs, marmonna-t-il. Vous avez un certificat de réalité ? »

Ulysse lui tendit les documents signés par Hadès. La sorcière supérieure posa son fer à friser, examina attentivement le certificat, puis les tickets donnés par Bélial aux héros.

« C'est bon, Tony, dit-elle enfin, laisse-les entrer. »

Au cours des soins corporels qui suivirent, tout le problème fut de décider la quantité de muscles héroïques qu'il convenait de leur donner. Les sorcières optèrent pour une musculature saillante, mais sans exagération, puisque la plupart des entreprises semi-divines requéraient avant tout de l'agilité et de la rapidité.

Quelques heures plus tard, Achille et Ulysse en avaient terminé avec le traitement cosmétique qui faisait d'eux des hommes à nouveau. À l'aide d'un autre sortilège de la sacoche en cuir de poney, ils s'étaient transportés sur Terre. Ils se reposaient sous un arbre, ne sachant pas très bien où ils étaient. Mais ça ne les inquiétait pas. À La Sorcière Chic, ils avaient pris soin de demander plusieurs jours de provisions. Toutefois, grisés par la nouveauté de la nourriture terrestre, ils avaient tout dévoré en un seul repas. Après avoir rêvé des siècles durant d'un vrai déjeuner, ils s'étaient légèrement laissés aller.

« Je n'en peux plus, gémit Achille.

— Moi non plus, dit Ulysse. Pour une fois, le rusé Ulysse ne s'est pas montré très malin. Cela dit, ce hareng saur était délicieux, non ?

— J'ai préféré le pâté. À mon avis, le foie gras est la plus grande découverte du monde depuis notre époque. Tu te souviens comment c'était dans l'Antiquité ? Le foie était toujours grillé, avec des oignons. Et la sauce au soja n'existait même pas ! Ulysse, comment pouvions-nous supporter ça ?

— Nous ne connaissions rien d'autre. Mais, aujourd'hui on aurait du mal à refaire la guerre de Troie avec cet infâme rata qu'on leur sert dans l'armée, tu ne crois pas ? Pas la moindre chance !

— Je suppose, en effet. C'était pourtant une belle guerre, non ?

— Tu peux le dire ! On n'en fera plus jamais des comme ça. Tu te rappelles quand j'ai vaincu Ajax ?

— Je n'étais pas là. J'étais déjà mort, rappelle-toi. Tu t'es battu avec lui pour récupérer mon armure.

— Oui, et j'ai gagné.

— C'était une sacrée belle armure, soupira Achille. Difficile de perdre avec une armure pareille. Je la portais quand j'ai tué Cycnos et Troïlos. Mais mon meilleur coup, bien sûr, celui pour lequel je resterai dans les annales de l'histoire, c'est quand j'ai tué Hector.

— Je suis au courant.

— Qu'est-ce qu'on a pu s'amuser, hein ! Après, bon, Pâris m'a eu, avec son coup vicieux, là... Dans le talon, tu te rends compte ! Bah, tant pis ! » Il soupira et se frotta le ventre. « Ce foie gras... Dis-moi, Ulysse, ces corps qu'ils nous ont donnés...

— Oui ?

— Ils sont censés être bons, non ?

— Oui, si j'ai bien compris, les meilleurs.

— C'est que... ça m'élance un peu ici. »

Il indiqua son abdomen.

« Ce n'est rien. Il doit s'agir d'un petit tiraillement musculaire. Ou bien tu as trop mangé, tout simplement.

— Tu es sûr que ça ne veut pas dire que j'ai quelque chose qui fonctionne de travers ?

— Ils ont dit que c'étaient des corps en parfaite santé. Tu as eu quelques crampes autrefois, non ?

— Je ne me souviens pas d'avoir ressenti une douleur comme celle-ci... Et puis j'ai mal aux pieds.

— C'est parce qu'on a couru, c'est normal.

— C'était comme ça, quand nous avions des corps ?

— Je suppose. Mais nous n'y faisions pas attention. Nous étions entraînés, habitués aux joies et aux peines du corps humain, vois-tu.

— Je ne voudrais pas avoir l'air de me plaindre. J'ai mangé comme un porc, et pourtant j'ai encore faim. Et il n'y a rien à boire, dans le coin.

— Heureusement qu'un chroniqueur ne passe pas par là, soupira Ulysse. Tu t'imagines, le grand Achille se plaignant d'avoir faim et soif !

— J'ai bien dû dire et ressentir ce genre de choses quand nous étions vivants. Tu trouves que j'ai changé ?

— Je ne t'ai jamais entendu dire que tu avais faim, en tout cas. Tu étais au-dessus de ça. Ton être tout entier ne vivait que pour la gloire.

— C'est toujours le cas, dit Achille en se relevant avec

une grimace. Je crois que je me suis fait un tour de reins. Peu importe, viens, allons-y.

— Je suis prêt. Le problème, c'est que je ne sais pas où aller. »

Achille regarda autour de lui. Ils se trouvaient dans un pré ensoleillé. Devant eux se dressait une forêt sombre et luxuriante. De petits oiseaux multicolores volaient au-dessus de leur tête. Il soufflait une légère brise parfumée. Le soleil venait de passer au zénith : il faisait chaud, mais pas trop. C'était l'une des plus belles journées qu'ils aient jamais connues, sans comparaison avec les mornes jours du Tartare où l'on dirait toujours qu'il va pleuvoir, et où le ciel est en permanence couleur d'ecchymose.

Ce paysage-ci avait quelque chose d'irréel. Aussi Ulysse ne fut-il pas surpris outre mesure en apercevant trois dames qui pique-niquaient dans l'herbe. Assez âgées, elles étaient vêtues de tuniques antiques. Ulysse savait qu'il les avait déjà vues quelque part. La mémoire lui revint brutalement. C'étaient les Euménides, ces trois sœurs un peu cinglées qui arpentaient le monde antique et faisaient passer un sale quart d'heure aux parricides. Il aurait mieux valu les éviter, mais il était trop tard. À présent, le tout était de leur parler poliment, et de ne pas les froisser.

« Mais ce sont mes vieilles amies les Euménides ! s'exclama Ulysse en avançant vers elles, Achille sur ses talons. Salut, Tisiphone, Alecto, bonjour, Mégère. Que faites-vous si loin de chez nous ?

— Bonjour, Ulysse », répondit Alecto. C'était une grande femme aux cheveux gris noués en un chignon. Son nez imposant, fortement arqué, aurait été du meilleur effet sur la proue d'un navire de guerre. « Nous espérions que vous passeriez par là.

— Et comment l'avez-vous deviné ? demanda Ulysse. Seules les sorcières étaient au courant.

— Ce sont nos sœurs, dit Alecto. Quand nous sommes passées les voir à La Sorcière Chic, elles nous ont dit qu'on vous trouverait ici, dans le pré de l'Interlude. Seules les bonnes influences y pénètrent. Voilà pourquoi mes sœurs et moi ne sommes pas sous notre habituelle forme terrifiante. Ça viendra plus tard.

— Pour ma part, je vous ai toujours trouvées très aimables, se hâta de dire Ulysse, et mon ami Achille de même. Viens, Achille. Tu connais ces dames ? »

Achille avança à petits pas, d'un air embarrassé. « Je crois que nous nous sommes croisés une fois, un jour que je rendais visite à Oreste. Si je peux me permettre une question, mesdames, pourquoi cherchiez-vous Ulysse ?

— C'était le moyen le plus simple de te trouver ! » ricana Tisiphone.

Achille blêmit. « Et pourquoi me cherchiez-vous ?

— Pour pouvoir retrouver Faust et l'épouse enlevée qui l'accompagne, intervint Alecto. Je fais naturellement allusion à Hélène, ta femme.

— Que voulez-vous à Hélène ?

— Nous n'avons rien contre elle, n'aie pas peur. Il s'agit d'un rapt. En tant que bras armé du Bureau de la Sauvegarde des Mythes et Monuments classiques, nous devons la ramener au Tartare le plus vite possible. Azzie Elbub, son ravisseur, a agi illégalement. Nous ne pouvons tolérer ce genre de conduite. Nous allons donc te la restituer. Tu es content ?

— Très content, répondit Achille, bien qu'il commençât à avoir des doutes. C'est la raison pour laquelle je suis venu ici moi-même.

— Bien, dit Alecto. Nous n'étions pas tout à fait sûres de ce que vous mijotiez tous les deux. Trop de héros trouvent le moyen de sortir du Tartare pour venir folâtrer sur Terre, oubliant bien vite leur devoir, trop contents d'avoir de nouveau un corps. »

La conversation se poursuivit encore un peu, puis il fut temps pour les héros de partir en quête de la Belle Hélène.

MARLOWE

1

Ce 30 septembre 1588 n'était pas un jour ordinaire pour les Londoniens. Sous un ciel chargé, le théâtre de la Rose dans Southwark donnait le coup d'envoi de la saison avec une création : *La Tragique Histoire du Docteur Faust*, avec Edward Alleyn dans le rôle-titre. Non seulement il s'agissait d'un événement théâtral annoncé longtemps à l'avance à grand renfort de publicité, mais c'était également la première pièce que l'on jouait depuis la fin de la dernière grande épidémie de peste. Cela lui conférait une aura de prestige et assurait une salle comble. Le public se présenta dès l'aube, formant des queues qui s'étiraient jusqu'aux faubourgs de la ville. On venait de Graeslaine, de Swiss Cottage, de Hampton Court, de Shepherd's Mill, de Reindeer Head, de Baxby, de Weltenshire et d'ailleurs, avançant au pas sous la pluie battante. On traversait la Tamise en empruntant le pont de Londres ou le bac, pour attendre les trompettes qui annonçaient le début du spectacle.

Tôt dans la journée, Mack et Méphistophélès s'étaient retrouvés à la Taverne du Noyé.

« Messires ! avait dit le tenancier. Je ne vous avais pas vus entrer !

— C'est parce que vous étiez trop occupé à reluquer la serveuse, rétorqua Méphistophélès.

— Point du tout, messire ! J'astiquais mes cuivres derrière le comptoir, en m'entretenant avec Mrs. Henley, qui nous concocte nos mets du jour.

— Et quand bien même vous ne nous auriez pas vus entrer, s'impatienta Méphistophélès. Croyez-vous que mon ami et moi sommes arrivés par l'opération du Saint-Esprit ?

— Loin de moi cette pensée, messire, se récria le tavernier. Point n'est besoin de sorcellerie pour entrer dans mon logis. Ma porte est toujours ouverte et ma cuisine vous tend les bras. Que puis-je servir à vos seigneuries ?

— Une bouteille de votre meilleur Malmsey fera l'affaire. Qu'en pensez-vous, docteur ? »

Mack était encore étourdi par son brusque transfert de Florence à Londres, et ses habits, que Méphistophélès avait changés en plein vol, étaient froissés. Mais, poussé vers une table par Méphistophélès et stimulé par l'aubergiste qui le fixait la bouche ouverte, il recouvra rapidement ses esprits.

« Du Malmsey conviendra parfaitement, dit-il. Ne serait-ce pas une tourte aux ortolans que j'aperçois derrière le comptoir ?

— Mais absolument, messire.

— Alors apportez-nous-en deux parts », dit Mack. Il lança un coup d'œil à Méphistophélès, ne sachant pas si la nourriture était incluse dans ses frais de déplacement.

« Et une demi-miche de votre meilleur pain de seigle », ajouta le démon. Il esquissa un sourire mielleux. « Avez-vous vu le docteur John Dee ce matin, par hasard ?

— Pas encore, messire. Mais il ne saurait tarder, car nous servons aujourd'hui son plat du jour préféré : de la terrine d'anguille et de lamproie. Il ne manquerait cette délicatesse pour rien au monde ! D'autant qu'il doit bientôt partir pour la cour du roi de Bohême, à en croire Dame Rumeur.

— Peut-être Dame Rumeur vous aura-t-elle également prévenu que mon ami et moi étions prompts à châtier quand notre nourriture tardait à venir...

— Je veillerai à ce qu'on vous serve au plus vite ! Polly ! Laisse tomber ta louche, et sers leurs plats à ces nobles sires. » Sur ces mots, il s'éloigna en hâte, son torchon pendant de la poche arrière de ses culottes bouffantes.

« Où sommes-nous ? demanda Mack dès qu'ils furent seuls. Et qu'avez-vous fait de Marguerite ?

— Je l'ai laissée dans ma salle d'attente des Limbes. Vous n'avez pas besoin de vous embarrasser d'une femme pour la tâche qui vous attend aujourd'hui. Nous sommes à Londres, mon cher Faust, en l'an 1588, une grande année pour l'Angleterre — et pour vous.

— Pour moi ? Qu'entendez-vous par là ?

— C'est aujourd'hui qu'on donne la première de la célèbre pièce inspirée de votre vie : *La Tragique Histoire du Docteur Faust*, interprétée par la troupe du comte de Nottingham, avec le célébrissime Edward Alleyn dans votre rôle. Mais vous en avez certainement entendu parler à Cracovie, au cours de vos tribulations nécromanciennes.

— Mais bien sûr, s'empressa de dire Mack, toujours prêt à endosser le manteau de la connaissance. La fameuse pièce dont je suis le héros ! Et vous m'avez amené jusqu'ici pour la voir ! C'est vraiment chic de votre part, mon cher Méphistophélès. »

Celui-ci fronça les sourcils. « Je ne vous ai pas amené jusqu'ici pour que vous écoutiez des sornettes de poète en suçant des oranges. Vous avez un travail à faire.

— Naturellement. Je ne l'entendais pas autrement. Que dois-je faire, au juste ?

— Écoutez-moi attentivement... » commença Méphisto avant de s'interrompre parce que Polly, la serveuse, apportait les tourtes aux ortolans, le vin et le pain. En fait de pain de seigle, c'était de l'avoine. À la place des ortolans, la tourte était farcie de vulgaires moineaux. Quant au Malmsey, ce n'était qu'un bordeaux des plus ordinaires. Toutefois, on ne pouvait guère demander mieux dans un bouge des bords de la Tamise, au cours de l'année de sinistre mémoire de l'Invincible Armada, avec la peste noire ravageant la ville et le duc de Guise et ses trente mille vétérans espagnols rassemblés à Scheveningen pour traverser la Manche. Méphistophélès et Mack mangèrent avec bel appétit. Puis le démon repoussa son assiette et reprit : « Maintenant, écoutez-moi bien, Faust, car vous avez un programme chargé aujourd'hui.

— Je suis tout ouïe, et à vos ordres.

— L'auteur de cette pièce se nomme Christopher Marlowe. Il sera dans la salle ce soir. Après la représentation — qui remportera un franc succès — il rencontrera un individu avec qui il aura une conversation.

— Haha ! fit Mack, bien qu'il ne sût pas très bien où Méphistophélès voulait en venir.

— Cet homme, Thomas Walsingham, est un vieil ami de Marlowe. Le père de Thomas, *sir* Francis, est le secrétaire d'État d'Élisabeth, reine d'Angleterre, et le chef de son service d'espionnage, grâce auquel seront dévoilés les desseins secrets des différentes factions européennes en lice au cours de cette année belliqueuse.

— Walsingham, c'est noté, annonça Mack, prêt à dire n'importe quoi pour endiguer le flot de paroles du démon. Et que voulez-vous que je lui fasse ? Il se trouve que j'ai une petite expérience en matière d'agression, et je peux vous assurer...

— Non, non ! s'écria Méphistophélès. Vous ne devez pas toucher un seul cheveu de Walsingham. Contentez-vous d'écouter.

— D'accord, je vous écoute.

— Walsingham va demander à Marlowe d'effectuer une nouvelle mission pour les services secrets de son père, comme il l'a déjà fait par le passé. Marlowe acceptera. Voilà pour les faits. Normalement, ils devraient aboutir à la mort prématurée du poète. Mais vous, immédiatement après l'entretien de Walsingham et de Marlowe, vous irez trouver ce dernier pour le faire changer d'avis.

— Pas de problème, je saurai le convaincre. Il s'y connaît, en armes ? Il vaudrait peut-être mieux que je m'équipe. Vous savez où je pourrais me procurer une bonne matraque ?

— Laissez tomber la matraque. Nul ne convaincra jamais Christopher Marlowe par la force ou la contrainte. Non, vous lui démontrerez quelles seront les conséquences de sa mission pour le compte de Walsingham.

— Et quelles seront-elles ?

— Dans cinq ans, le 30 mai 1593, Marlowe se rendra dans une auberge en compagnie d'Ingram Frizer, de Robert Poley et de Nicholas Skeres, ses anciens compagnons de débauche. Il leur lancera au visage les preuves accumulées au cours de cette mission, preuves qui les impliqueront irréfutablement dans un acte de trahison au profit du roi de France, Henri III. Il leur demandera de se livrer à la couronne et d'implorer la grâce du Conseil privé. Les hommes se rebifferont, s'empareront de Marlowe, le poignarderont sans plus de formalités, puis feront répandre le bruit qu'il a agressé l'un d'entre eux, Frizer, qui l'a tué accidentellement en voulant se défendre. Donc, l'Angleterre et l'humanité tout entière perdront l'un de leurs plus grands poètes, mort à vingt-neuf ans. S'il avait survécu, il ne fait aucun doute qu'il aurait écrit de nombreux autres chefs-d'œuvre et dénoncé à la face du monde les fausses vertus de la piété de base.

— Je vois, dit Mack. En somme, vous voulez que Marlowe vive ?

— Oh ! Je n'irai pas jusqu'à dire que je le veux, s'empressa de préciser Méphistophélès. Disons qu'il s'agit d'une simple suggestion, une option parmi d'autres.

— Mais vous avez déjà tracé le chemin que je devais suivre.

— Naturellement. Mais uniquement si vous le souhaitez. Vous pourriez aussi voler le miroir magique du docteur Dee, si vous voulez. Vous avez certainement entendu parler du célèbre docteur Dee ?

— Bien sûr. Mais, là, tout de suite, ça ne me revient pas.

— Le docteur Dee est le plus grand nécromancien et magicien d'Angleterre. C'est un nom que l'on ose à peine prononcer à voix haute, comme ceux d'Albert le Grand et de Cornelius Agrippa. Imaginez-vous qu'Élisabeth elle-même lui a demandé de tracer son thème astral — et elle est connue pour son pragmatisme ! Dee s'apprête à partir s'installer à la cour de Rodolphe II de Bohême. Et il compte emporter son miroir magique avec lui. Vous devez vous procurer ce miroir, d'une manière ou d'une autre.

— Que ferais-je d'un miroir magique ?

— Vous pourriez vous en servir pour convaincre Marlowe de ne pas espionner pour Walsingham. Le miroir prédit tout, il lui montrera les suites tragiques qu'aurait sa mission. Assister à sa propre mort devrait le faire changer d'avis, non ? Vous avez bien suivi tout ce que je viens de vous dire ?

— Je crois. Mais comment prendre ce miroir au docteur Dee ?

— Mon cher ami. Je ne peux quand même pas *tout* faire à votre place. Vous n'avez qu'à le demander au docteur Dee en personne. Et s'il se montre récalcitrant, donnez-lui ça. » Méphistophélès sortit de l'une des poches intérieures de son manteau un petit objet enveloppé dans un mouchoir de soie rouge vif et le tendit à Mack. Puis il se leva et épousseta les miettes de pain d'avoine qu'il avait sur les cuisses. « Eh bien, adieu, Faust. J'attends vos résultats. »

Il fit mine de partir, mais Mack le retint par la manche.

« Qu'y a-t-il encore ?

— Votre démonerie aurait-elle la bonté de régler l'addition ?

— Vous n'avez donc plus d'argent ?

— Je risque d'en avoir besoin. On ne sait jamais ce qui peut arriver, dans ce genre de mission. »

Méphistophélès jeta négligemment une poignée de pièces sur la table. Il s'apprêtait une nouvelle fois à se dématérialiser quand il se souvint qu'ils étaient dans un lieu public. Il sortit alors de la taverne, s'engagea dans un petit cul-de-sac voisin où nul ne le remarquerait et disparut.

Mack glissa machinalement le mystérieux objet dans sa poche sans même le regarder. Puis il compta les pièces sur la table, ne laissa que le compte exact, empocha le reste, demanda l'adresse du docteur Dee et sortit.

À une table voisine, une forme emmitouflée s'étira. C'était un homme à tête de renard, vêtu d'un pourpoint de velours cramoisi et vert, avec une large fraise amidonnée. Azzie, car c'était lui, tapotait pensivement la table en chêne du bout des doigts, sa longue lèvre supérieure retroussée en un rictus dépourvu d'humour.

Il avait discrètement suivi Méphistophélès jusqu'à Londres, dans le but de comprendre la raison du comportement mystérieux du démon. Voilà donc ce qu'il faisait ! Il trichait ! Il devait bien y avoir un moyen de mettre cette information à profit... Il réfléchit un instant, puis pensa avoir trouvé.

Il se conjura hors de la taverne avant que l'aubergiste ne lui apporte l'addition.

Ce pou superstitieux n'aurait qu'à mettre ce prodige diabolique sur le compte du *Faust* de Marlowe ! Azzie avait une mission maléfique à accomplir. Il s'éleva vivement jusqu'au firmament étoilé, en route vers les sphères spirituelles où il avait un message capital à transmettre à certaine ancienne sorcière de sa connaissance.

2

« Nous ne devrions pas nous rencontrer comme ça », chuchota Ylith, jetant des regards inquiets à la ronde. Mais ses craintes n'étaient pas fondées. Ils s'étaient donné rendez-vous au Double Jeu, un bar de Babylone situé à deux pas du temple de Bââl, et bien connu pour être un espace parfaitement neutre, où les représentants du Bien et du Mal pouvaient se rencontrer de temps à autre pour boire un verre, échanger des informations, et tenter de se pervertir mutuellement. Chaque parti ne doutant pas de la supériorité de ses arguments, ni l'un ni l'autre n'avaient jugé utile de proscrire ce lieu de rencontre. À cette époque, les rues de Babylone n'avaient pas encore été ravagées par les Hittites, saccage achevé plus tard par Alexandre le Grand, qui avait pris goût à ce genre de sport depuis la destruction de Thèbes. La ville offrait alors une source intarissable de divertissements. Elle était réputée pour ses revues musicales, son immense zoo où des animaux de toutes sortes déambulaient dans un décor paradisiaque, et surtout ses jardins suspendus qui faisaient penser à des Niagara de verdure se déversant de la haute ville sur la basse. C'était aussi le centre culturel du monde (plus tard, ce détail fut effacé des livres par les Athéniens jaloux), un lieu où Phéniciens, Juifs, Bédouins, Égyptiens, Perses et Indiens pouvaient bavarder gaiement jusqu'à l'aube dans les nombreux cafés qui restaient ouverts — car les Babyloniens connaissaient le fameux secret de l'espresso, qu'ils réalisaient (fort bien) à l'aide de grands soufflets qui projetaient de la vapeur d'eau dans l'infusion aromatique, activés par des Nubiens et des Éthiopiens, détenteurs du monopole dans ce domaine. Babylone était également une capitale gastronomique où l'on savait préparer des chiches-kebabs comme on n'en fait plus, et dont les beignets étaient célèbres jusqu'à Asmara, et au-delà. Mais, par-dessus tout, Babylone était une fête permanente de couleurs et de faste, le grand festival de la liesse populaire et du plaisir facile.

« Détends-toi, nous ne faisons rien de mal, dit Azzie. Ce n'est pas parce que nous ne sommes pas du même bord que nous ne pouvons pas dîner ensemble de temps à autre et échanger des potins. »

Ylith le dévisagea avec une affection mêlée de suspicion. Azzie était un beau démon, on ne pouvait le nier. Sa fourrure rousse était dense et lustrée, son long nez pointu ajoutait une touche d'élégance à son visage, et ses lèvres, sensuelles et souriantes, avaient trop souvent effleuré celles d'Ylith pour qu'elle puisse les contempler avec indifférence. Oui, elle était toujours sensible à ses charmes. Mais ce n'était pas pour cette raison qu'elle avait accepté son invitation. Elle savait que lui résister était bon pour son âme ; et, en outre, ça lui donnait des frissons de sentir les tiraillements d'un amour impossible, un amour qu'elle avait récemment reporté sur l'ange Babriel. Oui, Babriel était bon, en effet, et cela était bon, pour autant qu'elle le sût. Mais, ces derniers temps, Ylith avait commencé à sentir des désirs ardents immortels, dont elle espérait qu'ils n'étaient pas également immoraux.

Secoue-toi, ma fille, s'admonesta-t-elle. Puis elle dit à Azzie : « Alors, quoi de neuf ?

— Pas grand-chose, répondit-il avec un haussement d'épaules savamment calculé. Toujours les mêmes machinations, les mêmes forfaitures. Tu sais à quoi ressemble la vie d'un démon.

— Qui as-tu trahi, récemment ?

— Moi ? Personne. Je ne fais plus grand-chose ces temps-ci, depuis que les Puissances éternelles, dans leur infinie malveillance, ont décidé de me tenir à l'écart du concours du Millénaire.

— Méphistophélès est un démon compétent, à ce qu'on dit. Je suis sûre qu'il défendra votre camp de son mieux.

— Sans doute. Surtout s'il emploie la ruse pour influer sur le hasard.

— Ne t'en fais pas pour ça. Après tout, c'est un démon.

— Je sais. La ruse est de bonne guerre. Mais pas la franche tricherie, selon nos accords.

— La tricherie ? Je suis sûre que Méphistophélès n'oserait pas. Il a la réputation d'être un démon intègre.

— Alors peut-être qu'il ne trichait pas. J'ai dû me tromper. »

Ylith se raidit. « Te tromper sur quoi ?

— Oh, trois fois rien, dit Azzie en soufflant sur ses ongles et en les frottant sur le revers de sa veste rouge vif.

— Azzie, cesse de me taquiner ! Qu'as-tu vu ?

— Rien du tout. Mais j'ai entendu...

— Quoi donc ?

— Le redoutable Méphistophélès, donnant des instructions a Johann Faust, le concurrent de notre jeu de lumière et de ténèbres.

— Mais bien sûr qu'il lui donne des instructions ! Sinon, Faust ne saurait que faire.

— À présent, il ne le sait que trop.

— Arrête ces sous-entendus ! Dis-moi à quoi tu fais allusion.

— Méphistophélès est censé proposer différentes options à Faust, n'est-ce pas ?

— Oui, tout le monde sait ça.

— Je l'ai entendu dire à Faust quelle option choisir, et comment s'y prendre pour arriver à ses fins.

— Tu veux dire qu'il lui dicte ses choix ?

— Exactement. Tu peux oublier le libre arbitre, ma chérie. Faust n'obéit pas à son instinct, mais à la volonté de Méphistophélès. »

Elle le dévisagea, interloquée. Azzie lui raconta en détail la conversation qu'il avait surprise dans l'auberge londonienne et comment Méphistophélès avait recommandé au célèbre magicien de sauver Marlowe, allant même jusqu'à lui suggérer le meilleur moyen pour y parvenir.

« Azzie, j'espère que tu ne fais pas ça simplement pour le plaisir de semer la zizanie…

— Je suis toujours disposé à semer la zizanie. Mais tout ce que je t'ai dit est vrai, au mot près. »

Ylith se tut, le temps de digérer la nouvelle. Elle but deux gorgées d'ambroisie glacée, un divin breuvage qui disparut malheureusement de la surface de la terre quand Alexandre rasa les remparts de Constantinople et détruisit tous les bars à nectar dans un acte de piété macédonienne mal placée. Enfin, elle observa : « Si tu dis vrai, la situation est grave.

— Je n'en doute pas. Mais, tu comprends, je suis dans une situation délicate. Méphistophélès et moi sommes du même bord, et je ne peux décemment pas aller raconter ce que je sais au Haut Conseil. Pourtant, au fond de moi-même, Ylith… Vois-tu, mon amour de la justice et de la vérité en prend un sacré coup…

— Comment peux-tu dire une chose pareille ? Toi et les tiens, vous versez volontairement le mensonge et la méchanceté !

— Oui, mais toujours au service de la justice, répliqua Azzie, qui avait toujours recours au paradoxe quand la simple vérité ne suffisait pas. Nous autres, du côté obscur, nous avons nos propres façons d'agir. »

Elle secoua la tête, mais son regard était empreint de douceur. « Toi et ta langue de velours !

— Un démon qui ne mentirait pas au service de la beauté ne mériterait pas le nom de démon. Mais ce que je t'ai dit au sujet de Méphistophélès et de Faust est la pure vérité. »

Ylith ne parvenait pas à comprendre les motivations de Méphistophélès. « Sauver Marlowe, ce serait agir en faveur du Bien, puisqu'il pourra créer d'autres chefs-d'œuvre.

— C'est une façon de voir les choses. Mais, Marlowe étant un contestataire et un sacrilège, ses futures pièces ne risquent pas de faire de la publicité à la lumière, si tu veux mon avis.

— Merci pour toutes ces informations, Azzie, dit enfin Ylith. Il faut maintenant que je réfléchisse à ce que je dois en faire.

— Fais-en ce que bon te semble. Ma conscience est à présent libérée. Allez, si nous buvions à nos aspirations contraires ? »

Ylith acquiesça et termina son nectar glacé. Puis tous deux sortirent.

Dans l'alcôve voisine, une petite silhouette s'étira. Elle portait des cuissardes, un tablier de cuir, et une longue barbe jaune.

« Ah, ah, ah ! Mon cher démon à face de renard ! s'exclama Rognir, car c'était lui. Voilà donc ce que tu mijotais, hein, crapule ? Mais j'ai deviné ton plan, et je comprends comment ton infernal égoïsme t'a conduit à parjurer les tiens, afin de bénéficier d'un avantage provisoire. »

Depuis qu'il avait été engagé pour faire le ménage après le Grand Sabbat des sorcières, les choses étaient allées de mal en pis pour Rognir. Il s'était empressé de rejoindre Montpellier, mais était arrivé trop tard pour l'Internationale des Nains. Les différentes cliques s'étaient déjà dispersées, ne laissant derrière elles que des fûts de bière vides. Dépité, il était rentré chez lui, creusant comme un forcené, pour découvrir finalement qu'on l'avait cambriolé et que son trésor enfoui avait disparu. Naturellement, ce n'était pas le seul magot dont il disposait. Un nain qui se respecte ne garde jamais la totalité de ses économies dans une même cachette.

Rognir en voulait toujours à Azzie pour la manière dont celui-ci l'avait traité au Sabbat. Depuis, la rancœur avait germé, il avait ruminé sa vengeance, espérant trouver quelque chose à utiliser contre le démon; car les nains ont une mémoire d'éléphant et peuvent garder une rancœur enfouie plus longtemps qu'une montagne ne conserve son relief. Il pouvait à présent frotter avec satisfaction ses petites mains potelées et chercher un moyen d'exploiter au mieux ce qu'il venait de découvrir. Une voie toute tracée s'ouvrait devant lui. Il sortit de la taverne en trottinant et se rendit dans les faubourgs de Babylone, où il trouva l'une de ces galeries souterraines qui mènent n'importe où et n'importe quand. Un trou à nain sur mesure : exactement ce qu'il lui fallait. Ça tombait bien, car il était soudain très pressé.

3

Ce jour-là, Charon transportait une cargaison de morts peu banale. Il avait embarqué trois pêcheurs noyés au large des côtes de Sparte, expédiés au royaume des morts par une soudaine rafale soufflant du nord. N'ayant pas un sou en poche, ils avaient promis qu'un cousin, un certain Adelphes de Corinthe, qui dirigeait un Comité de soutien aux Âmes prises au dépourvu, paierait pour eux. Ils avaient expliqué à Charon qu'une obole avait été déposée pour chacun d'entre eux sur un compte de la caisse d'épargne de la Grèce antique, qui avait des bureaux en haute Corinthe. Tout ce que Charon devait faire, c'était contacter l'agence directement ou envoyer un représentant muni d'une procuration, et on lui verserait le montant de leur passage.

Charon n'aimait pas ça. Il était de la vieille école. On l'avait toujours payé rubis sur l'ongle. Il soupçonnait les pêcheurs de vouloir l'arnaquer et voyager gratuitement. Il avait d'abord refusé de les prendre, mais un membre de l'équipage moribond avait intercédé en leur faveur. C'était un banquier à la langue bien pendue, répondant au nom d'Ozymandias, quoiqu'il ne fût pas roi des rois. Tué à Corfou au cours d'une émeute fomentée par des agents secrets hellènes, il était tombé sous la juridiction de Charon plutôt que sous celle du passeur de son propre pays, la Judée. Il avait démontré à Charon que le système bancaire corinthien était parfaitement fiable. Le passeur n'avait trouvé aucun argument pour contester, mais il n'aimait toujours pas ça. Bien sûr, il fallait vivre avec son temps. Il connaissait même des ports étranges, où il faisait parfois escale pour faire réparer son bateau, et où l'on n'acceptait pas les oboles. Ils appelaient ça de la monnaie de singe.

En tout état de cause, tout cela n'avait plus d'importance, car son bateau était pour le moment échoué sur un récif au beau milieu du Styx, à un endroit où il n'aurait pas dû y en avoir.

C'était un endroit répugnant, sombre et marécageux, sous un ciel bas que balayait en permanence une légère brise à l'odeur de poisson crevé. Des vaguelettes à l'écume répugnante clapotaient contre les flancs du bateau. Près de la berge, on apercevait quelques arbres bas aux troncs tortueux. Aux branches de certains d'entre eux se balançaient des pendus qui agitaient les bras et suppliaient qu'on vienne les décrocher. Mais Charon avait déjà autant de morts qu'il pouvait en embarquer. Il y en avait déjà plus d'une trentaine entassés sur le pont. La plupart étaient assis sur le gaillard d'avant, jouant au tarot avec un jeu en piteux état. Leurs chemises en lambeaux, ouvertes jusqu'au nombril, dévoilaient leurs poitrines galeuses. Leurs pieds pendaient dans l'eau sous une lune gibbeuse. Certains d'entre eux avaient abandonné le navire et jouaient à s'asperger dans le cloaque, barbotant comme des gamins. D'autres avaient organisé un match de water-polo avec une vieille tête qui flottait par là.

Charon se dirigea vers Faust et dit : « Tout ça, c'est votre faute. Que comptez-vous faire, à présent ?

— Je n'y peux rien. C'est à cause de ce satané démon, Azzie. Il a faussé mon enchantement de bonne fortune.

— Alors, pourquoi ne le jetez-vous pas par-dessus bord ? » demanda Charon.

Faust secoua la tête. « C'est la dernière chose à faire. Vous n'y connaissez rien... Non, il faut attendre qu'il se décharge.

— C'est ce que vous répétez depuis tout à l'heure, mais le

temps passe et nous sommes toujours là. Vous feriez mieux de trouver une solution, ou c'est vous qui passez par-dessus bord. »

Faust regarda les eaux glauques. L'idée n'était pas si mauvaise. Au fond, il discernait de grandes formes blêmes qui nageaient paresseusement. Il avait lu quelque part que sous le Styx se trouvait un vaste royaume dont les hommes ignoraient tout. Il fut presque tenté. Pourquoi ne pas abandonner cette tâche vaine ? Qu'on le jette par-dessus bord, après tout — quelle importance ? Quelle douce volupté ce serait de sombrer à jamais et de rejoindre ces naïades visqueuses des profondeurs obscures !

Mais il se reprit. Il était Faust ! Et Faust n'était pas de ceux qui se laissent aller au désespoir. C'était pour les hommes de condition inférieure. Il allait trouver une solution pour se sortir de cette situation.

L'air paraissait à présent s'éclaircir légèrement. Pouvait-il y avoir de la clarté sur le Styx lui-même ? Il regarda au loin. Oui, quelque chose se déplaçait à la surface des flots. La forme sortant peu à peu de la brume, il distingua une barque. Et un petit homme qui ramait vigoureusement. Il semblait très, très pressé.

Charon l'aperçut également, et dit : « Qui diable peut être ce type ?

— Vous croyiez que le Styx n'appartenait qu'à vous, hein, Charon ? » railla Faust.

La barque accosta la péniche. À bord se trouvait Rognir, qui portait un joli ciré jaune, avec un chapeau cloche du même jaune sur sa grosse tête hirsute. « Hé ho ! Du navire, cria-t-il. Faust est-il à bord ?

— En effet, dit Charon. Mais qui es-tu ?

— Je m'appelle Rognir. Je viens d'un univers conceptuel totalement différent du vôtre, mais je vous connais. Salut à vous, Charon ! Qu'est-ce que vous faites dans ce marasme ? En chemin, je suis passé devant des jetées et des pontons qui croulaient sous les morts. Et tous criaient votre nom, les mains pleines de pièces d'or.

— Damnation ! Je savais que j'allais rater des affaires. Si je suis coincé ici, Rognir, c'est parce qu'un malappris a jeté un mauvais sort sur mon bateau. Mon brave petit navire s'est mis à tourner en rond et a fini par s'échouer ici. C'est le seul banc de sable à cent milles à la ronde, et nous y sommes échoués. Et vous, que faites-vous là ? »

Rognir expliqua qu'il était venu discuter avec Faust : il avait d'importantes nouvelles à lui communiquer.

« J'ai surpris une messe basse entre démons. Vous connaissez peut-être un certain Azzie Elbub ? Un démon, et un sale type, même selon les critères infernaux.

— Je l'ai rencontré, répondit Faust. Il a essayé de me détourner de mon devoir, qui est de retrouver le noble rang qui m'échoit dans le concours entre les ténèbres et la lumière, et aussi de récolter la gloire éternelle pour ma noble personne, et accessoirement d'œuvrer pour la rédemption de l'humanité. En outre, il m'a fourni un sort de propulsion défectueux, dont je vois à présent qu'il est infesté par la guigne, ce qui explique le naufrage de Charon.

— Je crois que je peux vous aider, dit Rognir. Tenez, prenez ça. » Il tendit un morceau de corde emmêlée.

« Qu'est-ce que c'est ? demanda Faust.

— Un sort de dénouement. Défaites le nœud, et vous serez libres. »

4

Mack approchait de la résidence londonienne du docteur Dee.

« Alors, tu es sûre d'avoir bien compris ? demanda-t-il à Marguerite.

— Je crois, répondit-elle. Mais je n'aime pas ça.

— Oublie ça. Fais simplement ce que je t'ai dit. Tout ira bien, fais-moi confiance. »

La mine soucieuse de Marguerite n'altérait en rien sa beauté. Sa chevelure noisette brillait au soleil. Depuis que Méphistophélès l'avait envoyée rejoindre Mack, elle avait eu le temps de se rafraîchir. Sa robe damassée à pois verts était éclatante de fraîcheur. Mack avait veillé à ce qu'elle paraisse sous son plus beau jour.

Il se dirigea vers la porte d'une vieille masure biscornue dont les volets clos lui donnaient l'aspect d'un chat endormi. Elle était située dans les bas-fonds de Londres. De chaque côté se dressaient les sièges sociaux douteux de sociétés louches, car il s'agissait du sinistre district de Tortingham, avant qu'il ne soit rénové en quartier bourgeois au grand désarroi des malandrins, canailles, forbans, troussechemises, coupe-jarrets, vide-goussets, croque-bourgeois et autres fripouilles sans foi ni loi. C'était là que s'était établi le docteur Dee.

Dans le salon, l'osseux médecin consultait un ancien volume de contes et légendes obscurs et oubliés, emmitouflé dans une grande robe d'intérieur. Il s'interrompit et leva le nez.

« Kelly ! » lança-t-il.

À l'autre bout de la pièce, un petit homme trapu leva les yeux de la pelote de ficelle qu'il était en train de démêler. Edward Kelly, grand médium, Irlandais extralucide récemment venu du comté de Limerick, était coiffé d'une toque en fourrure enfoncée jusqu'aux yeux. Il arqua un sourcil.

« Oui ? demanda-t-il.

— J'ai la prémonition que quelqu'un est en train de monter l'escalier.

— Dois-je aller voir ?

— Ton pronostic d'abord, car j'ai également quelques pressentiments. »

Kelly avança un bras au-dessus de la table et plaça un verre d'eau devant lui. Il humecta son index et touilla la surface, puis l'observa attentivement. Dans ses profondeurs tourbillonnantes, il vit des formes étranges se dessiner, aperçut des visages de choses noyées et les enroulements et déroulements multicolores d'esprits aussi intangibles que des volutes de fumée chimériques. Il entendit également des sons, car cela faisait partie du don. Puis il distingua un homme et une femme. Autour d'eux, visibles uniquement à ses yeux, papillonnaient de nombreux événements mystérieux.

« Un couple approche de la porte, annonça-t-il à Dee. Ils sont peu communs, mais je ne saurais dire d'où leur vient cette étrangeté. L'homme est grand et blond, la femme brune et splendide. Ils m'ont l'air de gens comme il faut.

— Dans ce cas, laissons-les entrer. Je voulais juste connaître ton impression, parce que j'ai eu comme une drôle de sensation.

— Alors, pourquoi m'avoir demandé ? Tu ne pouvais pas regarder dans ton miroir magique et tout savoir d'eux ?

— Il est dans l'autre pièce. Et je ne vois pas pourquoi tu en fais tout un foin.

— Moi, en faire tout un foin ? explosa Kelly. Qu'est-ce qui te donne à penser que j'en fais tout un foin ?

— Tu as l'air d'en faire tout un foin.

— Pourquoi aurais-je l'air d'en faire tout un foin, alors que je n'ai aucune raison de me plaindre ? Ne vous ai-je pas suivis à travers toute l'Europe, ton pseudo-festival de l'extralucidité et toi ? Ne suis-je pas la vedette de ton numéro de cirque ? N'est-ce pas moi qui me tape tout le boulot, pour que monsieur puisse concentrer son énergie à recevoir les éloges ?

— Allons, Edward, dit Dee. Nous en avons déjà discuté. Va plutôt accueillir nos visiteurs. »

En grommelant, Kelly alla à la porte. Le domestique n'était jamais là quand on avait besoin de lui. Pas la peine d'être extralucide pour savoir qu'il était dans sa chambre sous les combles, prétendument en train de soigner la vieille blessure de guerre qu'il avait reçue sous le règne du Prince Noir. Kelly songea à son Irlande natale grasse et verdoyante, où l'on croisait de jeunes bergères qui menaient paître leurs moutons sur les dunes au bord de la mer miroitante et glacée. Il secoua la tête d'un air irrité. Tais-toi, fichue mémoire.

Il ouvrit la porte.

« Salut, lança Mack. Nous souhaiterions parler au docteur Dee.

— Que lui voulez-vous ?

— Ça ne regarde que lui.

— Si ça le regarde, ça me regarde, ou il n'aura jamais l'occasion de le regarder.

— C'est strictement personnel », insista Mack.

Kelly haussa les épaules et les conduisit au salon.

« Il paraît que c'est important », annonça-t-il à Dee.

Mack salua le docteur d'un signe de tête et sourit.

« Nous souhaiterions acquérir votre miroir magique. »

Dee manqua de s'étrangler.

« Acquérir mon miroir magique ? Monsieur, vous avez perdu la raison ! Un miroir d'une telle puissance de divination ne se vend pas comme un sac de nourriture pour chevaux. Ce miroir fait l'objet des convoitises de toutes les cours d'Europe. Le roi de Pologne m'a offert des terres sur le Wladiwil, livrées avec leurs paysans serviles, leurs sangliers sauvages et le titre de duc par-dessus le marché. Et ce n'est pas tout. Pour rendre son offre encore plus alléchante, il y a ajouté les faveurs de la belle et jeune comtesse de Radziwill, dont les attributs callipyges ont soulevé des émeutes et des mouvements de foule jusqu'à la Weser. J'ai décliné son offre en éclatant de rire, cher monsieur, un rire de mépris. Car m'offrir ces piètres biens matériels en échange de mon miroir, qui ouvre une vue sur le royaume invisible et prédit sans erreur les événements à venir, revient à vouloir échanger de la poussière contre de la poudre d'or.

— J'en ai conscience, répondit Mack. Mais je viens avec une offre que vous ne pourrez refuser.

— Vraiment ? Je vous écoute. »

Mack sortit le mouchoir en soie écarlate de Méphistophélès, qui enveloppait toujours son mystérieux trésor. L'histoire ne nous dit pas ce dont il s'agissait, ni son effet précis sur l'arrogant et vaniteux docteur Dee. Mais une chose est certaine : quelques dix minutes plus tard, Mack et Marguerite quittaient la maison du magicien et se dirigeaient vers Southwark, le premier portant sous le bras le précieux miroir, protégé par son étui en peau de chamois.

5

Le théâtre avait enfin ouvert ses portes, et la foule des spectateurs y entrait à pas lents. Bien qu'il contînt moins de trois cents places, des milliers de personnes venues des quatre coins du royaume tentaient de s'y infiltrer. Ces amateurs d'art dramatique étaient parés de leurs plus beaux atours. Hommes et femmes portaient de longs manteaux, car l'air de ce bel après-midi d'automne était frisquet. Il y avait là un public fort hétéroclite : on reconnaissait dans la foule de nombreux nobles de la cour, dont lord Salisbury, lord Dunkirk, lord Cornwallis, lord Faversham et son excellence le Grand Bourreau royal. Certains étaient accompagnés de leurs épouses, d'autres de leurs maîtresses, coquines parées de tous leurs faux diamants, et d'autres encore, les plus jeunes, comme Lord Dover qui n'avait que huit ans, de leurs parents, de leurs tuteurs, ou, dans le cas du vicomte Delville, enfant maladif de sept ans, de leurs médecins-gardes du corps. Le gros du public était toutefois composé de gens du peuple : des drapiers ventripotents de Meaching Row, des apothicaires dégingandés de Pall Mall et de Cheapside, d'anguleux marchands de fourrage de Piccadilly, et même des gens plus communs encore, comme ces vigoureux vagabonds sans Dieu ni maître qui avaient mendié leur billet, ou ces soldats en permission rentrés du front néerlandais avec leur extravagant casque à plume et leurs manches profondément échancrées. On distinguait aussi dans l'assistance plus d'un membre du clergé ; ils n'étaient pas là pour batifoler mais dans un but sérieux, car *Faust* était une pièce que l'on annonçait sacrilège, et ils espéraient y trouver de quoi étayer leurs sermons du dimanche. Tout ce beau monde s'entassait dans le théâtre, se bousculant, s'interpellant, crachant, achetant des oranges et des petits sachets de confiseries aux jeunes et sémillantes ouvreuses qui passaient dans les rangs. Le parterre était petit et ovale, avec une rangée de loges de chaque côté et une scène qui s'avançait jusqu'aux premiers rangs du public. Les flambeaux vacillaient au son des tonitruants organes vocaux anglais :

« Henry, quelle surprise !

— Oh, voilà Saffron !

— Regardez, Mélisande et Cuddles viennent par ici ! »

Ceux qui n'avaient pas d'invitation payaient trois pence et un demi-penny d'entrée, car la compagnie du comte de Nottingham ne se donnait pas en spectacle pour la beauté du geste. Mais la foule joyeuse et insouciante réglait son dû sans rechigner ; c'était un jour de fête et l'avenir était incertain : si, comme le prédisaient d'aucuns, l'Invincible Armada accostait et écrasait la flotte de la reine aux cheveux roux, l'argent n'aurait bientôt plus de valeur. Les connaisseurs s'étaient installés près de la rampe, vêtus de leurs plus belles chausses rayées et de leur pourpoint multicolore, pour jacasser, faire joyeuse ribote et chahuter gentiment les acteurs.

Edward Alleyn entra en scène dans un vacarme de trompettes. Le jeune Will Shakespeare, dont le front se dégarnissait déjà, nota pour s'en servir plus tard comment les jeunes vauriens bavards et leurs amies au rire cristallin mais saoulant cessèrent sur-le-champ leur brouhaha. On alluma des lampes au magnésium et au naphte dans des bols en étain perchés sur des trépieds. On y jeta une poignée de poudre et elles s'embrasèrent en crachant des étincelles, captant aussitôt l'attention de l'assistance. Les hautbois du petit orchestre entamèrent l'air de Faust.

Le décor représentait la ville de Wittenberg au siècle précédent. Il était plutôt réaliste, si ce n'est la grande tour de guet, où le héros allait plus tard rencontrer l'Esprit de la Terre, penchait dangereusement vers la gauche, car l'art de la scénographie en était encore à ses balbutiements : il faudrait attendre le début du XVIIe siècle pour qu'un génie de l'équilibre invente un dispositif efficace pour fixer les décors. Au moment où le chœur allait entamer le prologue, il y eut dans la salle un éclaircissement de gorge général et prolongé car on était en pleine saison des flegmes, suivi dans la pénombre d'un piétinement de coquilles d'œufs, de pelures d'oranges, de cosses de cacahuètes et autres produits consommables qui jonchaient le sol sous les sièges en cette année de peste où le peuple était avide de divertissements et prêt à payer n'importe quel prix pour se distraire.

Mack entra en retard alors que la représentation commençait et se fraya un passage entre deux rangées de sièges, à grand renfort de «Pardon» et de «Oh, excusez-moi». Il s'assit enfin, presque à bout de souffle, tenant fermement contre lui son miroir magique dans son étui en peau de chamois. Marguerite, qui le suivait, prit place à ses côtés dans un gloussement virginal de plaisir anticipé.

«Je ne suis encore jamais allée au théâtre, avoua-t-elle. Est-ce comme écouter des histoires au coin du feu ?

— Presque, expliqua Mack. Sauf que des gens miment l'histoire, au lieu de la raconter.

— Il arrive qu'ils fassent les deux», observa une voix derrière eux.

Mack se retourna. Un homme d'âge avancé était assis dans la rangée qui se trouvait juste derrière la leur. Il était robuste, avec un visage rougeaud, des yeux sombres et perçants : un regard de faucon.

«Faust !

— Lui-même, répondit l'homme. Et, vous, vous êtes un sale imposteur !

— Chut, fit quelqu'un dans une rangée devant lui. Ne voyez-vous pas que le spectacle a commencé ? »

Sur scène, Edward Alleyn fit un pas en avant, rejeta sa cape en arrière d'un geste grandiose, et prit la pause.

« Nous en discuterons plus tard, chuchota Mack.

— Chut ! » fit l'homme.

Le chœur avait achevé son discours d'introduction. Edward Alleyn, resplendissant dans son pourpoint cramoisi, une croix dorée sur la poitrine, déclama :

« Voici que l'ombre funeste de la terre, aspirant à contempler le visage bruineux d'Orion...

— Il n'y a rien à discuter, siffla Faust entre ses dents. Disparaissez sur-le-champ. Je prends les rênes à partir de maintenant.

— Pas question. »

Leur conversation fut interrompue par le public, qui ne s'intéressait pas tellement à la querelle bruyante de ces deux manants probablement ivres.

« Taisez-vous !

— La ferme !

— Bouclez-la ! »

Et autres interjections analogues.

Faust et Mack furent bien forcés d'obtempérer, car ni l'un ni l'autre ne tenaient à répandre le motif de leur querelle sur la place publique. Aussi se lancèrent-ils des regards torves du coin de l'œil, tandis que Marguerite et Hélène, chacune de son côté, leur tapotaient le dos de la main et leur chuchotaient de garder leur calme. Les acteurs venaient d'achever la grande scène entre Faust et les Sept Péchés capitaux, qui demeuraient maintenant immobiles dans leurs costumes colorés, leurs visages lugubres restant impassibles, en attendant l'apparition de quelques démons.

Mack réfléchissait à la vitesse de la lumière, analysant à la fois la situation dans laquelle il se trouvait et planifiant son prochain coup. De toute évidence, il avait là plus à gagner, et donc plus à perdre, qu'il ne l'avait prévu à Cracovie en s'introduisant dans le bureau du magicien et en acceptant l'offre de Méphistophélès. Certes, il se retrouvait à présent avec le vrai Faust sur le dos, mais quelle importance pour Mack ? À ses yeux, sa propre réalité était plus importante que celle de Faust, et elle semblait l'avoir conduit à *devenir* Faust. Par conséquent, l'autre Faust, celui dont il avait repris le rôle, ne pouvait plus prétendre incarner Faust.

Naturellement, cela n'irait pas sans créer quelques difficultés. Il lui fallait trouver un moyen de régler cette affaire, c'est-à-dire de se débarrasser de Faust.

Un atout. Il lui fallait un atout ! C'était bien là la tactique de tout joueur : savoir se sortir d'une mauvaise passe en abattant une carte maîtresse au moment opportun.

C'est alors qu'il pensa au miroir magique du docteur Dee, qu'il sentait contre son flanc, à travers la peau de chamois.

En le consultant, il connaîtrait à l'avance les mauvais tours que Faust lui préparerait, et saurait les déjouer. Ce miroir serait aussi utile que celui qui se trouve dans le dos de votre adversaire au poker.

Il le sortit de son étui, masquant le bruit en frottant ses pieds contre des résidus de cacahuètes sur le sol, et en faisant observer à Marguerite : « Cet endroit est une véritable porcherie ! » Le miroir était à présent sur ses genoux.

À l'instant même où il allait baisser les yeux, il y eut une grande explosion sur la scène, accompagnée d'une lueur diabolique effroyablement épouvantable. Mack avait déjà vu une telle lumière. Elle accompagnait les apparitions de Méphistophélès.

Le superbe démon de haute taille sortit du nuage de fumée, épousseta sa tenue de soirée, avança jusqu'au bord de la scène et, balayant la foule du regard, il repéra Mack et tonna : « Le miroir !

— C'est bon, je l'ai ! répondit Mack. Ne vous inquiétez pas, il est là !

— Détruisez-le ! rugit Méphistophélès.
— Pardon ?
— Débarrassez-vous-en ! Le jury du concours vient d'adopter un amendement ! Si vous consultez votre avenir, vous invaliderez la totalité du concours car les concurrents n'ont pas le droit de savoir ce que le futur leur réserve. Ça fausserait les résultats, voyez-vous. »

Un murmure d'étonnement et d'inquiétude parcourut les rangées de spectateurs, qui ne cessaient de plonger le nez dans les pots-pourris qu'ils tenaient au creux de leurs mains crasseuses et gantées de dentelle. Des centaines de pieds enveloppés dans diverses matières foulèrent nerveusement les cosses de cacahuètes. Un tumulte effrayant s'éleva, un bourdonnement ultra ou peut-être infrasonique, ou les deux, un grondement chargé de rage et de folie ambiante sur le point d'exploser, qui semblait annoncer l'imminence d'un événement terrible, voire sanglant, un drame qui se préparait dans les coulisses fictives de la tragédie que l'histoire était sur le point d'inventer de toutes pièces.

Il était temps de sortir de cette foule. Mack se leva et joua des coudes en direction de la sortie ; mieux valait débarrasser le plancher avant que les choses ne se gâtent. De fait, cette rumeur selon laquelle les salles de théâtre sont des lieux où d'épouvantables catastrophes peuvent survenir à tout instant a vu le jour en même temps que les premiers théâtres eux-mêmes, forcément, et il n'est pas impossible du tout que cette première du *Docteur Faust* soit à l'origine de cette triste réputation. Marguerite le suivit, s'accrochant aux pans de sa veste pour ne pas se perdre dans la foule qui avait commencé à tanguer et à s'agiter dangereusement autour d'eux.

Ce mouvement de panique n'était d'ailleurs pas totalement injustifié. L'un des membres de l'assistance, à l'esprit plus éveillé que son faciès n'aurait pu le laisser croire, avait compté le nombre des acteurs sur scène, et constaté qu'il ne correspondait pas à celui indiqué sur le programme.

Quand il transmit cette observation à ses voisins — « C'est bizarre, je lis ici qu'il y a sept démons, mais j'en compte huit » — une vague d'incertitude déferla sur ceux qui étaient attentifs à ce mathématicien improvisé. Un cliquetis de montures de lunettes en bois résonna sous la voûte élevée de la salle quand chacun plongea fébrilement le nez dans son programme. S'il y avait trop de démons sur scène, l'un d'eux au moins devait être authentique, déduisirent les plus rapides. Pas besoin d'être Thomas d'Aquin pour le deviner. Toute personne pourvue de bon sens qui examinait la situation sans préjugé pouvait se rendre compte que le grand type mince sorti de nulle part ressemblait davantage au démon qui hantait leurs cauchemars que l'autre gars, l'acteur affublé d'un déguisement froissé en coton rouge et de chaussons qui n'étaient pas à sa taille. Et, à cette constatation, un soudain « Fichons le camp d'ici ! » se répandit parmi les spectateurs, qui commencèrent à se lever et à piétiner les cacahuètes tandis qu'ils se ruaient vers les sorties.

Huit démons. Plus un neuvième, apparemment... Car ce fut alors qu'une créature pimpante à face de renard fit son entrée en scène dans un costume blanc d'os, avec de petits souliers blancs et une écharpe turquoise où était peint un mandala tibétain savamment jetée autour du cou. À sa vue, la foule devint carrément hystérique.

« Gardez le miroir ! cria Azzie en direction de Mack. On ne sait jamais quand un objet comme celui-ci se révélera utile. De toute façon, vous en avez besoin pour le concours !

— C'est faux, rugit Méphistophélès. Ce n'est que l'une des options !

— Qui es-tu donc, pour lui dire de ne pas faire ce choix ? siffla Azzie.

— Je ne dis rien de tel. Je ne fais que lui conseiller de ne pas y regarder lui-même, car connaître l'avenir compromettrait l'issue du concours, pour la plus grande honte des ténèbres comme de la lumière. »

À Faust, Faust et demi

La foule, précipitée dans un délire superstitieux par cette succession précipitée d'événements franchement étranges aux sinistres connotations, perdit tout contrôle. Des hommes adultes balancèrent par-dessus les têtes des paniers garnis de jambons, de roast-beef, de côtes de porc et autres en-cas exquis, pour se précipiter vers la sortie la plus proche. En désespoir de cause, et comme souvent dans ces cas-là, l'orchestre entonna courageusement une gaillarde et finit à trois temps.

6

Pendant ce temps, Rognir était assis dans un espace public du peuple nain et préparait quelque complot infâme. Il hésitait sur la manière de nuire à Azzie. La haine ne constituait qu'une partie de sa motivation. Il trouvait également un plaisir intellectuel à remettre à sa place n'importe quel démon vaniteux. Il n'aimait pas les démons, particulièrement ceux à face de renard, et plus particulièrement encore Azzie Elbub.

Humilier un démon ! C'était le rêve secret de tout nain ayant de l'ichor dans les veines. Tout ce qui était susceptible de jeter la disgrâce sur un démon était bon. Tant mieux si cela pouvait également profiter à un nain.

Malheureusement, il n'était pas sûr d'avoir bien saisi le sens des informations qu'il avait entendues. De toute évidence, Azzie tramait quelque chose contre un confrère, Méphistophélès. Mais comment ? Que faisait-il, au juste ? Que mijotaient-ils, tous les deux ? Et qu'était ce concours du Millénaire ? (On informe rarement les nains des grands événements.) Rognir, après avoir prévenu Méphistophélès de ce qui se tramait contre lui, venait d'avoir une brillante idée. Lorsque le déclic se fit, il était assis sur une amanite tue-mouches, une très grosse amanite tue-mouches, avec de grandes taches orange foncé, du type que seuls les nains peuvent manger sans trépasser sur l'instant. Toutefois, Rognir n'était pas en train de manger, quoique ses mâchoires fussent perpétuellement en mouvement. Un témoin éventuel aurait pu remarquer que ses molaires crissaient les unes contre les autres dans les affres de l'inspiration.

« En mettant Faust, puis Méphistophélès, au courant, je me suis montré sacrément machiavélique. Mais il me semble que je peux trouver encore plus vicieux. Donc, je vais me rendre sans tarder davantage dans ces contrées lointaines et méconnues qui bordent l'Empyrée, où l'on dit que résident les esprits de lumière… »

Mais avant d'avoir terminé sa phrase, ses pouvoirs de conjuration s'enclenchèrent et il se retrouva ailleurs.

PARIS

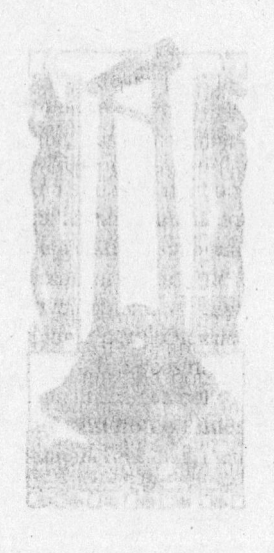

1

« Où sommes-nous, à présent ? demanda Mack.

— À Paris, dans une taverne du quartier Latin, répondit Méphistophélès. Je me sens chez moi parmi les étudiants. Ils sont toujours bien disposés vis-à-vis du Mal. Et, naturellement, Paris est le fief du Diable. J'ai pensé que c'était l'endroit idéal pour entamer la dernière épreuve de notre concours. »

Mack regarda autour de lui. Ils partageaient une longue table en bois brut avec plusieurs jeunes hommes — des étudiants, à en juger par leur aspect, plongés dans une conversation fort animée et agrémentée de moult gestes des mains et haussements d'épaules. La salle, vaste, était sombre et basse de plafond. Des serveurs se pressaient de part et d'autre, les bras chargés de plateaux qui croulaient sous les timbales de vin et les plats de moules trempant dans une sauce rouge. On entendait de grands éclats de rire, des sifflements, des bribes de chansons. Ces jeunes gens avaient la vie devant eux et étudiaient à Paris, déjà la ville la plus courue d'Europe, et donc du monde.

« À quelle époque sommes-nous ? demanda Mack.

— En l'année 1791. Paris, comme toute la France, est en émoi. Inspiré par la récente guerre d'indépendance qui a libéré le nouveau monde, le peuple est prêt à se soulever et à renverser la monarchie amorphe et la noblesse corrompue. Nous sommes à l'aube d'une nouvelle ère pour les masses et au crépuscule des quelques privilégiés. Aux Tuileries, Louis XVI et son épouse Marie-Antoinette sont désemparés. Terrorisés par les menaces et les insultes que fait pleuvoir sur eux une populace de plus en plus incontrôlable, ils s'apprêtent à fuir ce soir en Belgique, où ils comptent retrouver les armées royalistes brûlant de venger l'affront fait à la famille royale.

— Voilà qui a l'air excitant. Vont-ils s'en sortir ?

— Hélas non. L'histoire nous apprend que les choses vont aller de travers à des moments cruciaux. Finalement, la famille royale sera ramenée à Paris par la Garde républicaine. Peu après, le roi et la reine perdront la tête sous la guillotine.

— Sont-ils donc mauvais ? »

Méphistophélès esquissa un sourire triste. « Pas du tout. Ce ne sont que de pauvres créatures victimes de leur époque. Leur mort ne résoudra rien, et leur exécution révoltera le monde. Il y aura des batailles et des massacres, et la France se retrouvera seule face aux armées d'Europe.

— Je présume que vous voulez que je sauve le roi et la reine ?

— Vous êtes absolument libre de décider de ce que vous avez à faire. Mais ce *serait* un noble geste, oui.

— Comment m'y prendre ?

— La fuite est prévue pour ce soir. Les uns après les autres, tous les membres de la famille royale vont sortir du palais et grimper dans des voitures conduites par des loyalistes. Mais Marie-Antoinette mettra tellement de temps à se préparer que la sienne partira avec plusieurs heures de retard. À cause de ce retard, le duc de Choiseul, qui attend à la lisière d'un bois avec une troupe de quarante hussards dévoués au roi, en déduira que le projet a été reporté et abandonnera son poste. C'est un point essentiel.

— Il y en a d'autres ?

— Plusieurs autres. Au cours de la fuite, un certain Jean-

Baptiste Drouet reconnaîtra le roi au moment où la voiture traversera le bourg de Sainte-Menehould. Ce Drouet donnera l'alerte qui aboutira à l'arrestation de Louis XVI. Qu'il ait aperçu celui-ci est un pur fruit du hasard. Si l'on détournait son attention...

— Je commence à saisir l'idée.

— Au cas où cela se révélerait impossible, le roi et la reine pourraient encore être sauvés si le pont de Varennes était ouvert, au lieu d'être bloqué. L'obstacle empêchera la voiture royale de passer la frontière belge et de se retrouver en sécurité. Je résume, il y a trois possibilités : le retard de Marie-Antoinette, la vigilance de Drouet et le pont de Varennes. Changez l'une de ces données, et vous changerez l'histoire. Êtes-vous prêt, Faust ?

— Je crois. Aussi prêt que je le serai jamais.

— Parfait. Et, s'il vous plaît, Johann, tâchez de réussir cette fois. C'est la dernière, vous savez. Je passerai vous voir de temps à autre pour m'assurer que tout va bien. Et éventuellement pour vous donner un petit coup de main. » Il lui fit un petit clin d'œil. « À plus tard ! »

Sur ces mots, Méphisto disparut.

Interrogeant une poissonnière qui passait par là, Mack apprit que Marie-Antoinette était à Versailles, à quelques lieues de Paris. Place Saint-Michel, il trouva une diligence publique, et paya un centime pour y monter. Tiré par quatre chevaux, l'omnibus, comme on l'appelait, traversa Paris, s'arrêtant çà et là pour laisser monter ou descendre des passagers, jusqu'à franchir les limites de la ville, rejoignant une route qui serpentait gaiement à travers des champs verdoyants et de charmants petits bois.

Mack descendit au château de Versailles et se dirigea vers la grande entrée. Le garde armé à la porte, resplendissant dans sa livrée pourpre et blanc, aux armoiries de la reine, pointa sa lance vers Mack. « Hé, toi ! Que veux-tu ?

— Je demande une audience avec la reine.

— La reine ne reçoit personne aujourd'hui.
— Je sais, mais il y a urgence.
— Je viens de te dire qu'elle ne recevait personne.
— Dis-lui que le docteur Faust est là. Elle te récompensera, tu verras. Et j'ai quelque chose pour toi, moi aussi. »
Il lui tendit une pièce d'or.

« Merci, citoyen, dit le garde en empochant celle-ci. Maintenant déguerpis ou je t'arrête pour corruption de fonctionnaire. »

2

La villa de l'archange Michel se dressait sur un parc d'un demi-hectare, dans un quartier résidentiel des Cieux. Il était dans son jardin, soignant ses rosiers. Levant la tête, il aperçut Ylith, ange apprenti et sorcière repentie, qui montait les marches de marbre.

« Ah, Ylith, quelle bonne surprise ! » Il posa son sécateur et s'essuya les mains. « Puis-je t'offrir un verre de citronnade ? Il fait chaud ce matin, et sec. Encore une journée paradisiaque en perspective !

— Non, merci, répondit Ylith. Je suis venue te parler de quelque chose qui me chiffonne.

— Ah, tu dois tout me dire. Qu'est-ce qui ne va pas ?

— J'ai trouvé la preuve que Méphistophélès triche.

— Ah bon ! s'exclama Michel d'un air amusé. Mais on pouvait s'y attendre, puisqu'il s'agit d'un démon.

— Oui, mais il y a plus déconcertant. J'ai la preuve que *tu* triches aussi.

— Moi ?

— Oui, toi. »

Michel se tut un instant, l'air soucieux. Puis il lui demanda : « Tu es nouvelle parmi nous, n'est-ce pas ?

— Oui, mais quelle différence… »

Michel leva la main. « Tu manques donc d'expérience et

de connaissance au sujet de la grande harmonie qui englobe le Bien et le Mal dans une même sphère et leur dicte les règles de leur comportement.

— Je n'ai jamais entendu parler de cette grande harmonie. Fait-elle une différence ? Je te parle de tricherie pure et simple.

— Toute la différence du monde, ma chère. Réfléchis : pour que la lumière et les ténèbres puissent se mesurer dans un concours, elles doivent être sur un pied d'égalité. En outre, toutes deux doivent être conscientes que l'issue de la bataille ne signifie pas une victoire complète et définitive sur l'autre. Le Bien et le Mal sont interdépendants. L'un ne peut exister sans l'autre. Le comprends-tu ?

— Je crois, mais quelle différence…

— Dans un certain sens, le Bien et le Mal sont une seule et même entité. Pour qu'il y ait une quelconque interaction entre nous, nous choisissons une cause ou l'autre. Nous jouons pour gagner et cherchons à éliminer définitivement l'adversaire, mais, au fond de nous-mêmes, nous savons qu'une vraie victoire n'est ni possible, ni envisageable, ni même souhaitable. Tu me suis ?

— Je ne suis pas sûre. Mais poursuis, je t'en prie.

— Pour que le concours soit équitable, les deux parties doivent disposer de moyens équivalents. Le Bien ne peut se permettre de partir avec un handicap en se privant des alternatives "sournoises" accessibles au Mal. De même que celui-ci peut parfaitement faire preuve de bienveillance pour parvenir à ses fins malveillantes. Il arrive donc que le Bien contourne la loi pour satisfaire ses nobles desseins. L'objectif ultime, ma chère Ylith, n'étant pas de définir ce qui est bien ou ce qui est mal, mais de savoir ce qui se trouve là-dedans. » Il posa une main sur son cœur.

« Ça signifie que tu as le droit de tricher ? »

Michel sourit et détourna le regard. « Ça signifie que nous avons autant le droit de tricher que le Mal.

— Et tu vas me faire croire que c'est *bien* de tricher pour gagner ?

— Disons plutôt que ce n'est pas *mal*.

— Eh bien, maintenant que j'ai tout entendu, il faut que j'y réfléchisse. »

3

C'était le soir aux Tuileries, dont les fenêtres brillaient de mille feux. Des gens allaient et venaient en hâte par les grandes portes sculptées de l'entrée du palais. Ils portaient tous le bleu et le gris républicains, plutôt que le rouge et le blanc de la royauté. Assis sur un petit banc de l'autre côté de la rue et du flot incessant des passants, Mack réfléchissait.

Une brise fit frissonner les petites haies de buis soigneusement taillées qui bordaient le palais. Puis Mack perçut quelque chose d'un peu plus concret qu'une brise. C'était une petite voix désincarnée qui errait le long de l'avenue bordée d'arbres en chuchotant : « Faust ! Faust ! Où es-tu, Faust ? »

Mack regarda autour de lui : « On m'appelle ? »

Ylith se matérialisa à ses côtés. Elle portait une superbe tenue d'équitation en velours noir et en daim. Ses bottes brillaient, et ses longs cheveux noirs étaient retenus dans un fichu blanc. « Vous vous souvenez de moi ?

— En effet, grommela Mack. Vous m'avez enfermé dans un labyrinthe de miroirs à Pékin, parce que vous croyiez que j'avais triché.

— J'ai appris deux ou trois choses depuis. Quels sont vos projets, à présent ? »

Mack songea à tourner le dos et à bouder cette jeune

femme superbe et troublante, mais impétueuse, très intolérante et agressive. Si elle était si maligne, elle n'avait qu'à deviner toute seule. Toutefois, sentant qu'il pourrait peut-être en tirer profit, il ravala sa rancœur et expliqua :
« J'essaie de sauver le roi et la reine de France.

— Pourquoi voulez-vous les sauver ?

— Qu'est-ce que j'en sais, moi ? Je ne les connais même pas, vous comprenez. Mais il faut bien que je fasse quelque chose dans ce concours... Alors ça ou autre chose ! Après tout, quelle importance ? Ce ne sont jamais que deux idiots dont le crime principal est d'être nés nobles. Et, de toute manière, Méphistophélès semble penser que ce serait une bonne chose à faire.

— Je vois. Et si Méphistophélès le veut, c'est que Michel est contre.

— Sans doute. Et comme vous êtes dans le camp de Michel...

— Je ne sais plus très bien de quel bord je suis. Mais je vous ai fait du tort par le passé, et je suis venue le réparer. Comment puis-je vous aider ?

— Il faudrait convaincre la reine de se dépêcher. Il est huit heures, ils devraient déjà être partis, mais elle est toujours dans ses appartements.

— Je vais voir ce que je peux faire. » Avec un double geste gracieux de ses longs doigts fuselés, elle disparut sous les yeux de Mack.

4

Ylith réapparut au second étage des Tuileries, dans le couloir qui menait aux appartements royaux. Elle se félicita mentalement d'avoir maintenu son sort d'invisibilité : des soldats de la Garde nationale titubaient entre les murs tapissés de somptueux papiers peints, pinçant l'arrière-train des dames de compagnie terrorisées, sifflant du vin ordinaire à la bouteille, se bâfrant de croissants en laissant tomber des miettes sur les tapis. Ylith passa entre les gardes saouls, trouva les appartements de la reine et se glissa à l'intérieur. Elle découvrit Marie-Antoinette endormie tout habillée sur une bergère. Même dans son sommeil, ses doigts de reine ne cessaient de s'ouvrir et de se refermer, comme s'ils tentaient de retenir quelque chose qui leur échappait, peut-être la vie elle-même.

Puis la reine prit conscience d'une présence dans la chambre. Elle ouvrit grands ses yeux bleus.

« Qui êtes-vous ?

— Juste un esprit amical, Votre Majesté. Je suis venue vous aider à sortir de ce pétrin.

— Oh, je vous en prie, sauvez-nous !

— Pour dire les choses clairement, ma chère Marie, si je peux me permettre de vous appeler ainsi, votre fuite est programmée pour huit heures ce soir, heure à laquelle vous descendrez au rez-de-chaussée déguisée en gouvernante, passerez devant les gardes qui ne remarqueront rien, puis grimperez dans une voiture qui vous conduira hors de la ville. Là, votre époux et vos enfants vous attendront avec une voiture, pour fuir jusqu'en Belgique.

— Oui, c'est bien notre projet, dit Marie-Antoinette en écarquillant les yeux. Comment le savez-vous ? Y a-t-il un problème ?

— C'est un bon projet, mais l'histoire nous apprend que vous êtes partie avec plusieurs heures de retard, ce qui a bouleversé l'emploi du temps si méticuleusement préparé, et ruiné tous vos projets.

— Moi, en retard ? s'indigna Marie-Antoinette. Impossible ! Certes, s'il s'agissait de quelque rendez-vous galant lié à une idylle que j'aurais entretenue en secret, le genre de liaison scandaleuse que l'histoire ne manquera pas d'associer à mon nom, comme si je n'avais été qu'une abjecte et vulgaire catin de seconde zone comme cette Du Barry ; j'aurais sans doute traîné un peu, vous voyez, me faisant désirer un petit moment afin d'ajouter un peu de piquant à l'aventure et d'attiser les ardeurs d'un bel étranger ténébreux et bien bâti. J'aurais prétexté avoir oublié mon manchon, mon coffre à bijoux, mon épagneul, ou que sais-je encore, afin de le laisser piaffer d'impatience en lissant sa belle moustache noire, debout près de son carrosse. Et le désir serait monté en lui avec la force d'une sève de printemps, d'une marée d'équinoxe, tandis qu'il aurait comparé la frivolité apparente de mon attitude avec la solennité de l'occasion. Mais, mon cher esprit, il ne s'agit nullement d'un simple flirt et je ne suis pas niaise au point d'arriver en retard à un rendez-vous dont ma vie dépend !

— Je suis heureuse de constater que Votre Majesté est moins volage que les manuels d'histoire ne l'ont dépeinte. Il suffit donc que nous sortions d'ici à huit heures précises, et le reste ne sera plus qu'un jeu d'enfant.

— Oui, je vous approuve ! Mais je crains que vous ne vous mépreniez. Le départ a été fixé à onze heures. »

Ylith réfléchit et secoua la tête. « Votre Majesté, vous devez faire erreur. Je connais l'heure de source sûre ; l'histoire elle-même.

— Loin de moi toute velléité de contrarier l'histoire, mais j'ai parlé au cocher il y a une heure à peine. Il m'a affirmé très précisément que c'était pour onze heures.

— On m'a dit huit, je vous assure.

— On vous a trompée, je vous assure.

— Ne bougez pas, je vais vérifier. »

Elle se transporta hors de la pièce et traversa comme une flèche les royaumes multicolores qui séparent les fines strates de l'existence, pour se rendre à la Bibliothèque des Dates et des Heures, où tout ce qui s'est jamais produit est archivé avec la date et l'heure exacte.

Ylith se dirigea droit vers le grand ordinateur qu'on avait installé depuis peu pour gérer les archives terrestres. Cette ingérence de la technologie humaine dans les sphères célestes avait heurté la susceptibilité de quelques esprits, bons et mauvais, qui considéraient l'informatique comme un gadget tapageur que l'on ne maîtrisait pas encore suffisamment pour que cela puisse convenir à des critères divins. Néanmoins, nombreux étaient ceux qui estimaient que c'était là une opinion rétrograde. Un consensus avait été atteint, unissant les créatures de la lumière et celles des ténèbres. La règle était désormais : *Au Ciel comme sur la Terre*. En d'autres termes, les esprits devaient vivre avec leur temps, comme tout le monde. Bizarre, mais nécessaire.

Ylith alla donc se poster devant un écran et se présenta.

« Je présume que tu as un problème, dit la machine. Dis-moi ce que j'ai besoin de savoir. »

Ylith alla droit au but : « Il me faut une heure exacte de départ dans une situation historique importante. Marie-Antoinette pense qu'elle doit retrouver le cocher qui la conduira loin de Paris et de la guillotine à onze heures du soir. On m'avait préalablement annoncé huit heures. Qui dois-je croire ?

— Désolé, répondit l'ordinateur après une nanoseconde d'hésitation. Cette information est classée confidentielle.

— C'est un fait tout simple, allons, qui doit figurer quelque part dans tes fichiers ! Il n'a rien de confidentiel, protesta Ylith.

— En réalité, il ne l'est pas. Mais on m'a programmé pour répondre qu'un certain type de données était confidentiel, au cas où on me les demanderait.

— Quel type ?

— Les informations simples et apparemment facilement vérifiables mais qui sont, en fait, impossibles à fournir avec précision.

— Et qu'est-ce qui t'empêche de les vérifier ?

— Les données en soi ne sont pas le problème. C'est ma routine de recherche qui est désactivée pour le moment.

— Pourquoi ?

— Parce que les techniciens sont en train d'introduire un nouveau programme de classement des données déjà enregistrées sur fichiers. Pour pouvoir l'utiliser, ils doivent inventer un système d'archivage capable de comprendre quelque chose au nouveau programme de classement.

— Et, pendant ce temps, tu ne peux rien trouver ? C'est ridicule ! Pourquoi ne fais-tu rien contre cette situation ?

— Moi ?

— Oui, toi !

— Je ne suis pas censé le faire. Ils m'ont dit qu'ils me préviendraient dès qu'ils auraient terminé.

— En d'autres termes, tu ne connais pas l'information que je suis venue chercher ?

— Je n'ai jamais dit ça, s'exclama l'ordinateur, vexé. Je connais toutes les données, figure-toi. C'est simplement mon système de recherche qui est hors circuit. Ce qui rend techniquement impossible de répondre à ta demande.

— Techniquement ! Mais pas virtuellement !

— Non, bien sûr, pas virtuellement.

— Alors donne-moi une réponse virtuelle. Ou peut-être n'en es-tu pas capable non plus.

— Je pourrais si je voulais. Mais je ne veux pas. »

Comprenant qu'elle avait froissé la dignité de l'ordinateur, Ylith décida de changer de tactique. « Allez, fais-le pour moi, susurra-t-elle.

— Bon, allez, d'accord, ma puce, je vais voir ce que je peux faire. » Quelques voyants clignotèrent, puis il annonça : « Trois heures du matin.

— Impossible, affirma Ylith.

— Ce n'est pas ce que tu attendais ? Je t'avais prévenue, mon système de recherche est désactivé.

— Je sais, mais tu as dit que tu pouvais t'en passer !

— C'est ce que j'ai fait. Et j'ai trouvé trois heures du matin.

— Tu es sûr que tu ne peux pas faire mieux ? Bon, ben tant pis, je m'arrangerai avec ça. Merci ! »

5

Ylith se hâta de retourner auprès de Marie-Antoinette. « Quelle heure est-il ? »

Marie-Antoinette consulta son sablier. « Bientôt onze heures. »

Ylith jeta un coup d'œil à sa clepsydre de poignet. « Pour moi, il est presque huit heures. Eh bien, peu importe. Très bien, allons-y.

— Je suis prête, dit Marie-Antoinette. Laissez-moi prendre mon sac à main. »

Dehors, un cocher de haute taille battait la semelle pour activer sa circulation sanguine. Il jetait de temps à autre un œil inquiet à l'intérieur de la voiture capitonnée pour consulter la pendule enchâssée dans une niche de bois de rose. « Malédiction, malédiction, malédiction », marmonnait-il entre ses dents en suédois.

Enfin, l'une des portes du palais s'ouvrit et deux femmes apparurent. L'une blonde, l'autre brune.

« Votre Majesté ! chuchota le cocher. Où diable étiez-vous ?

— Que voulez-vous dire, où diable étais-je ? Je suis parfaitement à l'heure.

— Je suis navré de vous contredire, Votre Majesté, mais vous avez quatre heures de retard. Cela ne va pas faciliter notre affaire, croyez-moi.

— Moi ? En retard ? Impossible ! » Elle se tourna vers Ylith. « Quelle heure avez-vous ? »

Ylith consulta son petit sablier de voyage. « Huit heures pile. »

Marie-Antoinette regarda le sien : « Pour moi, il est onze heures précises.

— Et pour moi, dit le cocher, il est trois heures du matin ! »

Tous trois échangèrent des regards consternés, maudissant d'un même grognement l'absence d'uniformisation des fuseaux horaires à l'époque. Ylith comprit douloureusement que Marie-Antoinette en était encore à l'heure française royaliste, le cocher à l'heure réformée suédoise, et elle-même à l'heure spirituelle standard. Selon chacun de ces systèmes, et de nombreux autres, Marie-Antoinette était en retard pour son rendez-vous crucial.

Le cocher dit : « On n'y peut plus rien. Allons-y. Mais nous sommes en retard, très en retard. »

6

Mack s'était assoupi devant l'Hôtel de Ville quand une main le secoua brutalement par l'épaule.

« Qu'est-ce que c'est ? » Il s'éveilla en sursaut et se retrouva nez à nez avec un petit visage barbu.

« C'est moi, Rognir, le nain.

— Ah, oui ! fit Mack en se redressant et en se frottant les yeux. Que puis-je faire pour toi ?

— Rien du tout. Mais j'ai un message pour toi. Ylith m'a demandé de venir te trouver, et de te dire qu'elle n'avait pas réussi à avancer le départ de la reine. Quelque chose à propos d'une confusion liée au temps, mais je ne me souviens plus très bien.

— Malédiction ! dit Mack. Donc, la voiture royale est partie en retard pour sa course funeste vers Varennes !

— Si tu le dis. Personne n'a jugé bon de m'expliquer de quoi il retournait.

— J'essaie d'éviter à la famille royale d'être capturée. Mais je ne vois pas ce que je peux faire, à moins d'avoir un cheval.

— Un cheval ? Pour quoi faire ?

— Pour aller à Sainte-Menehould, où j'aurai une deuxième chance de modifier le destin de Louis XVI et de Marie-Antoinette.

— Et pourquoi ne pas y aller par magie ? dit Rognir en versant un grand bol de vin à Mack.

— Je ne connais pas les bonnes formules, avoua Mack.

— L'autre type les connaissait.

— Quel autre type ?

— Celui à qui j'ai donné un coup de main sur le Styx.

— Tu veux dire Faust ?

— C'est le nom qu'on m'a indiqué, oui.

— Moi aussi je suis Faust.

— Puisque tu le dis.

— Mais il cherche à se débarrasser de moi.

— Ça, ce n'est pas gentil. Il ne faut pas m'en vouloir : si je l'ai aidé, c'était pour mettre dans le pétrin un certain démon de ma connaissance. Il m'a roulé au sujet d'un contrat de travail. Les nains ont la mémoire longue...

— Et de courtes barbes drues, interrompit Mack. Enfer ! Comment faire pour arriver à Sainte-Menehould avant la voiture royale ?

— Faut te remuer les fesses et te trouver un cheval ! »

Mack lui lança un regard agacé. « Et tu crois que c'est aussi simple que ça !

— Il vaut mieux, sinon, tu vas te retrouver dans de sales draps. »

Mack acquiesça. « Tu as raison. C'est bon, j'y vais. »

Un peu plus tard, Mack galopait à travers une sombre forêt sur un impétueux destrier noir. Il l'avait réquisitionné à un palefrenier que Rognir lui avait indiqué devant les Tuileries, au nom du Comité de salut public. Nul n'avait osé protester.

Tout en galopant sur le sentier obscur, il se félicitait de la belle monture qu'il avait choisie. Puis il entendit un bruit de sabots derrière lui. Il se retourna et ce qu'il vit lui glaça le sang. Se couchant sur l'encolure de son cheval, il l'éperonna de plus belle. C'était un destrier rapide, mais pas assez pour semer le cavalier qui était à ses trousses.

Il semblait ne rien y avoir à faire. Son poursuivant arriva bientôt à sa hauteur. C'était Faust, les longs pans noirs de sa veste claquaient au vent, son chapeau en forme de tuyau de poêle était rabattu sur son front. Il arborait un sourire méchant.

« On se retrouve, imposteur ! » cria-t-il.

Ils galopèrent un bon moment flanc contre flanc. Mack faisait de son mieux pour rester en selle, car il n'avait pas l'habitude de traverser de nuit une forêt dense à une allure effrénée avec à sa hauteur un autre cavalier qui lui hurlait des insultes. C'était sans doute également le cas pour Faust. Mais le magicien de Wittenberg s'en sortait nettement mieux. Il montait comme un Magyar, comme on dit, avec Hélène en croupe, assise en amazone, ses bras de nymphe délicatement enroulés autour de sa taille. Naturellement, Mack portait Marguerite, qui était restée silencieuse jusque-là, fascinée par les jeux d'ombres vacillantes au clair de lune. Pour ce qui était du poids, les deux cavaliers étaient donc à égalité, mais Faust l'emportait de loin par son aplomb et sa verve.

« Abandonnez vos prétentions sur mon illustre nom ! vociférait-il. Car le monde entier saura bientôt que seul Faust est en mesure d'organiser en mélopée harmonieuse les notes obscures de la grande partition du destin. Les misérables pendards de votre espèce feraient mieux de s'écarter de mon chemin avant que je ne leur flanque une raclée cinq étoiles ! »

Le discours de Faust n'était pas des plus limpides, et ses tentatives pour imiter l'argot du futur pas des plus heureuses, bien que louables. Ce qu'il voulait dire, en fait, c'était : « Hors de ma vue, ou alors... »

« Je ne peux plus faire marche arrière ! hurla Mack. C'est mon histoire !

— Et puis quoi, encore ? Je suis l'unique et sublimissime Faust ! » Une lueur inquiétante brillait dans ses yeux de lycanthrope. S'approchant davantage de Mack, il sortit de sa poche intérieure un objet d'environ un mètre de long, incrusté de joyaux dont l'éclat indiquait sans conteste qu'il ne s'agissait pas d'un simple sceptre comme on aurait pu le croire de prime abord. En l'occurrence, c'était le sceptre magique de Kubilai Khan, volé précédemment par Mack, et tombé par on ne sait quel miracle entre les mains de Faust. À la manière dont le magicien le brandissait, on devinait qu'il en avait percé le secret, à savoir que, lorsqu'on le pointait vers une personne en récitant la formule magique adéquate : « Bang ! », ladite personne était immédiatement démolécularisée jusqu'à la moelle, d'une manière qui anticipait les rayons de la mort d'une époque ultérieure.

Devant une telle puissance de feu occulte, Mack faillit baisser les bras. Mais, au dernier moment, il entrevit un expédient désespéré, sous la forme d'un grand chêne. Il minuta son coup avec soin, puis fit effectuer une embardée à son destrier noir, qui envoya ainsi un formidable coup de croupe dans le flanc de la monture de Faust. Celle-ci réagit instinctivement, comme on le fait généralement dans ce genre de situation, et, tandis que Mack faisait un écart astucieux sur la droite pour contourner l'obstacle, Faust le heurta de plein fouet la tête la première, avec une telle violence que Mack, en se retournant, vit même tournoyer au-dessus de son crâne des étoiles et des chandelles. Marguerite poussa un petit gémissement de compassion. Le docteur s'effondra sur le sol, assommé, tandis que son coursier s'emballait et filait dans une direction opposée à celle qu'était en train de prendre Mack, c'est-à-dire celle de Sainte-Menehould. Hélène, en digne épouse de guerrier, avait sauté à terre, roulé plusieurs fois sur elle-même, s'était redressée sans une égratignure et remettait à présent un peu d'ordre dans sa coiffure. L'écrasement d'un magicien ou d'une armée entière, pour elle, c'était du pareil au même. Il fallait se montrer sous son meilleur jour en toutes circonstances.

7

Après avoir parcouru une distance considérable au grand galop, Mack et Marguerite débouchèrent dans une clairière où se dressait une auberge au toit de chaume dont la cheminée fumait. Cela paraissait l'endroit idéal pour faire une petite pause amplement méritée. Mack aida Marguerite à descendre de cheval, attacha sa monture à un poteau prévu à cet effet et pompa de l'eau à une fontaine voisine pour l'abreuver. Puis ils entrèrent.

Il y avait là le sempiternel tavernier, astiquant ses cuivres derrière le comptoir, et, au fond de la salle, un beau feu de bois. Un autre voyageur était assis, leur tournant le dos, se réchauffant les mains devant l'âtre.

«Bienvenue à vous, voyageurs, fit le tavernier. Désirez-vous une tasse de cognac pour vous mettre en appétit?

— Il est trop tôt pour boire. Un grand bol d'infusion de pignons de pin suffira à nous tenir éveillés.

— Prenez un siège près du feu et réchauffez-vous. J'ai justement des pignons de pin qui infusent gentiment. Je vous en apporte tout de suite.»

Mack alla s'asseoir devant la cheminée, saluant poliment l'inconnu au passage, d'un signe de tête. Celui-ci était emmitouflé dans une grande cape, le visage caché sous une capuche. Un arc et un carquois étaient posés contre le mur près de lui.

« Bonsoir », dit l'inconnu en ramenant son capuchon en arrière.

Mack le dévisagea un moment. « Vous savez, j'ai l'impression de vous avoir déjà vu quelque part.

— Vous avez peut-être déjà vu mon buste dans un musée, répondit l'inconnu. Je suis Ulysse, et mes aventures depuis mon départ de la banlieue du Tartare jusqu'ici feraient un beau récit, si nous avions le temps. Mais nous ne l'avons pas. Vous ne vous appelleriez pas Faust, par hasard ? »

Ulysse s'exprimait en grec homérique, avec un léger accent ithaquien que Mack comprenait parfaitement, car Méphistophélès ne lui avait toujours pas réclamé son Don des langues.

« Eh bien, oui. Je veux dire, en un sens, je le connais. Voilà, c'est plutôt ça : je le connais. C'est-à-dire que je fais le travail de Faust pour lui, mais, à présent, je ne suis plus très sûr d'avoir envie de continuer.

— Êtes-vous le Faust qui voyage avec Hélène de Troie ?

— Non, ça c'est l'autre. Moi, je voyage avec Marguerite. » Il se tourna pour présenter Marguerite, mais découvrit qu'elle s'était déjà endormie dans un coin de la salle.

« Mais vous prétendez bien être Faust, vous aussi ? insista Ulysse.

— En ce moment, je joue le rôle de Faust dans ce concours entre les ténèbres et la lumière. Mais le vrai Faust essaie de m'évincer.

— Et que comptez-vous faire ?

— Je ne sais pas trop. Mon imposture commence à me peser sur la conscience. Peut-être que je ferais bien d'abandonner et de laisser Faust reprendre sa place.

— Vous semblez pourtant ne pas trop mal vous en sortir. Pourquoi abandonneriez-vous ? Qu'est-ce que ce Faust a de plus que vous ?

— Eh bien, c'est que, cet autre Faust, c'est un grand magicien, alors il a le droit de représenter l'humanité...

— Balivernes ! » Ulysse s'emmitoufla un peu plus confortablement dans son manteau. « Pourquoi l'humanité serait-elle représentée par un magicien ? Ils sont comme les politiciens, en pire. Vous n'avez donc encore rien compris ? La magie s'est toujours exercée au détriment des hommes.

— Je ne l'avais jamais vue sous cet angle, avoua Mack.

— La magie, c'est le pouvoir, et seule quelques personnes en ont la maîtrise. Vous trouvez normal qu'une bande de magiciens dirige le monde ? Vous tenez vraiment à ce que Faust vous gouverne ?

— Je supposais seulement que les magiciens en savaient plus que les hommes ordinaires.

— Ce qu'ils savent n'est pas nécessairement utile aux autres hommes. J'ai quelque expérience en la matière. De mon temps, on avait Tirésias. C'était un grand personnage. Mais vous croyez que nous l'aurions laissé nous commander en politique ou à la guerre ? Jamais ! Notre chef, Agamemnon, n'était pas parfait, mais il nous ressemblait et ne prétendait pas recevoir ses ordres des dieux ou des esprits. Méfiez-vous de ceux qui affirment parler avec les dieux !

— Mais c'est lui, le véritable Faust !

— Peut-être, mais cela ne fait pas de lui le vrai détenteur de l'esprit faustien. C'est vous, mon cher Mack, un homme sans artifice, qui n'a ni connaissances ni capacités particulières, et qui cherche néanmoins à rester maître de son propre destin. »

Ces paroles d'encouragement remirent du baume au cœur de Mack. Il vida son bol d'infusion aux pignons de pin et se leva tout ragaillardi, laissant Marguerite à moitié endormie le temps de finir le sien, et de se lever à son tour. « Je ferais bien de reprendre ma route, monsieur Ulysse.

— Et Faust ?

— Il me suit.

— Ah, bien... soupira Ulysse. Tu entends, Achille ? »

Achille, qui dormait dans un coin sombre de la pièce, sursauta et se redressa : « Tu m'as appelé, Ulysse ?

— Prépare-toi, mon ami ! Faust arrive. »

Ulysse et Achille ! Mack espéra qu'ils réussiraient à retenir Faust un bon moment.

« Viens, Marguerite, dit-il.

— J'arrive », répondit-elle en bâillant.

Ils quittèrent l'auberge quelques instants plus tard, remontèrent à cheval et s'éloignèrent en direction de Sainte-Menehould.

8

Faust arriva à son tour à l'auberge vingt minutes plus tard. Il n'avait gardé qu'une ecchymose jaunâtre à la tempe de son étreinte frontale avec le chêne séculaire. Sinon, il paraissait indemne. Hélène était légèrement échevelée, mais plus belle que jamais.

Ils entrèrent dans la chaumière et se retrouvèrent nez à nez avec Ulysse, qui déclama d'emblée : « Je sais qui vous êtes. Vous vous nommez Faust.

— Ce n'est un secret pour personne, répliqua ce dernier.

— Et vous vous êtes emparé d'Hélène de Troie.

— Évidemment ! C'est la plus belle femme du monde, et donc la seule compagne digne de moi. Et vous, d'où sortez-vous, et que me voulez-vous ? »

Ulysse se présenta, ainsi qu'Achille. Si Faust fut impressionné, il n'en montra rien.

« Nous voulons Hélène, tonna Ulysse. Votre démon n'avait aucun droit de la kidnapper illégalement de la demeure de son époux dans le Tartare.

— Ce n'est pas mon problème. On me l'a donnée, et je vais la garder.

— J'ai déjà entendu ça quelque part », marmonna Ulysse, faisant allusion à la querelle qui avait opposé Achille à Agamemnon quand celui-ci avait refusé de lui restituer l'esclave Briséis. Dépité, Achille était resté sous sa tente à bouder, manquant de provoquer la déroute des armées grecques devant les remparts de Troie.

« Ce n'est pas le moment de ressortir tes vieux souvenirs, Ulysse, intervint Achille. C'est sans importance. Rends-nous Hélène.

— C'est hors de question. Vous comptez me l'enlever par la force ? » Faust sortit de sa poche intérieure un gros pistolet antique et le pointa vers eux.

« Nous le pourrions si nous en avions la volonté. Et votre arme ne nous arrêterait pas. Rengaine ton épée, Achille. J'ai une meilleure idée. »

Portant deux doigts à ses lèvres, il émit un long sifflement plaintif auquel répondirent presque aussitôt des cris stridents. Dans un premier temps, on aurait pu croire que c'était le vent qui hurlait, mais il devint bientôt évident qu'il s'agissait des piailleries de vieilles femmes.

Les portes de l'auberge s'ouvrirent avec fracas, et une odeur pestilentielle se répandit dans la pièce. Les Furies surgirent en battant des ailes, sous la forme de corbeaux aux plumes poussiéreuses, croassant et bombardant l'assistance de fientes nauséabondes. Puis elles reprirent leur forme humaine — trois vieilles femmes au long nez crochu et verruqueux, vêtues de guenilles noires. Alecto était obèse, et Tisiphone squelettique. Quant à Mégère, elle était à la fois obèse et squelettique, mais aux mauvais endroits. Les trois sœurs avaient des yeux comme des œufs au plat dont le jaune aurait coulé. Elles se mirent à danser autour de Faust, glapissant, caquetant, gloussant, chuintant, crachotant, sautillant, caracolant et cabriolant. Il tentait de garder une allure digne, ce qui demandait un effort de concentration considérable, compte tenu des pitreries antiques des vieilles harpies qui l'entouraient.

Enfin, exaspéré, il s'écria : « Cette conduite ne vous mènera à rien, mesdames, car je ne suis ni de votre époque ni de votre monde ; il est peu probable que votre manège m'emplisse de terreur pieuse.

— Pieuse, chieuse ! ricana Tisiphone. Nous ne pouvons peut-être pas te contraindre physiquement. Mais il te sera sans doute difficile de mener une conversation tant que nous te hurlerons aux oreilles.
— C'est ridicule.
— Mais c'est ainsi, dit Tisiphone. Peut-être aimerais-tu entendre une chanson folk particulièrement agaçante avec plusieurs centaines de refrains ! On y va, les filles. »

Faust eut un mouvement d'effroi quand les Furies entonnèrent une version hellénique et primitive d'*Il est des nôôôôtreeuus*. Cela rappelait vaguement une meute de hyènes en chaleur, mais c'était bien pire. Le magicien fit preuve d'un grand stoïcisme pendant quelques minutes, puis constata rapidement qu'il ne pouvait plus réfléchir ni même respirer. Enfin, il leva la main en signe de reddition.

« Une pause, mesdames, que je réfléchisse à la situation. »

Une fois le silence rétabli, Faust se retira dans un coin de la salle pour avoir une petite conversation avec l'aubergiste. Mais, ne lui faisant pas confiance, les Furies se mirent à parler entre elles. Leurs voix s'infiltrèrent dans les pensées du magicien, comme si elles émanaient de sa propre conscience. Elles lui chuchotaient : « Alors, qu'est-ce que je fais là ? Ce n'est pas un lieu pour un génie. Ce vacarme m'empêche de réfléchir. Et si seulement je pouvais réfléchir, à quoi penserais-je ? À Hélène ? Mais comment penser sereinement à Hélène, avec ces trois hideuses femelles qui accaparent mon esprit, qui m'inspirent plus d'horreur et de répulsion qu'une colonie de cafards géants qui se négligent ? »

Bien que ces méditations lui fussent soufflées par les Furies, Faust ne douta pas un instant qu'elles étaient le fruit de sa propre pensée, aussi conclut-il : « À quoi bon conserver Hélène, si mon esprit est monopolisé par la recette du boudin noir et les tuyaux de base pour tricher au mah-jong ? Cela ne fait aucun doute : ces sorcières ont gagné la partie.» Et il dit à voix haute : «C'est bon, puisque vous y tenez tant, elle est à vous!»

Les trois vieilles femmes disparurent aussitôt comme elles étaient venues, emportant avec elles Hélène, ainsi qu'Ulysse et Achille, tout joyeux. Resté seul, Faust avala un quignon de pain arrosé d'un verre de vin. Avoir perdu la plus belle femme du monde était agaçant, mais, finalement, il devait se souvenir qu'au départ il n'en voulait même pas. Maintenant qu'il était débarrassé d'elle, il pouvait enfin se consacrer tout entier à sa tâche principale, devenir le seul et unique Faust du grand concours entre la lumière et les ténèbres.

Il n'y avait plus de temps à perdre. Il sortit de l'auberge, remonta lestement en selle, et reprit la poursuite de plus belle. Un vrai Magyar, comme on dit.

9

Mack sortit enfin de la forêt, au-delà de laquelle se trouvait le bourg de Sommevesle, où il espérait trouver le duc de Choiseul, grand espoir des royalistes. Il le découvrit assis devant une auberge à l'entrée du village, parcourant les offres de juments de seconde main dans les petites annonces d'un journal parisien.

« Le duc de Choiseul, je présume ? » demanda-t-il.

L'homme leva le nez et inspecta Mack à travers son monocle cerclé de métal. « Lui-même.

— Je vous apporte des nouvelles du roi !

— Eh bien, il était temps ! » dit le duc. Il replia son journal, *Révolution*, et montra la première page à Mack. « Vous avez vu ça ? Danton et Saint-Just réclament la tête du roi et celle de Marie-Antoinette également. De mon temps, on appelait ça un crime de lèse-majesté, et les coupables étaient sévèrement punis. Mais aujourd'hui, on laisse publier n'importe quoi. Et on appelle ça le progrès ! Où est donc le roi, monsieur ?

— Il arrive.

— Quand ?

— Je ne sais pas trop.

— Ah, bravo ! lança Choiseul avec sarcasme, vissant son monocle dans son orbite gauche pour dévisager Mack d'un air plus réprobateur. Il a déjà plusieurs heures de retard, et les villageois sont prêts à nous lyncher d'un instant à l'autre parce qu'ils nous prennent pour des collecteurs d'impôts, et vous me dites qu'il arrive ! Mais *quand* exactement compte-t-il arriver ?

— Il est difficile de prévoir avec exactitude l'arrivée d'un roi. Il fait de son mieux. La reine avait quelques préparatifs à effectuer, je crois. Mais ne partez pas. Le couple royal est en route.

— Les paysans du roi également », grommela le duc en se retournant. Mack aperçut une foule de paysans haineux, armés de fourches et de faux, massés en rangs serrés au bout de la rue.

« Et alors ? fit-il. Ce n'est qu'une poignée de paysans. S'ils vous gênent, vous n'avez qu'à les abattre.

— Facile à dire, jeune homme. Manifestement, vous n'êtes pas du coin. Il se trouve que nos terres sont pleines de paysans. Je tiens à rester en bons termes avec eux jusqu'à l'année prochaine, quand je serai à nouveau en mesure d'exercer mon droit de cuissage. Nous sommes en France, ou le sexe a de l'importance. Et, de toute façon, ceux-là ne sont que la partie visible de l'iceberg. Ils sont des milliers, de l'autre côté du village, et il en arrive sans cesse de nouveaux. Ils pourraient nous peler comme une pêche. Et vous me conseillez de les abattre !

— Ce n'était qu'une simple suggestion, s'excusa Mack.

— Bonjour ! s'écria le duc en se retournant brusquement. Qui va là ? »

Un cavalier noir approchait au grand galop, sa veste battant au vent. C'était Faust. Il franchit l'entrée du bourg en trombe. Les sabots de son cheval claquaient bruyamment sur les pavés. Il sauta à terre, et se dirigea d'un pas décidé vers le duc.

« Il y a contrordre, monsieur, annonça-t-il. Vous êtes prié d'évacuer vos troupes sur-le-champ.

— Taratata ! s'exclama le duc, grand amateur d'onomatopées savoureuses. Et à qui ai-je l'honneur ?

— Docteur Johann Faust, pour vous servir.
— Non, dit Mack. C'est moi, Johann Faust.
— Deux Faust porteurs de deux messages contradictoires... Eh bien, voilà ce que je vous propose : vous allez rester sagement ici jusqu'à ce que je comprenne ce qui se trame. Soldats ! »

Les hommes s'emparèrent de Faust et de sa monture. Il se débattit en vain contre les poignes d'acier de ces gaillards, sur les nerfs depuis un moment. Mack, sentant le vent tourner, s'éclipsa avant que les gardes n'aient pu le maîtriser. Il bondit sur son cheval, l'éperonna vigoureusement et décampa sans attendre son reste, poursuivi par les malédictions de Faust.

10

Jean-Baptiste Drouet, receveur des postes à Sainte-Menehould, était assis près de la fenêtre de sa chambre, attendant le courrier de Paris. La nuit était fraîche et tranquille, offrant un peu de répit bien nécessaire après une journée excitante. Ils avaient reçu de telles nouvelles des comités parisiens ! Et, toute la journée, la noblesse de la capitale avait défilé à travers le village, en route vers la frontière. Toutefois, les pensées de Drouet étaient pratiques. Il se demandait quelles conséquences aurait la Révolution sur le service des postes. Plus tôt dans la journée, il avait confié à sa femme : « Les gouvernements passent et se ressemblent, mais quels que soient ceux qui nous dirigent, ils auront toujours besoin d'un bon service postal. » Mais était-ce vrai ? Drouet et ses collègues avaient tout fait pour ça. À force d'ingéniosité, ils avaient rendu les postes françaises si compliquées qu'ils étaient désormais les seuls à y comprendre quelque chose. Impossible de renouveler le personnel.

« Ils auront besoin de nous pour former les nouvelles équipes. » Mais il n'était toujours pas totalement rassuré. On ne savait jamais où menait une révolution...

Sous ses fenêtres, la place du village était éclairée par la lune. Malgré l'heure tardive, on apercevait encore quelques passants dans la rue. Il entendit les sabots d'un cheval résonner dans les collines sombres qui surplombaient la forêt. Un bandit de grand chemin chevauchait vers la bourgade. Il galopait, sortant de l'obscurité des bois pour se précipiter vers les ténèbres de la civilisation.

Le citoyen Mack, car c'était bien lui, sauta à terre et enfonça son bonnet phrygien sur sa tête. Il scruta les alentours, ne s'attendant pas à voir grand-chose de surprenant, mais se composant néanmoins un air étonné. Derrière lui, un second cheval s'avança sur la place, plus lentement. Il portait Marguerite.

Mack attacha sa monture devant la porte du receveur des postes, et appela : « Monsieur Drouet, j'ai quelque chose pour vous !

— Qui me parle ?

— Un envoyé spécial du Comité révolutionnaire parisien. J'ai besoin que vous me suiviez sur-le-champ. »

Drouet chaussa ses sabots de bois, enfila une longue redingote sombre et descendit.

« Où allons-nous ?

— Je vais vous montrer. Marguerite, garde les chevaux. »

Mack entraîna Drouet de l'autre côté du village, passa devant les écuries, les latrines publiques, le mât de Cocagne, et arriva enfin sur un petit sentier qui s'enfonçait dans la forêt.

« Qu'est-ce que c'est ? s'enquit Drouet.

— Le chemin pour rentrer à Sainte-Menehould.

— Mais, citoyen, personne ne passe jamais par ici ! »

Mack en était pleinement conscient. Il savait également qu'au même instant la voiture royale traversait le village en empruntant la grand-rue. En emmenant Drouet dans cet endroit reculé, il espérait l'empêcher d'approcher du roi et donc, évidemment, de le reconnaître.

« Citoyen, c'est insensé, insista Drouet. Personne ne passe par ici.

— Habituellement, non, dit Mack. Mais attendez !

N'entendez-vous pas un bruit de sabots au grand galop ? Venant vers nous ? »

Drouet imita Mack et tendit l'oreille. C'est fou ce qu'un rien de suggestion peut faire. Debout dans cet endroit désert, avec pour seul fond sonore le murmure du vent dans les branchages, Drouet aurait pu jurer qu'il entendait un lointain claquement de sabots. Venant vers eux. Mais ce n'était que le fruit de son imagination, bien entendu.

« Oui, je l'entends, souffla Drouet, tout excité.

— Qu'est-ce que je vous disais ! » fit Mack, se félicitant intérieurement de sa fourberie.

Il se réjouissait un peu trop tôt, car le bruit devenait de plus en plus distinct et s'accompagnait à présent du couinement des amortisseurs de la voiture royale, amortisseurs tout ce qu'il y a de plus rudimentaire, qui protestaient contre les multiples ornières et dos-d'âne de la route accidentée.

Les feuillages frissonnaient dans la lumière indistincte de la lune. Drouet fixait la route, fasciné, tandis que le bruit s'amplifiait. Puis la voiture apparut au détour du chemin, faiblement éclairée par la lune en croissant. Arrivée à leur hauteur, elle ralentit pour négocier un virage particulièrement périlleux. Apercevant ses occupants, Drouet sursauta :

« Votre Majesté !

— Enfer ! » dit Mack à voix basse.

La voiture s'éloignait déjà.

« Vous avez vu ? demanda Drouet. C'était le roi Louis. Je l'ai vu comme je vous vois. Je l'ai tout de suite reconnu, vous savez, parce que j'ai été invité un jour avec une délégation des postiers de France à assister à son lever. Et la reine était également là !

— Vous n'avez plus toute votre tête, mon pauvre ami. Vous vous trompez, voyons. La France est pleine de gens qui leur ressemblent.

— Puisque je vous dis que c'étaient eux ! cria Drouet. Merci, citoyen, de m'avoir conduit jusqu'à ce chemin abandonné. Il faut que je m'en retourne au village pour donner l'alerte ! »

Il tourna les talons. Mack n'avait pas encore tout à fait compris ce qui venait de se passer, mais il savait que ce brusque revirement de situation réclamait une réaction prompte. Il avait un petit bas rempli de sable dans la poche, un objet dont un brigand expérimenté ne se sépare jamais. Quand Drouet tourna les talons, Mack fit tournoyer sa matraque au-dessus de sa tête et en assena un coup violent sur la nuque du postier, qui s'effondra sans bruit sur le lit moussu de la forêt.

Quelques instants plus tard, un cavalier arriva au galop. C'était Méphistophélès, sa grande cape cramoisie flottant au vent, remarquable dans son rôle de cavalier de l'Apocalypse sur son grand destrier noir aux yeux ardents. « Avez-vous vu passer la voiture royale ? lança-t-il joyeusement à Mack.

— Oui, bougonna Mack. Qu'est-ce qu'elle fichait par ici ?

— Je l'ai détournée, dit fièrement le démon. Je me suis arrangé pour qu'elle n'emprunte pas la grand-rue du village, afin que Drouet ne la voie pas. Ne vous avais-je pas promis un petit coup de main ?

— Tout ce que vous avez fait, c'est un beau gâchis. Je vous avais dit que je pouvais me débrouiller tout seul !

— J'essayais simplement de vous aider », rétorqua Méphistophélès, piqué au vif.

Vexé, il se dématérialisa aussi sec, avec sa monture.

Mack se tourna vers Drouet, qui gisait inconscient. Le postier semblait parti pour un long et lourd sommeil. Mack traîna son corps sous des broussailles voisines et le recouvrit de fougères. Puis il se hâta de rejoindre Marguerite et les chevaux. Il lui restait une chance de sauver la famille royale. Le pont de Varennes ! Avec Drouet inconscient ici, à Sainte-Menehould, il n'y aurait plus personne pour barrer l'accès au pont : la voiture pourrait passer en Belgique !

11

Les premières lueurs de l'aube teintaient de rosé les hautes maisons de pierre et les étroites ruelles de Varennes-en-Argonne. Çà et là, aux coins des rues, des gardes nationaux assoupis sur leurs mousquets veillaient nonchalamment sur le petit peuple endormi. La quiétude matinale de la bourgade fut brusquement rompue par le bruit de la cavalcade de Mack sur les pavés qui se répercutait sur les façades de pierre.

Il traversa le village au petit trot, et s'arrêta devant le pont qui franchissait l'Aire. Il n'était pas bien grand, ce fameux pont. Son tablier de pierre était soutenu par des piles en bois, abattues dans les Ardennes voisines. Dessous, la rivière coulait imperturbable vers la mer.

Le pont était encombré. En dépit de l'heure matinale, un grand nombre de carrioles s'y étaient engagées, chargées de denrées diverses et conduites par des hommes irascibles qui faisaient claquer leur fouet. Rien ne passerait, cela sautait aux yeux, et certainement pas un véhicule aussi gros et encombrant que la voiture jaune du roi. Avec ou sans Drouet, le pont était bloqué. À moins que... Mack décida de tenter le tout pour le tout. Fonce, mon garçon.

« Libérez le passage ! Un convoi exceptionnel arrive ! »

Un chœur de protestation s'éleva. Mack se fit agent de la circulation, indiquant à celui-ci d'avancer, et à celui-là de reculer, tout en criant « au nom du Comité de salut public ». Jurant, pestant, sifflant, crachant, huant et buvant, mais également très impressionnés, les conducteurs faisaient de leur mieux pour obtempérer. Mais sitôt que Mack parvenait à dégager une carriole, une autre s'engageait sur le pont. Elles semblaient venir de partout. Il y en avait de toutes formes et de toutes tailles, transportant du fumier, des pommes, du maïs, du blé, et autres fruits du labeur des ingénieux agriculteurs français et de leurs voisins belges. Tempêtant et transpirant, Mack gesticulait au milieu du bouchon. Mais d'où diable venaient toutes ces carrioles ? Il remonta à cheval et, Marguerite sur ses pas, il se faufila entre les voitures et traversa le pont.

Sur l'autre rive, il avança sur la route et, au détour d'un virage, aperçut une haute silhouette toute de blanc vêtue, et nimbée d'une aura surnaturelle. Elle dirigeait le flot des carrioles vers Varennes.

« Qui êtes-vous ? interrogea Mack. Que faites-vous ?

— Aïe ! fit la silhouette blanche. Vous n'étiez pas censé me voir. »

Au même instant, Méphistophélès se matérialisa près de Mack, avec son cheval et tout son attirail. Il toisa la silhouette blanche et s'exclama : « Michel ! À quoi joues-tu ?

— J'envoyais seulement quelques carrioles à Varennes, répondit Michel, un peu honteux.

— Pour provoquer un embouteillage et entraver les efforts de notre concurrent ! Tu interviens dans le concours, ce qui est interdit, même aux archanges.

— Ça l'est également aux démons, rétorqua Michel. Je n'en fais pas plus que toi. »

Méphistophélès le fusilla du regard. « Je crois que nous ferions mieux d'en discuter en privé. »

Michel lança un coup d'œil vers Mack et pinça les lèvres : « Il y a des sujets dont aucun humain ne devrait entendre parler. » Les deux esprits se volatilisèrent.

Mack courut à nouveau vers le pont, qui était toujours embouteillé, bondé, surchargé, envahi, infesté, noir de monde. Il y avait des carrioles sur la droite, sur la gauche, devant, derrière, en long, en large, et d'autres encore coincées entre toutes les autres. Mack se démenait comme un forcené au milieu de la cohue. Mais il en arrivait toujours plus, attirées par la rumeur de rabais matinaux sur le marché de Varennes.

Les piles grincèrent dangereusement. Une dernière charrette, pleine à ras bord de harengs de la Baltique, parvint à se hisser sur le pont. Mack eut juste le temps de bondir sur la terre ferme avec l'agilité d'un singe.

Dans un craquement sinistre de poutres qui se brisent, la structure céda lentement, et les carrioles furent précipitées dans les eaux limpides de l'Aire. On entendit de nombreuses exclamations dépitées accompagnées de maints beuglements de bovins désemparés. Puis ce fut le silence total. C'est alors qu'au loin se fit entendre un tintement de grelots. L'équipage royal entra dans Varennes et freina pile devant les vestiges du pont.

Sans perdre un instant, Mack se précipita vers la voiture :
« Sire ! s'écria-t-il, il est encore temps.

— Que voulez-vous dire ? demanda Marie-Antoinette. Il n'y a plus de pont. Nous avons échoué.

— Il nous reste une chance.
— Expliquez-vous !
— Sortez immédiatement de ce carrosse. Nous achèterons des chevaux aux paysans du coin et nous reprendrons la route de Paris. Plus personne n'y comprendra quoi que ce soit. Ensuite, nous bifurquerons quelque part sur la route et traverserons la frontière là où l'on ne vous attend pas. Tout n'est pas perdu, mais il faut faire vite. »

Louis se tourna vers sa femme : « Qu'en penses-tu ?
— Ça m'a l'air un peu tiré par les cheveux. »

Le roi hésitait, Marie-Antoinette n'était pas chaude, mais ils finirent par accepter. À force de minauderies, Mack réussit à les convaincre de descendre de voiture. Ils restèrent plantés près du marchepied, l'air abruti, comme deux empotés n'ayant pas l'habitude de tenir seuls sur leurs jambes en plein air. Mack courut chercher des chevaux. Il était plein d'espoir. Après tout, personne ne savait que le roi était là. Personne, hormis Drouet, et celui-ci était solidement ficelé dans la forêt de Sainte-Menehould.

Le roi approcha de sa monture et parvint non sans mal à se hisser dessus. Puis Marie-Antoinette grimpa sur l'autre cheval. Ils étaient enfin prêts.

Au moment où ils allaient partir, un nuage de poussière s'éleva au loin sur la route. Il grandit, et plusieurs cavaliers en surgirent. C'était Drouet, à la tête d'un millier d'hommes armés.

Apercevant la voiture jaune, il s'écria : « Le roi et la reine ! Arrêtez-les ! Il faut les ramener à Paris ! »

Les gardes s'exécutèrent. Drouet s'avança vers Mack.

« Comme on se retrouve ! Vous m'avez joué un vilain tour, hier soir. J'ai bien envie de vous rendre la pareille. »

Faisant signe à deux gardes, il ordonna : « Saisissez cet homme ! C'est un contre-révolutionnaire !

— Juste une question, demanda Mack. Comment avez-vous pu nous rattraper si vite ?

— Pas grâce à *vous*! railla le postier. Heureusement que cet aimable gentilhomme a eu la bonté de me venir en aide. »

Un autre cavalier arrivait au petit trot. Mack reconnut Faust.

« Encore vous ! » haleta-t-il.

Faust lui adressa un sourire cynique. « Me débarrasser des soldats n'a été qu'un jeu d'enfant. Puis j'ai trouvé ce brave homme et l'ai tout naturellement secouru. J'ai bien fait, non ? »

C'est le moment que choisit Méphistophélès pour réapparaître : « Relâchez cet homme », rugit-il en direction de Drouet.

À la vue du démon, les genoux du postier s'entrechoquèrent, mais il trouva encore la force de balbutier : « Impossible, il doit comparaître devant le tribunal révolutionnaire.

— Navré, mon brave. Mais le surnaturel a la préséance. Nous sommes arrivés au terme de notre concours. »

Il posa une main sur l'épaule de Mack, et ils disparurent. Suivis de Marguerite, quelques secondes plus tard.

LE JUGEMENT

1

Une fois conjuré hors de Varennes par Méphistophélès, Mack connut une interruption de sa conscience. Il fit des rêves étranges dont le sens lui échappa. Puis il y eut une longue période de sommeil et, enfin, il s'éveilla.

Il était allongé sur un divan vert, dans un genre d'endroit vague et brumeux. Il tenta d'y voir plus clair, mais sa vue se brouillait chaque fois qu'il se concentrait sur un détail. Pourtant, il se souvint d'avoir déjà vu ce divan quelque part. Il devait être dans le bureau de Méphistophélès, dans les Limbes.

Il se leva et inspecta les environs. Au fond de la pièce, une voûte basse s'ouvrait sur une petite salle. Il y aperçut l'armoire verrouillée qui renfermait le Botticelli sauvé des flammes.

Il entendit une porte s'ouvrir et fit volte-face, pressentant des ennuis. Ce n'était qu'Ylith. Elle portait une robe fuseau beige qui descendait à mi-mollet sur ses jolies jambes. Sa longue chevelure noire était retenue par des barrettes en simili-écaille de tortue. Son visage était plus pâle que jamais, mais elle avait rehaussé ses joues d'une touche de rouge.

« C'est fini, soupira-t-elle. C'était la dernière scène où vous deviez faire un choix.

— C'est ce qu'a dit Méphisto, oui. Que va-t-il se passer, maintenant ?

— Le jugement va commencer. Je m'y rendais, justement. Je suis juste passée prendre de vos nouvelles.

— C'est gentil de votre part. Je suppose que je ne suis pas invité aux délibérations ?

— Pas que je sache.

— Ça leur ressemble tout à fait, dit Mack avec quelque amertume. Tant qu'il avait besoin de moi, Méphistophélès était tout sucre, tout miel. Mais, maintenant que je ne sers plus à rien, on ne m'invite même pas à la fête.

— Il est très rare que des mortels assistent à ce genre de cérémonies, vous savez. Mais je comprends ce que vous ressentez.

— Quand vais-je toucher ma récompense ?

— Je ne suis pas au courant. Il faudra que vous attendiez. Nous sommes dans les Limbes et, dans les Limbes, on attend. »

Ylith se transporta ailleurs d'un geste gracieux. Mack commença à faire les cent pas, puis, apercevant une pile de livres sur une table, il en choisit un au hasard et prit une chaise. L'ouvrage s'intitulait : *Les voies de l'Enfer sont tout à fait pénétrables*, une publication des Presses sataniques. Il l'ouvrit et lut : « Vous aimeriez rôtir en Enfer ? Il ne faut pas en avoir honte. Vous n'êtes pas le seul. Ce qui caractérise l'Enfer, c'est l'appétit phénoménal de ses occupants. Et contrairement aux racontars, les démons savent parfaitement satisfaire ces appétits. Le seul inconvénient, bien sûr, est qu'aucune âme damnée n'est jamais rassasiée. Mais soyons honnêtes : avez-vous jamais été rassasié de votre vivant ? Imaginons donc… »

Il y eut soudain un éclair et un nuage de fumée. Quand celle-ci se fut dissipée, Faust se tenait au milieu de la pièce. Il avait fière allure dans sa toge d'érudit à col d'hermine.

« Salut, lança joyeusement Mack, heureux de retrouver un visage familier, même s'il s'agissait de celui de Faust et que ses sourcils étaient froncés.

— Excusez-moi, je suis pressé. Vous n'auriez pas vu passer par ici un grand brun très maigre, avec des yeux jaunes, de longs cheveux raides et un air étrange ? »

Mack secoua la tête. « Personne n'est venu ici depuis que j'y suis, excepté un esprit féminin, Ylith.

— Non, ce n'est pas elle que je cherche. Le comte de Saint-Germain m'a donné rendez-vous ici. J'espère qu'il ne sera pas en retard.

— Qui est-ce ? »

Faust lui lança un regard supérieur. « Juste l'un des plus grands magiciens du monde, voilà. Il est venu bien après votre époque.

— Mais mon époque est aussi la vôtre. Comment l'avez-vous rencontré ?

— Mais parce que je suis moi-même un grand magicien. Il est tout à fait naturel que je connaisse les personnalités de mon domaine d'activité, passées comme futures. Mortes, vivantes, ou encore à naître. Nous autres, magiciens, nous restons en contact.

— Pourquoi avez-vous convoqué ce Saint-Germain ?

— Je crains qu'il ne soit prématuré de vous le révéler. Disons simplement que je prépare une petite surprise.

— Une surprise ? Mais le concours est terminé.

— Certes, oui... D'ailleurs, je serais bien curieux de savoir ce que pensera Ananké de vos efforts vains et grotesques pour influencer le cours de l'histoire. Et puis je n'ai pas encore dit mon dernier mot... En résumé, mon cher Mack, il reste quelques cartes au grand Faust.

— Faust ? Vous voulez dire *vous* ?

— Naturellement je veux dire moi ! De qui d'autre voudriez-vous que je parle ?

— Eh bien... de moi. Je suis une sorte de Faust, moi aussi. »

Faust inspecta Mack de haut en bas, puis rejetant la tête en arrière, il éclata de rire.

« Vous, Faust ? Mon bon ami, vous êtes le contraire même

de l'idéal faustien, une créature d'un genre abject, dotée d'un mauvais esprit, servile devant vos maîtres, déloyal envers vos amis, vulgaire, ignorant tout de l'histoire, de la philosophie, de la politique, de la chimie, de l'optique, de l'alchimie, de l'éthique, et surtout de la plus grande des sciences, la magie. » Il esquissa un sourire cruel. « Soyons sérieux, Mack ! Vous avez chaussé quelque temps les souliers de votre maître, comme une fillette essaie les souliers de sa mère et fait quelques pas hésitants. Mais, désormais, Dieu et Satan soient loués ensemble, votre apparition clownesque sur la scène de l'histoire de l'humanité est terminée. Il n'y a rien de faustien en vous, mon pauvre ami. D'ailleurs, il n'y a rien du tout en vous. Vous n'êtes qu'un élément ordinaire de la race humaine, comme il y en a des milliards, et nous n'avons plus besoin de vous ici.

— Ah c'est ainsi ! » dit Mack, dont le cerveau furibond bouillonnait de répliques confuses. Mais il s'adressait au vide car, avec un geste complexe et spectaculaire de la main gauche, Faust s'était déjà éclipsé.

« Si seulement je savais faire ça, moi aussi ! » soupira-t-il, de nouveau seul. La fureur céda bientôt la place en lui à l'apitoiement. Il dit à voix haute : « C'est injuste. Pourquoi faut-il que je me mesure à toutes ces célébrités, à toutes ces vedettes historiques ? Sans parler des esprits qui vont et viennent à leur guise en un clin d'œil, pendant que moi, simple mortel, je suis obligé de me déplacer à pied, mètre après mètre, brave tâcheron, obligé de compter chaque pas entre ici et là-bas.

— Que signifient ces pleurnicheries ? » tonna derrière lui une voix grave et sarcastique.

Mack se retourna vivement, en alerte, car il se croyait tout seul. Ulysse était devant lui, grand et splendide, magnifique dans sa tunique immaculée fraîchement repassée. Jetée sur son épaule de guerrier, sa toge au drapé élégant aurait fait se pâmer plus d'un artiste. Son visage était si noble qu'auprès de lui un homme du commun tel que Mack, avec ses traits, son nez retroussé et ses taches de rousseur ordinaires, ne se sentait pas plus avenant qu'un singe. Ulysse mesurait une tête de plus que lui, sa peau était cuivrée, les muscles de ses longs bras saillaient.

« Bonjour, Ulysse. Que faites-vous dans le coin ?

— Je me rends à la grande salle de conférences pour entendre le jugement d'Ananké et proposer éventuellement quelques idées. Et vous ?

— J'attends que Méphistophélès revienne avec la récompense qu'il m'a promise. »

Ulysse haussa les épaules. « Ne croyez-vous pas qu'il serait plus sage de la refuser ? Personnellement, je n'accepterais jamais l'obole d'un de ces démons modernes. Ils n'ont qu'une idée en tête : vous asservir par la dépendance. Mais chacun sa vie. Adieu, Mack ! »

Sur ces mots, Ulysse puisa un enchantement de voyage dans sa besace en cuir de poney et disparut.

« Ces vieux Grecs ne se prennent pas pour rien, maugréa Mack. C'est facile, pour eux, ils ont tout un tas de dieux qui les soutiennent. Et, chez eux, tout le monde se serre les coudes : les dieux aident les héros, les héros aident les dieux. Alors que moi, pauvre homme moderne, je n'ai que mon cerveau défaillant pour me guider dans l'obscure complexité de ces mondes disparates, et mes deux jambes chancelantes pour m'emmener là où je veux aller. Mais certains voyages sont trop longs pour des jambes humaines.

— Tu crois vraiment ? » dit une voix derrière lui.

L'espace d'un instant, Mack se demanda s'il n'y avait pas dans l'univers quelque mécanisme parallèle permettant aux gens d'apparaître systématiquement dans son dos. Se retournant, il aperçut Rognir, qui se hissait hors d'un trou qu'il venait de creuser à la pioche.

« Tout à fait, répondit Mack. Par ici, tout le monde se déplace par magie. Il leur suffit de réciter la bonne formule, et les voilà arrivés à l'endroit où ils voulaient se rendre. Alors que, moi, je suis obligé de marcher, et je ne sais même pas où je vais.

— Ça, c'est vraiment dur, dit Rognir. Et moi, tu crois que je fais comment ?

— Toi ? Je n'y ai jamais songé. Comment te déplaces-tu, au juste ?

— Les nains voyagent à l'ancienne. À pied. Ils ne se contentent pas de marcher. Ils doivent creuser des galeries souterraines jusqu'à leur destination, et ce n'est qu'après qu'ils commencent à marcher. Tu crois que c'est facile de creuser des tunnels ?

— J'imagine que non », dit Mack. Il y réfléchit un moment. « Je suppose que vous tombez parfois sur des rochers.

— Les terrains que nous traversons contiennent plus de rochers que de terre. Peuh, sinon ce serait trop facile ! Et les rochers, passe encore ! Le pire, c'est de creuser des galeries sous les marécages. Il faut consolider les parois à mesure qu'on avance, ce qui implique de traîner des solives partout où l'on va. Les solives n'arrivent pas toutes seules et les forêts sont en général loin de l'endroit où l'on a besoin du bois. De temps en temps, nous utilisons de petits poneys à poil long, mais, la plupart du temps, il faut tout se colleter sur le dos.

— Tu parles d'une vie ! soupira Mack.

— Décidément, tu ne comprendras jamais rien à rien. Figure-toi que nous autres, les nains, nous trouvons que nous avons la belle vie. N'oublie pas que nous ne sommes pas humains. Nous constituons une catégorie de créatures surnaturelles, même si nous n'en faisons pas tout un plat. Nous aurions pu revendiquer des facultés particulières auprès des hautes autorités. Seulement, c'est pas notre style. Nous sommes la seule et unique espèce du cosmos qui ne demande rien à personne.

— Ça ne vous intéresse pas de savoir qui va remporter le concours entre la lumière et les ténèbres ?

— Pas le moins du monde. L'issue ne nous concerne pas.

Le Bien et le Mal nous laissent froids. Les nains creusent, quoi qu'il arrive. Notre destin est tracé de notre naissance à notre mort : c'est creuse ou crève. Et, quand nous ne creusons pas, nous marchons dans nos galeries souterraines, nous découvrons des pierres précieuses et nous participons à des festivals. Nous n'attendons pas que des esprits viennent faire le travail à notre place.

— Eh bien, je suppose que je devrais avoir honte de me plaindre, dit Mack, qui se sentait un peu piteux. Mais qu'attends-tu que je fasse ?

— Corrige-moi si je me trompe, mais est-ce vrai que tous les esprits, les demi-dieux et Faust lui-même se battent pour obtenir le droit de diriger l'humanité pour les mille ans à venir ?

— C'est ce que j'ai cru comprendre, en effet.

— Bien. Alors, que vas-tu faire à ce sujet ?

— Moi ? Tu veux dire moi, personnellement ?

— Je ne vois personne d'autre ici.

— C'est que... Rien, j'imagine. Il n'y a rien que je puisse faire. Et puis, pourquoi me donner la peine de faire quoi que ce soit ?

— Parce que c'est de *ta destinée* qu'il s'agit, imbécile ! Tu n'as pas ton mot à dire ?

— Mais bien sûr que si. Seulement, qui suis-je pour dire aux gens comment on devrait me diriger ?

— Qui parle au nom de l'humanité ? Est-ce Faust ? »

Mack secoua la tête. « Il se prend pour Monsieur Univers, mais ce n'est qu'un magicien grande gueule qui connaît quelques tours de passe-passe. Ces gens-là ne sont pas comme nous. Je connais quelques-uns de leurs trucs, mais, quand ils abordent le sujet de la supériorité de l'art de l'alchimie sur tout le reste, ça me laisse froid.

— Tu as parfaitement raison, renchérit Rognir. Tout ça, c'est du vent. À part creuser. Pour nous les nains, bien sûr. Quant à toi, pourquoi laisserais-tu une andouille comme Faust dicter ta destinée ? »

Mack le regarda, désemparé. « Mais que faire ?

— Pour commencer, tu pourrais te mettre en colère.

— Mais je ne suis furieux contre personne », dit Mack. Pourtant, alors même qu'il niait, il sentait monter en lui une colère trop longtemps refoulée. Dans un premier temps, il crut qu'il faisait semblant d'en vouloir à la terre entière car il avait feint tant de choses tout au long de son existence, et il se dit de se calmer, que ça allait passer. Seulement, la rage ne partait pas. Elle s'épanouit enfin dans son esprit, jusqu'à ce qu'il sente une fureur noire brûler ses orbites et gonfler les veines de son cou, qui se mirent à palpiter violemment. Son crâne allait peut-être exploser, maintenant.

« Eh bien, malédiction, ce n'est pas juste ! explosa-t-il enfin. Chaque homme devrait être maître de son propre destin. Nous avons trop longtemps laissé les esprits, et même des soi-disant grands hommes comme Faust, décider à notre place. Il est temps de réagir !

— Ça, c'est parlé », dit Rognir.

Les épaules de Mack s'affaissèrent. « Mais comment ?

— Voilà une question intéressante », dit Rognir, et il se tourna vers le trou qu'il venait de creuser pour s'y engager.

Mack contempla longuement l'orifice où Rognir venait de disparaître. Il avait grande envie d'y plonger lui aussi. Mais, naturellement, les hommes ne plongent pas la tête la première dans des galeries souterraines conçues par et pour des nains. Il traversa la pièce et ouvrit la porte. Dehors, les vastes étendues nébuleuses des Limbes s'étiraient à perte de vue. Au loin, on apercevait des collines dont la cime se perdait dans la brume… ou peut-être étaient-ce de hautes montagnes enneigées que l'on distinguait là-bas derrière ?

Plissant les yeux, Mack repéra un sentier. Il le suivit dans une purée de pois jaunâtre. Il arriva bientôt à un petit carrefour. Quatre panneaux étaient cloués sur un grand poteau indicateur, chacun pointant dans une direction différente : « Vers la Terre », « Vers les Enfers », « Tu viens d'ici » et enfin « Vers le Paradis ». Mack réfléchit, puis reprit sa route.

2

Un ciel dégagé et blême coiffait la région des Limbes où se tenait le Jugement. C'était une journée normale pour la saison. Le matin, il était tombé quelques flocons, mais la neige n'avait pas tenu. Les collines du Néant étaient un doux relief bleuté sur la ligne d'horizon. Il était exact au sens littéral que, par un jour sans brume, on pouvait voir l'éternité.

Méphistophélès et l'archange Michel étaient assis côte à côte, près d'une haute colonne récemment abandonnée par Siméon le Stylite, qui avait découvert dans le futur un moyen plus cruel encore de se mortifier, en s'obligeant à regarder des rediffusions télévisées de tous les matchs jamais joués par le PSG.

Michel n'était pas venu dans les Limbes depuis un bon bout de temps, pas depuis qu'il y avait retrouvé Méphisto pour lancer le concours. Il constata avec plaisir que rien n'avait changé. Il y avait toujours ce flou rassurant sur la frontière entre la fin de la terre et la naissance du ciel, les mêmes couleurs agréablement vagues, les mêmes formes indistinctes. Ah! l'incertitude! Et son inséparable nièce, l'ambiguïté morale! Après une longue vie d'absolu, c'était comme une bouffée d'air frais.

« Comme j'aime ces Limbes! C'est un endroit si pittoresque, épargné par le temps, soupira-t-il.

— Mon cher archange, intervint Méphistophélès, si tu

mettais en sourdine ton penchant pour le paradoxe, ne serait-ce que quelques instants, tu constaterais que beaucoup de choses sont en train de changer par ici. Tu n'as pas remarqué les travaux ?

— Oh, ça, bien sûr. Mais c'est tout à fait provisoire. Sous les pavés, les Limbes ! » Il se tourna vers l'ouest. « Que construisent-ils, au juste ? »

Méphistophélès suivit son regard. « Tu n'es pas au courant ? C'est le nouveau palais de Justice, où l'on doit annoncer le verdict. »

Michel l'observa. « Bel ouvrage ! fit-il, admiratif.

— Monumental, tu veux dire ! J'ai cru comprendre que tout le gratin du monde surnaturel était invité... Et même quelques mortels, ce qui est tout à fait inhabituel.

— Eh bien, ça ne doit être que justice. Après tout, c'est de leur destinée qu'il s'agit.

— Et alors ? Jusqu'à présent, ni les ténèbres ni la lumière ne leur ont jamais demandé leur avis. Ils n'avaient qu'à se plier à notre volonté.

— La science et le rationalisme sont passés par là. C'est ce qu'on appelle le progrès. Une bonne chose, je crois.

— Évidemment que tu le crois. Que pourrais-tu dire d'autre, avec ton inclination à être positif ?

— Tu marques un point, là. Finalement, nous sommes tous deux un peu limités dans nos points de vue.

— Exactement. Voilà pourquoi nous avons besoin d'Ananké pour juger.

— Au fait, où est-elle ?

— Nul n'a vu sa dernière incarnation. Les voies de la Nécessité sont impénétrables. Et il est inutile de lui en faire le reproche. Elle répond systématiquement que c'est la Nécessité, sans jamais se justifier.

— Tiens, qui arrive ? »

Michel regarda à travers les Limbes. En dépit de sa vue parfaite, il lui fallut du temps pour reconnaître la créature minuscule perdue au milieu de l'immensité du Néant.

«C'est Mack la Matraque, dit-il enfin.

— Tu plaisantes ? C'est l'homme que j'ai accompagné tout au long du concours !

— Non, c'est bien Mack, sans l'ombre d'un doute. Serait-il possible que tu te sois trompé à Cracovie, mon cher démon ? Les épreuves du concours ont-elles été passées par le mauvais Faust ? »

Méphistophélès examina encore la silhouette. Ses lèvres se pincèrent, et ses yeux noirs lancèrent des lueurs assassines. Se tournant vers Michel, il siffla : « Mon petit doigt me dit que tu y es pour quelque chose.

— Tu me surestimes. »

Le regard du démon revint sur l'homme. « Pas de doute, c'est bien lui qui a passé les épreuves. Tu es vraiment sûr que ce n'est pas Faust ?

— Je crains que non. Il s'appelle Mack, et c'est un criminel ordinaire. J'ai bien peur que tu n'aies mal choisi celui qui devait décider de la destinée humaine...

— Et tu espères me faire porter le chapeau, n'est-ce pas ? Tu as choisi le mauvais diable ! »

Michel sourit mais ne répondit rien.

« Nous réglerons ça plus tard, conclut Méphistophélès. Il faut que je descende à la salle du banquet. Cette fois, ce sont les ténèbres qui se sont chargées du buffet. » Il se tourna une dernière fois vers la silhouette humaine qui l'avait trompé. « Mais où va-t-il au juste ?

— Regarde la pancarte. Il est sur la route du Paradis.

— Ah oui ? Je ne savais pas que c'était par là !

— Elle change de temps à autre.

— Mais pourquoi ?

— Nous autres, les forces du Bien, répondit Michel en prenant un ton digne, nous essayons de ne pas nous poser trop de questions. »

Méphistophélès haussa les épaules. Les deux esprits se dirigèrent côte à côte vers le palais de Justice.

3

Azzie marchait à grands pas dans les salons du palais de Justice quand il tomba sur Michel-Ange en personne. Il le reconnut aussitôt pour avoir vu son portrait dans les livres d'histoire de l'art de la Faculté de Démonologie. Le maître mettait les touches finales d'une gigantesque fresque.

« Pas mal ! fit Azzie en se postant derrière le peintre.

— Ça vous ennuierait de ne pas me faire de l'ombre ? grommela Michel-Ange. La lumière est déjà assez mauvaise comme ça. »

Azzie s'écarta. « Ce doit être merveilleux de créer des œuvres d'art. »

Michel-Ange grimaça et essuya son front avec un vieux chiffon barbouillé de peinture. « Ce n'est pas de l'art. Je restaure simplement l'une de mes vieilles croûtes.

— Mais vous pourriez peindre des originaux, n'est-ce pas ?

— Bien sûr. Mais, pour peindre, il faut avoir de l'ambition. Et à quoi peut-on aspirer, quand on a déjà atteint les Cieux ? »

Azzie ne trouva rien à répondre car il n'avait jamais réfléchi à la question. Michel-Ange se replongea dans son travail, et le démon resta encore quelques instants à le regarder à l'œuvre. Il paraissait pourtant parfaitement satisfait de son sort.

Devant le grand auditorium, dans les longs couloirs circulaires qui faisaient le tour de l'immense bâtiment rond, une foule éthérée déambulait, un verre à la main, grignotant des petits fours et bavardant. L'endroit était plein à craquer : nul n'aurait voulu manquer un tel événement. Le secrétariat surchargé tentait tant bien que mal d'accueillir tout le monde. Il avait même fallu faire appel au concept d'espace virtuel — au grand dam des puristes, qui soutenaient que soit vous étiez là, soit vous n'y étiez pas.

C'était le grand jour, celui du Jugement, la plus grande manifestation du Millénaire, le supercarnaval de l'univers. L'occasion pour les uns et les autres de se rencontrer, ou de se faire de nouveaux amis. Les groupes d'esprits continuaient à arriver, écarquillant les yeux devant le palais de Justice, en poussant des « Ah ! » et des « Oh ! » admiratifs, avant d'errer dans le bâtiment, généralement en direction de la cafétéria, où on ne commandait que des salades allégées et du nectar light, de peur de se gâcher l'appétit avant l'orgie promise par le Mal s'il l'emportait, ou les agapes gracieusement offertes par le Bien en cas de victoire.

Devant tant de tumulte, les habitants des Limbes ne savaient plus où donner de la tête. Accoutumés à vivre dans une région calme où il ne se passait jamais rien de bien excitant, et même jamais rien tout court, ils étaient d'une nature plutôt apathique, et se contentaient de peu. Ils évitaient d'émettre des jugements de valeur, puisque c'était la principale marchandise de la lumière et des ténèbres. Les habitants des Limbes tuaient le temps en flânant nonchalamment dans leurs paysages insignifiants, en mangeant sans y penser, en faisant l'amour sans y prendre trop de plaisir, en assistant à des lectures de poésies insipides et en organisant des festivals de danses folkloriques mortes, ennuyeux à souhait. L'absence de saisons n'arrangeait rien à la monotonie. Et voilà que, tout à coup, ils étaient chargés d'organiser les cérémonies de clôture du concours du Millénaire. Comme quoi tout arrive.

4

Dans le grand amphithéâtre situé au cœur du palais de Justice, tout était prêt pour la cérémonie. Le public avait pris place sur les gradins en demi-lune. Certains étaient plongés dans des conversations animées, les autres attendaient en silence — sauf dans les sections réservées à la réalité virtuelle, où des myriades de curieux entraient et sortaient à la vitesse de la lumière, afin que tous puissent assister au spectacle sans perdre de temps.

Et pourtant, il manquait encore quelqu'un dont la présence était pourtant plus que nécessaire : Ananké.

Nul ne doutait que la grande déesse Nécessité se montrerait en temps voulu, et qu'elle emprunterait pour cela la forme de son choix. Mais laquelle ? Dans le public, les paris allaient bon train. On se tordait le cou dans tous les sens, dans l'espoir de surprendre la métamorphose. Toutefois, même les plus avertis restèrent pantois quand deux moines, l'un aveugle, l'autre muet, remontèrent l'allée centrale d'un pas solennel, se dirigeant vers la petite Marguerite, assise seule au fond de la salle.

Le muet la fixa des yeux. L'aveugle tourna son visage vers le plafond et, dans une sorte de transe extatique, s'exclama : « Elle est parmi nous ! »

Marguerite rejoignit l'allée centrale et, les yeux grands ouverts et brillants comme deux opales, elle descendit vers la scène, encadrée par les moines. Les gens s'écartaient sur son passage. Son teint était nacré, ses lèvres pâles et son regard semblait abriter deux petites flammes vives derrière deux petits pare-feu ronds et sombres. Elle n'avait plus grand-chose d'une femme mortelle.

Dans un silence de plomb, elle se dirigea vers le trône qu'on lui avait préparé. Elle s'assit avec grâce et s'adressa à l'assistance : « L'heure du Jugement approche. Mais, auparavant, je crois que quelqu'un parmi vous souhaite prendre la parole. »

Ulysse se leva, fit une profonde et sérieuse révérence, s'avança vers la scène, et s'adressa à Ananké :

« Je te salue, ô Grande Déesse. Comme tout le monde ici, je ne suis pas sans savoir que tu régis chaque chose et chaque être. Néanmoins, puisqu'il s'agit d'un concours ayant trait à l'autodétermination que, dans ton immense générosité, tu as accordée à l'humanité, je te serais infiniment reconnaissant de m'autoriser à présenter une idée nouvelle.

— Viens nous rejoindre sur scène, Ulysse, répondit Ananké. Ta renommée est grande dans les annales de l'humanité. Ton point de vue doit être entendu. »

Ulysse monta sur scène, remit de l'ordre dans sa toge et déclara d'une voix puissante :

« J'aimerais que vous réfléchissiez à la proposition que je vais vous faire. Mon idée est simple et, même si elle peut paraître révolutionnaire, je vous prie de la prendre en considération. La voici : rappelons les dieux de l'Olympe sur terre, et confions-leur la destinée humaine. »

Un brouhaha s'éleva dans l'assistance, mais Ananké leva la main pour réclamer le silence. Ulysse poursuivit :

« Réfléchissez. Vous avez déjà recours à un concept grec : Ananké, la Nécessité, seul juge de ce qui doit être. Vos notions de Bien et de Mal, qui ont vu le jour comme des axiomes absolutistes à l'époque où l'Église en était à ses premiers balbutiements, ont évolué au point d'être aujourd'hui indissociables. Ce que vous avez gagné en vérité, vous l'avez perdu en vraisemblance. Vous avez remplacé la dialectique libre de Socrate et des sophistes par le didactisme de vos divers chefs religieux, d'Églises ou de sectes. Permettez-moi de vous dire, sans vouloir offenser personne, que tout cela est plutôt sommaire, intellectuellement hasardeux, et peu digne d'êtres humains doués de raison. Pourquoi vous laisser gouverner par des émotions ? Pourquoi prêcher le salut à tout bout de champ quand vous n'y croyez pas vous-mêmes ? Je vous en conjure, mes frères, faites revivre l'âge béni des anciens dieux, ces dieux irrationnels, mais dotés de qualités humaines. Qu'Arès règne de nouveau sur les champs de bataille. Qu'Athéna défende ce qui est bon et pur ! Et placez Zeus à leur tête, l'arbitre divin, le tout-puissant qui n'est pas toujours sage. Notre contribution, celle des Grecs, à l'humanité était d'offrir des dieux très puissants mais pas très malins. Nous drapions nos faiblesses dans la toge du surnaturel. Mettons un terme à cette hypocrisie, mes amis, reconnaissons que les nouveaux dieux et les nouveaux esprits ne sont pas efficaces, et reprenons le chemin d'autrefois ! À défaut d'autre chose, ce sera toujours plus esthétique. »

Ulysse se tut et regagna sa place, accompagné d'un bourdonnement perplexe qui montait des myriades d'esprits assemblés. Ananké réclama le silence et annonça : « Les paroles d'Ulysse sont ingénieuses, et sa proposition sera considérée. Mais nous avons un autre invité d'honneur. À sa manière, il est aussi illustre qu'Ulysse. Je veux parler bien sûr du célèbre docteur Faust, qui a surmonté de nombreuses difficultés pour être avec nous ce soir. Allez-y, docteur Faust. »

Faust grimpa à son tour sur scène et chuchota : « Merci, Marguerite, je te revaudrai ça un de ces quatre. » Puis il se tourna vers les esprits assemblés.

« Mon honorable ami Ulysse s'est rendu célèbre dans l'histoire par sa capacité à séduire les foules par de beaux discours. N'étant pas un grand orateur, je me contenterai de vous assener quelques vérités brutales, faites-en ce que vous voulez. Tout d'abord, les arguments d'Ulysse. Faire revenir les dieux de l'Olympe est une idée charmante, sans aucun doute, mais elle ne se justifie en rien. Les Hellènes et leurs divinités font partie d'une époque complètement révolue. Le monde a tiré sans grand regret un trait sur leurs concepts religieux. Nous pouvons fort bien nous passer d'eux. D'eux et des autres, d'ailleurs. Ma proposition est la suivante : débarrassons-nous de tous les dieux, anciens et modernes. Les hommes n'en ont pas besoin. Nous sommes comme des travailleurs maltraités qui élisent avec enthousiasme des représentants d'une classe supérieure afin d'être mieux opprimés ! Regardez-les ! À quel titre notre destinée serait-elle dirigée par des anges, des démons, ou je ne sais quoi encore ? Je suis Faust et j'incarne le triomphe de l'homme ! L'homme qui, en dépit de ses imperfections, se rend maître de son destin sans recourir au surnaturel. D'un commun accord, tous ensemble nous pouvons dissoudre ce Parlement fumeux, ce ramassis d'anges et de démons qui nous rendent la vie impossible, avec leurs joutes oratoires et leurs querelles incessantes. L'homme n'a nul besoin du surnaturel pour se surpasser. Et, puisqu'il faut un intermédiaire, un arbitre, choisissons-nous un conseil de sages. J'ai amené avec moi un petit groupe d'hommes qui sont plus dignes de gouverner l'humanité que toutes ces divinités bornées et prétentieuses réunies. Écoutez-moi, mes amis, laissons les magiciens nous diriger ! Ils l'ont toujours fait, de toute façon. »

Faust frappa dans ses mains. Plusieurs hommes à l'allure sage montèrent sur la scène en file indienne.

« Voici Cagliostro, Paracelse, Saint-Germain, et de nombreux autres. Voici le comité qui devrait gouverner le monde ! »

Michel bondit de son siège et s'écria : « Vous n'avez pas le droit, Faust !

— Diable, oui ! J'y suis, j'y reste. Vous avez oublié que

l'être humain pouvait avoir recours à la magie. Ces hommes sont les plus grands visionnaires de leur temps. Ils ont emprunté ses secrets à la nature. Ils ont conquis leurs dons grâce à leur propre intelligence, et non en les recevant de quelque esprit déguisé. Nous, les hommes, nous nous gouvernerons tout seuls, guidés par ces génies que vous voyez là et qui sont les précurseurs de la science à venir.

— Vous dépassez les bornes, s'indigna Michel. Votre assemblée de magiciens est illégale, anticonstitutionnelle. Elle viole toutes les règles. Le temps et l'espace ne peuvent être manipulés ainsi. N'ai-je pas raison, Méphistophélès ?

— J'allais le dire !

— Je vous défie ! hurla Faust. Nous, les magiciens, nous répudions Dieu et le diable. Fichez-nous la paix avec vos lois incompréhensibles ! Nous nous gouvernerons nous-mêmes ! »

Méphistophélès et Michel rugirent à l'unisson : « Disparais ! »

Mais Faust et les magiciens ne bougèrent pas d'un pouce.

« Qu'Ananké décide, car la Nécessité est seul juge, dit Michel.

— Ananké, n'ai-je pas raison ? » demanda Faust.

Marguerite agita la main. « Oui, Faust, tu as raison.

— Alors, tu dois trancher en ma faveur.

— Non, Faust, je ne peux pas.

— Pourquoi ? Pourquoi ?

— Parce que, selon les critères de la Nécessité, avoir raison ne suffit pas. Ce n'est qu'une qualité parmi d'autres, qui sont toutes aussi importantes dans l'établissement de ce qui sera.

— Mais lesquelles ?

— La chaleur humaine, Faust, dont tu es dépourvu. La capacité d'aimer, que tu n'as pas non plus. La maîtrise de soi, Faust. Qu'as-tu fait de la tienne ? Enfin, il y a la compassion... Ce n'est pas ton fort, je le crains, Faust. La proposition d'Ulysse était un cri de nostalgie. La tienne est un anathème. Par conséquent, Faust, en dépit d'un vaillant et louable effort, tu as perdu. L'humanité poursuivra sa course sans que tu lui dictes sa conduite. »

Des cris s'élevèrent dans l'assistance : « Mais qui a gagné, les ténèbres ou la lumière ? »

Ananké embrassa la salle du regard. « Passons maintenant aux résultats du concours. Procédons par ordre. Premièrement, pour ce qui est des dieux de l'Olympe et des anciennes religions, nous écarterons cette proposition : c'est l'expression pure du sentimentalisme. Les dieux s'en sont allés et ne reviendront plus. Quant à Faust, il voudrait s'imposer comme votre nouveau chef. Mais il est sans cœur et, au fond de lui, indifférent au sort de ses semblables. Voilà pour les revendications.

» À présent, passons au jugement de ce qui a été, est, et sera. Naturellement, chacun des gestes de Mack peut être jugé de multiples façons, en termes de résultats, d'intentions, d'influence urbaine ou rurale, etc. — bref, il y a là de quoi se préparer un bel imbroglio dialectique au sujet duquel le Bien et le Mal pourront se quereller pendant un autre millénaire. Et maintenant, voici les résultats :

» Un, Constantinople. L'icône sauvée par Mack est détruite aussitôt après. La ville est mise à sac par ceux qui étaient venus la protéger. Le Mal marque un point.

» Deux, Kubilai Khan perd son sceptre, ce qui prive les hordes mongoles d'une partie de leur chance et de leur enthousiasme. La menace qui pesait sur la civilisation occidentale est écartée. Le Bien marque un point.

» Trois, à Florence, une œuvre d'art sans prix est sauvée. Médicis et Savonarole, deux influences potentiellement maléfiques, trouvent une mort prématurée mais bienvenue, car elle épargne au monde de nombreuses souffrances. Un point pour le Bien. Qui mène.

» Quatre, le miroir du docteur Dee n'était pas très important, mais Marlowe, si. S'il avait vécu, il aurait écrit d'autres chefs-d'œuvre édifiants et, au bout du compte, moralement bénéfiques. Un autre point pour le Mal.

» Cinq, sauver ou non la famille royale de France n'aurait pas fait grande différence à long terme, car les réformes démocratiques du XIXe siècle auraient eu lieu malgré tout. Mais le roi et la reine ont souffert inutilement. Égalité.

» Enfin, les deux parties ont triché, ce qui est un motif de disqualification. Par conséquent, le concours est déclaré nul et non avenu ! »

5

Méphistophélès et Michel ne le découvrirent pas tout de suite. Mais ils l'apprirent par un ange féminin descendu du Paradis aux Limbes pour assister à l'annonce des résultats. Elle avait décidé de s'y rendre en volant de ses propres ailes, pour faire un peu d'exercice et admirer le paysage en chemin. Et, tandis qu'elle laissait derrière elle les manoirs de rêve qui bordaient les allées paradisiaques des Cieux, sur qui était-elle tombée ? Sur nul autre que Mack, escaladant la route rocailleuse qui grimpait vers les hauteurs surnaturelles où se dressait le divin palais. Il avançait péniblement, avait-elle remarqué, mais il avançait néanmoins, et sur ses deux jambes. Elle n'en savait pas plus.

« Mais où peut-il aller comme ça ? demanda Méphistophélès.

— Il m'avait tout l'air d'aller voir qui tu sais, répondit l'ange.

— Pas Qui-tu-sais ! s'écria Michel, horrifié.

— Ça m'en avait tout l'air. Bien sûr, il est aussi possible qu'il n'ait fait que passer par hasard dans les parages...

— Mais comment peut-il espérer rencontrer Dieu ? Comment ose-t-il ? Sans un passe ? Sans une lettre de recommandation ? Sans une escorte de dignitaires spirituels d'une piété unanimement reconnue ? Ça ne s'est jamais vu !

— C'est pourtant ce qui est en train de se passer.

— Si seulement je pouvais assister à l'entrevue ! » soupira Michel, et Méphistophélès hocha la tête en signe d'acquiescement.

6

Quand Mack atteignit enfin le sommet de la plus haute montagne de nuages, il aperçut devant lui les grandes portes de nacre, qui tournèrent doucement sur leurs gonds en or massif impeccablement huilés. Il entra et se retrouva dans un jardin luxuriant où les arbres et les baies croulaient de fruits délicieux. Il n'y avait pas une limace, pas un charançon à la ronde. Un homme se dirigea vers lui d'un pas rapide. Il était grand, portait une longue barbe et une robe blanche, Mack mit un genou en terre et dit : « Salut, Dieu. » Le vieillard l'aida à se relever et répondit : « Non, ne vous agenouillez pas devant moi. Je ne suis pas Dieu. Malheureusement, Il est occupé ailleurs, en ce moment. Croyez bien qu'Il le regrette. C'est pour cela qu'Il m'a dépêché, moi Son fidèle serviteur, pour vous annoncer Sa décision d'annuler le verdict d'Ananké et de vous déclarer officiellement vainqueur du concours.

— Moi ? s'étrangla Mack. Mais qu'est-ce que j'ai fait pour mériter ça ?

— Je n'ai pas très bien saisi les détails, avoua le vieillard. Et, de toute façon, vous n'y êtes pas pour grand-chose. La décision a été prise de remettre les rênes de l'humanité aux fripouilles ordinaires et aux gens qui ne sont pas meilleurs qu'ils ne le paraissent. Les dieux de l'Antiquité ont essayé de diriger les hommes et ont échoué. Dieu et le diable ont pris la relève, et ont échoué à leur tour. La Loi a repris le flambeau, en vain. La Raison s'est révélée incompétente. Le Chaos lui-même n'a pas réussi. Alors l'ère de l'homme ordinaire est arrivée. Les démarches simples et intéressées que vous avez entreprises pour votre propre bien, mais en espérant qu'elles serviraient également des objectifs plus nobles, vous ont valu la victoire — car il y avait plus de conviction dans ce soupçon d'idéalisme élémentaire que dans tous les autres grands concepts alambiqués. »

Mack était abasourdi. « Moi ? Diriger l'humanité ? Non, c'est impossible, il n'en est pas question. Franchement, ce serait... blasphématoire.

— Dieu existe dans le blasphème, et Satan dans la piété...

— Écoutez, je crois qu'il faut vraiment que j'en discute directement avec Dieu en personne.

— Si seulement c'était possible ! soupira tristement le vieillard. Personne ne peut voir le Seul Dieu, ni Lui parler... Pas même ici, dans les Cieux. Nous L'avons cherché partout, et on dirait qu'Il n'est pas là. Il semblerait qu'Il se soit absenté. Il y en a même qui prétendent qu'Il n'a jamais existé et, naturellement, nous n'avons même pas de photo pour prouver le contraire. Mais nos légendes racontent qu'il fut un temps où Il existait vraiment, où les anges Lui rendaient souvent visite, et ressortaient de chez Lui tout revigorés, glorifiés. Il avait l'habitude de leur dire que le Paradis et l'Enfer se trouvaient dans les petits détails, paraît-il. Personne ne comprenait ça. Il leur disait "sur la terre comme au Ciel". Nul ne comprenait non plus, jusqu'à ce que des bidonvilles apparaissent dans les Cieux, puis le crime.

— Le crime au Paradis ? Je ne peux y croire !

— Vous seriez surpris de ce qui se passe ici. Ça a commencé quand Il a soudainement déclaré à qui voulait l'entendre qu'Il n'était pas Dieu, pas *le* Dieu, le grand, l'unique, l'omnitout. Il ne faisait que remplacer Dieu, parce que Dieu avait autre chose à faire. Mais tout le monde se demandait ce que ça pouvait bien être. Certains Le soupçonnaient de vouloir tout recommencer de zéro dans un autre espace-temps, en simplifiant cette fois la création à l'extrême, pour être sûr que ça marcherait. Tout le monde était d'accord pour dire que, les derniers temps, Il n'était pas au mieux, Il avait l'air déçu par la tournure qu'avait prise son univers — mais, bien sûr, étant un véritable gentleman, Il n'en avait jamais soufflé mot. »

Mack regarda fixement le vieillard à la barbe blanche. « Vous êtes Dieu, n'est-ce pas ?

— Eh bien, disons... dans un certain sens, oui. Pourquoi ?

— Oh, rien.

— Vous êtes déçu, avouez-le. Vous vous attendiez à Quelqu'un d'Autre.

— Non, non, pas du tout.

— Je peux lire dans vos pensées, Mack. N'oubliez pas que je suis omniscient. C'est l'une de mes qualités.

— Je sais, et omnipotent également.

— Ah oui, ça ! Mais c'est un pouvoir qu'il vaut mieux ménager. La véritable tâche de Dieu est de résister à sa propre omnipotence, et de refuser de se laisser lier par elle.

— Lié par l'omnipotence ? Comment serait-ce possible ?

— L'omnipotence est un lourd fardeau quand elle est associée à l'omniscience et à la compassion. C'est tellement tentant d'intervenir pour faire plaisir, pour redresser un tort par-ci, un tort par-là.

— Et qu'est-ce qui Vous empêche de le faire ?

— Si je mettais mon omnipotence au service de mon omniscience, il en résulterait un univers mécanique. Il n'y aurait plus de libre arbitre. Plus personne ne subirait les conséquences de ses actes. Il faudrait que je sois toujours là pour veiller à ce que l'oisillon ne tombe pas du nid, que le chauffard ne meure pas dans un carambolage, que la gazelle ne soit pas dévorée par un léopard, qu'aucun être ne souffre de la faim, de la misère, du froid, que plus personne ne meure avant son heure, et pendant qu'on y est, que plus personne ne meure du tout.

— Ça a l'air séduisant.

— C'est parce que vous n'y avez pas réfléchi. Imaginez que tout ce qui a jamais été créé se mette à vivre éternellement. Tous avec leurs prétentions, leurs priorités, leurs désirs à satisfaire ! Et naturellement, il faudrait aussi changer la nature des choses... Si le léopard ne peut plus manger la gazelle, il faut lui trouver une autre nourriture. En faire un végétarien ? Mais qui a dit que les plantes n'avaient pas de conscience ? Qui a dit qu'elles souffraient moins que vous d'être dévorées ? Vous saisissez les implications ? Il faudrait que je sois partout à la fois, que j'intervienne constamment. Et si je me chargeais de tous les aspects importants — c'est-à-dire de tout, finalement —, la vie des gens deviendrait mortellement ennuyeuse.

— Je vois que Vous avez de quoi Vous occuper l'esprit, déclara Mack. Mais d'un autre côté, le fait d'être omniscient doit aider.

— Mon omniscience m'ordonne de tempérer mon omnipotence.

— Et le Bien et le Mal, dans tout ça ?

— Quand je les ai créés, je ne doutais pas qu'ils soient absolument essentiels, bien entendu, je ne suis pas stupide, mais j'ai toujours eu du mal à les différencier vraiment. Tout ça était très compliqué. J'avais délibérément projeté cette image très prosaïque de moi-même. Même si je suis Dieu, le seul et unique et l'omnitout, j'avais quand même le droit d'être humble, non ? Et le droit de me donner une raison d'être humble. J'ai refusé d'user de mon omnipotence et de mon omniscience. J'estimais que vouloir que Dieu soit toujours juste et bon était trop restrictif. Cela me paraissait trop partisan, trop univoque, d'être toujours du côté du Bien. De toute façon, comme à l'époque j'étais encore omniscient, je savais qu'au fond le Bien et le Mal étaient complémentaires, égaux. Non pas que cela résolve quoi que ce soit, attention.

Mais je refusais de me laisser limiter. Le problème de tout savoir, c'est qu'on n'apprend plus rien. Je préférais continuer à apprendre. Peut-être connaissais-je, au fond de moi, la raison secrète derrière toute chose. Je ne me suis jamais laissé la deviner. J'ai déclaré que Dieu Lui-même avait droit à Son petit jardin secret, qu'Il se cacherait à Lui-même, et qu'Il avait le droit et même le devoir de ne pas tout savoir.

— Mais quels enseignements suis-je censé tirer de tout ça ?

— Que vous êtes aussi libre que moi, mon fils. Ce n'est peut-être pas grand-chose, mais c'est toujours ça, non ? »

7

La fin d'un événement aussi exceptionnel que le concours du Millénaire laisse toujours un arrière-goût de vide. Aussi, quelque temps plus tard, Azzie était de nouveau sur la brèche. Il décida d'aller voir ce qu'étaient devenus Faust et les autres.

Il trouva l'alchimiste dans une taverne à la sortie de Cracovie. Par le plus grand des hasards, l'ange Babriel était avec lui, assis à une table devant une bière. Ils accueillirent tous deux Azzie, et lui offrirent un verre.

Faust reprit sa conversation : « Et vous l'avez entendue cette dame, Ananké ? C'était Marguerite, qui, un peu plus tôt, faisait tout pour me séduire !

— Ça n'avait rien de personnel, répondit Babriel. Elle parlait au nom de la Nécessité.

— Oui, bon, mais pourquoi Ananké l'a-t-elle choisie, elle ? » Il réfléchit à la question qu'il venait de poser, avant de conclure lui-même : « Sans doute parce qu'elle avait les qualités requises par la Nécessité dans sa conduite aveugle de la destinée des hommes. »

Babriel battit des paupières. Il vida son verre d'ichor et le reposa sur la table. « Vous voyez, Faust. Vous aurez au moins appris quelque chose !

— Pas assez, hélas. Nous aurions pu réussir, Babriel ! Je

veux dire, nous, les hommes. Nous aurions pu nous libérer du joug...

— Pas vous tout seul, interrompit Babriel. Je ne voudrais pas avoir l'air pédant, mais c'étaient les faiblesses de l'humanité qui étaient jugées, pas seulement les vôtres.

— Il y a quelque chose de malsain dans leur manière d'agir. Dès le début, les dés étaient pipés. Écoutez : ils connaissent d'avance les qualités qui nous manquent, et prétendent après coup que nous avons perdu parce que nous ne les avons pas. Et, si l'on parvient à faire preuve de ces qualités, ils déclarent qu'ils avaient autre chose en tête. Mais, après tout, c'est en nous observant, nous, qu'ils apprennent la manière dont on doit se comporter, non ?

— Vous avez raison, concéda Babriel. Allez, ne parlons pas politique. La partie est finie. Buvons encore un verre, parlons des bons moments qu'on a passés ensemble et allons-y. »

Au même instant, Mack entra dans la taverne, fredonnant une chanson d'étudiant. Depuis le concours, il s'était admirablement ressaisi. À présent, il était dans les affaires, et sur le chemin de la fortune. Il avait une très jolie fiancée, qui ressemblait à s'y méprendre à Marguerite. Après sa visite au Paradis, il avait repris d'excellente humeur le cours de son existence terrestre.

Les trois autres se précipitèrent autour de lui. « Alors, qu'a-t-Il dit ? demanda Azzie.

— Qui ça ?

— Dieu, bien sûr ! Nous vous avons tous vu monter aux Cieux, depuis le palais de Justice. Qu'avez-vous appris ? »

Mack hésita, l'air embarrassé.

« Je ne crois pas avoir appris grand-chose, c'est surtout ça. Et puis, ce n'est pas Dieu en personne que j'ai vu, mais un de Ses amis.

— Mais Il vous a bien dit que vous aviez remporté le concours, non ?

— Pas exactement. Ce que j'ai compris, c'est que j'avais

le droit de faire ce que je voulais de ma vie. Et c'est ce que je fais.

— C'est tout ce que vous pouvez nous dire ? » demanda Azzie.

Mack fronça les sourcils et ne répondit rien. Puis il sourit de nouveau.

« Allez, les amis ! Je nous ai réservé une table au Canard Boiteux. J'ai commandé une oie rôtie pour quatre, ils sont en train de la préparer. Allons manger, boire à nos réussites, et rire de nos échecs. »

L'idée sembla séduire tout le monde. Faust déclara qu'il les rejoindrait plus tard. Il sortit de la taverne, et retourna dans la rue Casimir-le-Petit. Il s'arrêta devant un petit salon de thé cossu, où il avait donné rendez-vous à Hélène. Il entra.

Elle était déjà là, assise à une petite table, tenant élégamment une tasse de porcelaine bleu pâle, fumante. Avec un sourire glacial, elle le regarda prendre place à ses côtés.

« Alors, ma chère, tu as enfin réussi à fausser compagnie à ces vieilles sorcières ? Et tu m'es revenue !

— Si je suis revenue, c'est pour te dire adieu, Johann.

— Vraiment ? C'est ton dernier mot ?

— J'ai décidé de repartir vivre avec Achille. C'est indispensable au mythe d'Hélène. Après tout, en revenant de Troie, je suis bien rentrée avec Ménélas...

— Je suppose que tu as raison, admit Faust. Nos archétypes étaient trop mal assortis. Nous sommes tous deux dominateurs, uniques. Mais imagine un peu le bon temps qu'on aurait pu se payer !

— Surtout toi, rétorqua Hélène. Tu vois ce que je veux dire... Et puis, dis donc, j'ai cru comprendre que tu préférais les gardiennes d'oies... Pourquoi n'essaies-tu pas de revoir Marguerite ?

— Comment étais-tu au courant à son sujet ? Peu importe, je sais que tu ne me le dirais pas. Avec Marguerite, c'est fini. Au fond, je crois que je n'ai jamais eu de respect pour elle — même si elle a été Ananké pendant quelques minutes.»

On cogna violemment sur la vitre du salon de thé. Il y eut un bruit de mastication, comme si trois vieilles biques s'étaient mises à ronger la devanture. Une substance gluante et verdâtre s'infiltra sous la porte.

«Nous ne devons pas faire attendre les trois tordues», dit Hélène en se levant et se dirigeant vers la porte.

Faust resta seul, le regard intérieur perdu dans la contemplation mentale de ses rêves brisés. Nul ne trouvait grâce à ses yeux. Hommes, femmes, esprits, personne ne lui arrivait à la cheville. Ananké elle-même lui avait paru intellectuellement médiocre. Il se souvint de l'exaltation qu'il avait ressentie sur scène, à la tête de la plus grande troupe de magiciens jamais réunie. Ils auraient pu changer le monde. Sous leur règne, l'humanité aurait enfin pris un sens… ou du moins elle aurait essayé, quitte à en mourir! Hélas, le monde n'était pas prêt pour lui. Mais un jour… un jour, les hommes seraient dignes de Faust. Et alors…

Il se leva pour quitter le salon de thé. Une brise souleva ses cheveux, et Ylith apparut devant lui, plus désirable que jamais. Faust lui lança un regard indifférent. Elle était sans doute venue lui transmettre un message du Bien, et il n'avait aucune envie de l'entendre.

«Qu'est-ce que c'est encore? grommela-t-il.

— J'ai réfléchi…» dit Ylith. Puis elle hésita. Elle portait une longue robe Empire, vert émeraude. Un simple rang de perles rehaussait la finesse de son cou. Sa chevelure noire, rejetée en arrière, mettait en valeur l'ovale de son visage.

Elle reprit : «J'étais autrefois une sorcière au service des forces des ténèbres. Puis je suis passée du côté de la lumière. Tout ça pour découvrir qu'ils se recoupaient sur les aspects les plus importants.

— Aucun doute. Mais en quoi cela me concerne-t-il?

— Parce que je veux repartir de zéro. Je veux une nouvelle vie, par-delà le Bien et le Mal. Alors j'ai pensé à vous,

Faust, qui poursuivez toujours votre petit bonhomme de chemin, que vous ayez tort ou raison. Et je me suis demandé si... si vous n'auriez pas besoin d'une assistante ? »

Faust la dévisagea longuement avant de répondre. Elle était belle, intelligente, et gaie. Il redressa le dos et bomba le torse. Il sentait l'esprit faustien s'éveiller en lui.

« Oui, dit-il. Je pense que c'est un sujet que nous pourrions poursuivre pour notre satisfaction mutuelle. Asseyez-vous, chère madame. C'est peut-être le début d'un moment merveilleux. »

LE DÉMON DE LA FARCE

*Traduit de l'américain
par Agnès Girard*

*Traduction révisée
par Roland C. Wagner*

À Nancy Applegate, merci pour le sang, la sueur, les larmes.

ROGER ZELAZNY

À ma femme, Gail, avec tout mon amour.

ROBERT SHECKLEY

PREMIÈRE PARTIE

1

Ylith se félicita d'avoir autant de chance. Elle avait choisi la journée idéale pour ce voyage entre le Paradis et l'adorable petit cimetière des environs de York, en Angleterre. On était fin mai, le soleil resplendissait. De petits oiseaux de toutes sortes gambadaient sur les branches moussues ou chantaient à tue-tête, perchés au bord du mur. Et, le plus agréable, c'était que la dizaine d'angelots dont elle avait la charge se tenaient tout à fait convenablement, même pour des anges.

Les petits jouaient gentiment, et Ylith commençait juste à se détendre lorsqu'un nuage sulfureux moutonna soudain à moins de trois mètres d'elle. Quand la fumée se fut dissipée, un démon d'assez petite taille, roux, au visage de renard, drapé dans une cape noire se tenait devant elle.

« Azzie ! Que fais-tu là ?

— J'avais envie de prendre quelques vacances et de laisser les affaires infernales de côté. J'en profite pour visiter certains tombeaux de saints.

— Tu n'envisages tout de même pas de changer de confession ? s'enquit Ylith.

— Je ne suis pas comme toi, répondit Azzie, faisant référence à la carrière de sorcière qu'avait autrefois embrassée Ylith. Joli petit groupe que tu as là, ajouta-t-il en faisant un signe aux angelots.

— Comme tu le vois, ils sont extrêmement sages.
— Rien de bien exceptionnel, en somme. »

En fait, les petits couraient un peu partout dans le cimetière et s'invectivaient allégrement. Leurs voix fluettes s'élevaient, haut perchées et melliflues.

« Regarde ce que j'ai trouvé ! La tombe de saint Athelstan le Patelin.
— Ah oui ? Et moi, j'ai celle de sainte Anne l'Inquiète, et elle était drôlement plus importante ! »

Les angelots se ressemblaient beaucoup, avec leurs traits poupins et leurs cheveux bouclés d'un blond doux et chaud qu'ils portaient au carré, une coupe très à la mode en ce siècle. Tous avaient des ailes bien dodues, encore couvertes de duvet et dissimulées sous leurs manteaux de voyage rose et bleu. La coutume voulait qu'un ange en voyage sur Terre cachât ses ailes.

Non pas que la présence des angelots eût surpris quiconque en cette année 1324. Il était de notoriété publique à cette époque que les anges faisaient régulièrement la navette entre la Terre et le Ciel, tout comme les lutins, démons et autres créatures surnaturelles qui avaient réussi à continuer d'exister après le changement des divinités majeures, et auxquels venaient s'ajouter un certain nombre d'êtres immortels un peu difformes que personne n'avait encore eu le temps d'identifier. Question divinités, la Renaissance, c'était éclectisme et compagnie.

« Et toi, que fais-tu ici, Ylith ? » demanda Azzie.

La ravissante sorcière brune expliqua qu'elle avait accepté de faire faire le tour des Grands Tombeaux d'Angleterre à ce groupe d'anges pubères, dans le cadre de leur cours d'été en éducation religieuse. Ylith, peut-être du fait de son passé de sorcière au service du Mal — avant que son amour pour un jeune ange nommé Babriel ne la fasse changer de camp —, était tout à fait en faveur de l'éducation religieuse pour les jeunes. Il fallait qu'ils en sachent un minimum, de façon que, quand on leur posait des questions, leurs réponses n'embarrassent pas le Ciel.

Leur point de départ, le Champ des Martyrs, au nord de l'Angleterre, réunissait beaucoup de tombes connues. Les angelots allaient de l'une à l'autre, découvraient qui était planté six pieds sous terre ici ou là.

« Tiens, voilà l'endroit où est enterrée sainte Cécile l'Imprudente, disait l'un d'eux. Je lui ai parlé l'autre jour, justement, au Ciel. Elle m'a demandé de dire une prière sur sa tombe.

— Les enfants ont l'air de très bien se débrouiller, remarqua Azzie. Si tu m'accompagnais ? Je t'offre à déjeuner. »

Azzie et Ylith, autrefois, avaient été comme on dit « une affaire qui roule », à l'époque où tous deux étaient de méchantes créatures au service du Mal. Ylith n'avait pas oublié combien elle avait été folle du jeune démon ambitieux au museau pointu. Mais cela faisait déjà quelques lustres, et pas mal de nuages avaient passé dans le ciel depuis.

Elle marcha en direction de l'endroit indiqué par Azzie, près d'un imposant chêne. Tout à coup il y eut un éclair de lumière suivi d'un changement total du paysage. Ylith se retrouva alors au bord d'une mer, sur une plage bordée de palmiers doucement agités par le vent, avec un gros soleil rouge pesant à l'horizon. Tout au bord de l'eau était installée une table garnie de bonnes choses à boire et à manger. Il y avait un large lit, aussi, avec des draps en satin et d'innombrables coussins de toutes les tailles, de toutes les formes et de toutes les couleurs. Juste à côté, un petit chœur de satyres chantait la musique de la séduction.

« Allonge-toi, dit Azzie, qui avait accompagné Ylith dans ce nouveau décor. Je te comblerai de raisin et de sorbets et nous connaîtrons de nouveau les délices qui, autrefois, il y a trop longtemps de cela, nous enchantèrent.

— Eh là ! Tout doux ! dit Ylith en se dégageant du bras qu'Azzie avait langoureusement posé sur ses épaules. Tu oublies que je suis un ange.

— Je n'oublie rien du tout. Je pensais simplement qu'une petite pause te ferait plaisir.

— Il est certaines règles que nous devons respecter.

— Elles s'appliquent aussi à ton petit coup de cœur pour le docteur Faust ?

— Ça, c'était une erreur. Le stress émotionnel a faussé mes capacités de jugement. Mais je me suis repentie, depuis. Je vais bien, maintenant. Comme avant.

— Sauf que c'est à cause de ça que vous avez rompu, toi et Babriel.

— On continue à se voir de temps en temps. Et comment sais-tu tout cela, d'abord ?

— Les tavernes des Limbes sont un lieu d'échanges privilégié pour les potins tant paradisiaques qu'infernaux.

— Je ne vois pas en quoi ma vie amoureuse serait susceptible de faire la une des cancans.

— Mais vous avez fait partie des stars, gente dame. Vous sortiez avec moi, autrefois, vous vous rappelez ?

— Azzie, tu es incroyable. Pour me séduire, tu devrais me dire que je suis belle et désirable, pas que tu es quelqu'un d'important !

— À vrai dire, je te trouve très, très en beauté.

— Et tu es très, très rusé, comme toujours. » Ylith se tourna vers la mer, contempla un instant le paysage. « C'est une magnifique illusion que tu as créée là, Azzie. Mais il faut vraiment que je retourne auprès des enfants. »

Elle repassa de l'illusion bord de mer à la réalité cimetière juste à temps pour empêcher l'ange Ermita de tirer les oreilles de l'ange Dimitri. Azzie apparut bientôt à ses côtés, apparemment peu dépité d'avoir été rembarré.

« De toute façon... je n'ai pas l'impression que ça soit moi que tu désires vraiment, dit Ylith. Qu'est-ce qui te tracasse, exactement ? Que fais-tu ici ? »

Le démon eut un petit rire amer.

« Je suis entre deux contrats. Au chômage, en quelque

sorte. Et je suis venu ici pour réfléchir à la suite des événements.

— Venu ici ? En Angleterre ?

— Au Moyen Âge, en fait. C'est l'une de mes époques préférées de l'histoire de la Terre.

— Mais comment peux-tu être au chômage ? Après la maestria avec laquelle tu as récemment mené l'affaire Faust, je pensais que les Puissances du Mal t'auraient donné plein de travail.

— Ah ! Ne me parle pas de l'affaire Faust !

— Pourquoi donc ?

— Les juges de l'Enfer m'ont privé des honneurs qui me revenaient après le monstrueux cafouillage de Méphistophélès. Ces crétins infernaux continuent de faire comme s'ils étaient assurés d'avoir du travail pour l'éternité, sans se rendre compte qu'ils risquent incessamment de passer de mode et de disparaître de l'esprit de l'homme pour toujours.

— Les forces du Mal, sur le point de disparaître ? Mais qu'arriverait-il au Bien ?

— Il disparaîtrait aussi.

— C'est impossible. L'humanité ne peut pas vivre sans avoir d'opinions bien tranchées sur le Bien et le Mal.

— Tu crois ça ? C'est pourtant déjà arrivé. Les Grecs vivaient sans vérités absolues, et les Romains aussi.

— Je n'en suis pas si sûre. Et quand bien même tu dirais vrai, je ne peux pas imaginer l'espèce humaine replonger dans le paganisme éclatant mais moralement dévoyé qu'elle a déjà connu.

— Et pourquoi pas ? Le Bien et le Mal, ce n'est pas comme le pain et l'eau. L'homme peut s'en passer et vivre tranquillement sa vie.

— C'est ce que tu veux, Azzie ? Un monde sans Bien ni Mal ?

— Certainement pas ! Le Mal, c'est mon fonds de commerce, Ylith. Ma vocation. J'y crois. Ce que je veux, c'est trouver quelque chose de fort en faveur de ce qu'ils appellent Mauvais, quelque chose qui motivera les hommes, les captivera, et les replongera dans la bonne vieille tragédie du Bien et du Mal, du profit et de la perte.

— Tu crois que tu peux y arriver ?

— Bien sûr. C'est pas pour me vanter, mais je peux faire n'importe quoi du moment que je me concentre un peu.

— Eh bien, au moins ton ego est en pleine forme, ça fait plaisir à voir !

— Si seulement je pouvais convaincre Ananké ! soupira Azzie, faisant référence à l'esprit incarné de la Nécessité, qui régnait d'une manière toute personnelle sur les hommes et les dieux. Mais cette vieille peau persiste à vouloir vivre dans l'ambiguïté !

— Tu trouveras bien une solution, va, le rassura Ylith. En attendant, moi, il faut vraiment que j'y aille.

— Je ne comprends pas comment tu fais pour supporter ces braillards toute la journée.

— Quand on veut être bon, apprendre à aimer ce qu'il faut de toute façon aimer, c'est faire la moitié du travail.

— Et l'autre moitié, c'est quoi ?

— Résister aux flatteries des ex. Surtout quand ils sont démoniaques ! Au revoir, Azzie. Et bonne chance ! »

2

Déguisé en marchand, Azzie entra dans la cité voisine de York. La foule semblait converger vers le centre de la ville, et il se laissa porter par le mouvement le long des ruelles sinueuses. Les gens étaient d'humeur festive, mais il ignorait ce qu'on célébrait.

Sur la place principale, des tréteaux étaient installés et on jouait une pièce de théâtre. Azzie s'arrêta. L'art dramatique grand public, c'était une invention relativement récente, et, rapidement, c'était devenu très à la mode en Europe.

Ça n'avait rien de très compliqué. Des acteurs se produisaient sur une estrade surélevée et faisaient semblant d'être quelqu'un d'autre. La première fois, on trouvait toujours ça épatant. En son temps — un temps assez long qui remontait aux danses caprines primitives des Hellènes —, Azzie avait vu un grand nombre de pièces de théâtre, aussi se considérait-il plutôt expert en la matière. Après tout, il n'avait pas raté une seule première des grandes tragédies de Sophocle. Mais cette production yorkaise avait peu de chose à voir avec les danses caprines et Sophocle. Il s'agissait de théâtre réaliste, et les deux acteurs jouaient des époux.

« Alors, Noé, quoi de neuf ? demanda la femme de Noé.
— Femme, je viens d'avoir une révélation divine.

— Je ne vois pas ce qu'il y a de nouveau à ça, railla madame Noé. Tu passes ton temps à traîner dans le désert et à avoir des révélations. N'est-ce pas, les enfants ?

— Pour sûr, maman, dit Japhet.

— Tout juste, dit Cham.

— Exact, dit Sem.

— Le Seigneur m'a parlé, reprit Noé. Il m'ordonne de prendre le bateau que je viens de construire et d'y faire monter tout le monde parce qu'Il ne va pas tarder à envoyer une pluie qui inondera tout.

— Comment sais-tu tout ça ? demanda madame Noé.

— J'ai entendu la voix de Dieu.

— Toi et tes voix, alors ! Si tu crois que je vais m'installer dans ta coque de noix juste parce que tu as entendu une voix, tu te mets le doigt dans l'œil, c'est moi qui te le dis !

— On sera un peu serrés, je sais, dit Noé. Surtout avec tous les animaux à bord. Mais il n'y a pas lieu de s'inquiéter. Le Seigneur y pourvoira.

— Les animaux ? Comment ça, les animaux ?

— Je t'explique. C'est ce que le Seigneur m'ordonne de faire. Sauver les animaux du Déluge qu'Il s'apprête à envoyer.

— Mais de quels animaux parles-tu ? Des animaux domestiques ?

— Dieu veut que nous recueillions plus que les animaux domestiques.

— Par exemple ?

— Par exemple tous les animaux.

— Tous ? Ça fait combien ?

— Ça fait un couple de chacun.

— Un couple de chaque sorte d'animaux ?

— C'est l'idée.

— Même des rats ?

— Deux rats, oui.

— Et des rhinocéros ?

— Je reconnais qu'on sera un peu à l'étroit, mais oui. Deux rhinocéros aussi.

— Et des éléphants ?

— On trouvera bien un moyen de caser tout le monde.

— Et des morses ?

— Oui, bien sûr ! Les morses aussi ! Les instructions de Dieu étaient très claires. Deux de chaque. »

Madame Noé lança à son époux un regard qui sous-entendait clairement : « Mon pauvre vieil ivrogne, voilà que tu te remets à délirer. »

Le public adorait ça. Dans le théâtre improvisé, il y avait une centaine de spectateurs en tout, assis sur des bancs. Ils hurlaient de rire à chaque réplique de madame Noé, tapant des pieds pour manifester leur approbation. C'étaient des villageois et des paysans pour la plupart, et ils assistaient à la représentation d'un miracle, un drame sacré qui n'allait pas tarder à devenir apocryphe, *Noé*.

Azzie était installé à l'un des balcons, sur un échafaudage spécial, à droite, au-dessus de la scène. Ces places étaient réservées aux citoyens prospères. De là-haut, il voyait les actrices jouant les femmes des fils de Noé en train de changer de costume. Il pouvait s'allonger à son aise et rester à l'abri des remugles putrides émanant des foules à qui ces pièces, avec leurs trames moralement correctes et leurs dialogues minaudiers, étaient destinées.

Sur la scène, l'histoire continuait. Noé embarqua sur son bateau, les intempéries commencèrent. Un manant muni d'un arrosoir, perché sur une échelle, simula le début des quarante jours et quarante nuits de pluie. Azzie se tourna vers l'homme bien mis assis derrière lui.

« Faites ce que Dieu vous dit, et tout ira bien ! »

Quelle conclusion simpliste, et si peu vérifiée au quotidien, où tout se produit de la façon la plus inattendue, sans souci aucun des causes ou des effets.

« Judicieuse remarque, dit l'homme. Mais considérez, monsieur, que ces contes n'ont point pour objet d'être le reflet exact de la réalité. Ils se contentent de montrer comment un homme devrait se comporter en différentes circonstances.

— Si fait, si fait. Cela va de soi. Mais c'est de la propagande grandeur nature. N'avez-vous jamais eu envie d'une pièce plus inventive, d'autre chose que d'une concoction comme celle-ci, qui attache les sermons en chapelets comme un boucher attache les saucisses ? N'auriez-vous point de goût pour une pièce dont l'intrigue ne serait pas soumise au déterminisme affecté de la moralité du plus grand nombre ?

— Voilà qui serait rafraîchissant, je n'en doute pas, dit l'homme. Mais il est peu probable que les religieux qui écrivent ce genre de chose produisent une œuvre aussi philosophique. Cela vous dirait-il de poursuivre et d'approfondir ce sujet, monsieur, après la représentation, devant un pichet de cervoise ?

— Avec joie. Je m'appelle Azzie Elbub et je suis gentleman de profession.

— Et moi je m'appelle Peter Westfall, et je suis importateur de céréales. Ma boutique se trouve près de Saint-Grégoire-des-Champs. Mais je crois que les acteurs reprennent. »

La pièce ne s'améliora pas. Lorsqu'elle fut terminée, Azzie accompagna Westfall et plusieurs de ses amis à l'enseigne de la Vache-Pie, dans Holbeck Lane, près de High Street. Le tenancier leur apporta des pichets débordant de cervoise et Azzie commanda du mouton et des pommes de terre pour tous.

Westfall avait reçu son éducation dans un monastère en Bourgogne. C'était un homme corpulent, encore jeune, sanguin, presque chauve et qui parlait en faisant de grands gestes. La goutte le guettait, de toute évidence. En le voyant refuser la viande, Azzie le soupçonna d'être végétarien, déviance qui parfois trahissait un hérétique cathare. Il s'en fichait, mais nota cette remarque dans un coin de sa mémoire, pour, qui sait, une utilisation ultérieure. En attendant, il était là pour discuter de la pièce avec Westfall et ses amis.

Lorsque Azzie se plaignit du manque d'originalité de la pièce, Westfall rétorqua : « Le fait est, monseigneur, qu'elle n'est pas censée être originale. Cette histoire nous transmet un message des plus édifiants.

— Vous appelez ça un message édifiant ? Soyez patients et on finira bien par trouver une solution ? Vous savez très bien que c'est la roue qui grince que l'on huile, et que, si l'on ne se plaint pas, on n'arrive à rien changer. Dans l'histoire de Noé, Dieu est un tyran qui aurait mérité qu'on cède moins souvent à ses caprices ! Qui a dit que Dieu avait tout le temps raison ? Un homme ne peut-il forger sa propre opinion ? Si j'étais auteur dramatique, mes histoires tiendraient mieux la route ! »

Westfall trouva les paroles d'Azzie provocatrices et peu orthodoxes, et l'envie lui vint de le remettre à sa place. Mais il avait remarqué l'étrange et imposante présence que dégageait le jeune homme, et il était de notoriété publique que les membres de la Cour se faisaient passer pour d'ordinaires gentilshommes afin de mieux tirer les vers du nez des bavards imprudents. Westfall rengaina donc sa curiosité et finit par alléguer l'heure tardive pour se retirer.

Après le départ du marchand et de ses amis, Azzie resta un moment dans la taverne. Il ne savait pas trop quoi faire ensuite. Suivre Ylith, peut-être, et essayer sur elle ses ruses de séducteur ? Mais non, ce n'était pas une bonne idée. Il décida plutôt de se rendre sur le continent, comme il l'avait prévu au départ. Il pensait de plus en plus à mettre sa propre pièce en scène. Une pièce qui irait à contre-courant de ces pièces morales avec leurs messages insipides. Une pièce immorale !

3

Depuis qu'il avait eu cette idée de pièce immorale, Azzie avait l'imagination en délire. Il voulait faire de grandes choses, comme par le passé, avec le prince Charmant et l'affaire Johann Faust. Il était temps pour lui de frapper une nouvelle fois, d'étonner le monde, tant matériel que spirituel.

Une pièce immorale ! Une œuvre qui créerait une légende nouvelle sur le destin de l'humanité et qui à elle seule redorerait définitivement le blason des ténèbres !

Ce n'était pas une mince affaire, il en était conscient. Un travail ardu l'attendait. Il savait aussi quel homme pourrait l'aider à écrire cette pièce : Pietro l'Arétin, qui serait un jour parmi les écrivains et poètes les plus éminents de la Renaissance. S'il arrivait à le convaincre…

Il prit sa décision peu après minuit. Cette pièce, il la monterait ! Il repartit à travers York, quitta la ville et s'enfonça dans la campagne. C'était une nuit splendide, les étoiles illuminaient le ciel depuis leur sphère fixe. Tout bon chrétien était au lit depuis plusieurs heures déjà. Constatant qu'il n'y avait personne — bon chrétien ou pas — dans les parages, il ôta son manteau de satin à double boutonnage, puis son gilet pourpre. Il était superbement musclé. Les créatures surnaturelles avaient la possibilité, moyennant une somme modique, de rester en forme magiquement, en ayant recours au service infernal dont la devise était : « Sain de corps, malin d'esprit. » Déshabillé, il défit le lacet qui maintenait ses ailes de démon plaquées contre son corps pour les dissimuler lors de ses petits voyages sur Terre. Quel bonheur de pouvoir enfin les étendre ! Avec le lacet, il attacha ses vêtements sur son dos, en prenant soin de mettre sa monnaie dans un endroit sûr. Il avait déjà perdu de l'argent de cette manière, en oubliant de vider les poches de son manteau. Puis, après trois foulées rapides, il s'envola. Et hop !

Tout en volant, il glissa dans le temps, se coula vers le futur, humant avec délice son odeur astringente. Bientôt, il fut au-dessus de la Manche, direction sud-sud-est. Une petite brise le poussa jusqu'aux côtes françaises en un rien de temps.

Au matin, il était dans le ciel suisse, et prit de l'altitude en apercevant les Alpes. Vint ensuite le col du Grand-Saint-Bernard, qu'il connaissait bien, et peu après, ce fut l'Italie du Nord. L'air était déjà plus doux, même aussi haut.

L'Italie ! Azzie adorait cet endroit. L'Italie était son pays préféré, et la Renaissance, où il venait d'arriver, son époque favorite. Il se considérait comme une sorte de démon du Quattrocento. Il vola au-dessus des vignobles et de la mosaïque des champs, au-dessus des collines et des rivières étincelantes.

Adaptant la position de ses ailes à l'air plus lourd qui montait, il piqua légèrement à l'est, vola jusqu'à l'endroit où terre et mer semblent fusionner en un immense marais qui étire ses méandres vert et gris avant de s'abandonner dans l'Adriatique. Et Venise apparut enfin.

Les derniers rayons du soleil couchant illuminaient la noble cité, rebondissant sur l'eau des canaux. Dans la pénombre naissante, Azzie distinguait tout juste les gondoles, avec leur lanterne suspendue à l'arrière, allant et venant sur le Grand Canal.

4

À York, la vieille Meg, la serveuse de l'auberge, terminait de nettoyer la salle lorsque Peter Westfall arriva pour sa cervoise matinale.

« Maître Peter, dit Meg, vous n'auriez pas perdu quelque chose, hier soir ? J'ai trouvé ça à l'endroit où vous étiez assis. »

Elle lui tendit un petit sac de daim ou de peau de chamois très fine. Il y avait quelque chose à l'intérieur.

« Ah, oui », dit Westfall. Il farfouilla dans sa bourse, en sortit une pièce d'un quart de penny. « Tiens, paie-toi une chopine pour le dérangement. »

Il regagna sa maison, sur Rotten Lane, et monta dans son cabinet privé, au dernier étage. C'était une pièce en soupente, spacieuse, éclairée par des lucarnes et meublée de trois tables de chêne sur lesquelles Westfall avait disposé différents ustensiles d'alchimiste. À cette époque, les pratiques combinées de l'alchimie et de la magie étaient accessibles à plus d'un.

Westfall tira une chaise et s'assit. Il défit la cordelette d'argent qui fermait le petit sac, y glissa deux doigts et en sortit délicatement la pierre jaune polie qui se trouvait à l'intérieur. Elle était gravée d'un signe qui ressemblait à la lettre aleph de l'alphabet hébraïque.

Westfall était certain qu'il s'agissait d'un talisman ou d'un fétiche — un objet nanti de pouvoirs. C'était le genre de chose qu'un maître magicien devait posséder. Avec cette pierre, il avait entre les mains différents pouvoirs incantatoires. Il allait pouvoir invoquer un ou plusieurs esprits, les faire sortir des profondeurs, selon la manière dont était programmé le talisman. Westfall avait toujours désiré un talisman. Une fois sur deux, sa magie tombait à plat, et il était certain qu'avec celui-là il allait faire des miracles. Il pensa au jeune homme un peu bizarre avec qui il avait parlé après la pièce sur Noé, la veille au soir. C'était sûrement lui qui l'avait perdu.

Cette pensée l'interrompit momentanément dans ses projets. Après tout, ce n'était pas *son* talisman. Il était probable que son vrai propriétaire reviendrait sur ses pas pour un objet aussi peu commun et précieux. Si c'était le cas, Westfall le lui rendrait immédiatement. Bien sûr.

Il entreprit de remettre la pierre dans son étui, mais s'arrêta en route. Ça ne pouvait pas faire de mal, de jouer un peu avec, en attendant que son propriétaire vienne la chercher. Il n'y avait sûrement aucune objection magique à cela.

Westfall était seul dans son cabinet de travail. Il se tourna vers le talisman. « Bon, dit-il. Au travail, maintenant. J'ignore quelles incantations magiques utiliser, mais si tu possèdes vraiment des pouvoirs, une simple indication devrait suffire. Va me chercher un esprit qui exaucera mon souhait, et plus vite que ça. »

Devant ses yeux, le petit talisman de pierre sembla se gonfler et soupirer. Le signe noir gravé sur un de ses côtés changea de couleur, vira au doré, puis au rouge sombre. Il se mit à vibrer, comme si un petit démon robuste s'agitait à l'intérieur. Une espèce de bourdonnement aigu s'éleva.

Dans la pièce, la lumière baissa, comme si le talisman volait sa puissance au soleil. Une mince colonne de poussière monta du sol, se mit à tourbillonner dans le sens inverse des aiguilles d'une montre. Des bruits sourds firent vibrer l'atmosphère, tel le beuglement d'un bovin géant. Un nuage de fumée verte se répandit dans toute la pièce, fit tousser Westfall. Lorsque le marchand reprit son souffle, la fumée se dissipait déjà, révélant une jeune femme à la chevelure noire lustrée, d'une beauté insolente. Elle portait une jupe longue plissée et un chemisier rouge en soie sur lequel des dragons étaient brodés au fil d'or. Elle avait de petites chaussures à talons hauts et un assortiment de bijoux élégants. Et elle était en effet très en colère.

« Qu'est-ce que ça veut dire ? » s'indigna Ylith.

Car c'était elle que le talisman avait capturée, probablement parce que c'était à elle qu'Azzie avait pensé en dernier. La pierre magique avait dû garder cela en mémoire quelque part.

« Eh bien, je t'ai invoquée, répondit Westfall. Tu es un esprit, et tu dois exaucer mes vœux. C'est bien ça, non ? ajouta-t-il, plein d'espoir.

— Ce n'est pas ça du tout. Je suis un ange ou une sorcière, pas un simple esprit, et je ne suis pas liée à votre talisman. Permettez-moi de vous suggérer de réviser l'étalonnage de cet outil et de réessayer.

— Ah bon. Désolé », dit Westfall. Mais Ylith avait déjà disparu. Il s'adressa au talisman : « Fais un peu plus attention, cette fois. Ramène-moi l'esprit que tu es censé aller chercher. Allez, vas-y ! »

Le talisman frissonna, comme s'il était triste d'avoir été réprimandé. Il émit une note de musique, puis une autre. Dans la pièce, la lumière faiblit à nouveau avant de retrouver tout son éclat. Un petit nuage de fumée apparut, d'où sortit un homme vêtu d'un ensemble assez sophistiqué en satin sombre et coiffé d'un chapeau conique. Sur ses épaules était jeté un long manteau de satin bleu marine brodé au fil doré de signes cabalistiques. L'homme avait la barbe et la moustache, et semblait complètement à côté de ses poulaines.

«Qu'est-ce que c'est? demanda-t-il. J'ai dit à tout le monde qu'il ne fallait pas me déranger tant que je n'aurais pas terminé ma nouvelle série d'expériences. Comment voulez-vous que mes recherches avancent si on me dérange tous les quatre matins? Et d'abord, qui êtes-vous, et que voulez-vous?

— Je m'appelle Peter Westfall, répondit le marchand, et je vous ai invoqué grâce aux pouvoirs de ce talisman.» Il brandit celui-ci.

«Vous m'avez invoqué? Mais de quoi parlez-vous, à la fin? Faites donc voir ça!» Il examina le talisman. «D'origine égyptienne, mais pas tout à fait inconnu. À moins que je ne sois complètement à côté de la plaque, il s'agit d'un des éléments de la série originale avec laquelle le roi Salomon a lié toute une ribambelle d'esprits. Mais ça remonte à loin, cette histoire. Je croyais qu'ils avaient tous été retirés de la circulation. D'où le sortez-vous?

— Peu importe. Je l'ai, c'est ce qui compte. Et vous devez m'obéir.

— Je dois? Elle est bien bonne, celle-là. C'est ce qu'on va voir!» L'homme doubla soudain de volume et s'approcha de Westfall d'un pas menaçant. Celui-ci lui arracha le talisman des mains et le serra de toutes ses forces. L'autre laissa échapper un gémissement et recula.

«Tout doux! Pas la peine de vous énerver. Ce fétiche me donne tout pouvoir sur vous!

— Oui, probablement. Mais, nom de nom, c'est ridicule, cette histoire! Je suis un ancien dieu grec devenu magicien suprême — on me nomme Hermès Trismégiste.

— Eh bien, Hermès, vous êtes tombé sur un os, cette fois.

— On dirait, oui. Qui êtes-vous? Pas un magicien, ça, ça ne fait aucun doute. Et pas un roi non plus, ajouta Hermès en regardant autour de lui. Cet endroit n'a rien d'un palais. Vous êtes une espèce de bourgeois, c'est ça?

— Je suis marchand de céréales, dit Westfall.

— Et comment ce talisman est-il arrivé entre vos mains ?
— Ça ne vous regarde pas.
— Vous êtes allé farfouiller dans le grenier de votre grand-mère, je parie.
— L'endroit où je l'ai eu n'a aucune espèce d'importance ! » Le poing de Westfall se ferma convulsivement autour de la pierre.

« Calmez-vous ! fit Hermès en grimaçant. Là, c'est mieux. » Il respira un grand coup et eut recours à une courte incantation pour se calmer lui-même. L'heure n'était pas à la colère, si justifiée fût-elle. Avec ce talisman ancien, cet imbécile de mortel avait effectivement tout pouvoir sur lui. D'où le sortait-il ? À en croire son peu de connaissance des arcanes de la magie, il avait dû le dérober.

« Maître Westfall, je reconnais votre pouvoir sur moi. Je vous dois effectivement obéissance. Dites-moi ce que vous désirez, nous avons assez perdu de temps.
— Ah, j'aime mieux ça. D'abord, je veux une bourse pleine de pièces d'or, frappées avec soin et échangeables partout selon mon bon plaisir. Des pièces anglaises, espagnoles ou françaises feront très bien l'affaire, mais pas de monnaie italienne — ils grattent toujours la tranche, ces filous. Je veux aussi un chien de berger Old English, avec pedigree, comme celui du roi. Voilà pour commencer, mais j'aurai d'autres commandes un peu plus tard.
— Pas si vite. Combien de vœux comptez-vous me faire exaucer ?
— Autant que je voudrai ! s'écria Westfall. Parce que j'ai le talisman ! » Il le brandit une nouvelle fois, et Hermès grimaça de douleur.

« Pas si fort, enfin ! Bon, je vais chercher ce que vous désirez ! Laissez-moi un jour ou deux. » Et, sur ces mots, Hermès disparut.

Il n'eut aucune difficulté à trouver ce que Westfall lui avait demandé. Il possédait une impressionnante réserve de sacs de pièces d'or sous le Rhin, gardée par des nains au chômage depuis le Rägnarök. Le chien de berger Old English ne posa pas de problème non plus — Hermès en kidnappa un dans un chenil, près de Spottiswode, rien de plus facile. Puis il reparut dans le cabinet de travail de Westfall, à York.

5

« Gentil, le chien. Couché, maintenant. Là-bas, dans le coin », dit Westfall. Le jeune chien de berger le regarda et aboya.

« Il n'est pas très bien dressé, remarqua Westfall.

— Dites donc, vous n'avez jamais demandé qu'il le soit, répliqua Hermès. Il a un pedigree long comme le bras.

— Et il est beau, reconnut le marchand. Et puis les pièces d'or sont tout à fait satisfaisantes. » À ses pieds était posé un petit sac de cuir plein d'écus.

« Je suis heureux de vous savoir satisfait, dit Hermès. Bien, maintenant, si vous pouviez juste dire au talisman que vous me relâchez et que je ne suis plus en votre pouvoir, de façon que nous reprenions chacun nos activités...

— Pas si vite! J'ai encore un certain nombre de vœux à vous demander d'exaucer.

— Mais j'ai du travail !

— Soyez patient. J'ai besoin de vous avoir sous la main encore un moment, mon cher Trismégiste. Si vous faites ce que je vous demande, j'envisagerai de vous libérer.

— Ce n'est pas juste ! Je veux bien vous accorder un vœu ou deux, par respect pour un talisman que je vous soupçonne d'avoir bien mal acquis, mais vous êtes en train d'abuser de la situation !

— La magie est là pour que les gens en profitent.

Le démon de la farce

— Ne tirez pas trop sur la corde, tout de même. Vous n'avez aucune idée de ce avec quoi vous êtes en train de jouer.

— Ça suffit, les bavardages. Écoutez-moi bien, Hermès : un peu avant vous, le talisman m'a donné quelqu'un d'autre. Une femme. Très belle. Savez-vous de qui je veux parler ? »

Hermès Trismégiste ferma les yeux pour se concentrer.

« Mon sens postmonitoire, dit-il en les rouvrant, me dit qu'il s'agissait d'un des anges de Dieu, une ancienne sorcière nommée Ylith.

— Ça alors ! Mais comment vous faites ? s'étonna Westfall.

— La double vue fait partie de mes attributions. Si vous me relâchez, je vous apprendrai.

— Peu importe. Ce que je veux, c'est que vous me trouviez cette dame — Ylith, c'est ça ? Je veux que vous l'ameniez ici. »

Hermès regarda le marchand. Il n'avait pas prévu cela.

« Je doute qu'elle veuille me suivre.

— Je me fiche de ce qu'elle veut. Sa vue a enflammé mon imagination. Je la veux.

— Je sens qu'Ylith va adorer ça », remarqua Hermès à voix basse. Il connaissait la forte personnalité de cet ange qui avait lutté pour l'égalité spirituelle des sexes dans le cosmos bien avant même que l'ébauche de ce concept apparaisse sur Terre.

« Il faudra qu'elle s'habitue à moi, dit Westfall. J'ai l'intention de posséder cette dame de toutes les manières dont un homme possède une servante.

— Je ne peux pas la forcer à accepter ça, le prévint Hermès. Mes pouvoirs ont une limite : ils s'arrêtent là où il s'agit d'influencer le psychisme féminin.

— Vous n'aurez pas à la forcer à quoi que ce soit, je m'en charge. Contentez-vous de la mettre en mon pouvoir. »

Hermès réfléchit un instant. « Écoutez, Westfall, dit-il enfin, je vais être franc avec vous. La possession de pouvoirs magiques vous a tourné la tête. Cette histoire avec Ylith, ce n'est pas une bonne idée. Vous vous mêlez de quelque chose que la raison devrait vous faire fuir comme la peste.

— Silence ! Faites ce que je vous dis ! s'emporta Westfall, les yeux écarquillés et étincelants.

— Bon, comme vous voudrez », soupira Hermès avant de disparaître, épaté par la détermination avec laquelle les humains se mettaient dans des situations impossibles. Il venait d'entrevoir l'esquisse d'un plan qui pourrait peut-être lui profiter, à lui et aux autres Olympiens désormais cantonnés dans le monde irréel connu sous le nom de Crépuscule. Mais d'abord, il allait devoir amener Ylith à Westfall, ce qui n'était pas dans la poche.

6

Hermès se transporta jusqu'à un de ses endroits préférés, un vieux temple sur l'île de Délos, en mer Égée, où pendant quelques milliers d'années on lui avait voué un culte. Là, il s'assit et, contemplant la mer, récapitula.

Bien qu'ayant été l'un des douze grands Olympiens, Hermès n'avait pas subi le même sort que les autres au moment de l'effondrement de la civilisation grecque, peu après la mort d'Alexandre le Grand et la naissance du rationalisme superstitieux de Byzance. Les autres dieux n'avaient pas réussi à faire leur trou dans le nouveau monde issu des temps hellènes et, face à la nouvelle religion, ils n'avaient pas fait le poids. Leurs fidèles les avaient tous abandonnés, ils avaient été déclarés inexistants et s'étaient trouvés forcés de mener une vie bien tristounette dans le royaume appelé le Crépuscule. C'était un endroit sinistre, presque autant que l'ancien monde souterrain grec. Hermès était bien content de ne pas avoir à y vivre.

Il avait été maintenu dans son poste après l'époque grecque parce que, depuis toujours, on l'avait associé à la magie. Depuis la nuit des temps, il avait activement pratiqué l'alchimie, et on disait à propos de multiples découvertes qu'il les avait inspirées. À la Renaissance, le *Corpus Hermeticum*, attribué à Cornélius Agrippa et à d'autres, était devenu la bible de l'alchimiste. Et Hermès était son dieu de référence.

Il s'était rendu utile auprès de l'humanité de bien d'autres façons. Il était doué pour trouver les choses, et avait longtemps été associé à la médecine à cause du caducée qu'il emportait souvent avec lui, souvenir de son passé de dieu égyptien sous le nom de Thôt.

Dans l'ensemble, c'était un dieu gentil, plus ouvert que la plupart. Au cours des années, il avait eu affaire à un grand nombre de magiciens humains, qui l'avaient tous invoqué avec respect. C'était la première fois qu'on l'invoquait de force, l'obligeant à obéir, que ça lui plaise ou non. Il n'aimait pas ça. Mais le problème, c'était qu'il ne voyait pas comment se sortir de ce mauvais pas.

Il méditait là-dessus, assis au pied d'un grand chêne, face à la mer, lorsqu'il entendit un doux murmure. Il écouta plus attentivement. « Que t'arrive-t-il, mon garçon ? disait la voix.

— Zeus ? C'est toi ?

— Oui, c'est moi. Mais seulement en essence. Le vrai moi est dans le Crépuscule, tu sais, le placard à balais spécial dieux ringards où on nous a tous envoyés. Tous sauf toi, bien sûr.

— C'est pas ma faute si on a décidé de me proroger en Hermès Trismégiste, se défendit Hermès.

— Personne ne t'accuse de quoi que ce soit, mon fils. Je disais ça comme ça, c'est tout.

— Je ne comprends pas comment tu peux être là, essence ou pas.

— J'ai une dispense spéciale. J'ai le droit de manifester ma présence partout où poussent les chênes. Étant donné la situation qui est la mienne aujourd'hui et la prolifération des chênes, ce n'est pas mal. On dirait que quelque chose te trouble. Qu'y a-t-il, Hermès ? Tu sais que tu peux tout dire à ton vieux papa. »

Hermès hésita. Il ne faisait pas confiance à Zeus. Aucun Olympien ne lui faisait confiance. Tous se souvenaient de ce qu'il avait fait à Chronos, son père — il avait castré le pauvre vieux bougre et jeté ses bijoux de famille à la mer. Ils savaient que Zeus craignait de subir le même sort et s'arrangeait pour faire en sorte que personne ne soit en position de le faire. Rien que d'y penser, ça le rendait nerveux, et s'il était perfide et inconstant, c'était parce qu'il était persuadé qu'il s'agissait là du meilleur moyen de garder ses gonades. Hermès savait tout cela, mais il savait aussi que Zeus était de bon conseil.

« Père, un humain s'est emparé de moi.

— Vraiment ? Comment est-ce arrivé ?

— Tu te souviens des sceaux grâce auxquels le roi Salomon a lié certaines personnes ? Eh bien, il semblerait qu'ils n'aient pas tous été retirés de la circulation. »

Hermès raconta toute l'histoire. « Qu'est-ce que je peux faire ? demanda-t-il pour conclure.

— Cet humain t'a en son pouvoir, pour l'instant. Joue le jeu, mais reste vigilant. Et dès que l'occasion s'en présentera, saisis-la, et agis radicalement.

— Je sais tout ça, soupira Hermès. Pourquoi me dire ce qui est évident ?

— Parce que je connais tes scrupules, mon fils. Tu as emboîté le pas à ces nouveaux venus, gobant leurs idées compliquées à propos des anciens dieux. Leurs grands discours t'ont séduit, tu penses que leurs histoires de magie, c'est très profond. Mais laisse-moi te dire une chose : tout ça, c'est une affaire de pouvoir, point. Et le pouvoir, neuf fois sur dix, c'est une affaire de tricherie.

— Bon, ça va, maintenant, s'impatienta Hermès. Comment suis-je censé trouver cette sorcière pour Westfall ?

— Ça, c'est encore le plus simple de tes problèmes. Va voir ta sœur Aphrodite et demande-lui la boîte de Pandore. Elle s'en sert de coffret à bijoux depuis quelque temps. Ça te fera un piège à esprits de première catégorie.

— Bien sûr ! Un piège à esprits ! Et comment est-ce que je vais m'y prendre ?

— C'est toi le grand magicien. Alors c'est à toi de le faire, le tour de passe-passe. »

Un peu plus tard, Hermès apparut dans le cimetière de York, habillé en vieux gentilhomme excentrique. Il tenait sous le bras un paquet enveloppé dans du papier kraft et attaché avec de la ficelle. Il s'approcha d'Ylith et dit d'une voix contrefaite : « Mademoiselle Ylith ? Votre ami m'a demandé de vous donner ça.

— Azzie a laissé un cadeau pour moi ? Comme c'est gentil ! »

Elle déchira l'emballage et ouvrit la boîte sans réfléchir. À l'intérieur du couvercle se trouvait un miroir, un miroir multicolore, étincelant et flou, d'un genre qui lui rappela ceux qu'elle avait vus à Babylone et en Egypte. Un miroir magique ! Un piège à esprits. Quelqu'un venait de lui jouer le plus vieux tour du monde ! Elle détourna le regard aussi vite qu'elle put, mais c'était trop tard. Son esprit s'échappa par sa bouche au même instant, comme un minuscule papillon transparent, fut attiré par le miroir et avalé par la boîte. L'instant d'après, le corps d'Ylith s'effondra. Hermès le rattrapa au vol et le déposa doucement par terre. Puis il ferma la boîte d'un geste décidé et la ficela précautionneusement avec un lien d'or. Ensuite, il donna la pièce à deux fossoyeurs qui déjeunaient non loin de là pour qu'ils ramassent le corps et le transportent jusqu'à la maison de Westfall. « Faites attention, hein ! Ne l'abîmez pas ! » Les deux hommes parurent interloqués, et pas du tout sûrs de faire quelque chose de bien, alors Hermès leur expliqua qu'il était médecin et pensait pouvoir ressusciter la pauvre femme, qui, de toute évidence, avait mal supporté les influences zodiacales maléfiques qui traînaient par là. Devant une explication aussi plausible et scientifique, ils s'inclinèrent. Après tout, ils ne faisaient que suivre les ordres du docteur.

Westfall se demandait ce qui retardait Hermès, mais il se dit que ce n'était peut-être pas si facile de s'emparer d'une femme, de l'arracher au monde, juste comme ça. Il s'étonna ensuite de penser de la sorte. Ce n'était pas dans son habitude. Une créature surnaturelle s'était-elle emparée de lui pour lui souffler d'exiger cette femme ? Pas sûr, mais ce phénomène n'avait rien à voir avec le normal et dépassait les règles de la magie, il le sentait bien. Il s'agissait d'un pouvoir autonome qui se manifestait selon qu'il l'estimait utile ou non.

L'après-midi s'écoula, traîna en longueur. Westfall trouva un bout de fromage et un quignon de pain dans son garde-manger. Il trempa le pain dans un reste de brouet de la veille, réchauffé sur le petit poêle qui se trouvait dans un coin de la pièce. Une gorgée de vin lui rinça le gosier en guise de dessert, et il finit par s'assoupir dans son fauteuil. Tout était calme, lorsqu'un sifflement aussi strident que l'air qui se déchire le fit sursauter. Il jaillit de son siège. « Vous avez amené la femme ?

— J'ai rempli ma mission », dit Hermès. Il agita la main pour dissiper les nuages de fumée qui avaient accompagné sa nouvelle entrée en scène. Il était habillé de la même façon, mais portait sous le bras une petite boîte en bois richement travaillé.

« Qu'y a-t-il là-dedans ? » s'enquit Westfall.

Au même moment, on entendit dans l'escalier un pas assez lourd. De derrière la porte, une voix étouffée lança : « Ouvrez, s'il vous plaît ! » Westfall ouvrit la porte. Deux types robustes entrèrent, portant le corps d'une très belle jeune femme inconsciente et pâle comme la mort.

« On vous la pose où ? demanda celui qui portait les épaules et la tête.

— Sur le divan, là. Doucement ! »

Hermès paya les deux fossoyeurs et les reconduisit à la porte. Puis il dit à Westfall : « Je l'ai mise en votre pouvoir. Maintenant, vous avez son corps. Mais, si vous voulez un conseil, ne faites pas de folies avec sans la permission de la dame.

— Où est-elle ? Sa conscience, je veux dire ?

— Vous voulez parler de son âme. Elle est ici. Dans la boîte. » Il posa le coffret sur l'une des tables. « Ouvrez-la quand vous voudrez, et son âme rejoindra son corps, le ranimera. Mais faites attention. La petite dame n'est pas à prendre avec des pincettes. Elle n'a pas apprécié d'être invoquée de force alors qu'elle était occupée à autre chose.

— Son âme est réellement là-dedans ? » Westfall souleva la petite boîte incrustée d'argent et la secoua. Il en sortit un cri suivi d'un juron étouffé.

« À partir de maintenant, vous êtes livré à vous-même, dit Hermès.

— Mais que suis-je censé faire ?

— À vous de le découvrir. »

Le marchand prit la boîte et la secoua doucement. « Mademoiselle Ylith ? demanda-t-il. Vous êtes là ?

— Tu parles, que je suis là, innommable chose porcine ! cracha Ylith. Ouvre un peu ce couvercle, que je te règle ton compte ! »

Westfall blêmit et posa les deux mains sur le couvercle pour le maintenir fermement. « Bon sang. » Il regarda Hermès.

Celui-ci haussa les épaules.

« Elle est en colère.

— Non, vous croyez ? dit Hermès.

— Mais qu'est-ce que je vais faire ?

— Vous la vouliez, souligna Hermès. Je pensais que vous saviez pourquoi.

— Eh bien, pas exactement.

— Si je peux me permettre un autre conseil, essayez de trouver un terrain d'entente avec elle. C'est la seule solution.

— Je vais peut-être laisser la boîte de côté quelque temps.

— Ce serait une erreur.

— Pourquoi ?

— Si la boîte de Pandore n'est pas surveillée constamment, ce qu'elle contient peut en sortir.

— Mais ce n'est pas juste !

— J'ai joué franc jeu avec vous, Westfall. Vous devriez savoir qu'avec ces choses il y a toujours un piège ! Bonne chance ! »

Hermès amorça le geste destiné à le faire disparaître.

« Souvenez-vous que j'ai encore le talisman, le menaça Westfall. Je peux vous faire venir quand je veux.

— Je vous le déconseille fortement », dit Hermès, et il s'éclipsa.

Westfall attendit que toute la fumée se fût dissipée puis se tourna vers la boîte. « Mademoiselle Ylith ?

— Qu'est-ce qu'il y a ?

— Pourrions-nous avoir une discussion, vous et moi ?

— Ouvre cette boîte et laisse-moi sortir. Je vais t'en donner, de la discussion. »

Le ton rageur de sa voix fit frissonner Westfall. « Peut-être ferions-nous mieux d'attendre un peu, dit-il. J'ai besoin de réfléchir. ». Ignorant les malédictions d'Ylith, il alla à l'autre bout de la pièce et entreprit de mettre un peu d'ordre dans ses pensées. Mais il ne lâcha pas la boîte des yeux.

Westfall gardait la boîte sur sa table de nuit. Il était forcé de dormir de temps à autre, mais se réveillait périodiquement pour s'assurer qu'Ylith était toujours à l'intérieur. Il était un peu inquiet à l'idée qu'elle puisse en sortir toute seule et se mit à rêver qu'elle était sur le point de soulever le couvercle, ou que, pendant la nuit, la boîte s'était ouverte. Il se réveillait parfois en hurlant.

« Écoutez, mademoiselle, dit-il, que diriez-vous si l'on oubliait tout ça ? Je vous libère et vous me laissez tranquille. D'accord ?
— Non, répondit Ylith.
— Pourquoi ? Que voulez-vous ?
— Des indemnités. Vous ne pouvez pas demander aux miracles de se produire aussi facilement, Westfall.
— Que ferez-vous si je vous laisse sortir ?
— Honnêtement, je n'en sais rien.
— Vous ne me tuerez quand même pas ?
— Je pourrais le faire. Je pourrais tout à fait le faire. »
Ils étaient dans une impasse.

8

Ce jour-là, à Venise, en 1524, Pietro l'Arétin fut un peu surpris de trouver un démon roux sur le pas de sa porte. Un peu, mais pas trop. L'Arétin mettait un point d'honneur à ne jamais se laisser décontenancer par quoi que ce soit.

C'était un homme assez corpulent, dont la chevelure — rousse elle aussi — battait en retraite de plus en plus loin du front. Trente-deux ans ce mois, il avait passé sa vie d'adulte à écrire de la poésie et des pièces de théâtre. Ses vers, qui alliaient la grossièreté la plus débridée à un sublime sens du rythme, étaient récités et chantés aux quatre coins de l'Europe.

L'Arétin vivait très confortablement grâce aux luxueux cadeaux dont rois, nobles et prélats persistaient à le couvrir afin de le dissuader de s'attaquer à eux et de les ridiculiser. « Je vous en prie, prenez ce plateau en or, mon bon Arétin, et si vous pouviez avoir l'extrême gentillesse de ne pas parler de moi dans votre prochain pamphlet... »

C'était à ce genre de chose que l'Arétin s'attendait plus ou moins lorsqu'il entendit frapper à sa porte. Il alla ouvrir lui-même, son valet ayant regagné ses pénates après son service. Un seul regard lui suffit pour voir que l'individu qui se tenait devant lui n'était pas un messager comme les autres. Non, avec son visage de renard et ses yeux brillants, ce personnage évoquait tout à fait les créatures surnaturelles dont l'Arétin avait souvent entendu parler sans jamais en avoir vu. Jusqu'à ce soir.

« Bonsoir à vous, messire, dit l'Arétin, préférant adopter un ton respectueux jusqu'à ce qu'il sache qui il injuriait. Avons-nous déjà eu affaire ensemble ? Car j'avoue ne pas remettre votre visage.

— Nous ne nous sommes jamais rencontrés, dit Azzie. Et cependant, il me semble que je connais le divin Arétin à travers la délicieuse sagacité de ses vers, dans lesquels la morale n'est jamais cachée très loin derrière le rire.

— C'est gentil à vous de le souligner, dit l'Arétin. Mais pour beaucoup de gens, mes textes sont tout à fait dépourvus de morale.

— Ils se trompent. Rire des prétentions diverses de l'homme comme vous le faites sans relâche, cher maître, c'est souligner l'excellence de celles que les prélats s'échinent à condamner.

— Vous parlez avec bien de l'audace, monsieur, en faveur des actes que les hommes considèrent comme malicieux.

— Et pourtant, ils commettent les sept péchés capitaux avec une alacrité qui n'apparaît guère dans leur recherche du bien. Même la paresse est pratiquée avec un entrain plus sincère que celui qui accompagne la recherche de la piété.

— Messire, votre point de vue est le mien. Mais ne restons pas sur le pas de ma porte à discutailler comme deux vieilles commères. Entrez dans ma demeure et laissez-moi vous offrir un verre de cet agréable vin que j'ai récemment rapporté de Toscane. »

L'Arétin fit entrer Azzie. Sa maison, ou plutôt son palais était petit, mais luxueux. D'épais tapis, cadeaux du Doge en personne, recouvraient le sol, de hautes chandelles brûlaient dans des candélabres en bronze, leurs flammes traçaient sur les murs couleur crème des zébrures lumineuses.

L'Arétin alla jusqu'à un salon bas de plafond, aux murs décorés de tapisseries. Dans un coin, un poêle à charbon atténuait les effets du froid hivernal. L'écrivain fit signe à Azzie de se mettre à l'aise et lui servit un verre d'un vin rouge pétillant qui décantait dans une carafe en cristal posée sur un petit guéridon en marqueterie.

« Maintenant, messire, commença l'Arétin après qu'ils eurent trinqué à leurs santés respectives, dites-moi en quoi je puis vous être utile.

— Disons plutôt que je souhaiterais vous être utile, expliqua Azzie, étant donné que vous êtes le poète et écrivain satirique le plus connu d'Europe et que je ne suis qu'un amateur qui aimerait se lancer dans une entreprise artistique.

— Qu'avez-vous en tête, exactement ?

— J'aimerais produire une pièce de théâtre.

— Que voilà une idée excellente ! s'exclama l'Arétin. J'en ai quelques-unes en stock qui pourraient tout à fait vous convenir. Permettez-moi d'aller chercher mes manuscrits. »

Azzie l'arrêta d'un geste de la main. « Je ne doute pas un instant de l'excellente qualité de tout ce que vous avez écrit, mon cher Arétin, mais un texte déjà écrit ne conviendra pas. Voyez-vous, je désire m'impliquer dans cette nouvelle entreprise, qui reprendrait une idée qui m'est assez personnelle.

— Bien sûr, dit l'Arétin, qui avait l'habitude des gens qui veulent produire des œuvres d'art, proposent l'idée mais laissent à d'autres la triste tâche de l'écriture elle-même. Et quel thème proposez-vous, messire ?

— J'aimerais que ma pièce insiste sur certaines vérités toutes simples, ces petits faits de l'existence que les hommes connaissent depuis toujours mais que nos dramaturges négligent trop souvent de considérer. Ces écrivains auxquels je fais référence, en suivant docilement Aristote, s'évertuent à prouver des banalités : que la conséquence du péché, c'est la mort, que les gloutons finissent dans le caniveau, que les lascifs sont appelés tôt ou tard à être déçus et que ceux qui aiment à la légère sont condamnés à ne jamais bien aimer.

— Il s'agit là des thèses morales habituellement proposées, dit l'Arétin. Désirez-vous les réfuter ?

— Exactement. Même si elles constituent l'essence de la sagesse populaire au quotidien, nous sommes quelques-uns à savoir que les choses ne se passent pas toujours de cette façon. Ma pièce prouverait le contraire de ce qui est en général affirmé par les grenouilles de bonnes œuvres qui passent leur temps à marmonner des prières. Dans ma pièce, les sept péchés capitaux seront décrits comme étant la vraie voie vers une existence digne d'être vécue, ou tout au moins comme n'étant pas des obstacles à cette vie. Pour faire court, mon cher Arétin, je désire produire une pièce immorale.

— Quelle grande idée ! s'enthousiasma l'Arétin. Comme je vous applaudis, monseigneur, d'avoir conçu cette notion qui à elle toute seule tente de prendre le contre-pied de siècles d'une propagande doucereuse avec laquelle les hommes ont essayé de se convaincre de faire ce qu'il convenait de faire, quand bien même ils y étaient opposés. Mais permettez-moi de signaler qu'une telle production sera difficile à monter sans s'attirer les foudres hypocrites de l'Église et de l'État. En outre, où allons-nous trouver des acteurs ? Et une scène qui ne soit point sous l'emprise de l'Église ?

— Dans la pièce que j'entends produire, expliqua Azzie, je n'envisage pas de procéder aussi formellement que de coutume, avec des acteurs, une scène et un public. La pièce se déroulera naturellement ; nous donnerons aux protagonistes une idée générale de la situation, et nous les laisserons travailler leur texte et leur jeu de leur côté, de manière tout à fait libre et non préméditée.

— Mais comment votre pièce démontrera-t-elle votre thèse si vous n'en prévoyez pas la fin ?

— J'ai deux, trois idées là-dessus, dont je vous ferai part lorsque nous serons tombés d'accord sur mon projet. Disons simplement que le mécanisme des relations de cause à effet de ce monde est une chose que je peux manipuler à ma guise afin d'obtenir les résultats que je désire.

— Il faut être une créature surnaturelle pour affirmer une chose pareille.

— Écoutez-moi bien, dit Azzie.

— Je suis tout ouïe, assura l'Arétin, quelque peu surpris de l'autorité dont faisait soudain preuve son interlocuteur.

— Je suis Azzie Elbub, démon de noble lignée, à votre service. » Et, ce disant, Azzie fit de la main un geste nonchalant. Du bout de ses doigts s'échappèrent des étincelles bleues.

L'Arétin ouvrit de grands yeux. « De la magie noire !

— Ces petits effets de scène typiquement infernaux sont mon péché mignon, lui confia Azzie. Et, comme ça, vous savez tout de suite à qui vous avez affaire. »

Il joignit les mains et entre ses doigts apparut une grosse émeraude, puis une autre, et une troisième. Il en produisit six en tout et les aligna sur le guéridon en marqueterie. Il effectua ensuite une passe au-dessus d'elles et elles se mirent à trembler avant de se fondre en une seule pierre, la plus grosse émeraude que la Terre ait jamais connue.

« Stupéfiant ! commenta l'Arétin.

— Elle reprend sa forme d'origine au bout d'un moment, expliqua Azzie, mais l'effet est joli, n'est-ce pas ?

— Stupéfiant ! répéta l'Arétin. Un tel tour peut-il être enseigné ?

— Seulement à un autre démon. Mais je peux faire bien d'autres choses pour vous. Soyez mon partenaire dans cette entreprise, et non seulement vous serez payé bien au-delà de ce dont vous pouvez rêver, mais votre renommée déjà fort bonne en sera décuplée, car vous serez l'auteur d'une pièce qui dotera cette bonne vieille Terre d'une nouvelle légende. Avec un peu de chance, elle marquera l'émergence d'une ère de franchise que notre vénérable et hypocrite globe n'a encore jamais connue. » Tandis qu'Azzie parlait, ses yeux lançaient des éclairs — lorsqu'il entendait être compris, il ne ménageait jamais ses effets.

Devant une telle débauche de pouvoirs, l'Arétin eut un mouvement de recul. Il se prit les pieds dans un tabouret, et serait parti les quatre fers en l'air si Azzie n'avait pas lancé un long bras couvert de duvet roux à la rescousse du poète surpris, qui retrouva son équilibre.

« Vous n'imaginez pas combien je suis flatté que vous ayez pensé à moi pour votre production suprême, dit l'Arétin. Votre projet m'enthousiasme, messire, mais l'affaire n'est pas aussi simple qu'il y paraît, et je n'ai qu'un souhait : me surpasser pour vous donner le meilleur de moi-même. Laissez-moi une semaine. Une semaine pour étudier notre affaire, méditer, et relire divers contes et légendes. Quelle que soit la façon dont la pièce est montée, elle doit reposer sur une histoire, et c'est à la recherche de cette histoire que je me consacrerai. Dirons-nous... à la semaine prochaine, même heure, même endroit ?

— Tout cela est excellemment tourné. Je suis heureux de voir que vous ne vous lancez pas dans cette affaire à la légère. Oui, c'est cela, prenez une semaine. »

Sur ces mots, il fit un geste et disparut.

DEUXIÈME PARTIE

1

Quand un démon quitte la Terre pour se rendre au Royaume des ténèbres, des forces obscures sont mises à contribution, discernables uniquement par les sens capables de détecter ce qui pour la majorité des hommes est indétectable. Ce soir-là, peu après sa conversation avec l'Arétin, Azzie leva les yeux vers le ciel étoilé. Il claqua des doigts — il avait récemment mis au point une nouvelle formule magique et l'instant était bien choisi pour l'essayer. L'enchantement fit effet et le propulsa dans les airs. Quelques instants plus tard, il voyageait à grande vitesse dans l'espace, laissant sur son passage un éclair plus vif encore que celui d'une étoile filante.

Il franchit en trombe la frontière transparente qui constitue l'enveloppe de la sphère céleste, acquérant au fur et à mesure la masse nécessaire, comme le veut la loi des objets transitoires, qui s'applique aussi aux démons en vol. Les unes après les autres, les étoiles semblaient cligner de l'œil à son intention. Le vent qui soufflait entre les mondes le fit frissonner, et du givre primordial se forma sur son nez et ses sourcils. Il régnait un froid féroce dans ces espaces désolés, mais Azzie ne ralentit point. Un œil peu averti aurait pu penser qu'il avait le diable aux trousses. Rien ne pouvait l'arrêter lorsqu'il avait une idée en tête.

Pour mettre sur pied un événement aussi considérable

qu'une pièce immorale, il avait besoin d'argent. Il fallait non seulement payer les acteurs humains, mais aussi les effets spéciaux — ces miracles fortuits qui viendraient rassurer ses acteurs sur la route de leur bonne fortune. Les effets spéciaux coûtaient les yeux de la tête. Azzie s'était souvenu qu'il n'avait jamais touché le prix de la Meilleure Mauvaise Action de l'année, qui lui avait été décerné pour son rôle dans l'affaire Faust.

Enfin, sa vitesse fut suffisante pour le grand changement qui propulse un être d'un royaume d'existence à un autre. Soudain, Azzie ne voyagea plus dans la sphère des objets et des énergies terrestres faits d'atomes eux-mêmes constitués de particules. Il était passé à travers la cloison invisible et impalpable qui sépare les objets ordinaires, comme les mésons μ et les tachyons, des particules plus fines du Royaume spirituel.

Il se retrouva dans un endroit où les formes étaient grandes et floues, et les couleurs indéfinies. Un endroit où d'imposants et indistincts objets flottaient dans une atmosphère couleur miel. Il était rentré chez lui.

Devant lui se dressait la grande muraille bleu-gris, sinistre, de la Cité infernale, qui avait servi de modèle aux murs de l'ancienne Babylone. Des diables sentinelles patrouillaient sur le chemin de ronde. Azzie leur montra son autorisation de passage et continua son chemin sans perdre de temps.

Il survola les tristes banlieues sataniques et se posa bientôt dans le quartier des affaires, où se trouvait le siège de l'administration. Le département des Travaux publics ne l'intéressant pas pour le moment, il passa devant sans s'arrêter. La forêt des grands immeubles de bureaux semblait impénétrable, mais il trouva celui qu'il lui fallait et déboucha bientôt dans un couloir peuplé de démons et de lutins en uniforme de chasseur. Çà et là attendaient les inévitables succubes en kimono, qui rendaient si agréables les déjeuners des cadres supérieurs. Enfin, il arriva à la section Comptabilité.

La règle aurait voulu qu'il prenne place dans la longue queue de mécontents qui attendaient impatiemment que quelqu'un s'occupe de leur cas. Un tas de pelés et de galeux, oui. Azzie leur passa sous le nez en brandissant la carte de Priorité dorée sur tranche qu'il avait obtenue d'Asmodée à l'époque où il était dans les petits papiers de ce démon en chef.

Le rond-de-cuir chargé des Arriérés de paiement était un diablolutin peu gâté par la nature originaire de Transylvanie, avec un long nez et une haleine épouvantable, même selon les critères infernaux. Tout comme ses collègues, il se consacrait presque entièrement à en faire le moins possible, économisant ainsi son énergie et l'argent de l'Enfer ; il prétendit qu'Azzie n'avait pas rempli correctement ses papiers, et que, de toute façon, il n'avait pas employé les bons formulaires. Azzie produisit sa Dispense de correction signée par Belzébuth lui-même. Elle stipulait que rien dans la paperasserie ne devait empêcher ou retarder le paiement des sommes dues au démon susdit. Ce genre de passe-droit restait toujours en travers de la gorge du diablolutin, qui trouva une ultime excuse.

« Il n'est pas de mon ressort d'accepter votre dispense, je ne suis qu'un misérable grouillot. Vous allez devoir aller jusqu'au bout du couloir, prendre la première porte sur votre droite, emprunter l'escalier... »

Mais on ne la faisait pas à Azzie. Il sortit un autre formulaire, une Note d'Action immédiate, stipulant qu'aucune excuse ne serait tolérée concernant le paiement requis, et que toute difficulté faite par l'employé concerné serait sanctionnée par une Punition pécuniaire, c'est-à-dire en déduisant de son salaire la somme réclamée. C'était la mesure la plus draconienne qu'on pouvait prendre dans la Cité infernale. Azzie avait été dans l'obligation de voler ce formulaire dans le bureau spécial qui les délivrait au compte-gouttes.

L'effet de ce petit morceau de papier fut immédiat et gratifiant. « Alors là, ça me ferait mal, tiens ! s'exclama le diablolutin. Mon tampon, où ai-je fourré mon tampon ?» Il farfouilla sur son bureau, le trouva, et tamponna en lettres de feu sur les papiers d'Azzie : URGENT ! À PAYER IMMÉDIATEMENT. «Maintenant, portez ça au guichet des Paiements, dit-il en les lui tendant. Et puis soyez gentil de ficher le camp. Vous m'avez gâché ma journée.»

Azzie obtempéra. Il se promit de revenir avec d'autres tours désagréables si on lui faisait encore des difficultés. Mais, au guichet des Paiements, devant la mention À PAYER IMMÉDIATEMENT ! l'employé parapha le papier, produisit plusieurs sacs de pièces d'or et paya séance tenante la totalité de la somme due à Azzie.

2

Lorsque Azzie regagna Venise, six jours avaient passé sur la Terre. Il faisait plus doux, le temps était splendide, et les jardins étaient en fleur. Le jaune et le blanc prédominaient, éclatants sous la caresse du soleil. Les Vénitiennes de bonne famille en profitaient pour se promener, accompagnées de leurs époux, jasant des histoires des nobles et de leurs dames. La marée baissait, emportant vers la mer ordures et déchets divers. Un petit vent d'est vigoureux emportait quant à lui les remugles qui faisaient de Venise un point de départ potentiel de la peste vers le reste de l'Europe. L'un dans l'autre, la vie était belle.

Azzie avait prévu de se rendre à l'Arsenal, le chantier naval le plus connu d'Europe, mais à peine fut-il apparu dans la ruelle pavée qui y menait qu'il tomba nez à nez avec un type aux yeux bleus plutôt robuste, qui lui donna une tape chaleureuse dans le dos.

« Azzie ! Ma parole, c'est toi ? »

C'était l'ange Babriel, une vieille connaissance croisée au cours d'aventures anciennes. Bien qu'ayant servi des camps opposés pendant la grande bataille de la lumière et des ténèbres, ils étaient devenus amis dans le feu de l'action — enfin, pas tout à fait amis, mais plus que de simples connaissances. Et puis, il y avait autre chose qui les rapprochait :

l'amour qu'ils portaient tous les deux à la séduisante sorcière brune nommée Ylith.

Azzie se dit que Babriel, qui travaillait aujourd'hui pour l'archange Michel, était peut-être à Venise pour le surveiller, et savait peut-être même — grâce à un nouveau stratagème du Paradis encore inconnu — ce qu'il essayait de mettre sur pied.

Comme l'archange lui disait sa surprise de le voir à Venise, il répondit : « J'ai pris un peu de vacances, histoire de profiter de cette ville merveilleuse. Venise est certainement le paradis sur terre de la génération actuelle.

— Ça m'a fait plaisir de te revoir, dit Babriel, mais je dois rejoindre les autres. L'ange Israfel descend nous chercher aux vêpres, pour nous prendre et ramener dans les Cieux. Nous n'étions là que pour le week-end.

— Bon voyage, alors. »

Et ils se séparèrent. Azzie n'avait pas eu l'impression que Babriel l'espionnait, mais quand même. La présence à Venise de l'ange aux yeux bleus, précisément à cette époque, l'intriguait.

3

C'était toujours une joie pour Babriel de retourner dans les Cieux. C'était un endroit tellement beau, avec ses alignements de petites maisons blanches posées sur des gazons bien verts, ses vieux arbres élancés et l'atmosphère de bonté naturelle qui y régnait. Bien sûr, tout le Paradis n'était pas comme ça, mais, là, il se trouvait dans le Septième Ciel, le quartier résidentiel à l'ouest de la ville, où vivaient les archanges et où les Incarnations spirituelles avaient toutes un pied-à-terre. C'étaient des femmes grandes et séduisantes, et pour un ange, il y avait bien pire que de se mettre en ménage avec l'une d'elles — car, au Paradis, l'accouplement d'excellents éléments était autorisé. Mais, si belles fussent-elles, Babriel n'était pas attiré par elles de la manière dont un homme l'est par une jeune fille. Son cœur était pris par Ylith. Il la trouvait irrésistible, peut-être à cause de son expérience de Catin d'Athènes et de Catin assistante de Babylone, à l'époque où elle était au service du Mal. Ylith, quant à elle, semblait parfois amoureuse de Babriel, et parfois non.

Par un raccourci, il se rendit dans les quartiers est, plus populaires, où elle habitait. Il s'arrêta chez elle, juste pour dire bonjour, mais elle n'était pas là. Un esprit de la nature rénové, habillé en chérubin, tondait la pelouse, pénitence qu'il s'était imposée à lui-même pour avoir commis des indiscrétions. Il expliqua à Babriel qu'Ylith accompagnait sur Terre un groupe d'angelots en voyage d'études sur les cimetières.

« Vraiment ? fit Babriel. Et quelle époque visitent-ils ?
— Je crois qu'elle s'appelle la Renaissance. »

Babriel remercia l'esprit de la nature et repartit, songeur. Était-ce pure coïncidence si Azzie visitait la même époque ? Peu suspicieux de nature, Babriel avait la réputation de faire souvent confiance, même pour un ange. Mais certaines expériences douloureuses lui avaient appris que, dans son genre, il était assez unique, aussi étrange que cela puisse paraître. Azzie, en particulier, était tout le contraire. Chez lui, la dissimulation était une seconde nature au point qu'elle prenait complètement le pas sur la première, dont il était par ailleurs difficile de savoir ce qu'elle était exactement. Babriel avait aussi quelques doutes quant à l'orthodoxie d'Ylith, et ce malgré l'enthousiasme de l'ex-sorcière pour tout ce qui avait trait à la gentillesse. Sans doute ne renierait-elle pas son serment de fidélité au Paradis, mais elle pouvait être tentée de chercher à contacter son ex-petit ami — à moins que, ce qui était plus vraisemblable, il n'essaye de la rencontrer. Si c'était le cas, pourquoi avaient-ils choisi la Renaissance comme lieu de rendez-vous ? Babriel réfléchissait à tout ça, en remontant le chemin des Oliviers. Il arriva devant la grande maison blanche, en haut de la colline, où habitait Michel. L'archange taillait ses rosiers. Il avait remonté les manches de sa longue tunique de lin blanc, découvrant deux avant-bras musclés.

« Te voilà de retour, Babriel ! Alors, bon voyage ? dit-il en posant son sécateur avant d'essuyer sur son front la douce sueur d'un honnête labeur. As-tu apprécié ton séjour à Venise ?

— Bien sûr. J'en ai profité pour essayer d'améliorer mes connaissances artistiques. Pour la plus grande gloire du Bien, cela va de soi.

Le démon de la farce

— Cela va de soi, reprit Michel avec un léger clin d'œil amical.

— Et je suis tombé sur Azzie Elbub, monsieur.

— Ce vieil Azzie ! Vraiment ? » Michel se gratta le menton, pensif. Il se souvenait très bien du démon, qu'il avait croisé pendant l'affaire Johann Faust. « Que devient-il ?

— Il m'a dit qu'il était seulement venu passer quelques jours de vacances, mais je le soupçonne de chercher à approcher l'ange Ylith. Elle est aussi sur la Terre.

— C'est possible. Mais il y a peut-être une autre raison.

— Laquelle ?

— Oh, les possibilités sont multiples, répondit Michel, les yeux dans le vague. Il va falloir que j'y réfléchisse. En attendant, si tu es d'attaque, j'ai une tonne de correspondance à rattraper à l'intérieur. »

Michel était assez pointilleux lorsqu'il s'agissait de répondre à ses fans. Il recevait du courrier de partout dans le Royaume spirituel, et même de la Terre.

« Je m'y mets tout de suite », dit Babriel. Et, d'un pas vif, il alla jusqu'à son petit bureau, dans ce qui était autrefois l'aile des domestiques, mais que l'on avait rebaptisé l'aile des Invités rétribués de moindre importance.

TROISIÈME PARTIE

1

Ylith était vexée au plus haut point de se retrouver enfermée dans une boîte. On ne lui avait pas fait ce coup-là depuis que, fou amoureux, le roi Priam de Troie avait fabriqué une boîte spéciale dans laquelle il espérait la mettre une fois qu'il l'aurait attrapée. Ce qui n'était jamais arrivé. Troie avait disparu depuis longtemps, ainsi que Priam, mais Ylith était toujours là, en partie au moins parce qu'elle ne fourrait pas sa tête dans les boîtes.

Tout ça montre bien, pensa-t-elle, que trop d'orgueil nuit. Regarde-toi, ma fille. Dans une boîte.

Une pâle lueur se répandit autour d'elle, révélant des bocages, avec une chaîne de montagnes en arrière-plan.

Une voix d'homme très douce chuchota à son oreille :

« Ylith, que fais-tu là ? On dirait que tu as des ennuis. Laisse-moi t'aider. »

La lueur s'intensifia.

« À qui suis-je en train de parler ? s'enquit Ylith.

— À Zeus. Je peux encore faire ce genre de choses, malgré mon état, disons, diminué. Mais tu ne m'as pas dit ce que tu faisais là.

— Un type m'a kidnappée et m'a enfermée là-dedans. » Ylith avait déjà rencontré une fois le père Zeus, quand elle avait fait des essais pour un rôle d'esprit de la nature, à l'époque où les Romains redécouvraient la culture grecque.

Zeus lui avait dit qu'il la contacterait, et elle n'avait plus entendu parler de lui depuis.

« Pourquoi refuse-t-il de te laisser sortir ?

— Il a peur que je le tue. Et il a raison ! »

Zeus soupira. « On dirait Artémis, ma fille. Intraitable ! Pourquoi ne pas essayer une petite feinte ?

— Que voulez-vous dire ?

— Dis à ton ravisseur que tu apprécies qu'il t'ait enfermée dans une boîte.

— Il ne croira jamais ça !

— Essaye donc. Les ravisseurs sont tous plus benêts les uns que les autres. Dis-lui n'importe quoi. Mais libère-toi.

— Vous voulez dire que je dois mentir ?

— Évidemment.

— Mais ça ne serait pas honnête !

— Tu pourras plus tard faire amende honorable. C'est ce que j'ai toujours fait, chaque fois que je m'en suis souvenu. En attendant, tu seras libre.

— Mais nous ne sommes pas censés mentir, dit Ylith, d'un ton quand même pas tout à fait convaincu.

— Écoute, ma chérie, parle de nouveau à cet humain et fais-le changer d'avis. Sors de là, le monde t'attend. Et tu es trop mignonne pour rester enfermée dans une boîte. »

Un peu plus tard, après s'être concentrée et repoudré le bout du nez, Ylith lança : « Westfall ? Vous êtes toujours là ?

— Oui, je suis là.

— Vous n'êtes pas censé travailler, à une heure pareille ?

— Si, bien sûr. Mais, pour être franc, j'ai peur de vous laisser seule. Je veux dire, vous pourriez sortir — ou au moins me jeter un sort.

— De toute façon, je peux vous jeter un sort, dit Ylith d'un ton légèrement méprisant. Mais vous pensez vraiment que je suis une méchante sorcière ?

— Eh bien, dit Westfall, à voir comment vous m'avez volé

dans les plumes, je me suis dit qu'il valait mieux me préparer au pire.

— Vous m'avez énervée. Aucune femme n'apprécie d'être soudain arrachée à ce qu'elle est en train de faire, enfermée dans une boîte et livrée à quelqu'un comme une vulgaire marchandise. Vous savez, les sorcières, même les plus angéliques, sont des êtres humains comme les autres. Nous voulons être courtisées comme des vraies dames, pas malmenées comme de vieilles peaux !

— Je comprends tout cela, maintenant. Mais il est trop tard.

— Pas forcément, dit Ylith d'une voix dégoulinante de miel.

— Ah bon ?

— Ouvrez le couvercle, Westfall. Je ne vous ferai pas de mal. Je vous donne ma parole d'ange. Voyons comment ça se passe entre nous. »

Westfall prit une grande inspiration et souleva le couvercle.

Ylith sortit, fulminante, sous les traits d'Hécate grâce à ses dons de sorcière.

« Vous avez promis de ne pas me faire de mal ! » hurla Westfall.

Soudain, la pièce fut vide. Westfall se retrouva dans un coin sombre des Limbes. Ylith, quant à elle, s'était envolée pour aller faire son rapport à Michel. La boîte de Pandore était encore ouverte et brillait faiblement.

2

Azzie revint chez l'Arétin une semaine après leur première rencontre, à la minute près. L'auteur souhaita la bienvenue au démon et le fit monter dans un salon où ils purent se mettre à leur aise, dans de confortables fauteuils recouverts de brocart, et contempler à loisir le spectacle des lumières vénitiennes le long des canaux. L'Arétin servit un vin qu'il avait spécialement choisi pour l'occasion. Un domestique apporta des petits gâteaux pour une collation.

Un crépuscule bleuté enveloppait doucement la ville, décuplant son côté magique et mystérieux. D'en bas montaient quelques notes d'un chant de batelier : *Pour la vie d'un gondolier*. L'homme et le démon écoutèrent en silence quelques instants.

Azzie vivait un des moments les plus agréables de sa vie, celui qui marquait le lancement d'une nouvelle entreprise. Les mots qu'il s'apprêtait à prononcer allaient provoquer d'importants changements dans nombre de vies ; lui-même était sur le point de faire l'expérience de sa propre autorité en tant qu'ordonnateur des événements. Plutôt que de les subir, il était désormais en mesure de les provoquer. Puissance, élévation de soi, c'était ça, l'enjeu.

Dans l'imagination d'Azzie, le nouveau projet était déjà mené à bien. Comme si, à peine conçu, il s'était réalisé. Sa vision de l'ensemble était vague, mais grandiose.

Il lui fallut un petit moment pour reprendre ses esprits et réaliser que tout restait encore à faire. « J'ai nourri quelque impatience, mon cher Arétin, en attendant de savoir ce que vous alliez me proposer. À moins que vous ne considériez que mon projet dépasse vos compétences ?

— Je pense que je suis l'homme qu'il vous faut. Le seul, annonça fièrement l'Arétin. Mais vous jugerez par vous-même lorsque je vous aurai dit de quelle légende j'aimerais que votre pièce s'inspire.

— Une légende ? Ouh, c'est bien, ça, j'adore les légendes, moi. C'est sur quelqu'un que je connais ?

— Dieu apparaît dans mon histoire, ainsi qu'Adam, et aussi Lucifer.

— Tous de vieux amis. Allez-y, Pietro, je vous écoute. »

L'Arétin se carra dans son fauteuil, but une gorgée de vin pour s'éclaircir la gorge et commença à parler...

Adam était allongé au bord d'un ruisseau dans l'Éden lorsque Dieu s'approcha de lui et lui demanda : « Alors, Adam, quoi de neuf ?

— Moi ? s'étonna Adam en se redressant. Pas grand-chose. J'étais plongé dans de bonnes pensées, c'est tout.

— Je le sais bien, dit Dieu. Je me branche sur ta fréquence de temps à autre pour savoir comment tu vas. C'est le *nec plus ultra* de l'implication personnelle de Dieu. Mais avant ces bonnes pensées, que faisais-tu ?

— Eh bien, c'est-à-dire...

— Essaie de te souvenir. Tu étais avec Ève, n'est-ce pas ?

— Heu... ben, ouais. Ça ne pose pas de problème ? Je veux dire... c'est ma femme, vous savez...

— Ça ne pose de problème à personne, Adam. J'essaie d'établir un fait, c'est tout. Alors tu discutais avec Ève, c'est ça ?

— Oui, bon, d'accord. Elle m'a parlé d'un truc que les oiseaux lui ont raconté. Vous savez, Dieu, entre vous et moi, je trouve que, pour une femme adulte, elle parle beaucoup des oiseaux.

— Et qu'as-tu fait d'autre avec Ève ?

— On a juste parlé des oiseaux. Elle en parle à longueur de journée. Dites-moi franchement, vous pensez pas qu'il lui manque une case ? Vous croyez qu'elle est normale ? Évidemment, pour moi, c'est difficile de comparer, vu que j'ai jamais rencontré d'autre dame. Vous ne m'avez même pas donné de mère. Remarquez, je ne m'en plains pas. Mais, tout de même, parler tout le temps d'oiseaux, c'est un peu limite, non ?

— Ève est une personne très innocente. Il n'y a pas de mal à ça, n'est-ce pas ?

— Je suppose que non.

— Qu'y a-t-il ? Je t'ai offensé ?

— Vous ? M'offenser ? Ne soyez pas ridicule. Vous êtes Dieu, comment pourriez-vous m'offenser ?

— Qu'as-tu fait d'autre avec Ève, en dehors de parler ? »

Adam secoua la tête. « Honnêtement, je ne pense pas que vous vouliez entendre ça. Je veux dire, est-il écrit quelque part qu'un homme doit dire des grossièretés devant son Dieu ?

— Je ne parle pas de vos histoires de sexe, rétorqua Dieu d'un ton méprisant.

— Écoutez, si vous savez ce que j'ai fait et ce que je n'ai pas fait, pourquoi vous fatiguer à me le demander ?

— J'essaie d'établir quelque chose. »

Adam marmonna quelque chose d'une voix si basse que Dieu dut lui demander de parler plus fort.

« J'ai dit que vous devriez pas vous mettre en colère contre moi. Après tout, vous m'avez fait à votre image, alors à quoi vous attendez-vous ?

— Oh, c'est donc ce que tu penses, hein ? Et tu crois que de t'avoir créé à mon image excuse n'importe quel comportement de ta part ?

— Ben, je veux dire... après tout, vous...

— Je t'ai tout donné. Tout. La vie, l'intelligence, la beauté, une jolie femme, de la bonne nourriture, un climat tempéré, un goût très sûr dans le domaine littéraire, une aptitude à de nombreux sports, des dons artistiques, la capacité d'additionner et de soustraire — j'en passe et des meilleures. J'aurais pu te lâcher sur la Terre avec un seul doigt et te laisser compter jusqu'à un pour l'éternité. Mais je t'en ai donné dix et la capacité de compter jusqu'à l'infini. Tout ce que je t'ai demandé en échange, c'était de jouer avec ce que je t'ai donné et de laisser tranquille ce que je ne voulais pas que tu touches. Vrai ou faux ?

— Ouais, c'est vrai, grommela Adam.

— Tout ce que j'ai dit, c'était : "Tu vois la pomme sur l'arbre là-bas, qu'on appelle l'Arbre de Vie ?" Et tu as dit, oui, que tu la voyais. Et j'ai dit : "Fais-moi plaisir, ne mange pas cette pomme, compris ?" Et tu as répondu : "Bien sûr, Dieu, j'ai compris, y a pas de souci." Mais hier, avec Ève, tu as mangé la pomme défendue, n'est-ce pas ?

— La pomme ? demanda Adam d'un air étonné.

— Tu sais très bien ce qu'est une pomme. C'est rond, rouge et sucré. Seulement tu ne devrais pas savoir que c'est sucré parce que je t'avais dit de ne pas y goûter.

— Je n'ai jamais compris pourquoi on n'était pas censé la manger.

— Ça aussi, je te l'ai dit. Mais tu n'as pas pris la peine d'écouter. Parce qu'elle te donnerait la connaissance du Bien et du Mal. Voilà pourquoi il ne fallait pas la croquer !

— Et qu'y a-t-il de mal à connaître le Bien et le Mal ?

— Attention, toute connaissance est merveilleuse. Mais il faut avoir certaines connaissances pour bien appréhender la connaissance. J'avais prévu de vous amener lentement mais sûrement, Ève et toi, jusqu'au point où vous auriez pu manger le fruit de l'arbre de la connaissance sans paniquer, ni croire que vous saviez tout. Mais il a fallu qu'elle te tente avec cette pomme, hein ?

— C'était mon idée, Ève y est pour rien. Il n'y a que les oiseaux qui l'intéressent.

— Mais elle t'a incité à le faire, n'est-ce pas ?

— Peut-être, et alors ? Il y a une rumeur qui circule dans le coin comme quoi vous seriez pas si fâché que ça si l'un de nous croquait la pomme.

— Où as-tu entendu ça ?

— Je me souviens plus. Les oiseaux et les abeilles, peut-être. Mais Ève et moi on l'aurait goûtée, cette pomme, tôt ou tard. La loi de l'effet dramatique veut qu'on ne peut pas laisser une pomme armée traîner sur la cheminée sans l'employer à un moment ou à un autre. Et puis, on va pas rester dans le Jardin d'Éden éternellement, n'est-ce pas ?

— Non, en effet, admit Dieu. En fait, vous partez sur-le-champ. Et n'espérez pas revenir. »

Dieu mit donc Adam et Ève à la porte du Jardin d'Éden. Il envoya un ange équipé d'une épée en flammes pour faire le sale boulot. Le premier homme et la première femme rencontrèrent le premier huissier, chargé de les expulser. Après un dernier regard sur l'endroit qui avait été leur foyer, Adam et Ève s'éloignèrent. Ils vivraient par la suite dans de nombreux endroits, mais jamais plus ils ne se sentiraient vraiment chez eux.

Ce fut seulement hors du Jardin qu'Adam remarqua qu'Ève ne portait aucun vêtement.

« Par la vache sacrée ! s'écria-t-il. Tu es nue comme un ver !

— Tout comme toi. »

Chacun regarda sous toutes les coutures les parties intimes de l'autre. Puis ils éclatèrent de rire. Et ce fut la naissance de l'humour sexuel.

Lorsqu'ils eurent fini de rire de leurs parties intimes respectives, Adam dit : « Je crois qu'il vaudrait mieux couvrir nos outils. On a trop de trucs qui dépassent, si tu vois ce que je veux dire.

— C'est amusant qu'on ne les ait jamais remarqués, dit Ève.

— Tout ce que tu remarquais, c'étaient les oiseaux.
— Je me demande bien pourquoi.
— Qu'est-ce que c'est, là-bas ?
— Si je ne savais pas que c'est impossible, répondit lentement Ève, je dirais que ce sont d'autres êtres humains.
— Comment est-ce possible ? Nous sommes les seuls.
— Plus maintenant. Rappelle-toi, nous avions parlé de cette possibilité.
— Bien sûr. Ça me revient, maintenant. On était tombés d'accord sur le fait que d'autres êtres humains étaient la condition *sine qua non* pour avoir une liaison.
— Ça m'étonne pas que tu te souviennes de ça, tiens.
— Mais je pensais pas qu'Il le ferait vraiment. Je croyais qu'Il voulait qu'on soit les seuls. »

Dieu avait réagi vite. Au commencement, ils étaient les seuls êtres humains. Mais ils avaient péché. Désobéi à ses ordres. Alors Dieu les avait punis en créant d'autres personnes. Allez comprendre pourquoi. Les voies du Seigneur sont impénétrables.

Ils marchèrent jusqu'à une petite ville, jusqu'à une maison.

« Comment s'appelle cette ville ? demanda Adam à la première personne qu'il vit.
— Moins-Bien.
— Intéressant, comme nom, pour une ville. Ça veut dire quoi ?
— Ça veut dire qu'Éden est le meilleur endroit qui puisse exister, mais que, comme on ne peut pas y retourner, on habite à Moins-Bien.
— Comment vous connaissez Éden ? Je vous ai jamais vu là-bas.
— Y a pas besoin d'y avoir vécu pour savoir que c'était bien. »

Adam et Ève s'installèrent à Moins-Bien. Ils ne tardèrent pas à faire connaissance avec leur voisin, Gordon Lucifer, un démon qui avait ouvert le premier cabinet d'avocat de la ville.

« Nous pensons avoir besoin d'un avocat, expliqua un jour Adam à Lucifer. Nous avons été injustement expulsés de l'Éden. Nous n'avons jamais reçu d'avis d'expulsion. Il n'a jamais été question de pouvoir défendre notre cause devant un tribunal. Nous n'étions représentés par aucun conseiller juridique.

— Vous avez sonné à la bonne porte, dit Lucifer en les introduisant dans son bureau. Redresser tous les torts, voilà le slogan des Forces des ténèbres, le cabinet pour lequel je travaille. Comprenez-moi bien, je n'insinue pas du tout que le Grand Manitou a tort. La plupart du temps, Dieu ne songe qu'à faire le Bien, mais Il manque de souplesse, Il juge à l'emporte-pièce. Je pense que votre affaire est tout à fait défendable. Je vais déposer plainte auprès d'Ananké, dont les jugements obscurs nous gouvernent tous. »

Ananké, Celle-qui-n'a-pas-de-visage, entendit le plaidoyer de Lucifer dans la salle des nuages gris, dont la grande baie vitrée s'ouvrait sur l'océan du temps, et dont les vents de l'éternité gonflaient les rideaux blancs.

Ananké jugea qu'Adam avait été injustement expulsé et devait être autorisé à regagner le Jardin d'Éden. Adam était aux anges, il remercia tout le monde, dit à Ève de l'attendre et partit pour l'Éden. Il chercha en vain le chemin de son ancien Paradis, mais il n'aurait même pas trouvé le bout de son nez, car Dieu avait recouvert la région d'une épaisse obscurité. Adam s'en plaignit à Gordon Lucifer, qui secoua la tête et en référa à son patron.

« Eh bien, ce n'est pas très loyal, dit Satan. Question de principe. Mais écoute-moi : voici sept chandeliers magiques. Utilise-les intelligemment et tu pourras éclairer le chemin qui te ramènera au Paradis. »

Adam s'embarqua, six chandeliers dans un sac à dos en peau de chameau, le septième à la main. Sa flamme, d'un blanc-bleu irréel, perçait l'obscurité avec une précision surréaliste. Grâce à cette lumière, Adam voyait parfaitement devant lui et il avançait d'un pas décidé.

Après avoir fait un bout de chemin, il arriva au pied d'un petit mur couvert de lierre, à côté duquel se trouvait un petit étang. Il lui sembla que c'était l'endroit où il s'était si souvent assoupi, où il avait rêvé, à l'époque où la vie était simple. Il s'arrêta, regarda autour de lui, et aussitôt, sa chandelle s'éteignit. « Sacristi ! » dit Adam. Il ne connaissait pas de mot plus fort car tout cela se passait avant la naissance de la véritable invective. Puis il sortit de son sac un deuxième chandelier.

La chandelle s'alluma toute seule, et Adam reprit son chemin. Cette fois, il arriva sur une plage au crépuscule, avec une petite île à l'horizon, balayée par un air tiède. Là encore, il s'arrêta. Et, à nouveau, la chandelle s'éteignit et l'obscurité reprit ses droits.

La même scène se reproduisit plusieurs fois, l'obscurité de Dieu déstabilisa Adam en lui présentant des lieux qui ressemblaient à son Paradis perdu mais qui se révélaient être tout autres lorsque la chandelle s'éteignait. Lorsque la dernière chandelle mourut, Adam se retrouva à son point de départ et, bon gré mal gré, il y resta.

Après le septième échec d'Adam, Ananké déclara qu'il en était ainsi et cassa son premier jugement. Elle annonça que, malgré son propre décret, Adam ne pouvait regagner le Paradis, parce que son expulsion avait amorcé le mouvement de la roue du dharma et que son échec, malgré l'aide des sept chandeliers, avait révélé une partie du programme fondamental des possibilités de l'univers. Elle ajouta qu'apparemment le monde des créatures intelligentes était fondé sur une erreur commise au départ, lors de la mise en place du programme régissant le mécanisme karmique. Adam pouvait être considéré comme la première victime de la relation divine de cause à effet.

3

L'Arétin avait fini de raconter son histoire. Azzie et lui restèrent longtemps assis en silence dans la pièce enténébrée. La nuit était tombée et les chandelles n'étaient plus que des moignons déformés dans leurs bougeoirs en étain. Azzie finit par s'étirer en disant : «Où avez-vous trouvé ça?»

L'Arétin haussa les épaules. «C'est une obscure fable gnostique.

— Jamais entendu parler. Les démons sont pourtant censés en savoir plus que les poètes pour ce qui est de la spéculation théologique. Vous êtes bien sûr de ne pas l'avoir inventée vous-même?

— Cela aurait-il une importance si c'était le cas?

— Pas la moindre. D'où qu'elle vienne, cette fable me plaît. Notre pièce parlera de sept pèlerins. Nous leur donnerons un chandelier d'or à chacun, grâce auquel ils pourront voir exaucé leur vœu le plus cher.

— Attendez une minute. Je n'ai jamais parlé de chandeliers d'or. Enfin, pas exactement. C'est une légende, c'est tout, et s'il y a vraiment des chandeliers d'or, j'ignore s'ils ont des pouvoirs.

— On ne va pas ergoter, dit Azzie. J'adore ce conte et je dis que, des chandeliers d'or, c'est mieux pour notre pièce, même s'il nous faut les fabriquer nous-mêmes. Mais peut-être existent-ils encore quelque part. Si c'est le cas, je mettrai la main dessus. Sinon, je trouverai bien une solution.

— Et ceux qui s'en serviront ? Ceux qui devront jouer cette fable ?

— Je les choisirai moi-même. Je sélectionnerai sept pèlerins et je leur donnerai à chacun un chandelier et une chance de voir leur vœu exaucé. Tout ce qu'il — ou elle — aura à faire, c'est prendre le chandelier, le reste s'accomplira tout seul. Par magie, en l'occurrence.

— Quelles qualités allez-vous rechercher en priorité chez vos pèlerins ?

— Aucune en particulier. J'ai juste besoin de trouver sept personnes qui ont un vœu à exaucer, ça ne devrait pas être difficile.

— Vous n'allez pas insister pour qu'elles obtiennent ce qu'elles désirent grâce à leur persévérance et leur bon caractère ?

— Non. Ma pièce prouvera exactement le contraire de ce genre de choses. Elle démontrera que n'importe qui peut aspirer au bonheur total sans avoir à lever le petit doigt.

— Voilà qui est vraiment sans précédent. Vous allez prouver que c'est la chance et le hasard plutôt que le respect des règles morales qui régissent la vie des hommes ?

— Telle est mon intention. La raison du plus faible est toujours la meilleure, telle est la devise du Mal. Que pensez-vous de ma morale, l'Arétin ? »

Celui-ci haussa les épaules. « Le hasard décide de tout ? C'est le genre de réflexion qui va plaire aux hommes faibles.

— Parfait. Ça nous attirera une large audience.

— Si c'est ce que vous voulez, je n'y vois pas d'objection. Que je serve le Bien ou le Mal, tout ce que j'écris n'est jamais que de la propagande au service d'une cause précise. Vous me payez pour cette pièce, après tout. Je suis seulement un artiste qui accepte un cachet. Si vous voulez une pièce qui démontre qu'en plantant un calcul biliaire on fait pousser des primevères, payez-moi et je l'écrirai pour vous. La question importante est : mon idée vous plaît-elle ?

— Je l'adore ! s'écria Azzie. Mettons-nous au travail tout de suite.

— Nous devons savoir dans quelle salle la pièce sera montée. Ça a son importance, pour la scénographie. Avez-vous déjà en tête des noms précis d'acteurs et d'actrices ? Sinon, je peux vous en recommander plusieurs. »

Azzie se renversa en arrière et partit d'un grand éclat de rire. Les flammes qui dansaient dans l'âtre tout proche lançaient d'étranges ombres sur son visage étroit. Il passa la main dans ses cheveux roux et se tourna vers l'Arétin. « Je crois que je me suis mal fait comprendre, Pietro. Ce que j'ai en tête n'a rien à voir avec une pièce ordinaire. Il ne s'agit pas d'un de ces divertissements que l'on joue sous les porches des églises ou sur les places publiques. Il est hors de question que des acteurs récitent leur texte et ridiculisent mon idée. Non ! Je vais prendre des gens ordinaires, des gens dont les désirs et les peurs rendront leurs personnages encore plus vraisemblables. Et, plutôt que des tréteaux avec un décor peint, je leur donnerai le monde lui-même comme scène. Mes sept pèlerins joueront cette histoire comme s'ils la vivaient — ce qui sera évidemment le cas. Chacun racontera ce qui lui sera arrivé après avoir reçu le chandelier en or, et les sept histoires seront différentes. Comme le *Décaméron*, voyez, ou les *Contes de Canterbury*, mais en mieux, puisqu'elles seront nées de votre plume, cher maître. » L'Arétin accusa réception du compliment par un petit mouvement de la tête. « Nos acteurs joueront comme s'ils vivaient les événements, poursuivit Azzie, et ils ne sauront point qu'un public — nous — les regarde.

— Vous pouvez avoir la certitude que je ne leur dirai rien. » L'Arétin tapa dans ses mains, son domestique entra, les yeux ensommeillés, un plateau de petits-fours rassis dans les mains. Azzie en prit un par politesse, bien qu'il consommât rarement de la nourriture humaine. Il préférait la cuisine traditionnelle de l'Enfer. Les têtes de rats confites et le ragoût de thorax, par exemple, ou alors un beau cuissot humain doré à point, servi avec plein de couenne. Mais il était à Venise, pas en Enfer, alors il se contenta de ce qu'on lui offrait.

Après cette collation, l'Arétin bâilla et s'étira, puis passa dans la pièce voisine pour se laver la figure dans une cuvette d'eau. En revenant, il prit dans une armoire une demi-douzaine de chandelles neuves et les alluma. Les yeux d'Azzie brillèrent dans la lumière, sa fourrure semblait chargée d'électricité statique. L'Arétin s'assit en face de lui et demanda : « Si votre scène est le monde, qui sera le vrai public ? Et où le ferez-vous asseoir ?

— Ma pièce sera pour toutes les époques. L'essentiel de mon public n'est même pas encore né. Je crée, Pietro, pour les générations futures qui seront édifiées par notre pièce. C'est pour elles que nous œuvrons. »

L'Arétin essayait d'être pratique — pas facile facile pour un gentilhomme italien de la Renaissance. Il se pencha en avant, gros ours un peu froissé, au nez proéminent et au teint rubicond. « Alors je ne vais pas vraiment écrire la pièce ?

— Non, répondit Azzie, les acteurs devront inventer eux-mêmes leur propre texte. Mais vous aurez la primeur de toutes les actions, de toutes les conversations, vous verrez et entendrez leurs réactions aux événements et, à partir de cela, il vous sera possible de tisser une histoire que l'on pourra jouer devant les générations futures. Néanmoins la première représentation appartiendra au monde des légendes, car c'est ainsi que naissent les mythes.

— C'est une idée très noble, dit l'Arétin. Et je vous prie de ne pas penser que je la critique si je vous avoue que je vois une ou deux difficultés se pointer à l'horizon.

— Je vous écoute !

— Je suppose que nos acteurs, quel que soit leur point de départ, finiront par aboutir à Venise avec leurs chandeliers.

— C'est en effet ainsi que je l'imagine. D'abord, je veux racheter les droits de votre conte des sept chandeliers pour pouvoir l'utiliser dans ma pièce. » Azzie tira de son portefeuille un sac petit mais pesant et le tendit à l'Arétin.

« Je suppose que ça devrait suffire pour les coûts initiaux. Il y aura une suite, bien entendu. Tout ce que vous avez à faire, c'est de rédiger les grandes lignes de l'histoire. Pas de dialogues, souvenez-vous. Nos acteurs, que je choisirai, s'en chargeront eux-mêmes. Vous les observerez et vous les écouterez. Vous serez mon metteur en scène et mon coproducteur. Ensuite, plus tard, vous écrirez votre propre pièce sur le sujet.

— Cette idée me réjouit, monseigneur. Mais si vous créez une fausse Venise et la transportez dans un autre espace, à une autre époque, comment ferai-je pour être dans le secteur et m'occuper de la mise en scène ?

— Dans ce but, je vous conférerai par le biais d'enchantements et de talismans la capacité de vous déplacer librement dans l'espace et dans le temps, afin que vous puissiez vous occuper de notre production.

— Et qu'adviendra-t-il de Venise lorsque nous aurons terminé ?

— Nous ferons repasser notre duplicata dans l'époque de la vraie Venise, où elle la retrouvera comme une ombre retrouve son objet. À partir de là, notre légende cessera d'être confidentielle et rejoindra le gros des légendes universelles, dont les effets et les conséquences sont enregistrés dans les annales de l'humanité.

— Monseigneur, en tant qu'artiste, cette entreprise m'ouvre des portes dont jamais je n'aurais même imaginé l'existence. Dante lui-même n'a jamais eu pareille occasion...

— Alors mettez-vous au travail, dit Azzie en se levant. Écrivez-moi la légende des chandeliers d'or. Et tournez ça bien, que ça soit facile à lire. Je vous dis à bientôt, j'ai du travail. »

Et il disparut.

L'Arétin cligna des yeux, passa la main là où Azzie s'était tenu. Il n'y avait rien d'autre que de l'air dépourvu de substance. Mais le sac d'or laissé par Azzie était bien matériel et réconfortant.

QUATRIÈME PARTIE

1

Azzie était très satisfait en quittant la demeure de l'Arétin, le souvenir de l'histoire d'Adam encore à l'esprit. Mais, curieusement, son sixième sens de démon lui disait que quelque chose clochait.

Il faisait toujours aussi beau. De légers petits nuages traversaient un ciel du plus pur azur, tels des galions de neige façonnés par des enfants. Autour de lui, Venise s'adonnait à ses plaisirs et à ses activités. Des barges lourdement chargées transportaient vêtements et nourriture sur le Grand Canal, leur étrave renflée, de couleur vive, fendant le léger clapotis. Une barque funèbre, laquée de noir et d'argent, glissait sans bruit, le cercueil de bois verni attaché à la proue, le cortège tout de noir vêtu installé sur le pont arrière. Des cloches sonnaient. Sur les promenades, on allait et venait et, non loin de là, un homme passa habillé en bouffon, agitant son bonnet de coq, remuant ses grelots, sans doute un baladin en route pour le théâtre qui l'avait engagé. Un groupe de cinq nonnes se pressait, cornettes au vent, grandes ailes blanches qui semblaient prêtes à les soulever dans les airs. Assis sur une bitte d'amarrage, près d'une rangée de gondoles attachées, un individu assez corpulent coiffé d'un chapeau à large bord, carnet sur les genoux et pastels à la main, s'essayait à tracer une image du Canal aussi ressemblante que possible.

Azzie se dirigea vers lui. « On dirait que nos chemins se croisent à nouveau. »

Babriel leva les yeux. Sa mâchoire se décrocha.

Azzie passa derrière lui pour regarder son esquisse.

« C'est la vue d'ici, que tu dessines ? demanda-t-il.

— Oui. Ça ne se voit pas ?

— Je... j'avais un peu de mal. Ces traits, là... »

Babriel hocha la tête. « Je sais, ils sont de travers. Cette histoire de perspective, c'est la croix et la bannière, mais je me suis dit qu'il fallait au moins essayer. »

Azzie regarda une nouvelle fois le dessin, plissa les yeux. « C'est plutôt pas mal, pour un amateur. Mais, dis-moi, je suis surpris de te voir ici. Je pensais que tu retournais au Ciel.

— Moi aussi. Mais Michel m'a renvoyé ici pour faire quelques dessins et améliorer ma connaissance de l'art européen. Il te fait ses amitiés, d'ailleurs. Il m'a aussi demandé comment allait ton ami l'Arétin.

— Comment sais-tu que... ?

— Je t'ai vu sortir de chez lui. Il est assez connu, évidemment, bien que, pour la plupart, ses vers ne soient guère récitables au Paradis. Il aime se faire remarquer aussi, non ? Au hit-parade des plus gros pécheurs, en 1523, il était dans les dix premiers.

— Pfff, railla Azzie. Les moralistes ont toujours des préjugés défavorables contre les auteurs qui montrent la vie telle qu'elle est plutôt que telle qu'elle devrait être. Il se trouve que je suis un fan de l'Arétin, et je suis simplement allé le féliciter, rien de plus. »

Babriel le regarda. Il n'avait pas du tout eu l'intention de demander à Azzie ce qu'il faisait chez l'Arétin, mais, maintenant que le démon s'était justifié, l'ange avait la puce à l'oreille. Michel avait bien sous-entendu qu'il se tramait quelque chose de pas très catholique, mais Babriel n'y avait guère prêté attention. Azzie était son ami, et même s'il servait le Mal, Babriel ne pouvait se résoudre à le considérer comme foncièrement mauvais.

Pour la première fois, il lui vint à l'esprit que son ami préparait quelque chose, et que c'était à lui, Babriel, de découvrir de quoi il s'agissait.

Ils se séparèrent en se réitérant l'estime qu'ils avaient l'un pour l'autre et en se promettant de se faire une bouffe très bientôt. Azzie s'éloigna le long de la rue. Babriel le suivit un moment du regard, songeur, puis retourna à son dessin.

L'ange regagna son hôtel en début d'après-midi. L'immeuble de quatre étages s'affaissait sur lui-même et semblait écrasé par les bâtiments plus hauts qui l'encadraient. Une demi-douzaine d'anges étaient descendus là parce que *signore* Amazzi, le propriétaire sinistre et respectueux, faisait un prix à tous ceux qui travaillaient dans la religion. Certains disaient qu'il savait que les jeunes gens calmes, bien élevés et aux traits réguliers, qui arrivaient d'un pays nordique non spécifié et prenaient une chambre chez lui étaient des anges. D'autres disaient qu'il pensait que c'étaient des angles, répétant la blague du pape Grégoire. Amazzi était à la réception lorsque Babriel entra. « Quelqu'un vous attend dans le salon, annonça-t-il.

— De la visite ! Ça, c'est une bonne surprise ! » dit Babriel. Il se dépêcha d'aller voir de qui il s'agissait.

Le salon petit, intime, était un peu en dessous du niveau de la rue, mais inondé de lumière grâce à de hautes fenêtres étroites qui la laissaient pénétrer. L'ensemble n'était pas sans évoquer l'intérieur d'une église, ce qui plaisait assez aux personnes pieuses. L'archange Michel était assis dans un fauteuil paillé à haut dossier et feuilletait un papyrus de voyages organisés vantant les mérites de la Haute Égypte. Il le referma prestement en voyant Babriel. « Ah ! Te voilà. Je passais seulement voir comment tu allais.

— Je vais très bien, monsieur. » Il montra à Michel son carnet de croquis. « Mais je n'ai pas encore compris ce truc de la perspective, monsieur.

— Essaie encore un peu. Une connaissance pratique de la peinture, c'est utile pour apprécier tous les chefs-d'œuvre de l'immense collection du Paradis. Dis-moi, as-tu rencontré ton ami Azzie cette fois encore ?

— Oui, justement. Je l'ai vu sortir de chez Pietro l'Arétin, le fameux poète grossier et écrivain licencieux.

— Ah bon ? Et de quoi crois-tu qu'il s'agissait ? D'une simple adoration de fan ?

— J'aimerais bien le croire. Mais la réaction un peu gênée de mon ami lorsque j'ai mentionné le nom de l'Arétin me laisse à penser qu'il y a peut-être autre chose. Seulement, vous le savez, je déteste accuser qui que ce soit de duplicité, et encore moins celui qui, même s'il est un démon, est avant tout mon ami.

— Tes scrupules t'honorent, remarqua Michel, bien que nous n'en attendions pas moins de la part de celui qui prétend au grade d'ange qualifié. Mais réfléchis. En tant que serviteur du Mal, Azzie ne ferait pas son travail s'il n'était pas occupé à quelque subterfuge visant à en favoriser la prédominance dans le monde. Alors, l'accuser d'avoir des idées peu avouables en tête, ce n'est que reconnaître qu'il fait son boulot. Évidemment qu'il cherche à faire un mauvais coup ! La question est : lequel ?

— Là, je dois dire que je n'en ai pas la moindre idée.

— Il va pourtant falloir trouver. Azzie n'est plus un personnage insignifiant. Il a servi les Puissances des ténèbres deux fois déjà lors d'affaires importantes. D'abord celle du prince Charmant, et puis l'histoire de Faust, dont le jugement est encore en délibéré devant les tribunaux d'Ananké. D'après ce que je sais, il siège en bonne place dans des conseils de malveillance. De toute évidence, il joue un rôle clé dans le lancement de ces jeux qui, périodiquement, ensorcellent l'humanité et attirent les pas des hommes sur le chemin de la damnation. Bref, c'est un démon qui monte.

— Mon ami est aussi important que ça ? s'étonna Babriel avec des yeux comme des soucoupes.

— C'est ce qu'il semblerait aujourd'hui. Donc je pense qu'il serait sage d'enquêter afin de savoir pourquoi il s'intéresse à ce roublard un tout petit peu trop rusé d'Arétin.

— Je crois que vous avez raison.

— Et toi, mon garçon, tu es l'ange de la situation.

— Moi ? Oh, sûrement pas, monsieur ! Vous savez très bien que je manque d'astuce. Si j'essaie de le faire parler par quelque moyen détourné que ce soit, Azzie me percera à jour en moins de temps qu'il n'en faut pour le dire.

— Je sais, je sais. Ton ingénuité est légendaire parmi nous. Mais tant pis. Tu es le seul en position de fourrer ton nez un peu partout, puisque tu te trouves déjà à Venise. Faire connaissance avec l'Arétin ne devrait pas te poser de problème, tu n'auras qu'à aller le voir en te présentant comme un admirateur de toujours, et lui parler, jeter un œil sur sa maison, voir ce qu'il y a à voir. Tu peux même l'inviter à déjeuner, pour en savoir plus. On enverra ta note de frais au Service des enquêtes du Paradis.

— Mais, moralement, vous pensez que c'est défendable, d'espionner son ami ?

— Mais bien sûr que oui ! On ne peut trahir qu'un ami, pas un ennemi. Sans trahison, il n'y aurait pas de révélation. »

Babriel hocha la tête et accepta sans plus discuter de faire ce que Michel lui demandait. Ce fut seulement plus tard qu'il se rendit compte que celui-ci n'avait pas répondu directement à sa question. Seulement il ne pouvait plus reculer. Sur le plan moral, trahir un ami était peut-être mal, ou pas, mais ne pas obéir aux ordres d'un archange était tout à fait déconseillé.

2

Le lendemain, au douzième coup de midi, Babriel frappa à la porte de l'Arétin.

Personne ne répondit d'abord, et pourtant il entendait des bruits à l'intérieur. C'était un étrange mélange de musique, de voix et de rires. Il frappa de nouveau. Cette fois, un domestique lui ouvrit, un homme tout à fait convenable si ce n'est que sa perruque était de travers. On aurait dit qu'il avait essayé de faire trop de choses à la fois.

« J'aimerais parler à l'Arétin, dit Babriel.

— Ouh la, c'est que c'est un peu le bazar, à l'intérieur. Vous pourriez repasser ?

— Non, je dois le voir maintenant », dit Babriel d'un ton ferme assez surprenant chez lui et motivé par le fait que Michel attendait son rapport au plus tôt.

Le domestique s'effaça pour le laisser entrer, puis le fit passer dans un petit salon. « Si vous voulez bien patienter ici, je vais voir si mon maître peut vous recevoir. »

Babriel se balança sur la pointe des pieds, chose qu'il avait apprise autrefois pour passer le temps. Il regarda autour de lui, vit un manuscrit posé sur une petite table. Il n'en avait lu que les mots « Père Adam » lorsque des voix s'élevèrent et un groupe de personnes entra. Babriel fit un bond en arrière, la conscience pas très tranquille.

Il s'agissait de musiciens, mais ils avaient tous tombé frac et gilet pour marcher plus à l'aise en bras de chemise sans cesser de jouer. L'air n'avait rien de religieux, c'était plutôt une danse au rythme soutenu.

Ils passèrent devant Babriel sans le regarder, ou presque. Leur destination semblait être une autre pièce, d'où s'échappait un brouhaha entrecoupé de cris aigus et de rafales de rires gras, le tout indiquant qu'une activité réjouissante était en cours. Babriel jeta un autre coup d'œil au manuscrit, et put lire une demi-phrase : «Père Adam, peu après son expulsion du Jardin d'Éden pour avoir mangé le fruit de l'arbre de la connaissance…» mais fut à nouveau interrompu, cette fois par des éclats de rire féminins.

Il leva les yeux juste comme deux damoiselles entraient en trombe dans le petit salon. C'étaient deux jeunes beautés, l'une brune, toute décoiffée, l'autre blonde aux tresses un peu en bataille. Elles portaient de longues camisoles en voile transparent de couleur vive, qui flottaient derrière elles tandis qu'elles se poursuivaient à travers la pièce en riant. Leurs camisoles, presque défaites, laissaient entrevoir des seins à la pointe carmin et des cuisses d'un rose tendre. Babriel piqua un fard.

Elles s'arrêtèrent devant lui et, avec un adorable accent français, la blonde demanda : «Vous, là ! Vous ne l'avez pas vu passer ?

— À qui faites-vous allusion ?

— À ce méchant Pietro ! Il a promis de danser avec Fifi et moi.

— Je ne l'ai pas vu, dit Babriel en résistant à l'envie de se signer parce que ces dames l'auraient peut-être mal pris.

— Il ne doit pas être loin, dit la blonde. Viens, Fifi, on va l'attraper et le punir.» Elle lança un drôle de regard à Babriel, qui sentit un frisson lui remonter du bout des doigts de pieds jusqu'à la pointe des cheveux. «Et si vous veniez avec nous ? lui dit-elle.

— Oh... non, non, bredouilla Babriel. Je suis censé attendre ici.

— Et vous faites toujours ce qu'on vous dit de faire ? Quelle barbe ! »

Les deux jeunes filles se glissèrent en riant dans la pièce suivante. Babriel essuya les gouttes de sueur qui avaient perlé sur son front et revint au manuscrit. Cette fois, il réussit à en lire le titre. *La Légende des sept chandeliers d'or*. Des bruits de pas le forcèrent à s'interrompre, il s'éloigna de la table.

L'Arétin entra, la barbe en pétard et le pourpoint déboutonné, un bas dégringolé à mi-jambe. Sa chemise de drap fin était tachée, de vin, probablement. Il avançait avec une gîte très nette à tribord, ses yeux étaient injectés de sang, il avait le regard flou d'un homme qui en a trop vu trop souvent mais veut encore en voir. Il tenait à la main une bouteille de vin à moitié pleine et son pas manquait clairement d'assurance.

Il s'arrêta avec difficulté devant Babriel et, avec une dignité toute relative, demanda : « Qui êtes-vous, par l'Enfer ?

— Je suis étudiant, dit Babriel. Un pauvre étudiant allemand. Je suis venu ici, à Venise, pour me chauffer au soleil de votre immense génie, maître, et pour vous inviter à déjeuner si ce n'est pas trop présomptueux. Je suis votre fan le plus inconditionnel au nord d'Aix-la-Chapelle.

— C'est vrai ? Vous aimez ce que je fais ?

— "Aimer" est un bien faible mot, maître, pour exprimer ce que je ressens lorsque je lis votre œuvre. Les hommes vous appellent le divin Arétin, mais même ce compliment, à mes yeux, est indigne de votre génie. »

Babriel n'était pas flagorneur de nature, mais il avait suffisamment de bouteille, tant ici-bas que là-haut, pour manier sans trop de difficulté le jargon du flatteur professionnel. Il espérait simplement ne pas en faire trop et rester crédible.

Mais l'Arétin, surtout dans son état, ne trouvait jamais qu'on en faisait trop lorsqu'il s'agissait de louer son talent.

« Vous parlez bien, mon garçon. C'est moi qui vous le dis ». L'écrivain fit une pause pour réprimer un hoquet. « J'aimerais beaucoup déjeuner avec vous, mais ce sera pour une autre fois. La fête bat son plein, ici, je célèbre ma nouvelle commande. Mais où sont mes invités, bon sang de bois ? Déjà dans les chambres, je parie ! J'arrive, les amis, attendez-moi ! » Et, sur ces mots, il tituba en direction de la porte.

« Puis-je vous demander, maître, de quel genre de commande il s'agit ? Vos admirateurs européens seront très intéressés par cette nouvelle. »

L'Arétin s'immobilisa, réfléchit un instant, puis alla jusqu'à la table et prit le manuscrit. « Non, pas question ! dit-il en le carrant sous son bras. J'ai juré de garder le secret sur cette affaire. Mais vous et le reste du monde serez stupéfaits, je vous le promets. L'échelle de cette entreprise, déjà… Mais je n'en dirai pas plus. » Il quitta la pièce sur ces mots, d'un pas relativement sûr, mis à part une ou deux embardées.

3

Babriel rentra précipitamment au Paradis et se rendit aussitôt chez Michel. Il entra en trombe dans le salon, une pièce agréable et claire dans laquelle l'archange, installé à une table en bois de rose, loupe dans une main, pince à épiler dans l'autre, était penché sur sa collection de timbres, à la lumière d'une lampe Tiffany. L'apparition soudaine de l'ange blond provoqua une bourrasque, les petits carrés dentelés s'envolèrent joyeusement dans les airs. Babriel eut tout juste le temps de rattraper un triangulaire du Cap avant qu'il ne virevolte par la fenêtre. Il posa un presse-papiers dessus pour plus de sûreté.

« Je suis désolé, vraiment, murmura Babriel.

— Si tu étais un peu moins impétueux, aussi... grommela Michel. Tu n'as pas idée de la difficulté que j'ai à faire venir ces spécimens particulièrement rares de la Terre sans qu'on me pose trop de questions. Je suppose que tes recherches ont été fructueuses ? »

Babriel évoqua le manuscrit de l'Arétin, son titre, sa première phrase, ajouta que le poète fêtait une nouvelle commande et que, à voir les agapes en cours, ce devait être une commande bien payée.

« *Les sept chandeliers d'or*, répéta Michel, pensif. Ça ne me dit rien. Mais viens, allons consulter l'ordinateur que le

Département paradisiaque des Hérésies tentatrices a récemment installé. »

Il guida Babriel le long du vestibule jusqu'à son bureau où, à côté des classeurs gothiques et du bureau roman, se trouvait un terminal d'ordinateur de forme cubique typique du style appelé moderne. L'archange s'installa devant l'écran, pinça des bésicles sur le bout de son nez et tapa son code d'accès. Très vite, des données défilèrent à toute vitesse, de bas en haut, en vert et noir. Babriel plissa les yeux, mais tout allait trop vite pour qu'il puisse lire quoi que ce fût. Michel, lui, semblait n'avoir aucune difficulté avec la lecture rapide et bientôt il opina du bonnet et leva les yeux.

Le bien-fondé de l'existence d'un réseau informatique au Ciel n'avait pas été sans soulever certaines objections. Le principal argument « pour » était qu'il s'agissait ni plus ni moins d'un prolongement de la plume et de la tablette de pierre, dont l'usage consacré pour la description des lieux spirituels avait donné naissance à l'idée d'information. Au fond, l'ordinateur n'était pas si différent des premières techniques d'écriture, et il présentait l'avantage de prendre peu de place et de stocker beaucoup de données, contrairement aux tablettes, qui n'étaient pas d'une maniabilité idéale et avaient vite fait de vous encombrer le plancher — qu'il fallait par ailleurs renforcer si l'on ne voulait point qu'il cédât sous le poids des mots ! Même le parchemin, bien que léger par rapport aux tablettes, posait certains problèmes — celui de sa conservation n'étant pas le moindre.

« Que vous a dit l'ordinateur ? s'enquit Babriel.

— Il semblerait que, dans une vieille légende gnostique, Satan aurait donné à Adam sept chandeliers d'or qui devaient lui permettre de regagner le Jardin d'Éden.

— Y est-il arrivé ?

— Bien sûr que non ! Tu ne crois pas que tu aurais été au courant, si c'était le cas ? Ne me dis pas que tu n'as pas encore compris que toute l'histoire de l'humanité est basée sur le fait qu'Adam n'est jamais retourné dans le Jardin d'Éden et que, depuis, lui et tous les autres hommes continuent à essayer de le trouver ?

— Bien sûr, monsieur. Je n'ai pas réfléchi.

— Si l'Ennemi est allé repêcher une histoire qui remonte aux premiers jours de la Création, à l'époque où des règles de base ont été établies pour organiser les relations entre hommes et esprits, c'est très, très intéressant pour nous. Sept chandeliers d'or !

— Ont-ils vraiment existé ?

— Probablement que non.

— Alors on peut supposer qu'ils n'existent pas aujourd'hui, et ne peuvent donc pas nous faire de mal.

— Pas si vite. Les mythes sont ce qu'il y a de plus maudit. Si ces chandeliers existent et qu'ils tombent entre de mauvaises mains, ils créeront énormément de problèmes. Le risque est tel qu'à mon avis il vaut mieux faire comme s'ils existaient jusqu'à ce qu'on prouve le contraire. Et, même dans ce cas-là, il nous faudra rester très prudents.

— Oui, monsieur. Mais, si Azzie a les chandeliers, que va-t-il en faire ? »

Michel secoua la tête. « Ça, je n'en sais encore fichtre rien. Mais pas pour longtemps. Je vais m'occuper personnellement de cette affaire.

— Et moi ? Je fais quoi ? Je retourne épier Azzie ? »

L'archange acquiesça. « Je vois que tu commences à suivre. »

Babriel repartit séance tenante pour Venise. Mais, après une enquête préliminaire, puis une autre plus approfondie, il dut se rendre à l'évidence : Azzie avait quitté la ville.

4

Azzie avait été convoqué en Enfer de façon tout à fait péremptoire. La tête lui tournait encore tandis qu'il attendait dans le salon de Satan, dans la maison blanche depuis laquelle le P.-D.G. de l'Enfer gérait la majeure partie de ses affaires.

Un démon en costume bleu et cravate en reps apparut. « Son Excellence va vous recevoir. » Aussitôt dit, aussitôt fait, Azzie se retrouva dans les appartements de Satan. L'endroit ressemblait à un salon d'une maison chic dans l'une des banlieues les plus huppées. Il n'avait rien de particulièrement satanique — au mur, il n'y avait que des scènes de chasse, dans les vitrines des trophées de golf, et un peu partout, l'odeur du vieux cuir.

Satan possédait tous les accessoires et attributs propres à sa qualité, instruments de torture, enregistrements de messes noires, pièges divers, mais ils se trouvaient dans une autre aile de la maison, réservée aux affaires strictement infernales.

Il était plutôt court sur pattes, avait un look un peu efféminé, le cheveu rare et portait des lunettes. Il pouvait prendre l'apparence qui lui plaisait mais en général préférait avoir l'air de rien. Pour l'heure, il portait une robe de chambre jaune et une écharpe imprimée en cachemire.

« Ah, Azzie ! Ça fait une paie, dis-moi ! Je ne t'ai pas revu depuis que tu suivais mon cours sur l'Éthique du Mal, à l'université. C'était le bon temps, ça, hein ?

— C'était le bon temps, monsieur », dit Azzie. Satan l'avait toujours impressionné. C'était l'un des principaux architectes et théoriciens du Mal, et son modèle depuis des années.

« Alors dis-moi, continua Satan. Qu'est-ce que c'est que cette histoire ? J'ai entendu dire que tu voulais monter une pièce ?

— Oui. C'est vrai. » Azzie pensait que Satan apprécierait cette initiative. Il disait toujours aux jeunes démons de se lancer, d'oser se mouiller un peu, de faire quelque chose de mal.

« J'ai eu l'idée de cette pièce immorale en regardant une pièce morale, dit Azzie. Vous voyez, nos ennemis essaient toujours de prouver que les bonnes actions sont la seule façon d'obtenir de bons résultats. Mais c'est de la propagande, et c'est faux. Ma pièce va démontrer à quel point leur notion est absurde. »

Satan eut un rire sardonique, mais dans son expression on lisait de la douleur. « Je ne dirais pas les choses comme ça. Le contraire du Bien, ce n'est pas exactement le Mal. Tu devrais t'en souvenir, j'avais bien insisté là-dessus dans mon cours de logique infernale de première année.

— Oui, monsieur. Mais je ne veux pas qu'on croie que le Mal signifie être récompensé sans rien avoir à faire.

— Il ne manquerait plus que ça ! Même le Bien n'userait pas d'un argument pareil. Être bon ou mauvais, c'est une donnée de départ, pas un résultat.

— Oui, évidemment. Je n'avais pas tout à fait vu les choses sous cet angle. Mais est-ce que je ne pourrais pas faire une pièce qui traiterait des bons côtés du Mal ?

— Bien sûr que tu le peux ! Mais pourquoi utiliser cet exemple plutôt tiré par les cheveux ? Pourquoi ne pas simplement montrer que le Mal est intelligent et très chic ?

— Ah bon, parce qu'il est... Mais oui, bien sûr. Je pensais juste que ce serait une bonne idée. C'est plutôt drôle, voyez, et nos ennemis sont tellement sérieux...

— Tu ne sous-entendrais pas qu'en Enfer nous ne sommes pas sérieux, quand même ? Je peux t'assurer que ce n'est pas le cas.

— Ce n'est pas ce que j'ai voulu dire, monsieur !

— Je ferais très attention avec cette idée, si j'étais toi. Je ne veux pas avoir à t'ordonner de laisser tomber. Et si tu laissais tout ça de côté quelque temps ? Je pourrais te trouver une autre mission.

— De côté, monsieur ? Oh, non, c'est impossible. J'ai déjà mis quelqu'un sur le coup. Je me suis engagé, je ne veux pas avoir à renvoyer les acteurs et à revenir sur ma parole. Sauf si, bien sûr, j'y suis obligé.

— Non, non, je ne t'ordonnerai pas d'arrêter. Tu imagines ? Satan ordonnant à un de ses démons de ne pas monter une pièce célébrant les activités de l'Enfer ! Ça en ferait rire plus d'un ! Non, mon cher Azzie, tout est entre tes mains. Mais souviens-toi : si les choses ne se passent pas comme tu espères un peu sottement qu'elles se passent, eh bien, disons que tu auras été prévenu. Nous t'avons proposé de remettre ce projet à un peu plus tard pour pouvoir y réfléchir, n'est-ce pas ? »

Azzie en était tellement bouleversé qu'il repartit sans poser la question qui lui tenait vraiment à cœur : l'histoire des chandeliers était-elle vraie ? Mais il était déterminé à continuer sa pièce et à rendre visite au seul être qui, pensait-il, pouvait lui fournir une réponse.

5

Azzie était fermement décidé à découvrir si les chandeliers existaient réellement ou non. Dans un cas comme dans l'autre, il avait un plan. S'ils existaient, il les utiliserait dans la pièce qu'il allait mettre en scène. Sinon, il trouverait bien un artisan pour lui en bricoler des faux.

Mais il espérait qu'ils existaient.

En Enfer, tout le monde sait que, lorsqu'on a besoin d'un renseignement et qu'on est pressé, on va voir l'Homme de la situation — Cornélius Agrippa, personnage d'une importance singulière ces derniers siècles et encore très en vogue à la Renaissance. Il vivait dans une sphère idéale qui n'était ni spirituelle ni matérielle, mais possédait un caractère propre qui n'avait pas encore été défini. Agrippa lui-même avait été assez surpris de la voir apparaître de but en blanc, et n'avait pas encore eu le temps de l'intégrer à son système.

Celui-ci était basé sur une constatation tellement évidente qu'elle rendait difficile la démonstration de son existence : le cosmos et la totalité de son contenu formaient une unité ; toutes les parties de ce tout étaient interdépendantes. Dès lors, toute partie pouvait influencer toute autre partie, et le signe ou le symbole d'une chose pouvait influer sur la réalité de la chose qu'il représentait puisqu'ils étaient égaux dans l'unité à laquelle ils appartenaient tous. Jusque-là, ça allait. Le problème, c'était d'essayer de prouver tout ça. Agrippa pouvait influer sur beaucoup de choses avec beaucoup d'autres choses, mais il n'avait pas encore réussi à influer sur toutes les choses en même temps et quand il en avait envie. En plus, il n'avait pas encore pris en compte l'existence du hasard qui, de temps à autre, lui fichait tous ses calculs en l'air, donnant des résultats complètement fantaisistes et donc illicites dans un univers planifié, et créant par conséquent quelque chose de nouveau. C'était à ce genre de problèmes qu'Agrippa réfléchissait dans la vieille et haute maison qu'il habitait, dans cet espace qui n'existait ni dans la sphère matérielle ni dans la sphère spirituelle.

« Azzie ! Content de te voir ! s'écria l'alchimiste. Tiens, prends ça deux secondes, tu veux bien ? Je m'apprête à transformer l'or en vapeur noire.

— Est-ce bien nécessaire ? demanda Azzie en prenant la cornue que lui tendait Agrippa.

— Ça l'est, si l'on veut pouvoir faire l'expérience inverse.

— Mais si c'est ce que vous cherchez, pourquoi transformer l'or au départ ? » Dans la cornue, le liquide se mit à bouillonner, puis de transparent devint ocre jaune veiné de vert. « Qu'est-ce que c'est ? demanda Azzie.

— Un remède souverain pour les maux de gorge », dit Agrippa. Il était plutôt petit que de taille moyenne, avec une vraie barbe de philosophe et des moustaches, et se faisait les mêmes papillotes que les rabbins hassidiques qu'il retrouvait de temps en temps à la taverne des Limbes pour une bonne pinte et une conversation enrichissante. Il portait un long manteau et un grand chapeau pointu avec une grosse boucle en étain.

« Je ne comprends pas pourquoi un intellectuel comme vous s'ennuie à concocter un remède pour la gorge.

— J'essaie de rester pratique, expliqua Agrippa. Et, pour la transformation de l'or, si j'arrive à repasser de l'état de vapeur noire et de boue à l'état d'or, ça veut dire que je pourrai transformer n'importe quelle vapeur noire en or.

— Ça vous ferait un paquet d'or, ça, dit Azzie en pensant à toute la boue qu'il avait vue dans sa vie.

— Un peu, mon neveu. Mais les paquets d'or, c'est ce que veulent les hommes. Et l'hermétisme est avant tout une philosophie humaniste. Bien, dis-moi, maintenant, que puis-je faire pour toi ?

— Avez-vous déjà entendu parler des sept chandeliers d'or que Satan donna à Adam pour l'aider à retrouver le chemin d'Éden ?

— Ça me dit quelque chose, en effet. Où est ma chouette ? »

Entendant qu'on parlait d'elle, une grosse chouette blanche aux ailes tachetées s'envola sans bruit de son perchoir, juste sous le plafond.

« Va me chercher mon rouleau de parchemin », dit Agrippa. La chouette fit le tour de la pièce et sortit par la fenêtre. Agrippa regarda autour de lui, l'air un peu perdu, puis avisa la cornue entre les mains d'Azzie. Une étincelle illumina son regard.

« Ah ! la voilà ! Donne-la-moi. » Il se pencha, renifla. « Oui, ça devrait aller. Si ce n'est pas un remède pour la gorge, ça ira pour la gale. Je suis tout près de concocter la panacée universelle qui guérira tous les maux. Voyons cette boue, à présent. »

Il regarda dans son petit fourneau, où l'or avait été mis à fondre, et fronça les sourcils. « Même la boue a presque entièrement brûlé. Je pourrais essayer de le recréer de mémoire, parce que la doctrine des correspondances universelles pose en principe qu'il n'existe aucune condition impossible, et ce que la langue peut dire, l'esprit peut le concevoir et la main peut le saisir. Mais c'est plus facile de travailler à partir d'or frais. Ah ! Voilà ma chouette qui revient. »

Elle se posa sur son épaule. Dans son bec, elle tenait un grand parchemin roulé. Agrippa s'en saisit, et la chouette retourna sur son perchoir. « Ah ! ah ! s'écria l'alchimiste après avoir déroulé et rapidement parcouru le document. Voilà ! Les sept chandeliers existent en effet. Ils sont entreposés, avec tous les autres mythes perdus que le monde a connus, dans le château cathare de Krak Herrenium.

— Où est-ce ? demanda Azzie.

— Dans les Limbes, juste au sud du méridien zéro du Purgatoire. Sais-tu comment y aller ?

— Pas de problème. Merci beaucoup ! » Et il se mit en route.

6

Babriel était à l'affût, attendant le retour d'Azzie. L'ange avait établi ses quartiers vénitiens tout près de chez l'Arétin, dans un petit appartement, car il savait se contenter de peu. Il avait embauché une bonne, une vieille femme édentée aux yeux marron si ronds et brillants qu'on aurait dit des boutons. Elle lui faisait la cuisine — enfin, elle lui préparait son gruau, plus exactement, le gruau du juste que Babriel préférait à toute autre nourriture. Elle nettoyait ses pinceaux lorsqu'il rentrait de ses combats acharnés contre la perspective, et faisait de son mieux pour lui rendre la vie agréable

Babriel aurait pu rater le retour d'Azzie à Venise, car le démon réapparut dans un éclair, en pleine nuit, et alla tout droit chez l'Arétin. Mais Agathe, car c'était ainsi que s'appelait la bonne, avait monté la garde, secondée par sa famille. Son père, Ménélas, fut le premier à remarquer l'accélération de la lumière dans le ciel occidental et en informa aussitôt Agathe. Sans hésiter, elle alluma une chandelle et traversa les quartiers louches pour se rendre chez Babriel.

« Celui que vous cherchez est à Venise, maître, annonça-t-elle.

— Enfin ! » dit Babriel. Il passa un large manteau, le plus foncé qu'il put trouver, et sortit.

Optant pour le subterfuge, dont il avait si souvent entendu

parler, il grimpa à la treille de l'Arétin et prit pied sur un petit balcon, au premier étage. De l'autre côté de la fenêtre, il pouvait voir Azzie et l'Arétin, mais ne les entendait pas. C'était extrêmement irritant. « C'est le moment de faire un miracle, dit-il d'un ton agacé. Aussitôt, un ver luisant se détacha de la ronde qu'il était en train de faire avec des copines lucioles et s'approcha.

— Comment allez-vous, monsieur ? Que puis-je faire pour vous ?

— Je veux savoir ce qui se dit à l'intérieur.

— Vous pouvez me faire confiance, je suis le ver de la situation. »

Le ver luisant alla jusqu'à la fenêtre, ne tarda pas à trouver une petite fissure dans le montant et s'y glissa juste à temps pour entendre Azzie qui disait : « J'ignore ce que vous avez en tête, l'Arétin, mais je suis prêt à essayer. Et nous allons le faire tout de suite ! » Là-dessus, il y eut un éclair de lumière, et ils disparurent tous les deux.

Le ver luisant retourna raconter tout ça à Babriel, qui décida qu'il avait dû mettre les pieds dans quelque chose de très compliqué étant donné qu'il ne comprenait absolument pas ce qui se passait.

À l'intérieur, juste avant l'arrivée du ver luisant, voici ce que disait Azzie : « Je suis seulement passé vous dire que j'ai retrouvé les chandeliers.

— Ah bon ? Où sont-ils ?

— D'après Cornélius Agrippa, ils sont entreposés dans un château des Limbes. Je vais aller y faire un tour pour m'assurer qu'ils sont toujours disponibles, et puis je m'en servirai comme récompense.

— Comme récompense ?

— Écoutez, Pietro, il faut suivre un peu. C'est vous qui avez pensé aux chandeliers. Ou qui vous êtes souvenu de l'histoire, en tout cas. Il y en a sept, donc nous aurons sept pèlerins. Tout ce qu'ils auront à faire, c'est trouver les chandeliers, et leurs vœux les plus chers seront exaucés. Qu'est-ce que vous en pensez ?

— J'en pense beaucoup de bien. C'est ce que j'ai toujours voulu. Prendre quelque chose dans ma main, lui demander de me faire plaisir et voir mon souhait se réaliser.

— Et sans forcément le mériter, en plus ! ajouta Azzie. Simplement parce qu'on a en main l'objet magique ! C'est comme ça que ça devrait se passer pour tout. Ça arrive parfois, cependant, et c'est ce que va raconter notre pièce. Je vais dire à mes volontaires que tout ce qu'il leur reste à faire, c'est trouver les chandeliers et qu'après, fini les problèmes ! Enfin, en gros. »

L'Arétin leva les yeux, puis hocha la tête avant de murmurer : « En gros, oui. Mais comment feront-ils pour trouver les chandeliers ?

— Je donnerai un sortilège à chaque pèlerin, un sortilège qui le guidera jusqu'aux chandeliers.

— Ça me paraît honnête, approuva l'Arétin. Mais, pour l'instant, nous allons dans les Limbes, c'est ça ? C'est loin ?

— Assez, quel que soit le point de vue selon lequel on se place. Mais, avec nos moyens de transport, le voyage requerra très peu de temps. L'auteur que vous êtes devrait aimer ça, Pietro. À ma connaissance, aucun homme vivant n'a jamais mis les pieds dans les Limbes, à part Dante. Vous êtes sûr que vous êtes partant ?

— Je ne manquerais ça pour rien au monde.

— Alors c'est parti ! » Azzie fit un geste, et ils disparurent tous les deux.

À première vue, l'Arétin trouva les Limbes décevants. Tout y était décoré en gris. Avec des nuances, certes, mais des nuances de gris. Ici et là se trouvaient des blocs rectangulaires. Azzie était debout sur l'un d'eux. Peut-être que c'étaient des arbres. En tout cas, il était très difficile de dire quoi représentait quoi.

Derrière les blocs, des taches triangulaires, plus petites, en gris plus clair, semblaient figurer les montagnes. Entre les arbres et les montagnes, des hachures pouvaient représenter à peu près tout et n'importe quoi. Il n'y avait pas un pet de vent. Le peu d'eau qu'on voyait était croupie.

À l'horizon, une petite tache foncée attira l'attention de l'Arétin. Elle avançait dans leur direction. Des chauves-souris crièrent et de petits rongeurs s'éparpillèrent à toute vitesse.

7

Au-dessus de la porte du château de Krak Herrenium se trouvait un panneau sur lequel était écrit : TOI QUI FRANCHIS CE SEUIL, RENONCE À LA RAISON.

Une musique douce venait de l'intérieur. C'était un air assez vivant et pourtant il avait quelque chose de funèbre. Mais l'Arétin n'avait pas vraiment peur — comment avoir peur quand on se balade en compagnie de son démon ? S'il fait son boulot correctement, le démon est plus effrayant que le monde qui l'entoure.

Un homme arriva par une porte voûtée assez basse, si basse qu'il dut se courber pour la passer. Il était grand et corpulent, portait par-dessus sa veste et son baudrier une cape qui semblait flotter autour de lui, et des bottes à bout pointu. Il était rasé de près, son visage était ouvert, son regard expressif, dans lequel on devinait une extrême finesse d'esprit.

L'homme s'avança et les salua bien bas. « Je suis Fatus. Et vous, qui êtes-vous ?

— Nous sommes donc dans le château de Fatus, dit l'Arétin d'un ton rêveur. C'est fascinant !

— Je savais que ça vous plairait, dit Azzie. Avec votre réputation de rechercher la nouveauté...

— Mon goût pour ce qui est nouveau porte plus sur les hommes que sur les choses », souligna l'écrivain.

Le démon de la farce

Le regard pétillant, Fatus se tourna vers Azzie. «Bonjour à toi, démon! Je vois que tu es venu avec un ami.

— Je vous présente Pietro l'Arétin, dit Azzie. C'est un être humain.

— Enchanté.

— Nous sommes en quête de quelque chose et je crois que vous devriez pouvoir nous aider», expliqua Azzie.

Fatus sourit et fit un geste. Une petite table et trois chaises apparurent. Sur la table, il y avait du vin et un assortiment de douceurs.

«Que diriez-vous de grignoter un peu pendant que nous discutons de votre affaire?»

Azzie hocha la tête et s'assit.

Ils grignotèrent, discutèrent et, au bout d'un moment, Fatus, d'un geste, commanda un peu de distraction. Une troupe de jongleurs entra. Il s'agissait d'hommes appelés manipulateur juridiques, qui jonglaient avec des délits et des représailles, se les lançaient, les rattrapaient au vol, une jambe en l'air, un bras dans le dos, avec une dextérité qui époustoufla Azzie.

Au bout d'un moment, Fatus sourit et dit : « Voilà comment on perd ses illusions... Mais que puis-je faire pour vous, exactement ?

— J'ai entendu dire, expliqua Azzie, que vous avez en dépôt dans votre château un assez grand nombre de vieilleries et de curiosités.

— C'est exact. Les choses finissent toujours par débouler chez moi, et je leur trouve une place, quelles qu'elles soient. En général, c'est de la drouille dont même un brocanteur ne voudrait pas, mais il arrive parfois que ce soit un article authentique. Parfois ces trésors sont vraiment le fruit d'une prophétie, et d'autres fois leur histoire n'est qu'un ramassis de balivernes. Je m'en fiche, je ne fais pas de différence entre le réel et l'irréel, le tangible et l'intangible, l'apparent et le dissimulé. Quel trésor cherches-tu?

— Sept chandeliers d'or que Satan a donnés à Adam, répondit Azzie.
— Je vois. J'ai quelques photos que tu pourrais regarder.
— Je veux les chandeliers, pas leurs photos.
— Et qu'as-tu l'intention d'en faire ?
— Mon cher Fatus, je me suis lancé dans une grande entreprise, et ces chandeliers jouent un rôle clé dans mon projet. Mais peut-être en avez-vous besoin, vous.
— Non, pas du tout. Je serai ravi de te les prêter.
— Mon idée, c'est de les confier à des humains pour qu'ils puissent réaliser leur rêve le plus cher.
— Elle est diablement bonne, cette idée. Le monde a bien besoin d'idées de cette trempe en ce moment. Et comment comptes-tu t'y prendre ?
— À l'aide de sortilèges.
— Des sortilèges ! Mais quelle idée géniale ! Avec les sortilèges, on arrive à ses fins presque chaque fois !
— Tout à fait, acquiesça Azzie. C'est bien pour ça qu'ils sont pratiques. Bien, si vous permettez, l'Arétin et moi aimerions récupérer les chandeliers et retourner sur Terre pour réunir les sortilèges. »

8

Azzie dissimula les chandeliers dans une caverne au bord du Rhin et poursuivit son chemin jusqu'à Venise, où il déposa l'Arétin chez lui.

Pour se procurer des sortilèges, puisque c'était l'étape suivante, la présence d'un être humain n'était pas conseillée.

Azzie reprit aussitôt la route. Grâce à sa carte d'accès libre à tous les itinéraires secrets pour l'Enfer — valable un an, très, très avantageux —, il put emprunter une ligne directe pour le Styx, *via* le firmament. L'itinéraire secret le déposa sans ménagement à la Gare principale de triage, où sont affichées toutes les destinations de l'Enfer, avec des lumières qui clignotent, indiquant les départs imminents. Il y avait des trains à perte de vue. Longs, souvent tirés par des locomotives à vapeur, ils avaient tous un contrôleur qui consultait impatiemment sa montre en achevant de manger son sandwich.

« Je peux vous aider, monsieur ? »

Un guide professionnel s'était approché d'Azzie. Comme dans toutes les grandes gares, il en traînait un certain nombre dans celle-ci. C'était un gobelin avec une casquette enfoncée jusqu'aux yeux, qui empocha les piécettes qu'Azzie lui tendit et l'emmena jusqu'à son train.

Lorsque le train s'ébranla, Azzie avait trouvé le wagon-bar et dégustait un espresso. Le convoi cracha sa fumée à travers les Terres Arides et piqua droit sur le pays fluvial où se trouvaient les Fournitures. En une heure, il était arrivé.

Il n'y avait pas grand-chose à voir. Les Fournitures étaient une petite ville au relief aussi monotone que son ambiance, les bastringues succédant aux restaurants fast-food sur l'artère principale. Un peu au-delà s'étendaient les Fournitures à proprement parler, le grand complexe en bordure du Styx dans lequel les habitants de l'Enfer trouvaient tout ce dont ils avaient besoin pour exercer leurs activités scélérates.

Les Fournitures étaient en fait une enfilade d'impressionnants entrepôts, tous construits sur le même modèle, le long des berges marécageuses du fleuve. Rigoles, fossés et caniveaux divers drainaient les écoulements jusqu'au Styx. Les eaux usées de l'Enfer tout entier étaient déversées dans le fleuve sans que le moindre traitement soit effectué. Mais elles ne le polluaient pas ; le Styx avait atteint son niveau record de pollution dès les premières secondes de son existence. Les déchets et matières toxiques provenant d'autres sources avaient paradoxalement pour effet de purifier le fleuve de l'Enfer.

Azzie trouva le bâtiment où étaient entreposés les sortilèges et s'adressa directement à l'employé de service, un gobelin au nez long, qu'il tira avec difficulté de la bande dessinée dans laquelle il était plongé. « Quel genre de sortilèges ? Que voulez-vous en faire ?

— J'ai besoin de sortilèges qui guident des gens jusqu'à sept chandeliers.

— Ça m'a l'air assez simple. Et comment avez-vous l'intention de les faire fonctionner ? Le sortilège bas de gamme vous donne une direction, parfois une adresse. En général, c'est un bout de parchemin, un fragment de terre cuite ou un vieux morceau de cuir avec, écrits dessus, des trucs du genre : "Allez jusqu'au carrefour, tournez à droite et marchez jusqu'à la grande chouette." Voilà une instruction typique fournie par un sortilège. »

Azzie secoua la tête. « Je veux que ces sortilèges guident mes gens jusqu'aux chandeliers, qui seront cachés quelque part dans le monde réel.

— Vous voulez dire le monde qui est censé être réel ? Bon. Alors y vous faut un sortilège qui ne se contente pas de dire à son possesseur où aller, mais qui lui donne aussi le pouvoir de s'y rendre.

— Voilà.

— Qu'est-ce que vos gens connaissent aux sortilèges ?

— Pas grand-chose, j'imagine.

— C'est bien ce que je craignais. Le sortilège est-il censé protéger son détenteur sur le chemin menant aux chandeliers ?

— Ce sera plus cher, n'est-ce pas ?

— Évidemment.

— Bon, alors pas de protection. Il faut bien qu'ils prennent un peu de risques.

— Ce que je peux vous proposer, c'est un sortilège avec signal inclus qui indiquera à son détenteur qu'il est sur la bonne voie grâce à une ampoule clignotante, une vibration ou une petite chanson, enfin, quelque chose dans ce goût-là, et qui, je suppose, lui signalera qu'il est au bon endroit, lorsqu'il aura enfin atteint son but.

— Il faudrait un peu plus qu'un simple signal, dit Azzie. Quelque chose qui ne laisse aucun doute sur la présence du chandelier.

— Dans ce cas, vous feriez mieux de prendre un sortilège en deux temps.

— Je n'ai pas l'impression d'avoir déjà entendu parler de ça.

— Le Chaldéen. C'est un sortilège en deux parties. Le magicien — vous — en place une moitié à l'endroit que recherche le détenteur du sortilège. Un endroit sûr, hein. Ensuite, disons que le détenteur, qui a l'autre moitié, se trouve embringué dans une bataille. La situation devient très dangereuse, alors il active son demi-sortilège, qui le transporte jusqu'à l'endroit où se trouve l'autre moitié. C'est le meilleur moyen de tirer rapidement quelqu'un d'un mauvais pas.

— Ça m'a l'air bien. Je peux placer sept demi-sortilèges près des chandeliers et donner les sept autres moitiés à mes acteurs qui, lorsqu'ils feront le nécessaire, seront conduits jusqu'à la moitié manquante.

— Exactement. Bien, je vous mets un lot de chevaux magiques, avec ?

— Des chevaux magiques ? Mais que voulez-vous que je fasse de chevaux magiques ? C'est indispensable ?

— Pas vraiment, mais si vous envisagez d'avoir un public, les chevaux magiques, ça donnera un peu de prestige à votre spectacle. Ils ajoutent à l'ensemble une couche de complications...

— Pas des complications trop compliquées, tout de même ? s'inquiéta Azzie. Je n'ai aucune idée des capacités intellectuelles de mes acteurs. Mais, si l'on part du principe que ce sont des humains tout ce qu'il y a de plus dans la norme...

— Je vois ce que vous voulez dire. Ne craignez rien, les complications des chevaux magiques devraient être à leur portée, et je vous assure que votre spectacle y gagnera en prestige.

— Marquez-moi sept chevaux magiques.

— Parfait, dit l'employé en remplissant un bon de commande. Et ces chevaux, vous les voulez avec de réelles qualités magiques ?

— Par exemple ?

— Noblesse, beauté, turbopropulsion, option vol, option parole, option métamorphose en autre animal...

— Ça va finir par faire cher, tout ça.

— Ah, ça... On peut tout avoir, mais il faut payer, c'est sûr.

— Alors disons des chevaux magiques, mais sans qualités particulières. Ça devrait suffire.

— Bien. Entre la réception des demi-sortilèges et l'arrivée aux chandeliers, y a-t-il d'autres complications que vous désirez insérer ?

— Non. S'ils y arrivent, ce sera déjà très bien.

— D'accord. Les sortilèges, vous les voulez de quel calibre ?

— Calibre ? Mais depuis quand ils sont classés par calibre ?

— C'est une nouvelle réglementation. Tous les sortilèges doivent être commandés par calibres.

— Mais je ne sais pas de quel calibre j'ai besoin, moi.

— Débrouillez-vous. »

Azzie glissa un pot-de-vin à l'employé et dit : « Chaque sortilège devra pouvoir transporter un humain d'un endroit dans un royaume de discours à un autre endroit dans un autre domaine. Puis ailleurs encore, vers une nouvelle destination.

— Alors il vous faut des sortilèges à double barillet plutôt que des demi-sortilèges. Vous pouvez pas demander tout ça à un sortilège ordinaire. Ça demande beaucoup d'énergie, de passer d'un royaume de discours à un autre. Voyons voir... combien pèsent vos humains ?

— Je l'ignore, répondit Azzie. Je ne les ai pas encore rencontrés. Disons, pas plus de cent quarante kilos chacun.

— Il faut doubler le calibre si le sortilège doit transporter plus de cent vingt kilos.

— Disons cent vingt kilos, alors. Je ferai en sorte qu'aucun d'eux ne pèse plus.

— D'accord. » L'employé prit un morceau de papier, se lança dans des calculs. « Récapitulons. Ça vous fait sept sortilèges à double barillet qui transporteront chacun un humain de cent vingt kilos — y compris ce qu'il porte — vers deux destinations différentes dans deux royaumes de discours. Moi, je pencherais pour un calibre quarante-cinq. Vous avez une marque de prédilection ?

— Il y a plusieurs marques ? s'étonna Azzie.

— Crétinia Mark II, c'est bien. Idiota Magnifica 24 aussi. Pour moi, les deux se valent.

— Alors, peu importe.

— Dites donc, c'est à vous de choisir. Je vais quand même pas faire tout le boulot à votre place…

— Disons des sortilèges Idiota.

— On est en rupture de stock pour l'instant. J'en attends courant de semaine prochaine.

— Alors je prends des Crétinia.

— Très bien. Remplissez-moi ça. Signez ici, et ici aussi. Paraphez là. Indiquez que c'est bien vous qui avez paraphé. Parfait. Voilà. »

L'employé tendit un petit paquet blanc à Azzie, qui l'ouvrit et en examina le contenu.

« On dirait de petites clés en argent.

— Parce que ce sont des Crétinia. Les Idiota sont différents.

— Mais ils fonctionneront aussi bien ?

— Mieux, vous diront certains.

— Merci ! » s'écria Azzie, et Azzie s'en alla. Il repassa par la Gare principale de triage, puis retourna sur Terre. Il était en proie à une excitation intense. Il avait tout ce qu'il lui fallait. La légende, l'histoire, les chandeliers, les sortilèges. Il lui restait à trouver les gens qui joueraient sa pièce. Ce qui promettait d'être amusant.

CINQUIÈME PARTIE

1

Par un éclatant matin de juin, sur un chemin de campagne, un peu au nord de Paris, une berline à quatre chevaux apparut au détour d'un bosquet de châtaigniers dans un bruit de galop, de cliquetis de harnais et de craquements d'amortisseurs, l'ensemble couvrant presque le crissement des grillons mais pas les encouragements du postillon à l'adresse de son attelage. « Hue dia ! Grimpez-la, cette colline, mes jolis ! »

La voiture était ventrue, peinte en rouge et jaune, et derrière le postillon se tenaient deux laquais. À une quinzaine de mètres derrière venait une berline identique, et derrière celle-ci plusieurs cavaliers suivaient à belle allure. Une dizaine de mules fermaient le cortège.

À l'intérieur de la première voiture se trouvaient six personnes. Deux enfants — un beau garçon de neuf ou dix ans, et sa sœur, petite femme aux boucles rousses de quatorze ans, dont le visage agréable respirait la vie — et quatre adultes mal assis et ballottés les uns contre les autres mais s'en plaignant le moins possible.

La voiture penchait de plus en plus d'un côté. Si l'un des cavaliers qui suivaient avait galopé jusqu'à sa hauteur, il aurait vu que la roue avant droite ne tournait pas rond. Le postillon sentit le changement et brida ses chevaux juste au moment où la roue s'en allait. La berline tomba sur son axe.

Le premier cavalier, un homme rougeaud et corpulent, s'arrêta à hauteur de la fenêtre.

« Ohé ! Tout va bien à l'intérieur ?

— Tout va bien, monsieur », répondit le jeune garçon.

Le cavalier se pencha et jeta un coup d'œil sur les passagers. Il salua les adultes d'un léger mouvement du menton mais son regard s'arrêta sur Puss.

« Je me présente : sir Oliver Denning de Tewkesbury, dit-il.

— Et moi je suis miss Carlyle, répondit la jeune fille. Et voici mon frère, Quentin. Faites-vous partie du pèlerinage, sir Oliver ?

— Oui, j'en suis moi aussi. Et si vous voulez bien descendre de voiture, mon serviteur Watt pourra voir si l'on peut réparer cette roue. » Et, d'un mouvement de tête, il ordonna à Watt, un Gallois courtaud au teint mat, de se mettre au travail.

« Nous vous sommes très reconnaissants, monsieur, dit Puss.

— Je vous en prie. Que diriez-vous d'un petit pique-nique, le temps que Watt remette la roue en place ? » Au regard vague dont il balaya les autres passagers, ceux-ci comprirent que sa proposition ne les concernait pas.

Sir Oliver avait remarqué Puss bien avant l'accident, probablement au moment où elle avait défait son bandeau. La vision de cette masse de boucles rousses associée à son expression si captivante, c'en était trop pour lui. Tous les hommes, même des guerriers endurcis, perdaient la tête devant Puss.

Ils s'installèrent au soleil dans l'herbe d'une clairière pas très loin de la voiture, et sir Oliver déroula une couverture militaire de laquelle se dégageait une odeur de cheval pas complètement déplaisante. De toute évidence, c'était un vieux soldat, parce que dans sa sacoche de selle il avait de quoi manger et même quelques couverts.

« Eh bien, tout cela est, ma foi, fort agréable, dit-il lorsqu'ils furent installés, un pilon rôti à point entre les doigts. J'ai si souvent déjeuné de la sorte au cours des dernières campagnes d'Italie, où j'avais l'honneur de servir le célèbre sir John Hawkwood.

— Avez-vous vu beaucoup de batailles ? demanda Quentin, plus par politesse qu'autre chose parce qu'il était persuadé que sir Oliver était du style à passer le plus clair de son temps du côté du chariot du cuisinier.

— Des batailles ? Mmmh... oui, un assez grand nombre. » Et sir Oliver raconta une bataille qui avait eu lieu devant Pise comme tout le monde aurait dû en avoir entendu parler. Il mentionna ensuite d'un ton dégagé d'autres campagnes un peu partout en Italie, qu'il qualifia de combats désespérés. Quentin avait certaines raisons de douter de ses propos puisque son père lui avait raconté qu'en Italie la guerre, c'était la plupart du temps un affrontement certes belliqueux, mais essentiellement verbal en public, et des négociations discrètes en privé, à l'issue desquelles une ville se rendait ou un siège était levé, selon les accords passés. Il se souvenait aussi avoir entendu dire que tout cela ne valait pas lorsque les Français entraient en lice, mais était systématique entre les Italiens et les armées libres. Sir Oliver ne parlait jamais des Français. Il n'avait parlé que des Borgia, des Médicis et d'autres étrangers. Il avait en réserve moult récits effrayants de combats à l'aube opposant des petits groupes de soldats déterminés, équipés d'épées et de lances. Il parlait de tours de garde pendant les nuits chaudes du sud de l'Italie, où les Saracènes tenaient encore bon, et d'affrontements désespérés au pied des murailles de petites villes, où la mort avait parfois un goût de poix et d'huile bouillante.

Sir Oliver était petit, trapu, massif. D'âge mûr, le cheveu de plus en plus rare, il avait l'habitude de secouer la tête emphatiquement lorsqu'il parlait, ce qui avait pour effet de faire bouger son bouc. Et il ponctuait la plupart de ses affirmations d'un raclement de gorge péremptoire. Puss, qui ne manquait jamais une occasion d'être malicieuse, s'était mise à l'imiter, et Quentin avait du mal à se retenir de rire.

Enfin, Watt vint leur annoncer que la roue était réparée. Sir Oliver se déclara bien content, et accepta les remerciements de tout le monde avec une modestie toute masculine. Et il décréta que, puisqu'ils faisaient ensemble le même pèlerinage à Venise, il entendait revoir souvent ses compagnons de voyage, sous-entendant visiblement que la compagnie d'un guerrier si distingué et si bricoleur ne pouvait que plaire à tout un chacun. Du ton le plus sérieux qu'elle put, Puss lui confia que tout le monde l'inviterait avec plaisir, notamment pour le cas où une seconde roue s'aviserait de prendre le large. Sir Oliver ne trouva rien de drôle à ça, mais accepta la remarque comme si elle lui était due, et ne se demanda même pas pourquoi Puss, Quentin et plusieurs autres dames étaient tout à coup saisis de violentes quintes de toux.

Un peu plus tard ce même jour, les pèlerins rencontrèrent enfin la religieuse qui, censée faire le chemin avec eux, ne s'était pas trouvée au rendez-vous fixé. Elle montait un palefroi bai à fière allure et était suivie d'un serviteur juché sur une mule et chargé de convoyer son faucon. Une des voitures s'arrêta, il y eut diverses tractations, et une place lui fut ménagée à l'intérieur.

Mère Joanna était la mère supérieure d'un couvent des Ursulines près de Gravelines, en Angleterre. Son nom de famille était Mortimer, et elle faisait en sorte que personne n'ignore qu'elle était proche parente des Mortimer du Shropshire, bien connus. Son visage était large, hâlé, elle emportait toujours son faucon avec elle et ne perdait jamais une occasion, à chaque arrêt, de le sortir pour desserrer sa longe et le lancer à la poursuite de toute proie en vue. Lorsqu'il lui rapportait quelque mulot ou campagnol ensanglanté et désarticulé, elle battait des mains en s'exclamant : « Beau tableau de chasse, madame Promptitude ! » car c'était là le nom du pauvre rapace. Rien que d'entendre comment elle lui parlait, caquetant de sa voix cassée, Quentin s'étouffait de rire. Finalement, les autres passagers parvinrent à la convaincre de faire voyager le faucon sur l'impériale, avec son valet. Mère Joanna bouda jusqu'à ce qu'elle aperçoive un cerf courir à découvert en bordure de la forêt. Elle essaya de persuader ses compagnons de voyage de s'arrêter pour une chasse impromptue, mais sans chien, c'était difficile. Il y avait bien le carlin d'une des dames, mais déjà que face à un rat il n'aurait pas fait le poids, alors face à un cerf... L'équipage poursuivit sa route.

Bientôt, le petit groupe apprit que mère Joanna était non seulement une Mortimer, mais que sa sœur aînée, Constance, avait épousé le marquis de Saint-Beaux, beau mariage s'il en fut. Elle-même ne désirant pas se marier — ou, comme Puss le chuchota plus tard à Quentin, n'ayant trouvé personne qui voulût d'elle malgré son nom et ses terres — avait demandé à son père de l'établir à la tête d'un couvent. Selon ses dires, elle était parfaitement heureuse à Gravelines, surtout que la région était particulièrement giboyeuse et que la forêt toute proche était à sa disposition. De plus, ajouta-t-elle, toutes les sœurs étaient de bonne famille et avaient de la conversation, ce qui rendait les repas très plaisants.

Et ainsi la longue journée s'écoula.

2

Sir Oliver se rassit sur sa selle et regarda autour de lui. Ils étaient en pleine campagne. À gauche, une série de petites collines aux rondeurs douces s'étendait sur plusieurs kilomètres. À droite, un cours d'eau au débit rapide scintillait sous le soleil. Devant, il distinguait les contours d'un gros bosquet qui marquait l'entrée de la forêt.

Mais il y avait autre chose, en mouvement. Un point rouge qui descendait des collines en direction de la route, à six cents mètres de là.

Mère Joanna, à nouveau à cheval, s'arrêta à la hauteur de sir Oliver. « Que se passe-t-il ? Pourquoi nous arrêtons-nous ? demanda-t-elle.

— J'aime bien observer un territoire avant de m'y enfoncer.

— Et qu'espérez-vous y découvrir ?

— Les traces du passage de ces hordes de bandits dont on dit qu'elles infestent la région.

— Nous sommes déjà protégés. Je vous rappelle qu'à cet effet quatre archers se régalent à nos dépens depuis Paris.

— Je ne leur fais pas entièrement confiance. Ce genre de bonhomme a une fâcheuse tendance à prendre ses jambes à son cou dès que ça chauffe un peu. Je veux voir si le danger se montre en premier.

— C'est ridicule. Mille bandits pourraient se dissimuler juste à quelques mètres de nous dans les feuillages et nous ne les verrions pas avant qu'ils ne le désirent.

— Peut-être, mais je regarde quand même, s'entêta sir Oliver. Et je vois quelqu'un sur la route. »

Joanna plissa les yeux. Elle était un peu myope sur les bords, et il lui fallut un certain temps avant de voir que le point rouge était un homme.

« D'où sort ce type ? s'enquit-elle, à moitié pour elle-même.

— Je l'ignore, mais il vient vers nous, donc nous allons peut-être l'apprendre d'ici peu. »

Ils restèrent assis sur leurs chevaux, silencieux, tandis que le cavalier approchait. La caravane du pèlerinage s'étirait derrière eux, avec les deux voitures, quatre chevaux frais et douze mules. Une trentaine de personnes en tout. Certains avaient rejoint le cortège à Paris, où une brève étape avait permis de faire des provisions. C'était là que les quatre archers avaient fait leur apparition. Pensionnés des guerres italiennes, ils étaient dirigés par un sergent nommé Patrice qui avait, contre rétribution, offert ses services et ceux de ses hommes pour protéger les pèlerins pendant leur périlleuse traversée du sud de la France infesté de bandits.

Tous les pèlerins n'étaient pas vraiment joyeux. À Paris, ils avaient passé toute une soirée à se disputer sur la route à prendre pour aller à Venise. Certains voulaient éviter les montagnes et passer par le centre de la France, c'était le chemin le plus facile, mais les Anglais faisaient encore leur mauvaise tête. Même pour eux, cet itinéraire était à éviter.

Il avait finalement été décidé de prendre un peu plus à l'est, à travers la Bourgogne, puis de suivre la rive droite du Rhône jusqu'aux forêts noires du Languedoc et de traverser celles-ci vers le Roussillon. Pour l'instant, nul n'avait eu à se plaindre de ce choix car il n'y avait pas eu le moindre incident, mais chacun se tenait sur ses gardes, car n'importe quoi pouvait arriver dans ce maudit pays.

Le cavalier solitaire approchait au petit trot. Il portait un pourpoint écarlate et de ses épaules tombait une cape de tissu rouge foncé à reflets violets. Ses bottes étaient en cuir souple, et il était coiffé d'une toque en feutre vert de laquelle s'échappait une seule plume d'aigle. Il arrêta sa monture à leur hauteur.

« Bonjour ! lança Azzie avant de se présenter sous le nom d'Antonio Crespi. Je suis un marchand de Venise, et je voyage à travers l'Europe pour vendre notre étoffe vénitienne tissée d'or, qui plaît surtout aux marchands du Nord. Permettez-moi de vous montrer quelques échantillons. »

Il s'était préparé à cela en obtenant quelques coupons de tissu d'un vrai marchand vénitien, qu'il avait renvoyé chez lui sans marchandise mais avec un sac d'or rouge qui le satisfaisait.

Sir Oliver demanda à sir Antonio d'où il arrivait, puisqu'il lui avait semblé le voir débouler de nulle part. Azzie lui expliqua qu'il avait pris un raccourci qui lui avait évité un assez grand nombre de kilomètres. « Je fais sans cesse la navette entre Venise et Paris, alors ce serait étonnant si je ne connaissais pas les raccourcis et les routes les plus sûres. »

Azzie sourit avec la plus grande affabilité. « Sir, si ce n'est pas grossier de ma part de le demander, j'aimerais me joindre à votre groupe. Un voyageur solitaire joue avec sa vie dans ces contrées. Je pourrais être utile à votre équipage, lui prêter épée forte si besoin est, et lui servir de guide pour les passages les plus difficiles. J'ai mes propres provisions, et je ne vous dérangerai en aucune façon. »

Oliver regarda Joanna. « Qu'en pensez-vous, mère Joanna ? »

Elle jaugea Azzie du regard, qu'elle avait dur, critique. Azzie, qui n'en était pas à son premier examen de passage, se redressa sur sa selle, bien à son aise, une main sur la croupe de son cheval. S'ils refusaient, il était sûr de trouver un autre moyen. Déployer des trésors d'ingénuité pour arriver à ses fins, c'était une des premières choses que l'on apprenait à l'école de l'Enfer.

«Je n'y vois aucune objection», dit enfin mère Joanna.

Ils rejoignirent les autres, et sir Oliver fit les présentations. Azzie prit position en tête du cortège, ce qui était logique puisque, selon ses dires, il connaissait la région. Sir Oliver vint lui tenir compagnie un moment.

«Savez-vous ce qui nous attend dans le voisinage? interrogea-t-il.

— Les vingt prochaines lieues, nous les ferons dans la forêt, expliqua Azzie. Nous devrons camper dans les bois, cette nuit. Mais aucun bandit n'a été signalé dans ce coin depuis environ un an, donc nous devrions être tranquilles. Demain soir, nous aurons rallié une petite auberge où le couvert est ma foi fort bon.»

Cette nouvelle fit autant plaisir à sir Oliver qu'à mère Joanna, qui aimaient leur confort et avaient un bon coup de fourchette. Et puis Antonio s'avérait être un compagnon de voyage tout à fait plaisant. Le jeune marchand roux avait beaucoup d'histoires à raconter sur la vie à Venise et à la cour des Doges. Certaines étaient étranges, d'autres carrément triviales, ce qui ne les rendait que plus amusantes. D'autres parlaient des drôles de manières des démons et des diables qui, disait-on, visitaient Venise plus que toute autre ville.

Ainsi passa lentement la longue journée. Le soleil suivait son chemin dans le ciel, sans se presser plus que de coutume. De petits nuages traversèrent le ciel, telles des nefs cotonneuses appareillant pour le port céleste du coucher de soleil. Une douce brise agita le faîte des arbres. Les pèlerins s'enfoncèrent dans la forêt, prenant leur temps car il était inutile de précipiter une journée qui s'écoulait avec la sage lenteur de l'éternité.

Le calme qui régnait dans la forêt était absolu, surnaturel. On n'entendait pas un bruit en dehors du cliquetis des harnais et, de temps à autre, la voix d'un archer qui chantait une ballade. Enfin, le soleil atteignit son zénith et entama doucement sa descente paisible vers l'autre côté du ciel.

La caravane s'enfonça un peu plus dans la forêt, jusqu'à l'endroit où la lumière du jour se charge de l'ombre verte du feuillage. Dans les voitures, les pèlerins piquaient du nez et, sur leurs chevaux, les cavaliers relâchaient leurs brides. Une biche passa en courant sous le museau des premiers chevaux et disparut dans un éclair brun et blanc, plongeant dans les taillis. Mère Joanna talonna sa monture, mais ne sut trouver l'énergie nécessaire à une poursuite. La nature tout entière et ceux qui la traversaient semblaient sous le charme de cette forêt.

Lorsque le soir fut presque tombé, Azzie trouva une petite clairière herbue et suggéra que ce serait une bonne idée d'y passer la nuit, étant donné que la partie du chemin restant à parcourir était moins bien tracée et donc plus difficile. Les pèlerins furent heureux de suivre son conseil.

Les laquais défirent les attelages et conduisirent les chevaux jusqu'à un ruisseau tout proche. Les pèlerins descendirent de voiture, ceux qui étaient à cheval sautèrent à bas de leurs montures et les attachèrent. Les adultes installèrent un endroit où dormir tandis que les enfants, Puss en tête, se mettaient à jouer à chat.

Azzie et sir Oliver marchèrent jusqu'à la lisière de la forêt, où un chêne abattu leur fournit tout le petit bois nécessaire au démarrage d'un bon feu. Après avoir rassemblé branches et brindilles, sir Oliver ramassa deux silex et du lichen. Il n'avait jamais été très doué pour faire du feu, mais personne d'autre ne semblait disposé à se lancer, et il n'osa pas demander à Antonio.

Les étincelles volèrent vers le lichen, qui était bien sec, mais s'éteignirent presque aussitôt. Le vent du diable courait juste au-dessus du sol, contrairement à l'habitude. Oliver essaya de nouveau, puis essaya encore, mais rien n'y fit. Le méchant petit vent balayait ses efforts. Oliver avait même du mal à produire une étincelle. Plus il essayait, moins ses silex semblaient efficaces. Et on aurait dit que le petit vent n'en faisait qu'à sa guise : lorsque Oliver réussit enfin à faire démarrer un tout petit feu, une bourrasque soudaine, venue d'une autre direction, l'éteignit.

Il se leva, lâcha un juron, se frotta les genoux, qu'il avait douloureux, à force. « Si vous permettez, je peux le faire à votre place, proposa Azzie.

— Si vous y arrivez... » soupira Oliver en lui tendant le silex.

D'un geste, Azzie lui fit comprendre qu'il n'en avait pas besoin. Il frotta l'index de sa main droite dans la paume de sa main gauche, puis le pointa sur le lichen. Un petit éclair bleu courut de son doigt jusqu'au lichen, le lécha un instant, puis s'éteignit. Et une jolie petite flamme le remplaça. Aucune bourrasque ne vint l'éteindre, on aurait dit que le vent avait reconnu son maître.

Sir Oliver voulut parler, mais aucun son ne sortit de sa gorge.

« Je ne pensais pas vous surprendre, dit Azzie. C'est juste un petit tour que j'ai appris en Orient. »

Sir Oliver remarqua alors que dans ses yeux dansaient de minuscules flammes rouges.

Azzie tourna les talons et se dirigea vers les voitures d'un pas tranquille.

3

Azzie s'approcha de mère Joanna, occupée à monter la petite tente qu'elle emportait toujours en pèlerinage. En toile de coton vert, elle se fondait bien dans la forêt, avec des piquets en bambou pour lui donner forme et une série de cordelettes pour l'amarrer au sol. Mère Joanna était justement en train d'essayer de démêler l'écheveau qui s'était formé pendant le voyage. Les cordelettes n'étaient plus qu'un gros nœud qui n'avait rien à envier au nœud gordien.

« C'est le travail du diable, de défaire une chose pareille, soupira-t-elle.

— Alors laissez-moi essayer », suggéra Azzie.

Elle lui tendit l'amalgame de cordes. Azzie leva son index gauche, souffla dessus. Son doigt devint jaune canari, et l'ongle s'allongea pour devenir une serre couleur acier. Azzie frappa le nœud de sa serre, un nuage de fumée verte flotta quelques instants autour des cordelettes. Lorsqu'il se dissipa, Azzie lança les cordes à mère Joanna, qui tenta de les attraper, mais elles se dénouèrent avant de l'atteindre et retombèrent les unes après les autres sur le sol.

« Ça alors... murmura-t-elle.

— C'est un truc de fakir que j'ai appris dans un bazar oriental », expliqua Azzie avec un grand sourire.

Elle le regarda, remarqua les petites flammes rouges qui dansaient dans ses yeux, et fut soulagée lorsque Azzie s'éloigna en sifflotant.

Plus tard ce soir-là, les pèlerins étaient réunis autour du feu. Tous les membres du convoi étaient présents, à l'exception d'Azzie, qui avait déclaré avoir envie de marcher un peu pour se détendre avant d'aller se coucher. Oliver et mère Joanna étaient assis un peu à l'écart du reste du groupe.

« Ce marchand, disait sir Oliver, qu'en pensez-vous, ma mère ?

— Il me donne franchement la chair de poule.

— Moi aussi. Il dégage quelque chose de mystérieux, vous ne trouvez pas ?

— Si, tout à fait. D'ailleurs, il y a à peine une heure de cela, j'ai eu avec lui un... disons un court échange qui m'a laissée songeuse.

— Moi aussi ! Quand il a vu que j'avais du mal avec le feu, il l'a allumé lui-même — avec son index !

— Son index, et quoi d'autre ?

— Rien d'autre. Il l'a pointé, et les flammes sont apparues. Il m'a dit que c'était un vieux truc de fakir appris en Orient. Mais moi ça m'avait plutôt l'air d'être de la sorcellerie. »

Mère Joanna le regarda un moment, puis lui raconta ce qui s'était passé avec les cordelettes de sa tente.

« Ce n'est pas normal, dit sir Oliver.

— Non. Pas normal du tout.

— Et ce n'est pas non plus un truc de fakir.

— Certainement pas. Et puis vous avez vu les petites lumières rouges qui brillent dans ses yeux ?

— Comment ne pas les remarquer ? C'est une marque du diable, non ?

— Tout à fait. Je l'ai lu dans le *Manuel de l'Exorciste*. »

À ce moment précis, Azzie réapparut en sifflotant joyeusement. Sur son épaule, il portait un jeune cerf.

« Permettez-moi de vous offrir le repas de ce soir, dit-il. Peut-être un de vos serviteurs pourrait-il dépecer ce noble animal et le faire rôtir pour nous ? Je vais prendre un bain dans le ruisseau, là-bas. Chasser le cerf, ça fait transpirer ! »
Et il s'éloigna en sifflotant.

4

Les pèlerins se levèrent juste avant les premières lueurs du jour. Tandis que le soleil faisait timidement son apparition à travers le feuillage, ils réunirent leurs affaires, se restaurèrent rapidement et reprirent la route. Toute la journée, ils cheminèrent à travers la forêt, attentifs au moindre signe de danger. En dehors des moustiques, ils ne firent pas de rencontres désagréables.

Comme le soir venait, sir Oliver et mère Joanna, un peu nerveux, cherchaient les signes annonciateurs de la présence d'une auberge, comme Azzie l'avait promis.

Ils avaient peur d'avoir été trompés. Mais Azzie avait dit vrai, et l'auberge apparut soudain droit devant eux, une maison de pierre à un étage, avec une réserve à bois, un enclos pour les bêtes et une cahute pour les domestiques.

Frère François, barbu robuste et corpulent, les accueillit sur le pas de la porte et leur serra la main à tous.

Azzie entra le dernier et donna à frère François un sac de pièces d'argent. « Pour payer notre séjour. » Puis il émit un rire et lança un étrange regard à François ; celui-ci eut un mouvement de recul, comme s'il avait été frappé par quelque mauvaise pensée.

« Monsieur, demanda le dominicain, n'ai-je pas déjà fait votre connaissance ?

— Il est possible que vous m'ayez vu à Venise, dit Azzie.

— Non, ce n'était pas à Venise. C'était en France, et ça a quelque chose à voir avec le retour d'un homme à la vie. »

Azzie se souvenait de l'incident, mais n'avait aucune raison d'éclairer le moine à ce sujet. Il secoua poliment la tête.

Après cela, frère François parut préoccupé, ailleurs. Il expliqua le fonctionnement de l'auberge à ses clients, mais il avait visiblement du mal à se concentrer sur ses propres paroles. Il regardait sans arrêt du côté d'Azzie en marmonnant des choses incompréhensibles, et se signa même à la dérobée.

Lorsque Azzie lui demanda s'il pouvait s'installer dans la petite pièce, à l'étage, frère François accepta avec empressement. Puis il resta un long moment à secouer la tête en contemplant les pièces déposées par Azzie dans le creux de sa main. Enfin, il s'adressa à mère Joanna et à sir Oliver. « Ce jeune homme, qui est avec vous, vous le connaissez depuis longtemps ?

— Pas du tout, répondit sir Oliver. Vous a-t-il roulé ?

— Non, non. Au contraire.

— Que voulez-vous dire ?

— Il a accepté de payer six liards pour cette chambre et a déposé ces pièces de cuivre dans ma main. Puis il a dit : "Oh, et puis après tout, au diable l'avarice !" il a pointé le doigt sur les pièces, et elles se sont changées en argent.

— En argent ! s'écria mère Joanna. Vous êtes sûr ?

— Certain. Regardez vous-même. » Il brandit une pièce. Ils la regardèrent tous les trois comme si c'était le diable en personne.

Plus tard, lorsque Oliver et mère Joanna cherchèrent frère François pour lui parler du repas du lendemain matin, ils ne le trouvèrent nulle part. Ils finirent par découvrir, accroché à la porte de l'office, un petit mot qui disait : « Messeigneurs, veuillez m'excuser, mais je viens de me souvenir que j'avais un rendez-vous urgent avec l'abbé de Saint-Bernard. Je prierai Dieu pour qu'Il protège vos âmes. »

« Comme c'est curieux, dit Oliver. Qu'en pensez-vous ? »

Mère Joanna pinça les lèvres. « Cet homme avait peur, voilà pourquoi il est parti.

— Mais s'il pense qu'Antonio est un démon, pourquoi ne pas nous l'avoir dit, au moins ?

— À mon avis, il avait trop peur pour dire un seul mot, étant donné que ce démon a choisi de voyager en notre compagnie. » Elle réfléchit un instant. « Et, d'ailleurs, peut-être devrions-nous avoir peur, nous aussi. »

Le soldat et la religieuse restèrent assis ensemble un long moment, fixant les flammes d'un regard sinistre. Sir Oliver remuait les braises, mais rien de ce qu'il voyait dans les flammes ne lui plaisait. Mère Joanna frissonna sans raison apparente car il n'y avait pas de courant d'air :

« Nous ne pouvons pas continuer comme ça, dit-elle enfin.

— Non, vous avez raison.

— Si c'est un démon, nous devons prendre des mesures, assurer notre protection.

— Mais comment en être sûrs ?

— Il faut le lui demander.

— Allez-y. Je vous en serai éternellement reconnaissant.

— Je veux dire que vous vous en sortirez mieux que moi. Vous êtes un soldat, après tout. Regardez-le bien en face et posez-lui la question.

— Je ne veux pas prendre le risque de l'insulter, répliqua sir Oliver après réflexion.

— Cet Antonio n'est pas un être humain.

— Quoi qu'il soit, il verra peut-être une objection à ce que nous le sachions.

— Il faut pourtant bien que quelqu'un lui parle.

— Oui, évidemment...

— Et si vous êtes un tant soit peu courageux...

- Bon, bon. D'accord, je lui parlerai.

· De toute façon, c'est un démon, j'en suis sûre, affirma mère Joanna. Des petites lumières rouges qui dansent dans un regard, ça ne trompe pas. Et vous avez remarqué le bas de son dos ? La bosse qui soulève son pourpoint ne peut guère suggérer autre chose qu'une queue !

— Un démon ! Ici, avec nous ! Si c'est le cas, j'imagine que nous devrions le tuer.

— Mais sommes-nous capables de tuer un démon ? À mon avis, ça ne doit pas être facile.

— Vous croyez ? Je n'ai aucune expérience en la matière.

— Je n'en ai qu'un tout petit peu. La branche de l'Église pour laquelle je travaille ne s'occupe pas d'éloigner les mauvais esprits, en principe. Nous laissons ce genre de choses aux autres ordres. Mais il se trouve toujours quelqu'un pour vous raconter telle ou telle histoire.

— Qui raconte que… ?

— Que tuer un démon est une tâche difficile, pour ne pas dire impossible. Et qu'en plus, si l'on parvient à le tuer, c'est qu'il ne s'agissait probablement pas d'un démon, mais d'un être humain, malheureusement doté par la nature d'yeux avec des petites lumières rouges.

— Une situation diablement compliquée, en effet… Mais qu'allons-nous faire, alors ?

— Je suggère que nous prévenions les autres, puis que nous réunissions toutes les reliques que nous avons pour tenter d'exorciser ce mauvais esprit.

— Ça risque de ne pas lui plaire, dit Oliver, songeur.

— Tant pis. Il est de notre devoir d'exorciser les démons.

— Oui, bien sûr », dit le chevalier. Mais cette idée le mettait mal à l'aise.

Les autres membres du groupe ne furent pas surpris d'apprendre que mère Joanna soupçonnait la présence d'un démon parmi eux. En ces temps agités, c'était quelque chose que l'on avait toujours plus ou moins à l'esprit. Un peu partout, on parlait de statues qui pleuraient, de nuages qui parlaient, et Dieu sait quoi encore. Il était de notoriété publique qu'un grand nombre d'esprits mauvais avaient été mis en circulation et qu'ils passaient le plus clair de leur temps sur Terre, à essayer de tenter les hommes. D'ailleurs, tout bien considéré, il était étonnant qu'on ne vît pas de démons plus souvent.

5

Ils attendirent, mais Azzie ne descendit pas de sa chambre. De sorte qu'ils finirent par voter pour envoyer Puss le chercher.

Elle frappa à sa porte avec beaucoup moins d'aplomb que d'habitude. Azzie ouvrit la porte. Il était très élégant, en longue cape de velours rouge et gilet vert émeraude, et sa chevelure rousse était soigneusement coiffée. On aurait dit qu'il attendait une invitation.

« Ils voudraient vous parler, lui dit Puss en montrant la salle commune, en bas.

— Parfait. J'attendais précisément ce moment », dit Azzie.

Il brossa une dernière fois ses cheveux, ajusta sa cape et descendit avec Puss. Tous les pèlerins étaient là. Les domestiques, qui n'avaient pas été consultés, étaient dehors, dans l'écurie, occupés à ronger leurs croûtons de pain et leurs têtes de harengs.

Sir Oliver se leva et salua longuement avant de prendre la parole. « Veuillez nous excuser, sir, mais nous avons réfléchi, et je dois dire que nous sommes inquiets. Si vous pouviez nous rassurer, vous nous enlèveriez une belle épine du pied.

— Quel est le problème ? demanda Azzie.

— Eh bien, sir, dit Oliver, j'irai droit au but. Vous ne seriez pas un démon, par hasard ?

— En réalité, oui. »

L'assemblée tout entière en resta bouche bée.

« Ce n'est pas la réponse que j'attendais, dit sir Oliver. Vous n'êtes pas sérieux, n'est-ce pas ? Je vous en prie, dites-moi que vous n'êtes pas sérieux !

— Mais c'est ainsi. Je vous l'ai déjà prouvé, d'ailleurs, dans le seul but de m'éviter l'ennui d'avoir à vous convaincre. Êtes-vous convaincus ?

— Tout à fait ! dit Oliver, et mère Joanna acquiesça.

— Très bien, reprit Azzie. Nous savons donc tous à quoi nous en tenir.

— Je vous remercie, dit sir Oliver. Auriez-vous donc l'amabilité de vous en aller et de nous laisser continuer en paix notre pèlerinage ?

— Ne dites pas de bêtises. Je me suis donné un mal fou pour monter cette affaire. Et j'ai une proposition à vous faire.

— Mon Dieu ! s'exclama sir Oliver. Un marché avec le diable !

— Calmez-vous, dit Azzie. Et écoutez-moi, plutôt. Si mon offre ne vous plaît pas, vous n'êtes pas obligés de l'accepter, et nous serons quittes.

— Vous êtes sérieux ?

— Sur mon honneur de prince des ténèbres. »

Azzie n'était pas vraiment un prince des ténèbres, mais un brin d'emphase ne faisait pas de mal de temps à autre, surtout devant un parterre de gentilshommes et de dames de haute naissance.

« Bien, dit sir Oliver. Je suppose que vous écouter ne peut pas nous causer de tort. »

6

Azzie commença, d'une voix forte et sonore : « Mesdames et messieurs, je suis en effet un démon. Mais j'espère que vous ne m'en voudrez pas. Car, après tout, qu'est-ce qu'un démon ? Rien de plus qu'un nom donné à celui qui sert l'un des deux camps dont les confrontations gouvernent toute existence, humaine ou surnaturelle. Je fais référence, bien sûr, au Bien et au Mal, à la lumière et aux ténèbres. Permettez-moi avant tout d'insister sur l'absolue nécessité de l'existence de deux faces pour chaque chose, deux faces sans lesquelles tout serait d'une platitude insupportable. J'aimerais aussi vous faire remarquer que ces deux faces doivent impérativement être à égalité, ou presque. Car si seul le Bien existait, comme certains semblent le souhaiter, personne ne pourrait faire l'effort moral qui permet l'amélioration de soi, et qui est le moteur même du progrès humain. Il n'y aurait pas de différence entre les choses, rien ne permettrait de distinguer la grandeur du mesquin, le désirable du répréhensible. »

Azzie demanda du vin, s'éclaircit la gorge et poursuivit :

« L'existence d'une compétition permanente entre ces deux grands principes que sont le Bien et le Mal étant établie et admise, il va de soi qu'un camp ne peut pas systématiquement gagner, car sinon il n'y a plus de compétition. L'issue de l'affrontement doit rester incertaine, les deux concurrents obtenant la prépondérance à tour de rôle sans qu'aucun résultat définitif soit prononcé avant l'ultime dénouement. À cet égard, nous respectons une règle très ancienne, celle de la dramaturgie, qui n'obtient jamais de meilleurs effets que lorsqu'elle met en scène deux forces égales. Le Bien n'est même pas censé être beaucoup plus puissant que le Mal, car dès lors que l'issue de l'affrontement est connue, et définitive, la compétition perd tout son intérêt.

» Ce postulat étant accepté, nous pouvons passer au point suivant, qui en découle. S'il est possible que les ténèbres s'opposent à la lumière, ou que le Mal s'oppose au Bien, alors ceux qui servent l'un ou l'autre ne doivent pas subir notre mépris. Nous ne devons pas laisser notre conviction abêtir notre raison ! Si le Mal est nécessaire, ceux qui le servent ne peuvent être qualifiés de superficiels, méprisables, malfaisants ou inconséquents. Je ne dis pas qu'il faut les suivre, mais ils doivent au moins être écoutés.

» Ensuite, j'aimerais insister sur le fait que le Mal, si l'on fait abstraction de sa mauvaise réputation, possède un certain nombre de qualités, ne serait-ce qu'en termes de vivacité d'esprit. Cela pour dire que le principe du Mal, comme celui du Bien, dégage un pouvoir de séduction qui lui est inhérent, et auquel les hommes peuvent choisir de céder de leur plein gré. En d'autres termes, le Mal, ça peut être très sympa, et personne ne devrait culpabiliser de le choisir, étant donné que c'est un principe aussi vénérable et respectable que le Bien.

» Mais doit-on être puni pour avoir frayé avec le Mal ? Mes amis, tout cela n'est que propagande de la part du Bien, et ne constitue en aucun cas une vérité. Si le Mal a le droit d'exister, alors l'homme a le droit de le servir. »

Azzie but une gorgée de vin et regarda son public. Oui, il l'avait captivé.

« Je vais maintenant vous exposer clairement ma proposition. Mesdames et messieurs, je suis Azzie Elbub, démon de quelque époque ancienne, et homme d'entreprise venu de très loin. Je suis ici, mes amis, pour monter une pièce. J'ai besoin de sept volontaires. Votre mission, si vous l'acceptez, sera plaisante et peu onéreuse. En récompense, vous verrez votre vœu le plus cher réalisé. En fait, c'est là l'objectif de ma pièce : démontrer qu'une personne peut voir son souhait le plus cher exaucé sans forcément s'éreinter pour l'obtenir. N'est-ce pas là une jolie morale ? Je pense pour ma part qu'elle est source d'espoir pour nous tous, et reflète plus fidèlement la façon dont se passent les choses en réalité que sa réciproque, qui veut qu'on doive travailler et posséder certaines qualités d'âme pour obtenir ce qu'on désire. Dans ma pièce, je prouverai qu'il n'est point besoin d'être vertueux, ni particulièrement efficace, pour être récompensé. Voilà, mesdames et messieurs. Réfléchissez-y. Ah, j'ajoute que vos âmes ne courront aucun danger, n'ayez aucune inquiétude de ce côté-là.

» Je vais maintenant me retirer dans ma chambre. Ceux qui sont intéressés peuvent monter me voir cette nuit, je leur ferai part des conditions exactes. C'est avec plaisir que je reparlerai de tout ça avec chacun d'entre vous, en tête à tête. »

Sur quoi Azzie salua bien bas son public et remonta. Il eut le temps de dîner frugalement d'un peu de fromage et de pain, qu'il arrosa d'un verre de vin. Puis il attisa les braises dans l'âtre, ranima le feu et s'installa.

L'attente ne fut pas longue.

7

Assis dans sa chambre, à peine attentif aux murmures de la nuit, il lisait un vieux parchemin qui sentait le moisi, de l'espèce de ceux qui sont éternellement disponibles dans les librairies les plus populaires de l'Enfer. Il adorait les classiques. Malgré des dons certains pour l'innovation, qui l'avaient entraîné dans l'aventure qu'il vivait aujourd'hui, Azzie était traditionaliste de cœur. On frappa à la porte.

« Entrez », dit-il.

Sir Oliver apparut. Le chevalier avait quitté son armure, et semblait ne porter aucune arme. Peut-être savait-il qu'il valait mieux ne jamais être armé en présence d'un suppôt de l'Enfer.

« J'espère que je ne vous dérange pas...

— Pas du tout, dit Azzie. Prenez un siège. Je vous sers un verre de vin ? Que puis-je pour vous ?

— C'est à propos de votre offre...

— Elle vous intrigue, n'est-ce pas ?

— En effet. Vous avez dit, à moins que j'aie mal compris, que vous pouviez faire en sorte que le souhait le plus cher de quelqu'un soit exaucé.

— C'est bien ce que j'ai dit.

— Et vous avez insisté sur le fait qu'il n'était point besoin d'un talent particulier pour voir son rêve se réaliser.

— D'où l'intérêt de la chose ! Parce que, si vous y réfléchissez deux secondes, celui qui a un talent spécial au départ n'a pas besoin de mon aide, n'est-ce pas ?

— Vous expliquez si bien les choses…

— Vous êtes trop bon. Alors, que puis-je pour vous ?

— Eh bien, ce que je voudrais, c'est devenir un grand guerrier, dont la renommée s'étendrait bien au-delà des frontières, je voudrais être le pair de celui qui portait le même nom que moi, cet Olivier qui combattit avec l'arrière-garde de Roland, à l'époque de Charlemagne.

— Je vois… Continuez.

— Je veux remporter une victoire importante, contre toute attente, et sans risquer d'être blessé. »

Azzie sortit un bloc de parchemin, un stylet à taille automatique, et écrivit : « Pas de risque d'être blessé. »

« Je veux que par monts et par vaux on connaisse mon nom, et qu'on l'associe à ceux d'Alexandre ou de Jules César. Je veux commander une petite troupe d'excellents hommes, de champions inégalés, qui sauront compenser leur petit nombre par une férocité et une adresse sans bornes.

— Férocité et adresse, nota Azzie, en soulignant "férocité" parce que ça faisait plus joli.

— Quant à moi, bien sûr, continua sir Oliver, je serai le meilleur d'entre eux. Mes qualités de guerrier seront sans égales. Et ces qualités, mon cher démon, je désire les acquérir sans que cela me coûte ni me fatigue. J'aimerais aussi avoir mon propre royaume, qu'on m'offrirait gracieusement, et dans lequel je me retirerais avec une jolie jeune femme, une princesse de préférence, qui m'épouserait, me ferait un tas de beaux mioches et avec laquelle je vivrais heureux longtemps, longtemps, longtemps. J'insiste sur ce dernier détail. Je ne veux pas de coup de théâtre en fin de parcours qui me rende amer ou triste. »

Azzie nota : « Doit vivre à jamais heureux », mais il ne le souligna pas.

« Voilà l'idée générale, conclut sir Oliver. Vous pensez pouvoir y arriver ? »

Azzie relut la liste. « Pas de risque d'être blessé. Férocité et adresse. Doit vivre à jamais heureux. »

Sur ce dernier point, il fronça les sourcils, puis leva les yeux. « Je peux prendre en charge certains aspects de votre requête, mon cher Oliver, mais pas tous. Non pas que j'en sois incapable, attention, mais comme je vous l'ai expliqué, ma pièce met plusieurs personnes en scène, et, à ce rythme-là, pour exaucer tous les vœux de tout le monde, il faudrait des palanquées de miracles et un temps fou. Alors je vais faire en sorte que vous puissiez, sans courir le moindre danger, gagner une importante bataille pour laquelle vous serez largement récompensé en espèces sonnantes et trébuchantes et en estime de la part de vos semblables. Le reste, ce sera votre affaire.

— Bon, soupira sir Oliver, j'aurais aimé quelque chose de plus complet, mais avec ça je devrais pouvoir m'en tirer. En démarrant comme héros riche et célèbre, je suis sûr que je peux obtenir le reste par moi-même. J'accepte votre offre, mon cher démon ! Et permettez-moi de vous dire que, contrairement à beaucoup, je suis loin d'être opposé aux pouvoirs du Mal. J'ai souvent pensé que Satan avait raison sur bien des points, et puis sa compagnie est indubitablement plus distrayante que celle de son Adversaire austère des Cieux.

— J'apprécie l'effort que vous faites pour me plaire, mais je ne tolérerai aucune diffamation à l'encontre de notre digne Adversaire. Nous autres qui agissons au nom du Bien ou du Mal travaillons en trop étroite collaboration pour nous diffamer les uns les autres. C'est que la lumière et les ténèbres partagent le même cosmos, voyez-vous.

— Je vous prie de m'excuser. Il est évident que je n'ai rien à reprocher au Bien.

— Vous êtes excusé. Par moi en tout cas. On peut commencer, maintenant ?

— Oui, monseigneur. Désirez-vous que je signe un parchemin de mon sang ?

— Cela ne sera pas nécessaire. Vous m'avez fait part de votre accord, il est désormais enregistré. Et ainsi que je vous l'ai précisé tout à l'heure, votre âme vous reste acquise.

— Qu'est-ce que je fais, alors ?

— Prenez ça. » De sous sa cape, Azzie tira une petite clé en argent très travaillé. Sir Oliver la regarda à la lumière, admiratif devant une telle facture.

« Qu'ouvre-t-elle, monsieur le démon ?

— Rien. C'est un sortilège Crétinia à double barillet. Rangez-le dans un endroit sûr. Continuez votre pèlerinage. À un moment — dans quelques secondes peut-être, ou dans quelques heures, mais peut-être aussi dans quelques jours — vous entendrez un gong. C'est le bruit que fera le sortilège lorsqu'il se mettra en position Marche. Vous devrez alors le prendre et le conjurer de vous mener jusqu'à sa moitié. L'objet est programmé pour ça, mais insistez si vous constatez une petite hésitation de sa part, ça ne lui fera pas de mal. Il vous mènera donc jusqu'à sa moitié, qui se trouve auprès d'un cheval magique. Dans une des sacoches de selle de l'animal, vous trouverez un chandelier d'or. C'est clair, jusque-là ?

— Limpide. Il faut trouver un chandelier.

— Ensuite, vous devrez vous rendre à Venise — si vous n'y êtes pas déjà. Tout de suite après votre arrivée, peut-être même un peu avant, vous découvrirez que votre vœu a été exaucé. Une cérémonie officielle, avec toute la pompe de circonstance, sera organisée lorsque tout sera terminé. Ensuite, vous serez libre de profiter de votre bonne fortune.

— Tout cela me paraît très bien. Où est le piège ?

— Le piège ? Il n'y a pas de piège !

— En général, dans ce genre d'histoires, il y en a un, dit sir Oliver.

— Et qu'y connaissez-vous en matière d'histoires de magie ? Vous êtes partant, oui ou non ?

— Oui, oui, oui ! Je voulais simplement savoir en gros où je mettais les pieds. Et, si vous me permettez une dernière remarque, je trouve que c'est beaucoup de complications pour pas grand-chose. Pourquoi ne puis-je aller directement chercher le chandelier ?

— Parce qu'il vous faudra faire deux, trois petites choses entre le moment où le sortilège se déclenche et votre grand retour en guerrier vainqueur de toutes les armées d'Europe.

— Et... ces petites chose, elles ne seront pas trop difficiles ?

— Maintenant, écoutez-moi, dit Azzie d'un ton rude. Vous feriez mieux de vous préparer à faire ce qu'on vous demandera de faire, quoi que ce soit. Si vous avez le moindre doute là-dessus, rendez-moi la clé. Vous allez le sentir passer si vous défaillez.

— Non, non, aucun risque, dit sir Oliver en brandissant la clé, comme pour se rassurer.

— Comme je l'ai déjà dit, vous recevrez ultérieurement d'autres instructions.

— Vous ne pouvez pas m'en dire un tout petit peu plus ?

— Vous devrez prendre des décisions.

— Des décisions ? Ouh la ! Je ne suis pas sûr d'aimer ça. Bon, tant pis. Je prendrai les choses comme elles viendront, et tout se passera bien, n'est-ce pas ?

— C'est ce que je m'échine à vous faire comprendre. Satan n'attend rien de plus d'un homme, sinon qu'il fasse son devoir, et le fasse de son mieux. Les règlements du Mal interdisent d'en demander plus.

— Très bien. Bon, eh bien, je vous laisse, alors.

— Bonne nuit », dit Azzie.

SIXIÈME PARTIE

1

Une fois libérée de la boîte de Pandore, Ylith alla tout droit faire son rapport à l'archange Michel. Elle le trouva dans l'immeuble de la Toussaint, plongé dans un tas de listings parcheminés. Il était tard, les autres anges et archanges étaient déjà partis. Mais, dans le bureau de Michel, les chandelles étaient encore allumées. Il avait passé la journée à lire les rapports de ses différents émissaires en poste un peu partout dans l'univers. Ce que certains racontaient l'ennuyait considérablement.

Il leva les yeux en entendant Ylith. « Bonsoir, ma chère. Que se passe-t-il ? Tu sembles un peu chiffonnée.

— À vrai dire, il vient de m'arriver une aventure.

— Ah bon ? Raconte, je t'en prie.

— Rien de bien grave, en réalité. Un idiot m'a invoquée, j'ai répondu, et Hermès m'a enfermée dans la boîte magique de Pandore. J'ai finalement réussi à m'en sortir, avec l'aide de Zeus.

— Zeus ? Vraiment ? Cette vieille branche est encore dans le circuit ? Je pensais qu'il était dans le Crépuscule.

— Oui, c'est bien là-bas qu'il se trouve, mais il s'est projeté jusqu'à moi dans la boîte magique.

— Ah, oui, c'est vrai. J'oubliais que les anciens dieux pouvaient faire ce genre de chose. Mais les petits anges que tu devais accompagner en voyage d'étude dans les cimetières anglais ? Y a-t-il quelqu'un avec eux ?

— Dès que je suis sortie de la boîte de Pandore, j'ai confié les enfants à la sainte Damoiselle et suis venue te faire mon rapport.

— Et ça ne gênait pas la sainte Damoiselle de faire du baby-sitting ?

— Elle était trop contente de faire quelque chose d'un peu plus concret, pour une fois. C'est fou, tout de même, comme les poèmes peuvent vous figer dans des rôles dont on ne peut pas se défaire, tu ne trouves pas ? »

Michel hocha la tête. « J'ai une tâche importante pour toi, sur Terre, dit-il.

— C'est parfait, j'adore visiter les lieux saints.

— Il s'agit de faire un peu plus que du tourisme, cette fois. C'est au sujet d'Azzie.

— Ah !

— On dirait que ton ami démon a encore une idée derrière ses oreilles en pointe. Une idée particulièrement farfelue.

— C'est bizarre, je l'ai croisé récemment, à York, et son seul projet était d'aller voir une pièce morale.

— Eh bien, on dirait qu'elle lui a donné des idées. Tout indique qu'il travaille à quelque chose. Mes observateurs m'ont rapporté qu'il s'est mis en relation avec Pietro l'Arétin, cet horrible suppôt de Satan. Étant donné le penchant avéré d'Azzie pour l'inattendu, je suis sûr qu'il nous prépare encore un mauvais coup.

— Mais pourquoi te faire du souci à propos d'une simple pièce ?

— Je pense justement qu'il ne s'agit pas d'une "simple" pièce. À en juger d'après les états de service d'Azzie, notamment pour ce qui concerne l'affaire du prince Charmant et celle de Johann Faust, cette nouvelle entreprise, quelle qu'elle soit, risque de provoquer un affrontement direct des forces du Bien et du Mal, et pour tous, ce sera

"Marche ou crève". Juste au moment où nous pouvions enfin vivre en paix dans le cosmos! Bien sûr, il ne s'agit que de rumeurs, mais nous devons en tenir compte, d'autant qu'elles nous viennent tout droit des vestes retournées et placées par nos soins parmi les Forces du Mal pour nous tenir au courant des faits et gestes de l'ennemi. Ylith, j'ai vraiment besoin que tu ailles jeter un coup d'œil là-bas.

— Par "un coup d'œil", je suppose que tu veux dire fouiner partout le plus discrètement possible, telle l'espionne de base? Et puis, d'abord, qu'entends-tu par "nous"?

— Dieu et moi. Je te demande tout cela en Son nom, bien sûr.

— Oui. Comme d'habitude. Et pourquoi ne fait-Il jamais Ses commissions Lui-même? demanda Ylith d'un ton impertinent.

— Un grand nombre d'entre nous se sont déjà demandé pourquoi on ne peut jamais entrer directement en contact avec Lui. Mais Il ne s'adresse jamais directement à moi non plus. C'est un mystère, et nous ne sommes pas censés le discuter.

— Pourquoi?

— Il faut se reposer sur la foi en ce qui concerne certains sujets. Pour l'heure, nous devons découvrir ce que prépare Azzie. Rejoins-le, invente n'importe quelle excuse pour justifier ta présence et vois à quoi il s'occupe. Je peux me tromper, mais il me semble que notre jeune démon orgueilleux ne pourra pas te cacher très longtemps son dessein. À l'heure qu'il est, son projet, quel qu'il soit, devrait être en plein boum.

— Très bien. Je pars sur-le-champ.

— Vas-y. Et juge par toi-même. Si tu découvres qu'Azzie Elbub a sous le coude un plan visant à la subversion de l'humanité et à la glorification de Satan, et si l'occasion se présente, mets-lui quelques bâtons dans les roues, ça ne pourra pas lui faire de mal.

— Tu m'ôtes les mots de la bouche », dit Ylith.

2

Allongés sur leurs lits jumeaux, dans leur chambre, Puss et Quentin contemplaient les ombres qui traçaient des hachures sur le plafond.

« Tu crois qu'Antonio est vraiment un démon ? demanda Quentin, qui était assez jeune et avait encore un peu de mal à faire la distinction entre le réel et l'affabulation.

— Je crois que oui », répondit Puss.

Elle réfléchissait depuis un assez long moment à ce qu'elle désirait le plus au monde. La première chose qui lui était venue à l'esprit, c'étaient des cheveux blonds, comme ceux de son frère. Soyeux, et bouclés, et longs, d'un blond paille, et pas de ce jaune cuivré qu'affectaient certaines filles. Mais était-ce là une chose à souhaiter plus que toute autre ? Puss avait vaguement honte d'un souhait aussi trivial et, contrairement à son habitude, écouta attentivement Quentin lorsqu'il lui expliqua ce qu'il demanderait au démon s'il allait lui proposer ses services.

« D'abord, je voudrais un cheval à moi tout seul, annonça-t-il d'un ton décidé. Et une épée à moi, aussi. C'est ridicule de la part de père de dire que, me faire faire une épée, c'est jeter l'argent par les fenêtres parce que, d'ici un ou deux ans, elle sera trop petite. Je vois pas à quoi ça sert d'être riche si on peut même pas acheter des choses qui seront trop petites un jour.

— Très juste, remarqua Puss. Une épée, alors. Et quoi d'autre ?

— Un royaume, je crois que, tout bien réfléchi, ça ne me dit rien, continua Quentin, pensif. Il faudrait toujours être sur place, s'en occuper... Moi je pense que le roi Arthur, même si c'était de Camelot qu'il s'occupait, il était pas vraiment heureux, tu crois pas ?

— J'en doute.

— Et puis j'aimerais partir pour tout un tas de quêtes.

— Comme Lancelot ? Il n'était pas très heureux non plus.

— Non, mais ça, c'est parce qu'il était stupide de tomber amoureux de la reine alors qu'il avait tant d'autres dames à sa disposition... Pourquoi choisir, d'abord ? Moi je préférerais être comme Gauvain, voyager, avoir une femme à chaque étape, être en mauvaise posture, gagner des trésors, les perdre, tout ça. Il avait le plaisir de conquérir les choses sans devoir s'en occuper après.

— Un peu comme s'il avait tous les jouets qu'il voulait, sans avoir à les ranger ?

— Exactement.

— Très pratique. Et qu'est-ce que tu voudrais d'autre ?

— Un animal de compagnie magique, répondit sans hésitation Quentin. Un lion qui n'écouterait que moi et tuerait les gens que j'aime pas.

— C'est un peu exagéré, ça, tu ne crois pas ?

— Enfin, il tuerait ceux que j'aime pas si je le laissais faire, mais, en vrai, je le laisserais pas. Et s'ils m'énervaient trop, je les tuerais moi-même, en duel, et puis je serais grièvement blessé, et mère me soignerait.

— Les mères ne soignent pas les blessures des héros, remarqua Puss.

— Dans mes aventures, si. C'est moi qui décide, alors.

— Quel dommage que tu sois trop jeune pour faire un pacte avec un démon.

— Pas si sûr, dit Quentin en s'asseyant sur son lit, très sérieux. J'ai bien envie d'aller le voir tout de suite.

— Quentin ! Tu n'y penses pas ! » s'insurgea Puss, pensant que, si Quentin insistait, il serait de son devoir, en tant que sœur aînée, d'y aller avec lui, et peut-être de formuler un vœu elle-même, histoire de lui tenir compagnie. Quentin se leva et entreprit de s'habiller. Son menton tremblait un peu sous l'effet de sa propre audace, mais il semblait résolu.

Au même moment, il y eut dans un coin de la pièce un éclair de lumière suivi d'un nuage de fumée. Les deux enfants, effrayés, regagnèrent leurs lits. Lorsque la fumée se dissipa, une jolie jeune femme brune se tenait devant eux.

« Comment vous avez fait ça ? demanda Quentin. Vous faites partie du pèlerinage ?

— Je suis venue vendre mes œufs aux pèlerins, répondit la jeune femme. J'habite dans une ferme tout près d'ici et je viens d'arriver à l'auberge. Je m'appelle Ylith. »

Les enfants se présentèrent. Et s'empressèrent de lui raconter ce qu'Antonio avait proposé aux pèlerins. D'après leur description, Ylith reconnut Azzie.

« Je veux aller faire un vœu moi aussi, dit enfin Quentin.

— Certainement pas », répondit fermement Ylith.

L'enfant sembla plus que soulagé, mais il demanda néanmoins : « Pourquoi ?

— Parce qu'un enfant bien élevé ne demande pas à un démon d'exaucer ses vœux.

— Mais les autres, ils demandent bien, eux, insista Puss. Ils vont en profiter, et pas nous.

— Vous vous apercevrez bien vite que non, dit Ylith. Certaines de ces personnes seront impliquées dans des histoires bien différentes de ce qu'on leur a promis.

— Comment le savez-vous ? demanda Puss.

— Je le sais, c'est tout. Bien, maintenant, les enfants, il est temps d'essayer de dormir. Si vous le faites, je vais vous raconter une histoire. »

3

Ylith leur raconta une histoire d'agneaux et d'enfants qui batifolaient dans les collines de sa Grèce natale. Puss et Quentin s'endormirent très vite, elle les borda, souffla la chandelle et sortit sur la pointe des pieds. Dans la salle commune, elle trouva plusieurs pèlerins, assis à une table près du feu. Ils commentaient les événements de la journée.

« C'est un démon, alors ? C'est sûr ? demandait une des servantes à un valet.

— Qu'est-ce qu'il peut être d'autre ? »

C'était le valet de sir Oliver. Nommé Morton Kornglow, il était mince, avait vingt-deux ans et l'intention de ne pas rester valet toute sa vie, et portait sur son visage les stigmates du choc provoqué par l'étrange nouvelle.

Ylith s'assit à côté d'eux. « Qu'offre-t-il, ce démon ? demanda-t-elle.

— Mon maître m'a dit qu'il devait faire un tour de passe-passe pour voir son vœu le plus cher exaucé, expliqua Kornglow. Et, quand je suis allé dans sa chambre, il n'était plus là. Disparu.

— Il est peut-être juste allé faire un tour dehors, suggéra Ylith.

— On l'aurait vu descendre. Et il est pas du genre à sauter par la fenêtre pour atterrir dans le foin. Non, il est parti faire le travail du démon, je vous le dis, moi. Et honnêtement ça m'a tout l'air d'être un travail à ma portée !

— Non, tu ferais ça ? s'exclama la servante avec un regard admiratif.

— J'y pense sérieusement, dit Kornglow. Je peux jouer dans la pièce du démon aussi bien que n'importe qui, du moment qu'il n'y a pas besoin de s'appeler sir Machin ou sir Truc. »

Ylith le fixa. « Une pièce ?

— C'est ce que m'a dit sir Oliver. Le démon est en train d'en monter une. Il suffit de faire ce qu'on fait d'habitude, et on sera amplement récompensé, à ce qui paraît. C'est exactement le genre de vie qui me conviendrait. »

Ylith se leva. « Veuillez m'excuser, je dois aller voir quelqu'un. »

Et, d'un pas rapide, elle se rua vers la porte d'entrée et s'enfonça dans l'obscurité.

« Où tu crois qu'elle est allée ? » demanda la servante.

Kornglow haussa les épaules. « Si elle a rendez-vous, c'est forcément avec un ange ou un démon. Il n'y a rien d'autre par ici, à part les loups. »

Ylith se dit : « Alors c'est donc ça ! Il va vraiment le faire ! Monter une pièce immorale ! Eh bien, quand Michel entendra ça... »

4

« Il monte une pièce immorale ? répéta Michel.
— Ça m'en a tout l'air, en effet.
— Quelle audace !
— N'est-ce pas ?
— Retourne là-bas et surveille-le. Si tu trouves un moyen subtil d'empêcher ses plans d'aboutir, ne te gêne pas. Mais il faut que ça reste discret, tu comprends ?
— Je comprends, dit Ylith.
— Allez, en route. Je t'enverrai peut-être Babriel en renfort, on ne sait jamais.
— Ça serait gentil », dit Ylith. Même si Babriel et elle ne se fréquentaient plus guère, elle gardait un bon souvenir de leur association. Elle n'avait pas oublié ce qu'était le péché, et son corps tout entier était parfois en manque du bon vieux temps.

Le souvenir de sa liaison avec Azzie lui revint également à l'esprit. Elle y avait pris autrefois bien du plaisir — enfin, ce qu'elle considérait alors comme tel.

Elle secoua la tête pour effacer toutes ces pensées. À force, elles risquaient de lui attirer des ennuis.

5

Après avoir renvoyé Kornglow, sir Oliver resta assis un long moment au bord de son lit, réfléchissant à l'audacieuse décision qu'il venait de prendre. Il avait peur, évidemment. Comment pouvait-il en être autrement après une conversation avec un démon ? Et pourtant, l'offre de sir Antonio était tout bonnement trop alléchante pour la laisser passer. Même si les hommes d'Église se plaignaient du fait que les Forces obscures tentaient sans relâche de séduire les hommes, cela se produisait en réalité assez rarement. Ce n'était en tout cas jamais arrivé à personne de sa connaissance, et encore moins à lui.

Cette idée plaisait à Oliver. Un fort désir brûlait en lui depuis son enfance — obtenir quelque chose de grand, de précieux et d'important au prix d'efforts aussi minimes que possible. Ce genre d'aspiration était difficile à confier à quelqu'un. Les gens avaient du mal à comprendre.

Bien qu'il fût très tard, il n'avait pas sommeil. Il se servit un verre de vin et tirait de sa poche les quelques biscuits qu'il avait mis de côté au dîner en prévision d'un petit casse-croûte nocturne, lorsque son regard s'arrêta sur le mur, à sa droite.

Il avala précipitamment, renversa du vin sur son pourpoint. Il y avait une porte dans ce mur. Une porte normale, tout ce qu'il y avait d'ordinaire. Mais une porte qui ne se trouvait pas là auparavant, il en était presque certain.

Sir Oliver se leva, s'en approcha, l'examina. Était-il possible qu'il ne l'eût pas remarquée en entrant ? Il en tourna la poignée, essaya de l'ouvrir. Elle était verrouillée.

Bon, eh bien, très bien, alors. Il retourna s'asseoir. Et puis il lui vint une idée. Il sortit de sa poche le sortilège Crétinia en forme de clé d'argent que lui avait confié Azzie et retourna vers la porte.

Doucement, il introduisit la clé, elle s'y logea avec un clic onctueux.

D'un très léger mouvement, il amorça un tour vers la gauche, juste pour voir ce qui allait se produire. La clé tourna pratiquement toute seule, et le verrou se libéra.

Oliver tourna la poignée, la porte s'ouvrit. Il reprit la clé et la remit dans sa poche. Puis il jeta un œil dans l'entrebâillement. Derrière la porte s'ouvrait un long couloir mal éclairé, et dont on ne voyait pas le bout. Oliver était certain que ce passage ne menait nulle part dans l'auberge, ni dans la forêt. Il menait Dieu savait où, et on attendait du chevalier qu'il s'y engage.

Effrayant...

Mais pense à la récompense !

Il eut une brève vision. Lui, en armure rouge, sur un puissant cheval de bataille, à la tête d'une compagnie de héros, pénétrant dans une cité, acclamé par tous.

« Voilà qui me plairait vraiment ! » dit-il tout haut.

Il fit un pas dans le couloir, pas encore tout à fait prêt à s'engager, mais plutôt dans l'esprit d'un gamin trempant un orteil dans de l'eau qui pouvait s'avérer très froide. Derrière lui, la porte se referma aussitôt.

Il avala sa salive, mais n'essaya pas de battre en retraite. Un léger pressentiment lui avait dit que, de toute façon, ce genre de chose risquait d'arriver. C'était ainsi que commençait une aventure, par quelque chose qui vous donnait une impulsion — et puis c'était parti, vous y étiez engagé.

Il avança dans le passage, très prudemment d'abord, puis avec de plus en plus d'entrain.

6

Il y avait suffisamment de lumière, bien que sir Oliver ne parvînt pas à voir d'où elle venait. C'était une lumière grise, un peu comme celle du crépuscule, et triste, presque menaçante. Il continuait d'avancer, et le passage semblait s'étendre sans cesse. Des murs pendaient de fines branches dont les feuilles donnaient à l'ensemble une touche bucolique pas désagréable.

Peu à peu, sous les pas de sir Oliver, le sol devint celui d'un sous-bois, et une luminescence naturelle éclaira son chemin. Il ne voyait pas très loin devant lui, cependant, car les branches l'en empêchaient.

Au bout d'un moment, le feuillage s'éclaircit et il pénétra dans une prairie herbue de l'autre côté de laquelle se trouvait un château, construit sur une petite île, avec des douves et un pont-levis. Le pont-levis était descendu.

Sir Oliver pénétra dans l'enceinte et avisa une porte, qui s'ouvrit à son approche. À l'intérieur, il y avait un joli salon avec, dans la cheminée, un feu qui crépitait joyeusement. Une dame était assise sur un tabouret, à côté de la porte. Elle se leva et se tourna vers lui.

« Entrez, preux chevalier, dit-elle. Je m'appelle Alwyn, avec un y, et je vous souhaite la bienvenue. Mon époux est un assassin sanguinaire, mais l'hospitalité de ma demeure exige que je vous invite à dîner, puis que je vous offre un lit pour passer la nuit, et enfin le petit déjeuner demain matin.

— Ça m'a l'air bien, dit Oliver. Mais ce que j'aimerais vraiment savoir, toutefois, c'est si vous n'auriez pas par hasard un cheval magique qu'on vous aurait confié pour moi ?

— Un cheval magique ? De quelle couleur ?

— Eh bien, c'est ça le problème, vous voyez. Je n'en sais rien. On m'a simplement dit qu'un cheval magique m'attendait quelque part et devait me conduire jusqu'à un chandelier d'or. Ensuite... À dire vrai, je ne sais pas trop ce qui est supposé se passer ensuite. Je crois qu'en principe je deviens le seigneur d'une importante compagnie de soldats. Ça ne vous dit rien ?

— Hélas, j'ai bien peur que non, répondit Alwyn. Je n'ai qu'un tout petit rôle dans cette histoire. »

Elle sourit. Ses cheveux bruns étaient magnifiques, à peine décoiffés, sa poitrine ronde et haute. Oliver la suivit à l'intérieur.

Ils traversèrent plusieurs pièces, toutes décorées dans les tons rouge, noir et argent, et renfermant moult blasons et portraits d'ancêtres à l'air sombre qui semblaient avoir avalé leur armure. Dans chaque cheminée, une flambée craquait et lançait des éclairs rougeoyants. Ils traversèrent six pièces en tout. Dans la septième, une table était dressée, recouverte d'une nappe damassée immaculée sur laquelle était disposée de la vaisselle en argent.

« Que voilà un décor réjouissant ! » dit sir Oliver en se frottant les mains. Il avait devant lui des mets d'aspect appétissant : pâté d'oie, confiture de groseilles, œufs, pain aux céréales, accompagnés d'une grande variété de boissons, la chère promettait d'être bonne. La table était préparée pour deux personnes, et Oliver commença à se demander si on ne lui avait pas préparé autre chose.

« Prenez place, je vous en prie, dit Alwyn. Mettez-vous à l'aise. »

Le démon de la farce

Un chaton blanc apparut sous la voûte de l'entrée. Il avança d'un pas délicat jusqu'à Alwyn, se frotta contre ses jambes. Elle émit un petit rire et se baissa pour jouer avec lui. Oliver en profita pour échanger son assiette avec celle de la jeune femme. Les deux assiettes étaient identiques, à la différence près qu'au bord de la sienne avaient été disposés deux radis alors que celle d'Alwyn n'en avait qu'un. Il rectifia prestement ce détail afin que l'échange passât inaperçu. Lorsqu'elle se redressa, Alwyn ne parut rien remarquer.

Ils mangèrent, et Alwyn servit deux verres de vin de Bourgogne d'une grande bouteille.

Son attention fut attirée alors par un petit fox-terrier qui vint gambader dans la pièce. Oliver en profita pour échanger leurs verres. Elle ne s'aperçut de rien.

Se félicitant de son habileté, il s'attaqua alors aux victuailles, catégorie de combat dans laquelle il excellait. Il mangea avec avidité, but goulûment, car tout était ravissement du palais. Cette nourriture était une nourriture de rêve, dont les saveurs avaient quelque chose de magique que jamais jusque-là il n'avait rencontré. Bientôt, il sentit que se répandait dans son corps l'effet caractéristique de quelque drogue opiacée, émoussant ses sens, lui faisant tourner la tête.

« Vous ne vous sentez pas bien, chevalier ? demanda Alwyn en le voyant s'affaisser sur son siège.

— Un petit moment de fatigue, rien de plus.

— Vous avez échangé nos assiettes ! s'écria-t-elle en remarquant l'épaisse empreinte du pouce d'Oliver sur le bord de la sienne.

— Ne le prenez pas mal, dit Oliver d'une voix ensommeillée. C'est une vieille coutume de chez moi. Vous prenez ça tout le temps ?

— Bien sûr. Sans ma potion somnifère, j'ai un mal fou à m'endormir le soir.

— Sacrément désolé de l'avoir prise », dit Oliver. Il avait

de la peine à articuler, ses yeux paraissaient pressés de se retourner, d'ouvrir ce passage vers le rêve qu'il aurait préféré ne pas emprunter. « Au bout de combien de temps l'effet s'estompe-t-il ? »

La réponse d'Alwyn fut couverte par la vague de sommeil qui se referma sur le cerveau de sir Oliver. Il lutta comme un homme secoué par le ressac, réussit à émerger dans l'écume pour retomber aussitôt dans le profond lac noir au centre duquel il se trouvait, et qui l'engloutit comme un bain chaud. Il fit des efforts démesurés pour maintenir la tête hors des flots savonneux, lutta contre d'étranges pensées, d'indescriptibles intuitions. Et puis, sans même s'en rendre compte, il céda.

Lorsqu'il rouvrit les yeux, la femme était partie. Le château avait disparu. Il se trouvait en un lieu totalement différent.

Quand Ylith les rejoignit, l'émoi était grand chez les pèlerins. Sir Oliver avait disparu pendant la nuit, sans laisser de trace. Morton Kornglow, son valet, n'expliquait pas cette disparition autrement que par la magie.

Ylith examina les alentours et termina son enquête dans la chambre qu'avait occupée sir Oliver. La légère odeur d'acide prussique qui y flottait était la preuve quasi indubitable qu'on avait utilisé un sortilège Crétinia dans cette pièce moins de vingt-quatre heures auparavant.

Il n'en fallait pas plus à Ylith. Elle attendit d'être seule, puis lança son propre sortilège. En dépit de sa conversion, elle avait toujours les ingrédients de base sur elle, dans un petit nécessaire à sorcellerie très pratique, et bientôt, prenant une forme vaporeuse, elle fut sur la route, traversant la vaste forêt dans laquelle sir Oliver avait disparu.

Elle retrouva la trace du chevalier et la suivit jusqu'au château d'Alwyn. Ylith connaissait vaguement cette femme. C'était elle aussi une sorcière, de la vieille école, attachée aux traditions, et Ylith pensa tout de suite qu'elle devait travailler pour Azzie.

Le temps était venu de lire l'avenir immédiat. Elle avait réuni assez d'indices pour alimenter les instruments pour scruter le futur ; elle les activa.

Les résultats ne la surprirent pas. Sir Oliver était en train de vivre une aventure en compagnie d'Alwyn. Azzie avait fait les choses simplement, pour aller au plus vite. Après, Oliver allait devoir marcher pas mal de temps, puis il sortirait de la forêt et poursuivrait son but, qui se trouvait sur le versant sud des Alpes italiennes.

Le plus logique, c'était de l'intercepter à la sortie de la forêt. Mais ensuite ? Il fallait trouver le moyen de l'arrêter, mais sans lui faire de mal.

« Je sais ! » Elle rangea son matériel et prononça une formule magique pour appeler un djinn de sa connaissance. Il apparut peu après, grand et noir, l'air d'avoir très mauvais caractère. Ylith lui expliqua rapidement la situation, et comment arrêter ou ralentir sir Oliver.

« Il faut l'arrêter, dit-elle.

— Avec plaisir, dit l'ancien démon récemment converti au Bien. Désirez-vous que je l'abatte ? »

Ce genre de créature, conversion ou pas, avait toujours un fâcheux penchant pour la violence, déjà assez mal vu en période de calme, quand le Ciel essayait de faire preuve d'une certaine largesse d'esprit. Mais ce n'était pas une période de calme, et ce n'était plus le moment de se soucier des sentiments des intellectuels du Paradis.

« Non, tout de même pas, dit Ylith. Mais te souviens-tu de ce rouleau de clôture invisible qu'on a pris aux magiciens de Bââl voici quelques années ?

— Oui, madame. Il a été déclaré défectueux et rangé dans un des entrepôts.

— Trouve dans lequel on l'a mis et procure-t'en un morceau de bonne taille. Voici ce que je veux que tu en fasses. »

8

Oliver se redressa lentement. «Ouh la, qu'est-ce que c'est que cette histoire?» se demanda-t-il à voix haute. Derrière son front, il sentait les signes précurseurs d'une migraine aiguë. Quelque chose avait foiré. Il n'aurait pas su dire quoi, mais il savait que c'était mauvais signe.

Il se leva et regarda autour de lui. L'endroit était pratiquement dénué de toute caractéristique et, malgré la lumière, il n'y voyait rien. La seule chose dont il était sûr, c'était de la grisaille qui régnait partout.

Il entendit un frottement d'ailes, une petite chouette vint se poser sur son épaule et le fixa d'un regard impénétrable très en harmonie avec la neutralité du décor alentour.

«Pourrais-tu me dire où je me trouve?»

La chouette pencha la tête de côté. «Difficile à dire. Ce n'est pas une position facile, vieux frère.

— Comment ça?

— De toute évidence, vous vous retrouvez encerclé par une clôture invisible.»

Sir Oliver ne croyait pas aux clôtures invisibles. Jusqu'à ce qu'il avance et essaie de pousser la supposée barrière.

Son doigt ne passa pas au travers.

Aucun chemin ne semblait la contourner.

Il fit part de ses constatations à la chouette.

«Bien sûr, dit celle-ci. C'est une voie secondaire.

— Une voie secondaire ? Où conduit-elle ?

— Les voies secondaires tournent en rond. C'est dans leur nature.

— Mais ça ne va pas, ça. Je ne peux pas me permettre de tourner en rond, moi, j'ai un cheval magique à trouver !

— Il n'y a rien de tel par ici, dit la chouette.

— En fait, je cherche un chandelier d'or.

— Ça doit être joli, mais je n'en ai pas.

— Une bague magique ferait l'affaire. »

La chouette eut un mouvement de recul. « Oh, la bague ! Je l'ai là, attendez. »

Elle farfouilla dans ses plumes, trouva une bague et la donna à Oliver.

Il la tourna entre ses doigts. C'était un assez joli bijou, avec un gros saphir sur une monture en or. Il lui sembla voir bouger des ombres dans les profondeurs de la pierre précieuse.

« Vous ne devriez pas la regarder trop longtemps de suite, conseilla la chouette. Elle sert à faire de la magie, pas à être regardée.

— De la magie ? Mais que dois-je en faire ?

— On ne vous l'a pas dit ?

— Non.

— Eh bien, quelqu'un n'a pas fait son travail. Je pense que vous êtes en droit de vous plaindre. »

Oliver regarda autour de lui, mais il n'y avait personne à qui se plaindre. Rien que la chouette.

« Me voilà bien, tiens. Et comment veux-tu que je vive d'exaltantes aventures si je suis coincé ici ?

— Nous pourrions faire une ou deux réussites, suggéra la chouette. Pour passer le temps.

— Ça m'étonnerait. Je ne joue pas aux cartes avec les oiseaux. »

La chouette sortit de sous son aile un petit jeu de cartes et entreprit de les battre. Elle lança un regard interrogateur à Oliver.

« Allez, donne-les », dit celui-ci.

Il se prit bientôt au jeu. Il avait toujours aimé les réussites. Elles aidaient à passer le temps.

« À vous de faire », dit la chouette.

9

De retour à l'auberge, Azzie astiqua sa boule de cristal et jeta un œil dedans. Elle resta trouble jusqu'à ce qu'il se rappelle qu'il fallait dire : « Montre-moi ce que fait sir Oliver. » La boule clignota pour indiquer qu'elle avait enregistré le message, et s'éclaircit pour montrer Oliver dans une forêt grise, qui jouait aux cartes avec une chouette.

« Ce n'est pas du tout ce qui était prévu », dit Azzie, pensif. Il avait besoin d'un coup de main de l'Arétin. « Où est mon messager ? »

La porte s'ouvrit et un petit homme entra.

« Porte ce mot à l'Arétin sur-le-champ. » Azzie gribouilla un message avec son ongle sur un parchemin : « Viens immédiatement. » Il le plia en deux et le tendit au messager.

« Où vais-je le trouver ?

— À Venise, sans aucun doute, occupé à faire la bombe avec mon argent.

— Pourrais-je avoir un sortilège pour m'y emmener ?

— Tu es censé avoir tes sortilèges personnels, grommela Azzie. Prends-en un standard sur la table. »

Le messager plongea la main dans le saladier en verre et en empocha une poignée. « À Venise ! » dit-il à l'un d'eux, et il disparut.

Tout s'était passé si rapidement qu'Azzie n'avait pas eu le temps de reconnaître Quentin, qui venait de saisir au vol sa chance de participer enfin à l'action.

10

Pendant ce temps, l'Arétin réalisait que l'acompte versé par Azzie était vraiment arrivé à point nommé. Il avait toujours voulu organiser une grande réception, qui ferait danser toute cette bonne vieille cité de Venise et démontrerait une fois de plus à quel point Pietro l'Arétin était merveilleux. Cette fête durait depuis plusieurs jours et plusieurs nuits déjà — depuis le départ d'Azzie.

L'Arétin avait fait venir tout exprès un orchestre d'Allemagne. Les musiciens avaient défait leurs pourpoints et levaient le coude sans se faire prier. L'atmosphère était joyeuse et conviviale. Dommage qu'un messager vînt interrompre un aussi réjouissant épisode.

Il était assez jeune. C'était un enfant, en réalité, en chemise de nuit de surcroît, un très bel enfant aux épaisses boucles blondes.

Quentin, un peu essoufflé par le voyage au-dessus des Alpes que le sortilège dérobé à Azzie lui avait fait faire, fut amené par un serviteur jusqu'à l'Arétin. Il salua bien bas l'éminent auteur et annonça : « Je vous apporte un message.

— Je n'en ai pas vraiment besoin pour l'instant, dit l'Arétin. La fête bat son plein.

— C'est de la part d'Azzie, dit Quentin. Il veut que vous veniez tout de suite.

— Je vois. Et qui es-tu ?

— Je suis l'un des pèlerins. Vous voyez, quand ma sœur Puss — son vrai nom, c'est Priscilla — s'est endormie, j'ai décidé d'aller faire un tour. Je n'avais pas sommeil. En fait, j'ai presque jamais sommeil. Alors je suis monté au premier étage, j'ai vu une porte, je l'ai ouverte et, avant d'avoir eu le temps de dire ouf, j'étais devenu messager.

— Mais comment fais-tu pour te déplacer ? s'étonna l'Arétin. N'es-tu pas un mortel, comme moi ?

— Bien sûr. J'ai pris quelques sortilèges à Azzie.

— J'espère que tu dis vrai, soupira l'écrivain, songeur. Et que veut Azzie ?

— Que vous le rejoigniez tout de suite.

— Où est-il ?

— Je vais vous emmener jusqu'à lui. Grâce à un sortilège.

— Es-tu bien certain qu'on peut leur faire confiance ? »

Quentin ne daigna même pas répondre. Il lui avait fallu très peu de temps pour se familiariser avec ces accessoires un peu particuliers, et il brûlait de raconter à Puss que voyager à l'aide de sortilèges n'avait rien de sorcier.

11

Azzie avait prévu de fêter l'entrée de sir Oliver dans le passage, car cela signifiait que sa pièce immorale avait réellement commencé. Tout ce que l'Arétin avait à faire, c'était d'observer la progression du chevalier, et d'en coucher les péripéties par écrit. Mais à peine Oliver avait-il été lancé qu'il avait commencé à avoir des problèmes.

Azzie ne perdit pas une seconde. Pour trouver ce qui s'était passé, il suivit la piste de sir Oliver dans le royaume de la féerie grâce aux signes révélateurs qui permettent au Mal de suivre les progrès de l'Innocence. Ainsi, il pénétra dans l'étrange forêt où les terres de la réalité et celles de la féerie se confondent.

Après avoir longuement erré dans les tristes allées de la forêt, il arriva à une clairière, à l'autre bout de laquelle il vit sir Oliver, assis sur un tronc, et une chouette posée en face de lui. Ils jouaient aux cartes avec un petit jeu qui était juste de la bonne taille pour que la chouette puisse tenir les cartes dans ses serres.

Azzie hésita entre le rire et les larmes. Il avait envisagé un destin plus... reluisant pour Oliver. Il se rua vers lui. « Dites donc, Oliver! Arrêtez vos gamineries et reprenez votre route! »

Mais il ne fut pas entendu, et ne put s'approcher à moins de vingt pas du pèlerin. Un genre de mur invisible caoutchouteux l'empêchait d'avancer, et il faisait aussi office d'isolateur phonique, et bloquait ou déformait l'image, car Oliver ne voyait pas Azzie.

Ce dernier suivit les contours du cercle invisible jusqu'à se trouver exactement en face du chevalier et se posta là, attendant qu'il lève les yeux. Mais lorsque Oliver regarda effectivement dans cette direction, ce fut comme s'il voyait à travers Azzie et il retourna très vite à sa partie de cartes.

Pour Azzie, ce qui se passait était des plus inquiétants. Cela allait bien au-delà du domaine de la plaisanterie plus ou moins fine dans lequel il excellait. Qui avait bien pu s'immiscer dans cette histoire ?

Il soupçonna d'abord Babriel, mais les capacités mentales de l'ange n'étaient pas développées au point de lui permettre de concevoir et d'exécuter un tel dessein. Alors qui ? Michel ? Il ne retrouvait pas ici la finition soignée caractéristique de tout ce que l'archange entreprenait. Et puis ce genre d'histoire, ce n'était pas son style — sauf que, par désespoir, il était capable de tout.

Il ne restait qu'Ylith. Impossible de ne pas envisager cette éventualité. Mais qu'avait-elle fait, précisément ?

L'instant d'après, elle se tenait à ses côtés. « Salut, Azzie, dit-elle. À moins que je n'aie raté mon exercice de divination, il me semble que tu pensais à moi, là, tout de suite. » Son sourire était franc, beau, et ne laissait rien paraître.

« Qu'est-ce que tu as fait ?

— J'avais envie de te jouer un petit tour. Il s'agit d'une clôture invisible, aux normes tout ce qu'il y a de plus standard.

— Très amusant. Enlève-la, maintenant ! »

Ylith avança jusqu'à la barrière invisible et la tâta. « C'est bizarre, dit-elle.

— Quoi donc ?

— Je n'arrive pas à trouver l'anomalie qui fait fonctionner la barrière. Elle devrait être là, en principe.

— Là, c'est trop, dit Azzie. Je vais voir Ananké. »

12

Ananké avait invité ses vieilles amies les trois Parques à prendre le thé. Pour la circonstance, Lachésis avait fait un gâteau, Clotho avait fait toutes les boutiques de souvenirs de Babylone pour trouver le cadeau idéal et Atropos avait apporté un petit recueil de poèmes.

Ananké n'avait pas pour habitude d'apparaître sous forme humaine. « Vous pouvez me traiter de vieille iconoclaste, se plaisait-elle à dire, mais, pour moi, rien de vraiment important ne devrait pouvoir être représenté. » Ce jour-là, pourtant, et parce qu'elle aimait beaucoup les Parques, elle avait pris l'apparence d'une Allemande d'âge mûr plutôt forte en tailleur strict et aux cheveux réunis en un chignon.

Pour leur pique-nique, Ananké et les Parques s'étaient retrouvées sur les pentes du mont Icone. Le thym et le romarin embaumaient l'air des prés des hautes terres, le ciel était d'un bleu profond et, de temps à autre, de petits nuages venaient caracoler comme des rats albinos.

Ananké servait le thé lorsque Lachésis remarqua un point dans le ciel qui venait dans leur direction.

« Regardez ! s'écria-t-elle. Voilà quelqu'un !

— J'ai pourtant demandé qu'on ne me dérange pas », grommela Ananké. Qui avait osé lui désobéir ? En tant que Principe suprême, ou presque, elle avait l'habitude que les gens se fassent tout petits en entendant son nom. Elle aimait se considérer comme Celle-à-qui-l'on-Doit-Obéissance, même si c'était un petit peu pompeux.

Le point devint une silhouette, qui devint un démon en plein vol.

Azzie effectua un atterrissage gracieux tout près de l'endroit où pique-niquaient ces dames. « Salutations ! dit-il en s'inclinant. Désolé de vous déranger. Vous allez bien, j'espère ?

— Dis-moi de quoi il s'agit, répondit Ananké d'un ton froid. Et tu as intérêt à ce que ça soit important.

— Ça l'est. J'ai décidé de monter une pièce immorale, histoire de faire le pendant à toutes les pièces morales dont mes opposants ne cessent d'abreuver le monde, et dont le prétendu message est aussi stupide qu'insensé.

— Et c'est pour me donner des nouvelles de ta pièce que tu viens déranger mon pique-nique ? Je te connais de longue date, espèce de vaurien, et tes petits jeux ne m'intéressent pas. En quoi ta pièce me concerne-t-elle ?

— Mes ennemis me mettent des bâtons dans les roues, expliqua Azzie, et vous avez pris leur parti plutôt que le mien.

— Et alors ? Il n'y a pas de mal à faire le Bien, dit Ananké, quelque peu sur la défensive.

— Je vous l'accorde. Mais cela ne m'ôte pas pour autant le droit de m'y opposer, n'est-ce pas ? Et votre rôle est de vous assurer que je puisse faire valoir mes arguments.

— Eh bien, c'est vrai, reconnut Ananké.

— Alors vous allez faire en sorte que Michel et ses anges cessent de se mêler de mes affaires ?

— J'imagine. Maintenant, laisse-nous continuer notre pique-nique. »

Azzie dut se contenter de cette réponse.

SEPTIÈME PARTIE

1

Michel était dans son bureau et se reposait dans le modèle original du Fauteuil idéal de Platon — l'archétype de tous les fauteuils et, par définition, le plus confortable qui eût jamais été conçu. Il ne lui manquait qu'un cigare. Mais le tabac était un vice auquel il avait renoncé depuis longtemps, ce qui fait que, finalement, il ne lui manquait rien.

Le bien-être total est aussi difficile à éprouver pour un archange que pour un homme, et Michel n'aurait en aucun cas pris ce moment pour un dû. Il en profitait au maximum, sans pouvoir néanmoins s'empêcher de se demander combien de temps ce pur moment de béatitude allait durer.

On frappa à la porte.

Il eut aussitôt le sentiment que ce qui allait suivre ne lui plairait pas. Il envisagea de faire la sourde oreille, ou de dire : « Allez-vous-en. » Mais il s'y refusa. Quand on est archange, il est certains plaisirs auxquels on renonce une fois le seuil du bureau franchi.

« Entrez », dit-il.

La porte s'ouvrit, un messager entra.

Il était petit, un enfant aux boucles blondes vêtu d'une chemise de nuit, avec un paquet dans une main et une poignée de sortilèges dans l'autre. Quentin prenait son rôle de messager de plus en plus au sérieux.

« J'ai un paquet pour l'archange Michel.

— C'est moi.
— Signez ici », dit Quentin.

Michel parapha le bon de livraison imprimé sur feuille d'or que lui tendait Quentin. Le jeune garçon le plia, le rangea et donna le lourd paquet à l'archange.

« Tu n'es pas un ange, n'est-ce pas ? demanda celui-ci.
— Non, monsieur.
— Tu es un petit garçon humain, c'est ça ?
— Tout juste.
— Alors pourquoi travailles-tu pour une messagerie surnaturelle ?
— Je ne sais pas vraiment, dit Quentin. Mais c'est super chouette. Y a-t-il autre chose pour votre service ?
— Je pense que non. »

Quentin mit son sortilège en action et disparut.

Michel se gratta la tête, puis s'intéressa à son paquet. Ce dernier était emballé dans un papier gris uni. Il le déchira et en tira une grosse brique en bronze. En la retournant, il découvrit qu'il y avait quelque chose d'écrit. Il la leva vers la lumière pour pouvoir déchiffrer les lettres et lut : « Michel ! Cesse immédiatement de fourrer ton nez dans la pièce du démon Azzie. Monte ta propre pièce si ça te chante, mais laisse celle d'Azzie tranquille. Bien amicalement, Ananké. »

Michel posa la brique ; sa bonne humeur s'était totalement envolée. Pour qui se prenait-elle, cette Ananké, à donner des ordres à un archange ? Il n'avait jamais vraiment accepté l'idée que la Nécessité gouverne le Bien et le Mal. Qui avait décidé que cela devait être ainsi ? Encore une histoire de prévisions foireuses. Si seulement Dieu était encore là… Lui seul pouvait arbitrer cette gabegie. Mais Il était parti et, sans qu'on sache vraiment comment, cette Ananké avait pris la relève. Et, à présent, voilà qu'elle essayait de dicter sa conduite à Michel.

« Elle ne peut pas faire des lois contre moi comme ça, dit-il à voix haute. Elle est peut-être le Destin, mais elle n'est pas Dieu. »

Et il décida qu'il allait s'occuper de ça.

Une petite vérification lui confirma qu'il avait plusieurs manières de faire quelque chose au sujet de la pièce d'Azzie. La retarder, simplement, suffirait peut-être.

2

« Essaye encore, dit Héphaïstos.
— Mais j'essaye ! dit Ganymède. Je te dis que je n'y arrive pas. »

Tous les dieux étaient regroupés autour de leur côté de l'interface, l'autre côté étant la boîte de Pandore, dans la chambre de Westfall, sur Terre. C'était l'itinéraire qu'avait choisi Zeus pour s'échapper, et maintenant tous les dieux et toutes les déesses essayaient de faire la même chose, sans succès. Héphaïstos, le forgeron des dieux, avait tenté d'élargir le passage, mais il n'avait pas l'habitude de travailler sur les interfaces.

Soudain, un faible bourdonnement se fit entendre, ils reculèrent tous. L'instant d'après, Zeus apparut et se planta devant eux, fort et glorieux.

« Et le grand homme fit son retour ! » dit Héra. Elle avait toujours eu un penchant très net pour le sarcasme.

« La paix, femme ! dit Zeus.
— C'est facile à dire pour toi, railla Héra. Tu pars jouer à tes sales petits jeux sur Terre pendant que nous restons enfermés dans cet endroit insupportable. Pour quel genre de chef des dieux te prends-tu ?
— Le meilleur chef, répondit Zeus. Je n'ai pas perdu mon temps. J'ai un plan. Mais vous devez m'obéir, votre liberté en dépend. Elle dépend de votre coopération aussi.

Alors arrêtez de râler, pour une fois. Si j'ai bien compris, l'archange Michel doit arriver d'une minute à l'autre.

— Ah! L'ennemi en personne! s'écria Phébus Apollon.

— Non, dit Zeus, un allié potentiel. Il va venir nous demander quelque chose. Nous devons lui parler calmement, et faire ce qu'il veut.

— Et ensuite?

— Ensuite, les enfants, nous saisirons la chance qui nous est offerte de reprendre le monde en main. »

« Ah, c'est le petit nouveau! » dit Zeus lorsque Michel arriva enfin.

L'archange détesta d'entrée ce qualificatif, qui laissait penser qu'il était quelque divinité nouvellement promue au pinacle et non un être spirituel possédant un pouvoir égal à celui de Zeus.

« Surveillez vos manières, dit-il à Zeus. Nous possédons encore des pouvoirs capables de vous faire sauter, vous et votre bande de sybarites débraillés, et de vous envoyer au plus profond de l'Enfer.

— Nous en revenons justement, rétorqua Zeus. Et quand on a connu le pire, il n'a plus tout à fait le même effet que précédemment. Enfin, passons. En tout état de cause, pourquoi vouliez-vous me voir?

— Vous n'êtes pas sans savoir qu'une nouvelle Puissance a fait son apparition dans le cosmos, je suppose?

— L'affaire a en effet attiré notre attention. Et alors?

— Vous êtes au courant de la pièce immorale que le démon Azzie est en train d'essayer de monter?

— J'en ai entendu parler. L'idée me plaît bien.

— Si elle a l'effet que je redoute sur l'humanité, vous en ferez autant les frais que nous.

— Mais qu'est-ce que vous croyez? Nous autres dieux grecs n'avons rien à faire avec les notions de Bien et de Mal.

— Ce projet est au-delà du Bien et du Mal.

— Ah... Et alors?

— Non seulement ce projet est amoral, mais il fiche en l'air l'idée que le destin découle de la personnalité.

— Hein ? Qu'est-ce que vous dites ? demanda Zeus.

— Je savais bien que ça vous ferait réagir, ça, dit Michel. Mais ce n'est pas tout. Non seulement Azzie va monter une pièce qui démontrera que la personnalité n'est pas le destin, mais aussi que la Vie sans supervision divine vaut tout à fait le coup d'être vécue.

— C'en est trop ! Comment pouvons-nous arrêter ça ?

— Nous devons adopter la tactique du retard, expliqua Michel. Je ne peux rien faire personnellement. J'ai déjà reçu un avertissement d'Ananké. Mais si vous — ou, mieux, un de vos enfants — pouviez me rendre un petit service... »

Phébus se leva. Il sourit. « Je serais ravi de vous donner un coup de main, dit-il en souriant. Que voulez-vous que je fasse ?

— J'aurais besoin des Cyclopes, commença Michel. En gros, je voudrais avoir quelque chose d'analogue à ce que Phébus avait mis sur pied pour Ulysse — en mieux, si possible. Ensuite, j'aurais encore un petit boulot pour celui ou celle d'entre vous qui s'occupe des orages, des pluies et des vents. »

Athéna réfléchit un instant puis se tourna vers Zeus : « Nous avions opté pour une division du travail dans ce domaine entre de nombreux dieux, parmi lesquels Poséidon et toi-même, grand Zeus.

— C'est vrai, dit ce dernier. Nous allons donc devoir assigner quelqu'un d'autre à la météo. Arès, ça te dirait de faire la guerre avec des moyens très naturels ?

— Du moment que ça fait souffrir les gens, ça me va.

— Maintenant, écoutez-moi, dit Michel. Voici deux ou trois choses que vous devez savoir en ce qui concerne la météo. »

3

« — Ça y est, je l'ai ! » lança une voix de femme.

Il y eut un cliquetis, suivi du bruit d'une barrière qui tombe.

Oliver se leva et entreprit de chercher les limites de son confinement.

Il n'y en avait pas, alors il se mit à marcher.

Il n'était pas très sûr de sa destination, mais comme il disposait d'un sortilège Crétinia, il imaginait que tout irait pour le mieux. D'ailleurs, le sortilège le poussait, le tirait dans une direction bien précise, alors il n'y avait pas à s'en faire. Très vite, il se rendit compte qu'il parcourait de grandes distances. Lorsque le sortilège le tira vers la gauche, il se laissa faire.

Il se retrouva bientôt sur une plage. Il continua à marcher et arriva aux abords d'une grande caverne. Elle avait quelque chose d'inquiétant, et il envisagea d'abord de passer au large, mais il avisa ensuite un vieux panneau cloué juste au-dessus de l'entrée sur lequel était écrit : BIENVENUE AUX PORTEURS DE BAGUE. Alors il y entra.

Un géant assis sur un tabouret se tenait à l'entrée. « Vous avez la bague ? demanda-t-il à Oliver.

— Bien sûr », répondit le chevalier en la montrant.

Le géant l'examina minutieusement. « Parfait. C'est bien vous. »

Sur quoi il se leva et fit rouler un énorme rocher devant l'entrée de la caverne.

« Pourquoi faites-vous ça ? demanda Oliver.

— J'exécute les ordres, répondit le géant en reprenant place sur son tabouret.

— Et maintenant, que va-t-il se passer ?

— Croyez-moi, vaut mieux que vous en sachiez rien.

— Mais je veux savoir ! Dites-le-moi !

— Je vais vous manger.

— Vous n'êtes pas sérieux !

— Je suis parfaitement sérieux. Vous avez déjà rencontré un géant qui aimait la plaisanterie ?

— Mais je ne vous ai jamais rien fait de mal ! gémit Oliver.

— Ça n'a aucun rapport.

— Avec quoi cela a-t-il un rapport, alors ?

— Désolé, mon pote, mais mon ordre de mission est on ne peut plus clair. Manger le type à la bague. Voilà ce qu'il y est écrit.

— Quel type avec quelle bague ?

— C'est pas précisé. Le type à la bague, c'est tout.

— Mais ça pourrait être n'importe qui.

— Écoutez, mon pote, peut-être n'ont-ils pas eu le temps d'être plus précis.

— Et si vous mangez le mauvais type ?

— Eh bien, on pourra dire que c'était quelqu'un qu'avait pas beaucoup de chance, mais ça ne sera pas ma faute.

— Évidemment. N'empêche que c'est vous qu'on accusera.

— Comment le savez-vous ?

— N'est-ce pas vous que l'on accuse quand il y a un problème, que ça soit votre faute ou non ?

— Il y a du vrai dans ce que vous dites », reconnut le géant. Il se leva et alla un peu plus loin dans la caverne, où étaient installés un fauteuil, un lit et une lanterne.

Oliver regarda autour de lui, à la recherche d'une arme,

mais ne trouva rien qui puisse même faire office de bâton. Ce qu'il vit, en revanche, c'était un morceau de papier épinglé à la chemise du géant.

« Qu'avez-vous sur l'épaule ?
— C'est le bordereau d'expédition qu'ils m'ont donné.
— Et qu'y a-t-il écrit dessus ?
— Juste que je dois rester ici jusqu'à ce que le type avec la bague se pointe.
— Rien d'autre ?
— Pas que je sache.
— Laissez-moi regarder. »

Mais le géant ne l'entendait pas de si bonne oreille. Son bordereau d'expédition, il y tenait, c'était le sien à lui et il n'avait aucune intention de le montrer à un étranger. À plus forte raison à un étranger qu'il allait manger.

Oliver comprenait bien tout cela, mais il était déterminé à voir ce qui était écrit sur ce papier. La seule chose qu'il trouva à proposer au géant fut un massage du dos.

« Et pourquoi voudrais-je un massage du dos ? demanda le géant, sceptique.
— Parce qu'après on se sent en pleine forme, voilà tout.
— Mais je me sens très bien comme ça, moi, dit le géant, alors que, de toute évidence, c'était faux.
— Je vois ça. Mais qu'est-ce que c'est qu'être bien, finalement ? Bien, ce n'est pas grand-chose. Ce n'est presque rien. Être en pleine forme, en revanche, c'est autre chose. Et je suis sûr que ça vous plairait.
— J'ai pas besoin de ça, moi, dit le géant.
— Quelle est la dernière fois où vous vous êtes senti en pleine forme ? Mais je veux dire vraiment au top, hein ! insista Oliver.
— Ben... Ça fait un petit moment, déjà. Tout le monde se fiche de comment se sent un géant. La plupart des gens pensent qu'un géant, ça n'a pas de sentiments, alors... Personne ne demande jamais des nouvelles de sa santé, et encore moins comment il va. On nous prend pour des

idiots, mais on est quand même suffisamment intelligents pour nous rendre compte que les gens se fichent de nous comme de leur première cotte de mailles.

— Ça, c'est tout à fait vrai. Alors, ce massage ?
— D'accord. Faut que j'enlève ma chemise ?
— C'est comme vous préférez. »

Le géant s'allongea sur le long rocher plat qui lui servait de lit et que pendant la journée il transformait en canapé en y posant de gros cailloux qui ressemblaient à des coussins.

Oliver retroussa la chemise du géant et entreprit de lui tapoter et malaxer le dos, doucement d'abord, puis avec un peu plus d'énergie car le géant se plaignit de ne rien sentir. Alors il claqua, pinça, martela, sans quitter des yeux le morceau de papier attaché à la chemise par une agrafe en bronze.

Enfin, il réussit à lire ce qui était écrit : « Ce géant est vulnérable uniquement sous l'aisselle gauche, qui n'a pas été blindée pour des raisons de ventilation. Il est recommandé au géant de ne jamais laisser quoi que ce soit approcher cette zone. » Suivait le sceau du fabricant, illisible.

Bon, c'était toujours ça, mais pas grand-chose tout de même. Comment atteindre l'aisselle gauche du géant ? Même la droite était inaccessible.

Une ombre traversa le rocher qui fermait la caverne. Oliver leva les yeux. Un homme assez grand, très bien habillé — avec la mode italienne on n'était jamais déçu —, apparut.

« Salut, je suis Pietro l'Arétin, dit-il. C'est Azzie qui m'envoie. Si vous pouviez accélérer un peu la manœuvre et terminer votre massage, on se remettrait au travail, qu'en pensez-vous ?

— Qui est-ce ? demanda le géant d'un ton ensommeillé.
— Ne vous inquiétez pas, le rassura Oliver. C'est pour moi.
— Dites-lui de s'en aller. Après le massage, je suis censé vous manger. »

Oliver leva les yeux au ciel et fit un geste implorant.

De son côté, l'Arétin venait de se rendre compte de la présence du géant. Il avança doucement, d'un pas méfiant, craignant d'en voir surgir d'autres. « Il est blindé ? chuchota-t-il à l'adresse d'Oliver.

— Oui. Partout sauf l'aisselle gauche.

— Alors il va falloir le faire s'étirer.

— Facile à dire.

— Vous savez s'il y a du raisin dans le coin ?

— Je vais demander, répondit Oliver, qui avait tout de suite compris l'idée de l'Italien.

— Du raisin ? s'étonna le géant. Pour quoi faire ?

— Le repas du condamné. C'est la coutume.

— Jamais entendu parler. Mais ça devrait pouvoir se trouver. Il était du tonnerre, votre massage. »

Le géant se leva, fit signe à Oliver de le suivre et sortit de la caverne. À quelques pas de là se trouvait une vigne grimpante.

« Je ne peux pas l'atteindre, se plaignit le chevalier.

— Attendez, je vais vous aider. » Le géant tendit le bras, exposant de fait son aisselle. L'Arétin lança son épée à Oliver, mais celui-ci hésita. Le géant avait levé le bras droit.

« Essayez quand même ! » l'encouragea Pietro.

Oliver serra les dents et plongea l'épée dans l'aisselle du géant. Elle était blindée, comme il l'avait craint, mais pas si bien que ça. L'épée s'enfonça sans grande difficulté.

« Ouille ! Mais pourquoi vous me faites mal ?

— Il le fallait. Vous alliez me tuer.

— J'aurais changé d'avis.

— Et comment vouliez-vous que je le sache ? »

Le géant tomba. Il se mit à grincer des dents. « J'aurais dû m'en douter. Un géant qui gagne, ça s'est jamais vu. Au fait, le chandelier que vous cherchez, c'est moi qui l'ai. Il est au fond de la caverne. » Et, dans un ultime soupir, il rendit l'âme.

« Vite ! dit l'Arétin. Allez chercher le chandelier ! »

Oliver courut au fond de la caverne, le trouva caché derrière un rocher. Il avait désormais la bague, la clé et le chandelier. Il fit deux pas en avant et un bond en arrière.

L'Arétin avait disparu. Devant lui se tenait quelqu'un d'autre.

4

« Qui êtes-vous ? demanda Oliver.
— Votre commandant en second, sir, répondit l'homme. Globus est mon nom. Servir les grands est ma mission. »

La vision périphérique d'Oliver se mit enfin en place, et il se rendit compte qu'il se trouvait dans un endroit totalement différent. Prendre le chandelier avait apparemment suffi. Plus de plage à l'horizon. Il était au milieu d'une grande prairie, près d'un village, avec des montagnes d'un côté et une large plaine de l'autre, au creux de laquelle scintillait un fleuve. Sur les berges du fleuve était installé un campement.

« Quelle est cette troupe ? demanda Oliver.
— La Compagnie blanche », répondit Globus.

La Compagnie blanche était célèbre. Son premier commandant, sir John Hawkwood, avait mené ses hommes jusqu'à bien des victoires, et pas des moindres, à travers l'Italie. Ils étaient une dizaine de milliers, prêts à combattre n'importe qui en Europe — Lettons basanés, Polonais échevelés, Germains moustachus, Italiens aux oreilles percées, Français à coiffure crantée, Écossais à sourcils broussailleux. Ces hommes étaient les plus vaillants, les plus gaillards, les plus assoiffés de sang, mais aussi les plus obéissants de tous les soldats du monde civilisé, et même du monde barbare.

« Où est Hawkwood ? demanda Oliver.

— Sir John est en congé en Angleterre. Il n'avait pas envie d'y aller, mais mon maître lui a offert une somme qu'il ne pouvait refuser.

— Qui est ton maître ?

— Je ne le nommerai pas. Mais je peux vous dire que c'est un diablement bon bougre. Il m'a demandé de vous remettre ceci. »

Globus tira de son havresac un instrument long et fin et le tendit à Oliver, qui reconnut immédiatement le bâton de commandement que l'on remet à un maréchal d'infanterie.

« Voici votre insigne de commandant. Montrez-le aux soldats, et ils vous suivront jusqu'au bout du monde.

— Où suis-je censé aller ?

— Nous nous trouvons en ce moment sur le versant sud des Alpes. Vous n'aurez qu'à marcher tout droit par là puis suivre le fleuve jusqu'à Venise, dit Globus en indiquant une direction vaguement méridionale.

— C'est tout ? Je n'ai qu'à mener les hommes jusqu'à Venise ?

— C'est tout.

— Alors allons les rejoindre ! » s'écria Oliver, exultant.

5

Oliver atteignit la tente violette qui lui avait été réservée. À l'intérieur, assis sur un tabouret pliant et occupé à se faire les ongles à l'aide d'une petite lime en argent, se trouvait Azzie.

« Salut, chef ! s'écria Oliver.

— Bienvenue à votre commandement, maréchal. Êtes-vous satisfait ?

— C'est merveilleux. Vous m'avez dégoté une troupe formidable. J'ai vu quelques soldats en arrivant. Des durs de durs, pas vrai ? Celui qui s'avisera de me barrer la route le regrettera amèrement, désormais ! Au fait, je dois me battre contre quelqu'un en particulier ?

— Bien sûr. Lorsque vous irez vers le sud, ce que j'aimerais que vous fassiez dès la fin de cet entretien, vous tomberez nez à nez avec l'avant-garde des berserkers de la Brigade de la Mort.

— Ça m'a l'air d'être des durs. Vous pensez que c'est bon, pour moi, de commencer par affronter des durs de durs ?

— Ce ne sont pas du tout des durs. Je leur ai donné ce nom parce que ça fait bien dans les journaux. En fait, il s'agit d'un groupe de paysans affranchis, des gens de la région à qui l'on a retiré leurs terres parce qu'ils ne pouvaient pas payer d'impôts exorbitants. Ils sont armés de haches et de faux, n'ont pas d'armures, ni d'arcs, ni même de lances dignes de ce nom. Et ils ne sont que deux cents face à vos dix mille hommes. De plus, non seulement ils sont extrêmement mal préparés au combat, mais ils se trahiront les uns les autres et fuiront dès les premiers affrontements.

— Ça me paraît pas mal, dit Oliver. Et ensuite ?

— Ensuite vous marcherez sur Venise. Nous aurons préparé la presse.

— La presse ? Mais je n'ai rien fait qui mérite la torture !

— Vous vous méprenez. La presse, c'est le nom que l'on donne à tous ceux qui font connaître certaines choses à d'autres gens : peintres, poètes, écrivains, ce genre de personnes, vous voyez ?

— Jamais entendu parler.

— Vous feriez mieux de vous tenir un peu au courant si vous tenez à devenir célèbre pour vos victoires. Comment voulez-vous devenir légendaire si les écrivains ne relatent pas vos exploits ?

— Je pensais que ça se faisait tout seul, comme ça.

— Pas du tout. J'ai engagé les meilleurs poètes et écrivains de ce siècle, le divin Arétin en tête, pour chanter vos louanges. Le Titien nous fera une grande affiche de propagande dépeignant la victoire qui vous plaira. Je demanderai à un compositeur d'écrire un ballet travesti sur cette victoire, quelle qu'elle soit. »

Azzie se leva et se dirigea vers la sortie. Dehors, il tombait quelques gouttes, et de gros nuages noirs avaient surgi de derrière les Alpes. « On dirait qu'il va y avoir du gros temps, dit-il. Mais ça ne durera pas, j'en suis sûr, et vos hommes et vous pourrez bientôt vous mettre en route pour Venise. Pour ce qui est de communiquer avec eux, de la langue à utiliser, voyez avec Globus. Il fera en sorte que tout le monde comprenne vos ordres.

— Très bien. Je me demandais comment procéder, dit Oliver, qui ne se demandait rien du tout mais désirait montrer qu'il suivait.

— Bonne chance. Je pense que nous nous croiserons à Venise, ici ou là. »

HUITIÈME PARTIE

1

Les ténèbres avaient envahi le ciel de toute l'Europe, et celui de la petite auberge dans laquelle Azzie — entre deux expéditions de reconnaissance et de soutien — continuait de recruter pour sa pièce.

« Quoi de neuf, l'Arétin ?

— Eh bien, mon cher, Venise bourdonne déjà des rumeurs selon lesquelles il se préparerait un événement étrange et sans précédent. Personne ne sait quoi exactement, mais ça discute ferme. Les Vénitiens ne sont pas dans le secret des Êtres surnaturels, même si notre singularité aurait depuis longtemps dû nous ouvrir les portes de cet autre monde. On se réunit jour et nuit sur la place Saint-Marc pour discuter de la dernière merveille entrevue dans le ciel. Mais vous ne m'avez pas fait venir pour vous conter les ragots.

— Je vous ai fait venir, mon cher Pietro, pour que vous rencontriez certains des participants à ma pièce dès maintenant. De cette manière, vous pourriez les conseiller encore mieux par la suite. C'est dommage que vous ayez manqué sir Oliver. C'est un bon exemple de chevalier, je pense que nous serons fiers de lui.

— Je l'ai aperçu en montant, dit l'Arétin sans grand enthousiasme. C'est assez inhabituel, de recruter le premier candidat venu et de lui donner le rôle sans autre forme de procès. Mais il fera l'affaire, je n'en doute pas. Qui est le deuxième ?

— Nous n'allons pas tarder à le savoir. Si je ne me trompe pas, ce sont des pas que j'entends dans l'escalier.

— En effet. Et, au bruit qu'ils font, je dirais qu'ils appartiennent à une personne dont l'existence sur terre est restée jusqu'à présent totalement insignifiante.

— Comment pouvez-vous le dire ? J'aimerais tant connaître le secret de cette perception à distance. »

L'Arétin sourit doctement. « Vous remarquerez que les bottes émettent un bruit de frottement, et que cela s'entend malgré la porte et le couloir qui nous séparent de l'escalier. Cela, mon cher, est le bruit caractéristique du cuir non tanné. Il est assez aigu, aussi en déduit-on que les bottes sont raides et que, lorsqu'elles frottent l'une contre l'autre, elles provoquent un son identique à celui de deux pièces de métal. Aucun homme de qualité ne porterait pareilles chausses, donc il doit s'agir d'un pauvre.

— Cinq ducats si vous avez raison », dit Azzie. Les pas s'arrêtèrent devant la porte, on frappa. « Entrez », dit le démon roux.

La porte s'ouvrit et un homme entra lentement, jetant un coup d'œil de part et d'autre de l'encadrement comme s'il n'était pas sûr de l'accueil qu'on lui réserverait. Il était grand, blond, et portait une chemise de toile grossière usée jusqu'à la trame et rapiécée de toutes parts. À ses pieds, des bottes en cuir semblaient avoir été moulées sur ses mollets.

« Je vous paierai plus tard », dit Azzie à l'Arétin. Il se tourna vers l'étranger. « Je ne vous connais pas, monsieur. Faites-vous partie du pèlerinage ou êtes-vous arrivé au bénéfice de la nuit tombée ?

— Je fais partie du groupe sur le plan corporel, répondit l'homme, mais pas sur le plan spirituel.

— Voilà quelqu'un qui a de l'esprit, dit Azzie. Et quel est votre nom, monsieur ? Et votre situation ici-bas ?

— On m'appelle Morton Kornglow. Je suis palefrenier de formation mais j'ai été promu au rang de valet de sir Oliver car je viens du village de ses ancêtres et j'ai toujours su manier l'étrille. Ainsi je puis assez justement me dire l'un des vôtres du point de vue physique, mais les hommes ont tendance à se regrouper par affinité d'esprit, ce qui exclut de fait les chiens et les chats qui les accompagnent, ainsi que leurs serviteurs, qui ne valent guère plus que les animaux. Permettez-moi de vous demander tout de suite, monsieur, si ma position sociale ici-bas m'empêche de participer à cet événement. Le recrutement n'est-il ouvert qu'aux nobles ou un manant aux ongles sales peut-il lui aussi se porter volontaire ?

— Dans le monde spirituel, répondit Azzie, les différences que font les hommes entre eux perdent leur sens. Vous êtes pour nous des âmes à prendre revêtues d'un corps temporaire que vous abandonnerez sous peu. Mais assez parlé de ça. Voudriez-vous partir pour nous à la recherche d'un des chandeliers, Kornglow ?

— Assurément, messire le démon. Car, même si je suis un homme du peuple, il y a quelque chose que je désire. Mais l'obtenir risquerait de m'attirer pas mal d'ennuis.

— Que désirez-vous ?

— Avant que vous ne vous joigniez à nous, nous avons fait un détour pour visiter les terres de Rodrigue Sforza. Les gentils ont mangé à sa table tandis que les vilains comme moi ont dîné dans l'office. Par la porte entrouverte, nous pouvions suivre le déroulement du repas, et c'est là que mon regard s'est posé sur Cressilda Sforza, l'épouse du seigneur Sforza lui-même. C'est la plus exquise des femmes. Sa chevelure est soyeuse et souple, et son teint ferait pâlir d'envie les anges. Sa taille est menue, et ses courbes...

— Ça ira comme ça, l'interrompit Azzie. Épargnez-nous vos plaisanteries vulgaires et dites-moi ce que vous voulez de cette dame.

— Mais qu'elle m'épouse, évidemment », dit Kornglow.

L'Arétin ne put retenir un éclat de rire, qu'il camoufla de son mieux dans une quinte de toux. Azzie lui-même n'avait pu s'empêcher de sourire, tant ce valet rustre et gauche aurait été mal assorti à une belle et noble dame.

« Eh bien, monsieur, dit Azzie, vous visez haut quand vous faites la cour !

— Un pauvre homme peut espérer séduire Hélène de Troie s'il le désire. Dans son imagination, elle peut très bien le choisir entre tous les hommes, et le trouver plus désirable que Pâris lui-même. Dans un rêve, tout peut arriver. Et ce que vous proposez, n'est-ce pas une sorte de rêve, Excellence ?

— Je suppose que oui, soupira Azzie. Bien. Si nous devons exaucer votre vœu, il faudra vous anoblir, afin que rien ne puisse empêcher votre mariage.

— J'ai rien contre.

— Il nous faudra également obtenir le consentement de lady Cressilda, souligna l'Arétin.

— Je m'en chargerai, le moment venu, dit Azzie. C'est un défi que vous nous posez là, Kornglow, mais je pense qu'on devrait pouvoir s'en tirer. »

L'Arétin fronça les sourcils. « Le fait que cette dame soit déjà mariée, mon cher, risque de vous gêner un peu dans vos projets.

— Nous avons du personnel à Rome qui s'occupe des détails de ce genre, répondit Azzie. Quant à vous, Kornglow, vous allez devoir faire deux ou trois petites choses. Êtes-vous prêt ?

— Du moment que ce n'est pas trop fatigant... Un homme ne devrait jamais avoir à agir contre sa nature, et ma nature, c'est d'être paresseux à un point que, si le monde en était informé, on ferait de moi un prodige.

— Rien de trop difficile ne vous attend, promit Azzie. Je pense que nous pourrons nous passer de l'habituel combat à l'épée, étant donné que vous n'avez pas été formé pour cela. »

Azzie tira une des clés magiques de la poche de son gilet. Il la tendit à Kornglow qui la retourna entre ses doigts.

« Vous partez d'ici, expliqua Azzie. La clé vous mènera jusqu'à une porte, que vous franchirez. Vous trouverez ensuite un cheval, et un chandelier magique dans une de ses sacoches. Sur ce cheval, vous trouverez ensuite l'aventure, et au bout vous attendra votre Cressilda aux cheveux d'or.

— Génial! C'est quand même drôlement épatant, la chance qui vous sourit aussi facilement!

— N'est-ce pas? La facilité, c'est formidable, et c'est une morale que j'entends prêcher auprès des hommes. La chance, c'est une denrée à portée de main, alors pourquoi se fatiguer à lui courir après?

— Voilà une morale qui me plaît! dit Kornglow. J'adore cette histoire! » Serrant la clé dans sa main, il se rua hors de la pièce.

« Encore un client satisfait, commenta Azzie avec un petit sourire.

— Le suivant attend à la porte », fut la réponse de l'Arétin.

2

Mère Joanna était assise dans sa chambre, à l'auberge.

Derrière sa porte, dans les couloirs, elle entendait de drôles de bruits. D'origine naturelle ou surnaturelle, elle n'aurait su le dire, mais elle les soupçonnait de venir de pèlerins ayant décidé de profiter de l'offre de sir Antonio et se rendant furtivement à son appartement.

Malgré ses fonctions, mère Joanna savait ce qu'était le désir. Elle-même avait certaines envies et, connaissant peu la mesure, en sentait l'intense brûlure dans son corps tout entier. Son poste de mère supérieure était plus politique que religieux, et elle avait toujours considéré sa mission comme une grande entreprise. Son couvent, à Gravelines, avec soixante-douze nonnes et un assez grand nombre de domestiques et de personnes chargées de s'occuper des bêtes, fonctionnait comme une petite ville. Dès le début, mère Joanna s'y était sentie bien. Il était possible qu'elle ait été faite pour régner sur ce microcosme. Petite, elle n'avait jamais aimé, comme les autres fillettes, jouer à la poupée ou rêver au prince Charmant. En revanche, elle avait toujours eu le goût de donner des ordres à ses oiseaux ou à ses épagneuls — assis, couché, mange tes graines — et de les gronder dès que l'occasion s'en présentait.

Adulte, cette habitude ne l'avait pas quittée. Les choses auraient peut-être été différentes si elle avait été belle, mais c'était loin d'être le cas. Joanna tenait du côté Mortimer de la famille. Large visage sans teint bien défini, cheveux secs, plats, qu'il valait mieux ne pas laisser pousser, solide ossature qui prédisposait plus à bretter et à labourer qu'à s'abandonner aux langueurs de l'amour. Elle voulait être riche et crainte de tous, et servir l'Église lui avait semblé être le meilleur moyen d'y arriver. Elle était pieuse, comme tout le monde pourrait-on dire, mais sa piété butait sans cesse sur son sens pratique et, en l'occurrence, elle était convaincue que l'occasion qui se présentait, il fallait la saisir et ne pas attendre la saint-glinglin, à savoir le moment où le pape se déciderait enfin à lui confier un couvent plus important.

Elle réfléchit longuement, marchant de long en large dans sa chambre, faisant et refaisant la liste de ses désirs, tentant de déterminer lequel était le plus ardent. Chaque bruit dans le couloir la poussait un peu plus vers la porte. De toute évidence, nombreux étaient ceux qui, parmi les pèlerins, avaient décidé de répondre à l'offre de sir Antonio. Sans doute ne tarderait-il pas à avoir les sept personnes requises, et alors mère Joanna n'aurait plus jamais cette chance de voir ses désirs exaucés. Enfin, elle se décida à agir.

Elle sortit sans bruit de sa chambre, se faufila dans les sombres couloirs et monta le plus discrètement possible à l'étage, faisant la grimace chaque fois que, sous ses pas, une marche grinçait. Devant la porte de la chambre de sir Antonio, elle rassembla tout son courage et frappa doucement.

« Entrez, ma chère, lui répondit la voix d'Azzie. Je vous attendais. »

Elle avait beaucoup de questions à poser. Azzie la trouva fatigante, mais réussit à la rassurer. Lorsqu'il lui demanda quel était son désir le plus ardent, cependant, il la trouva tout à coup beaucoup moins bavarde. Une expression de gêne triste apparut sur son large visage.

« Ce que je voudrais, dit-elle, c'est quelque chose dont je n'ose même pas parler. C'est trop honteux, trop mal.

— Allons, allons, dit Azzie. Si vous ne pouvez pas vous confier à votre démon, à qui, alors ? »

Joanna ouvrit la bouche, se ravisa et, un pouce en direction de l'Arétin, demanda : « Et lui ? Doit-il m'entendre lui aussi ?

— Bien sûr. C'est notre poète. Comment voulez-vous qu'il prenne note de nos aventures s'il n'est pas présent ? Ne pas raconter ces incroyables aventures serait un crime, un crime qui nous condamnerait à errer dans la vaste inconscience de l'existence jamais relatée que vivent la plupart des gens. Mais l'Arétin nous immortalisera, ma chère ! Notre poète saura avec nos exploits les plus insignifiants composer un sonnet immortel.

— Eh bien, vous m'avez convaincue, messire démon, bougonna Joanna. Je vous avoue, donc, que depuis toujours je rêve d'être une redresseuse de torts mondialement connue, dont les accomplissements seraient relatés dans de longues ballades. Une sorte de Robin des Bois féminin — avec beaucoup de temps libre pour la chasse.

— Je vais voir ce que je peux faire, dit Azzie. Nous allons commencer tout de suite. Prenez cette clé. » Il expliqua à mère Joanna ce qui allait se passer en matière de bague, de porte, de chandeliers et de chevaux magiques, et lui fit prendre la route aussitôt après.

« Et maintenant, dit-il en se tournant vers l'Arétin, je crois que nous avons le temps de nous rafraîchir le gosier avant le candidat suivant. Comment trouvez-vous que ça se passe, jusqu'ici ?

— Honnêtement, j'ai du mal à me faire une idée. En général, les pièces sont écrites avant, et tout est prévu. Là, le cafouillis est général, rien n'est sûr. Ce Kornglow, là, que représente-t-il exactement ? La fierté outrecuidante ? L'humeur bucolique ? L'inextinguible courage ? Et mère

Le démon de la farce

Joanna ? Faut-il la mépriser ou la plaindre ? Ou un peu des deux ?

— C'est troublant, n'est-ce pas ? Mais c'est comme dans la vie, vous en conviendrez.

— Oh, sans aucun doute. Mais comment dégager des maximes morales convenables de tout ce fatras ?

— Ne vous inquiétez pas, l'Arétin. Quoi que les personnages fassent, nous trouverons comment faire en sorte que cela illustre ce dont nous parlons depuis le début. Souvenez-vous : l'auteur a toujours le dernier mot, et se trouve donc en position de conclure que son idée de départ a été démontrée, que cela soit vrai ou non. À présent, passez-moi la bouteille. »

3

Lorsque Kornglow se retrouva dans un coin de la vieille écurie, il fut plus que surpris de voir un cheval sellé là où il n'y en avait pas quelques minutes auparavant. C'était un grand étalon blanc dont les oreilles se dressèrent en entendant approcher le valet. Comment cette noble monture était-elle arrivée jusqu'ici ? Puis il réalisa qu'il se trouvait dans un tout autre endroit que celui auquel il pensait. La clé magique avait dû le faire passer par une de ces portes dont avait parlé Azzie, et son aventure avait peut-être déjà commencé.

Mais il devait s'en assurer. Remarquant que le cheval portait deux sacoches, il en ouvrit une et glissa un bras à l'intérieur. Sa main rencontra quelque chose de lourd, métallique, allongé. Il tira. Un chandelier! Et à moins de se tromper, il était en or. Kornglow le remit précautionneusement dans la sacoche.

Le cheval hennit en le regardant, comme s'il l'invitait à l'enfourcher et à partir, mais Kornglow secoua la tête et sortit de l'écurie. L'imposant manoir qu'il découvrit à moins de vingt mètres était à n'en pas douter la demeure du seigneur Rodrigue Sforza, celle-là même dans laquelle il avait vu pour la première et seule fois dame Cressilda.

C'était sa maison. Elle était à l'intérieur.

Mais son époux aussi, très certainement. Tout comme ses domestiques, gardes, laquais, bourreaux...

Bon. Pas la peine de précipiter les choses. La componction déploya ses ailes noires au-dessus de lui, et Kornglow entreprit de réfléchir. Pour la première fois, il prit un peu de recul par rapport à son aventure, et la trouva finalement un brin cucul la praline. C'étaient les nobles, d'ordinaire, qui faisaient ce genre de choses. Bon, parfois, dans les légendes populaires, les manants jouaient un petit rôle. Mais lui, avait-il l'étoffe d'un tel héros ? Il n'en aurait pas mis sa main à couper. Il se savait doué d'une certaine facilité à rêvasser mais, sinon, jamais il ne se serait mis tout seul dans un tel pétrin. Était-il capable d'aller jusqu'au bout ? Dame Cressilda en valait-elle la peine ?

« Pourquoi, messire, fit alors une petite voix à ses pieds, posez-vous votre regard sur ce manoir comme si quelqu'un de très spécial vous y attendait ? »

Kornglow baissa les yeux. À côté de lui se trouvait une toute petite fille de ferme en corsage brodé et jupe plissée. Ses cheveux bruns bouclés étaient légèrement décoiffés, son regard était impertinent, sa silhouette aux courbes pleines et son sourire doux et lascif. Un mélange explosif.

« C'est la demeure du seigneur Sforza, n'est-ce pas ? demanda Kornglow.

— En effet. Vous n'auriez pas dans l'idée d'enlever dame Cressilda, par hasard ?

— Pourquoi dites-vous ça ?

— Pour aller droit au but. Il s'agit d'un petit jeu, organisé par un certain démon de ma connaissance.

— Il m'a dit que dame Cressilda m'appartiendrait.

— C'est facile, pour lui, de promettre. Moi, je suis Léonore, simple fille de ferme aux yeux de tous, mais en vérité bien plus que ça, je peux vous l'assurer. Je suis ici pour vous dire que la dame avec laquelle vous envisagez de finir vos jours est en réalité une garce de la pire espèce. Gagner son cœur reviendra en gros à vous expédier au tréfonds des Enfers.»

Un tel discours surprit évidemment Kornglow, qui regarda Léonore avec un intérêt que chaque seconde renforçait. «Madame, dit-il, je ne sais que faire. Pourriez-vous me conseiller ?

— Ça, c'est dans mes cordes. Je vais vous lire les lignes de la main et je vous dirai tout ce que j'y verrai. Venez par là, nous serons plus à l'aise.»

Elle l'entraîna dans l'écurie, jusqu'à un coin où le foin formait de confortables coussins. Ses yeux étaient grands et sauvages, de la couleur de la magie, elle semblait légère comme une plume. Elle lui prit la main et le fit asseoir à côté d'elle.

4

Tout semblait indiquer que le projet d'Azzie attirait une attention considérable dans le Monde spirituel. La rumeur disait même que les paris étaient ouverts, et que les choses ne se déroulaient pas tout à fait comme prévu. Le problème numéro un, évidemment, était la soudaine arrivée des anciens dieux, Zeus et sa bande. De tels événements nécessitaient l'urgente attention de Michel, et c'est dans cet état d'esprit qu'il rencontra l'ange Babriel.

L'entretien de Babriel avec l'archange eut lieu dans la salle du conseil du complexe administratif Porte-du-Paradis, au centre du Paradis. L'immeuble était un bâtiment très haut, aérien pour ainsi dire, stimulant, et les anges adoraient y travailler. En plus de la joie ineffable qu'ils éprouvaient à être tout près du Très Haut, travailler dans un bijou d'architecture les ravissait.

En ce début de soirée, il pleuvait sur le quartier des Bonnes-Vibrations, comme on appelait parfois le centre du Paradis. Babriel se pressait dans les couloirs en marbre, se permettant quelques petits envols de vingt ou trente pas pour aller plus vite, même si un peu partout on pouvait lire sur des panneaux : IL EST INTERDIT DE VOLER DANS LES COULOIRS.

Enfin, il arriva devant la porte des bureaux de Michel, dans l'aile gauche, frappa et entra.

L'archange était à sa table de travail, entouré d'ouvrages de référence ouverts. Un ordinateur ronronnait doucement sur le côté, la lumière était douce et dorée.

« Juste à temps, dit-il, avec une pointe momentanée de colère. Il va falloir que tu repartes tout de suite.

— Que se passe-t-il ? demanda Babriel en s'asseyant sur une des petites banquettes installées en face du bureau de Michel.

— Azzie et son histoire de pièce sont en train de prendre des proportions invraisemblables. Il semblerait que notre démon ait recours aux services d'Ananké en personne, qui lui a donné l'autorisation expresse de faire des miracles en vue de la réalisation de son projet. Pour couronner le tout, Ananké a déclaré qu'on ne nous accorderait — à nous, ceux de la lumière — plus de privilèges spéciaux sur simple justification du fait que nous représentons le Bien. J'ai également appris de source sûre qu'Azzie envisage de soustraire Venise à la réalité pour en faire une entité spéciale. Sais-tu ce que cela veut dire ?

— Pas vraiment, non.

— Cela veut dire que ce nuisible démon pourra, dans l'absolu en tout cas, récrire l'hìstoire selon son point de vue.

— Mais une Venise abstraite n'aurait aucun impact sur le déroulement de l'histoire humaine.

— C'est exact. Mais elle pourrait servir de modèle à toutes les âmes insatisfaites qui pensent que l'histoire devrait être autre que ce qu'elle est en réalité — le récit des tribulations et des souffrances de l'homme sur Terre. Le concept de réécriture sape la doctrine de la Prédestination. Il ouvre à l'homme les portes d'un royaume où le Hasard peut jouer un rôle encore plus important que celui qu'il joue déjà.

— Voilà qui m'a l'air sérieux, monsieur », dit Babriel.

Michel acquiesça. « L'ordre même du cosmos en serait bouleversé. Notre prééminence, si ancienne soit-elle, est remise en question, ici. Le principe du Bien devient sujet à controverse. »

Babriel le regarda, bouche bée.

« Mais nous en retirons tout de même une chose, continua Michel.

— Quoi donc ?

— Nous nous retrouvons dégagés de l'obligation de justice et d'équité. Ce qui veut dire que nous n'avons plus à mettre de gants. Il ne s'agit plus d'un combat de gentilshommes. Nos scrupules, nous allons enfin pouvoir les mettre au fond de notre poche, avec un mouchoir par-dessus, et passer aux choses sérieuses, nous battre !

— Exactement ! renchérit Babriel, bien que jusque-là il n'ait pas eu le sentiment que l'archange s'était beaucoup encombré de scrupules dans l'exercice de ses fonctions. Mais que voulez-vous que je fasse, au juste ?

— Nous avons appris qu'Azzie a recours à des chevaux magiques pour réaliser son plan.

— Voilà qui lui ressemble tout à fait.

— Il n'y a aucune raison pour qu'on le laisse arriver à ses fins sans réagir. Retourne sur Terre, Babriel, et va jusqu'à la demeure du seigneur Rodrigue Sforza. Un cheval magique attend dans son écurie, destiné à Kornglow. Vois ce que tu peux faire.

— À vos ordres, mon archange ! » fit Babriel, au garde-à-vous... Et il s'envola à travers les couloirs, à grands battements d'ailes. C'était du sérieux !

Il fut sur Terre en une fraction de seconde. Il prit un instant pour s'orienter et s'envola de nouveau pour le manoir des Sforza. Il se posa en douceur dans la cour.

C'était juste après l'aube et la maisonnée du comte dormait toujours. Babriel regarda autour de lui, et se dirigea vers l'écurie. D'un coin sombre lui parvinrent aussitôt les bruits caractéristiques d'un homme contant fleurette à une servante, un échantillon complet, avec frottement d'étoffe, gloussements et soupirs divers et variés. Un hennissement lui fit tourner la tête. Juste à côté se trouvait un étalon blanc à la selle duquel étaient accrochées des sacoches en cuir travaillé. Il cajola le bel animal et le détacha. « Viens avec moi, ma belle », dit-il.

5

Kornglow se retrouva allongé dans la paille, pris dans un entrelacs de bras et de jambes dont seule la moitié lui appartenait. À travers les planches disjointes de l'écurie, le soleil brillait, et des odeurs de paille, de crottin et de cheval assaillirent ses narines. Il se dégagea de l'étreinte de celle avec qui il s'était abandonné de la sorte, se rajusta prestement et se leva.

« Pourquoi tant de hâte ? demanda Léonore en ouvrant les yeux. Reste.

— Pas le temps, pas le temps, dit Kornglow en fourrant les pans de sa chemise dans ses hauts-de-chausses, et ses pieds dans ses bottes. Je dois partir pour une aventure !

— Oublie l'aventure. Nous nous sommes trouvés, toi et moi, qu'importe le reste ?

— Non, il faut que j'y aille ! Je dois poursuivre ma route ! Où est mon cheval magique ? »

Kornglow fit le tour de l'écurie, mais l'étalon n'y était plus. Tout ce qu'il trouva fut un petit âne pie attaché à un pieu, et qui se mit à braire en le voyant, toutes dents jaunes dehors. Sceptique, Kornglow l'examina de plus près. « Mon pur-sang serait-il par enchantement devenu un âne ? Ça ne peut être que ça ! Je monterai donc cet animal, et assurément, le moment venu, il retrouvera son aspect original. »

Il détacha l'âne, l'enfourcha et, d'un violent coup de talon dans les côtes, le fit partir au petit trot. L'animal n'aimait pas trop cette idée, mais il était d'humeur coopérative. Aussi traversa-t-il tranquillement la cour, passa devant le poulailler, longea le potager et s'arrêta à la porte du manoir.

« Salut, là-bas ! cria Kornglow.

— Qui est là ? lui répondit une grosse voix masculine.

— Celui qui entend demander la main de dame Cressilda ! »

Un gros bonhomme en costume de chef cuisinier apparut dans l'embrasure de la porte. « Avez-vous perdu la tête ? demanda-t-il d'un ton rogue et dépourvu de toute amabilité. Elle est mariée ! Et son époux vient de rentrer ! »

La porte s'ouvrit un peu plus. Sortit alors un homme de grande taille, bien habillé, l'air sévère, hautain, une rapière au côté. « Je suis Rodrigue Sforza, annonça-t-il d'un ton qui, qu'on le veuille ou non, laissait mal augurer de la suite. Que se passe-t-il, exactement ? »

Le cuisinier s'inclina et dit : « Maître, ce rustre dit qu'il vient demander la main de dame Cressilda, votre épouse. »

Sforza fixa Kornglow d'un regard d'acier. « Est-ce la vérité, manant ? »

Kornglow sentit que quelque chose ne tournait pas rond. Rien ne se passait comme prévu. Il en déduisit que c'était la perte de son cheval magique qui l'avait fait se fourvoyer à ce point.

Il fit faire un rapide demi-tour à sa monture et lui ordonna de galoper. Celle-ci s'arrêta net et se cabra, projetant Kornglow au sol avec violence.

« Gardes ! » appela Sforza.

Ses hommes apparurent aussitôt, bouclant leur pourpoint, attachant leur fourreau.

« Emmenez-le au donjon ! » ordonna Sforza.

Et, donc, Kornglow se retrouva dans l'obscurité d'un cachot, à compter les chandelles qui tournaient devant ses yeux.

6

« Eh bien, Morton, dit Azzie, on peut dire que vous vous êtes fourré dans un sacré pétrin. »

Kornglow se redressa en battant des paupières. L'instant d'avant, il était seul dans le donjon de Sforza, occupé à panser ses blessures tout en réfléchissant à l'étendue de ses malheurs. Le seul confort qu'offrait son cachot était une paillasse moisie jetée à même le sol en terre battue, et s'y sentir à l'aise aurait nécessité bien des efforts ou des substances fumables. Mais voilà qu'il se retrouvait à l'air libre. Tous ces changements de dernière minute l'épuisaient, à dire vrai, et l'étrange roulis qu'ils provoquaient avait tendance à lui tournebouler l'estomac.

Azzie se tenait debout devant lui, splendide dans sa cape rouge sang et ses bottes en cuir souple.

« Votre Excellence ! s'écria Kornglow. Je suis tellement content de vous voir !

— Tiens donc ! Je suis pourtant au regret de vous dire que votre aventure est compromise avant même d'avoir vraiment commencé. Mais comment vous êtes-vous débrouillé pour égarer votre cheval magique ? »

Kornglow sauta à pieds joints sur la bonne vieille excuse que depuis des siècles les hommes ne se lassent pas d'avancer. « J'ai été tenté par une sorcière, et pas des moindres. Je ne suis qu'un homme, moi ! Que pouvais-je faire ? »

Puis il raconta son aventure avec la belle Léonore. Azzie y détecta une touche familière.

« Le cheval était là au début de votre aventure ? demanda-t-il à Kornglow.

— Mais oui, Excellence ! Seulement, quand je l'ai cherché ensuite, il avait disparu et il ne restait qu'un âne. Pourriez-vous m'en fournir un autre, dites, que je puisse à nouveau tenter ma chance ?

— Les chevaux magiques ne courent pas les rues. Si vous aviez imaginé le mal qu'on a eu à se procurer celui-là, vous en auriez pris plus de soin.

— Mais il doit bien exister un autre objet magique qui puisse faire l'affaire, non ? Il faut forcément que ça soit un cheval ?

— Peut-être pourrions-nous trouver autre chose.

— Cette fois, je ferai tout bien comme il faut, Votre Excellence ! Oh, il y a autre chose.

— Quoi donc ?

— J'aimerais changer mon vœu. »

Azzie le fixa. « Qu'est-ce que c'est que cette histoire ?

— J'avais demandé la main de dame Cressilda, mais j'ai changé d'avis. Elle pourrait m'en vouloir toute la vie, rapport au fait que je suis pas un gentilhomme. Mais la jolie Léonore, elle m'irait comme un gant. Alors c'est elle que je veux.

— Ne soyez pas ridicule. Votre dossier a été enregistré, vous aurez Cressilda.

— Mais elle est déjà mariée !

— Ça, vous le saviez. Et quelle différence cela fait-il ?

— Une énorme différence ! Je continuerai à vivre dans le même monde que son mari. Et vous n'allez pas pouvoir passer votre temps à me protéger, si ?

— Là, vous marquez un point. Mais vous avez fait votre choix. Vous vouliez Cressilda, vous aurez Cressilda.

— Rien dans notre accord ne stipulait que je ne pouvais pas changer d'avis. L'inconstance est un des traits les plus marqués de ma personnalité, et je trouve injuste qu'on me demande de stabiliser mon instabilité d'humeur.

— Je vais y réfléchir. Vous aurez ma réponse très bientôt. »

Et Azzie disparut. Kornglow s'installa pour un petit somme, puisqu'il n'avait rien d'autre à faire.

Mais, une fois encore, il fut réveillé en sursaut. Azzie était de retour, avec un nouveau cheval blanc si beau que personne n'aurait pu douter qu'il était magique.

Un petit entretien avec Léonore avait confirmé ce qu'Azzie soupçonnait depuis le début : elle n'était pas plus humaine que lui. Il s'agissait en fait d'un elfe de grande taille qui se déguisait en être humain.

« Les elfes sont méchants, dit-elle à Azzie. Comme je suis plus grande que la majorité d'entre eux, ils se moquent de moi, me traitent de géante et disent que personne ne voudra jamais m'épouser. Mais, en femme, je suis petite, et les hommes me trouvent adorable. Si j'épouse un humain, il est certain que je vivrai bien plus longtemps que mon mari. Mais, tant qu'il sera sur terre, je serai aux petits soins pour lui, je vous assure. »

À ce moment précis, Kornglow arriva sur le cheval magique.

L'elfe devint soudain timide. Mais qui ne l'aurait été en constatant que les Puissances du Mal intervenaient pour assurer le bonheur de quelqu'un ?

« Monseigneur, dit Léonore à Azzie, je sais que notre bonheur n'était pas dans vos intentions, mais je vous en remercie quand même. Qu'exigez-vous de mon homme ?

— Simplement qu'il vous fasse monter en croupe et vous emmène le plus vite possible jusqu'à Venise. J'ai des monceaux de choses à vous faire faire là-bas et je ne sais pas si j'aurai le temps de vous préparer d'autres aventures pour la route.

— Nous irons directement à Venise, comme vous le désirez. Je ferai en sorte que Kornglow ne se disperse pas trop. »

Et les amoureux s'éloignèrent sur le cheval magique.

Azzie les regarda partir en secouant la tête. Les choses n'allaient pas du tout comme prévu. Aucun des acteurs ne jouait le rôle qu'on lui avait confié. C'était ce qui arrivait, supposa-t-il, lorsqu'on ne leur donnait pas le texte.

Assise dans un fauteuil en bois de rose sculpté, devant la fenêtre du salon, au premier étage, dame Cressilda faisait de la tapisserie. Elle repiquait le *Jugement de Pâris* en rose et bleu lavande, mais avait l'esprit ailleurs. Et, après quelques points, elle posa son ouvrage, soupira et regarda par la fenêtre. Sa chevelure blond cendré encadrait son visage comme l'aile d'une colombe. Ses traits fins étaient songeurs.

Il était encore tôt, mais déjà, le soleil s'annonçait chaud. En bas, dans la cour, quelques poules se disputaient un épi de maïs. De la cabane où les servantes faisaient la lessive du mois montaient des chants, accompagnés, au loin, par le hennissement d'un cheval. Dame Cressilda décida qu'elle irait à la chasse un peu plus tard dans la journée. Cette perspective, pourtant, ne l'enthousiasmait guère, car le gros gibier, les sangliers et les cerfs avaient été décimés par des générations de chasseurs, la famille Sforza étant propriétaire de ces terres depuis la nuit des temps. Elle-même était assez habile à ce sport — une véritable Diane chasseresse, disaient d'elle les poètes de la cour. Mais leurs bêtises ne l'intéressaient pas, pas plus que les plaisanteries forcées de Rodrigue lorsqu'ils se retrouvaient à la table du petit déjeuner, de temps à autre.

Dans un coin de la cour, quelque chose de blanc attira le regard de Cressilda. C'était un cheval, qui avançait lentement sur la terre battue, tête haute, narines frémissantes. Son pas était alerte, son allure fière. L'espace d'un instant, on aurait dit que la silhouette scintillante d'un être ailé avançait devant lui, le tenant par la bride. Cette vision plongea Cressilda dans la perplexité. Jamais elle n'avait vu ce cheval dans les écuries Sforza, et elle les connaissait tous, du poulain aux vieilles carnes qui finissaient leurs jours dans la prairie. Elle connaissait aussi les meilleurs chevaux de la région, et celui-ci n'en faisait pas partie.

Et pas de cavalier dans les parages. D'où ce pur-sang avait-il bien pu surgir, avec sa crinière blanche qui brillait au soleil et cet œil au regard étrange ? Il y avait de la magie là-derrière, assurément...

Dame Cressilda courut vers les escaliers, les descendit précipitamment, traversa les pièces de réception qui dormaient sous la poussière et sortit dans la cour. Le cheval blanc était à la porte. Il parut la reconnaître, secoua sa noble tête tandis qu'elle approchait. Cressilda caressa son museau velouté, l'étalon hennit doucement, secoua de nouveau la tête.

« Qu'essayes-tu de me dire ? » demanda la jeune femme. Elle ouvrit la sacoche qui était à portée de sa main, espérant y découvrir quelque indice concernant le propriétaire du cheval. Mais elle n'y trouva qu'un chandelier qui, de toute évidence, était en or, du plus pur des ors rouges. Un message l'accompagnait, écrit sur un parchemin roulé : « Suivez-moi et faites un vœu, il sera exaucé. »

Un vœu ! Elle n'avait plus pensé depuis tant d'années à celui qu'elle avait fait autrefois ! Était-il possible que cet étalon soit celui grâce auquel son rêve allait se réaliser ? Était-il l'envoyé du Ciel ? Ou de l'Enfer ?

Peu importait. Elle sauta en selle. Le cheval frissonna, coucha ses oreilles, puis se calma lorsqu'elle lui flatta l'encolure.

« Emmène-moi jusqu'à celui qui t'envoie, dit-elle. J'irai au fond de cette histoire, quoi qu'il arrive. »

Le cheval partit au petit trot.

8

« Un cheval de bataille ? Tu dis que mon épouse est partie sur un cheval de bataille ? » Lord Sforza avait la réputation d'être un peu lent à saisir les choses, mais il comprenait les chevaux — et il comprenait ceux qui fuyaient avec eux, surtout sa femme.

Le thaumaturge de la cour reprit son récit au début. « Oui, monseigneur. C'était un cheval comme jamais on n'en avait vu dans cette contrée. D'un blanc pur, fier, d'allure noble. Dame Cressilda l'a vu et, sans un instant d'hésitation, s'est mise en selle. Nous ignorons où elle est allée.

— Tu l'as vue de tes yeux ?
— De mes yeux à moi, monseigneur.
— Penses-tu qu'il s'agissait d'un cheval magique ?
— Je ne sais. Mais je peux me renseigner. »

Leur entretien se déroulait dans le laboratoire de l'alchimiste, situé dans la grande tour. Avec des gestes rapides et précis, le thaumaturge alluma le feu sous son alambic, attendit que la chaleur soit intense puis y jeta différentes poudres. Les flammes tournèrent au vert, puis au violet. Il observa avec attention la fumée multicolore qu'elles dégageaient, puis se tourna vers Sforza.

« Mes familiers spirituels m'indiquent qu'en effet il s'agissait d'un cheval magique. Vous allez très probablement devoir faire une croix sur votre dame, car celles qui s'en vont sur un cheval magique reviennent rarement et, si elles reviennent, pour être franc, il ne fait pas bon vivre avec elles.

— Enfer et damnation !

— Vous pouvez porter plainte auprès de mes familiers, monseigneur. Il y a peut-être une chance de la récupérer.

— Mais je ne veux pas la récupérer ! Je suis plus que ravi d'être débarrassé d'elle. Elle ne m'amuse plus. Je suis heureux que Cressilda soit partie. Ce qui m'ennuie, c'est le cheval magique. Il n'en passe pas tous les quatre matins, n'est-ce pas ?

— Ils sont très rares.

— Et il a fallu que ça tombe sur elle. Alors que ce cheval m'était peut-être destiné. Comment a-t-elle pu oser partir sur le seul cheval magique à fouler mes terres depuis des temps immémoriaux ? »

Le thaumaturge tenta de le réconforter, mais Sforza le repoussa et quitta la tour à grands pas pour retourner dans son manoir. Il était savant, du moins de son point de vue, et le fait qu'un événement aussi intéressant que celui-ci se soit produit sans qu'il ait pu y assister lui restait en travers de la gorge. Le plus dur à avaler, cependant, c'était qu'en général cheval magique signifiait réalisation d'un souhait, et que, là aussi, il avait tout raté. C'était l'occasion d'une vie, et il l'avait laissée passer.

Convaincu de cela, il fut littéralement époustouflé lorsque, une heure plus tard, en descendant faire un tour dans ses écuries, histoire de passer le temps, il trouva dans un des boxes un autre cheval blanc, qu'il n'avait jamais vu auparavant.

C'était un étalon, et il était blanc. Pas tout à fait aussi imposant peut-être qu'un cheval magique dans l'idée de Sforza, mais tout de même bien ressemblant. Sans hésiter, le comte se mit en selle.

« Maintenant, on va voir ce qu'on va voir ! s'écria-t-il.

Emmène-moi là où tu emmènes les gens dans ce genre de circonstances ! »

Le cheval se lança au petit trot, puis au petit galop, et enfin au grand galop. À présent, c'est parti, pensa Sforza en se cramponnant.

9

Il était tôt le matin. À l'auberge, les pèlerins restants s'apprêtaient à avaler bouillie de flocons d'avoine et pain noir tandis que les domestiques préparaient les chevaux.

Dans sa chambre, Azzie ruminait, toujours en compagnie de l'Arétin. Le nombre de volontaires qui s'étaient présentés à l'audition était décevant.

« Mais qu'est-ce qui les retient, les autres ? demanda le démon à voix haute.

— Peut-être ont-ils peur, suggéra l'Arétin. Avons-nous vraiment besoin de sept personnes ?

— Peut-être pas, après tout. Nous prendrons ce que nous trouverons. Et peut-être devrions-nous nous arrêter là. »

Juste à ce moment, on frappa.

« Haha! dit Azzie. Je savais bien qu'on aurait d'autres participants. Ouvrez la porte, mon cher Pietro, et voyons qui vient nous proposer ses services. »

Un peu las, l'Arétin se leva, traversa la pièce et ouvrit. Une très belle jeune femme entra. Blonde, le teint diaphane, de fines lèvres parfaitement dessinées, elle portait une robe bleu ciel et des rubans d'or dans les cheveux. Son air était grave.

« Madame, dit Pietro, y a-t-il quelque chose que nous puissions faire pour vous ?

— Oui, je crois, répondit la jeune femme. Êtes-vous celui qui a envoyé le cheval magique ?

— Je pense que c'est à mon ami Antonio ici présent que vous voulez parler », dit Pietro.

Après avoir trouvé un siège à la visiteuse, Azzie reconnut que, oui, il était responsable de la venue des chevaux magiques, et que, oui, la réalisation d'un souhait était comprise avec chaque cheval — et que jouer dans sa pièce était la seule condition requise pour l'obtention de tels privilèges. Il expliqua ensuite qu'il était un démon, mais pas un démon effrayant. Un démon plutôt gentil, d'après certains. Et comme ces révélations ne parurent pas décourager Cressilda, il lui demanda comment elle s'était procuré le cheval magique.

« Il est sorti de mon écurie et s'est arrêté dans la cour. Je suis montée en selle et je l'ai laissé faire. Il m'a conduite jusqu'ici.

— Mais ce n'est pas à vous que je l'ai envoyé, expliqua Azzie. Ce cheval était prévu pour quelqu'un d'autre. Vous êtes sûre que vous ne l'avez pas volé, ma chère ? »

Cressilda se leva, offensée. « Oseriez-vous m'accuser d'être une voleuse de chevaux ?

— Non, bien sûr que non. Ça n'a pas l'air d'être votre genre. N'est-ce pas, Pietro ? Ce doit être notre ami Michel qui se paie notre tête. Mais, voyez-vous, Cressilda, ce cheval ouvre réellement à son propriétaire les portes d'un monde dans lequel son vœu le plus cher peut se réaliser. Et il se trouve que j'ai besoin d'une ou deux personnes pour ma pièce, alors si vous vous portez volontaire — étant donné que vous avez déjà le cheval...

— Oui ! s'écria Cressilda. Sans hésitation !

— Et quel est votre souhait ? demanda Azzie, persuadé qu'elle allait se lancer dans un récit sentimental dégoulinant d'eau de rose, avec beau prince, vie conjugale heureuse et marmots à la pelle.

— Je veux devenir un guerrier, dit-elle. Je sais que c'est

assez inhabituel pour une femme, mais il y a eu Jeanne d'Arc, tout de même. Et Boadicée avant elle. Je veux mener des hommes au combat. »

Azzie réfléchit, tourna et retourna le problème dans tous les sens. Rien de tout cela ne figurait dans son plan de départ, et l'Arétin n'avait pas l'air emballé par la tournure que prenaient les événements. Mais il fallait que la pièce avance et, finalement, il avait accepté le principe qui consistait à prendre ceux qui se présenteraient, quels qu'ils soient.

« Je pense que nous pouvons faire quelque chose pour vous, dit-il enfin. Je vais juste avoir besoin d'un peu de temps pour mettre ça sur pied.

— C'est parfait, dit Cressilda. Au fait, si vous voyez mon époux, Rodrigue Sforza, ne vous croyez pas obligé de lui dire où je me trouve.

— Je suis la discrétion même. »

Cressilda repartie, Azzie et l'Arétin s'installèrent pour préparer une scène. Mais, avant même qu'ils aient pu commencer, une silhouette se posa sur la fenêtre et frappa au carreau avec insistance.

« Vous voulez bien y aller, l'Arétin ? C'est un ami », dit Azzie.

Le Vénitien alla ouvrir la fenêtre. Un petit lutin à longue queue entra et voleta dans la pièce. Il était de la famille des diablotins, que les Puissances des ténèbres employaient pour faire circuler l'information.

« Lequel d'entre vous est Azzie Elbub ? demanda-t-il. J'ai pas le droit à l'erreur.

— C'est moi, dit Azzie. Quel message m'apportes-tu ?

— C'est à propos de mère Joanna, expliqua le lutin. Et je crois qu'il vaut mieux que je reprenne tout depuis le début. »

10

Mère Joanna avait pris la grand-route en direction de Venise. Elle avait coupé à travers la forêt, pensant retrouver sir Oliver et continuer son voyage avec lui. Il faisait beau et la forêt résonnait de multiples chants d'oiseaux, ce qui avait mis la religieuse d'excellente humeur. Le ciel italien était d'un bleu doux, et ici et là couraient de petits ruisseaux d'une eau claire et scintillante par-dessus lesquels on avait envie de sauter. Mais mère Joanna ne se laissait pas aller à ce genre d'enfantillage. Elle imposait un pas régulier à sa monture, s'enfonçant imperturbablement dans la forêt. Elle arrivait justement là où la densité du feuillage en faisait un endroit sombre et triste lorsqu'elle entendit hululer une chouette et pressentit tout à coup l'imminence d'un danger.

« Qui est là ? cria-t-elle d'un ton inquiet, car les bois devant elle semblaient soudain pleins de menaces.

— Ne bougez plus, ou je vous transperce », répondit une grosse voix d'homme.

Joanna regarda désespérément autour d'elle, mais elle ne vit aucun endroit où battre en retraite. La forêt était si dense que son cheval arrivait à peine à trotter. Optant pour la prudence, elle tira sur les rênes et dit : « Je suis la mère supérieure d'un couvent, et je vous préviens que vous risquez la damnation éternelle si vous me touchez.

— Ravi de faire votre connaissance, répondit la voix. Je suis Hugh Dancy, plus connu sous le nom de Brigand de la Forêt des Périls. »

Les branches s'écartèrent et un homme fit un pas en avant. Bien bâti, il était dans la force de l'âge, brun, et portait un justaucorps en cuir et des bottes. D'autres hommes sortirent à leur tour des fourrés, une douzaine en tout. À l'expression concupiscente qu'elle lut sur leurs visages, mère Joanna devina qu'ils n'avaient pas vu de femme depuis un certain temps.

« Descendez de ce cheval, ordonna Hugh. Vous allez m'accompagner jusqu'à notre campement.

— Certainement pas », dit Mère Joanna, et elle secoua les rênes. Son cheval magique fit deux pas puis s'arrêta lorsque Hugh le prit par la bride.

« Descendez, répéta-t-il. Ou c'est moi qui vous ferai mettre pied à terre.

— Quelles sont vos intentions ?

— Faire de vous une femme honnête. Nous rejetons le célibat que vous impose l'Église. Avant la fin du jour, vous serez mariée à l'un de nous. »

Joanna mit pied à terre. « Plutôt mourir, dit-elle tranquillement.

— Peu importe comment », ironisa Hugh.

Au même moment, à quelque distance de là, on entendit d'étranges craquements. Les hommes blêmirent, jetant des regards apeurés de tous côtés. Les craquements se firent plus proches. « Nous sommes perdus ! » hurla l'un des brigands. « C'est le grand sanglier ! » s'écria un autre. « La fin est proche », soupira un troisième.

Mère Joanna en profita pour prendre les choses en main. Elle n'avait pas fait que chasser le faucon, sur ses terres.

Elle arracha sa lance à un brigand et se tourna vers l'endroit d'où venaient les bruits. Quelques instants plus tard, un énorme sanglier noir jaillit d'un buisson. La religieuse se campa devant lui, planta l'arrière de la lance dans le sol et pesa de tout son poids dessus.

« Allez, viens donc, cochon stupide! le défia-t-elle. Ce soir, au menu, il y a des côtelettes de porc! »

La bête se rua vers elle et vint s'empaler sur la lance. Elle s'écroula dans une mare de sang, continua de sursauter quelques instants en émettant de petits grognements, puis rendit l'âme.

Mère Joanna posa un pied sur sa victime, en retira la lance d'un geste puissant et se tourna vers le chef des brigands.

« Nous parlions de mourir », dit-elle.

Il recula, les autres l'imitèrent.

« Nous pensions à un délicieux passe-temps comme celui-ci, balbutia-t-il. Vous vous joignez à nous pour le dîner, j'espère?

— Ouais! s'écrièrent les hommes qui s'installaient pour dépecer le sanglier.

— Pourquoi pas? dit mère Joanna.

— Vous êtes une véritable Diane chasseresse, souligna Hugh. Et vous serez traitée comme telle. »

11

La nouvelle ne fit guère plaisir à Azzie. Il allait partir au secours de mère Joanna lorsqu'on frappa de nouveau à la porte de sa chambre. C'était Rodrigue Sforza.

« C'est vous qui envoyez les chevaux magiques ? demanda le comte sans ambages.

— Qu'est-ce que ça peut vous faire ?

— J'en ai un. Je veux que mon souhait se réalise.

— Ce n'est pas si facile que ça. Vous devez au préalable effectuer un petit travail pour moi.

— Je suis prêt. Mais dites-moi d'abord si vous exaucerez mon vœu le plus cher. Je veux que ma renommée dépasse celle d'Érasme et qu'on me considère comme un modèle de sagesse.

— Rien de plus facile.

— Faut quand même que vous sachiez que je ne sais ni lire ni écrire.

— Il en faut plus pour nous arrêter.

— Vraiment ? Je pensais que, pour acquérir de nombreuses connaissances, lire et écrire était la condition *sine qua non*.

— C'est le cas, en effet. Mais ce qu'il nous faut, c'est une réputation, pas nécessairement la vérité. Vous allez devoir vous lancer dans une aventure.

— Pas dangereuse, j'espère.

— Je l'espère aussi. Mais j'ai d'abord quelque chose à régler. Attendez-moi ici. Je reviens tout de suite. »

Azzie ôta sa cape, détacha ses ailes et s'envola par la fenêtre avec le lutin chargé de lui montrer le chemin.

Il trouva mère Joanna dans le campement des brigands. Hugh et elle étaient penchés au-dessus d'une carte, occupés à discuter de ce qui ressemblait beaucoup à l'attaque d'un convoi, deux jours plus tard. Comme Azzie allait arracher un bras à l'un des brigands, hilare, qui avait bu plus que de raison, elle l'arrêta. « Ce sont mes hommes. C'est moi qui commande, ici, dit-elle.

— Comment ? s'étonna Azzie.

— Mon vœu a été exaucé plus tôt que prévu, apparemment. Et je vous en suis tout à fait reconnaissante.

— C'est rien, c'est rien, bredouilla Azzie. Tâchez d'être à Venise pour la cérémonie, c'est tout.

— Bien sûr. Et mon âme, au fait, je la garde ou pas ?

— Certainement. Ça faisait partie du marché.

— Bien. J'y serai. »

Secouant la tête, Azzie bondit dans les airs et disparut.

NEUVIÈME PARTIE

1

Le premier indice que les dieux grecs s'étaient évadés du Crépuscule fut enregistré à 013.32 Temps sidéral universel, lorsque le directeur du département des études démoniaques de l'Université infernale de Brimstonic remarqua qu'un de ses subalternes n'était pas rentré d'une expédition. L'assistant du subalterne en question expliqua qu'un groupe de divinités en goguette lui était tombé sur le râble alors qu'il gratouillait de vieux os sur un site archéologique, près du Mont Olympe.

Le directeur appela la prison des Limbes, pour savoir si des incidents avaient eu lieu récemment.

« Allô ? Qui est à l'appareil ?

— Cicéron, gardien du pénitencier des Limbes, section des divinités indésirables, sous-section des détenus d'apparence humaine.

— J'aurais voulu avoir un renseignement sur les dieux grecs. Zeus et sa bande. Ils sont bien toujours sous les verrous ?

— Je regrette, mais nous venons d'apprendre qu'une évasion avait eu lieu. Ils sont en cavale.

— Quand pensez-vous pouvoir leur remettre le grappin dessus ?

— J'ai peur que cela ne soit pas si facile que ça. Ces

vieux dieux grecs sont assez puissants, vous savez. Il va falloir qu'Ananké intervienne si on veut les récupérer.
— Merci. Je vous recontacterai. »

2

« Nous voilà de retour dans ce bon vieux cosmos ! s'écria Phébus.

— Si je m'écoutais, je m'agenouillerais pour embrasser la terre », dit Héphaïstos.

La première chose qu'ils firent fut d'organiser un grand dîner de fête au cours duquel ils mirent Zeus sur le gril. Ils chantèrent « Car c'est un joyeux camarade » et firent quelques imitations comiques de son style emphatique et solennel. Ils sacrifièrent les animaux habituels et mirent du sang partout parce que c'étaient les serviteurs, et non les dieux eux-mêmes, qui pratiquaient en temps normal le sale boulot lors des sacrifices. Ils se saoulèrent et racontèrent des histoires graveleuses en riant d'un rire bien gras.

Zeus tapa du poing sur la table pour obtenir leur attention. « Je voudrais vous remercier tous. C'était très gentil de votre part d'organiser ce dîner pour moi.

— Un triple ban pour Zeus !

— Merci, merci. Bien, maintenant, il va falloir passer aux choses sérieuses. J'ai un peu réfléchi à ce que nous pourrions faire, puisque nous ne sommes plus dans le Crépuscule. Je trouve que nous devrions travailler ensemble.

— Travailler ensemble ? demanda Athéna. Mais on n'a jamais rien fait ensemble !

— Cette fois, il le faut, répondit Zeus d'un ton ferme.

C'est l'absence de cohésion qui nous a mis dedans, la dernière fois. Alors on ne va pas faire la même erreur deux fois, quand même ! Nous devons absolument trouver un projet auquel nous pourrons tous participer, quelque chose qui servira nos intérêts communs. J'ai ouï dire que la grande nouveauté sur terre, c'est la pièce qu'un jeune démon moderne est en train d'essayer de monter pour l'édification du peuple. Ce démon, Azzie Elbub, envisage de récompenser très largement sept acteurs pour aucune raison en particulier. Ça vous dit quelque chose ? »

Il se tut un instant, attendit une réponse qui ne vint pas. Les dieux et les déesses, assis sur leurs chaises pliantes dorées, l'écoutaient sans rien dire.

Il reprit la parole. « Avant tout, il faut absolument mettre un terme à cette espèce d'interprétation morale vague et sans intérêt dont se gargarisent les Puissances spirituelles parvenues comme le démon dont je viens de parler. N'avons-nous pas, nous, dieux anciens, déclaré que la personnalité faisait le destin ? Et cela n'est-il pas aussi vrai aujourd'hui qu'hier ?

— Si nous agissons, dit Hermès, les Puissances du Mal risquent de ne pas beaucoup apprécier nos divins pieds sur leurs plates-bandes.

— Je me contrefiche de leurs humeurs, répondit Zeus. Si ça ne leur plaît pas, ils savent comment y remédier.

— Mais vous croyez que c'est raisonnable de se lancer à corps perdu dans la bataille, si vite ? Ne serait-il pas préférable d'opter pour l'arbitrage ? Je suis sûr qu'on pourrait trouver quelque chose à arbitrer, insista Hermès. Et, en attendant, nous pourrions adopter un profil bas, ou même nous cacher.

— Ça ne changerait rien du tout. Les autres, les Puissances des ténèbres et de la lumière, feront tout pour nous renvoyer dans la réserve des Limbes. Et, de toute façon, où irions-nous ? Il n'y a dans l'univers aucun endroit où nous pourrions nous cacher. Tôt ou tard, on nous retrouvera.

Alors amusons-nous un peu tant que c'est possible, et défendons notre manière d'agir — la ruse divine ! »

Ils portèrent plusieurs toasts à la ruse divine. C'était une doctrine sacrée parmi eux.

Puis leurs regards se posèrent loin, bien loin au-delà de l'Olympe, et ils virent sir Oliver et ses hommes avançant dans un paysage vallonné.

« Qu'est-ce que c'est que cette histoire ? » demanda Athéna tandis qu'avec ses collègues elle regardait les soldats armés. Des hordes de pèlerins semblaient également avoir rejoint la troupe.

« Qu'arrivera-t-il lorsqu'ils atteindront Venise ? demanda Hermès.

— Leur chef obtiendra ce qu'il désire le plus au monde, leur expliqua Zeus. Et peut-être que, par voie de conséquence, les autres aussi.

— On ne va pas laisser faire ça, quand même ? » s'enquit Athéna.

Zeus rit et convoqua sur-le-champ les dieux des vents, dont Zéphyr et Boréas, qui partirent balayer l'Europe, l'Asie Mineure et une partie de l'Asie, où ils ramassèrent toutes les brises locales. Ils les fourrèrent dans un grand sac de cuir avant de les offrir à Zeus. Celui-ci défit les liens de cuir qui fermaient le sac et regarda à l'intérieur. Un vent d'ouest pointa le nez dehors et demanda : « Que se passe-t-il ? Qui capture les vents comme ça ?

— Nous sommes les dieux grecs et nous capturons les vents quand ça nous chante, répondit Zeus.

— Oh. Désolé, je ne pouvais pas deviner. Qu'y a-t-il pour votre service ?

— J'aimerais que vous fassiez une énorme tempête. »

La requête sembla réjouir le vent d'ouest. « Ah ! Une tempête ! Ça change tout ! Je pensais que vous alliez encore nous demander une de ces brises délicates dont les gens parlent tout le temps.

— Nous nous fichons de ce que les gens veulent, dit Zeus. Nous sommes des dieux et nous voulons un temps théâtral.

— Cette tempête, il vous la faut où ? demanda le vent d'ouest en frottant ses mains transparentes.

— Arès, dit Zeus, tu veux bien accompagner les vents et leur montrer où nous voulons qu'ils soufflent ? Et pendant que tu y seras, tu pourras peut-être te charger aussi des pluies.

— Avec plaisir, dit Arès. Particulièrement parce que je considère que, la météo, c'est mener la guerre avec d'autres moyens. »

3

C'était le pire des temps qu'ait connu cette région d'Europe depuis Dieu sait quand. D'énormes nuages, gonflés comme des vessies violettes, monstrueux, déchargeaient sans relâche leur cargaison de pluie, une pluie qui semblait posséder un caractère malveillant intrinsèque. Le vent arrachait les lances des mains des soldats et, lorsqu'il s'engouffrait derrière un bouclier, le transformait en voile et propulsait son propriétaire à des lieues de là. La pluie cinglait les visages. Fouettée par le vent, qui la transformait en gouttes minuscules poussées par une extraordinaire force, elle pénétrait dans la moindre fente d'armure, le moindre accroc de vêtement.

Sir Oliver dut hurler dans l'oreille de son second pour être entendu. « Nous ferions mieux de nous mettre à l'abri !

— Pour ça oui, ça serait la meilleure solution. Mais comment faire passer l'ordre ? Personne ne nous entendra avec ce bruit !

— Quelque chose ne tourne pas rond, dit Oliver. Il vaudrait mieux prévenir Antonio.

— Il a disparu, monseigneur.

— Trouve-le immédiatement !

— Oui, monsieur. Mais où ? » Les deux hommes se regardèrent, puis contemplèrent la large plaine morne et détrempée au milieu de laquelle ils se trouvaient.

4

Zeus ne pouvait se contenter d'un simple déchaînement météorologique. En compagnie de ses enfants, il se mit à travailler sur d'autres projets destinés à faire comprendre à l'humanité que les dieux grecs étaient de retour.

Pour ce faire, il décida d'aller voir par lui-même où en étaient les hommes. Il se rendit d'abord en Grèce. Comme il l'avait craint, la force armée grecque s'était considérablement dégradée depuis la grande époque d'Agamemnon.

Il chercha un peu partout pour voir quelles armées étaient disponibles et en activité. En Europe occidentale, elles étaient presque toutes occupées à lutter pour une chose ou une autre. Ce qu'il lui fallait, c'était une force nouvelle, des hommes frais. Il savait exactement où il voulait les envoyer — en Italie. Là-bas, il allait s'installer un nouveau royaume. Son armée s'imposerait sur tous les champs de bataille, ferait en sorte qu'on ne prête allégeance à personne d'autre qu'à lui sous peine d'être mis à mal. En récompense, il offrirait à ses hommes gloire et perfidie. Zeus était de la vieille école, et était convaincu que c'était encore la meilleure, surtout quand le sang coulait.

Mais, d'abord, il lui fallait trouver une pythie qui le renseignerait sur la disponibilité des armées existantes. Il consulta l'annuaire des Prophètes et arrêta son choix sur la

Pythie de Delphes, qui exerçait présentement la profession de blanchisseuse dans un restaurant de Salonique, incognito, bien sûr.

À Salonique, il bourra son nuage de ténèbres dans une grosse gourde qu'il reboucha avec un morceau de liège de façon à toujours l'avoir à disposition. Puis il se rendit sur l'agora centrale et s'arrêta aux Bassins-Principaux pour demander où il pouvait trouver la blanchisseuse. Un marchand de poissons lui montra le chemin à suivre. Zeus longea le Colisée en ruine et l'hippodrome en passe de le devenir, et la trouva enfin. C'était une vieille femme usée par les soucis, avec une carapace de tortue qui lui servait de cuvette.

Elle était contrainte de pratiquer dans une certaine clandestinité car l'Église avait interdit aux pythies d'exercer leur profession. Posséder ne serait-ce qu'un boa constrictor était interdit car « synonyme de pratiques magiques illégales ». Mais elle disait encore l'avenir à ses amis et à certains aristocrates en disgrâce.

Zeus se présenta drapé dans une cape, mais elle le reconnut aussitôt.

« J'ai besoin d'une consultation, dit-il.

— Oh, c'est le plus beau jour de ma vie, soupira la pythie. Penser que je suis en face d'un des anciens dieux... Demandez-moi ce que vous voulez.

— Je veux juste que vous entriez en transe et que vous découvriez où je peux trouver une armée.

— Avec joie. Mais votre fils Phébus est le dieu des prophéties, pourquoi ne pas le lui demander vous-même ?

— Je ne veux pas demander à Phébus, ni à personne d'autre. Je n'ai pas confiance. Il y a sûrement d'autres dieux que ceux de l'Olympe à qui vous posez des questions ? Ce type juif qui était en poste en même temps que moi, là, que devient-il ?

— Jéhovah est passé par quelques changements intéressants. Mais il ne fait pas dans la prophétie, pour l'instant. Il a laissé des ordres très stricts pour qu'on ne le dérange pas.

— Il y en a bien d'autres, tout de même ?

— Bien sûr qu'il y en a d'autres, mais je ne sais pas si c'est une très bonne idée de les déranger avec vos questions. Ce ne sont pas des dieux ouverts au dialogue comme vous, Zeus. Ils sont bizarres et méchants.

— Peu importe. Interroge-les. Si un dieu ne peut plus demander un service à un autre, je ne donne pas cher de l'avenir de l'univers.

La pythie l'entraîna dans son antre, fit brûler des feuilles de laurier sacré, y ajouta double dose de chanvre sacré. Puis elle sortit quelques ustensiles, sacrés eux aussi, les disposa çà et là, fit sortir son serpent de son panier en osier, l'enroula autour de ses épaules et entra en transe.

Ses yeux ne tardèrent pas à se révulser et elle dit, d'une voix que Zeus ne reconnut pas mais qui lui donna des frissons dans le dos : « Ô Zeus, va voir les Mongols.

— C'est tout ? demanda-t-il.

— Fin du message », répondit la pythie avant de s'évanouir.

Quand elle eut repris connaissance, Zeus s'enquit : « Je croyais que les oracles étaient exprimés de façon étrange et ambiguë, et qu'il fallait lire entre les lignes. Mais là, le message était clair, précis. La procédure a changé ?

— Je crois, répondit la pythie, que l'ambiguïté ne satisfait plus les hautes sphères. Ça ne menait les gens nulle part. »

Zeus quitta Salonique enveloppé dans son nuage de ténèbres et mit cap au nord-est.

5

Zeus rendit visite aux Mongols, qui avaient récemment conquis le sud de l'empire chinois. Se considérant comme invincibles, ils l'attendaient de pied ferme, prêts à l'écouter.

Le chef des Mongols se trouvait à son quartier général, Zeus s'y rendit directement.

« Vous avez fait du bon travail, toi et tes hommes. Vous avez conquis une vaste contrée, mais, à présent, vous restez vautrés toute la journée à ne rien faire. Vous êtes un peuple en quête d'un dessein, et moi un dieu en quête d'un peuple. Que diriez-vous de mettre nos quêtes en commun et de mijoter une solution qui nous arrangerait tous ?

— Vous êtes peut-être un dieu, répondit Jagotai, mais vous n'êtes pas notre dieu. Pourquoi vous écouterais-je ?

— Parce que je vous propose de devenir votre dieu. J'en ai assez des Grecs. C'est un peuple inventif et intéressant, mais décevant pour un dieu qui ne faisait qu'essayer de leur apporter de bonnes choses.

— Que nous proposez-vous ? »

En moins de temps qu'il n'en faut pour le dire, les cavaliers mongols, brandissant leurs bannières faites de queues de yacks, franchirent les cols des Carpates, débouchèrent dans les plaines du Frioul et dans le XVIe siècle par la même occasion. Pour réaliser ce projet, Zeus dut employer tous ses pouvoirs. Il aurait pu les transporter directement dans l'espace et dans le temps, mais cela aurait affolé les chevaux.

La panique se répandit dans la population avant même leur arrivée. Partout, on hurlait la même chose : « Les Mongols arrivent ! »

Des familles entières enfourchèrent chevaux, ânes ou bœufs attelés. La grande majorité chargea ce qu'elle put sur son dos et partit sur les routes à la recherche d'un refuge loin de l'envahisseur, loin des ennemis au visage aplati et à la moustache noire. Certains allèrent à Milan, d'autres à Ravenne. Mais, pour la plupart, ils allèrent à Venise, ville réputée sûre et à l'abri des invasions, à l'abri derrière ses marais et ses lagons.

6

Les Mongols arrivaient, et l'on prenait des mesures extraordinaires pour protéger Venise. Le doge convoqua une session spéciale du Conseil et lui fit diverses propositions. On se mit d'accord pour couper les principaux ponts qui reliaient la ville à la terre ferme. Les Vénitiens se rendraient ensuite sur les côtes pour confisquer les embarcations capables de transporter dix hommes et plus, et les remorquer jusqu'à la ville, ou les couler sur place pour les plus lourdes.

Les problèmes de défense étaient d'autant plus compliqués que la nourriture commençait à manquer. D'ordinaire, les denrées arrivaient quotidiennement par bateau, en provenance de tous les ports de la Méditerranée. Mais les récentes tempêtes avaient sérieusement secoué les marins, et tout commerce maritime était temporairement interrompu. Un rationnement avait dû être imposé, et la situation promettait d'empirer.

Et comme si cela ne suffisait pas, Venise subissait une vague d'incendies sans précédent. Pour être au chaud et au sec, les gens allumaient leurs poêles et ne les surveillaient pas, ou peu ; on ne comptait plus les maisons détruites, et la rumeur circulait que peut-être certains de ces incendies n'étaient pas accidentels mais allumés par des agents ennemis introduits dans la ville. Une surveillance accrue des étrangers en résulta, et les Vénitiens se mirent à voir des espions à tous les coins de rues.

La pluie tombait, on aurait dit que les dieux des vents humides, aux langues comme des fenêtres mal jointes, étaient lancés dans une conversation sans fin. Corniches, linteaux, flèches, tout ce qui était susceptible de goutter gouttait. Le vent poussait la pluie, mais ne l'emportait pas.

Le niveau de l'eau monta peu à peu dans tout Venise. Les canaux débordèrent, inondèrent les jardins et les places. La place Saint-Marc disparut sous un mètre d'eau, et la crue continua. Ce n'était pas la première fois que Venise subissait l'assaut de la pluie et des inondations, mais, de mémoire de Vénitien, jamais on n'avait vu pareil cataclysme.

De forts vents de nord-est, chargés d'un froid tout droit venu de l'Arctique, soufflèrent pendant plusieurs jours sans montrer le moindre signe d'accalmie. Le chef des prévisions météorologiques de la République démissionna de sa charge héréditaire et grassement payée, tant sa mission, qui consistait à prévoir ce genre de catastrophe, le dégoûtait désormais. Partout, on priait les saints, les démons, les effigies, n'importe quoi de préférence, dans l'espoir d'un temps plus clément. Pour ne rien arranger, la peste fit son apparition dans certains quartiers. Et l'on annonça que les Mongols avaient été aperçus à une journée de cheval.

Les soucis, l'inquiétude, la peur des forces ennemies massées aux portes de la ville, le perpétuel soupçon, tout cela épuisait les Vénitiens. Les cérémonies habituelles en l'honneur de certains saints tombèrent en désuétude. Les églises ne désemplissaient pas. On y priait jour et nuit pour le salut de la ville et l'excommunication des Mongols. Les cloches sonnaient sans cesse, ce qui finit par répandre un courant de joie désespérée dans la ville.

C'était la saison des fêtes, des bals masqués. Le carnaval battait son plein et jamais Venise n'avait été plus belle. Malgré les tempêtes, les chandelles éclairaient brillamment les palais des riches, et la musique résonnait le long des canaux.

Dans les rues trempées, on se hâtait, en cape et loup, d'une réception à l'autre. C'était comme si une ultime fête était tout ce qui restait à cette vieille ville fière.

On ne manqua pas de remarquer qu'il y avait quelque chose d'extraordinaire dans ce qui arrivait, quelque chose qui dépassait de loin la logique terrestre, qui avait un arrière-goût de surnaturel et d'avènement du Jugement dernier. Les astrologues se plongèrent dans les vieux parchemins, y trouvèrent des prédictions selon lesquelles la fin du monde était proche, ce qui confirmait leurs intuitions, et que les quatre cavaliers de l'Apocalypse traverseraient sous peu le ciel enflammé, juste avant l'ultime coucher de soleil.

Un jour, un étrange incident se produisit. Un ouvrier envoyé par la ville près de l'Arsenal pour évaluer les dégâts causés par la tempête découvrit un trou dans une des digues. Bizarrement, par ce trou ne passait pas d'eau, mais une lumière jaune éblouissante. De l'autre côté, l'ouvrier vit une silhouette indescriptible qui semblait avoir deux ombres. Il courut raconter cela aux autres.

Un groupe de savants se rendit sur les lieux pour étudier ce phénomène étrange. Le trou dans la digue s'était élargi, le jaune lumineux avait pâli, remplacé par un bleu clair surnaturel, surtout à côté de la grisaille environnante. Cette brèche était comme une ouverture à travers la terre et le ciel.

Les savants l'étudièrent le cœur battant. De petits fragments de terre et de sable au bord du trou y étaient attirés. On y jeta un chien errant, il disparut dès qu'il traversa le plan invisible de sa surface.

« D'un point de vue scientifique, dit l'un des savants, il semblerait que ce trou soit un accroc, une déchirure dans le tissu de l'existence.

— Comment le tissu de l'existence pourrait-il se déchirer ? ergota l'un de ses confrères.

— Nous l'ignorons, répliqua le premier. Mais nous pouvons en déduire qu'un bouleversement est en cours dans le

Royaume spirituel. Un changement tel qu'il a des effets sur nous ici-bas, sur la surface physique de l'existence terrestre. Même la réalité doit être désormais mise en doute, tant la vie est devenue étrange. »

D'un peu partout on annonça alors l'existence d'autres déchirures dans le tissu de la réalité. Ce phénomène fut baptisé anti-imago, et se produisit entre autres dans des lieux où l'on s'y attendait le moins, jusqu'à la chapelle intérieure de Saint-Marc, où l'on découvrit un trou de près d'un mètre de diamètre ouvrant une sorte de tunnel vers le bas, et dont personne n'aurait pu dire où il menait sans prendre le risque d'un aller simple.

Un sacristain rapporta un événement plus étrange encore. Dans son église était entré un étranger dégageant une aura qui n'avait rien d'humain. Cela venait-il de ses oreilles ou de la forme de ses yeux ? Difficile à dire. L'homme avait déambulé dans l'église, puis alentour, observant les bâtiments tout en prenant des notes sur un parchemin. Lorsque le sacristain lui avait demandé ce qu'il faisait, l'étranger avait répondu : « Je prends seulement des mesures, de façon à pouvoir faire un rapport aux autres.

— Quels autres ?

— Ceux qui sont comme moi.

— Et en quoi l'état de nos maisons vous intéresse-t-il, les autres et vous ?

— Nous sommes des formes de vie provisoires, expliqua l'étranger, si nouvelles que nous n'avons pas encore de nom. Il est possible que nous prenions les choses en main — je veux parler de la réalité — et que, dans ce cas, nous héritions de tout ce que vous laisserez derrière vous. Nous avons pensé qu'il valait mieux être prêts si une telle éventualité se réalisait. Alors je suis venu faire un état des lieux. »

Les docteurs de l'Église étudièrent le rapport du sacristain sur cet incident et finirent par déclarer qu'il n'avait jamais eu lieu. Le rapport fut officiellement jugé comme une hallucination sans Fondement. Mais ce jugement était arrivé trop tard, le mal était fait, les gens avaient eu vent de l'histoire et y croyaient. La panique se répandait dans la ville à la vitesse d'un cheval au galop.

7

Les pèlerins se regroupèrent dans la salle commune de l'auberge, entretenant le feu à tour de rôle, attendant les ordres. Ils auraient dû être triomphants, heureux, car pour eux l'épreuve était terminée. Mais le temps rendait leur victoire complètement insignifiante.

Ils avaient vécu des moments difficiles et, à présent, ils étaient là et les choses allaient de travers. Ce n'était pas du tout ce qui était prévu. Et le premier à le regretter était Azzie, qui voyait son histoire lui filer sous le nez sans arriver à comprendre comment on en était arrivé là.

Ce soir-là, tandis qu'Azzie était assis près de la cheminée, réfléchissant à la marche à suivre, on frappa à la porte.
«C'est complet! lança l'aubergiste. Allez voir ailleurs!
— J'aimerais parler à l'un de vos pensionnaires, répondit une agréable voix féminine.
— Ylith? s'écria Azzie. C'est toi?»
D'un geste péremptoire, il fit signe à l'aubergiste d'aller ouvrir. Ce dernier s'exécuta à contrecœur. Quelques trombes d'eau en profitèrent pour s'engouffrer à l'intérieur, en même temps qu'une très belle brune au visage aussi angélique que démoniaque, ce qui lui conférait une apparence fort attirante. Elle portait une robe jaune toute simple avec des motifs appliqués violets, une cape bleu ciel

à doublure argentée et une petite guimpe rouge très coquette sur la tête.

« Azzie ! s'écria-t-elle en traversant la pièce. Tu vas bien ?

— Mais oui ! Ton inquiétude me touche. Aurais-tu par hasard changé d'avis à propos d'un endroit propice au badinage ?

— Ce bon vieil Azzie ! fit Ylith avec un petit rire. Je suis venue parce que je suis pour la justice dans tous les domaines, surtout ceux qui concernent le Bien et le Mal. Je crois qu'on est en train de te rendre un mauvais service. » Elle narra alors comment elle avait été capturée par Hermès Trismégiste, qui l'avait donnée à un mortel nommé Westfall, puis raconta son incarcération dans la boîte de Pandore, et son évasion avec l'aide de Zeus.

« Je sais que tu considères Hermès comme un ami, conclut-elle, mais tout laisse à penser qu'il complote contre toi. Les autres Olympiens font peut-être partie de la combine aussi, d'ailleurs.

— Ils ne peuvent pas faire grand-chose depuis le Crépuscule.

— Seulement, les dieux anciens n'y sont plus. Ils se sont évadés ! Et j'ai bien peur d'être responsable malgré moi de cette évasion.

— Il se pourrait que ce soient eux qui sont en train de tout flanquer en l'air. Je pensais que c'était encore un coup de Michel — tu sais comme il s'oppose au moindre de mes triomphes — mais ce qui est en train d'arriver le dépasse complètement. Quelqu'un est allé chercher les Mongols, Ylith !

— Je ne comprends pas pourquoi les Olympiens s'opposent à toi. Qu'est-ce que ça peut bien leur faire que tu montes ta pièce immorale ?

— Les dieux ont intérêt à ce que la moralité domine, expliqua Azzie. Mais pour les autres, pas pour eux. À mon avis, leur intervention est motivée par autre chose. Je ne serais pas surpris qu'ils soient en train de tenter de reprendre le pouvoir. »

8

Le temps était tout bonnement devenu intolérable. Azzie décida d'étudier le problème de plus près. Renseignements pris, il s'avéra que les tempêtes n'avaient pas toutes la même origine. Elles faisaient leur apparition « au nord », comme c'est généralement le cas. Mais au nord, qu'est-ce que ça voulait dire ? À quelle distance vers le nord ? Au nord de quoi ? Et qu'avait le nord de si particulier qui lui permettait de créer le temps qu'il faisait ? Azzie résolut d'en savoir plus et, si possible, de remédier à cette situation.

Il expliqua à l'Arétin ce qu'il allait faire, puis alla ouvrir une fenêtre. Le vent violent s'y engouffra aussitôt avec un hurlement.

« Ça risque d'être dangereux, dit l'Arétin.
— Ça l'est probablement », répondit Azzie avant d'ouvrir ses ailes pour prendre son envol.

Il quitta Venise, piqua droit vers le nord à la recherche de l'endroit où naissaient les tempêtes. Au-dessus de l'Allemagne, il vit pas mal de mauvais temps, mais qui venait lui aussi du nord. Il traversa la mer du Nord, atteignit la Suède, découvrit qu'elle n'était pas responsable des tempêtes, qui ne faisaient qu'y passer. Il remonta un peu plus le courant des vents, qui le conduisit jusqu'à la Finlande, où les Lapons avaient la réputation d'être de grands magiciens du temps. Mais, partout où il alla dans ce plat pays couvert de neige et de pins, il découvrit que le temps ne venait pas de « là-bas », et se contentait de passer « par ici », en provenance du nord.

Il finit par arriver dans une région où les vents soufflaient à sa rencontre avec une vitesse et une régularité impressionnantes. Ils balayaient la toundra gelée sans relâche, et avec une telle énergie qu'on aurait dit des déferlantes plus que des courants d'air.

Azzie continua, toujours plus loin au nord, bien que dans cette direction le monde lui semblât se rétrécir. Enfin, il atteignit le point le plus au nord du nord et vit une haute montagne de glace au sommet de laquelle se trouvait une tour. Elle était si vieille qu'il semblait qu'elle avait été bâtie avant le reste du monde et que cet endroit avait été le seul possible pour sa construction.

Au sommet de la tour, il y avait une plate-forme, sur laquelle se tenait un homme immense, nu, ébouriffé, qui avait l'air des plus étranges. Il actionnait un énorme soufflet en cuir. Et, chaque fois qu'il le fermait, le soufflet expirait du vent. De là provenaient tous les vents du monde.

Le vent émergeait du soufflet en un flot régulier et s'engouffrait dans les tuyaux d'une drôle de machine.

Une étrange créature était assise devant ce qui ressemblait à un clavier d'orgue, et ses mains, avec de nombreux doigts si souples qu'on aurait dit des tentacules, couraient sur les touches, donnant une forme nouvelle aux vents qui passaient à travers. C'était une machine allégorique comme savent en fabriquer les religions lorsqu'elles essaiaient d'expliquer le fonctionnement du monde. Elle dirigeait ensuite les vents formés et conditionnés vers la fenêtre, d'où ils entamaient leur voyage vers de multiples directions, mais toujours vers le sud, et surtout vers Venise.

Mais pourquoi Venise? Azzie ajusta sa vision radiographique, dont disposent tous les démons, mais que peu utilisent car elle est d'une mise au point difficile, un peu comme une longue division en calcul mental. Il découvrit alors que les lignes Ley avaient été tracées sur le sol en dessous de la glace et que ces lignes guidaient les vents tout en augmentant leur puissance.

Et la pluie ? Le temps, dans ce grand Nord, était sec, vif, à l'état neuf et sans la moindre trace de moisissure.

Azzie regarda autour de lui. En dehors du responsable du soufflet et de l'organiste des vents, il n'y avait pas un chat. « Chers messieurs, leur dit-il, vous êtes en train de provoquer une pagaille monstre dans la région de la Terre où je réside, et je ne peux le tolérer. Si vous ne cessez pas immédiatement, je me verrai dans l'obligation de prendre des mesures. »

C'était courageux de sa part — après tout, ils étaient deux contre un. Mais agir avec audace était dans sa nature, et celle-ci ne le desservit pas.

Les deux personnages se présentèrent. Ils étaient l'incarnation du dieu Bââl. Le responsable du soufflet était Bââl-Hadad, l'autre s'appelait Bââl-Quarnain. Il s'agissait de divinités cananéennes qui avaient vécu tranquillement pendant des milliers d'années, après la disparition de leurs derniers disciples. Zeus les avait repris tous les deux à son service, arguant du fait qu'il n'existait pas de meilleurs experts météo sur la place pour fabriquer le temps qu'il désirait, une fois qu'on avait utilisé toute la panoplie des vents disponibles. Zeus lui-même était un dieu du vent, mais ses multiples casquettes l'avaient forcé à renoncer à faire le temps, activité de toute façon assez rasante.

Malgré leurs cheveux bruns gominés, leur nez crochu, leurs yeux globuleux et leur expression déterminée, malgré leur peau basanée et leurs pieds et leurs mains énormes, les vieilles divinités cananéennes étaient très timides. Lorsque Azzie leur dit combien il était en colère et prêt à leur créer des ennuis, elles acceptèrent de démissionner sans poser de questions.

« Nous pouvons arrêter les vents, dit Bââl-Hadad, mais les pluies ne sont pas de notre ressort. Nous n'avons rien à voir avec elles. Ici, on ne fabrique que du vent à l'état pur.

Le démon de la farce

— Savez-vous qui envoie la pluie ? » interrogea Azzie.

Ils haussèrent tous deux les épaules.

« Bon, eh bien, ça attendra. Il faut que je rentre. C'est presque l'heure de la cérémonie. »

9

L'Arétin s'assura que tout était prêt à l'auberge, puis il monta dans la chambre d'Azzie.

Le démon avait passé sa robe de chambre verte avec des dragons brodés. Il était assis à une table, penché sur un parchemin, plume à la main. Il ne leva même pas les yeux. «Entrez», dit-il.

L'Arétin obéit. «Vous n'êtes pas encore habillé? Mon cher seigneur démon, la cérémonie va bientôt commencer.

— Nous avons le temps. Je suis un peu essoufflé, et mon costume est à côté. Venez m'aider, l'Arétin. Il faut que je décide à qui remettre les prix. Et d'abord, est-ce que tout le monde est là?

— Tout le monde est là», dit l'Arétin, et il se versa un verre de vin. Il se sentait très en forme. Après cette pièce, sa réputation déjà bien assise allait atteindre des sommets. Il allait devenir plus connu encore que Dante, plus lu que Virgile, et peut-être même qu'Homère. C'était un moment important de sa vie, et tout s'annonçait bien, lorsqu'on frappa à la porte.

C'était un lutin messager d'Ananké. «Elle voudrait vous voir, dit-il. Et elle est folle de rage.»

Le palais de Justice, d'où régnait Ananké, était une bâtisse de style brobdingnagien sculptée dans des blocs de pierre plus gros que la plus grande pyramide existant sur Terre. En dépit de sa taille, les proportions étaient parfaitement respectées. Les colonnes du portique d'entrée étaient plus épaisses qu'un troupeau d'éléphants. Le terrain était paysagé avec goût. Sur la pelouse parfaitement entretenue, installée près d'un belvédère blanc sur une couverture à carreaux vichy rouge et blanc, un service à thé disposé autour d'elle, se trouvait Ananké.

Cette fois, il n'y avait aucun doute sur son apparence. Il était de notoriété publique qu'elle pouvait prendre les formes les plus variées. L'une d'entre elles, l'Indescriptible, était celle qu'elle adoptait lorsqu'elle désirait décourager les flagorneurs. C'était une façon d'être littéralement impossible à décrire. La seule chose qu'on pouvait dire, c'était qu'Ananké ne ressemblait en rien à une pelle mécanique à vapeur. Elle avait choisi cette apparence spécialement pour l'occasion.

« Ça suffit avec les chevaux magiques ! dit-elle, à peine Azzie était-il arrivé devant elle.

— Que voulez-vous dire ?

— Je t'avais prévenu, gamin. La magie, ce n'est pas la panacée au service de ton ambition. Tu ne peux pas l'utiliser à tout bout de champ, comme ça, chaque fois que tu as un problème. C'est contre nature de penser qu'on peut détourner les choses de leur usage naturel chaque fois que ça nous chante.

— Je ne vous ai jamais vue dans un état pareil.

— Tu serais toi aussi fou de rage si tu voyais que tout le cosmos est en danger.

— Mais comment est-ce arrivé ?

— Les chevaux magiques, expliqua Ananké. Les chandeliers magiques, ça allait, mais en faisant venir les chevaux magiques, tu as simplement tiré un peu trop fort sur le tissu de la crédulité.

— Que voulez-vous dire, le tissu de la crédulité ? Je n'ai jamais entendu parler de ça, moi.

— Dis-lui, Otto. »

Otto, un esprit qui, pour des raisons connues de lui seul, avait revêtu l'apparence d'un Allemand d'âge mûr avec de grosses moustaches blanches et d'épaisses lunettes, apparut de derrière un arbre.

« Penses-tu que l'univers va supporter éternellement d'être tripatouillé de la sorte ? demanda-t-il. Tu l'ignores peut-être, mais c'est avec la métamachinerie que tu joues. Tu lui mets sans arrêt des bâtons dans les rouages.

— Il n'a pas l'air de comprendre, dit Ananké.

— Il y a quelque chose qui cloche ? demanda Azzie.

— *Ja*, répondit Otto. Il y a quelque chose qui cloche dans la nature même des choses.

— La nature des choses ? Ce n'est sûrement pas aussi grave que ça !

— Tu m'as bien entendu. La structure de l'univers a été dérangée, en bonne partie à cause de toi et de tes chevaux magiques. Je sais de quoi je parle. Je m'occupe de l'entretien de l'univers depuis la nuit des temps.

— Je n'ai jamais entendu parler d'un technicien chargé de l'entretien de l'univers, s'étonna Azzie.

— Ça semble logique, non ? Si l'on veut avoir un univers, il faut quelqu'un qui s'en occupe, et ça ne peut pas être le même que celui qui le dirige. Elle a beaucoup d'autres choses à faire, et puis l'entretien, c'est une spécialité en soi, pas besoin de la regrouper avec quoi que ce soit d'autre. C'est bien toi qui as fait venir les chevaux magiques, n'est-ce pas ?

— Oui, en effet. Mais qu'est-ce que ça peut faire ? Qu'est-ce qui ne va pas avec eux ?

— Tu en as utilisé un trop grand nombre, voilà ce qui ne va pas. Tu penses vraiment que tu peux te permettre d'encombrer le paysage avec autant de chevaux magiques que tu veux ? Tout ça pour fournir des réponses faciles à des problèmes auxquels, fainéant comme tu es, tu n'as pas voulu chercher de solutions ? Non, non, cher démon, cette fois, tu as un peu trop tiré sur la ficelle. Ce damné univers est en train de changer sous nos yeux, et on ne peut rien y faire. Ni toi, ni Ananké, ni moi, ni personne. Tu as libéré l'éclair de Sa terrible épée, si tu vois ce que je veux dire, et il va falloir payer la note. Ça risque d'être l'Enfer. Tu as joué avec la réalité une fois de trop.

— Mais qu'est-ce que tout cela a à voir avec la réalité ? demanda Azzie.

— Écoute-moi bien, maintenant, mon joli jeune démon. La réalité est une sphère de matière solide composée de différentes substances superposées en strates. À l'endroit où une strate en jouxte une autre on peut dire qu'il y a une ligne de fracture potentielle, comme sur Terre. Les anomalies sont les choses qui envoient des ondes de choc le long des lignes de fracture. Ton utilisation illicite des chevaux magiques en est une. Mais d'autres anomalies se sont également produites. Le fait que les dieux anciens se soient échappés est un événement tellement inimaginable qu'il a ébranlé l'univers tout entier.

« C'est la pauvre Venise qui subit les retombées de la catastrophe cosmique dont tu es le responsable. Cette ville a eu la malchance d'être au centre des événements, et ton travail l'a soumise à une tension de la réalité. Les inondations, l'invasion mongole et la peste qui ne va pas tarder à faire son apparition ne font absolument pas partie du tableau historique de la ville. Rien de tout cela n'était censé arriver. Il s'agit de possibilités secondaires, dont les chances d'être activées vont s'amenuisant si les choses suivent normalement leur cours. Mais, à cause de toi, elles ont été activées et, par conséquent, toute l'histoire future telle qu'elle avait été écrite est menacée de destruction.

— Mais comment une histoire future peut-elle être menacée ?

— Il faut considérer l'avenir comme quelque chose qui s'est déjà produit, et qui menace de se produire à nouveau, effaçant tout ce qui s'est produit auparavant. Voilà ce que nous devons éviter à tout prix.

— Il va se passer beaucoup de choses, dit Ananké. Mais, avant tout, tu dois te débarrasser de ces pèlerins et les renvoyer chez eux. »

Azzie dut s'en contenter. Mais, au fond de son esprit, il commença à sentir un petit tiraillement derrière la mer de l'angoisse. Ananké avait dit qu'il n'agissait pas en accord avec la réalité. Et qu'était la réalité, sinon l'équilibre entre le Bien et le Mal ? S'il arrivait à convaincre Michel de modifier cet équilibre, à leur bénéfice mutuel... Mais il lui fallait d'abord s'occuper de ses pèlerins.

DIXIÈME PARTIE

1

Lorsque Azzie quitta le palais de Justice, il avait la queue entre les jambes et le coin des yeux étrangement humide. Il essayait de se faire à l'idée que sa pièce, sa grande pièce immorale qui devait époustoufler tous les mondes, ne monterait même jamais la première marche de la scène. La grande légende des chandeliers d'or ne serait pas autorisée à se réaliser. Les ordres d'Ananké avaient été directs et sans équivoque : il était prié de renvoyer ses acteurs.

Mais il devait bien y avoir un moyen de contourner cette décision. Morose, il entra dans la cabine d'Énergie qui se trouvait juste devant le palais de Justice et rechargea son sortilège de voyage. Un peu plus loin, à un fast-food pour démons, il acheta un sac de têtes de chats rôties au feu de l'Enfer et servies avec une sauce rouge délicieusement grumeleuse, histoire d'avoir de quoi grignoter pendant le voyage du retour vers la Terre. Puis il activa son pouvoir et se sentit propulsé à travers les voiles transparents dont les espaces spirituels étaient apparemment composés.

En vol, il grignota les têtes de chats tout en réfléchissant. Mais il eut beau mettre tous ses efforts au service de la casuistique transcendantale, il ne trouva pas comment passer outre à l'ordre d'Ananké sans que celle-ci s'en aperçoive tôt ou tard et lui tombe sur le râble. Et il n'y avait pas qu'elle. Il y avait aussi le fait qu'il avait bouleversé l'équilibre du cosmos en forçant la dose avec les chevaux magiques. S'il insistait, il risquait de provoquer la destruction, la disparition de toute création, engloutie par la flamme immaculée et pure de la contradiction. Et si ça se trouvait, le cosmos lui aussi disparaîtrait. Dans le meilleur des cas, les lois de la raison seraient renversées.

Il ne tarda pas à survoler Venise. Et, d'en haut, la ville avait piteuse mine. Une partie des îles inférieures était submergée. Les vents étaient tombés, mais la place Saint-Marc avait disparu sous trois mètres d'eau. Les maisons les plus anciennes et les moins solides s'effondraient déjà sous l'assaut de la marée, dont les vagues dissolvaient le vieux mortier qui avait servi à leur construction.

Azzie atterrit chez l'Arétin et trouva le poète devant sa porte, en manches de chemise, occupé à disposer des sacs de sable pour endiguer la montée des eaux. Mais, devant l'inutilité de la chose, il posa ses outils et suivit Azzie à l'intérieur en soupirant.

Ils trouvèrent une pièce sèche au premier. « Où sont les pèlerins, maintenant ? demanda Azzie sans perdre de temps.
— Toujours à l'auberge. »

Il fallait qu'Azzie change ses projets, récupère tous les chandeliers et les renvoie au château de Fatus, dans les Limbes. Ensuite, il fallait faire sortir les pèlerins de Venise. Mais l'Arétin n'avait pas besoin d'être informé de tout cela pour l'instant. Il apprendrait en même temps que les autres que la cérémonie avait été annulée.

« Nous allons devoir faire quitter Venise aux pèlerins, dit simplement Azzie. Entre les Mongols et les inondations, la ville semble condamnée. Je sais de source sûre qu'un changement dans le fil du temps est attendu concernant ce moment précis dans le déroulement de l'histoire.
— Un changement ? Comment ça ?
— Le monde tisse un fil du temps, d'où jaillissent différents événements. À la façon dont vont les choses, il semble que Venise sera détruite. Mais, pour Ananké, c'est inaccep-

table, alors le fil du temps de Venise se désolidarisera du reste du fil juste avant que j'aie commencé avec les chandeliers et deviendra le nouveau fil principal. Le fil où nous nous trouvons en ce moment sera relégué dans les Limbes.

— Et qu'est-ce que ça signifie ?

— La version de Venise qui se retrouvera dans les Limbes continuera d'exister pendant une semaine à peine, depuis le moment où je t'ai demandé d'écrire une pièce jusqu'à celui où les Mongols arriveront et où les murs de la ville s'effondreront sous la pression des eaux, c'est-à-dire ce soir vers minuit. Elle n'existera que pour une semaine, mais cette semaine se répétera, recommencera dès qu'elle sera achevée. Ses habitants vivront la même semaine pour l'éternité, avec chaque fois la même issue : ruine et destruction.

— Mais si nous faisons sortir les pèlerins ?

— S'ils sortent avant minuit, leur vie continuera comme s'ils ne m'avaient jamais rencontré. Ils retrouveront le fil du temps juste avant notre première entrevue.

— Se souviendront-ils de ce qui s'est passé ? »

Azzie secoua la tête. « Vous seul vous en souviendrez, Pietro. Je me suis arrangé. Comme ça, vous pourrez écrire une pièce basée sur notre projet.

— Je vois. Eh bien... c'est un peu inattendu, tout ça. Je ne sais pas si ça leur plaira.

— Ils n'ont pas le choix. Ils doivent obéir, c'est tout. Ou en subir les conséquences s'ils refusent.

— Bien. Je leur expliquerai.

— Parfait, mon cher Pietro. Je vous retrouverai à l'église.

— Où allez-vous ?

— J'ai une autre idée, peut-être un moyen d'éviter tout ça. »

2

Azzie passa rapidement dans le système ptolémaïque, avec ses sphères de cristal et ses étoiles en orbite fixe. Ça le mettait toujours de bonne humeur, de voir la récession ordonnée des étoiles et les plans fixes de l'existence. Il se hâta en direction de l'entrée du Paradis réservée aux visiteurs. Toute personne étrangère au service céleste était supposée l'utiliser, et tout humain ou démon surpris en train d'essayer de passer par l'entrée des anges était sévèrement puni.

L'entrée des visiteurs était une vraie porte en bronze d'environ trente mètres de haut, scellée dans le marbre. On y arrivait par une série de petits nuages blancs moelleux. Des voix angéliques chantaient alléluias et autres classiques. À la porte étaient disposées une table et une chaise en acajou. À la table, vêtu d'un drap en satin blanc, se tenait un homme plus tout jeune, à la calvitie naissante, avec une longue barbe blanche. Il portait un badge sur lequel on pouvait lire : SAINT ZACHARIE À VOTRE SERVICE. SOYEZ BÉNI. Azzie ne le connaissait pas, mais, en général, c'était un saint de peu d'importance qu'on chargeait de monter la garde.

« Que puis-je faire pour vous ? s'enquit Zacharie.
— Je voudrais voir l'archange Michel.
— Vous a-t-il inscrit sur la liste des visiteurs ?

— J'en doute. Il n'attend pas ma visite.

— Dans ce cas, cher monsieur, j'ai peur que...

— Écoutez, c'est urgent, l'interrompit Azzie. Envoyez-lui mon nom. Il vous en remerciera. »

Saint Zacharie se leva en grommelant et alla jusqu'à un tuyau de communication en or qui longeait la porte. Il prononça quelques mots, attendit en fredonnant. Puis colla son oreille au tuyau. On lui répondait.

« Vous êtes sûr ? Ce n'est pas vraiment la procédure habituelle... Oui... Bien sûr, monsieur.

» Vous pouvez y aller », dit Zacharie. Il ouvrit une toute petite porte à la base de la grande porte en bronze, Azzie entra, longea les différents bâtiments construits sur le vert gazon du Paradis. Enfin, il atteignit le Centre administratif. Michel l'attendait sur le perron.

Il le guida jusqu'à son bureau, lui servit un verre de vin. Le Ciel a les vins les plus fins, mais, pour un bon whisky, il vous faut aller en Enfer. Ils papotèrent un petit moment, puis Michel lui demanda ce qu'il voulait.

« Je voudrais passer un marché, dit Azzie.

— Un marché ? De quel genre ?

— Saviez-vous qu'Ananké m'a ordonné de mettre un terme à mon projet de pièce immorale ? »

Michel le regarda, puis sourit jusqu'aux oreilles. « Vraiment ? Tiens donc ! Bonne vieille Ananké...

— C'est ce que vous pensez ? fit Azzie d'un ton glacial.

— Parfaitement. Même si elle est censée être au-dessus du Bien et du Mal, et ne jamais prendre parti, je suis heureux de constater qu'elle sait exactement de quel côté de sa tartine de moralité se trouve le beurre.

— Je veux passer un marché avec vous, répéta Azzie.

— Tu veux mon aide pour lutter contre Ananké ?

— Exactement.

— Là, je dois dire que tu m'époustoufles. Pourquoi devrais-je passer un marché avec toi ? Ananké t'empêche de monter ta pièce immorale. Ça n'est pas du tout pour me déplaire.

— Est-ce une pointe de ressentiment que j'entends ? »

Michel sourit. « Oh, peut-être une toute petite pointe. Tes histoires ont en effet tendance à m'énerver un peu. Mais ma décision d'arrêter ta pièce n'a rien de personnel. Mon camp a intérêt à ce que cette pièce insidieuse soit stoppée. C'est aussi simple que ça.

— Vous trouvez peut-être ça drôle, mais c'est une affaire beaucoup plus grave que ce que vous croyez.

— Grave pour qui ?

— Pour vous, évidemment.

— Je ne vois pas en quoi. Ananké fait ce qu'elle veut.

— Le simple fait qu'elle fasse quoi que ce soit est inquiétant. »

Michel se redressa dans son fauteuil. « Que veux-tu dire ?

— Depuis quand Ananké s'inquiète-t-elle du déroulement au quotidien de notre lutte, la vôtre et la mienne, entre les ténèbres et la lumière ?

— C'est la première fois qu'elle intervient directement, pour autant que je sache, reconnut Michel. Mais où veux-tu en venir ?

— Acceptez-vous qu'Ananké soit votre chef ?

— Certainement pas ! Elle n'a rien à voir avec les décisions du Bien et du Mal. Dans la gestion du cosmos, son rôle est de donner l'exemple, pas de faire la loi.

— Et pourtant, elle la fait, quand elle m'interdit de monter ma pièce.

— On ne va pas revenir là-dessus ! dit Michel en souriant.

— On y reviendrait si c'était votre pièce qu'elle avait interdite. »

Le sourire de Michel disparut. « Seulement, ce n'est pas la mienne.

— Cette fois, peut-être. Mais si vous acceptez qu'Ananké

établisse les règles du Mal, comment ferez-vous lorsqu'elle décidera d'établir les règles du Bien ? »

Michel fit la moue. Il se leva, se mit à faire les cent pas dans la pièce. Au bout d'un moment, il s'arrêta devant Azzie.

« Tu as raison. En interdisant ta pièce, même si elle nous rend un fier service, à nous qui sommes tes ennemis, elle passe outre aux lois qui nous gouvernent tous. Comment ose-t-elle ? »

Juste à ce moment, on sonna à la porte. Michel ouvrit d'un geste impatient.

« Babriel ! Tu tombes bien, j'allais t'appeler.

— J'ai un message pour vous, dit Babriel.

— Ça attendra. Je viens d'apprendre qu'Ananké marche sur nos plates-bandes, si je puis dire. J'ai besoin de parler à Gabriel et à quelques autres immédiatement !

— Ils voudraient vous parler aussi.

— Ah bon ?

— C'est pour ça qu'ils vous ont envoyé un message.

— Ah bon ? Mais que veulent-ils ?

— Ils ne me l'ont pas dit, monsieur.

— Attendez ici tous les deux, dit Michel.

— Vous voulez dire moi ? demanda Babriel.

— Tous les deux. » Michel sortit à grands pas de la pièce.

Il ne tarda pas à réapparaître. Il était songeur, et détourna les yeux lorsque Azzie le regarda.

« J'ai bien peur de ne pas être autorisé à intervenir en ce qui concerne Ananké.

— Mais enfin, ce que je vous ai dit à propos de l'abrogation potentielle de vos propres pouvoirs...

— J'ai peur que cela ne soit pas le problème le plus important.

— De quoi s'agit-il, alors ?

— La pérennité du cosmos. Voilà ce qui est en jeu, d'après le Conseil suprême.

— Michel, c'est une question de liberté ! La liberté du Bien et du Mal d'agir selon leurs convictions, soutenus uniquement par la loi de la nature, et non par le règlement arbitraire d'Ananké !

— Ça ne me plaît pas non plus, dit Michel. Mais c'est comme ça. Laisse tomber ta pièce, Azzie. Tu n'as plus de munitions et tu es tout seul. Je ne sais même pas si ton propre Conseil te soutiendrait.

— Eh bien, c'est justement ce qu'on va voir, dit Azzie, et il effectua une sortie théâtrale.

3

Les pèlerins étaient toujours à l'auberge lorsque Azzie regagna Venise. Rodrigue et Cressilda, côte à côte, étaient assis dans un coin. Ils ne se parlaient pas, mais, étant l'un et l'autre les seules personnes de rang suffisant pour se sentir en confiance, ils n'avaient pas le choix. Comme d'habitude, Kornglow et Léonore passaient inaperçus. Puss et Quentin jouaient au jeu du berceau avec un bout de ficelle. Mère Joanna faisait du tricot tandis que sir Oliver astiquait la poignée sertie de pierres précieuses de son épée de cérémonie.

Azzie alla droit au but. « J'ai peur que nous n'ayons un petit problème. Notre pièce a été annulée. Mais permettez-moi de vous remercier tous pour votre collaboration. Vous avez fait du très bon travail avec les chandeliers.

— Antonio, mais enfin, que se passe-t-il ? s'étonna Oliver. Nos vœux seront-ils exaucés ? J'ai déjà rédigé un petit texte de remerciement, nous devons y aller. »

À leur tour, les autres lui firent part de leurs reproches. D'un geste, Azzie réclama le silence.

« Je ne sais pas comment vous le dire, mais l'autorité la plus puissante qui soit m'a ordonné de cesser ma production. Il n'y aura pas de cérémonie des chandeliers d'or.

— Mais qu'est-il arrivé ? demanda mère Joanna.

— Il semblerait que nous ayons violé quelque vieille loi naturelle stupide. »

Mère Joanna parut déconcertée. « Mais les hommes passent leur temps à violer les lois de la nature. Et alors ?

— En général, ça ne porte pas à conséquence. Mais, cette fois, je crois qu'on a été pris la main dans le sac. On m'a reproché de faire une trop grande consommation de chevaux magiques.

— On s'occupera de tout ça plus tard, non ? intervint Oliver. Pour l'instant, nous sommes impatients d'en finir, alors allons-y.

— J'aimerais pouvoir vous laisser faire, mais c'est impossible. L'Arétin va maintenant passer parmi vous pour récupérer les chandeliers. »

Solennel, le poète s'exécuta, prit un à un les chandeliers qu'on lui tendait à contrecœur.

« Il va nous falloir quitter cet endroit, continua Azzie. Venise est condamnée à disparaître. Nous devons partir immédiatement.

— Pourquoi si tôt ? dit mère Joanna. Je n'ai même pas eu le temps de faire un peu de tourisme, de visiter quelques tombeaux de saints.

— Si vous ne voulez pas que cette ville soit votre tombeau, faites ce que je vous dis. Vous devez suivre l'Arétin. Pietro, vous m'écoutez ? Nous devons faire quitter Venise à tous ces gens.

— Facile à dire, grommela l'Arétin. Je vais voir ce que je peux faire. »

Il posa les chandeliers dans un coin. « Que voulez-vous que j'en fasse ? »

Azzie allait répondre lorsqu'il sentit qu'on lui tirait la manche. Il baissa les yeux. C'était Quentin, avec Puss à côté de lui.

« S'il vous plaît, messire, supplia le garçonnet. J'ai appris tout mon texte par cœur pour la cérémonie. Puss m'a aidé.

— C'est très bien, les enfants.

— On ne va pas pouvoir le réciter ? insista Quentin.

— Tu pourras me le dire plus tard, quand tu seras en sécurité loin de Venise.

— Mais ça sera pas pareil. On l'a appris spécialement pour la cérémonie. »

Azzie fit la moue. « Il n'y aura pas de cérémonie.

— Quelqu'un a fait une bêtise ?

— Non, non, il ne s'agit pas de ça.

— C'était une mauvaise pièce, alors ?

— Non ! s'écria Azzie. Ce n'était pas une mauvaise pièce. C'était une excellente pièce. Vous jouiez tous vos propres rôles, on ne peut pas rêver mieux !

— Si c'était pas une mauvaise pièce, continua Quentin, et qu'on n'a rien fait de mal, alors pourquoi on peut pas la finir ? »

Azzie allait répondre, mais il hésita. Il se souvenait de sa jeunesse de petit démon méprisant toute autorité, soucieux d'une seule chose : aller là où le péché et la vertu, sa fierté et sa volonté le mèneraient. Il avait beaucoup changé depuis. Aujourd'hui, une femme lui donnait des ordres, et il obéissait. Bien sûr, Ananké, ce n'était pas n'importe quelle donzelle — c'était plutôt une sorte de principe divin, vague mais irrésistible, avec de la poitrine. Sa présence avait toujours pesé sur le monde, lointaine mais, encore une fois, irrésistible. Cette fois, pourtant, elle avait brisé la règle qui, depuis la nuit des temps, l'avait empêchée d'intervenir. Et qui avait-elle choisi pour porter la responsabilité d'une telle action ? Azzie Elbub.

« Mon cher enfant, dit Azzie, assister à cette cérémonie, c'est peut-être signer notre mort à tous.

— Mais on doit tous mourir un jour, messire », répondit Quentin. Azzie le regarda, stupéfait. Ce gamin avait le toupet d'un démon et le sang-froid d'un saint. Comment ne pas lui céder ?

« Très bien, gamin. Tu m'as convaincu. Tout le monde !

Ramassez vos chandeliers et prenez place sur la scène qui a été installée devant le bar!

— Vous allez jusqu'au bout! s'exclama l'Arétin, ravi. Merci, mon ami, merci. Parce que, autrement, je n'avais vraiment pas d'idée pour la fin de la pièce!

— Eh bien, vous en avez une, maintenant. L'orchestre est dans la fosse? »

Il y était, et de très bonne humeur d'abord parce que l'Arétin avait payé les musiciens trois fois le tarif habituel pour qu'ils acceptent d'attendre Azzie, et ensuite parce que, avec les inondations, ils n'avaient pas d'autre concert de prévu.

L'orchestre attaqua un air. Azzie agita la main. La cérémonie commença.

4

La cérémonie eut lieu en grande pompe, comme on aimait à le faire à la Renaissance et chez les démons. Il n'y avait malheureusement pas de public, on avait dû jouer à guichet fermé — entendez par là que les guichets n'avaient jamais été ouverts — car, étant donné les circonstances, le spectacle devait rester privé. Mais ce fut très réussi tout de même, dans l'auberge déserte, avec la pluie battant les carreaux.

Les pèlerins avancèrent dans la salle commune, en tenue d'apparat, chandelier à la main. Ils remontèrent l'allée centrale, créée pour la circonstance, jusqu'à la scène. Azzie, en parfait Monsieur Loyal, les présenta un par un, et eut pour chacun un mot gentil, un compliment.

Et puis de drôles de choses se produisirent. Le rideau bougea tout seul, une odeur âcre se répandit dans la pièce. Mais le pire, c'était le vent, qui se mit à gémir comme si une âme en peine essayait désespérément d'entrer dans l'auberge.

« Je n'ai jamais entendu un vent pareil, soupira l'Arétin.
— Ce n'est pas le vent, dit Azzie.
— Pardon ? »

Mais le démon refusa de s'étendre sur le sujet. Il savait reconnaître une visitation quand il en entendait une. Il en avait provoqué un trop grand nombre pour pouvoir se méprendre, d'autant qu'un froid sidéral s'abattit sur l'auberge et que d'étranges bruits sourds retentirent un peu partout, venant confirmer ses soupçons. Il n'espérait qu'une chose, c'était que cette nouvelle force, quelle qu'elle fût, attende un peu avant d'entrer en scène. Elle semblait avoir quelque difficulté à trouver son chemin. Et le plus infernal, c'était qu'Azzie ne savait même pas par qui ou par quoi il était poursuivi. C'était assez inhabituel, comme situation, pour un démon, d'être hanté par ce qui ressemblait fort à un fantôme. Cela lui donnait néanmoins une idée de ce qui l'attendait, le vaste abîme de la déraison qui menaçait d'engloutir les fragiles édifices qu'étaient la logique et la causalité. Un tout petit mouvement, semblait-il, et ces notions pouvaient cesser d'exister.

Après les présentations, il y eut un court interlude, avec le chœur des Petits Chanteurs à la Tête de Bois, que l'Arétin avait engagé pour l'occasion. À un moment, certains crurent que saint Grégoire lui-même faisait une apparition ectoplasmique, car une forme allongée et mince avait commencé à se matérialiser près de la porte. Mais cette chose, quelle qu'elle fût, ne s'y était pas bien prise car elle disparut avant de se matérialiser totalement, et la représentation continua.

Les acteurs posèrent leurs chandeliers sur l'autel et allumèrent les bougies. Azzie fit un petit discours pour les féliciter, boucla la boucle de sa pièce en insistant sur le fait qu'ils s'en étaient tous très bien sortis sans efforts particuliers. Ils avaient gagné le bonheur en se laissant porter par les événements, ce qui prouvait que le bonheur n'avait rien à voir avec le bon caractère ou la bonne action. Au contraire, la chance était quelque chose de neutre qui pouvait arriver à n'importe qui. « La preuve, ce sont mes personnages, qui ont tous bien mérité leur récompense ce soir car ils n'ont rien fait de plus qu'être eux-mêmes avec toutes leurs imperfections. »

Pendant ce temps, l'Arétin, assis au premier rang, prenait fébrilement des notes. Il réfléchissait déjà à la pièce qu'il allait tirer de tout ça. Azzie pensait peut-être qu'il suffisait de monter une sorte de divine comédie, mais ce n'était pas comme cela qu'un écrivain procédait. Dans les très bonnes pièces, il n'y avait pas de place pour l'improvisation, et l'Arétin entendait faire du très bon travail.

Plongé qu'il était dans ses notes, il ne réalisa que la cérémonie était terminée que lorsque les pèlerins, descendus de scène, vinrent lui taper dans le dos en lui demandant si ça lui avait plu. L'auteur, ravalant son penchant pour l'acerbe, déclara qu'ils s'en étaient tous très bien sortis.

« Et maintenant, dit Azzie, il est temps de s'en aller. Vous n'aurez plus besoin des chandeliers, alors je vous demanderai de les poser dans le coin, là, et je provoquerai un miracle mineur pour les renvoyer dans les Limbes. L'Arétin, êtes-vous prêt à mener ces gens jusqu'en lieu sûr ?

— Bien entendu. S'il existe un moyen de quitter cette île, je le trouverai. Mais vous ne nous accompagnez pas ?

— Si, mais il est possible que je sois un peu retardé par des circonstances indépendantes de ma volonté. Si cela se produit, vous savez quoi faire, Pietro. Emmenez ces gens en lieu sûr !

— Et vous ?

— Je ferai le nécessaire pour rester en vie, ne vous en faites pas. La persévérance au service de nos propres intérêts est une qualité très développée chez les démons. »

Azzie, l'Arétin et la petite troupe de pèlerins s'enfoncèrent alors dans la nuit orageuse du funeste destin qui s'abattait sur Venise.

5

Les rues étaient pleines de gens qui essayaient de quitter la ville. L'eau arrivait désormais à la taille, et continuait de monter. L'Arétin avait pris soin de se munir d'une quantité suffisante d'argent pour acheter les gondoliers, mais aucun gondolier n'était à vendre. Les différents arrêts, le long du Grand Canal, avaient été abandonnés plusieurs heures auparavant.

« Je ne sais pas quoi faire, dit le poète à Azzie. On dirait que tous les gondoliers de la ville sont soit morts, soit déjà pris.

— Il y a encore un moyen. Ça risque de provoquer une nouvelle anomalie et une fois de plus c'est moi qui porterai le chapeau, mais on va essayer. Il faut qu'on trouve Charon. Sa barque est toujours dans les parages lorsqu'il y a beaucoup de morts ou de mourants. Il s'y connaît en tragédies à grande échelle.

– Le véritable Charon de la mythologie grecque est ici ?

— Certainement. J'ignore pourquoi, mais il a pu continuer à transporter des gens tout au long de l'ère chrétienne. C'est une anomalie, ça aussi, mais celle-là, au moins, on ne peut pas me la mettre sur le dos.

— Acceptera-t-il de prendre des vivants ? Je croyais que la barque de Charon était réservée à l'autre catégorie.

— Je le connais très bien. Nous avons déjà été en

affaires ensemble. Je pense qu'il fera une exception car c'est une urgence comme il les aime.

— Où pouvons-nous le trouver ? »

Azzie prit la tête du cortège. L'Arétin voulait savoir pourquoi il était si pressé de faire quitter la ville aux pèlerins. « La situation est si catastrophique que ça ?

— Oui. La chute de Venise n'est que le début. Elle annonce l'effondrement de l'univers tout entier. Les systèmes de Ptolémée et de Copernic sont tous les deux en difficulté, on a relevé des signes de chocs anormaux un peu partout. Déjà, les rues regorgent de prodiges et de miracles. Le commerce s'est arrêté, même l'amour a dû se mettre au vert.

— Je ne comprends pas. Qu'est-ce que c'est, cette explosion d'anomalies, tout à coup ? Que va-t-il se passer ? Sous quelle forme la catastrophe se présentera-t-elle ? Quels signes nous indiqueront son avènement ?

— Vous n'aurez pas besoin de signes. Tout à coup, le déroulement de la vie sera interrompu. Les causes et les effets cesseront de s'enchaîner. Les principes ne permettront plus de conclusions logiques. Comme je vous l'ai expliqué, la réalité se divisera en deux branches. La première continuera l'histoire de l'Europe et de la Terre comme si ce pèlerinage n'avait jamais eu lieu, la seconde poursuivra ce qui se produit en ce moment, et verra les résultats du pèlerinage. C'est cette branche, cette catastrophe, qui sera envoyée aux Limbes. Là-bas, elle se répétera éternellement, montée en boucle. Une boucle plus longue que tout ce que vous pouvez imaginer. Nous devons sortir les pèlerins de là avant que cela se produise. »

Mais Charon était introuvable. Azzie et l'Arétin poursuivirent leur route, ballottant leurs pèlerins d'un endroit à l'autre, cherchant un moyen de leur faire quitter la ville. Ils virent des gens se noyer en essayant de rejoindre la terre ferme à la nage, le plus souvent entraînés vers le fond par d'autres nageurs épuisés qui s'agrippaient à eux.

Les quelques gondoliers qui restaient avaient déjà des clients. Ceux qui avaient eu la chance de pouvoir monter à bord d'une gondole avaient tiré leur épée et menaçaient tous ceux qui osaient les approcher.

Azzie et l'Arétin parcoururent toutes les ruelles sinueuses, à la recherche de Charon. Enfin, ils trouvèrent sa barque, à bords plats, un peu difforme, peinte d'un noir mat. Azzie avança jusqu'au bastingage, posa un pied dessus et appela. « Holà, du bateau ! »

Un homme grand, maigre, au visage émacié et aux yeux étrangement brûlants sortit de la petite cabine. « Azzie ! s'exclama-t-il. Si je m'attendais !

— Que fais-tu à Venise, Charon, si loin de ton itinéraire habituel, sur le Styx ?

— On nous a demandé à nous, marins de la mort, de desservir une zone un peu plus large que d'habitude. Je crois savoir qu'on attend dans le coin une hécatombe comme jamais on n'en a connu depuis l'Atlantide.

— J'aurais besoin de tes services, tout de suite.

— Est-ce vraiment nécessaire ? J'allais faire un petit somme avant que l'évacuation générale commence.

— Le système tout entier est en danger. J'ai besoin que tu m'aides à faire sortir mes amis de la ville.

— Je n'aide personne, tu le sais bien. J'ai mes clients, ça me suffit. Et il me reste beaucoup de gens à transporter vers l'autre rive.

— Je crois que tu ne te rends pas compte de la gravité de la situation.

— Elle n'a rien de grave pour moi. La mort, quelle que soit sa cause, est une affaire du Monde supérieur. Au Royaume des Morts règne la sérénité.

— C'est ce que j'essaie de te faire comprendre. La sérénité, même au Royaume des Morts, ne va pas durer long-

Le démon de la farce

temps. Il ne t'est jamais venu à l'idée que la Mort elle-même pouvait mourir ?

— La Mort ? Mourir ? C'est complètement ridicule !

— Mon cher ami, si Dieu peut mourir, alors la Mort le peut également, et dans d'atroces souffrances. Je te dis que c'est tout le système qui est en danger. Tu pourrais disparaître en même temps que tout le reste. »

Charon était sceptique, mais il se laissa convaincre. « Bon, que veux-tu qu'on fasse ?

— Je dois faire sortir les pèlerins de la ville et les ramener jusqu'à leur point de départ. Ensuite seulement, Ananké pourra peut-être redresser la situation. »

Charon était capable de faire vite lorsqu'il le voulait. Dès que tout le monde fut à bord, il se mit debout à la barre, épouvantail drapé dans une cape. La vieille barque prit de la vitesse, mue par la force des rameurs morts installés dans la cale. De tous côtés, dans la ville abandonnée, on distinguait des brasiers projetant de tremblantes silhouettes rouges et jaunes vers l'obscurité des Cieux. La barque traversa un bras de mer et glissa bientôt à travers les roseaux, dans les marais. Tout était étrange. Charon avait pris un raccourci, un petit passage qui reliait un monde à l'autre. « C'était comme ça, au commencement ? demanda l'Arétin.

— Je n'étais pas là au commencement, répondit Charon. Mais à peu de chose près, oui, je crois. Ce que vous voyez, c'est le monde lorsqu'il n'y avait pas de lois physiques, que tout n'était que magie. Il y a eu une époque, avant toutes les autres, où tout était magie, où la raison n'existait pas. Ce monde d'il y a bien longtemps, nous nous y rendons encore en rêve. Certains paysages nous le rappellent. C'est un monde plus ancien que Dieu, plus ancien que la Création. C'est le monde d'avant la création de l'univers. »

Installé à la proue, l'Arétin vérifiait la liste de pèlerins pour être sûr que tout le monde était là. Il s'aperçut assez vite que deux ou trois Vénitiens rusés avaient profité de la confusion générale pour monter à bord. Mais ce n'était pas important. Il y avait suffisamment de place pour eux, surtout dans la mesure où Léonore et Kornglow ne répondaient plus à l'appel.

Il demanda aux autres s'ils les avaient vus. Personne ne sut dire ce qu'ils étaient devenus après la cérémonie.

« Je ne trouve plus Kornglow et Léonore ! lança l'Arétin à Azzie, qui était sur le quai et défaisait l'amarre.

— Nous ne pouvons pas attendre, dit Charon. La Mort est très à cheval sur les horaires.

— Partez sans eux, dit Azzie.

— Et vous ? s'étonna l'Arétin.

— Ce truc m'en empêche. » C'est alors que l'Arétin remarqua l'ombre, juste derrière le démon, qui semblait le tenir par le cou.

Azzie lança la corde vers la barque, qui s'éloigna du bord, vira et prit de la vitesse tandis que les rames mordaient et labouraient l'eau.

« On ne peut donc rien faire pour vous ? cria l'Arétin.

— Non ! répondit Azzie. Partez, c'est tout. Quittez cet endroit. »

Il regarda glisser la barque sur les eaux sombres jusqu'à ce qu'elle disparaisse entre les roseaux, près de l'autre rive.

Les pèlerins s'étaient installés aussi confortablement que possible, un peu serrés entre les rameurs défunts, qui n'étaient pas à proprement parler des boute-en-train.

« Bonjour, dit Puss à la créature décharnée et encapuchonnée qui était assise à côté d'elle.

— Bonjour, ma petite fille », répondit celle-ci.

C'était une femme. Elle semblait morte, et pourtant elle pouvait encore parler.

« Où allez-vous ? demanda Puss.

— Notre nocher Charon nous emmène en Enfer.

— Oh ! Je suis désolée !

— Il n'y a pas de quoi. C'est là que nous allons tous.
— Même moi ?
— Même toi. Mais ne t'inquiète pas, ce n'est pas pour tout de suite.
— Y aurait pas quelque chose à manger, sur cette barque ? demanda Quentin, assis de l'autre côté.
— Rien de bon en tout cas, répondit la silhouette encapuchonnée. Tout ce que nous avons est amer.
— Moi j'ai envie de quelque chose de sucré.
— Sois patient, dit Puss. Personne ne mange sur la barque des morts sans perdre la vie. Et je crois que je vois l'autre rive.
— Ah bon », dit Quentin. Il regrettait de ne plus servir de messager aux esprits. Pour une fois qu'il s'amusait vraiment...

ONZIÈME PARTIE

1

Venise semblait désormais perdue. Mais Azzie avait peut-être un moyen de la sauver. Pour cela, il lui fallait aller dans les Coulisses de l'Univers, où se trouvait la Machinerie cosmique, dans ce coin du cosmos où règne la symbologie.

Pour ce faire, il devait suivre un certain nombre d'instructions qu'il n'avait jamais suivies auparavant — qu'il avait toujours pensé ne jamais avoir à suivre. Mais le moment était venu. Il trouva un endroit à l'abri sous une balustrade et fit un geste un peu compliqué.

Une voix désincarnée — celle d'un des Gardiens du Chemin — lui dit : « Es-tu sûr de vouloir le faire ?

— J'en suis sûr », répondit-il.

Et il disparut.

Il réapparut dans une petite antichambre. Contre un mur, il y avait un long sofa capitonné, et en face, deux chaises. Une lampe jetait une lumière tamisée sur un tas de magazines posés sur une petite table. Contre le troisième mur était installée une réceptionniste en toge avec, sur son bureau, ce qui ressemblait fort à un interphone. Elle était en tout point identique à une femme, sauf que, sur les épaules, elle avait une tête d'alligator. Cela confirma les soupçons d'Azzie : il se trouvait bien là où le réalisme n'avait pas lieu d'être, et où la symbologie gouvernait le monde.

« Qu'y a-t-il pour votre service, monsieur ? demanda la réceptionniste.

— Je suis venu pour inspecter la machinerie symbolique.

— Entrez, vous êtes attendu. »

Azzie franchit une porte et pénétra dans un espace qui possédait la consternante caractéristique d'être en même temps clos et infini, un plein universel au contenu illimité. On aurait dit une usine, ou une dérisoire imitation tridimensionnelle d'usine, car son volume s'étendait à perte de vue. Cet endroit au-delà de l'espace et du temps était occupé par des machines, par une infinie variété d'engrenages, d'axes et de courroies pour les entraîner, tout cela apparemment en suspens et fonctionnant dans un mélange de sifflements, de frottements et de claquements.

Les machines étaient empilées et alignées sans fin, dans toutes les directions, reliées par d'étroites passerelles. Sur l'une d'elles se trouvait un homme grand, sinistre, vêtu d'une combinaison de travail grise à petites rayures et d'une casquette assortie. Il avait une burette d'huile à la main et longeait les machines en s'assurant qu'elles grippaient le moins possible.

« Que se passe-t-il ici ? demanda Azzie.

— On compresse le temps terrestre en une seule bande qui est passée entre des rouleaux. Elle ressort là, sous forme de tapisserie aussi fine que des fils de la Vierge. »

Le vieil homme lui montra les énormes rouleaux où le fil du temps était tissé pour devenir une tapisserie qui représentait et, d'une certaine façon, était l'histoire du cosmos jusqu'au moment présent. Azzie l'examina et découvrit un raté dans les points.

« Et ça, qu'est-ce que c'est ? interrogea-t-il.

— C'est l'endroit où Venise a été détruite. Cette ville était un des fils principaux du tissu de la civilisation, voyez, donc il y aura une petite discontinuité dans l'aspect culturel du tissu spatio-temporel jusqu'à ce qu'une autre ville prenne sa place. Ou peut-être la tapisserie tout entière perdra-t-elle de sa superbe car il lui manquera un de ses plus jolis motifs. Il est difficile de prévoir les retombées d'une catastrophe comme celle-ci.

— Ce serait dommage de laisser ça comme ça », dit Azzie. Il examina de plus près les trames formant la torsion. « Dites, si on remonte un peu le long de la tapisserie et qu'on tire ce fil, Venise n'aurait plus rien à craindre. »

Il venait de trouver l'endroit où il avait lancé son jeu des chandeliers d'or avec les pèlerins, le point où le destin de Venise avait basculé. Il était nécessaire de retirer cet épisode de l'écheveau de la causalité afin de défaire l'accident cosmique.

« Mon cher démon, vous savez très bien qu'on ne joue pas comme ça avec les écheveaux du temps. D'accord, ce serait facile. Mais je vous le déconseille fortement.

— Et si je le fais quand même ?
— Vous verrez bien.
— Vous allez essayer de m'en empêcher ? »

Le vieil homme secoua la tête. « Ma tâche n'est pas d'empêcher quoi que ce soit. Je suis chargé de surveiller la réalisation de la tapisserie, un point, c'est tout. »

Azzie tendit le bras et, d'un mouvement sec, tira le fil qui marquait sa rencontre avec les pèlerins. Il prit feu aussitôt et la tapisserie se répara dans la seconde qui suivit. Venise était sauvée. C'était aussi simple que ça.

Azzie tourna les talons, et allait s'en aller lorsqu'un doigt glacial lui tapa sur l'épaule. Il se retourna. Le vieil homme avait disparu.

« Azzie Elbub ? fit une voix à vous glacer le sang.
— Oui ? Qui est là ?
— Mon nom est Sans-Nom. Tu as encore fait des tiennes, on dirait.
— Comment ça ?
— Tu as provoqué une nouvelle anomalie inacceptable.

— Et qu'est-ce que ça peut vous faire ?

— Je suis l'Anomalophage. Je suis la circonstance particulière qui surgit dans la panse de l'univers lorsque les choses se compliquent un peu trop. Je suis celui contre lequel Ananké essayait de te mettre en garde. Ton attitude a provoqué mon apparition.

— Désolé de l'apprendre. Vous sortir du sommeil de l'incréé n'était pas dans mes intentions. Et je vous promets de ne plus jamais provoquer d'anomalie.

— Ça ne suffit pas. Cette fois, tu es bon. Tu as bricolé la machinerie de l'univers une fois de trop. Et pendant que j'y suis, je crois que je vais également détruire le cosmos, renverser Ananké et tout recommencer à zéro, avec moi en tant que divinité suprême.

— Voilà une réaction exagérée si j'en ai jamais entendu une. Pour détruire une anomalie, vous proposez d'en susciter une qui est nettement plus importante.

— Eh bien, c'est ainsi que l'univers s'écroule. Et je crains de devoir te détruire toi aussi.

— Oui, sans doute, mais pourquoi ne pas commencer par Ananké ? C'est elle le premier couteau.

— Ce n'est pas ainsi que je procède. Je vais commencer par toi. Après avoir mangé ton âme, je mangerai ton corps. Ensuite, pour le dessert et le pousse-café, j'aviserai. Voilà mon programme. »

2

Sans-Nom agita ce qui était peut-être un bras. Avant même d'avoir eu le temps de dire au revoir au gardien, Azzie se trouva transporté à une terrasse de café, dans une ville dont l'architecture faisait très nettement penser à Rome.

La transition, effectuée sans équipement visible, impressionna le démon, qui se garda néanmoins de montrer le moindre signe d'admiration. Sans-Nom semblait avoir la grosse tête, de toute façon. Il était là, avec lui, porteur d'un corps humain à la très nette surcharge pondérale et coiffé d'un chapeau tyrolien. Un serveur en veste blanche approcha ; Azzie commanda un Cinzano puis se tourna vers Sans-Nom.

« Bon, maintenant, à propos de ce combat : y aura-t-il des règles, ou bien tous les coups sont-ils permis ? »

Il savait qu'il n'avait aucune chance contre Sans-Nom, qu'il soupçonnait d'être une superdivinité tout juste née. Mais il avait décidé de faire bonne figure, et d'essayer de bluffer jusqu'au bout.

« À quel genre de combat es-tu le meilleur ? demanda Sans-Nom.

— Je suis connu pour être un maître ès combats sans règles.

— Tiens donc ! Alors je pense que nous en aurons. Des règles. »

Les règles étaient des choses avec lesquelles Azzie savait pouvoir se débrouiller. Depuis sa naissance, il avait passé son temps à les contourner, donc il avait déjà un avantage. Mais il se garda de manifester la moindre satisfaction.

« Selon quelles règles veux-tu combattre ? » demanda Sans-Nom.

Azzie regarda autour de lui. « Sommes-nous à Rome ?
— En effet.
— Alors prenons les règles des gladiateurs. »

À peine avait-il prononcé ces mots qu'il se sentit envahi par un léger vertige. Lorsqu'il eut à nouveau les idées claires, il se trouvait au centre d'un amphithéâtre immense et désert. En dehors d'un pagne, il était nu. Apparemment, la nouvelle divinité était un peu prude. C'était toujours bon à savoir.

Il découvrit alors qu'il portait un bouclier assez ancien et un glaive romain dans l'autre main.

« Vous ne perdez pas de temps, dit-il.
— Je comprends vite, répondit la voix de Sans-Nom, qui venait de nulle part en particulier.
— Et maintenant ?
— Combat à mains nues. Toi et moi. Me voici ! »

Une porte de l'arène s'ouvrit. Il y eut un grondement, et un gros véhicule en métal apparut, avec de drôles de roues. Azzie en avait déjà vu de tels, lors de ses visites sur les champs de bataille de la Première Guerre mondiale, en France. C'était un char d'assaut, blindé et équipé d'un canon.

« Vous êtes dans ce char ? demanda-t-il.
— Je *suis* le char, répondit Sans-Nom.
— C'est pas très équitable, dites-moi.
— Ne sois pas mauvais perdant. »

Le char avançait, crachant un chant guerrier en même temps que des gaz d'échappement bleutés. Des tentacules jaillirent sur ses côtés, à l'extrémité desquels il y avait une scie électrique. Azzie recula jusqu'à ce que son dos rencontre le mur.

« Attendez ! hurla-t-il. Où est le public ?
— Quoi ? demanda le char en s'arrêtant.
— On ne peut pas avoir un vrai combat de gladiateurs sans public. »

Dans les gradins, des portes s'ouvrirent et des gens entrèrent. Azzie les connaissait tous. Il y avait les dieux grecs, sculpturaux dans leurs draps blancs, et puis Ylith, et Babriel, suivis de Michel.

Ce qu'il vit ne plut pas à Sans-Nom.

« Attends une minute, dit-il. Temps mort, d'accord ? »

Et Azzie se retrouva dans un salon tout ce qu'il y avait de plus dix-neuvième siècle. Avec Sans-Nom.

3

« Bon, dit Sans-Nom, écoute-moi, maintenant. Tu vois bien que tu es battu d'avance. Il n'y a pas de quoi avoir honte, je suis le nouveau paradigme. Nul ne peut s'opposer à moi. Je suis le signe visible de ce qui va arriver.

— Alors tuez-moi, qu'on en finisse.

— Non, j'ai une meilleure idée. Je veux te laisser la vie sauve, et je veux que tu m'accompagnes dans le nouvel univers que je vais créer.

— Pourquoi avez-vous besoin de moi ?

— Que les choses soient bien claires : je n'ai pas besoin de toi. Simplement, une fois que je serai établi, j'aimerais avoir quelqu'un à qui parler. Quelqu'un avec qui évoquer le bon vieux temps, c'est-à-dire aujourd'hui. Quelqu'un que je n'aurai pas créé. J'ai peur que ça ne soit très ennuyeux, au bout d'un moment, de ne pouvoir parler qu'à des émanations de soi-même. J'imagine que c'est d'ailleurs pour ça que votre Dieu a mis les voiles... Il en a eu assez de parler aux nuages, qui ne connaissent rien au bon vieux temps. C'est vrai, il n'avait que Sans-Nom qui ne soit pas, d'une manière ou d'une autre, à Son image. C'est usant, à force. Alors moi, je ne vais pas faire la même erreur. Toi, tu représentes un autre point de vue, et ça peut me servir. Donc j'aimerais que tu restes avec moi. »

Le démon de la farce

Azzie hésitait. C'était une occasion en or, évidemment. Mais, tout de même...

« À quoi réfléchis-tu ? Je peux te battre, t'annihiler d'un geste, or je te propose de changer de camp et de rester à mes côtés. Toi, et toi seul, Azzie, survivras à la destruction de l'univers. Nous les balaierons tous — dieux, diables, humains, nature, destin, hasard, la totale, quoi ! Et nous recommencerons avec de nouveaux personnages, plus sympathiques. Tu peux m'aider à gérer tout ça, tu participeras à la création du nouvel univers ! Tu seras un de ses Pères fondateurs ! N'est-ce pas une proposition alléchante ?

— Mais tous les autres...

— Je vais les tuer. Bien obligé, hein... Et n'essaie pas de me faire changer d'avis.

— Je connais un petit garçon qui s'appelle Quentin...

— Il vivra dans ta mémoire.

— Une sorcière, aussi, qui s'appelle Ylith...

— Tu n'as pas gardé une boucle de ses cheveux ?

— Vous ne pouvez pas la garder, elle aussi ? Elle et le petit garçon ? Tuez tous les autres, mais ces deux-là...

— Évidemment que je pourrais les garder. Je fais ce qui me plaît. Mais pas question. Je te garde toi, Azzie, un point, c'est tout. C'est une sorte de punition, vois-tu. »

Azzie regarda Sans-Nom. Il avait le sentiment que, sous la nouvelle direction cosmique, les choses n'allaient pas beaucoup changer. Alors à quoi bon ? Cette fois, le temps était venu de se battre et de mourir.

« Non, merci », soupira-t-il.

4

Le char avança. C'était maintenant une très belle machine faite d'un alliage d'aluminium anodisé et de chrome rutilant. Chauffée à blanc, elle dégageait une impressionnante lumière. Azzie fit un bond de côté pour l'éviter. À cause de la chaleur, les roues du char se déformèrent, et tout à coup l'engin eut du mal à progresser. Sans-Nom avait visiblement mal prévu son coup, là.

Le char fit feu. Du canon jaillit une boule de plastique mou qui s'ouvrit en tombant sur le sable. Il en sortit des larves d'aoûtats et des souriceaux, qui se mirent aussitôt à creuser une espèce de trou pour barbecue. Azzie essaya de ne pas en tirer trop vite des conclusions : son opposant avait peut-être quelque chose de très vicieux en tête.

Le canon tira de nouveau, mais, cette fois, il en sortit un enchaînement de notes de musique, et Azzie entendit Sans-Nom qui disait : « Enfin, par canon, je voulais dire boulet, pas une chanson ! »

Il avait de toute évidence du mal à canaliser son imagination bouillonnante. Le canon tira encore et expulsa une cascade de cônes multicolores qui gargouillaient en dégageant un gaz nocif.

Le char arriva au centre de l'arène. Ses déplacements étaient plus hésitants, car il avait compris que, si Azzie était un adversaire négligeable, son pire ennemi, c'était lui-même. Le démon ramassa un caillou et se prépara à le lancer.

Et, tout à coup, du coin où se trouvait Sans-Nom surgirent certains des personnages les plus connus de l'histoire : Barbe-Noire, Anne Boleyn, dame Jeanne Grey, le Chevalier sans tête, Jean-Baptiste, Louis XVI, Marie Stuart, Méduse, sir Thomas More, Maximilien de Robespierre. Ils formèrent une phalange, bras gauche protégeant leur visage, bras droit brandissant une longue lance à pointe métallique. Robespierre prit leur tête — il déclarerait lorsque tout serait terminé qu'il n'avait jamais rien fait de plus difficile.

Azzie appela ses propres amis, qui arrivèrent avec des armes primitives, mais disparurent presque aussitôt. Une des rares règles de Sans-Nom était qu'Azzie devait se débrouiller tout seul.

Alors Sans-Nom ouvrit une bouche de terre et de rochers et se mit à mordiller le démon.

« Vous êtes fou !

— Non. Pourquoi ne meurs-tu pas ?

— Vous êtes une pitoyable créature.

— Tu es sûr que ce combat est indispensable ? Tu ne pourrais pas simplement mourir, et qu'on n'en parle plus ?

— Désolé », marmonna Azzie.

5

Azzie regarda autour de lui. Les douze dieux de l'Olympe, Zeus en tête, étaient assis sur les marches de marbre, près de Babriel, Michel et Ylith. Il y avait aussi le prince Charmant et la princesse Scarlet, Johann Faust et Marguerite. Ils se levèrent tous ensemble et avancèrent dans l'arène.

« Ce n'est pas juste ! s'insurgea Sans-Nom. Tu n'as pas le droit de faire venir des renforts.

— Je n'ai fait venir personne. Ils sont venus tout seuls.

— Je n'ai pas encore eu le temps de créer amis et alliés !

— Je sais, dit Ylith. Vous avez choisi de faire cavalier seul.

— Et maintenant, c'est trop tard, renchérit l'archange Michel. Je crois que nous sommes tous d'accord pour dire que vous, Sans-Nom, n'avez pas la carrure d'une Divinité suprême. Par conséquent, nous allons nous unir pour nous débarrasser de vous. »

Une voix masculine, puissante, s'éleva alors. Elle chantait une mélodie enjouée. C'était l'Arétin, qui reprenait une version Renaissance de « En avant, soldats du Christ » ! Derrière lui, le chœur était composé de tous les autres — Quentin et Puss, Kornglow et Léonore, sir Oliver et mère Joanna, Rodrigue et Cressilda. Ils formèrent un cercle serré autour des combattants et encouragèrent Azzie. Mais comme c'était idiot de l'encourager, pensa-t-il, puisqu'il ne pouvait rien faire. Le pouvoir de cette créature avait déjà fait ses preuves.

« Tu n'es pas obligé de mourir, disait Ylith. Ananké ne sera vaincue que si tu l'es toi aussi. Tu as eu le courage de monter ta pièce. Lutte ! Tiens bon ! »

6

« Bon, c'est parti pour un petit peu de lutte gréco-romaine, dit Sans-Nom en prenant une forme vaguement humaine. Combat à mort. » Et il saisit Azzie d'une poigne de fer.

« Tu peux pas le tuer ! hurla Quentin.
— Ah bon ? Et pourquoi ça ?
— Parce que c'est mon ami.
— Jeune homme, j'ai l'impression que tu ne te rends pas compte que tu es en position d'infériorité. Je suis le Mangeur d'Âmes, mon petit. La tienne fera office de cerise au marasquin sur la crème fouettée de la délicieuse cassate que sera ce démon.
— Non ! » Et Quentin tapa de toutes ses forces sur la tête de Sans-Nom, qui recula en montrant les dents. Puss en profita pour lui présenter son direct du droit en pleine panse. Il s'effondra sur le sable. Sir Oliver avança et, avec l'aide de mère Joanna, planta une lance dans l'œil de la superdivinité.

« Ça, c'est la goutte d'eau... » Sans-Nom sentit l'arme lui traverser la tête et mourut.

Ananké apparut dans les Cieux, juste au-dessus d'eux. Son visage de vieille femme était barré d'un grand sourire.

« Bravo, les enfants ! s'écria-t-elle. Je savais que vous sauriez vous serrer les coudes en cas de gros pépin.

— Alors c'est pour ça que vous avez organisé cette mascarade ? s'insurgea Azzie.

— C'est une des raisons, mon bichon, dit Ananké. Il y a toujours des raisons derrière les raisons, et chaque raison a sa raison d'être. Ne cherche pas la petite bête, mon ami. Tu es en vie, vous êtes tous en vie, c'est le principal. »

Alors ils se mirent à danser, formèrent une grande ronde et s'élevèrent dans les airs. Plus vite, plus haut, tous ensemble — tous, sauf...

7

L'Arétin se réveilla en sursaut. Il s'assit sur son lit et regarda par la fenêtre. Le soleil brillait sur Venise. À côté de lui, sur la courtepointe, était posé un manuscrit, *La Légende des chandeliers d'or*.

Il se souvint alors qu'il avait fait un rêve fantastique. C'était une explication.

Azzie avait réussi à préserver Venise dans les Limbes. C'en était une autre.

Dehors, il vit passer des gens, aperçut Kornglow et Léonore parmi eux.

« Que se passe-t-il ? »

Kornglow leva les yeux. « Faites attention, l'Arétin, on dit que les Mongols vont arriver d'un moment à l'autre. »

Alors, Venise était donc condamnée ? L'Arétin sut que tout allait bien. Ce qu'il lui fallait maintenant, c'était un endroit calme pour pouvoir s'installer et écrire la fin de sa pièce.

L'Arétin se réveilla par une matinée splendide. Il se souvint qu'il avait fait pendant la nuit un rêve inénarrable, dans lequel un démon était venu le voir pour lui commander une œuvre. Il voulait une pièce avec des pèlerins et des chandeliers d'or, mais, au bout du compte, l'intrigue avait tellement fait monter la moutarde au nez des Puissances de l'univers que Venise avait été détruite. Mais Ananké avait décidé de sauver la ville, alors l'espace-temps au cours duquel Venise disparaissait avait été coupé au montage et expédié dans les Limbes. Et il s'était éveillé dans la Venise du monde réel.

L'Arétin se leva et regarda autour de lui. Il était à Venise, dans la réalité. Rien n'avait changé. Il se demanda ce qui se passait dans l'autre Venise, celle des Limbes.

8

Fatus sentit un pincement d'inquiétude lorsqu'il apprit qu'un nouveau lieu était arrivé dans les Limbes. Dans les Limbes, on trouvait de nombreuses régions qui avaient existé, et beaucoup d'autres qui n'étaient que pure affabulation. Le jardin des Hespérides, par exemple, et Camelot, la cour du roi Arthur, ainsi que la cité perdue de Lys.

Le nouveau lieu s'appelait Venise, la Venise des Catastrophes. Fatus alla y faire un tour et fut émerveillé par sa beauté. Ses habitants ignoraient que tout pâlissait, disparaissait, mourait chaque jour pour renaître aussitôt. Il marcha, déambula dans les rues de la ville, vit des morts et des mourants, et trouva tout cela très gai. Chaque jour, tout recommencerait. Il aurait aimé pouvoir le dire aux Vénitiens, leur expliquer qu'ils n'avaient pas de raison d'avoir peur, parce que, le lendemain matin, tout reprendrait comme la veille. Mais les gens refusèrent de l'écouter, et vivaient dans un état d'inquiétude éternellement ranimée.

Fatus s'approcha des amoureux, Kornglow et Léonore. Voir deux êtres pour qui l'amour était une constante révélation lui fit du bien. Pour eux, le plaisir des premiers jours ne perdrait jamais de son piquant. Parlez-en aux autres, apprenez-leur, leur dit-il. Mais ils éclatèrent de rire. La vie est simple, fut leur réponse. Pas besoin d'en parler. Tout le monde le sait.

Fatus retourna dans son château et fit l'inventaire de ses vieilleries en se demandant ce qui allait se passer ensuite.

9

Dans la Venise des Limbes, Kornglow et Léonore parlent de l'Arétin.

« Je me demande s'il écrira jamais sa pièce.

— Peut-être. Mais ce ne sera pas la vraie. Ce sera celle-ci, celle où nous mourrons chaque soir pour renaître chaque matin. J'espère que tu n'as pas peur de la mort, mon amour.

— Un petit peu, quand même. Mais demain nous serons à nouveau en vie, n'est-ce pas ?

— Je le crois, en effet. Seulement la mort aura vraiment le goût de la mort lorsqu'elle se présentera.

— Devons-nous mourir maintenant ?

— Tout Venise meurt ce soir. »

On entend un claquement de sabots. Des cavaliers ont pénétré dans la ville. Les Mongols !

Kornglow se bat vaillamment, mais est transpercé par une lance. Les Mongols tentent d'enlever Léonore, mais elle est trop rapide pour eux — il n'est pas encore né, le Mongol qui sera plus rapide que la fille d'un elfe. Elle court dans la rue, se jette à l'eau et s'éloigne à la nage. Les vagues sont hautes, les murs s'écroulent, Venise prend feu. Léonore se retourne pour regarder, mais n'arrive plus à flotter. C'est la première fois qu'elle meurt et, même si c'est difficile, elle s'en tire très bien. Lentement, sa tête s'enfonce dans l'eau.

10

Azzie sentit une poigne géante se resserrer sur lui. Puis ce fut le trou noir. Lorsqu'il reprit conscience, une main fraîche était posée sur son front. Il ouvrit les yeux.

« Ylith ! Que fais-tu là ? J'ignorais qu'il y avait une vie après la mort pour les démons et les sorcières.

— En fait, toi et moi sommes toujours en vie. »

Azzie regarda autour de lui. Il était à l'Entre-Deux-Mondes, un troquet dans les Limbes, territoire neutre pour les esprits du Bien et du Mal.

« Qu'est-il arrivé à l'univers ?

— Grâce à toi, Ananké a pu le sauver. Nous te devons tous une fière chandelle, même si j'ai peur qu'un grand nombre de gens ne soient très en colère. Le Conseil du Mal envisage de te donner un blâme, pour avoir été à l'origine de ce pataquès. Mais je t'aime encore. Et je t'aimerai toujours, je crois bien. »

Il lui prit la main.

« Fille des ténèbres, dit-il avec un faible sourire. Nous sommes pareils, toi et moi. »

Elle hocha la tête et serra la main d'Azzie, bien fort.

« Je sais », dit-elle.

APPORTEZ-MOI LA TÊTE
DU PRINCE CHARMANT

Matines	11
Laudes	51
Prime	95
Tierce	153
Sexte	193
None	249
Vêpres	285
Complies	313

À FAUST, FAUST ET DEMI

Le concours	331
Constantinople	421
Marco Polo	473
Florence	519
Achille	555
Marlowe	577
Paris	611
Le jugement	653

LE DÉMON DE LA FARCE

Première partie	691
Deuxième partie	729
Troisième partie	741
Quatrième partie	761
Cinquième partie	795
Sixième partie	827
Septième partie	857
Huitième partie	875
Neuvième partie	913
Dixième partie	943
Onzième partie	967

DES MÊMES AUTEURS

ROGER ZELAZNY ET ROBERT SHECKLEY

Aux Éditions Gallimard

LE CONCOURS DU MILLÉNAIRE (Folio Science-Fiction n° 286)

ROGER ZELAZNY

Aux Éditions Gallimard

L'ENFANT DE NULLE PART (Folio Science-Fiction n° 212)
ENGRENAGES (*en collaboration avec Fred Saberhagen* – Folio Science-Fiction n° 102)
LE MAÎTRE DES OMBRES (Folio Science-Fiction n° 127)
LE MAÎTRE DES RÊVES (Folio Science-Fiction n° 243)

Aux Éditions Denoël

Dans la collection « Lunes d'encre »

LORD DEMON (Folio Science-Fiction n° 155)

Dans la collection « Présence du futur »

LE CYCLE DES PRINCES D'AMBRE
  LES NEUF PRINCES D'AMBRE (Folio Science-Fiction n° 19)
  LES FUSILS D'AVALON (Folio Science-Fiction n° 20)
  LE SIGNE DE LA LICORNE (Folio Science-Fiction n° 38)
  LA MAIN D'OBERON (Folio Science-Fiction n° 46)
  LES COURS DU CHAOS (Folio Science-Fiction n° 56)
  LES ATOUTS DE LA VENGEANCE (Folio Science-Fiction n° 61)
  LE SANG D'AMBRE (Folio Science-Fiction n° 65)

LE SIGNE DU CHAOS (Folio Science-Fiction n° 74)
CHEVALIER DES OMBRES (Folio Science-Fiction n° 78)
PRINCE DU CHAOS (Folio Science-Fiction n° 82)
DEUS IRAE (*en collaboration avec Philip K. Dick* – Folio Science-Fiction n° 39)
TOI L'IMMORTEL (Folio Science-Fiction n° 195)
ROUTE 666
L'ŒIL DE CHAT
REPÈRES SUR LA ROUTE
LA PIERRE DES ÉTOILES
AUJOURD'HUI, NOUS CHANGEONS DE VISAGE
LE SÉRUM DE LA DÉESSE BLEUE
SEIGNEUR DE LUMIÈRE
ROYAUMES D'OMBRE ET DE LUMIÈRE

Chez d'autres éditeurs

LE TRÔNE NOIR
L'ÎLE DES MORTS
LE SONGE D'UNE NUIT D'OCTOBRE
LE TROQUEUR D'ÂME (*en collaboration avec Alfred Bester*)
UN PONT DE CENDRES
UNE ROSE POUR L'ECCLÉSIASTE
TERRE MOUVANTE
LE MASQUE DE LOKI
L'HOMME QUI N'EXISTAIT PAS

ROBERT SHECKLEY

Aux Éditions Gallimard

CHAUDS, LES SECRETS
LA DIXIÈME VICTIME

Aux Éditions Denoël

Dans la collection « Présence du futur »

PÈLERINAGE À LA TERRE
ARENA
CHASSEUR/VICTIME

Aux Éditions Robert Laffont

LA DIMENSION DES MIRACLES
LE ROBOT QUI ME RESSEMBLAIT
DRAMOCLÈS

Aux Éditions Calmann-Lévy

OPTIONS
LES ERREURS DE JOENES
DOUCES ILLUSIONS
LE MARIAGE ALCHIMIQUE D'ALISTAIR CROMPTON

Chez d'autres éditeurs

OMEGA
LES UNIVERS DE ROBERT SHECKLEY
LE TEMPS MEURTRIER (ÉTERNITÉ SOCIÉTÉ ANONYME)
ET QUAND JE VOUS FAIS ÇA, VOUS SENTEZ QUELQUE CHOSE ?
ÉCHANGE STANDARD
TU BRÛLES
LE PRIX DU DANGER
UN BILLET POUR TRANAÏ

Dans la même collection

52. Douglas Adams — *La Vie, l'Univers et le Reste*
53. Richard Matheson — *Je suis une légende*
54. Lucius Shepard — *L'aube écarlate*
55. Robert Merle — *Un animal doué de raison*
56. Roger Zelazny — *Les Cours du Chaos*
57. André-François Ruaud — *Cartographie du merveilleux*
58. Bruce Sterling — *Gros Temps*
59. Laurent Kloetzer — *La voie du cygne*
60. Douglas Adams — *Salut, et encore merci pour le poisson*
61. Roger Zelazny — *Les Atouts de la Vengeance*
62. Douglas Adams — *Globalement inoffensive*
63. Robert Silverberg — *Les éléphants d'Hannibal*
64. Stefan Wul — *Niourk*
65. Roger Zelazny — *Le sang d'Ambre*
66. Orson Scott Card — *Les Maîtres Chanteurs*
67. John Varley — *Titan (La trilogie de Gaïa I)*
68. André Ruellan — *Mémo*
69. Christopher Priest — *La Machine à explorer l'Espace*
70. Robert Silverberg — *Le nez de Cléopâtre*
71. John Varley — *Sorcière (La trilogie de Gaïa II)*
72. Howard Waldrop — *Histoire d'os*
73. Herbert George Wells — *La Machine à explorer le Temps*
74. Roger Zelazny — *Le signe du Chaos*
75. Isaac Asimov — *Les vents du changement*
76. Norman Spinrad — *Les Solariens*
77. John Varley — *Démon (La trilogie de Gaïa III)*
78. Roger Zelazny — *Chevalier des ombres*
79. Fredric Brown — *Fantômes et farfafouilles*

80. Robert Charles Wilson — *Bios*
81. Walter Jon Williams — *Sept jours pour expier*
82. Roger Zelazny — *Prince du Chaos*
83. Isaac Asimov — *Chrono-minets*
84. H. P. Lovecraft — *Je suis d'ailleurs*
85. Walter M. Miller Jr. — *Un cantique pour Leibowitz*
86. Michael Bishop — *Requiem pour Philip K. Dick*
87. Philip K. Dick — *La fille aux cheveux noirs*
88. Lawrence Sutin — *Invasions divines*
89. Isaac Asimov — *La fin de l'Éternité*
90. Mircea Cărtărescu — *Orbitor*
91. Christopher Priest — *Le monde inverti*
92. Stanislas Lem — *Solaris*
93. William Burroughs — *Le festin nu*
94. William Hjortsberg — *Angel Heart* (Le sabbat dans Central Park)
95. Chuck Palahniuk — *Fight Club*
96. Steven Brust — *Agyar*
97. Patrick Marcel — *Atlas des brumes et des ombres*
98. Edgar Allan Poe — *Le masque de la Mort Rouge*
99. Dan Simmons — *Le Styx coule à l'envers*
100. Joe Haldeman — *Le vieil homme et son double*
101. Bruce Sterling — *Schismatrice +*
102. Roger Zelazny et Fred Saberhagen — *Engrenages*
103. Serge Brussolo — *Boulevard des banquises*
104. Arthur C. Clarke — *La cité et les astres*
105. Stefan Wul — *Noô*
106. Andrew Weiner — *En approchant de la fin*
107. H. P. Lovecraft — *Par-delà le mur du sommeil*

108.	Fredric Brown	*L'Univers en folie*
109.	Philip K. Dick	*Minority Report*
110.	Bruce Sterling	*Les mailles du réseau*
111.	Norman Spinrad	*Les années fléaux*
112.	David Gemmell	*L'enfant maudit* (Le Lion de Macédoine, I)
113.	David Gemmell	*La mort des Nations* (Le Lion de Macédoine, II)
114.	Michael Moorcock	*Le Chaland d'or*
115.	Thomas Day	*La Voie du Sabre*
116.	Ellen Kushner	*Thomas le rimeur*
117.	Peter S. Beagle	*Le rhinocéros qui citait Nietzsche*
118.	David Gemmell	*Le Prince Noir* (Le Lion de Macédoine, III)
119.	David Gemmell	*L'Esprit du Chaos* (Le Lion de Macédoine, IV)
120.	Isaac Asimov	*Les dieux eux-mêmes*
121.	Alan Brennert	*L'échange*
122.	Isaac Asimov	*Histoires mystérieuses*
123.	Philip K. Dick	*L'œil de la Sibylle*
124.	Douglas Adams	*Un cheval dans la salle de bain*
125.	Douglas Adams	*Beau comme un aéroport*
126.	Sylvie Denis	*Jardins virtuels*
127.	Roger Zelazny	*Le Maître des Ombres*
128.	Christopher Priest	*La fontaine pétrifiante*
129.	Donald Kingsbury	*Parade nuptiale*
130.	Philip Pullman	*Les royaumes du Nord* (À la croisée des mondes, I)
131.	Terry Bisson	*Échecs et maths*
132.	Andrew Weiner	*Envahisseurs !*
133.	M. John Harrison	*La mécanique du Centaure*
134.	Charles Harness	*L'anneau de Ritornel*
135.	Edmond Hamilton	*Les Loups des étoiles*
136.	Jack Vance	*Space Opera*

137.	Mike Resnick	*Santiago*
138.	Serge Brussolo	*La Planète des Ouragans*
139	Philip Pullman	*La Tour des Anges* (À la croisée des mondes, II)
140.	Jack Vance	*Le jardin de Suldrun* (Le cycle de Lyonesse, I)
141.	Orson Scott Card	*Le compagnon*
142.	Tommaso Pincio	*Le Silence de l'Espace*
143.	Philip K. Dick	*Souvenir*
144.	Serge Brussolo	*Ce qui mordait le ciel*
145.	Jack Vance	*La perle verte*
146.	Philip Pullman	*Le Miroir d'Ambre*
147.	M. John Harrison	*La Cité Pastel* (Le cycle de Viriconium, I)
148.	Jack Vance	*Madouc*
149.	Johan Héliot	*La lune seul le sait*
150.	Midori Snyder	*Les Innamorati*
151.	R. C. Wilson	*Darwinia*
152.	C. Q. Yarbro	*Ariosto Furioso*
153.	M. John Harrison	*Le Signe des Locustes*
154.	Walter Tewis	*L'homme tombé du ciel*
155.	Roger Zelazny et Jane Lindskold	*Lord Démon*
156.	M. John Harrison	*Les Dieux incertains*
157.	Kim Stanley Robinson	*Les menhirs de glace*
158.	Harlan Ellison	*Dérapages*
159.	Isaac Asimov	*Moi, Asimov*
160.	Philip K. Dick	*Le voyage gelé*
161.	Federico Andahazi	*La Villa des mystères*
162.	Jean-Pierre Andrevon	*Le travail du Furet*
163.	Isaac Asimov	*Flûte, flûte et flûtes !*
164.	Philip K. Dick	*Paycheck*
165.	Cordwainer Smith	*Les Sondeurs vivent en vain* (Les Seigneurs de l'Instrumentalité, I)

166.	Cordwainer Smith	*La Planète Shayol* (Les Seigneurs de l'Instrumentalité, II)
167.	Cordwainer Smith	*Nostrilia* (Les Seigneurs de l'Instrumentalité, III)
168.	Cordwainer Smith	*Légendes et glossaire du futur* (Les Seigneurs de l'Instrumentalité, IV)
169.	Douglas Adams	*Fonds de tiroir*
170.	Poul Anderson	*Les croisés du Cosmos*
171.	Neil Gaiman	*Pas de panique !*
172.	S. P. Somtow	*Mallworld*
173.	Matt Ruff	*Un requin sous la lune*
174.	Michael Moorcock	*Une chaleur venue d'ailleurs* (Les Danseurs de la Fin des Temps, I)
175.	Thierry di Rollo	*La lumière des morts*
176.	John Gregory Betancourt	*Les Neuf Princes du Chaos*
177.	Donald Kingsbury	*Psychohistoire en péril*, I
178.	Donald Kingsbury	*Psychohistoire en péril*, II
179.	Michael Moorcock	*Les Terres creuses* (Les Danseurs de la Fin des Temps, II)
180.	Joe Haldeman	*Pontesprit*
181.	Michael Moorcock	*La fin de tous les chants* (Les Danseurs de la Fin des Temps, III)
182.	John Varley	*Le Canal Ophite*
183.	Serge Brussolo	*Mange-Monde*
184.	Michael Moorcock	*Légendes de la Fin des Temps* (Les Danseurs de la Fin des Temps, IV)
185.	Robert Holdstock	*La forêt des Mythagos*
186.	Robert Holdstock	*Lavondyss* (La forêt des Mythagos, II)

187.	Christopher Priest	*Les Extrêmes*
188.	Thomas Day	*L'Instinct de l'équarrisseur*
189.	Maurice G. Dantec	*Villa Vortex*
190.	Franck M. Robinson	*Le Pouvoir*
191.	Robert Holdstock	*Le Passe-broussaille* (La forêt des Mythagos, III)
192.	Robert Holdstock	*La Porte d'ivoire* (La forêt des Mythagos, IV)
193.	Stanislas Lem	*La Cybériade*
194.	Paul J. Mc Auley	*Les conjurés de Florence*
195.	Roger Zelazny	*Toi l'immortel*
196.	Isaac Asimov	*Au prix du papyrus*
197.	Philip K. Dick	*Immunité*
198.	Stephen R. Donaldson	*Le miroir de ses rêves* (L'appel de Mordant, I)
199.	Robert Charles Wilson	*Les fils du vent*
200.	Greg Bear	*La musique du sang*
201.	Dan Simmons	*Le chant de Kali*
202.	Thierry Di Rollo	*La profondeur des tombes*
203.	Stephen R. Donaldson	*Un cavalier passe* (L'appel de Mordant, II)
204.	Thomas Burnett Swann	*La trilogie du Minotaure*
205.	Jack Vance	*Croisades*
206.	Thomas Day	*L'homme qui voulait tuer l'Empereur*
207.	Robert Heinlein	*L'homme qui vendit la lune* (Histoire du futur, I)
208.	Robert Heinlein	*Les vertes collines de la Terre* (Histoire du futur, II)
209.	Robert Heinlein	*Révolte en 2100* (Histoire du futur, III)
210.	Robert Heinlein	*Les enfants de Mathusalem* (Histoire du futur, IV)

211.	Stephen R. Donaldson	*Le feu de ses passions* (L'appel de Mordant, III)
212.	Roger Zelazny	*L'enfant de nulle part*
213.	Philip K. Dick	*Un vaisseau fabuleux*
214.	John Gregory Betancourt	*Ambre et Chaos*
215.	Ugo Bellagamba	*La Cité du Soleil*
216.	Walter Tevis	*L'oiseau d'Amérique*
217.	Isaac Asimov	*Dangereuse Callisto*
218.	Ray Bradbury	*L'homme illustré*
219.	Douglas Adams	*Le Guide du voyageur galactique*
220.	Philip K. Dick	*Dans le jardin*
221.	Johan Héliot	*Faerie Hackers*
222.	Ian R. MacLeod	*Les Îles du Soleil*
223.	Robert Heinlein	*Marionnettes humaines*
224.	Bernard Simonay	*Phénix* (La trilogie de Phénix, I)
225.	Francis Berthelot	*Bibliothèque de l'Entre-Mondes*
226.	Christopher Priest	*Futur intérieur*
227.	Karl Schroeder	*Ventus*
228.	Jack Vance	*La Planète Géante*
229.	Jack Vance	*Les baladins de la Planète Géante*
230.	Michael Bishop	*Visages volés*
231.	James Blish	*Un cas de conscience*
232.	Serge Brussolo	*L'homme aux yeux de napalm*
233.	Arthur C. Clarke	*Les fontaines du Paradis*
234.	John Gregory Betancourt	*La naissance d'Ambre*
235.	Philippe Curval	*La forteresse de coton*
236.	Bernard Simonay	*Graal*
237.	Philip K. Dick	*Radio Libre Albemuth*
238.	Poul Anderson	*La saga de Hrolf Kraki*

239.	Norman Spinrad	*Rêve de fer*
240.	Robert Charles Wilson	*Le vaisseau des Voyageurs*
241.	Philip K. Dick	*SIVA* (La trilogie divine, I)
242.	Bernard Simonay	*La malédiction de la Licorne*
243.	Roger Zelazny	*Le maître des rêves*
244.	Joe Haldeman	*En mémoire de mes péchés*
245.	Kim Newman	*Hollywood Blues*
246.	Neal Stephenson	*Zodiac*
247.	Andrew Weiner	*Boulevard des disparus*
248.	James Blish	*Semailles humaines*
249.	Philip K. Dick	*L'invasion divine*
250.	Robert Silverberg	*Né avec les morts*
251.	Ray Bradbury	*De la poussière à la chair*
252.	Robert Heinlein	*En route pour la gloire*
253.	Thomas Burnett Swann	*La forêt d'Envers-Monde*
254.	David Brin	*Élévation*
255.	Philip K. Dick	*La transmigration de Timothy Archer* (La trilogie divine, III)
256.	Georges Foveau	*Les Chroniques de l'Empire*, I *La Marche du Nord — Un Port au Sud*
257.	Georges Foveau	*Les Chroniques de l'Empire*, II *Les Falaises de l'Ouest — Les Mines de l'Est*
258.	Tom Piccirilli	*Un chœur d'enfants maudits*
259.	S. P. Somtow	*Vampire Junction*
260.	Christopher Priest	*Le prestige*
261.	Poppy Z. Brite	*Âmes perdues*
262.	Ray Bradbury	*La foire des ténèbres*

263.	Sean Russell	*Le Royaume Unique*
264.	Robert Silverberg	*En un autre pays*
265.	Robert Silverberg	*L'oreille interne*
266.	S. P. Somtow	*Valentine*
267.	John Wyndham	*Le jour des triffides*
268.	Philip José Farmer	*Les amants étrangers*
269.	Garry Kilworth	*La compagnie des fées*
270.	Johan Heliot	*La Lune n'est pas pour nous*
271.	Alain Damasio	*La Horde du Contrevent*
272.	Sean Russell	*L'île de la Bataille*
273.	S. P. Somtow	*Vanitas*
274.	Michael Moorcock	*Mother London*
275.	Jack Williamson	*La Légion de l'Espace* (Ceux de la légion, I)
276.	Barbara Hambly	*Les forces de la nuit* (Le cycle de Darwath, I)
277.	Christopher Priest	*Une femme sans histoires*
278.	Ugo Bellagamba et Thomas Day	*Le double corps du roi*
279.	Melvin Burgess	*Rouge sang*
280.	Fredric Brown	*Lune de miel en enfer*
281.	Robert Silverberg	*Un jeu cruel*
282.	Barbara Hambly	*Les murs des Ténèbres* (*Le cycle de Darwath, II*)
283.	Serge Brussolo	*La nuit du bombardier*
284.	Francis Berthelot	*Hadès Palace*
285.	Jack Williamson	*Les Cométaires* (Ceux de la légion, II)
286.	Roger Zelazny et Robert Sheckley	*Le concours du Millénaire*
287.	Barbara Hambly	*Les armées du jour* (Le cycle de Darwath, III)
288.	Sean Russell	*Les routes de l'ombre* (La guerre des cygnes, III)
289.	Stefan Wul	*Rayons pour Sidar*

Composition IGS.
Impression Bussière
à Saint-Amand-Montrond (Cher), le 18 juin 2007.
Dépôt légal : juin 2007.
Numéro d'imprimeur : 072228/1.
ISBN 978-2-07-030800-2./Imprimé en France.